I0779129

何去何从

佘其 著

壹嘉出版

1 Plus Books
https://1plusbooks.com

书名/Title：何去何从/The Unchosen Path
作者/Author：佘其/She Qi

ISBN (print) : 978-1-966814-10-8
ISBN (eBook): 978-1-966814-34-4
Published and printed in the United States of America
定价：印刷版 $29.99
　　　　电子版 $19.99

出版人/Publisher: 刘雁/Yan Liu
Published by 壹嘉出版®/ 1 Plus Books®
https://1plusbooks.com
San Francisco, 2025

序

  光阴如逝水，岁月的流沙可以填平时代的裂痕，时间的推移却无法抚平深刻在那一代知识分子心头的伤痕。

  在山河破碎的年代，那一代中国大学里的知识分子，当国家危难之际，毅然决然地选择内迁，继续教育事业，体现了他们对国家的热爱和忠诚。他们不仅在学术上追求真理，更以身作则，为国家未来的发展培养栋梁之材。抗日战争胜利之后，国家又陷入动荡，知识分子面临何去何从的选择。海内外的知识分子出于对国家的热爱和忠诚，更有对民主新社会的热烈向往，义无反顾地回到或留在大陆。

  但是，从大学开展思想改造运动起，批胡适思想，斗胡风反革命集团，反右……直至"无产阶级文化大革命"，在接踵而至的阶级斗争运动里，知识分子不仅始终是改造对象，而且越改造越反动，以致至老死都不能摆脱"资产阶级知识分子"的标记。经过长期的思想改造和多次反复的批判，知识分子在艰难生存中纠结和挣扎，失去尊严和自我，迷茫无助，不知何去何从。

  从1968年起，中国的"无产阶级文化大革命"逐步发展到几乎失去控制的混乱地步，很多大学的派性争斗升级，武斗频发。1969年珍宝岛事件突发，全国进入备战状态，给结束校园混乱提供了契机。于是，"工人阶级占领上层建筑"，所有的大学全部进驻了工宣队和军宣队，而军宣队实际是主导。宣传队进校后很快控制了局面，在"批派性，促团结"之后，全面清理阶级队伍，开始了对知识分子新一轮的整肃。不久，几乎所有的大学全部离开所在的城市，迁往偏僻的边疆或是荒凉的农村，进行"斗、批、改"。至此，知识分子赖以生存的大学被彻底摧毁。

小说作者生活在那个悲惨时代的大学里。《何去何从》滴淌着亲历者的血和泪，凝聚了作者的回顾与沉思，是作者回忆录的文学呈现。小说讲述国立中夏大学一众知识分子的坎坷遭遇和不幸命运，时间跨度从抗日战争结束前两年延续到"文化大革命"中期，直至大学校园校舍被军队占用，中夏大学迁往偏远荒芜之地。

这一页难以磨灭的历史和中国知识分子可悲的遭遇，似乎渐渐被"文革后"一代遗忘。小说《何去何从》将读者带回到那个年代，重温那段厚重的历史，意在不忘过去。因为，遗忘历史只能让悲剧重演。

目　录

楔子

佘其的儿子前年才开始整理母亲最后一件遗物，那是装在牛皮纸大信封中的一摞手稿。

那些年，儿子看惯母亲写交代材料。后来没有人要她交代了，她还是不停地写。儿子就问："妈妈，你总是在写。现在没有人来逼你了，还写什么？"

佘其始终没有具体回答，只是说："要写的太多了，我要尽量都写出来。"

儿子权当写作是母亲的精神寄托，习以为常，也不再问了。

大学下放到农村后，住在当地老乡废弃的房舍里，屋子低矮没有窗户，点的是煤油灯，连桌子都没有。佘其的眼睛也已经昏花，不得不停笔。

等到大劫终于过去，一家人重新回到城里，佘其却没有过上几天好日子，她开始健忘。但是她越是健忘越是抓紧时间写，先后写了大约十年。当恢复佘其的党籍党龄，大家叫她老革命的时候，她却老年痴呆了。她先是失忆，再后来完全痴呆，最后连丈夫和儿女都不认识了。

儿女们只忙着照顾母亲，把她写东西的事情完全忽略了，甚至不知道她写出来的稿子放在哪里。直到儿子自己准备写回忆录的时候，才又想起寻找母亲多年写下的稿子。儿子以为母亲写的是回忆录，打算找出来仔细看看，认真了解她的一生。

佘其一生简朴，没有金银财宝或是什么有价值的东西遗留下来，遗物都在一个小小的盒子里，小盒子最底下是一个牛皮纸大信封。

儿子终于将那个牛皮纸大信封打开，露出厚厚一摞手稿。稿纸有不同的规格，字迹潦草是母亲佘其历来的风格，但是行文流畅。儿子读了几页，惊异地发现母亲的遗稿并不是回忆录，而是一部长篇小说。佘其的儿子仔细分辨母亲的手迹，用键盘将全部书稿整理打印出来，反复校正，力求忠于原著。原稿没有题目，佘其的儿子替母亲拟了书名——

何去何从。

第一章

1

抗日战争初起，国立中夏大学在省城沦陷前夕，被迫离开学校所在地——中夏省省城，搬迁到本省西部山区一座偏僻小县城延续办学。1944年初夏，日寇为了围剿国军第一战区部队，又将侵略的魔爪伸向中夏省西部山区，逼近国立中夏大学医学院所在的县城。

日寇即将兵临城下，师生被迫再次迁离，奔波数十里逃往处在深山的龙口镇，与在那里的校本部会合。中夏大学医学院逃过来的人中最狼狈的要数徐云伍教授。从县城撤退是仓促间做出的决定，当时他正在县里的慈济医院抢救危重病人。医学院突然撤离县城，徐云伍的太太一时没了主意，带着孩子直奔医院去找徐云伍。等一家人会齐了，医学院的队伍已经出发。徐云伍担心掉队，只得带着家人随着大队人马离开县城。身体微胖的徐云伍气喘汗流，白大衣都来不及脱。徐太太来不及收拾行李，连随身换洗的衣服都没有带上。到了龙口镇，徐云伍一家只好投奔好友俞正堂。

俞正堂是农学院的讲师兼图书馆采编组长，在龙口镇已经生活五年多了。时值中年的俞正堂，儿子在西北联大读书，夫妇俩身边有两个女儿，还有继母和小叔，一家人住在一座破旧的草屋里。草屋说是三间，其实只有秫秸杆编成的篱笆当间隔。俞正堂不由分说将徐云伍一家让进屋子里安顿好，俞正堂的太太石蓓芝忙着做饭，两个女儿秉贤秉淑拿出自家人的衣裳让他们换洗，上高中的小叔子正岫到同学家找借宿的地方。

龙口镇地处崇山峻岭中的一个小小盆地，四条溪流交汇于此，扼重渡河上游水源，故称龙口。龙口镇还是一处战略要地，是西去一百多里的国军机场的天然门户。

医学院师生员工来到龙口镇的第二天，惊魂甫定，天上传来隆隆的飞机声。四架敌机在龙口盆地上空稍作盘旋，接连投下炸弹，顷刻间整个龙口镇陷入一片火海。师生多人死难，五年多艰难修建起来的校舍毁坏殆尽，临时图书馆也燃起大火，教学设备大部损坏。驻守在镇上的一营国军束手无策，奉命向西撤离，说是去保卫机场。驻军名为一个营，其实只有两个不完整的连队，毫无防空能力，即使不撤离也无法应对日寇的空袭。日寇飞机轰炸显然是为入侵龙口扫清道路，占据龙口后再图机场。中夏大学当局判定此地不可再留，于是决定全校人员物资再度向西南方向转移，至更深山区的潭渊关暂避。此去潭渊关还有将近四百里之遥，都是崎岖难行的山路。中夏大学师生员工拖儿带女扶老携幼共有一千多人，逃难的人流逶逶迤迤有二里地长。经过清点，发现有十六位师生和家眷在日寇轰炸中丧命，还有二十多位失踪。医学院当初从省城来龙口镇时，仪器丢弃近半，好不容带到龙口镇的仪器，这次又遭日寇轰炸。

离开龙口镇，俞正堂和徐云伍，还有图书馆长黄敬齐，三家人随着中夏大学的队伍结伴而行。俞正堂的身材中等偏高，健步如飞；徐云五矮胖，走得气喘吁吁。黄敬齐个子最高，身形瘦削，长途跋涉，显得力不从心。俞正堂心事重重，边走边回望。敌机的轰鸣声渐渐消失了，俞正堂突然停下脚步，对黄敬齐说："敬齐兄，日寇轰炸已经停止，我料日本兵不会即刻来到，图书馆虽被炸毁，想必还有一些图书尚存，我回去捡拾一遍，能抢救出多少算多少。我一家老小就拜托敬齐兄各位照顾，我自当小心，尽快追上大队。"

队伍一直在前行，各家唯恐掉队，可是俞正堂执意回头。黄敬齐知道俞正堂一旦决定，谁也拦不住。他和镇上的人熟，也只有他能当此重任，只得默然点头。俞正堂给太太石蓓芝交代几句，转身重回龙口镇。

五年前，中夏大学离开省城向龙口镇迁移时，俞正堂负责押运图书，几乎全数转移。龙口镇突遭日寇轰炸，眼看着多年积累下来的藏书还是未能躲过日寇的魔爪，俞正堂恨得咬牙切齿，心有不甘。他带着家眷走出龙口镇那一刻，就念念不忘被遗弃的图书，冒险重回龙口镇并非一时冲动，而是他一路慎重思考做出的决定。

俞正堂虽然只是一位讲师，却是中夏大学的创校元老。

北伐胜利后，在此地主政的冯玉祥思想开明，一心破除旧的官吏制度，从具有高学历的年轻人中选拔人才，招考县长。从金陵大学农学院毕业回到省城的俞正堂，恰遇刚从德国慕尼黑大学留学归来的同乡加小同学黄敬齐博士。一个刚出校门，一个留洋归来，正值年轻气盛。二人志同道合，一心追随冯玉祥报效国家，同时报考县长，双双考中。两位同乡同时高就县长，一时引为传遍乡梓的佳话。

冯玉祥虽然锐意革新，却急于求成，而官场盘根错节，积弊难除，面对顽固的旧官场他不得不做出退让。考试貌似公正，所谓不拘一格选拔县长，考中后委派这一步却大有猫腻。黄敬齐出身于富家，其父广有田产，在县城还有生意。黄敬齐在德国获得博士学位留学归来，还带回来一位金发碧眼的德国洋媳妇，又考中县长，真是壮大门楣，光宗耀祖。黄父打听到，这一批考中的县长都是派往贫瘠偏远之地就任，他心有不甘，为儿子上下打点，一心想让他得到一个肥差。黄父虽然四处疏通花了不少钱，黄敬齐却被分派本省源上县。源上县多年被地方势力盘踞，水泼不进针插不入，又是贫瘠山区。但是比比同榜考中的老乡俞正堂，黄父也只好认了，自己花钱雇一辆汽车，送儿子带着德国夫人去源上县上任。俞正堂出身贫家，不懂得走门路，也无门路可走，被分派到两千里外冯玉祥的势力鞭长莫及的甘肃偏僻小县陇远。

俞正堂几位远放的县长，出发上任前听了冯玉祥慷慨激昂的训话，只领到一纸委任状和个人的盘缠，说是经费已经拨付给当地县政府，就这样只身去上任。俞正堂一路辗转，走了半个多月才来到陇远县。那里的情况完全不如冯政府当局所介绍，人家对盖着冯政府关防大印和冯玉祥手章的委任状不屑一顾。好在县政府的师爷还有同情之心，告诉俞正堂这里其实是军阀鲁大昌的势力范围。鲁大昌不买冯玉祥的帐，时时提防冯玉祥往陇远扩张。

师爷说："俞县长，实话告诉你，冯玉祥派了好几任县长，个个都待不下去。陇远县天高皇帝远，别说冯玉祥，就连鲁大昌也不能在此地说一不二。此地有好几股土匪，斗来斗去，民不聊生。你来的不是时候，这几天土匪闹得正凶。"

俞正堂问："冯督军说经费已经拨付给县政府，有收到吗？"

师爷说："说是有经费来，迟迟不见影。"

俞正堂说："我此来有一项任务，要和邻县划清县界，我要完成划界，不负使命。"

师爷说："县长，恕我直言，我看您是一介书生。陇远与邻县交界之处都是崇山峻岭，土匪出没之地，谁敢实地勘察。划界的事不过是等因奉此，你在地图上划出一条线就是了。"

俞正堂响应号召报考县长，并不为升官发财，一心想着报效国家。一路上千辛万苦都不计较，岂料现实与自己的理想差距如此之大，满腔热情顿时被冷水浇灭。

师爷不让俞正堂出县城，说出城不安全，俞正堂只好在县城里体察当地的风土人情。说是县城，不过是一座破败不堪的土寨子，县政府的宿舍都四面透风。

一天半夜，师爷突然敲门叫醒俞正堂："县长不好了！我得到消息，山上的土匪要进县城，说是要捉拿县长，夺走上面拨来的经费。我看你赶紧逃走吧。"

只见师爷拿出一条头帕给俞正堂裹在头上，把他打扮成川北人模样，说北边另有拉卜楞寺下来的一股土匪，要他趁天不亮赶紧向南逃往四川，千万不能往北走。

俞正堂怀疑师爷与土匪串通勾结，使的是驱赶之计，但眼看情势紧张，容不得反复考虑，不得不走。陇远山路崎岖，难辨方向，他又不懂方言不敢贸然问路，只好翻山越岭大致沿着白龙江的流向一路朝下游走。

从陇远山麓奔涌而出的白龙江，日积涓流，穿崇山峻岭，一路奔腾进入四川。自陇远入川，如果选走稍微平坦的路，还要多绕行一两百里。俞正堂为求近路，冒险沿着纤夫们才敢走的古秦栈道艰难前行。栈道无比险峻，头顶偶尔可见悬棺，脚下则是无底深渊。俞正堂遇到一位好心的纤夫为他指路，他和纤夫们一起拉纤，侥幸闯过最险的关口。白龙江一路奔流，入川后汇入嘉陵江。俞正堂历经千难万险，从碧口走到昭化，到了广元，好像才回到人间世界。

2

俞正堂从陇远县长任上走脱，一路上历经千辛万苦，忍饥挨饿，原本健壮的身体已经走形。几个月不见妻儿的俞正堂回到家，妻子石蓓芝猛一下子竟然认不出他，儿子秉轩在父亲面前也拘谨认生。石蓓芝从丈夫的神色中料定他饱经磨难，但是并不多问。俞正堂还是将自己的遭遇和经历如实告诉太太，自愧事业无成，也没有尽到为父亲的责任。石蓓芝没有一句埋怨的话，只说："平安回来就好"，全心照顾他好好将息。

俞正堂的岳父是邻村的马郎中，晚年丧妻，膝下无子只有两个女儿。马郎中夫妇的祖上据说几百年前为躲避教难从京城迁来此地，他家祖辈虽然不吃猪肉，却不认自家是回民，女儿皆从母姓，姓石。马家在不在教，在什么教，马郎中从不对外人说。石蓓芝的姐姐嫁到省城，婆家两代都是京汉铁路端铁饭碗的，与马家习俗相同。马郎中已经到了风烛残年，身边只剩待字闺中的小女儿石蓓芝。他舍不得两个女儿都远嫁，更离不开小女儿在身边照顾。只是如果严格按照自家习俗来择婿，此地难有门当户对的，他相中邻村武师俞教头知书达理的儿子俞正堂，想把小女儿许配给他。

马家问："女儿嫁过去不吃大肉介不介意？"

俞家说："家里并不富裕，逢年过节才有肉吃，不吃肉那才好呢。"

俞家和马家一拍即合，俞正堂被双方父母包办成亲。

石蓓芝与俞正堂同年生人，她的相貌与本地女子不大相同，身材娇小，五官棱角分明，眼深鼻直，棕色眼睛，白皙皮肤，栗色头发浓密，是远近十里八乡有名的美女。

俞正堂五岁丧母，继母对这个幼年失恃的孩子并不待见，在逆境中成长的俞正堂从小励志读书，自立奋进。俞正堂的祖父是乡间的吹鼓手，勤俭一生置下一些田产留给他父亲。父亲热心习武传武，不事农耕，十亩地租给佃户，靠微薄的地租过活。他的愿望就是儿子赶快长大成人，专心经营这几亩地，养家糊口。俞正堂志不在此，一心读书上进，走出穷乡陌村，闯进更大的世界。俞正堂读完县立农校，父亲不让他再读下去，之所以早早给他成婚，就是想拖住他的后腿，把他拴在几亩田地上。

石蓓芝不曾上学，马郎中在自己家里教她开蒙识字。他不懂得循序渐进，一开始就给女儿讲《论语》。石蓓芝从《学而》开始，一边识字一边明理，读完了《论语》，读遍家中所有的书籍，其中大部分都是医书。新婚之夜石蓓芝得知俞正堂一心要去南京金陵大学农学院深造，当即表露心迹，支持丈夫外出求学。俞正堂受到妻子的鼓舞，更加坚定决心。父亲一心要他在家务农，岳父则担心他眼界开阔以后抛妻离家远走高飞，两亲家联合起来反对俞正堂去南京上学。

父亲说："你去南京，休想我给你盘缠，学费更没有！"

儿子说："儿子离家远行已属不孝，我自己勤工俭学，不会用家里一分钱。"

石蓓芝拿出多年积攒的私房钱，还瞒着娘家爹，变卖陪嫁的首饰细软，全部交给丈夫。石蓓芝在家上奉公婆，下育子女，还照顾住在邻村孤身一人的父亲。所有家务都由她一人操持，婆家和娘家的千斤重担都压在这个弱女子肩上。

石蓓芝要俞正堂专心用功，不要牵挂家里，为了节省费用，还嘱咐他寒暑假也不一定回家。去金陵大学的第二年春天，俞正堂父亲病危，石蓓芝一封电报要他赶快回来。幸而石蓓芝精心照料公公，并且及时召回丈夫，俞正堂赶上为父亲送终。到家后方知石蓓芝除了侍奉公公，照顾病重的父亲，还要伺候继婆婆坐月子。继婆婆虽然比石蓓芝大两岁，生育却晚，儿媳还要照顾继婆婆生下小叔子。父亲去世后，俞正堂在南京又读了三年都不曾回家。直到他从金陵大学农学院毕业，女儿已经两岁多，还未曾见过父亲。岳父感染时疫已于半年前去世，妻子为了不耽误他的学业，没有向他报丧，独自一人料理后事。俞正堂在岳父坟前大恸，体谅石蓓芝的苦心，视她的贤淑孝顺为无以为报的大恩大德，立志勤勉成就事业，善待妻子，白头偕老。

俞正堂考中县长，成为乡间流传一时的新鲜事，都说他远放陇远发了大财。议论纷纷还未消停，俞县长却悄然还乡，乡间村里的闲言碎语顿时又沸沸扬扬。有个同村的乡亲故意问他："俞县长衣锦还乡，是不是专程回来接家眷的？你高就县长还没有在家乡摆酒庆贺，这番回来是要大摆筵席吧？"

祖辈困居乡村的人目光短浅，思想狭隘。俞正堂毫不在意这些闲言碎语，只是觉得乡亲们太缺少教育，能识文断字的人太少了。

俞正堂还乡不几日，黄敬齐也被罢官从源上县回来了，二人的遭际竟如此相似。俞正堂正想找机会问黄敬齐究竟，恰好黄敬齐回乡相亲，第二天就专程来访俞正堂了。

黄敬齐体格健朗，身材较高，长脸型，五官棱角分明，是西方女子眼中的东方帅哥。他留德五年，一副洋派风度，但是大嗓门的习惯并未改掉，快人快语。

"正堂兄，我钦佩你的气概，你是弃官慷慨而去，我是罢官落荒而走。"

"敬齐兄，你我知己，就不要取笑了。我那里匪患成灾，冯督军的势力鞭长莫及，我不过是前去试探的过河卒子。我们殊途同归，连个七品芝麻官也做不成。不过权当有此经历，实地考察考察现实中国的民情和官场，长长见识吧。"

"你那里是匪患，我这里是官患，其实都差不多。不过你还有娇妻相伴，儿女绕膝，我是赔了夫人又折兵——妻离家散财破。"

源上县的地方势力原来推举的县长没有被任用，就抵触上面委派来的县长。黄敬齐带着德国夫人汉纳一到源上县，县政府门前天天被看热闹的人围拢得水泄不通，三教九流平民百姓争相来看洋女人。当地乡绅认为新县长败坏了源上县的风气，地方势力与乡绅勾结，千方百计制造麻烦，时时处处掣肘。

汉纳夫人是黄敬齐留德时的学妹，慕尼黑长大的小姐，一心仰慕中华文化，却不知中国有多么落后。她随黄敬齐从西方到东方，从慕尼黑到省城，再到源上县，彷佛从天上坠入地底，更受不住整天像稀有动物一样被人围观。她要黄敬齐马上离开这鬼地方，否则立即回德国。

黄敬齐被汉纳夫人闹得不可开交，县里的财政经费又出问题。省上说经费随县长上任已经拨付，县里说没有收到，经费不知去向，当地财政部门告他贪污。折腾两个月，省上一纸训令撤了黄敬齐的职。对中国充满好奇心的汉纳彻底失望，不顾黄敬齐苦苦哀求，一气之下离他而去，远离中国。

俞正堂说："敬齐兄，此路不通，我们不适合做官，做官也救不了中国。"

黄敬齐说："我不服气，不是我不胜任，是源上县太闭塞太落后，我要做更大的官，一定要和落后的恶势力斗，彻底改造中国！"

俞正堂连连点头："我也要和恶势力斗，但是我想回到学校，对我来说还是教育救国来得切实。"

黄敬齐虽然言辞激昂，真实的打算与俞正堂不谋而合。中夏大学成立不久，正在招聘教职，此时入职中夏大学正当其时。

教育救国并非俞正堂的一时冲动，从陇远县返回的艰苦旅程中他一直都在思索。报考县长的决定太冲动太幼稚，自己不是做官的料，报效国家还是从教育做起，让妻子儿女过上安定的生活也是义不容辞的责任。俞正堂和黄敬齐一番交谈，更加坚定自己的选择。

黄敬齐是留德博士，正是中夏大学尽力延揽的人才，他被聘为中夏大学法学院经济系教授兼任图书馆馆长，很快以教授之尊迎娶本县名媛艾芳婷小姐。黄敬齐因为曾有汉纳夫人在前，所以婚事办得格外排场，在省城和县城两地大宴宾客，以示对艾芳婷的尊重。艾芳婷祖上也是从京城迁来此地，与俞正堂夫人石蓓芝一样都随母姓，而且还有点远亲关系。

俞正堂被中夏大学聘为农学院讲师。在离开家乡之前做了一件大事。他践行教育救国的志愿，将自家所有房屋田产在本村创建一所小学，并悉数捐献给县政府。俞正堂具结承诺，并让县政府发布文告张榜公布，说明办学意愿，表明校产归公，俞氏后人不得干涉，无权继承。

俞正堂带着妻子儿女还有继母和小叔，全家迁往省城，租屋安家。

<h1 style="text-align:center">3</h1>

中夏大学选定在省城太庙旧址的留学欧美预备学校基础上扩建。大学初创，人手不足，俞正堂应图书馆长黄敬齐之聘兼任图书馆采编组长。

校长林鸿鲁本是一位建筑学家，一心想为中夏大学建设现代化的校舍，他以独具匠心的建筑家眼光提出整体规划设想，千方百计从省政府要来专项经费。林校长从金陵大学礼聘著名的建筑设计师辜青岩教授主持大学建筑和校园设计，并请他着手筹建营造学系。辜青岩欣然应聘，很快开始设计并筹备施工。辜青岩需要一位熟悉省城当地社会历史风土人情，并且善于管理的助手。因图书馆的建设成效卓著，林鸿鲁校长要黄敬齐举荐一位办事干练的人才，黄敬齐当即推荐俞正堂。

俞正堂在金陵大学读书时，课余时间多次向辜青岩请教建筑制图，是辜教授在中夏大学少有的熟人。俞正堂在图书采编中显示出深厚的学问功底、敏锐的经济头脑和卓越的管理能力，是一位能办事的人。黄敬齐又将俞正堂捐献家产兴办小学的事迹介绍给林鸿鲁，说他一片赤诚，热心教育。黄敬齐的推荐得到林校长首肯，于是俞正堂全力协助辜青岩。

辜青岩是清华梁思成教授在宾夕法尼亚大学的同门师弟，国内几所大学著名的建筑设计皆出自辜教授之手。在金陵大学，俞正堂虽然是农学院的学生，却虚心向辜青岩请教，辜青岩对俞正堂很有好感。二人本来相识，俞正堂又能够深刻领会辜青岩的设计理念，甚得辜青岩赏识，彼此相处融洽，合作默契。

经过三年建设，一个宏伟的现代化建筑群屹立于省城东北隅。

中夏大学的校门在校园的最南端，是一座中西合璧的四柱三间三楼的牌楼式建筑，采用砖木和混凝土混合结构，中间一门高出，门顶盖四角翘起，上置套兽，成重檐之势，彩绘浮雕木雕砖雕匀称排列在建筑之上。门额是一块三米多长的石匾，上刻知名书法家于伯循题写"国立中夏大学"六个大字。建筑雕刻出自徽派著名工匠吴氏后人之手，特别是木雕，图案精美，刀工精细，栩栩如生，古朴典雅之中不失庄重。

从南校门进入，由南向北是一条笔直的道路，林鸿鲁校长从《四书·大学》"大学之道，在明明德"句中取"明德"二字为这条主路命名，称为明德大道，是整个校园的主轴。大道两侧各有三幢设计不同而形制相似的大楼对称分布，总体风格协调。六栋建筑虽然是砖木结构，但是均用钢筋混凝土奠基，歇山式屋顶四周出檐两米，四角悬挑飞檐，上置套兽，檐下是垂柱着彩木雕挂落。六栋建筑皆用青砖砌墙，立面层次丰富，装饰细腻，色彩明丽，典雅大气。各栋建筑的进出口全部设有歇山卷棚屋顶式灰瓦门廊，设西式木质门窗，各层窗口都有飘台。六栋建筑按上北下南左西右东之序，命名为亲民楼、至善楼、正心楼、诚意楼、致知楼和格物楼，分别是办公楼、医学院、法学院、文学院、图书馆，理学院和农学院同楼。

明德大道的北端是宽阔的广场，名谓明德广场。广场上坐北向南矗立着宏伟的中夏大学明德大礼堂，为校园主轴的重心。明德大礼堂是一座中西合璧的宫殿式建筑，青砖灰瓦，飞檐斗阁，用花岗岩堆砌的基座露出地面一米，围绕礼堂四周，雄浑恢宏。大门八根爱奥尼式柱，将三个对开出入大门妆点得巍峨壮观，另有东北西三个出入口，为四柱卷棚式歇山顶门廊。礼堂内设楼梯六座，观众大厅东西两侧各设休息厅廊。大礼堂分上下两层，楼上楼下观众坐席3000，最多可容5000人集会。明德大礼堂是中夏大学建筑群中闪耀的明星，也为当时国内大学礼堂建筑之最。

明德大礼堂后面是一处景致优雅的院落，这座院落处在中夏大学校园最北边，校园西北角开有一座较小的校门，因在校园北墙之上，故称小北门。小北门外是省城一处风景宜人的名胜——镜明湖。镜明湖其实是洪水消退以后留下的湖泊，早已纳入当地的水系，并非死水一潭。湖的源头是通惠河，湖水通过小北门东侧一个地下涵道进入中夏大学校园，再经过一道调节流量的小水坝注入惠水河。

惠水河是中夏大学校园里一条静静的小河，小河进入校园后，先由北向南，再由西向东，正好环绕那座院落。环绕院落的惠水河上有一座精致的汉白玉雕栏小石桥，叫作惠水桥，向南正对着明德大礼堂的后门，进出院落必经此桥。院落的北端有一座古塔，高十三层，八角飞檐八面玲珑，始建于北宋建隆三年，史称建隆寺塔，俗称宝塔。这座优雅的院落本为隆福寺旧址，寺院建筑早已颓废无存，坊间称作塔院。中夏大学在此修建三十六栋教授宿舍，其中有一座卷棚屋顶平房小四合院，其余皆为两层单檐歇山顶青砖小楼，三十六栋建筑面积相仿而建筑设计各异，专为教授而建，也出自辜青岩的设计。大家都觉得"塔院"多指寺庙侧边安葬高僧大德的所在，作为大学宿舍的地名很不合适，有人建议叫"中夏园"。邵泉鹘教授感觉这里河水环绕，绿树成荫，静谧舒适，"中夏园"之名还不够雅致，不如取名"夏苑"，于是成为这座院落的正式名称。

惠水河环绕夏苑，然后从夏苑的东边自北向南穿过一大片茂密的林带，从校园东南角流出校外，再次汇入一直向东南流去的通惠河。林带分布在惠水河两岸，几乎覆盖了整个校园的东侧，树种以松柏和杉为主，成为中夏大学校园里最美的景致。

俞正堂是树林设计布局的主创，这是他所学专业之长。俞正堂特意在树林北面惠水河以西最靠近明德广场的位置，开辟一片林中之林，专门植下桑树和花楸树即梓树，意在说明这里即是中夏大学每一位师生员工的桑梓之地，寓意以校为家。桑梓林中立有一块巨型嵩山独石，上刻"桑梓"两个大字，是国立中夏大学校园设计师辜青岩应俞正堂的邀请所写。辜青岩本应在他设计的所有校园建筑上刻石留名，可是他坚决推辞。俞正堂敬佩辜青岩的高风亮节，特请他题写"桑梓"二字，辜青岩念及他们二人密切无间的合作，欣然命笔。俞正堂设法觅得硕大的嵩山石，铭刻"桑梓"二字立于桑梓林中以作纪念。

俞正堂参与兴建的美丽校园早已沦入日寇的魔掌。颠沛流离五年多，在龙口镇辛苦建起的临时校舍，如今又遭日寇轰炸。留在龙口镇的书籍文献都是俞正堂亲自从校本部图书馆押运过来的，他不能让学校的宝贵财富全部毁弃，不顾一切，毅然只身返回龙口镇，他要从废墟中尽可能抢救中夏大学的图书。

第二章

4

俞正堂回到龙口镇，凭着五年多在镇上积累的人脉请来帮手，趁日寇的队伍还未到达，连夜从废墟中检出一部分没有毁坏的图书，打捆装满九十二只大麻袋。好说歹说又许下高价脚力钱，从附近雇了二十三辆独轮车，每一辆独轮车两边各驮两只麻袋，沿着山路追随学校大队人马向潭渊关方向一路走去。

俞正堂中等偏高身材，方面大耳，慈眉善目，眼睛炯炯有神，在逶迤不断的逃难人流中，衣着普通，但举止斯文。俞正堂一个人前后照应二十多辆独轮车，唯恐哪一辆车掉队。

进山逃难的人越来越多，逃难的同路人都生怕鬼子追来，顾自赶路，在意车队的人不多。但是时不时还是有人问来问去，俞正堂只得耐心解释。

刚刚进入一道山沟，突然来了一伙人，有五六个，操着当地的口音，喝道："这么多麻袋，里头装的是啥？"

打头的车夫立马停下，平淡地答道："啥？都是书本，死沉。"

"书本？几十车都是书本？不是逃难吗，拉这么多书干啥？"

"俞先生，俞先生，又是来问的，你跟他们说吧！"

俞先生赶上来，和气地对这伙人说："是书本，是书本，都是书本，一共二十三车。"

当地人不怀好意地问："书本？那么金贵？你是干啥的，卖书的？"

俞先生耐心解释："我是国立中夏大学的，学生上课要用书本。"

那伙人围上来，虎视眈眈地对着俞先生："啥时候了，还看书 ？"领头的突然大喝一声，招呼他们一伙："给我搜！"

俞先生头上冒出汗，一边故意对车夫们喊道："把麻袋都解开，都解开，给兄弟们看看。"一边对领头的说："真的都是书。日本人轰炸龙口镇，大学被炸毁了，就剩这些破书了，大学离不了书，没有书开不了课，办不成学呀。"俞先生见对方狐疑地望着自己，耐心地对他说："兄弟，真是没有值钱的东西，要是有值钱货，我也没有胆运呀，这二十多辆车哪能安安生生走到这里？"

衣服褴褛的车夫们并不想费事解开麻袋，有个车夫说："一路上不知道问过多少回了，我们一撂一撂打的捆，走了几十里地了。这位是大学的俞先生，一路领我们走，大学逃到前面山里了，把书运到才给脚钱，我们还指着这钱吃饭嘞。"

忽然，从附近县城方向又涌过来一股人流，也往西南山里走。原来日寇飞机又来轰炸附近另一座县城了，县城里的人都往山里逃。人流过来，操当地口音的那伙人一下子不见了踪影，俞先生赶紧指挥车队往前走。车夫们不干了，要俞先生先付钱。俞先生对车夫好说歹说，求他们随着人流赶紧走，一再说只要见到大学的大队人马，立刻给他们脚钱。

走到一个阴凉处，车夫们都停了下来，要歇歇脚，各自掏出窝窝头啃了起来。俞先生也从包袱里掏出干窝窝头，慢慢地下咽。一个穿着灰色大褂的男人，不知什么时候凑到俞先生身边，递上水壶，说："俞先生，辛苦了，喝口水吧。"

俞先生狐疑地望着这个穿着脏兮兮灰大褂的人，说："抱歉，我不认识尊驾。"

穿大褂的人轻声说："冒昧，冒昧，我观察你多时了。你应该是中夏大学的俞先生，在下是金成银行襄理顾省三。"

俞先生说："我们认识吗？"

顾省三还是压低声音："不认识没关系。我一路看来，先生临危不惧，处变不惊。兵荒马乱之时，能平安押运这二十多车图书，真了不起，佩服，佩服！"

"大学离不了图书，毁了不少，这些不过是抢救出来的一部分。一路上总有人操心，以为这是什么金银财宝。"俞先生说着，准备起身继续前行。

顾省三靠近俞先生，把声音压得更低："不瞒先生，我敬佩你，有求于你，请你一定高抬贵手帮帮我。"

金成银行的金库被日寇炸毁并起大火，当班的几个职员都被炸死了，只有顾襄埋从废墟中检出一箱钞票躲进了逃难的人流。箱子里满满地装着整整二十万法币，他实在拿不动，在逃难的人流中找到一个二十多岁的乡下人当脚夫。脚夫名叫容锡田，是个年轻的鳏夫，村子遭到日寇轰炸，父母老婆被炸死，独自带着个一岁多的儿子逃难。容锡田的独轮车一边一个柳条筐，一个筐里装着顾襄理的箱子，一个筐里睡着他的儿子。容锡田并不知道箱子里装的是什么，只觉得沉重，反正他已无家可归，只有跟着顾襄理随人流往深山里逃难。

顾省三原以为拎着这一箱子钞票好去西安找妻儿，有钱不愁。眼见逃难路上一派混乱，心里七上八下，愈发感觉兵荒马乱中很难保住这箱子钞票，这沉甸甸的钱箱反倒是个祸害。顾省三决定不再贪恋这笔巨款，不能守财丢命，只有舍财才能求生。但这毕竟是银行的财产，随便丢弃反而惹祸上身，而且有朝一日天下太平了，怎么能说得清楚？

顾省三一路冷眼观察押运图书的俞正堂，心生一计。俞先生是国立大学的人，有身份，明事理，不如把钱箱子转给他，钱都捐给大学，卸掉包袱，躲了祸害，将来也有个交代，还落个好名声。俞先生既然能在兵荒马乱之中押运二十多车图书，再多一个箱子并不显眼。

顾省三将自己的打算告诉俞先生，俞先生吃了一惊，连连摇头。

顾省三说："俞先生不用担心，金成银行被日寇全给炸毁了，我是侥幸拾条命。那帮当地口音的人肯定来者不善，我再不托付给先生，恐怕我是人财两空，命都保不住。我已经写好一纸捐款的文书。这箱子能保住，就算我积德行善，襄助教育。保不住，就当毁于战火，你没有任何责任，我不需要你的任何字据。君子一言，驷马难追，我绝不会找后账。我是做银行的，讲的是信用，也是俗人，为的是舍财避祸保命。我的家小已经去了西安，我要找他们去。你是仁义之士，我敬佩你，如果能保住这些钱，用于大学，用于国家教育，总比被鬼子炸毁被强盗抢走好一万倍。"又说："我的伙计带着个孩子，才一岁多，发烧了，他已无意再跟我往前走，再者他好像对我的箱子很在意了，夜长梦多，实在不能再留他。"

顾省三不由分说，招呼容锡田过来，当着俞先生的面说："路上情况不好，你的孩子又发烧了，我们很难再往前走。这位是国立中夏大学的俞先生，我这一箱子书暂存大学。我身上总共还有二十块现洋，十块给俞先生帮我运书，我留五块，剩下五块算是你一路的脚钱，赶快带着孩子看病要紧。"

顾省三不容分说，把手中的现洋一分，对俞先生深深一拱，对容锡田招招手，很快消失在人流之中。

俞正堂并不慌乱，只是觉得这突如其来的事情实在有些离奇，却又在情理之中。自己一介书生，与顾省三素昧平生，他能使什么诈？更何况在这兵荒马乱之中，彼此偶然相遇，他又能设什么局？俞先生知道教育部的经费一直拨不下来，近千名师生家属都快断炊了，这笔钱刚好救急，这真是天大的好事！

俞先生不动声色，对容锡田说："小伙计，你是推着这箱子书跟我走，还是……"不等俞先生说完，容锡田把箱子从独轮车上卸下来放到地上，推着孩子掉头就走。

俞先生对车夫们说："刚才那位先生要我把他的书送到大学，还给了十块大洋，谁愿意多推个箱子，现在就给他一块钱。"车夫们都抢着要推，俞正堂顺手把箱子放在一辆车上，当即给那车夫一块钱。又对大伙说："还有九块钱咱们买蒸馍吃，一路上管大家吃饱，要是没有花完，剩下的你们平分。"

经过几天几夜跋涉，运书的独轮车队终于到达潭渊关，与大学的队伍汇合，九十二麻袋图书加上一个箱子妥妥运到。

5

中夏大学五六百学生，加上教职员工还有家眷共一千多号人，一下子挤到卧虎山深处一个三省交界的偏僻关隘，衣食住行的安置简直是一团乱麻。一路上，有部分师生又遇上日寇轰炸，七死十三伤。还有一部分师生正面遭遇日寇，二十多人被俘，包括王晋清和贺之廷两位教授。师生们惊魂未定，人心惶惶。目前最难的是财尽粮绝，真是上天无路入地无门。

校长林鸿鲁为了向教育部讨要经费去了重庆，教务长何季平署理校务日夜操劳，卧病在床。俞正堂在一间柴草房里找到何季平，向他复命。何季平斜卧在一堆干草上，少气无力地说："正堂兄辛苦了，书先不要解捆，说不定还要转移。眼下这一千多号人即将断炊，王晋清贺之廷二位教授还有一些学生至今下落不明，如何是好啊。"说完，叹口气，仍然斜卧在干草堆上，何夫人在一旁不停地用手绢拭泪。

俞正堂俯身对何季平说："教务长不必犯愁，我有好消息。"遂把路遇顾省三的事详细告诉他，并拿出顾省三手写的文书给他看。

何季平本是江南才子，虽然人到中年，身体并不发福，加上平时注意肌肉锻炼，保持着矫健的体型。可惜从龙口镇到潭渊关一路折腾，眼下正为学校群龙无首外加财尽粮绝而犯愁，双眼浮肿，精神萎顿。此刻听到俞正堂的好消息，他一下子坐起来，抓住俞正堂的手连声说："正堂兄，正堂兄，你立了大功，你立了汗马功劳，你救了中夏大学这一千多号人哪！"

何季平与俞正堂商量好发钱救急的方案，决定向学生发放贷金，向教职员工支付薪水，由俞正堂全权负责。

发学生贷金是麻烦事，俞正堂找学生自治会的干部陈方村帮忙。陈方村是中夏大学在龙口镇办学时招进来的史学系学生，常去图书馆看书学习，经常来得最早走得最晚，引起兼任图书馆采编组组长的俞正堂注意。陈方村家境贫寒，流亡到龙口镇投考中夏大学，进了大学才得以温饱，所以非常珍惜这难得的读大学的机会。他人机灵随和，彬彬有礼，热心公益，经常帮助俞正堂做图书馆的事务。俞正堂眼看着他上大学后长高长壮实，从一个面黄肌瘦的大孩子变成英俊的小伙子，对他很是钟爱。

陈方村见到俞正堂，像是久别重逢，但是他正饥饿难忍，萎靡不振，弱弱地说："俞先生，您平安回来，我就放心了。不过您这时候找我做事，实在要违命了，我都饿得直不起腰了。"

俞正堂说："我来就是让你吃饱肚子啊！"他并不给陈方村说来由，只说刚刚返校，带回图书和经费，马上就发助学贷金。

陈方村跳起来，抱着俞正堂说："俞先生，太感谢你了！"

拿到贷金和领了薪水的师生带家属欢呼雀跃，学生们直喊"俞先生万岁"。中夏大学有钱了，消息震撼了潭渊关这个偏远的关隘山镇，四里八乡的老乡连夜赶到潭渊关做生意，油馍锅烧饼炉饺子担面条铺，各色各样的食肆占满了两道街，到处都是卖土布卖衣服卖鞋还有卖锅碗瓢盆的地摊，居然还有卖牙刷牙粉的。这一晚，地处深山的潭渊关成了不夜之城。从这一晚起，潭渊关因为中夏大学在此落脚，一时间成为一个繁华之地，甚至还来了戏班子。

大学的办公处就设在潭渊关的关帝庙。被日寇掳走的王晋清和贺之廷两位教授受尽磨难死里逃生，终于回到学校。各学院在潭渊关和附近的村庄找到临时教室和宿舍，召集师生陆续开课。

学校出面为在龙口惨案中蒙难的师生举行了隆重的追悼会，潭渊关一带的老百姓也都成群结队参加。黄敬齐教授在追悼会上慷慨陈词，发表悲壮的演讲，陈方村代表学生自治会做了激动人心的鼓动发言，师生同仇敌忾，追悼会开成了宣传抗日救国的誓师大会。

俞正堂因为押运图书顾不上自己的家小，王晋清教授被俘后，王太太悲痛欲绝，王家老小由俞太太照顾。两家共十多口人一个锅里吃饭，日行夜栖都在一起。到达潭渊关三天后，俞正堂好不容易在潭渊关外一里地一个叫作庙头的小村子找到两处民宅，安置王晋清和自己家小。

俞正堂向图书馆长黄敬齐教授报告，运回来的图书已交付图书馆，署理校长何季平要求他全力做好发放学生贷金，暂时不能顾及图书馆的事务了。

黄敬齐说："图书馆的事我也顾不上了，我要全力组织经济系复课。"他夸赞俞正堂押运图书有功，说他神通大能耐大，找来经费救活了师生们更救活了学校。又夸赞俞太太不简单，胆大心细遇事不慌，一路上照顾几家人，还帮助他和太太。俞正堂连说："惭愧，惭愧，我这一大家人一路上多蒙你和黄太太照顾了。我哪里有什么神通和能耐，不过运气好罢了，总算不负学校的使命。王贺两位教授能平平安安与家人重聚真是万幸，想起那些死难的师生实在心痛。"

黄太太艾芳婷是大学图书馆的馆员，一位贤淑的知识女性，她夸奖俞太太："我的这位远亲真是贤妻良母，你为公干顾不了家，一路上她一句怨言都没有，还特别能走路，我们都走不过她。"

黄太太突然觉得有点失言，连忙把话打住，转身去倒水。

俞正堂明白黄太太的意思，哈哈一笑，说："我太太的小脚在咱们老家是有名的，她能吃苦耐劳，从不娇气。"

俞正堂按照学校的安排，专管向学生发放贷金，跟各院系的学生普遍接触。一天，他正和几个学生自治会的干部一起整理学生贷金账目，校工老王过来找他，说署理校长何季平有请。

何季平的办公室设在关帝庙的西配殿，东配殿是校长办公室，不过校长林鸿鲁去重庆未归，一直空着。何季平的办公室非常简陋，一个角落里安着一张破旧的香案，这就是教务长的办公台，何季平坐在一张破椅子上，旁边摆着一个条凳，俞正堂在此落座。

何季平开门见山，笑眯眯地说："正堂兄，天降大任于你呀。你立了汗马功劳，图书馆也开馆了。当此危难之时，请你能者多劳，担当大任。"

俞正堂欠欠身，说："教务长请讲，只要力所能及，在所不辞。"

何季平说："正堂兄，是这样。我们现在已有五百多名学生，陆续有学生返校，人数还会增加，学生的生活管理是个大难题，所以学校准备成立学生生活指导组。这次你发贷金受到学生拥护，威望很高，都把你当救星呢，我原本的意思是请你做指导组主任兼……"

俞正堂打断他的话，爽朗地说："请教务长放心，凡是该做的，能做的，责无旁贷，我自当竭尽全力，但是千万不要说当什么主任。"

何季平忙说："正堂兄，生活指导组非你莫属，别人还不敢接手呢。是这样，林校长重庆来电说，教育部饬令国立大学都要设训育长，他问我有无人选，如果没有合适的，重庆可以派人来。我想请你做训育长，总比重庆来个什么人知根知底。不过这只是我的想法，你若同意，我就向林校长举荐，他向教育部备个案就可定下来。"

俞正堂一听，不假思索地说："教务长总务长训育长为大学的并列三长，别说我不够格，根本就不能胜任。我是学农出身，讲不好三民主义，不会训育学生。"

何季平要他再考虑考虑，俞正堂当即明确谢绝。何季平无奈，只好说："那好吧，学生生活指导组就不要再推辞，这就定下了！"

堂堂国立大学避难在小小山城，运转起来真是千头万绪，几百名学生的生活更是天大的难题。俞正堂是个想办事能办事的人，平日里又特别关心学生，在学生面前从不摆架子，善于和学生相处交友。他接受了学校的委托，专心致志地做起生活指导组的事，整日里和学生打交道，与地方上周旋。

6

俞正堂有一子二女。儿子秉轩在西北联大读英文，今年毕业。大女儿秉贤读初三，小女儿秉淑读小学三年级，还有个同父异母的弟弟正岫读高三，三个学生全都辍学在家。秉贤对父亲去管大学的杂事很是不满，大学生分散住在潭渊关周围的村子，还要查夜巡视，整天忙得不顾家，时常不能按时回到庙头村在家里吃饭。

庙头村是个小村子，只有二三十户人家。说它是个小村子又不小，因为村前有一座大庙。邵泉鹃和辜青岩两位教授根据大庙里遗存的文物和建筑制式考证，大庙建于清代乾隆年间。说是大庙又不是庙，其实是一座山陕会馆。山陕会馆为何建在深山里，无据可考。大概是当年众多山陕乡亲曾在此避难或休整而建的。会馆的建筑的规制与其他商埠的山陕会馆并无二致，不过建筑不够精细，建筑质量不好，但是规模不小。如今会馆已经面目全非，影壁墙只剩地基可见。因为这里如同所有的山陕会馆供奉关帝，来此烧香的不少，本来是"会馆"，慢慢地被说成"关帝庙"。潭渊关另有一座有名的关帝庙，所以这里既不叫会馆也不叫关帝庙，俗称"大庙"，前边那个小村子就叫作"庙头"。

俞正堂向何季平报告生活指导组工作，谈到家眷之中有不少孩子辍学在家，最近还有陆续来到潭渊关的流亡中学生到处游逛。俞正堂说，他自家的三个孩子都辍学在家，终日无所事事，建议办附属学校，一则让孩子们有书读不至荒废了学业，二则大学生可以兼课，课余有事可做，还能挣点补贴。何季平也早有此意，苦于没有地方，俞正堂告诉他庙头村前那座大庙虽然破旧，尚可利用。

办附中兼附小的事很快定下来，可是大家都知道筹办起来困难很多，没人愿意做校长，何季平只好让自己太太来做。何季平太太刘颖兹是一位名副其实的江南才女，秀丽端庄，她本是中文系的讲师，为了替先生分忧，更是为学校分忧，就应承下来。刘颖兹有事就近常与家住庙头村的俞正堂商量，俞正堂和大学生相处融洽，推荐品学兼优的大学生去兼职，附中不愁师资，大学生也多了勤工俭学的机会，两全其美。无形之中，筹建附中的大部分事务都被俞正堂承揽下来。

经过个把月的筹备，又是修葺破庙，又是拼凑桌凳，附中很快开学了。没想到来上学的学生爆棚，竟有二百多人，麻烦的是从幼稚园到高中都有学生，附中门口居然挂了三个牌子：附中、附小、幼稚园，把刘颖兹和俞正堂两个人忙得不亦说乎。

附中开学不到一个月，俞正堂的小弟俞正岫失踪了。俞正岫在附中上高三，高三年级的学生不多，都是请大学的先生来上课。大学先生以为给中学生上课不过小菜一碟，没有用心备课，令俞正岫这几个高三学生大失所望，一直嚷嚷着要去投考大后方的国立高中。不成想俞正岫和几个男生全都离家出走，失踪了，高三年级只剩下一个女生王书敏。王书敏是王晋清教授的女儿，父亲刚从魔爪中逃脱，对日寇怀有深仇大恨。她守口如瓶为男生保密，等他们已经远走高飞才道出实情——几位男生响应"一寸山河一寸血，十万青年十万军"的号召，奔赴云南参加远征军了。热血青年投笔从戎上前线抗敌的正义行动，博得了老师和同学们的赞扬，家长们也被孩子的爱国热情所感动，不再责怪他们不辞而别就离家出走。

俞正堂对小弟的义举感到骄傲，但还是有些遗憾，因为正岫毕竟是同父异母的小弟，他突然从军这件事不知该如何向继母交代。

两个月后，弟弟俞正岫终于来信：

"大哥钧鉴：

弟从潭渊关不辞而别绝非冒失之举，投笔从戎之心早已有之，只是未得赴前线抗敌报国机会。前些时日，同学之中流传远征军对青年学生的召唤，我等高三男生志同道合，决心从军。父亲早逝，大哥待我恩同父子，手足情深。大哥一向对我百般呵护，恐难当面允准小弟从军之举，为免缠绵蹉跎，故不辞而别。吾等在昆明附近军训一个月，现随八百学生兵编入孙立人将军所率新一军，已在腾冲集结，不日即赴缅甸密支那前线。弟既从军，决心英勇杀敌，不惜以死报效家国，坚信会得到兄长的理解和支持。自古忠孝不能两全，一旦战死沙场，望兄长照顾好母亲大人。但凡能通书信，一定及时投报家书，以免兄长挂念。弟绝不会辱没我俞家门庭，请静等捷报。

即颂大安。

愚弟正岫顿首。"

俞正堂反复读这封祈盼已久的来信，心中怅然。忽然王书敏来到俞家，见了俞正堂深深一躬，说："俞伯伯好，你收到正岫的来信吗？"

俞正堂忙答："收到了，收到了。"见书敏手中有信，问："正岫也给你写信了？"

王书敏正值妙龄，情窦初开，脸色微微一红，扬扬手中的信："是的，俞伯伯，他也给我写信了。我很敬佩正岫从军，他说好男儿当赴沙场抗日救国，也为我们父女报仇。"她说："附中高三男生都从军去了，只剩下我一个人，我决定去重庆补习功课考大学。"

王书敏此来俞家，一则受正岫委托确认大哥是否收到家书，二则向俞正堂告别。其实，书敏还有一层深意。因为俞正岫在信中对她表达了爱慕之意，誓言打败日寇凯旋之日与她相会，开启了她的爱情心扉。王书敏万分激动却无以表达，在离家去重庆之前，向正岫的大哥也是父亲的同事俞正堂先生告别，以表达她对正岫爱意的默认和接受。

7

这天傍晚，俞正堂一家人正在吃饭，一个在生活指导组帮忙的学生惊慌失措地说："俞先生，不好了，陈方村被人带走了！"

俞正堂放下饭碗就跟那学生往学校走，边走边问："哪来的人？带哪去了？"

那学生只说陈方村前脚被带走，他后脚就来报信了，其他一概不知。

俞正堂径直找到何季平家。何季平知道他所来何事，不等俞正堂开口，说："我刚刚已经听说了，是这样，正打算吃过晚饭去问李亭凡，怎么他刚上任就让外边的人来抓学生？"

李亭凡是教育部派来的训育长，半个月前从重庆到任。俞正堂说："教务长，陈方村你是知道的，好学生，是我在生活指导组的得力助手啊。"

两个人正要去找李亭凡，他却来了。李亭凡矮矬身个，他是赣南人，客家口音很重，原在教育部供职。

李亭凡说："教务长，有要事禀报。"说着看了俞正堂一眼。

何季平说："不客气，请讲，这位是俞正堂先生，学生生活指导组主任。都不是外人，请讲，请讲。"

李亭凡说道："卧虎山区党部来找我要人，说是史学系学生陈方村行为不轨，破坏抗日，要带走调查。我说不能随便来学校抓人，等我们问清楚再说。可是他们说这是奉上峰命令，不得贻误，非把人带走不可。我不想刚来不久就有学生被抓，可是没有办法，特向您请示。"

何季平忙问："现在人带到哪里去了？"

李亭凡答道："他们说今晚暂时羁押在潭渊关镇公所，明天一早回山区党部。"

俞正堂急了,说："山区党部有什么资格抓大学生？这个学生循规蹈矩，正派得很，怎么可能会破坏抗日？"

李亭凡说："既然他是好学生，不如让他们带去查，总不会冤枉好人吧。"

俞正堂一听李亭凡是这样的态度，不再理会他，只是对何季平说："陈方村是品学兼优的好学生，在生活指导组工作一向不辞辛苦任劳任怨，在师生中有口皆碑。"

李亭凡小声说："就怕惹上共产党的事。"

眼前突发的状况，让俞正堂想起差不多十年前的往事。北京"一二九"学潮之后，中夏大学学生宣传抗日救国也形成热潮，喊出口号，"明德广场已经安放不下一张平静的书桌了！"带头的是自己在农学院的得意门生邓梓华，平素甚得俞正堂的喜爱。热血青年宣传抗日理所应当，所以得到俞正堂支持。俞正堂偶然得到风声，当局咬定有共产党在校内暗中鼓动闹事，怕学潮越闹越大波及全省，要来学校抓挑头闹事的学生。他非常反感随便来学校抓人，最反对抓学生。不管邓梓华是不是共产党，他没有干坏事，就应该保护他。俞正堂及时给邓梓华通风报信，邓梓华很快失踪，从此杳无音信。没想到抗日战争爆发前的情景，又在眼前复现。

俞正堂说："李训育长，他要是共产党，还能在这里等着被抓？"

何季平说："随便来大学抓人本来就不对，更不能给学生乱扣共产党的帽子，既然是好学生，学校要出面做保。"

俞正堂说："前几天卧虎山区党部的汪书记长托人来附中找刘校长，说他女儿要来附中读书，因为离家远，想在学校寄宿。刘校长问我能不能安排，我正想办法呢。"

何季平的夫人刘颖兹从里间出来，连声说："是呀，是呀，前天我还问俞先生呢。"

何季平对李亭凡和俞正堂说："那太好了，校方出面担保，委托你们二位直接找这位汪书记长，请他放人，如何？"

李亭凡当即回绝，说："何先生，鄙人初来乍到，人地两生，去也无济于事。还是俞先生陪刘校长去吧，不是书记长正好有求于附中吗？"

俞正堂爽快地说："我去，我一个人去就行了，教务长你立即出公函吧。"

俞正堂担心夜长梦多，怕陈方村连夜被带走，就在镇公所门外守了一夜，第二天天还未亮，早早坐在镇公所派出的马车上。山区党部的人带着陈方村从镇公所出来，看见车上坐着个生人，就问车夫，车夫说："这位是大学的俞先生，也去山区党部公干，一起走。"山区党部的人要俞先生下车，俞先生手持公函，对他们说："镇公所派一趟车不容易，咱们各做各的事情，同车共济一回吧。"

那两个人无奈，陈方村心领神会，心里踏实多了。

山区党部在距潭渊关十几里山路的涵水镇。书记长汪圭垚名为国民党卧虎山区党部主任，实际身份是中央党部派驻这里的特派员，专责协调党政军卧虎山区联合工作团与地方的关系。

汪圭垚听说大学来人了，连忙出来迎接。俞正堂说他女儿上学的事已经安排好，汪圭垚喜出望外，连忙叫女儿出来见面。他的女儿名叫汪书敏，刚过豆蔻年华，亭亭玉立白白净净一个女孩子，很有礼貌。她初中毕业了，非要去中夏大学附中读高中。

俞正堂笑着说："巧了，我们大学王晋清教授的女儿也叫书敏，只不过她姓王，去重庆考大学了，你比她多了三滴水。"

汪圭垚父女都笑了，汪书记长这才看了公函，作好作歹地说："俞先生，我们山区党部哪敢去大学抓人？实不相瞒，此事是党政军卧虎山联合工作团交办，据说你们大学里有人检举这个学生行为不轨。他们不想直接与国立大学打交道，让党部出面调查，我们只能等因奉此，不得不查。"

俞正堂说："这是个好学生，课余帮助学校发贷金。发贷金的事情哪能人人称心如意，少不了得罪人。感觉吃亏的学生不敢对校方不满，只能对他泄愤，他其实是替校方受过而已，冤枉得很。"

汪书记长说："听俞先生解释我就明白了，既然大学能出公函担保，我也就不怕得罪卧虎山工作团。不过人既然带来了，还需走走过场，查问查问。"

俞正堂说："那是应该的。"

那边在查问，这边汪书敏有问不完的问题问俞正堂，汪圭垚当即决定这一次就让女儿跟随俞先生一起去潭渊关上学。

汪书记长留俞正堂吃了午饭，那边也完事了，打发女儿带着行李和俞正堂师生同乘镇公所的马车回潭渊关。

第三章

8

太平洋战争爆发后，抗战进入更加艰苦的阶段，战事吃紧，经费短缺，国立大学还能不能得到经费成为未知数。校长林鸿鲁在重庆逗留几个月，校内传出他携款出逃美国的谣言。不久，谣言不攻自破，林校长终于从重庆返校，教育部的经费虽然差强人意，但还是拨过来了。教授们都喘了口气，学生们欢欣鼓舞。眼看该放暑假了，可是打算离校的学生不多，大多数学生无家可归，呆在学校里还有一日三餐。

俞正堂正在关帝庙西配殿何季平办公室里说找民房的事，黄敬齐气急败坏地进来了。只见他一拍桌子，把上边的油灯都震倒了。

何季平忙说："敬齐兄，何来这么大的气呀？坐下慢慢说。"

这间办公室里除了何季平的那把椅子，只有俞正堂坐着的条凳。俞正堂站起来，一边擦拭洒在桌面上的煤油，一边让黄敬齐坐下。

黄敬齐并不落座，气鼓鼓地说："正好，当着正堂的面，请教务长明示，为何经济系的经费和房子最少，为何如此鄙视我们经济系？"

战乱时期大多数学生随校避走山区，但还是有不少学生由于照顾家庭等种种原因流散各地。战前学经济的学生出路最好，经济系被戏称"钞票系"，成为中夏大学各系中的最热门。抗战爆发以来，经济破落，民生凋敝，学文史地和数理化的还可以教书谋生，学经济的却无业可就。经济系一下沦落为冷门，散落流失的学生最多，成为人数最少的系。

"敬齐兄，那你就冤枉我了。是这样，经费分配原则是林校长拟定，院长和系主任们议决。讨论时你是在场的呀。"

"教务长，你不要推卸责任。议决的只是原则，况且还有一条是统筹兼顾，没有说绝对平均。经济系本来是大系，目前的学生虽少，但是五脏俱全，给我们这么一点点经费，教我如何运作？分给我们的房子也少得可怜，根本无法周转，这不是有意为难我经济系吗！"

"敬齐兄，先消消气。我绝无推卸责任之意，林校长已经回来，我不再署理校务，经费分配非我做主。但是现在看来，经费分配只考虑人数确实有欠周全。当初我们议决时如果不仅定出原则，还及时算出结果，其中的偏颇就容易显露，大概可以避免顾此失彼。是这样，我和正堂正在商议，他已替你把经济系的难处提出来了，看如何补救？"

"教务长，你不要敷衍我了。我刚才见了林鸿鲁，他说经费分配方案不能再变，真是岂有此理！他林鸿鲁究竟从重庆要回了多少经费，他有没有私扣截留装进自已腰包？"

何季平怕黄敬齐邪火上升，一心想息事宁人，就说："敬齐兄，你不能口无遮拦。我想他是怕压住葫芦又浮起瓢，你不要着急，总能找到办法的。"

"办法？什么办法，钱和权都在他林鸿鲁的手里，你区区教务长能有什么办法？"

俞正堂忍不住说话了："敬齐兄，那你还不是找到区区教务长这里了？经费，教务长已经为经济系想了办法。房子，教务长正要我去找。"

何季平说："黄大教授不要动怒，林校长那里我会再跟他仔细商议的。当时大家只顾了公平，没有想到实际效果，公平不等于绝对平均，只按人头分配对于人数较少的系确实有失公允。你得给林校长一个转圜的时间和机会吧，何况他也得去说服那些眼下学生多的大系。这样，我先把教务处的一部分经费转给经济系用，别人知道了，就说是你经济系暂时借用，日后要归还的。因为我这里的经费也不多，若是都找我借，那就招架不起了。"

俞正堂说："乡绅蔡祥霖的儿子要读中学，腾出三间瓦房给附中，但是这三间房子离庙头村附中远些，何夫人听教务长和我商议经济系缺房子的事，就说这三间房子离经济系的驻地近，给经济系用。"

黄敬齐大喜，说："啊呀，惭愧，惭愧，连何夫人都惊动了。感谢教务长夫妇的美意，那我就当仁不让，代表经济系愧受了。"

黄敬齐高高兴兴地走了，俞正堂对何季平说："敝老乡就是个大炮筒，心有不平开炮就轰。他这臭脾气真让人受不了，还是你老兄有雅量。可话又说回来，他也是为经济系考虑，为中夏大学好，不平则鸣。"

何季平说："老黄他一心治学，一心为校，各位教授都像他一样，那我们中夏大学幸甚，幸甚哪。"

虽然在苦难之中，大学里还是有令人鼓舞的好消息。

林鸿鲁校长从重庆带来一份美国大都会博物馆1943年年报，上有史学系教授邵泉鹘的文章，题为《殷墟第十三次考古发掘与甲骨学的奠基》。抗战爆发前一年，邵泉鹘参加了殷墟第十三次发掘。那一次考古发掘的成果空前，找到了殷商武丁时代被封存的档案馆，收获17096块有字甲骨，并从中复原出三百多版完整的龟甲。殷墟一带早已沦陷，邵泉鹘担心日寇掠夺宝藏，毁坏文物，篡改历史，在颠沛流离中花费几年的功夫，根据考古发掘的记录数据，于前年写成文章，寄给远在美国的同行审定，希望能尽早公开发表。二战的影响遍及全球，全世界都处于动荡不安之中，文章寄出后如石沉大海，邵泉鹍对文章发表已经不抱希望，没想到在纽约大都会博物馆的年报上发表了。这份年报虽然迟迟才见到，邵泉鹍依然喜不自胜，史学系师生也都得意洋洋，毕竟这是享誉国际的重大学术成果啊。当然也有另一种议论，说是国难当头还有心思研究这些破砖烂瓦，于国于民于抗战有何用处？

农学院赵理方教授是康奈尔大学农学院的博士，托马斯·摩尔根的再传弟子，在生物遗传学上有很深的造诣，抗战前学成回国。赵理方在逃往潭渊关的路上连行李都丢失了，却拼命保住他辛辛苦苦培育的20斤杂交玉米种子。到达潭渊关时正值玉米播种季节，赵理方急得火上浇油，他想趁季节及时种下玉米，却无处可种。山区耕地少，农户用惯了自己的种子，不相信大学教授的洋种子。种下去一旦失收，教授拍拍屁股走人，那日子可怎么过？

俞正堂为散住各处的学生操心，经常走村串户，很快熟悉了潭渊关周边的民情。俞正堂费尽周折找到三家农户，说服他们试种杂交玉米，立下字据保证一旦失收或比他们预计的收成少，就用自己的薪水赔偿。三家农户终于同意，一共拿出五亩地，播下赵理方培育的种子。

赵理方喜出望外，并不知道俞正堂私下对农户的承诺，只是感谢他。从此俞正堂和赵理方一起，精心管理这五亩杂交玉米，和农民一起浇水锄地追肥。杂交玉米长势良好，到暑假快结束终于有了收获，平均亩产五百斤出头。当地的老农都说，潭渊关一带玉米亩产三百斤就是难得的好收成，种了一辈子玉米没见过一亩地能收五百斤。中夏大学的教授培育了"玉米神种"，四乡八里纷纷来讨买种子，三户农民应接不暇，收入倍增。学校将此成果上报教育部，教育部通令嘉奖赵理方教授和中夏大学为抗战和农业做出了贡献。

学校专门召开新闻发布会，展示邵泉鹃教授在大都会博物馆年报上发表的文章，宣布教育部对赵理方教授的嘉奖。中夏大学以及两位教授的声名，远播大后方各地。

赵理方对俞正堂说："正堂兄，多亏你及时找来农户，如果错过季节，种子再好也难丰收，你功不可没。"

俞正堂说："良种是你培育的，我不过帮了一点忙。教育部的嘉奖可喜可贺，能造福农民才是你最大的功德。"

赵理方说："希望我们继续合作，你也参加育种。我们一起为中夏大学争光！"

生物系臧雨田教授不以为然，他私下里对别人说赵理方不过是"瞎猫碰上了死老鼠"，一代杂交不能论定成功与否，值不得如此宣扬。

<h1 style="text-align:center">9</h1>

中夏大学在暑期期间密锣紧鼓地招生，附中招生更加热门。一批大学毕业生和流亡西北各地的中学生纷纷涌到潭渊关，谋职的谋职，求学的求学，小小的潭渊关因为来了中夏大学，一时间享誉整个大后方。

俞正堂的儿子俞秉轩西北联大英语系毕业，也回到父母所在的潭渊关，同来的还有同班同学赵海昇和一位中文系毕业的女生黄怡欣。附中的生源很好，班级扩大，需要更多的专职教员，俞秉轩、赵海昇和黄怡欣都被录用。俞秉轩家只有两间草房，两个妹妹都住在家里，他就与赵海昇一起蛰居附中在庙头村大庙后面新盖的简易宿舍。

没等到开学，刚刚入职附中的俞秉轩突然又得到大学英语系的聘书。原来大学也缺英文教员，教务长何季平从夫人那里得知俞秉轩应聘附中教职，就拿着大学英文系的聘书找到俞正堂，说："正堂兄，我听颖兹说令郎去附中任教，那怎么可以！我们英文系正缺教员，秉轩务必来英文系任教。这不，我已经把聘书拿来了。"

俞正堂说："谢谢季平兄的好意，我何尝不想让他来大学教书。只是我这个独生子不够通达，他会以为我替他走了门子，会埋怨我呢。"

何季平说："真是好门风好家教啊。不是你走门子，是我走你的门子。是这样，请他来是为救英文系的燃眉之急，难道还要我三请诸葛？"

俞秉轩来到潭渊关一直沉浸在愉悦之中，虽然国难当头，他还是顺利完成学业，一毕业就回到阔别多年的父母身边。更令他感到无比幸福的是，他热恋一年多的同学黄怡欣，毕业后追随他一同来到潭渊关。两个人同时受聘中夏大学附中，从此可以形影不离了。

一同受聘的同窗好友赵海昇，却给正在兴头上的俞秉轩兜头泼上一瓢冷水。俞秉轩和赵海昇在毕业前都参加了官费留学美国的资格考试，通知刚刚寄到，赵海昇通过了，俞秉轩却名落孙山。俞秉轩读书的成绩一向比赵海昇好，参加留美资格考试时，赵海昇自己都不抱希望，而俞秉轩则是志在必得，考试结果却大出预料。

热恋中的俞秉轩其实并不急于马上出国留学，因为他和黄怡欣已经定下终身，只差向父母禀报了。但是赵海昇考中，他却落榜，面子上难堪。赵海昇原来预料要么两人一起考上，要么自己落榜，没有想到自己考上，秉轩却落榜了，反倒有些不好意思。他对秉轩说："他们是不是弄错了？考上的应该是你。"

秉轩一听，恼火了："海昇，你什么意思，取笑我吗？"

二人正尴尬之时，校工送来何教务长的亲笔信和聘书，信中写道："英文系扩大招生，开学在即，急需教员。经附中刘颖兹校长推荐，鉴于俞秉轩先生的品学，诚聘为英文系助教，即请到任，开始备课。"

正在为落榜懊恼的俞秉轩突然接到大学的聘书，喜出望外，却又怀疑是父亲托了关系，这并不符合他的意愿。但是教务长的亲笔信和这一纸正式的聘书，让一时失落的俞秉轩吃了一副安慰剂，他也就笑纳了。

赵海昇忙不迭地拱手致贺，说："无比羡慕老兄高就大学教职，小弟还要寄人篱下，低头再做几年学生啊。"

秉轩说："我哪能比得上你，你是留洋，前途无可限量。海昇，我们同窗四载，情同手足，你就要漂洋过海了，让我们相约：苟富贵，莫相忘！"

赵海昇握着他的手："若贫贱，勿志移！"

俞秉轩到英文系做助教，最高兴的是黄怡欣，秉轩去大学任教，她留在附中，比两个人同在附中教书更从容自然，也显得光彩荣耀。

黄怡欣和俞秉轩在西北联大相恋一年多，毕业前，秉轩提出要求，希望怡欣和他一同回潭渊关父母身边。怡欣却迟迟未做决定，先说要去兰州找表叔，又说要去西安投靠哥哥。秉轩很郁闷，做种种莫名其妙的猜想，整天魂不守舍，以致影响了官费留美资格考试。临近毕业，俞秉轩加紧对黄怡欣的追求。黄怡欣却连续几日行踪不定，屡次爽约，秉轩更加心神不宁。突然有一天，怡欣对他说："好了，我决定了，我们一起去潭渊关。"

秉轩想问清楚到底怎么回事，怡欣说："你放心，绝对不是你想象的那些事，日后我会慢慢告诉你的。"

秉轩虽然犯着狐疑，但是悬着多日的心终于放下来，其他的事情都不重要了。

黄怡欣读的是中文系，性格与俞秉轩截然不同。秉轩沉稳内向，她却是一个活泼开朗的女性。怡欣开玩笑说，我们两人所学搞反了，你本应该读中文系，我才应该读英文系。黄怡欣个子在女生中偏高，既有文艺才能，又酷爱体育运动，讲话很有感染力。在西北联大上学时，俞秉轩除了读书还是读书，唯一喜爱的活动就是单杠双杠。黄怡欣参加演讲比赛，在话剧社演戏，在运动会上短跑跳高跳远，活跃得很，学功课和考试却一点没有耽误。她虽然和俞秉轩同年毕业，但她是用三年时间读完本科四年的。

俞秉轩除了练单杠双杠，极少参加课余活动，从不与女生交往。有一次赵海昇拉着他看学生话剧社演《雷雨》，秉轩没有兴趣，但是拗不过海昇，勉强跟着去了。一场《雷雨》看完，秉轩看上饰演四风的黄怡欣。俞秉轩发现黄怡欣原来是一位美女，楚楚动人。他一见钟情，从此开始热烈追求。黄怡欣的闺蜜都提醒说这个俞秉轩太内向，与她性情不合，劝黄怡欣不要理他。可是别人的劝阻却适得其反，黄怡欣渐渐对这个书呆子有了兴趣，很快两人就陷入热恋之中，最终走到一起了。

来到潭渊关后，黄怡欣多次去过俞秉轩家，很快被秉轩两个妹妹接纳，三个女性相处融洽情同姊妹。黄怡欣与俞秉轩的关系实际上已经不言自明了，但是父亲俞正堂却好像不闻不问。他对黄怡欣始终敬如宾客，以秉轩的同学兼同事之礼相待，客客气气实则冷漠。俞秉轩知道，父亲不反对自由恋爱，但是婚姻大事必须依照家规得到父母允准，这道门坎绝对绕不过去。俞秉轩多次对父亲试探，可是父亲却避而不谈。

10

有一天，俞秉轩偶然碰到何季平夫妇散步，他习惯性地执晚辈礼，鞠躬问何伯伯何伯母好。

何季平说："秉轩免礼，现在大家都是同事。"

刘颖兹却很开心，抢着说："正堂先生家教就是好，他家的孩子都懂礼貌，秉轩两个妹妹真是贤淑。"

说得秉轩都笑了，因为贤淑正好分别是两个妹妹的名字。

刘颖兹突然问："对了，你和黄怡欣的事怎样了，你父亲前几天还来找我问她呢。"

秉轩脸一红，心里呼呼直跳，支支吾吾鞠躬走开了。

为婚事惆怅纠结的俞秉轩顿觉柳暗花明，既然父亲向刘校长问怡欣，说明他在考虑自己的婚姻大事。怡欣实在没什么毛病可挑剔，刘校长自然不会说她的坏话。他把刘颖兹的话告诉怡欣，怡欣果断地说："秉轩，我们的事该向你父亲明说了。"

俞秉轩决定正式向父母提出结婚。俞正堂的家教很严，俞秉轩都大学毕业了，跟父亲说话还是拘谨唯诺，结婚的事几次都欲言又止。现在怡欣明确表态，秉轩就破釜沉舟向父亲报告了。

秉轩把怡欣的经历以及二人的恋爱关系向父亲如实禀报，其实俞正堂已对怡欣的人品做了周详的了解，早已心知肚明。秉贤秉淑也都说怡欣的好话，俞正堂现在只是想听黄怡欣亲口介绍自己的家庭。俞秉轩以为父亲不喜欢他们自由恋爱而结合，其实俞正堂很开明，并不要求媒妁之言，毕竟是儿子的终身大事，只希望对方清清白白。

秉轩要向父亲报告怡欣的家世，俞正堂板着面孔打断他："请黄怡欣明天来家吃饭，让她自己说。"

父亲的态度似乎很严肃，"请黄怡欣来家"却是个好消息，秉轩一溜烟跑去给怡欣报信。黄怡欣的父亲是乡间的私塾先生，四岁就给女儿开蒙，还秉持易子而教的观念，送她去读新式的小学堂。怡欣12岁小学毕业那年，演讲比赛得了全县第一名。但是身为私塾先生的父亲极端重男轻女，怡欣小学一毕业，就不让她继续读书了，还早早为她许配了人家。一心读书上进的黄怡欣性情刚烈，从此离家出走，靠着做家教自己养活自己，自力更生读了师范，又上了大学。黄怡欣的胞兄西北联大农学院植保系毕业，现在西安植物保护研究所做技士，一位姑表叔叔在国军第八战区做随军主任医生。家乡早已沦陷，与父母音信断绝多年。

俞正堂觉得黄怡欣也是书香门第，兄长又是西北联大毕业，家世清白，无可挑剔了。

有一次陈方村在家里和俞正堂谈生活指导组的工作，正好黄怡欣来家。黄怡欣知道他是学生自治会的学生干部，不避讳初次见面，主动攀谈了很久。后来俞正堂专门问过陈方村对黄怡欣印象如何？陈方村说黄怡欣很热心学生自治会的事，还主动找过他们，问他们平素如何开展活动，她还说自己在西北联大读书时也在学生自治会做过。

黄怡欣来家的前一天，俞正堂郑重其事地对儿子说："黄怡欣大学毕业能于战乱之中安稳在附中任教，应托中夏大学避难潭渊关之福。她心气不能太高，以后要少过问大学的事情，不要与陈方村他们过从太密。附中的开办有我一份心愿和努力，她现在所教的中学生，将来都是国家栋梁之材，一定要兢兢业业教书，不能误人子弟。"

俞秉轩将父亲的话转告怡欣，问她与陈方村有什么交往？

怡欣说："我是在你家里认识他的，陈方村邀我去他们学生自治会看看，我去过两次。"又说："有什么不妥吗？"

"没有，没有，他曾帮父亲分发学生贷金，涉及钱财，自己家里的人少跟他们掺乎就是。"

怡欣说："那是当然。"

就在俞秉轩和黄怡欣即将举行结婚仪式之时，他们收到了赵海昇的来信。赵海昇到重庆办理赴美留学手续，战局导致海路不通，只好滞留在重庆待命。不知他走了什么门子，混到中央社做助理记者。他在重庆安定下来以后，就给秉轩和怡欣写信，信在路上周转了近一个月。

这是一封普通的问候信，除了报告自己的近况，就是预祝俞秉轩和黄怡欣早日成婚。他在信中顺便说了一件事："我收到通过留美资格考试通知那天，邮差同时送来给怡欣的一张明信片，你们都不在，我就收下了。当时我兴奋过度，竟把明信片忘得一干二净。直到写此信时忽然想起，才从一堆书信里找出来，随信寄上明信片，肯定误了事情，真是万分抱歉。"

明信片上写着："黄怡欣先生/女士敬启：请于下周星期一中午十二时到潭渊关邮局，有人转递邮件与你。如未如时前来领取，邮件将退回寄件人。"

秉轩犯起狐疑，怡欣却轻描淡写地说："这个赵海昇，真是马虎得很，把我的事耽误了。"又说："或许是哥哥给我寄什么东西吧，一个多月以前的事，邮件早就退回去了！"怡欣不再说明信片，转到议论赵海昇："他这人真能混啊，怎么钻到中央社当大记者了！"

黄怡欣却独自往潭渊关邮局去了几趟，最后一次去邮局，一个穿便衣的人贼眉鼠眼一直盯着她。黄怡欣赶紧离开，从此再不往潭渊关镇街里走。

11

秋季开学前，教育部公布了全国大学评估结果，中夏大学在全国22所国立大学中名列第八，消息传来，举校欢腾。

俞正堂不再过问学生生活指导组的事，回到农学院教书，和赵理方一起研究农作物育种。俞正堂父子二人同时登上大学讲坛，一时间传为校内外佳话。

偏居一隅的中夏大学吸引了后方各地的流亡学生，投考者络绎不绝，学校决定扩大招生。开学前又临时增加了一百多名新生，在校本科学生人数超过一千，比刚到潭渊关时多了一倍还多。校舍虽然显得局促，但是人气盛旺充满活力。

陈方村全力投入学生自治会，眼前最迫切的任务是在新生中开展工作，还要兼顾自己的功课，天天忙得不可开交。他很注意在新来的青年教师和学生中物色积极分子，把他们吸收到学生自治会里来。许多有进取心的新生都加入了学生自治会，汪书敏成为学生自治会在附中的骨干。

山区的十月已入雨季，双十节前的一个星期日正赶上下雨，户外活动只好暂停，陈方村难得有空到老师俞正堂家里闲坐。师母石蓓芝留他在家吃午饭，陈方村又是剥葱又是烧火，等着师母做鸡蛋面。他饿得等不及，从吊在房梁上的馒头筐里掏出个馒头就啃。俞师母说："方村，面马上就好了，不如留着肚子多吃碗面。"

石蓓芝做的手擀鸡蛋面在中夏大学家眷圈子里是很有名的。别人家做的鸡蛋面多半是捞面，石蓓芝做的鸡蛋面是汤面。先把鸡蛋打散用来和面，手擀面的关键在于揉面和醒面，掌握好揉面的劲道和醒面的时间。手擀刀切出来的面条要在温水里下锅，水开即出锅，煮出来的面有嚼劲。她做的面汤更是一绝，没有骨头做高汤时，她用黄豆芽或者只用姜葱就能煮出美味的面汤。鸡蛋面不仅和面用鸡蛋，面汤里还要放进去热油烹的鸡蛋，再加上葱花芫荽。

陈方村说："师母，我能多吃一碗吗，你做的面我闻见味儿口水就流出来了。"

石蓓芝说："吃吧，别说几碗，管饱。"

正说笑间，汪书敏冒着雨急匆匆地进来了，她平时都是星期日晚上才返回学校的。

陈方村高兴地说："书敏，你怎么这么早就回来了？来得早不如来得巧，俞师母刚做好鸡蛋面。"

书敏却一脸焦虑，说："哎，有要紧的事！"大家这才看清她的衣服已经淋湿。

昨天书敏回家过周末，进家时她父亲正招待客人吃晚饭，书敏在里间听他们边吃边谈话。客人是党政军卧虎山工作团的人，又来问上次放走那个大学生的事，说是有人继续举报，上峰还在追究。

书敏一夜难以入睡，准备天亮就回学校，把消息告诉陈方村。第二天是星期日，天还没亮，汪圭垚就叫醒女儿，问她今天什么时候回学校？书敏趁机对父亲说："我忘记今天学校还有重要的事情，我想现在就走。"

汪圭垚说："你不是说今天还要参加读书会吗，趁早走吧，不要耽误了。"

书敏觉得父亲好奇怪，不记得对他说过读书会的事，就顺着他的话说："是啊，今天要参加读书会。"

汪圭垚说："那就快走吧，两个多钟点的山路呢。"

汪书敏问："给我套辆车吧。"

"不行，赶紧走吧！"

"为啥？"

"树大招风。"

书敏不再说什么，带上干粮打着伞就出门。临走，汪圭垚问她："昨天你听到我和客人谈话了吗？"

书敏一时不知该如何回答，汪圭垚说："听到也没关系，卧虎山工作团还是想抓那个大学生，问我中夏大学到底是什么态度。我说上一次学校保他，说他是好学生，不知道这态度现在改变没有，我明天就派人去大学查问。好啦，快走吧！"

她冒雨走了两个多小时，上午十点赶到潭渊关，再从宿舍找到俞先生家，好容易找见陈方村。汪书敏把她听到的情况仔细说给俞正堂和陈方村，俞正堂吃了一惊，又想起当年送走学生邓梓华的事。

俞正堂果断地说："方村，我看你还是回老家吧，事不迟疑，不要回宿舍了，也不要再见任何人。赶紧动身，趁着雨天，马上走！"说着塞给他几张钞票。俞师母看他衣服单薄，把俞正堂的棉大衣给他，还把筐里的馒头都塞进衣袋里。

书敏说："我送送学长。"

俞正堂执意不允，对书敏说："你跑了二十多里山路，衣服都湿透了，今天就在我家歇息，哪也不要去，更不要去送，你爸爸不是说树大招风吗。"书敏只好与陈方村默默告别，留在俞先生家。

刚刚入夜，一个学生急匆匆来敲俞正堂家门，说是卧虎山工作团来人点名找陈方村，可是他不见了，会不会在你家里？俞正堂忙出来对那学生说："我有几天没有见他了，前些时他吵着说要回家，兴许什么时候走了？"说着和那学生一起出门，说是去找找。

陈方村从此失踪。黄怡欣曾向汪书敏问陈方村的底细，汪书敏说："他是我敬佩的学长，聪明能干，乐于助人。卧虎山工作团是专门对付共产党的，他究竟是不是共产党，我也不知道。"

第四章

12

　　最艰苦的一年熬过去了，抗日战争取得最后胜利，欢庆的锣鼓不知响彻多少个昼夜。不久传来国共重庆谈判的消息，五万万经历了八年战乱的中国人充满了对安居乐业的憧憬。。

　　中夏大学举行了八年来最扬眉吐气的一次秋季开学典礼，学校到处都弥漫着欢乐的气氛，所有的话题都离不开"何时复员""何时回迁"。师生们从夏天盼到秋天，眼看冬天就要来临了，复员回迁的消息不停地变换版本，全都没有兑现。直到11月底，学校委派教务长何季平回省城打前站，师生们人心大悦，回迁终于指日可待了。

　　何季平要求俞正堂同行，俞正堂毫不犹豫答应下来，两人一起回到阔别八年的省城。来到校门口，看到中夏大学校的门楼虽然残破但是依然在原址矗立。站在久别的校园门前，何季平和俞正堂不约而同潸然泪下。校园被日寇侵占了八年，明德大礼堂居然做了日军马厩，致知楼图书馆成了士兵营房，都已现出破败之象。

　　两人正欲进门，却看到门口设有岗哨，门内出来一个大兵呵斥要他们赶紧离开。何季平拿出教育部的公文对大兵说："请你赶紧通报，我们是中夏大学奉命来接收校产的。"

　　他们俩站在门外等了半天，才见慢腾腾走出一个年轻少尉，俞正堂赶忙向那军官介绍说："这位是中夏大学教务长何季平先生。"

　　年轻军官不屑一顾，傲慢地对何季平说："我部奉命在此驻防，请你们先回去等待。"

俞正堂急了眼，说："长官，请看，教育部的指令上已经写明我校的迁回日期，已经到期了。"

少尉军官说："抱歉，那你们问教育部吧。"说完就要走。何季平上前拦住他，说要面见部队长官，请他回复上司。

小军官生硬地说："长官不在，你们改日再来吧。"扭身就进了大门。

何季平生气地说："我们日盼夜盼国军，怎么国军像日寇一样占领我们的校园？"

俞正堂说："看来得去找他们的上司理论。"

他想到早年农学院的毕业生李仲麟，此人在战区长官司令部做联络参谋。事不宜迟，二人愤愤然离开校园去找李仲麟。

战区长官司令部设在省政府对面，门口戒备森严。俞正堂对卫兵自我介绍，说他们两个是李仲麟的大学老师，把事先写好的名片请卫兵递进去。不一会出来一位上尉，向何季平二人敬个礼，说："两位先生，很抱歉，李副官正在开会。他在又一楼饭庄订了席位，命我先请两位在那里稍等，李副官一散会就过来陪两位先生吃晚饭。"说话间，一辆吉普车开出来，上尉请何俞二位上车，直奔南货店街又一楼饭庄。南货店街虽然地处闹市区，却是一条并不宽敞的小巷。偏居于南货店街的又一楼，酒香不怕巷子深，是省城里最有名气的饭庄，招牌菜是灌汤小笼包。

上尉显然是这里的熟客，堂倌马上唤出掌柜相迎。掌柜满脸堆笑寒暄，一边让座一边沏茶，又问："李副官何时到？"

上尉和堂倌商量着点好菜，对何季平和俞正堂说："二位先生，我已经点菜，李副官到了我们再起菜喝酒。"

何季平和俞正堂连日奔波身心俱疲，眼看天色将晚，已经饥肠辘辘。上尉觉出他们的饿意，说："二位先生，据说这又一楼灌汤小笼包的厨艺传自宋代宫廷御膳，此说可以在《东京梦华录》寻到踪迹。又一楼饭庄始创于清朝咸丰初年，已有近百年历史，小笼包做馅灌汤的厨艺秘不外传。这家的灌汤小笼包讲究造型，手工捏出32道细折，玲珑剔透，筷子提起一绺丝，放下状似菊花，皮薄馅嫩，灌汤鲜香，风味独特。先生们不妨先尝尝小笼包？"

上尉这一番介绍，更加重何季平和俞正堂的饿意，但是他们担心先吃小笼包会不会被打发一顿饭了事，最后见不到李仲麟。二人交换一下眼色，坚持一定要见到李仲麟再吃，强忍饥饿，继续等待。又等了快一个钟点，李仲麟终于来了，又一楼的掌柜和堂倌都紧跟在后面。李仲麟见了老师立正敬礼，连声抱歉："会议开了很久，会后还有工作餐。我只好向长官如实报告，说我的两位恩师来了，多年未见，不能怠慢，这才脱身。请老师原谅啊！"

李仲麟是俞正堂的亲授弟子，抗战开始那年毕业从军的，屡立战功。他在常德会战中九死一生，如今做到上校，不久前升任战区长官司令部参谋副官。

李仲麟落座，对掌柜说："马上起菜吧。"说着就要斟酒。

俞正堂说："仲麟，不瞒你说，我和教务长已经饿得前胸贴后背了，让我们先吃点东西再喝酒吧。"

李仲麟忙斥问上尉："你是怎么接待的，让我的恩师挨饿。"

俞正堂忙说："哪里怪他呀，他早就让我们先吃小笼包了，是我们坚持要等，怕被打发早早吃了饭，你就不来了。"

李仲麟说："学生哪敢如此不敬，能够得见先生们，我是求之不得呢。"说着招呼堂倌赶快上灌汤小笼包。

小笼包一上桌，何季平拿起筷子埋头就吃，小笼包的汤汁入口，味道之美令他咂嘴，却顾不上评价。俞正堂一个小笼包下肚，直觉余香满口，说："仲麟，这家馆子你选得好，这包子太好吃，太好吃了！"说完夹起第二只就往嘴里送。

何季平见他们说话那么随和，知道师生关系不错，就开门见山直接说接收校产的话题。

李仲麟细听了原委，随口说了句："这个庞瘸子！"

俞正堂一听大惊，问："占据校舍的是庞瘸子？庞瘸子不是伪军吗？"

李仲麟说："唉，此人早就反正被收编了，他的部队受命就地驻防接收，进省城比我们来得还早还快。日寇占领时中夏大学成了日军司令部，庞瘸子一接手，就把他的司令部安在那里。原来曾想把战区长官司令部临时设在大学，待稍安定后再调整，庞瘸子说啥也不让。"

何季平和俞正堂没想到事情这么复杂，不免唉声叹气。

李仲麟连忙安慰道："二位恩师不用担心，战区长官司令部已经接到重庆的命令，要求我们督办此事，庞瘸子必须尽快让出校舍。长官知道我是中夏大学校友，刚才会议上决定将督办的任务交给我。不过，我好歹也得给庞瘸子找个去处——你们放心好了。"

俞正堂高兴地说："那太好了，太巧了。我已经不饿了，喝酒吧！"

何季平说："踏破铁鞋无处觅，得见仲麟万事齐。我代表校方感谢你这位有出息的校友。正堂兄，也得感谢你，感谢你培养了这么好的学生。"

李仲麟慌忙站起身，连连向二位鞠躬："感谢先生们的教诲，感谢母校的栽培。其实，二位恩师不来找我，我也是要为母校尽力的。"

国立中夏大学颠沛流离整整八年，又一路千辛万苦，终于在抗战胜利第二年年初全员返回省城，回到原来的校址。面对满目疮痍的校园，师生们压抑住满腔的仇恨，全情投入复校的各项工作之中，彼此抛开了平日的嫌隙，互相配合，通力合作，一心一意尽快恢复正常的教学秩序。战区长官司令部借给大学几部卡车，专门运送图书仪器。

离开图书馆馆舍致知楼八年的黄敬齐太太艾婷芳，有一种真正回到家的感觉，她每天到致知楼上班都是早出晚归。她先生黄敬齐教授只顾法学院和经济系的事务，每天总是第一个进办公室最后一个离开，他们自己的家反倒成了"空城计"。

图书运回学校那天，俞正堂来到致知楼。图书馆偌大的书库，书架稀稀落落，据说许多木质书架都被日寇士兵冬天烤火烧掉了。中夏大学八年间几经迁徙，图书损失很多，在运回来的图书之中，有俞正堂千辛万苦保住的那些书。俞正堂亲笔写着"大学图书"四个大字的九十多条装书的麻袋尚在，俞正堂摩挲着这些麻袋舍不得放手。

艾婷芳对他说："正堂，等将来有了校史陈列馆，把这些麻袋当作珍贵文物陈列，它们是学校艰难成长的最好见证啊。"

在复校的各项事务之中，食宿是最大问题，一千多学生的安顿亟待解决。时值冬天，还有一些学生的寒衣没有着落。校方又恢复了学生生活指导组，还是请俞正堂负责为学生的衣食住操持。

俞正堂喜出望外的是，离开潭渊关后就不知所踪的陈方村也回校了。师生相见自然有说不完的话，这半年多他究竟去了哪里，陈方村语焉不详。俞正堂也不追问，反正回来复学就好。刚好生活指导组恢复，他本来就是熟手，正好赶上帮忙。

大批流亡的中学生跟随附中进了省城，汪书敏也在其中。大学附近一家私立女中饱受日寇摧残，校舍破败，师生流散，无力恢复，但是地盘和校舍尚在。俞正堂和附中校长刘颖兹两人多方设法，到处托请游说，终于与私立女中的校董达成协议，校董一方让出校址校舍，附中收留私立女中全部愿意留下的师生员工，成为中夏大学附中。

抗战胜利后第一个春节，大家都想过一个团圆祥和的大年，学校决定放寒假，春节过后正式开学上课。

学校有一座直通街市的西门，进出方便，实为大家经常出入的校门。俞正堂在西校门外平安巷租了个小院，房子很陈旧。上房三间，他们夫妇住东间，两个女儿住西间，两间西厢房是独立的，给儿子儿媳，东厢房只有一间，用来做厨房，南面是临街的院门。八年颠沛流离，俞家已经没有什么家当，屋子里除了床铺，几乎一无所有。不过小院子里有一棵石榴树和一棵枣树很繁茂，让复员后的新家显露盎然生机。

一天，李仲麟代表战区长官司令部来查看中夏大学复校的情况，表态说校园校舍既已归还，军方以后就不再过问学校事务了。公务完成以后，李仲麟借故到平安巷拜访老师。他看到俞正堂家徒四壁，不胜唏嘘，差人送过来柜橱方桌条几和两把椅子，虽然是旧物，都还管用，俞家才算有了家具。

为了生活指导组的事务，陈方村像在潭渊关时那样常到俞先生家，还是老习惯，进了门就从馒头筐里掏馒头吃。只要陈方村一来，俞太太就尽量做好吃的。俞正堂对他最近经常缺课不满意，趁他来家，批评道："你复学，我很高兴。你耽误了不少功课，本应加倍努力，可是你最近缺课太多，办事也好像心不在焉。如果生活指导组的事耽误你读书用功，可以少做或不做，还是以学业为重。"

"多谢先生指教，其实我很用功的，缺课是有，但是功课都没落下。"

"那为什么总是缺课？"

"不瞒先生，家里早就给我断供了，我妈一直害病，家父靠着在县城里卖凉粉勉强糊口，还要养活一大家人。物价天天涨，生活并没有好起来。我全靠助学贷金才不饿肚子，还想兼职做家教，多少挣点补贴家里。"

"汪书敏刚升入大学，也经常跟着你往外跑，有这回事吗？"

"是，她也做家教。"

"她父亲不是书记长吗？也要她自己挣钱？"

"书敏有志气，她不要家里的钱，自力更生。"

其实，陈方村哪里是做家教，他的课余时间都用来完成地下党的任务，确实缺课较多。俞正堂对学生从来只引导，不干涉，只要学生自己认为所作所为是正当的，他不会横加阻拦。如果学生的活动是为了反对内战，他是支持的。俞正堂觉察出陈方村最近的活动太多，汪书敏显然是跟他一起，两个年轻人之间也难免互相亲近。他不想让学生耽误太多的功课，男女之间也要适可而止，更不想让他们冒太大的风险去搞活动。陈方村做家教的话显然是托词，反而证明俞正堂的判断。他之所以问陈方村缺课的事，意在提醒他，给他敲敲警钟。

俞正堂不再问，只说："好自为之吧，为人处事要有分寸，凡事都不可大意。不过要是挨饿了，就来家让师母给你擀面条吃，再来的时候把汪书敏也叫上吧。"

13

中夏大学在抗战胜利复员后的第一个学期，上下一心，为尽快恢复正常教学秩序而努力，各方面的进展都很顺利。到1946年秋季开学，文理法医农工六学院由于不少教授和海外留学归来的博士加入，已经是人才荟萃，今非昔比了。

大名鼎鼎的哲学教授焉朋之算是叶落归根，他早年曾执教于中夏大学，以后转入清华大学，复员后又从清华回来，就任文学院院长兼哲学系主任。直接从西南联大转来的文觉非本是北大中文系教授，任中文系主任。史学系主任是蜚声考古学界的邵泉鹃教授。中夏大学还从苏格兰University of Glasgow聘来Robert Watson教授做英文系主任，他自取的中文名字叫王勃。理学院有好几位重量级新人加入，留学巴黎大学的物理学博士钱其庠教授做院长兼物理系主任，钱教授曾是清华叶企孙教授的弟子。清华的严范学教授从西南联大化学系转来，他曾与放射化学家Robert Woodward在哈佛同一个实验室工作，任化学系主任。法学院设政治、经济和法学三个系，当年留学德国的黄敬齐教授，在抗战颠沛流离之中对中夏大学不弃不离，一直主持经济系，升任法学院院长。刑法专家贺之廷任法学系主任。培育出杂交玉米良种的赵理方教授做了农学院院长。中夏大学医学院眼科全国领先，复员之后很快从美国进口了眼底镜、像差仪等高端设备，恢复了停滞多年的眼科手术。院长是眼科专家章雪方教授，他已经成功做了五台高难度的眼内异物摘除手术，享誉全国。原本单薄的工学院也因为水利专科学校的加盟而羽翼丰满，工学院设水利、营造、化工和机电四个系，可与其他国立大学的工学院比肩。营造学系是中夏大学最早的工科，为辜青岩教授创建，他任系主任兼做工学院院长。

中夏大学迅速复校并走向正轨，教育部非常满意，多次给予嘉许。1947年秋季开学不久，校长林鸿鲁因复校有功，堪具指导全国各大学尽快复校之能力，被任命为教育部大学教育司司长。一时间校长职位空缺，教务长何季平被推到风口浪尖之上。

黄敬齐登门拜访何季平，表明诚心诚意推举他做校长："抗战八年你没有离开中夏大学一天，在蹉跎岁月中是你带领全校师生员工辗转避难，保全了这所大学。你是中夏大学的灵魂与核心，这一回，校长非你莫属！"

黄敬齐一片诚心，何季平非常感动，也非常欣慰，他觉得公道自在人心。何季平何尝不曾想过以一校之长的影响力施展自己的抱负，但他知道国立大学校长的选任自有一套潜规则。自己从来不参与官场交际，一个不入上峰视野的人怎么可能当校长？

何季平对黄敬齐说："多谢敬齐兄抬爱，还是由上峰决定吧。是这样，国立大学的校长，说来说去是个官职，我一介书生哪能蹚得了这官场的水，我还是做好自己的事情吧。"

黄敬齐快言快语："那不行，训育长李亭凡放风说上边要派廖宗甫来。我知道他这个人，学术不精，德不配位。我们二十六位教授要联名上书教育部推荐你做校长，我今天就是代表大家来知会你一声，请你莫负重望。"黄敬齐说罢，告辞而去。

这天晚上，俞正堂也来到何季平家。俞何二人患难与共，抗战八年为了学校的生存和发展共度时艰，彼此的办学理念相同，结下深厚友谊。俞正堂深知何季平既有学养，更不存私念，为人正直，真诚地希望他能做校长，而何季平所欠缺的是官场人脉。何季平是浙江吴兴人，与陈果夫、陈立夫和朱家骅都是同乡，所以俞正堂违心地来劝何季平活动活动，走走关系。

何季平一听连连摇头说："是这样，我与二陈兄弟不仅是吴兴同乡，我还与陈立夫读同一所中学，彼此应该互知。但是，我和他在中学并无交往，中学毕业后他学工我习文，他留美我留英，他从政我从教，道不同，不相与谋。"

俞正堂说："陈立夫曾在教育部长任上多年，你做国立大学教务长多年，他该知道你这个同乡呀。请他给现任部长朱家骅打个招呼就是了。"

何季平正色道："正堂兄，这就不是你为人的风格了。我们这样的人哪能知道官场的水有多深，我绝不会为了做这个校长躬身攀附权贵。是这样，黄敬齐说要联名上书教育部举荐我，我已然谢绝了他的好意。”

俞正堂不再多言，从内心更加佩服何季平的为人。

一时间，中夏大学谣言四起。有说何季平鼓动一些教授联名上书举荐他当校长。有说何季平宴请多位新来校的教授，请他们向教育部美言，却遭到拒绝。有说何季平携洋自重，因为有人看见他请英籍教授王勃到又一楼吃小笼汤包，意在要王勃为他说项。也有说教育部曾内定何季平做校长，但是已被否决，原因不明。

还有传言说，黄敬齐之所以领衔联名举荐何季平，其实是他自己不安于法学院院长之位，想博得教育部的注意，自己当校长。黄敬齐听闻此言怒火中起，急匆匆又去找何季平：“季平兄，有人说我名为举荐你，实为自己想做校长铺垫，真是岂有此理！举荐信是公开的，白纸黑字写得分明，为了中夏大学的发展，完全出于公心，哪有一丝一毫的私心杂念。”

何季平说：“千万不要介意，更要谨防小人挑唆是非，拨乱其间。清者自清，明者自明，自有公论。是这样，新校长马上就要到任了，非我非你，还需要辩解吗？”

廖宗甫从国立三间大学来当校长，黄敬齐已有耳闻。他骂起来：“对学校忠心耿耿的学者不用，偏偏用廖宗甫这等学术不精之人，腐败混乱至此，大学还有什么希望，国家还有什么前途！我要杯葛，我要辞掉这个法学院院长！”

14

廖宗甫本是北大的史学教授，研究的是冷门北方民族史，后来耽于结交，逐渐学术不精，在北大遭到鄙视。北平沦陷之前，北大离开北平南下到武汉，廖宗甫听说还要继续南渡到长沙，和清华南开一起在那里成立临时大学，就借故离开北大，转去国立三间大学。廖宗甫甚得时任教育部长的朱家骅赏识，凭廖宗甫以往在史学界的小名气，把他从三间大学派来做中夏大学校长。

廖宗甫到任当天，何季平携各院院长和系主任等一众教授在味莼楼饭庄为他接风。何季平为选菜馆颇费思量，听说廖宗甫吃素，本来打算选一家素菜馆。可是教授们好容易一起聚餐，素席难以满足大家的口味，显得他只顾媚上迎合校长的喜好，对廖宗甫体察得细致入微，却让大家不能淋漓尽致地打打牙祭。何季平左挑右选，选中了这家味莼楼饭庄。味莼楼是清末民初开张的老字号，满汉全席在省城首屈一指，虽然不是素菜馆，却有多款出名的素菜。味莼楼与一般素菜馆不同的是荤素齐备，配搭上席。

味莼楼的素菜严格按照佛教的规矩，设立另案另灶另锅，由专门的厨师单炒，出品实为斋菜。斋菜只有八道，别的不做。这八道是清汤素鸽蛋、清蒸素鸡、白扒素海参、扒酿猴头、东坡豆腐、锅塌面筋、如意冬笋、香菇烧麦，其中清汤素鸽蛋最为出名。别家也有做清汤素鸽蛋的，而味莼楼的清汤素鸽蛋是按照祖上单传秘方烹制，用深藏不露的银质模具塑形，素鸽蛋内绝对不用鸡蛋或鸭蛋黄，据说用的是豌豆黄。清汤不用葱姜蒜，不见一点油星，是地地道道的秘制清汤。香气四溢的清汤之中，素鸽蛋晶莹剔透形态逼真，连汤带蛋放进嘴里，即刻浓香满口，其筋道与味道以素乱荤，堪称味莼楼一绝。

廖宗甫摆出一派虚怀若谷的姿态，反躬其身，宴席当晚与何季平一起早早来到味莼楼门口迎接赴宴的各位教授。

今晚的宴席共摆了两桌，一桌坐的是三长和各位院长，新任校长廖宗甫坐首席，另一桌是系主任，法学院院长黄敬齐坐首席。两桌的菜式都一样，何季平从八种素菜中只选了清汤素鸽蛋、白扒素海参、东坡豆腐和香菇烧麦四种，其余都是荤菜，有鲤鱼焙面、东京烤鸭、炸紫酥肉、义兴烧鸡等等，足够丰盛。荤素菜都上齐了，何季平站起身端着酒杯说："各位，今天大家难得聚会，让我们共同举杯，欢迎廖宗甫校长。"

何季平原本打算发表几句欢迎辞，仔细思量改变主意，酒席宴上不如推崇味莼楼的名气和出品。刚想开口介绍，又觉若是当着大家的面，夸奖这家馆子的素菜，显得自己刻意向廖宗甫讨好。想想作罢，何必曲意迎奉，就坐下来轻声对廖宗甫说："廖校长，眼前这四道菜都是正宗的素菜，请慢用。"

廖宗甫端着酒杯绕着桌子逐个敬酒答谢，何季平陪着一一介绍。等廖宗甫走到第二桌，正欲向黄敬齐敬酒，没想到黄敬齐从容站起身，从衣袋里掏出事先写好的辞呈，当众递给廖宗甫。廖宗甫接也不是，不接也不是，只好尴尬地对黄敬齐说："敬齐先生是考验我啊，不急不急，有话好说，从容商量。"

黄敬齐这个人，学术拔尖，教学认真，做事兢兢业业，从做经济系主任到法学院院长，在师生中的人望都很高。但是他眼里揉不得沙子，快人快语口无遮拦。黄敬齐不吃这一套，立刻回敬道："吾意已决，无从商量。"说罢拂袖离席而去，头也不回。

廖宗甫不料初来乍到，就在各位院长和系主任面前碰了颗硬钉子。他虽然满心的怒气却不便发作，毕竟他还不知道中夏大学的深浅，最怕遭到教授们从学术上贬损，决计隐忍不发。

训育长李亭凡在酒宴后第二天登门拜访校长。廖宗甫不知他的底细，只知道他是从赣州干党务起家的，试探地问："亭凡兄，我真是虚怀若谷的，并没有施展什么下马威。可到任第一天黄敬齐教授就莫名其妙地让我吃闭门羹，他以为我学问不好吗？"

李亭凡说："廖校长，不是你想得那么简单，问题不在学术。这所大学水深得很，有些教授左倾严重。这个黄敬齐，本是中华教育社的，早就参加了民盟，激进得很，而且有煽动性，他肯定有背景。"

廖宗甫又问："那何季平呢？"

李说："抗战期间的校务主要是何季平在支撑，他为人练达，很有威望。黄敬齐带头联名推举他当校长，可他断然拒绝，不像故作姿态。何季平是浙江吴兴人，与陈立夫先生、朱家骅先生都是同乡。"

廖宗甫沉吟良久，他不想把政治引进校门，更怕在教授当中挑起党派之争，自言自语似地说："那看来是他个性使然。"

第五章

15

　　廖宗甫理清了思路，去夏苑走家串户，遍访教授。有人深受感动，有人止于寒暄并不深谈，黄敬齐干脆闭门谢客，唯有在王晋清家交谈时间最长。王晋清教授平时老实巴交不多言语，在抗战逃难途中受尽日寇凌辱，饱经磨难。校长登门问候，令他受宠若惊。王晋清是美国宾夕法尼亚大学的社会学博士，进入中夏大学以后一直在史学系开课。王晋清在宾夕法尼亚学的是社会人类学和文化人类学，研究人类社会的规范和价值观以及人类文化的规律。他开设的《人类学通论》只是一门选修课，史学系学生将《人类学通论》视为史学系主流课程的陪衬。王晋清的课受到学生的冷遇，选修的人数极为有限。王晋清多次建议设立社会学系，未得到校方的重视。国难当头，他不便一再提要求，却成为心头之痒。

　　廖宗甫知道了王晋清的学历和心事，同病相怜之感油然而生。廖宗甫知道中夏大学史学系以殷商史研究为强项，他是研究北方民族史的，不过小菜一碟，在北大不入史学系的主流，来到中夏大学也不敢往史学系硬插一脚。所以，他非常理解王晋清心底的委屈。

　　王晋清心底的委屈却使廖宗甫茅塞顿开，何不采纳王晋清的建议，组建社会学系。

　　廖宗甫的盘算是：第一步，以壮大社会学系师资队伍为由，把自己的教学和研究业务落在这个系，在社会学系开设北方民族史课程，名正言顺地确立这门课程的地位；第二步，顺理成章地按照学科分类，把社会学系放进法学院。如果黄敬齐真的完全撂下挑子，自己正好直接控制法学院。

廖宗甫又去拜访与王晋清在逃难途中一同蒙难的法学系主任贺之廷教授。廖宗甫先是慰问他在龙口惨案中受苦，赞扬他和王晋清都是抗战英雄，恭祝他必有后福，再游说他接替黄敬齐做法学院院长。

没想到贺之廷一口回绝，说："感谢廖校长对我的器重，贺某当不得此重任，非不为也，实无能矣。我虽是学法律的，但是多年来专攻刑诉。法学院里有政治系和经济系，其实我一窍不通。我做法学系主任已经勉为其难，更不敢奢想法学院院长大位。"

其实贺之廷深知黄敬齐的脾气，他辞职明显是冲着廖宗甫的，何必去捡他丢下的烫手山芋。如果真的接下院长的职位，显得自己火中取栗，被他瞧不起。再说，他贺之廷名博全省全国，到处有人请他出庭辩护打官司，哪有闲工夫在教授圈子里磨牙嚼舌招惹是非。

廖宗甫费了一番功夫明察暗访，打定主意让王晋清带着他的《人类学通论》课程去法学院筹建社会学系，并以社会学系系主任身份署理法学院院长。接着，他在全校大张旗鼓，隆重追悼龙口惨案中的死难烈士，宣扬王晋清和贺之廷曾遭日寇掳掠虐待，将他们蒙难的这段经历升华为英雄事迹，推崇两位为抗战英雄。

下了一番功夫之后，廖宗甫很快召集三长和各学院院长系主任开会。这一次，他完全改变了放低身段的姿态，在会上挺着腰板发表讲话："中夏大学在前任林鸿鲁校长领导与各位共同努力之下，纾困解难，共克时艰，取得卓著成绩，受到教育部嘉奖，傲立于国立大学之列，蜚声海内外。弟初入中夏大学，定当承前启后，不负国家委托。还望各位教授鼎力协助，同舟共济，合力治校。愿各位专心学术和教育，为中夏大学努力，为和平建国做出贡献。"

他说："弟初来乍到，必有不周之处，还望各位海涵。黄敬齐教授恳切请辞，本人决意慰留。体谅敬齐教授或身体欠安或有为难之处，保留其法学院院长之职，但可暂免亲执院务。一俟黄教授康复，即行恢复执掌法学院。"

廖宗甫接着宣布："中夏大学法学院目前尚缺社会学系。为使法学院学科齐备，着眼于培养战后急需的社会建设人才，经与三长协商，决定在法学院设立社会学系，聘任人类学教授王晋清先生任系主任负责筹建。弟本人研究北方民族史，也加入社会学系教授行列。近期还将延聘几位海外学成归国的社会学博士或硕士。"

廖宗甫最后才说重点："在黄敬齐院长离职期间，由王晋清系主任署理法学院院长。"

多数人以为廖宗甫会直截了当罢免黄敬齐，而他玩的这一手却完全出乎大家的意料，会议室里一阵窃窃私语。

焉朋之中年就谢顶，如今只剩一圈头发，胡须却很长。他捋着胡子对文觉非耳语道："觉非兄，你在北大与廖某有交道吗？此君有套路，出奇招，犹抱琵琶半遮面，难识庐山真面目。"

白面书生文觉非一本正经地说："没有交道，何况他早已离开北大。"

黄敬齐与廖宗甫素不相识更无私怨，只是因为他与何季平、辜青岩、俞正堂等人在莼味楼为前任校长林鸿鲁饯行时，林鸿鲁即席说过："我到教育部一定向朱部长恳切陈词，要求从中夏大学现任教授当中遴选继任校长。"

林的这番话正中黄敬齐的心怀，因此才联名一众教授上书教育部推举何季平。结果教育部从国立三间大学派来廖宗甫，不仅与黄敬齐的愿望相违，反而被人议论说他"假公济私，名为推举何季平，实有野心想当校长"，奚落他作了黄粱一梦。黄敬齐对部长朱家骅的一肚子怨气，全部发泄到廖宗甫身上，见面就递上辞呈，等于当头给廖宗甫一记耳光，让他下不了台。

廖宗甫推出"署理院长"，黄敬齐万万没想到他会来这一招，只觉得他诡计多端，拉着老实巴交的王晋清做挡箭牌，反将一军还做出有气度的样子给大家看。黄敬齐气冲冲地找到贺之廷，说："这位廖校长玩什么花招！口口声声说你是抗战英雄，你是堂堂法学教授，法学系主任，不让你做法学院院长，偏偏把王晋清这个学术上不沾边的塞进来，是何居心哪！"

贺之廷却淡淡地说："敬齐兄，你放着院长不做，又何必生这闲气。这抗战英雄名分我可担当不起，我在外边兼着律师事务，许多官司等着我打，忙都忙不过来，我从来都没有想过当什么院长。"

黄敬齐从此再也不进院长办公室，只来上课，不再过问院务。王晋清向他请示，概不回复。

16

小弟正岫从军以后，俞正堂日夜牵挂，偶尔才会收到他的来信。俞正堂体谅小弟在抗日前线行踪不定，却又时时盼望得到他的消息，真是家书一封抵万金。

俞正岫三个月前从广州发来一信，他在信中说："弟所在之新一军，在孙立人将军率领下，到广州接受日军投降。弟因钻研枪械，在军中维修改良机枪履立战功，已被破格提拔为中校，特向全家报喜。"

几个月后，又收到正岫从长春寄出的家书，说明他已随新一军从广州移防东北长春了。

俞正堂一直期盼小弟早日解甲归田，但是希望落空。国共内战已在东北打响，他既担心国家的前途，也担心小弟的命运。他不敢将正岫又上火线的消息如实告诉继母，只说弟弟在部队提升得快，已经当了中校。

王晋清女儿王书敏随中央大学到了南京，俞正堂出于她和小弟的关系，与她时有书信往来。俞正堂知道王书敏更牵挂正岫，每次回信都顺告她正岫的近况，要她宽心，说正岫一旦有信来，都会立即转告。但是为了避免引起误会，从未对王晋清说起。

大年三十，俞正堂又收到王书敏的信，以为她又是问正岫的消息，打开以后方知她写信是诉委屈。

王书敏最近莫名其妙地听到同学们背后对她议论纷纷，更受到左倾学生的攻击。说她父亲拿着堂堂国立大学院长的高薪厚禄，她却谎称家庭经济困难，冒领高额助学贷金，与贫家子弟争福利。

王书敏之所以在中央大学申请助学贷金，是因为她在学校确实难以维持最低生活水平。王晋清家累很重，生活用度月月捉襟见肘，负担不起王书敏在南京读书的全部花销。王书敏向来介绍父亲不过是中夏大学一位普通教授，家庭人口多，上要赡养老人，下要抚养弟妹和子侄，全指望父亲一人养家糊口，入不敷出，生活困难。同学当中享受贷金的官宦子女并不在少数，为何偏偏她成为同学们议论和嫉妒的对象？原来有人说她父亲是堂堂国立大学的院长，她明明是富家千金，却伪装孤寒。

王书敏心中无限委屈，投书给她最信赖的俞正堂伯伯问究竟。俞正堂好奇怪中夏大学发生的事，怎么就传到千里之外的中央大学？他给书敏回信说，不久前她父亲确实被委任署理法学院，并非正式做院长，更无涉薪酬变动，还是拿原来教授的工资，她家的经济状况并无好转。又劝她说，如果学校照发贷金，就不要去理会闲言碎语，专心学习，毕业后早日自立，也好减轻家里的负担。

王书敏知道父亲性格木讷，不善交际，署理院长必定会惹来很多麻烦，立即给父亲写信，劝他不要再"署理"院长。王晋清在法学院遭冷遇，还要受女儿的奚落，满肚子的委屈立时爆发，大发雷霆，回信把女儿臭骂一通。

王晋清朋友不多，只好向廖宗甫诉苦，说是这署理院长当不下去，不想干了。王晋清院务一团糟，连家事也来烦扰，廖宗甫怀疑他真的没有能力执掌法学院，后悔选错了人。但是如果王晋清真的撂下挑子，岂不让黄敬齐躲在一边看笑话。廖宗甫只得好言安慰王晋清，说现在局势不安定，中夏大学不能自乱阵脚，要他顾全大局，继续做下去。承诺全力支持他，给他撑腰，等等看如果黄敬齐继续甩手，就正式聘他做院长。

廖宗甫奇怪明明是中夏大学内部的事，怎么传到远在南京的中央大学？会不会有人暗地挑拨是非，借故欺负王晋清的女儿，实际上挤兑王晋清，让他廖宗甫的日子不好过。他答应王晋清，一定知会中央大学，请他们查清楚究竟是什么人欺负王书敏。

廖宗甫明知此等琐屑小事不可能当成公务与中央大学方面联系，但若虚与应付王晋清，岂不失信于人，而且显得自己无能。他知道李亭凡的交际广，要他通过熟人私下里打听一下事情原委。

李亭凡满口应承说这是小事一桩，他会通过中央大学那边训育处的朋友私下去问问。他顺便向廖校长报告一件大事。

黄敬齐虽然辞了法学院院长，并没有消停，他正在策动恢复教授会。中夏大学本来是有教授会的，抗战八年，颠沛流离，教授会名存实亡，早已无声无息。胜利复员后，人事变动也大，新来不少教授，关心教授会的大有人在。黄敬齐一号召，不少人响应。

李亭凡小心翼翼地说："廖校长，黄教授这意思，会不会是打算通过教授会和您对着干呢？"

廖宗甫说："哪里。学校早该恢复教授会，我也是教授，正想发起恢复呢。请教授们监督提携，献计献策，也好为学校的发展集思广益。可惜我还没有顾得上。”

李亭凡又说：“只怕黄教授控制教授会，专门唱反调。”

廖宗甫说：“不会，也不怕。教授会不过咨议而已，而且是民主议决，谁也不能一手遮天。”

廖宗甫说的是实话，他到校后发现中夏大学教授会没有动静，就想私下发起组织，先下手为强，免得教授会被几个言辞激烈的教授把持，跟自己过不去。黄敬齐当头一棒打得他有点懵头转向，千头万绪没有顾上教授会的事。倒是李亭凡的报告提醒了他，虽然在李面前故作镇静，其实不免焦急。

廖宗甫先找王晋清，请他出面发起组织教授会。没想到王晋清断然拒绝，还说了泄气的话：“校长，你不能再把我放到火炉上烤了啊。”

廖宗甫指望不上王晋清，只好说：“晋清兄，那发起的事就不要勉为其难，拜托你在教授会起到表率作用。”

廖宗甫转念去找何季平，登门拜托他主持教授会。何季平早就考虑过教授会的事，打定主意不做主角，可是又不好直接驳校长的面子，婉转地说：“廖校长，我不是推辞。是这样的，教授会是学校的咨议机构，我虽然只是教务长，但是教授们会认为我的意见就代表校方，难免有人节外生枝，借题发挥。”

廖宗甫心里直觉何季平滑头，但又不能失身份责怪他，何况他说得不无道理，只说：“不至于吧。”

何季平说：“校长宁可想得复杂一点，一旦在教授会上顶起牛来，大家把矛头指向校方，如何收场？”

廖宗甫明知故问：“有人说黄敬齐正在联络恢复教授会，黄教授一直罢问法学院事务，却有心张罗教授会？”

　　"是这样的。"何季平如实回答："他确实正积极发起恢复教授会，不如再给他一个面子，说明校长宽宏大度。教授会实行民主议决，教授们各抒己见，黄敬齐这个人虽然总是锋芒毕露，但是别人未必都听他的。如果他的意见被否决，岂不证明他失道寡助。"

　　廖宗甫沉吟一下："此言有理。"

　　何季平又说："法律系主任贺之廷教授以前就做过教授会秘书长，他是法学家，向来遵纪守法，又是从日寇魔掌逃出性命的教授，颇有号召力。"

　　廖宗甫顺水推舟："有热心人是好事，敬齐教授不至于处处为难我吧。为了中夏大学的发展，相信教授们会鼎力襄助的。我们不干预，乐见其成吧！"

　　中夏大学教授会终于恢复活动，全校的教授副教授皆为会员，纷纷推举黄敬齐、焉朋之和辜青岩为常委候选人，一致同意贺之廷继续担任秘书长。

　　在贺之廷主持下，举行教授会首次会议。

　　贺之廷说："本次会议的议题是确定教授会常委和秘书长。抗战之前，我确曾担任过秘书长，大家要我主持首次会议，义不容辞。大家协商推举的常委候选人是黄敬齐，焉朋之、辜青岩三位教授和我，从四位候选人选出三位常委。请大家考虑好，各位是要我做常委还是做秘书长，反正我不能身兼二职。好吧，现在付诸表决。"

　　有人说："你们几位都是大家协商好的，就举手通过吧。"

　　贺之廷说："不然，教授会成员较多，各人意见未必雷同。我看还是无记名投票，一人一票，充分民主，每个人都有权充分表达自己的意见。大家意下如何？"

　　大家同意。贺之廷就把事先准备好的空白选票拿出来，说："我已经备好选票，上面印有候选人的名字，同意挑勾，反对打叉，弃权画圈。"

投票很快完成，贺之廷宣布黄敬齐焉朋之辜青岩三位当选常委。等大家的掌声落下，贺之廷又说："常委已经确定了，请大家另选秘书长。我与黄敬齐教授均是法学院的，多有不妥，我建议从理医农三院的教授中推举一位秘书长。"

理学院院长钱其库马上说："万万不可。秘书长的人选是事先协商好的，你是法学家，最善秉持公道，又是资深秘书长，大家有目共睹。再说教授会一人一票，自己只能代表自己，并不代表所在院系。做常委也好，做秘书长也罢，只是尽义务，没有任何利益可得。就这样确定下来吧！"说完就把手高高举起来。

大家都举手了，廖宗甫校长也把手举起来。

贺之廷不好再推辞，说："承蒙各位教授抬爱，那我就给三位常委当助手，为大家服务了。今次会议到此结束，现在开始征集下次教授会议题，下次会议依收到提议的先后次序兼顾所涉议案的轻重缓急，逐项讨论。若一次会议不能完成，移至下次会议再行讨论。大家意下如何？"

大家都同意。廖宗甫想发表讲话，主持人贺之廷却宣布散会，廖宗甫只好把话咽进肚子里。

17

眼看深秋，老百姓期待的和平安居生活早已成泡影，内战的氤氲离这座城市已经越来越近了。秋去冬来，四乡的流民涌进城里，寒风中大街上衣不蔽体的流浪者越来越多，俞家的小院天天都有乞讨者上门要饭。

立冬这天早上，俞太太一开大门，只见门口倒卧着几个人。一个骨瘦如柴的男人，带着一个大肚子的女人，还有一男一女两个孩子。小男孩头上长满秃疮没精打采，小女孩黄皮寡瘦，头上几根黄毛乱蓬蓬勉强扎成个小揪揪。俞太太心想这一家子人可打发不起，赶紧关门，谁知那个男人一头扎进门里，趴在地上说要见俞先生。

此人是当年俞正堂从龙口镇往潭渊关押运图书途中，金成银行襄理顾省三遣散的脚夫容锡田。俞正堂早就忘记这个人，容锡田一番哭诉，才想起来。他出于怜悯之心让这家人进了院子，先给两个孩子吃馒头，再问仔细。

与顾襄理分手后，容锡田的儿子大病一场。给儿子治病把顾襄理给的钱也花光了，儿子病好却落下一头秃疮。日本投降不久，国军和八路军又打起来，他们村子就是双方短兵相接的战场，全村的人只好四散逃难。容锡田在逃难路上遇上现在这个女人，是个无家可归的年轻寡妇，还带着一个小闺女，就凑合成了一家。容锡田一家人四处流浪两年多，老婆怀孕六七个月走不成路，小女孩不跟别人只跟她妈，男孩一头秃疮人人嫌弃。这一家子在乞丐群中处于弱势，讨饭都要不到手。最后千辛万苦流落到省城，在中夏大学附近讨饭时，容锡田突然想起，跟着顾襄理在路上遇到的俞先生是中夏大学的，四处打听刨根问底终于找到俞家。到俞家门口时，孩子大人都快饿昏了，一家人倒卧在门口向俞先生求助。

俞家小院东厢厨房旁边还有一间小小的柴房，俞正堂收留容锡田一家住进去，俞太太每顿饭都有意多做一点匀给容家。容锡田缓过劲来，出街找活计，可是哪有现成的活计给他做，常常是在外逛游一天空手而归。容嫂只好把女儿托付给俞太太照看，自己出门讨饭，俞太太无论如何不允。说："容嫂，既然收留你们，就不能让你们挨饿，有我们家吃的，就有你们家吃的，不过是大家都少吃一口罢了。你看我儿媳妇待你闺女有多亲，都把你们当自家人，怎能让你大肚子婆娘出去讨饭！"

俞家平添四口人吃饭，容锡田媳妇正怀着孕，俗话说："大肚婆娘，吃死和尚"，俞太太私下里实在犯愁。

有一天容锡田跑到北门外，帮人推重车过桥，被对面的马车撞倒，手臂被轧伤了。他艰难地走回俞家，俞正堂马上送他到校医院疗伤。校医院院长徐云伍知道了容锡田的遭遇，对俞正堂说，校医院刚好缺一个夜晚守更的，就让容锡田补了这个缺。

容锡田千恩万谢，做梦也没想到俞先生在大学里给他找到一份差事。在校医院守夜更虽然没多少工钱，但是总算有了固定的收入，不用天天愁着找活计，更不用再拖儿带女沿街乞讨，简直是一步登天。容锡田两口千恩万谢，有了固定的收入，就在柴房里另起炉灶，从此过上消停日子。生活安定，容嫂的面色逐渐正常了，倒显出端正的眉目。女儿香兰也现水灵，小脸长得比她妈还清秀。容锡田的儿子叫头儿，比妹妹大几岁，个头却不高，一头秃疮遭到后娘的嫌弃。俞太太于心不忍，自己到药房买了狼毒熬成药水和药膏，天天给头儿洗头抹药。两个月下来，头儿的秃疮明显见好，三个月后长出了新头发，也有了精气神，不再畏畏缩缩，整天跟在俞太太身后叫奶奶。

容锡田每天去端午门旁边的水井挑水，包下两家人用水。容嫂帮俞太太洗衣服扫院子摘菜打杂，好像一家人。有天俞人人对容锡田说："你媳妇哪都好，长得也好，就是不待见头儿。你整天不在家，还是想个办法吧，别让孩子受屈。"容锡田从此就把头儿像尾巴一样拖在身边。

俞正堂在西校门里面一排堆放废弃杂物的库房找到一间空屋，给庶务科说好让容锡田家住进去，一家人就在那里安顿下来。容锡田从俞家搬出来了，还要往俞家挑水。俞太太无论如何也不答应，只要他们安心过日子。

俞正堂近来也为一家人的日常生活发愁。胜利复员后家景刚刚好转，现在物价飞涨，全家又过起紧日子。

城外越来越不安定，郊外四乡农民挑担进城卖菜的已经很少了。偶尔进来一担蔬菜，不是一抢而空，而是少有人问津，因为菜价实在是太贵了。这天，俞太太去花井菜市，四处逛逛，只问不买。她来到卖新鲜蔬菜的担子前问价，犹豫再三。青菜贵得离谱，只好去买咸菜。到咸菜铺，碰上住在夏苑的文觉非教授的太太刚买了酱黄瓜。文教授一家是复员后才来到中夏大学的，不过文太太认识俞太太，她拿着刚买的酱黄瓜说："俞太太，现在这物价不是一天一涨，变成一天几涨了。青菜都买不起了，只好吃咸菜。孩子们正在长身体呢，这可怎么好！"

俞太太说："可不是嘛，大人就忍了，我的小孙子缺营养可怎么成啊。"

俞太太问咸菜铺伙计酱黄瓜怎么卖，一听伙计说出价，不禁咋舌。当着文太太的面又不好意思，等她走开了，只买了两条咸萝卜。

春节前，李仲麟带着一扇猪排骨、一只金华火腿和一袋美国面粉来拜望俞正堂。李仲麟的精气神大不如前，面色凝重。他说："俞先生，时局很不好啊，内战已经大干起来了。学生不日就要上前线打仗，有一事相托。"

俞正堂说："仲麟，你我非一般的师生之谊，不要客气，尽管说。"

李仲麟膝下有两个儿子，长子名大力，次子名大伟。李仲麟的姐姐姐夫膝下无出，大伟刚满月就过继给姑姑，从姑父的姓，名杜大伟。姐姐在一家补习学校教书，姐夫是鲍乾元笔庄的账房先生。仲麟的姐姐和姐夫杜掌柜对大伟百般呵护，把他当做心头肉。不料，大伟过继出去的第二年，哥哥大力得了百日咳。大力母子在后方，李仲麟刚刚提升官职，正在抗战前线，未能及时赶回。可怜大力没有及时得到治疗，不幸夭亡。仲麟的太太丧子心痛，一心想把过继出去的小儿子再要回来。可是，仲麟的姐姐和姐夫视大伟如己出，相依为命，不肯答应。仲麟觉得过继之事非同儿戏，不能翻手为云覆手为雨。妻子却不依不饶，终日怄气，郁郁寡欢，得下抑郁症，再也没有生育。

李仲麟对俞正堂说："先生，此赴前线，生死未卜，我看是凶多吉少。我们夫妇双方的高堂都已过世，妻子孤单一人，常年抑郁。我此去战场一旦有不测，拜托先生关照她。除了妻子，姐姐是我唯一的亲人。姐姐慈祥，对我有养育之恩，但是大姑姐和弟妹之间颇有嫌隙。次子大伟虽然过继给姐姐，毕竟是我的亲骨肉，一旦姐姐有难处，还请恩师照顾大伟。"

抗战结束不久，国家祸起萧墙。俞正堂本以为国共双方为了抢地盘才闹摩擦，听李仲麟说得如此沉重，方知局势确实非常严峻，看来这场内战要越打越大了。

李仲麟告辞时对俞正堂行军礼："先生一日为师，终身为父，大恩大德今世若无缘回报，来世酬答！"

正堂忙答道："仲麟放心，义不容辞。不过，你不必太过悲观，战事再严峻，你身为司令副官，也不至于吧……"

李仲麟前脚刚走，从未来过平安巷的王晋清太太来访。法学院的茶房在黄敬齐辞职后就不干了，办公室杂乱无章，茶水也供应不上，法学院的教职员怨声载道。王晋清四处请人，现有的校工听说是去法学院当差，竟无人应聘。眼看年关放假，院务诸事繁忙，王晋清焦头烂额。他听说俞正堂家收留了一位穷亲戚，就让太太前去打听。

俞太太说："哪里是什么亲戚，八竿子也打不着。"遂简单介绍了容锡田的来历，又说："他一家人原来就住在我这里，校医院缺守更的，他去补上。前些天帮他找到一间闲置的库房，他们搬进校院了。"

王太太叹口气说："这如何是好，也不能去挖校医院的墙角呀。就算庶务科同意，我们也不知道哪边工钱给的多。万一找他去法学院做茶房，他又不愿意，等于让他挑肥拣瘦，显得他当个校工有多金贵。唉，算了。"其实王太太想的是，这个人已经有事做，万一遭他回绝，等于王晋清连个茶房都请不动，传出去岂不更有损自己先生的的面子。

王太太不再提法学院需要茶房的事，跟俞太太拉起家常。说起眼下的物价，两位太太都不免叹息。

王太太说："俞太太，抗战逃难路上多亏你照顾我们一家人。你知道我家孩子多，书敏又远在南京上学，再加上一直跟着我们的小叔子小姑子，顿顿八张嘴吃饭。你还不知道，我们双方老人都健在，我家里也有兄弟姊妹，都需要我们供养。小叔子小姑子现在长大了，时不时跟我怄气，还给孩子们闹别扭。唉，说起来晋清是教授，我们家的日子还不如有些校工过得好。"王太太说着不禁垂泪："眼看就过年了，真不知道这年关怎么过去。"

俞太太说："我知道你家三个男孩子，还有你那小叔子，一个比一个能吃。过年怎么也得让孩子们吃上肉，办年货了吗？"

王太太说："钱越来越不值钱了，可是还得往老家寄，一家人能吃饱就不错了，哪还顾得上买什么年货。"

王太太告辞，走到院子里，正要出院门，俞太太要她稍等。俞太太忙进厨房，从李仲麟刚送来的那扇排骨上斩下后排，又砍下一大块金华火腿，放进提篮里让王太太带上。

王太太说："这从何说起，我不该对你哭穷。你们家备下的年货我怎么能拿去？无论如何也不行。"

俞太太说："王太太，你现在真成了稀客，这么客气。你忘了，在潭渊关那一年我们两家不是在只一锅里吃饭？什么你的我的，让孩子们过年吃点排骨，这是我们的心意。”

王太太推让一番，说："真是不好意思，这么好的后排肉，我就收下，让孩子们解解馋。金华火腿一定得留下来，晋清是山西人，别看他留过洋，改不掉山西老西儿的胃口，吃不惯这金华火腿，我也不会做，不能糟践了。"

俞正堂本来要和太太一起送王太太出门的，石蓓芝先低声给他打了招呼。他很赞同太太乐善好施，怕王太太尴尬，把她送出屋门就停下脚步，没有再往院子里送她。直到王太太收下排骨离开，俞正堂才出来对太太说："这是什么世道，教授都过成这个样子了。"

第六章

18

战事越来越紧，从抗战噩梦中醒来不久的中国再度陷入无休止的战争。物资匮乏，物价飞涨，已经到了民不聊生的地步。反内战，反饥饿，求和平的请愿活动此起彼伏，参与这些活动实际上已经成为中夏大学学生的主课。八路军新四军已经占据了本省西部山区和东部三省交界的平原，省城很快就要被围困。

中夏大学还要南迁的消息不胫而走，传言四起，人心惶惶。

这天晚饭后，黄敬齐和俞正堂不约而同来到何季平家。黄、俞二人在何家门口碰面，彼此心照不宣，前后脚进了何家。何季平立即烹茶，边说："我已无好茶待客，委屈二位喝玉兰香片吧。"

黄敬齐快人快语："哪有心思品茶。季平兄，这南迁之事到底如何呀？我想正堂兄的来意与我略同。"正堂点头默认，二人的目光同时转向何季平。

何季平沉吟片刻，说道："唉，不瞒二位，是这样，我和颖兹的家都在江南，但是江南是我们的伤心之地，我的父母死于日寇的轰炸，颖兹一家三口生生被日寇逼死，我们都曾抱定决心不再回江南的。可现在学校的局面，我看是势在必迁了，听说教育部训令南迁的公文很快就要下来。"

黄敬齐一拍桌子，说："八年离乱学校蒙受了多大损失，这刚刚安定下来，又要折腾，我断然不会跟着他们走的！"

俞正堂说："没人想走，但是如何不走？"

黄敬齐说："此处不留爷，自有留爷处。"

俞正堂说："你老兄的能耐大，大家怎么办？"

何季平说："是啊，敬齐兄，去留牵涉到学校的命运和师生的前途，不可意气用事，要想出办法才行。"

黄敬齐说："所以才来找你，既然教授会已经重新成立起来，走或不走由教授会做出议决，名正而言顺。"

俞正堂说："那你们两位教授要出头号召才是。"

黄敬齐说："我宁愿出这个头。"

何季平本想说"只怕教授会做出决议也无用"，却说："是这样，我也可以出头。但我这个教务长身份，我若出头别人可以说是校方操控，适得其反。"

俞正堂说："找焉朋之吧，他不是教授会常委吗，多几位发起，呼声大。"

黄敬齐说："我去找他，哪怕三请诸葛。"

黄敬齐虽做了三请的准备，实际上一请就准。焉朋之在抗战中历尽颠沛流离之苦，放弃清华来中夏大学图的是叶落归根，早知又要背井离乡他又何必来此呢。他从心里反对南迁，满口答应黄敬齐，同意出面提议开会，当即和他一起去找辜青岩和贺之廷。

教授会很快举行，仍由贺之廷主持。他宣布此次会议有两项议题，一是关于生活待遇，二是关于学校南迁，逐项讨论。

文觉非、严范学几位复员后才来校的教授相继发言，抱怨近来生活水准严重下降。学校原来承诺的待遇未能完全兑现，加上目前物价飞涨，实际上等于降薪。

一说起薪俸待遇，教授们都打开了话匣子，抱怨的话越说越多。忽然有人猛拍桌子，大家陡然安静下来，只听生物系臧雨田教授大声说："说起来我们是享有高薪的教授，教授，教授，越教越瘦了！"

大家都看臧雨田，他本来就身形瘦削，近来更加瘦骨嶙峋。

廖宗甫也来参加教授会，他坐不住了，几次想站起来讲话，何季平提醒他不必急于发言。贺之廷看出廖宗甫的神色不对，也觉得大家七嘴八舌没个头绪，就与三位常委低声商量了一阵，然后大声说："诸位，关于生活境遇，那是有目共睹，自有公论的。但是仅仅抱怨也无济于事，我们是否形成一个决议，上书教育部，要求增加薪酬，解决生活困难。"

医学院院长章雪方教授首先表态赞同，然后一致同意委托贺之廷秘书长执笔拟稿，大家传阅通过后即以中夏大学教授会具名上书教育部。

一说起南迁，会场上一片唉声叹气。

文觉非教授说："我知道中夏大学在八年离乱中吃尽了苦头，可是诸位都知道，我随着北大流落到昆明，在西南联大的日子也是苦不堪言。国破家亡，那是迫不得已，好不容易盼到复员北归，难道非要我们再度流离失所不成？"说着凄然动情，眼角不禁滚出热泪。

化学系主任严范学教授直摇头，叹息道："我虽然在海外未经历逃难，却也是家破人亡，还有亲人流落失散至今杳无音信。不堪回首，不堪回首。"

贺之廷想到，一旦学校南迁到人地两生的南方，他的律师营生算是彻底告终，不禁难过。他忘记主持身份，忍不住说："我和晋清兄都是捡回一条命的人，这回若是真的要走，我们还能够在南迁途中保住性命吗？"

辜青岩发言："不是说要为医学院建医院大楼吗，我已经把建筑设计图画出来了，一旦南迁，岂不落空？南迁之后，我们还能再度重返校园吗？明德大礼堂、教学楼、夏苑，还能完璧保存吗？"他说着，默默饮泣。

会场一下子静默下来。焉朋之突然从座位上站起来说："诸位，中夏大学断然不能再度流离失所，我坚决反对南迁！"

一时间，反对南迁的声浪甚高。

廖宗甫终于坐不住了，慢慢地站起身，咳嗽两声，压压阵脚，故意慢条斯理地说："诸位教授，弟本来不欲多说。但是，我实在是骨鲠在喉，不吐不快啊。刚才大家都说到生活上的困苦，国难当头，此情可鉴。我体谅大家的难处，无论上书教育部管不管用，反映一下也好。"

廖宗甫稍稍加快语速："我何尝不想大家多些薪俸。说句不好听的话，其实我们国立大学是吃军粮的，如果政府不关饷，我们喝西北风啊。日寇侵略，八年流离，我在鄂西也历尽苦难，谁能忘记这切肤之痛，谁愿意再度抛离家园，谁愿意南迁啊。但我斗胆说一句，正因为我们是国立大学，南迁与否，由不得我们，更由不得我。教授会可以决议是否南迁，但是最后恐怕还是得由教育部决定。如果政府命令南迁，我们抗命不从，诸位的薪水何来保证呢？我这做校长的，也无能为力啊！"

廖宗甫这一番重话，瞬间起了作用，会场顿时安静下来。有人左顾右盼，有人低头不语，过了一会，才有人叹出声来。

王晋清不想表态，只是默默地摇头，心里却在翻腾。他当然是不愿意南迁的，可是不随学校走，一家大小怎么养活？再说女儿在南京，到了那边好歹离她近些。

身为常委的黄敬齐，原本是想让焉朋之唱主角，等大家达成共识后，自己表个态完事。却不料廖宗甫祭起停发薪水这个法宝，不由得怒从中来，站起来对着廖宗甫，却不点名，很不客气地说："抗战八年，面对外敌，颠沛流离，政府没有少发一天的薪水。现在是国内打仗，非要南迁却为哪般？又为何拿停薪来要挟我们？"

黄敬齐显然要和廖宗甫彻底撕破脸皮。无人接话，偶尔有人发出干咳之声。

何季平预料会出现争执，会前曾建议廖宗甫不用到会。可是廖说既然教授们一起讨论，不必回避。

廖宗甫本不想与黄敬齐翻脸，眼看他当面挑衅越发无忌，若完全避而不答，岂不显得太过无能。既然对方没有点名，他也尽量克制，同样不点名地说道："我廖某人不会停任何一位教授的薪。我是说如果教育部部令中夏大学必须南迁，谁能留下不走？"

黄敬齐不甘示弱："我倒要请教校长大人，莫非你已经得到上面南迁的命令，既然有令，为什么秘而不宣？"

廖宗甫的火气终于被激起来，提高了嗓门："敬齐教授，密令是从何说起？从眼下的局势来看，南迁很有可能，教授们心知肚明。否则，何必开会讨论南迁？我看还是早做准备，教育部一旦令下，免得措手不及！"

黄敬齐毫不退让，也提高嗓门："我提醒各位注意，这里是教授会，讨论什么，议决什么，由教授会投票决定。不要拿部令吓人，这里不是摆什么权威的地方！更无须狐假虎威！"

廖宗甫气急败坏，就要发作。何季平赶紧说："诸位，是这样，为学校前途，各抒己见，都不要意气用事。"

廖宗甫冷静下来，强压怒火，隐忍不发，克制自己不要失态。他不看黄敬齐，强作笑颜，故意用轻缓的语调说："这里是教授会，既无老虎，也无狐狸，一人一票，民主议决。诸位继续讨论，弟另有公务，我与何教务长先行告退。"说完当即离席。

何季平没有想到廖宗甫硬拉上他一起下台，迟疑一下，只得跟着廖宗甫离场。

黄敬齐见廖宗甫要走，站起身想再回敬他一句。贺之廷一边劝住他，一边对大家说："雅静，雅静，注意斯文，有话好说！"

贺之廷说："不瞒各位，只要有官司打，就饿不着我贺之廷。但是，对在座的大多数，没有薪水只能讨饭。如果政府真的非要我们南迁不可，眼前只有两条路，要么跟着走，要么上街讨饭去。"

眼看大家七嘴八舌，贺之廷将三委常委拉在一旁，说："三位常委，你们看如何是好啊？"黄敬齐主张投票，辜青岩主张改日再议，焉朋之犹豫了一下，还是同意投票，辜青岩也就同意了。

贺之廷宣布常委的意见：分"同意""反对""弃权"三种意见，就中夏大学是否南迁无记名投票。现场无人表示异议，大家当即投票。

投票结果很快揭晓，在场53位，赞成南迁的22票，反对南迁的26票，弃权的5票。也就是说，即便离场的廖宗甫与何季平都投赞成票，反对南迁的仍占多数。于是，贺之廷当场宣布，教授会多数票议决：上书教育部，反对南迁。

19

黄敬齐原以为教授会应该以压倒多数反对南迁，实际上只是微弱多数，他对教授们在关键时刻表现出的犹疑与软弱而叹息。

学生自治会立即对教授会的决议做出响应，在校园里到处张贴标语，坚决反对中夏大学南迁。

教授会的表决结果令廖宗甫恼羞成怒。李亭凡火上浇油，说黄敬齐背后一定有共产党撑腰，否则不会如此嚣张。廖宗甫给教育部长朱家骅发了一封电报，详细报告教授会的情况，希望明确裁示中夏大学南迁与否。教育部第二天即做出回复，复电没有加密，也没有朱家骅的署名，落款是"教育部"。

电文称："来电收悉，尊重教授会决议及教授之个人选择。为尽最大之努力避免优秀学人流失，以免除中华文化与教育断裂之虞，中央拟实施抢救学人计划，贵校可先予试行。南迁事宜已定，择日下达指令，并由交通部与省政府全力协助。"

廖宗甫仔细琢磨电文的含义，他觉得其中大有玄机：第一，对不同意南迁的人不能硬来。第二，上面正在酝酿一个"抢救学人计划"，并要在中夏大学先行先试。第三，南迁已定，交通部和省政府已经参与配合了。廖宗甫玩味出这封电报的奥妙之后，心中十分得意，他已经感觉到朱家骅对自己的器重，决心不辜负上峰的信任，不惜一切代价完成中夏大学南迁。

学生自治会代表数次要求会见廖宗甫，廖都借故回避，收到教育部回电后才同意接见学生代表。

廖宗甫为这次会见学生代表做足了准备，他一反往常学生代表到齐后才现身的规矩，事先坐在长条会议台一端，故意做出严厉的表情。四周故意布置多名工作人员肃立，坐等学生代表进来。这次代表学生自治会前来陈情的全都是生面孔，为首的是经济系三年级学生栗明谦。

不等学生代表坐定，廖宗甫就冷冷地开口了："有什么话，你们就说吧，希望简洁明了，不要东拉西扯。"

栗明谦显然对廖宗甫摆的这个架势缺少思想准备，被廖故作的冷漠镇住了。栗明谦有点紧张，没看讲稿，有一点口吃地说："我们学生，学生自治会支持，支持教授会的决议，坚决反对南迁！"

廖宗甫故意沉默了十几秒钟，与栗明谦对视片刻，才用阴沉沉的声调问："为什么？"

栗明谦一时语塞，旁边的同学拉他一下，他反应过来，忙看着讲稿大声说："反饥饿，反内战，反迫害……"

不等栗明谦再说下去，廖宗甫从椅子上站起来，厉声对学生们训起话来："诸位同学不要扯远了，今日只谈南迁之事。共军很快就要兵临城下，省城即将沦陷，教育部已经有令，中夏大学指日南迁。学校南迁是为国为校为你们学生着想，其意义重大，你们应该自知。至于个人是否随校南迁，全由个人自主选择决定，校方绝不勉为其难。不要说你们学生，就是教授也一样自主选择。但是，不随校南迁者，无论学生还是教职员工，一律视为自动退学离职，停发助学贷金或是薪水。同学们，当此国家危难之时，希望你们体察政府对你们的厚爱，不要无理取闹。"

廖宗甫说罢，也不落座，撇下学生代表拂袖而去。

学生自治会紧急开会研究对策，决定全校罢课。

火车专列的日程已经定下，南迁势在必行，教授会的决议不过是一纸无效的空文。

中夏大学的人都在为南迁惶惶不安之时，黄敬齐收到一封匿名信，邮戳显示此信昨天从本市寄出，信封上歪歪斜斜地写着"黄敬齐教授亲启"，只有收信人的地址却无寄出地址。信封里是一张16开毛边白纸，上面用红墨水写着"你也想当闻一多?!"七个大字后面的问号和惊叹号特别显眼。

黄敬齐已经与廖宗甫势不两立，他决不会屈从廖的淫威，但是如果不随校南迁，一家人的生计不堪设想。他一怒之下血压暴升，病倒了。

栗明谦将黄敬齐病倒的消息告诉陈方村，陈方村马上带上栗明谦去拜访黄敬齐。

到了夏苑黄家，黄敬齐血压已经稳定，只是气愤难平，遂把匿名信给学生们看。

陈方村说："黄教授，这显然是特务所为。反动派已经暴露了凶恶的嘴脸，应该和恶势力坚决斗争，全校的学生都支持你！"

黄敬齐听俞正堂说起过陈方村这个学生，但是少有接触，这一次师生交谈甚欢，不仅谈中夏大学的前途，还谈到中国的前途。黄看出这个学生不简单。

第二天上午，就有记者前来采访黄敬齐，拍下匿名信的照片，表明将在报纸上发表。

当天下午，校长办公室所在的亲民楼门口贴出一份大大的露布，上有黄敬齐收到的匿名信原件。

露布上写道："妄图逼凶却不敢留名，是何鼠辈使出如此卑劣龌龊之手段？我黄敬齐坐正行直，威胁恐吓可奈我何！《大公报》和《自由报》的记者已经应邀采访并将匿名信拍照，明日见报，晓示天下，自有公论。"后面有黄敬齐三个大字签名。

露布一贴出来，立时招来众人观看，黄敬齐被恐吓的消息很快传遍全校，尽人皆知。

李亭凡认为在办公楼门口张贴的露布等于是个揭帖，有损一校之长的威望。他慌忙报告廖宗甫，请示要把露布揭掉。

廖宗甫很生气，但他不怪黄敬齐，以为匿名信是李亭凡一手策划，故意激化矛盾。可是李亭凡矢口否认，他还以为是校长让手下人干的，却没有说破，只说："我绝对不会如此下作，看来是有人在幕后搅局。"

廖宗甫转念一想，露布贴出来也好，正合时宜，恐怕多数人还真能被吓住。就对李亭凡说："黄敬齐再无理，我廖某人也不会与他一般见识。这匿名信蹊跷，揭掉它好像我做贼心虚，随它去。"

果不其然，很多人看了黄敬齐展示的这封恐吓信真的不寒而栗，反而产生阻吓效果。很多原先坚决反对南迁的教授不再发声，原本未投反对票的教授们悄然收拾起行李，学校已经派校工去一些教授家帮助打包装箱了。

黄敬齐同意学生的建议张贴露布，公开匿名信，本意是揭露阴谋，没想到却为虎作伥了。他无限懊恼，呆在家里苦苦地思考下一步，却无计可施。

目前的局面正中廖宗甫下怀，李亭凡不由不佩服廖校长老谋深算，私下里开始追查躲在暗处滋事的人。

李亭凡很快得到报告，说是学生自治会近日活动频繁，陈方村栗明谦等人不仅公开鼓动学生罢课，还多次带领学生上街。最令人惊异的是，王晋清的女儿王书敏也是挑头的人物，她与陈方村等经常密会的地点就在西校门。

廖宗甫将信将疑，王晋清前些天还来抱怨，因他署理法学院，远在南京的女儿在中央大学遭同学挤兑，怎么一下子与中夏大学的活跃分子勾连在一起？事情太诡异，隐约感到有人在幕后煽动制造混乱。他让李亭凡再去探查，仔细落实。

李亭凡却直接去问王晋清："请问王教授，你女儿究竟在哪里？有人在中夏大学看见她了，她经常和左倾分子在一起。"

王晋清勃然大怒，对李亭凡说："明明有人跑到南京我女儿那里挑拨，你倒好，反过来咬我一口！"

李亭凡只好转过头一再追问爆料的学生是不是亲眼见到王书敏，这学生斩钉截铁地说："训育长，千真万确就是王书敏，我可以给你指认。"

20

陈方村发现最近总是有人跟踪盯梢。上星期日，学生自治会的干部在西门口聚齐，准备一起到文庙开会，有人一直在附近鬼鬼祟祟朝他们张望。栗明谦非常气愤，当时就想上去教训他，被陈方村按住，说："沉住气，等他们找上来，再后发制人。"

盯梢的没有尾随，这才作罢。

星期日上午八点，学生自治会依约在西校门里集合。汪书敏刚到，突然一个学生摸样的人从她身边擦过，叫了一声"书敏！"

"哎。"汪书敏应了一声，一看是个生面孔，就问："你叫我吗？"

那人停住脚步："你是王书敏吗？"

书敏答话："我就是汪书敏，你是谁？"

那人说："你是书敏就好，你爸爸让你回家。"

汪书敏顿时警觉，喝问道："你胡说！你要干什么？"

那人一把拉住汪书敏朝校门外走，死皮赖脸地说："别急，别急，过去说句话。"

陈方村当即判断这是绑架，赶紧跑出校门，断喝一声，一脚将那个学生摸样的人踢翻，拉着汪书敏要进校门。不料那人抱住陈方村的腿，大呼："打人啦，打人啦！"一声呼哨，从周围上来七八个人将陈方村和汪书敏团团围在西校门外纠缠。五分钟后，北门警署的警车就到了，将陈方村和汪书敏带走。

栗明谦让学生自治会的人迅速离开现场，他即刻把陈方村和汪书敏被警察带走的消息传递出去。

警察在西校门外抓学生的事情很快传遍全校，传得五花八门。有说是歹徒光天化日之下绑架女生，有说是争风吃醋打架斗殴，也有说是有人在校门口调戏女生，越传越离奇。

栗明谦得到指示，马上召集学生自治会可靠的骨干开紧急会议，给大家介绍今天上午事情的详细经过并做了分析。上级指示说："最近三青团的人经常盯梢，这是特务蓄谋已久的抓捕行动，后续还会抓人。要尽快在同学中说明真相，揭露阴谋，发动大家立即到北门警署集结死守。坚决要求北门警署立即放人，严防秘密转移。"

一时间，平静的校园喧腾起来，中夏大学复校以来的一次大规模学潮眼看就要爆发。

廖宗甫万万没有想到事发如此突然，王书敏的行踪太过神奇，居然能在相距千里之遥的中央大学和中夏大学两边活动，两头挑事，她究竟是什么人，居然有如此操控能力？他又觉得这件事情不合情理，警署为什么很快就介入？让王晋清出面认认是不是女儿，不就水落石出吗，何必让警署插手。幸亏警署是在校门之外将人带走的，如果进来学校抓人，事情势必闹大。南迁在即，现在不能出乱子，应该尽快把王书敏的事情查清楚，免得有人暗中作祟，推波助澜。

学生自治会召集几十个人很快在在北门警署前聚齐，监视警署动静，喊口号要求放人。警署紧闭大门，不理会学生。到了下午，周末放假的学生陆续回校，学生自治会组织更多的人支援，去警署看热闹的更是一拨接着一拨。到了晚饭时，很多人离开现场去吃饭，聚集的人数开始减少。偏偏这时从警署里出来一个警察，学生们一下将他团团围住，这个愣头青警察一惊，喝道："你们目无法纪，来警署闹事，小心老子一个枪子儿要一条小命！"

警署门外本来已经稍微平静，顿时又沸腾起来，有人喊："警察要行凶啦！""警察变本加厉，我们坚决抗争！""抗议警察随便抓学生！""放人！无条件放人！"

吃过晚饭的人陆续回来，暮色苍茫中，聚集在警署门前的人越来越多。到了开路灯的时候，警署门前却黑灯瞎火，悄无声息。栗明谦一看情势不对，怀疑警方可能开枪弹压，传话叫大家尽快散开，防止无谓牺牲。但是有人不听劝，也有人有意鼓动，后边的推着前面的往警署大门挤，把警署围得水泄不通。

突然，警署门前的灯亮了，大门敞开，大家以为警察真要动手了，一时哄乱。没想到警察署长现身了，后面竟然紧跟着陈方村和汪书敏。

署长边往外走边大声说："误会，误会，没事了，没事了，大家散开吧。"

有人高喊："怎么回事？交代清楚！"

署长也不多做解释，只是跟陈方村和汪书敏握手说："抱歉，抱歉，请你们慢走。"转身就回警署了。

陈方村对围拢在警署门口的人说："他们弄错了姓名，抓错人了，没事了，谢谢大家关心。"说完就和汪书敏在人群中消失了，警署门前的人群也很快散去。

李亭凡有意把事情闹大，好让幕后挑事的都冒出来，再一个一个收拾。他派人混在警署门前的人群里，有起哄的，有盯梢的。天刚黑，李亭凡派去的人却都回来了，说是北门警署把人放了，还当众向被抓的人道了歉。事情的发展完全不符合李亭凡的预计，他心急火燎地跑到警署，问到底是怎么回事。值班的警察没好气的对他说："你们都没弄清楚情况，让我们错抓人。学生们要是闹起来，你们管收场吗？"

李亭凡还要问，值班警察说："你们弄的好事，折腾我们一整天。署长下班了，你去问你自己的上司吧！"

李亭凡报案的时候把事情说得很严重，还说上峰有指示，一旦事态闹大，警备司令部也会派兵弹压。署长以为这是一件大事不敢怠慢，就与他配合。把两个人带回警署问了半天话，才知道这个女学生是汪书敏，不是王书敏。再问汪书敏的家世，这个汪书敏的父亲竟然是署长读师范时的同班同学，现任山区党部书记长汪圭垚，一个姓汪一个姓王，名字虽然相同，却不是同一个人。问明白之后，署长就来了气，埋怨李亭凡闹乌龙，他认错人却害自己险些背上黑锅。署长深知学生的事情一旦闹大，后面不知道有多少麻烦，一不当心丢了饭碗不说，说不定连脑袋都要赔进去。眼看着警署门前的学生越聚越多，既然确认了汪书敏身份，把人放走了事。

廖宗甫整个星期日都坐卧不安，他怕真闹起学潮不好收场，负不起责任，没想到事情又不了了之。李亭凡狼狈透顶，廖宗甫埋怨他办事太马虎，幸亏没有闹大，否则一旦闹将起来可能真的不好收场。

人虽然放出来了，但是陈方村并不知道"汪""王"一字之别的乌龙，判断训育长李亭凡与特务勾连，另有更大阴谋。

这次事件莫名其妙地戛然而止，却打乱了学生自治会的计划，丧失了一次开展反迫害运动的大好机会。当事人陈方村返校后一方面对事件做出详尽交代，一方面倍加警惕，严防有人制造更大的事端，稳妥保护学生自治会骨干。

俞正堂关心陈方村和汪书敏被抓，他本想找何季平商量营救，可是这两个学生很快被放回来了。俞正堂好生奇怪，不再找何季平。

王晋清却烦躁得很，李亭凡多次登门造访，进门不问别的，只问王书敏有没有回家。王晋清起初并不在意李亭凡为什么关心他的女儿，以为他不过是随便问问，后来发觉李的口气越来越不对，好像一直在追问女儿的行踪，而且明显怀疑自己有意隐瞒。再后来校园起了骚动，传来消息说书敏被抓到北门警署了，一会儿又听说抓错人了。王晋清担惊受怕，六神无主，后悔不该署理法学院院长，以至于堕入是非旋涡，没得到任何好处还惹了一身骚。不仅自己在法学院受冷落，还让远在千里之外的女儿莫名其妙地受委屈。王晋清一气之下决心辞掉署理院长之职，再不想惹这个麻烦。

廖宗甫还是百般挽留，说："晋清兄，南迁在即，你先忍让这一时，助我一臂之力，到江南安定下来再说。"

王晋清给远在南京的女儿写信告知将要南迁之事，还说："我本一介书生，不谙世事，只宜专心教书治学，不宜做什么院长，故已坚辞。"

王书敏知道父亲不当院长，心安理得照享助学贷金。

第七章

21

　　晚上，黄敬齐只顾在灯下犯愁，突然窗外有人声响动。黄敬齐惊出冷汗，想起恐吓信，莫非真有人要下黑手？顺手将台灯关掉。只听窗外有人低声说："黄教授，冒昧打扰。我们是学生自治会的，我是前些天来拜访你的陈方村，有要事请教。"

　　黄敬齐料想陈方村此时来访必有大事，遂开灯启门。随陈方村进来的还有一个人，此人穿长衫戴礼帽，不像是学生，黄敬齐有点警惕。

　　那人脱下礼帽，对黄敬齐鞠躬，说："黄先生，多年未见了，身体还好？"黄敬齐仔细看他，好像见过。只听他说："先生不记得我了，我是当年农学院学生邓梓华。"

　　黄敬齐一下子想起来，这位学生曾是俞正堂的爱徒，鼎鼎大名的邓梓华。他在抗战之前就失踪了，传闻他是共产党在学校的头头，因为身份暴露去了延安。黄敬齐确实惊异，万万没有料到这个失踪多年的学生，现在竟然现身在自己家里，慌乱中手随便指着一个方向，说："你，你是邓梓华，你不是去了那里？"

　　邓梓华点点头，沉稳地回应说："是的，黄先生，我从攻城部队来。我们一直在关注中夏大学南迁的事情，非常钦佩你的立场和你在教授会上的态度，你的处境我们也都了解。解放军兵临城下，省城解放指日可待。学校南迁没有前途，终究要回来复校。据我们的情报，当局很可能要对你们这些进步教授下毒手。我代表共产党和攻城部队，现在通称为中国人民解放军，欢迎你到解放区和我们一起筹建人民的新型大学，迎接全中国解放。"

自从在教授会上和廖宗甫闹翻，黄敬齐陷于矛盾之中。出言顶撞他，收到恐吓信后又在他办公室门口公布，等于向廖宗甫宣战。所有翻脸的举动都是性情使然，一怒之下做出的决定，后果如何根本没有想过。现在既然闹翻，不能不想下一步。只要廖宗甫主校，南迁势在必行，如果自己闹腾一番，然后还是随校南迁，等于屈尊俯就，自我否定，断不能走这一步。然而国共到处打仗，跳槽不是时机，何况投身中夏大学以来没有换过地方。看来难以在中夏大学从一而终，但又何去何从呢？

黄敬齐一直在想下一步，但是从未想到去投共产党。邓梓华的出现，让他先惊后喜。

邓梓华说："我们已经联络好了焉朋之、俞正堂几位老师，有人专程护送你们到解放区去，由陈方村同学随行。现在各家都在为南迁收拾行李，你照常拾掇也不格外显眼。事不宜迟，自有人来接应。"邓梓华简短捷说，黄敬齐应接不暇。邓梓华又说："黄先生还有什么不明之处，尽管提出。此刻情势紧迫，不便多谈，我也不能久留。请相信学生，一定让老师走向阳光大道。"

其实，此时邓梓华和陈方村并没有"联络好"焉朋之和俞正堂，他们先找的是黄敬齐。离开黄敬齐家，邓梓华安排陈方村派人分头去见焉朋之邵泉鹃俞正堂几位，自己带着卫士匆匆离开，隐入夜色之中。

陈方村先去焉朋之家。焉朋之认得陈方村，陈虽然是史学系的学生，却上过他的哲学课，常向他请教。陈方村曾私下和他讨论艾思奇写的《大众哲学》，焉朋之说："我看过此书，敬佩作者以通俗大众语言讲解深奥的哲学。但是此书当为一家之言，不能完全苟同。"

此刻陈方村漏夜来访，显然不为讨论哲学。陈方村也不客套，开诚布公说，已经和黄敬齐谈好，几位教授一起投奔解放区，特来相约。

焉朋之是真心不愿再度背井离乡的，可是南迁在即，廖宗甫说不跟着走的就停薪，绝对不是儿戏。可是，真的不走，一家大小的活路在哪里？真的是到了山穷水尽疑无路的地步。

偏偏这个时候，陈方村这个"村"来到家里，柳暗花明又一村了。眼下只有去跟着陈方村去投八路，何况还有黄敬齐作陪。

焉朋之即刻表态，说出真心话："我决心已定，绝不会随廖宗甫南迁一步，但是正为今后的生计发愁。有你引路，我就放心了。黄敬齐同行，我更坦然。"

离开焉朋之家已近午夜。虽然夜深，夏苑里却有骚动，陈方村怀疑有特务盯梢，不便再去住在校外的俞正堂家。他打算明天再去，相信俞正堂一定会听他的安排。

其实，陈方村就算连夜去俞正堂家也会扑空。此时俞正堂就在夏苑里，他刚刚赶到辜青岩家。就在今天夜里，工学院院长辜青岩溘然去世了。

当晚，俞正堂已经入睡，突然有人敲门，还连声呼叫，却听不清他说些什么。俞秉轩出来为父亲壮胆，听出门外那人似乎在说："辜教授……"

俞正堂突然明白，门外的人一定是辜青岩家的老庄，忙把大门打开。老庄是辜青岩老家福建泉州来的厨子，老庄夫妇是辜家的义仆，辜青岩父母过世之后，就从泉州老家来照顾孤身一人的辜青岩。老庄满头大汗，一口闽南泉州话，说是辜青岩突发心脏病，情况不好。已经就近请了家住夏苑的校医院院长徐云伍，正在急救。

俞正堂赶到时，辜青岩的心脏已经停止跳动，徐云伍和校医院的医生护士，还有老庄的老婆，刚把辜青岩的尸体安放在床铺上。

老庄见状在辜青岩尸体上大哭，庄嫂刚刚止泪，又和老庄一起痛哭不止。

原来老庄起夜时见书房还亮着灯，就过去关照辜青岩早点休息。却见辜青岩伏在书案上不动，以为他睡着了，就催他睡觉。不料发觉辜青岩身体僵硬，已经没有鼻息。老庄慌忙叫起庄嫂，自己去敲徐院长家的门。

徐云伍看到辜青岩的情况不好，马上召来校医院的值班医生和护士一起抢救，并要老庄即刻去给俞正堂报信。

辜青岩一个多小时前突发心脏猝死，已经抢救无望。他昏死在精心描绘的中夏大学医学院附属医院建筑设计图上，手心里还攥着一张揉皱的稿纸，上写：

> 宁守明德堂，
> 不愿下江南。
> 依依桑梓树，
> 拳拳中夏苑。
> 何去……

纸上"何"字歪斜，"去"字笔画零乱，之后是点点墨迹，不见下文。

俞正堂手捧这张揉皱的稿纸，止不住热泪满面。想必辜先生为南迁而痛苦，他虽然曾在金陵大学执教，却不愿意重返江南，因此写诗明志，不料诗未成，人却逝。辜先生绝笔之前必有一番锥心之痛，留下的诗句竟成为遗嘱。

辜青岩在宾夕法尼亚大学学成归国后，受聘于金陵大学，创建营造学系。但是苦恋多年已经订婚的女友却悔婚弃他跟了别人，又因应邀为东吴大学设计的礼堂被认为"风格复古陈腐"而被拒，遭到金陵大学本校同行的奚落。在他情绪极其低落之时，时任中夏大学校长的福建同乡林鸿鲁慧眼识才，聘任他担任新建中夏大学的总设计师，并负责筹建营造学系。辜青岩来到中夏大学以后，全身心投入学校建设，充分施展才华，在一片荒芜上建起现代化的大学。中夏大学建筑群几乎全部出自辜青岩的设计，整体建筑风格中西合璧，实现了他的建筑理念。抗战颠沛流离期间，他在龙口镇辛辛苦苦设计的临时校舍又被炸毁，感到切肤之痛。对日寇的极度仇恨使辜青岩的精神受到严重的刺激，他除了苦心钻研中国建筑史，几乎不与人交谈。抗战复原，辜青岩看到他呕心沥血设计建起的中夏大学校园满目疮痍，立即不分昼夜全力投入修葺维护，又被学校委任为工学院院长，这才恢复了活力。辜青岩最钟爱的明德大礼堂，是他的代表之作，也是他魂牵梦萦的心头之宝。他万万没有想到，抗战胜利后开始的明德大礼堂修葺工程刚刚完成，又要弃之而去。辜青岩对校园的依恋不同于别人，更多一份难以割舍的情愫。南迁日程逼近，他陷于难以言状的痛苦之中。

辜青岩自从遭遇未婚妻悔婚，就斩断儿女情长，决心终生不娶，始终孤身一人。他日常生活马马虎虎，俞正堂与他既有师生之谊又兼同事之好，一直照顾他。复员回到省城，他家的义仆老庄夫妻从福建来投奔，他的衣食起居才算妥当。

何季平与廖宗甫得到噩耗，于天晓时先后赶到，俞正堂拿出辜青岩临终写下的诗句给何季平看。

何季平满脸哀戚，与遗体告别后，又认真看写字台上的图纸，说："辜先生不忍舍下明德大礼堂，临终还念念设计医院大楼，身心交瘁，何其惨烈。"

廖宗甫也在辜青岩遗体前默哀并三鞠躬，他从何季平手上接过那张诗稿扫了一眼，就说："现在局势一片混乱，辜先生暂时无法魂归福建老家，公祭追悼可能也来不及了。"

俞正堂说："廖校长，何教务长，辜先生以诗明志，他不想离开校园，宁愿守护他亲手设计的明德大礼堂。就按照他的遗愿，把他安葬在明德大礼堂附近那片桑梓树下吧。"

何季平沉思未答，廖宗甫接过话头："南迁的命令已经到了，交通厅安排了专列，三天后启程。既然辜先生临终留诗，那就委托俞先生按照他的遗嘱，尽快归葬，让他守护明德大礼堂吧。"

不料，老庄夫妇听到三天后启程的话，双双跪在俞正堂面前，哭着说："俞先生，依我们家乡的规矩，过头七才能入土。我们知道俞先生与辜先生的情谊，拜托您为我们家先生的后事做主。"

不等廖宗甫发话，何季平对老庄说："请起吧。你们放心，俞先生会操办的。"又说："正堂，南迁事急，辜先生后事委托给你了。"

廖宗甫正好脱身，与何季平一起匆匆离开辜家。

22

俞正堂忙了一夜，第二天上午才回到家。家里已经开始收拾行李，屋子里一片狼藉。

辜青岩猝逝，俞正堂受到很大刺激，想到自己与他一同建设校园的往事和彼此的深情厚谊，更觉心痛。老庄夫妇要求头七归葬，廖宗甫说三天南迁，如何是好，悲痛之中更添烦恼，想着想着昏昏沉沉睡着了。

恍惚中，俞正堂却见老庄搀扶着辜青岩径直来到他的床前。辜青岩满脸愁戚，怔怔地看着他，说："中夏大学就是我的归宿，这一次我不能再走，却不能不走，只好以死明志。"说罢，挣脱老庄，扑向无底深渊……

俞正堂一把没有拉住辜青岩，大喊，却从床上坐起，出了一身冷汗，方知是一场惊梦。他从梦中得到启示，决定暂时留下，一定要按照辜青岩家乡的习俗，头七再入土安葬。俞正堂已经想好，眼下八路军逼近省城，局势已经大变，如果操持辜青岩入土之后再不能出城，那就死守在校园里，做辜青岩的守墓人。

他想好了，把自己的决定告诉家人，孩子们要工作和读书，可随学校南迁，自己决计留下，为辜青岩完成后事。

石蓓芝和孩子们都知道南迁的日程已定，俞正堂的打算使大家感到突然，都停下手不再收拾东西。一家人正惶惶不安，陈方村汪书敏突然来家，俞正堂料定必有大事。

陈方村开口就说他们就要和黄敬齐等人投奔解放区，希望俞先生一家同行。

陈方村从未说明自己的真实身份，俞正堂在潭渊关就猜想他可能是共产党。不管他是不是共产党，他是帮自己做事的好学生，就不想让他被特务抓走。回到省城，陈方村又回到学校，照样帮俞正堂做事，还和汪书敏一起常到家里来。俞正堂知道他们做的那些事，找不出陈方村的毛病，只是告诫他不要耽误功课，也早已看出他的身份，却从未挑明。

陈方村提出去解放区，俞止堂并不感到突然。师生之间素有默契，他相信学生指出的路，但是估计陈方村还不知道辜青岩过世，就把自己的打算说出来。

陈方村非常意外，想了一阵，说："俞先生，或许你留下更好，先办辜先生的后事。万一廖宗甫非要你走，我们再想办法。你们照常收拾行李，做好随时和我们一起出发的准备，现在各家都在打包装箱，不会有人生疑。"

傍晚时分，何季平来了。他进门看见屋子里一片凌乱，就说："天晚了，俞太太歇歇手吧，不用收拾了。"

俞正堂一边招呼何季平坐下，一边对石蓓芝说："你们只管拾掇吧，我和教务长说话。"

何季平见俞正堂没有明白他的意思，就挑明说："正堂兄，不用拾掇了。是这样，你不必随校南迁，学校委托你留守，正好为辜青岩先生料理后事。"

何季平坐下来细述他如何向廖宗甫力荐俞正堂留守，郑重地说："正堂兄，你是有担当的人，每当学校蒙难时都是让你承担最艰巨的任务，你从来是不计名利，只做实事。我既于心不忍，又别无可以托付，只有托付你。中夏大学终究是要回来的，只要校园和校产安在，中夏大学就能延续。如此重任，非你正堂兄莫属啊！"何季平言罢，热泪盈眶，起身对着俞正堂躬身长揖。

俞正堂连忙站起身扶住何季平，百感交集："季平兄，说句真心话，中夏大学是我的宿命。八年流离失所，我们患难与共，千难万险走过来，图的就是中夏大学能薪火相传。就凭你老兄的信任，我义不容辞。"

何季平又说："廖校长专门交代，秉轩和怡欣一定要随迁，秉轩要随英文系走，附中的教师，包括颖兹，都不例外。秉贤恐怕也得随医学院走吧。"说着，看着俞正堂，叹口气："让你们一家人南北分离，请正堂兄见谅。"

俞正堂听出廖宗甫的用意，何季平必定也明白，只是没有说破。儿子媳妇要教书，不能失去工作丢了饭碗。女儿要读书，不能荒废学业。他们随校南迁本来是顺情顺理之事，也是他的本意，却由廖宗甫刻意提出。廖宗甫话里话外别有用心，显然是要把儿子媳妇女儿都带走当作人质。受命于危难之时却不被信任，俞正堂深感委屈，真想把留守任务推掉，跟陈方村他们去投八路。但是为了保护校产，也看在老友何季平对自己信任和嘱托的份上，把心中的不满压抑在肚子里。俞正堂只是缓缓地说："他想得周全啊。"

南迁专列第二天就要出发，俞正堂才知道学校只给他留下容锡田等十位校工，别无帮手。俞正堂让容锡田约好留守的校工们，请大家一起到西校门外一家小饭馆吃晚饭，同时安排任务。俞正堂和校工们正吃着，秉轩找来，说是家里来客了。

原来是陈方村和汪书敏来家，还特意带来从马益兴老号买来的桶子鸡，还有烧饼酱牛肉卤蹄膀。多年来，这些学生到俞正堂家向来都是张嘴吃喝，随便得很，从来没有带来过什么。这次他们带着大包小包吃食前来，俞太太有点意外。陈方村把俞秉轩夫妇也从西屋请过来一起吃饭，若无其事和大家闲聊起来。汪书敏对师母说，她真想吃师母做的鸡蛋面，不过今晚就请师母吃现成的。

陈方村未等俞正堂开口，说："俞先生还记得邓梓华吗？"

俞正堂一惊，连忙旁顾左右，说："怎么，梓华来了？"

陈方村压低声音，说："他知道你要留守，说这样更好，不必一道去解放区了。过不久他会来见你。"

俞正堂早就判断陈方村与邓梓华一直有联系，思绪不由得回到十多年前——

邓梓华是俞正堂亲授弟子中最得意的两个爱徒之一，品学兼优又热心公益，甚得俞正堂喜爱。邓梓华发动中夏大学学生响应北京学生一二九闹学潮，从此公开在校内开展活动。俞正堂支持他宣传抗日救国，又时时点拨他不能荒废学业。有一天教务长何季平突然来问邓梓华的情况，俞正堂连夸他是好学生，却见何季平吞吞吐吐，忙问他："邓梓华怎么了？有事吗？"

何季平欲言又止，俞正堂一再追问之下才说："有外边的人正在查问他，可能他……"

俞正堂不再多问，他并不了解邓梓华的背景，只是不想让好学生出意外，一旦被特务抓去，后果不堪设想，就急着去找他。说来也巧，邓梓华正好来找俞正堂，两人在路上碰个正着，俞正堂连忙将听来的消息告诉他。邓梓华反应极快，说："明白，我现在就走！"说罢向俞正堂深深一躬。这一刹那，俞正堂觉出邓梓华是个有经验的人，遂把身上的钱悉数给他，两人就此别过。不想，一别竟然十多年过去了。

城外炮声隆隆，恐怖笼罩着古老的省城，俞正堂一家人都没有好心情品尝陈方村带来的美食，石蓓芝流露出紧张恐惧的神情。陈方村却坦然地说："师母，不要担心，八路军很快就会解放省城，带来的是和平新社会。"

陈方村和汪书敏是来告别的，临行紧握俞正堂双手："老师，拜托你保护好校园，相信中夏大学一定会回来。过不了多久，我们师生就会重聚。"

这两天发生的事情太多，局势瞬息万变，俞正堂始料不及。儿子儿媳女儿即将南下，会不会是生离死别？再度流离的中夏大学真的会重归校园吗？明德大礼堂能否保全？还能不能等到辜青岩头七这一天？

他得不到答案，却抱定决心，倾一己之力，誓死保护校园。

俞正堂眼下最要紧的事情是料理辜青岩的后事，他和老庄一起选了上好的柏木棺材，亲手给亦师亦友的辜青岩净身穿上一套西装，让他安详入殓。

23

1948年立秋这天凌晨，夜色朦胧，峨眉新月时隐时现，五辆马车组成的车队静悄悄地出了省城南门。车上坐着中夏大学黄敬齐鄢朋之邵泉鹃三位教授，还有几位讲师和他们的家眷，加上陈方村汪书敏栗明谦等学生，一共三十多人，出城过杏花营，朝着西南方向解放区疾驰而行。等廖宗甫得知这个消息时，马车离解放区已经不远了。有教授出走的消息虽然在大学里引起震动，但是南迁的火车专列开行在即，抛家离校的动乱之感抵消了对三教授出走的关注。

在隐约的炮声中，中夏大学南下的专列一声长鸣，轰然启动。沉闷的气氛覆盖了所有的车厢，师生们一个个目光呆滞地望着车窗，恋恋不舍地告别才刚刚回来两年多的省城。城墙西南角楼从眼前迅速掠过，城市建筑即刻消失，陌生的大地在车窗外旋转，铁路两边的景象越来越荒凉。从八年抗战离乱苦难中走出来的人，都深知战争的残酷。虽然《中央日报》宣传说戡乱救国很快就会取得胜利，可是时局莫测，不知内战何时才能结束？疑惑前路究竟在何方？

一路上几乎无人交谈，偶尔有人低声提起黄敬齐等人的去向，并没有引起议论。各人都在默默地卜测前程吉凶，想说话的人也马上缄口。只有孩子的啼哭声给沉闷的车厢增加些许生气，孩子一哭一闹，大人们就借故发泄一下，要么恨恨地叱骂孩子不懂事，要么夸张地逗哄孩子。

专列走走停停，经过两夜两天，终于抵达江南蓝浒镇。先行到达的训育长李亭凡和当地官员前来迎接，蓝浒镇当局显然做了准备，事先腾出了一间中学和镇上的民房。

举校南迁以后，中夏大学校内空无一人，往日生机勃勃的校园死气沉沉。

辜青岩头七这天，俞正堂执弟子之礼，和辜家的义仆老庄二人穿着孝衣，带领留守的十位校工，将辜青岩教授安葬于明德大礼堂东侧的桑梓林中，墓穴就在那块巨大的嵩山石下，俞正堂又在周围种下六棵桑树。嵩山石上镌刻着辜青岩手书"桑梓"两个大字，没想到这里竟然成为他的魂归之处。容锡田的儿子头儿跟在大人后面凑热闹，俞正堂鞠躬他也鞠躬，老庄夫妇下跪他跟着磕头。

老庄要求为辜青岩立碑，俞正堂对他解释道："一旦局势安定，我一定要在这里为辜先生立起一块丰碑。现在局势太乱，先让他入土为安，免得闲人打扰。"

俞正堂关闭了学校的正门东南门和小北门，只留下西校门，不允许闲杂人员进入。各个校门都贴上大字告示，上书——

"本大学为国立大学，校园及所有校产均为国家所有，任何机构、团体或个人均不得擅入或侵犯。"

俞正堂一心一意保护校产，每日早起必先去学校，不是督导校工巡逻，就是亲自到各处查看。近几天炮声越来越近，俞正堂忐忑不安，他不知道马上就要打进城来的究竟是怎样一支队伍，只是担心校产被军队侵占。他想起抗战胜利后与何季平一起来接收校产的遭遇，庞瘸子霸占校园不肯归还，多亏有李仲麟帮助。若眼下再有军队进来，他该如何处置，又该去找谁？陈方村临走说邓梓华会来，他究竟是来抢夺校产的还是来保护的？俞正堂每天提心吊胆，不知道将要和什么人打交道，不知道会遇上怎样的困难，整日设想各种可能，预设各种对策。

这天清晨，俞正堂还未起床就被一阵敲门声惊醒，原来是容锡田儿子头儿慌慌张张地跑来说是有人拿枪顶着他爸爸，非要进大学。容锡田让小孩子来报信，显然难以脱身。俞正堂让太太照顾好头儿，大步流星赶往学校。

果然有两个人正在西校门门口与容锡田等几个校工争执。这两个人说要进去看礼堂，容锡田把住校门不让进。他们要翻墙进去，被拦住了，于是就掏出手枪顶着容锡田僵持在哪里。那两个人看俞正堂穿着长衫，不敢太造次，说进去看看礼堂马上就走。俞正堂说："你们不说清楚来历，绝对不能进去。你敢开枪，学校旁边就是警署，警察说到就到，我们校卫队也不是吃素的。"一个校工手里拿着一支双管猎枪，另一个背上插着大刀，在俞正堂身后站着。

那两个人互相嘀咕了几句，说："不让进？那就把你们的俞正堂先生找来，我们问问他也行。"

俞正堂有点吃惊，说："我就是俞正堂，有话就请说吧。"

个头稍矮的那个人过来悄悄地对俞正堂说："上级让我们来看看礼堂现在还管不管用？要是不让进去看，那就问俞正堂先生。"

俞正堂正色道："礼堂当然管用，容得下三千多人。"又指着门口的布告说："这是国立大学，国家财产，没有政府和学校的命令，谁也不能进去，谁也别想占用！回去跟你们上峰说，学校圣地，闲人莫入，不要拿枪吓人！"

这两个人听罢，居然收起枪走人了，很快消失在清晨的雾霭之中。

容锡田说："俞先生真是神人啊，几句话就把他们打发走了。"

当天夜晚炮声隆隆四起，到半夜炮声停止却枪声大作，持续到凌晨才渐渐平息。俞正堂唯恐流弹落入校园引起火灾，和校工一起彻夜巡守。至天大亮，满街道都是穿八路军军装的人。俞正堂刚回到家，忽然两个军人推门而进，门口还站着两个持枪的兵。走在前边的那人见到俞正堂就欠身打拱，亲热地说："俞先生好，多日不见了，我是梓华，邓梓华。"俞正堂还没有反应过来，两个人径直往屋里走。后面那个近前一步说："俞先生受惊了，这位是城工部的邓梓华同志。"

俞正堂仔细端详，看了一阵才看清楚，原来是十多年不见的学生邓梓华，说："梓华，是你的队伍打进来了吗？"

邓梓华面露笑容："是中国人民解放军，人民的队伍，省城已经解放了，已经回到人民手中了。"

俞太太一直躲在里间，紧张得大气都不敢出，俞正堂喊给客人沏茶，这才出来。邓梓华迎上去，连声叫："师母，师母，您还记得我吗？我就是常来家从馒头筐里拿馒头吃的梓华呀。"

眼前的邓梓华已经不是当年的摸样。在俞太太的眼里，邓梓华浓眉大眼，高高的个子，是一个英俊又略带羞涩之气的小伙子。眼前的邓梓华已经不再青春年少，似乎矮了一截，胡子拉碴，但是从眉眼中还可以认出当年的样子，只是变得老成持重。俞太太知道李仲麟是邓梓华的同学，两人本是好友，又同被俞正堂钟爱，却走了不同的道路，命运千差万别。

俞太太不知所措："梓华来了，真不敢认了，那还请你吃馒头。"

邓梓华说："师母，我就不客气了，一夜没睡不说，还饿着肚子呢。"他真地拿馒头吃起来，又拿一个馒头让另一位吃，气氛马上由紧张变得平和融洽。

邓梓华说："俞先生，您是我的恩师，我一直牵挂您。国民党反动派垂死挣扎，覆亡之前逼迫大学南迁。本来也想请您去解放区，后来得知先生留守，我很高兴也很放心，因为先生从来就是尽职尽责的人。总部本来打算借用大学礼堂举行解放军入城式和庆功大会，可是我们的侦查人员了解到俞先生保护学校一丝不苟，将校产保护得很好，很完整。决定不进校园，以免引起社会的误解。"

俞正堂从邓梓华出现的那一刻起就在想，如果他提出军队要进入明德大礼堂，怎样断然拒绝。可是，邓梓华的话完全出乎预料。俞正堂放下心来，连说："仁义之师，文明之师。"

邓梓华说："学生还有一件要事托付先生。我们想委托您专程下江南，向中夏大学师生传达省城解放的消息，说明解放军保护校产的真相，动员和迎接中夏大学复校。恩师，十多年不见，一见面就有大事相托，您不要见怪啊！"

俞正堂不假思索，马上回答说："担此重任，诚恐诚惶。敢问梓华，是我一人独往还是你们有人随行？有什么话要我转达吗？"

"不需要传话，只需如实说明情况，您自己去更有说服力。"

"再问，可以带上我的老母和太太小女吗？"

"当然，一路上也可互相照顾。"

俞正堂备加感动，不由地想起廖宗甫让何季平带话，强调一定要儿子儿媳和女儿南迁，等于变相要挟。邓梓华毕竟曾是自己的爱徒，重任相托却不提任何条件，就说："梓华，你们如此深明大义，保护大学，而且用人不疑，令我感佩。毕竟老母年迈不便远行，太太和小女留下照顾老母，我决定独自前往。战事阻隔，江南情况不明，老师我只是普通人，如若未能完成使命，请勿怪罪。我之所以留下老母和妻女，想表明本人一定会返回复命，决不食言，还望对她们有所照顾。"

又强调说："梓华，我奉命留守，唯一考虑的就是尽我所能保护校产，安等中夏大学师生回来，完璧交还学校。恕我直言，我最关心的是，我南下之后你们的队伍会不会进入校园？"

"恩师放心，上级已经明令部队不得进入校门。过两天，黄敬齐，焉朋之和邵泉鹊三位教授将从解放区回来，学校事务暂由他们三位教授接管，还有方村他们也回来。"

俞正堂知道三位教授在学校南下前跟着陈方村去了解放区，一直为他们的安全担心，却得不到音信。虽然邓梓华信誓旦旦不进校园，可他还是放心不下。得知黄敬齐他们要回来，踏实多了。遂对邓梓华说："敬齐他们回来就好了。你们安排得如此精细，我就放心了。那我何时出发呀？"

"我们希望是越早越好，但是一定要等你做好准备，安顿好家务事。具体何时动身，你自己决定。"

第八章

24

俞正堂是讲究信义之人，与邓梓华见面的第二天，就与太太和小女儿告别，只身远赴江南。火车时走时停，一路不断变换牵引车头，三天两夜才到达蓝浒镇。

俞正堂一到蓝浒镇，立刻与何季平见面，将他留守期间发生的一切向何季平做了详细汇报。何季平得知校产得到妥善保护，甚感欣慰，只说"正堂兄辛苦"，即转话题："江南时局不妙啊，共产党早晚要渡江，江南朝不保夕。听说政府要南迁广州，看来学校还得往南走哇。"

俞正堂最担心继续南迁，他直白："季平兄，不能再往南了。再走，中夏大学就走散了，学校就毁了。"

俞正堂意外来到蓝浒镇，在中夏大学全体师生员工中引起轰动，向他打听消息的人络绎不绝。大家提出了这样那样的问题，俞正堂无论巨细都耐心解答。一天下来，俞正堂口干舌燥，竟顾不上和自家人细谈。

廖宗甫正在南京，李亭凡派专人赶去向他报告，说俞正堂四处散布共产党如何保护校园，蛊惑人心，意在策动北归。还说俞正堂没有携带留在北边的家眷，要么他的家眷被共军挟持，要么他已经归顺。

廖宗甫将信将疑，担心俞正堂带来的消息会影响学校继续南迁，急忙赶回蓝浒镇。当晚就在邀月楼设宴为俞正堂接风，何季平和李亭凡作陪。

俞正堂如约到邀月楼，廖宗甫起立打拱："正堂兄留守，劳苦功高。本该盛大迎接，但因局势动荡，不宜铺张。邀月楼是蓝浒镇的本帮菜馆，我专门找来此地名酒横泾烧春，小场合为你接风。"

正堂也打拱道："不敢当，不敢当，多谢校长美意。"

廖宗甫把盏敬酒，俞正堂当仁不让，一饮而尽，就是不发话。尴尬一阵，廖宗甫开言："正堂兄，共军进入省城后有没有试图进入校园，不知如何与他们周旋的？"

"无须周旋，我让他们看中夏大学的布告，申明不能随便进入校园。我离开时，中夏大学校产和校园完璧保全，丝毫未损，我此来就是向校长复命的。"

李亭凡插话，说："共军会如此文明？"

俞正堂看了李亭凡一眼，说："不知李先生是想让他们进去，还是不想让他们进去？"李亭凡被俞正堂抢白，只好低头自饮。

廖宗甫把话接过去："正堂兄，眼下这时局，你看我们是继续南迁好呢，还是北归好？"

俞正堂没有立即回答，何季平想把话题岔开，俞正堂说话了："学校何去何从，当然是校长说了算。至于我本人，高堂老母和内人还留省城，自然是要回去的。"

李亭凡放下酒杯，冷冷问道："俞先生，你是不是受人之托了？"

"受人之托"这句话惹恼了俞正堂，他直斥李亭凡："我受学校之托保护校产，这是我应尽的责任和义务，我俞正堂所作所为可对全校师生。"

廖宗甫没想到李亭凡如此唐突，眼看俞正堂恼怒发火，忙说："俞先生息怒，训育长不过随便问问。"

俞正堂越听越气，对着廖宗甫："随便问问，那如果不随便问问，还要怎样？"

李亭凡不甘被俞正堂斥问，全然不顾廖宗甫打圆场，依然冷言冷语："危难之时才见忠心，会不会有人附逆？"

俞正堂一听"附逆"二字，勃然大怒，将手中杯子往地上一摔，就手掀翻酒席，喝问道："什么意思？好个鸿门宴，俞某人不奉陪了！"

李亭凡坐在俞正堂对面，满桌子酒席都洒到他的身上。廖宗甫被盘子砸到了脚，连何季平都愣住了。俞正堂看都不看廖宗甫的反应，扭身走出了邀月楼。

俞正堂回到住处，早有客人等他，他正一肚子气，哪有心见客？只见那来者操的是本地口音，却自称是邓梓华介绍求见。俞正堂一听"邓梓华"三个字，心想李亭凡那边刚说"附逆"，这边"逆"就在家坐等，这不是设好的圈套吗？

俞正堂冷冷地对那人说："邓梓华是谁？我不认识，你找错人了吧？"

不料儿媳怡欣说："父亲，我和秉轩同这位先生已经谈过，他说只是转达问候，没什么事情。"

俞正堂不看怡欣，只对秉轩说："秉轩你懂什么，我刚才掀了廖宗甫的酒席，李亭凡含沙射影说我附逆！"

那人则说："俞先生果然是一位正直之士。不瞒先生，我是解放军华野的干部，受上级委托，代表中野邓梓华同志来看望你。" 又说："解放大军很快就要渡江，蓝浒镇解放在即，上级指示我们华野负责协助中夏大学北归原址，已有安排。目前主要是稳定人心，动员师生在蓝浒镇原地不动。蓝浒镇解放之日，就是中夏大学北上复校之时。现在师生们都关心北边的情况，俞先生刚从北边来，说话最有说服力。"

俞正堂客气地对那人说："谢谢您的帮助。我对邓梓华有承诺，自当信守。先生既然代表邓梓华，我就不必再多言。"

继续南迁的消息像头顶上停滞不散的阴霾，笼罩着中夏大学每一个人。越说南迁越思乡，人人陷于无尽的迷茫和彷徨之中，不知路在何方，归宿何地？俞正堂邀月楼掀翻酒席的事很快传遍蓝浒镇，中夏大学无人不知无人不晓。他的底气和举动成为中夏大学师生员工，包括家眷一共两千多人做出最终抉择的依据。大多数人决定呆在蓝浒镇等待北归的时机，哪怕暂时在此地讨饭，绝不再向南一步。

俞正堂与何季平促膝倾谈，何季平不提掀翻酒席的事，诚恳地说："正堂，你一回来我就有了主心骨。是这样，我的决心已定，不管廖宗甫做何打算，我就呆在蓝浒镇不动，等待北归。"

蓝浒镇已经失去了往日的平静，多家商铺关门闭户，路上行人明显减少，时有举家搬迁的车辆通过。

廖宗甫李亭凡得到解放军即将渡江的消息，仓皇离开蓝浒镇。中夏大学追随他们继续南逃的，算上家眷有两百多人。绝大多数师生员工不愿意在风雨飘摇中继续南逃，等待北归复校。

渡江战役一打响，解放军很快进入蓝浒镇，军代表迅速来到中夏大学向何季平等校方人士宣示政策，明确一旦津浦路恢复通车，马上安排专列，组织师生员工和家眷返回原地。

25

廖宗甫一行马不停蹄一直向南，好不容易走到南昌，打算在此休整观望。李亭凡关注时局，见报纸就买，他主张继续南下，到赣州再落脚。

两百多号人除了李亭凡，没有人去过赣州，前路如何，大家心中迷茫。廖宗甫已经与教育部失去联系，接下来这些人该怎么养活，他一筹莫展。从蓝洴镇到南昌，人心逐日涣散，不断有人开溜，到南昌又有几十个人掉队。廖宗甫对时局彻底灰心，他开始还在意减员，眼看经费所剩无几，人少花销少，不愿跟着走的就随他们去吧。

李亭凡拍着胸脯说："我是赣州人，到了赣州就是回到家了，什么都好办。"

廖宗甫只好带着剩下的人跟跟跄跄走赣州，一路上个个饥困不堪。到了赣州，李亭凡很快搭上关系，将一伙人安顿下来。李亭凡回到老家如鱼得水，带着老婆孩子住进自家老宅，他的原配夫人从未离过李家，心甘情愿地照顾他们。李亭凡请廖宗甫也住到他家，廖宗甫坚持不离队，一定和大家同命运共患难。

李亭凡在赣州得过且过，廖宗甫却到了呼天天不应呼地地不灵的窘迫地步，整天独自发愁。他已经囊中羞涩，让太太当掉了一副金耳坠，请随行的王晋清等几位教授在一家街边小饭馆吃饭。虽然饭馆的菜价明显是宰客，廖宗甫还是叫了三杯鸡、板鸭、酿豆腐和瘦肉丸等当地有名的客家菜，摆了整整一桌。

廖宗甫拿出来两瓶酒，对大家说："这酒叫作东门井，是我在赣州城里找到的最好的酒。老板说他就剩这两瓶陈酿了，我们一定要开怀畅饮。大家辛苦劳累，我心中有愧，酒若不够让老板再去找，今晚不醉不休。"说完，自饮一盏，先敬大家。

几位教授不知道廖宗甫葫芦里装的什么药，但是一路颠簸，饮食不周，抵不住眼前美味的诱惑，顾不得斯文礼让，大快朵颐。

酒过三巡，大家差不多压住馋。廖宗甫这才手举酒盏，缓缓开口道："晋清兄，诸位，你们都是中夏大学的中流砥柱，却跟我流落至此，廖某对不住大家。"说完低头，露出惭愧自责的表情，又自饮一盏，说："时局不济，国破校散，我心如刀绞，愧对全校师生。但是，中夏大学是国立大学，我们绝对不能自毁校誉，自暴自弃。哪怕只剩下我们几个人，也要坚守中夏大学的名号。教育部到哪里，我们跟到哪里。"说完，掏出一枚印章，激动地对大家说："诸位看，这就是一路不离我身的学校印鉴，这就是国立中夏大学！大祸临头时，飞鸟各投林。我决计不再费心劳力去强求那些不忠不义之人了，但请晋清兄等与我患难与共，不找到教育部誓不罢休！"

在这一行人中，王晋清的家累最大，一家八口，不跟着校长，日子难以为继。王晋清被廖宗甫这几句话感动："校长放心，你到哪里，我们一定跟到哪里，绝无二心。"

廖宗甫又自饮了一盅酒，压低了声音："李亭凡消息灵通，他说国民政府在广州朝不保夕，最近说是要播迁重庆，其实更可能渡海去台湾。朱家骅已经多次去台湾考察，李亭凡的旧日上司早已去台湾谋划。我们与其南下广州，不如东去厦门，在厦门观望局势，要么渡海去台湾，要么从海路去广州。"

王晋清等人听得面面相觑，不知所措。廖宗甫知道他们担心什么，说："你们如此忠心耿耿，我保证各位的薪水照发，一路的费用全由学校承担，我负全责。"

事已至此，哪容王晋清他们多想，跟着廖宗甫和李亭凡从赣州向福建，翻山越岭，走走停停，风餐露宿，走了二十多天才到厦门。从南昌到赣州，再到厦门，二百多号人只剩下几十个。到厦门尚未住下，廖宗甫就跑到电报局给在广州的教育部发电报。此后每天一封，连发四封都不见回音。直到第五天教育部终于回电了，廖宗甫不看则已，看罢直想吐血。

教育部的来电赫然写着："廖宗甫校长钧鉴中夏大学南迁蓝浒镇经费已经拨付务请派员莅本部对账结算后续经费尚在运筹之中"。

廖宗甫一气之下将电报纸撕得粉碎，他不敢将实情告诉大家，怕大家知道后一哄而散，只剩下自己孑然一身。

一日，廖宗甫在街上闲逛，偶遇同样滞留在厦门的旧相识朱家骥。朱家骥与朱家骅既是同乡更是同宗，廖宗甫见到朱家骥像是遇到救星一样，虽然经费已经捉襟见肘，还是硬着头皮拉着他就近进了一家馆子。

朱家骥边吃边喝，听廖宗甫诉苦。朱家骥听出廖宗甫似有借钱之意，马上亮明态度说："哎呀，宗甫兄呵，实不相瞒，我早已是穷光蛋一个了，这顿饭钱我都请不起呀。你堂堂国立大学校长哪能没钱，没钱你向教育部要啊！"

廖宗甫说："广州教育部惶惶不可终日，听说很快又要西迁重庆，哪会有钱给我？"

朱家骥说："廖校长，你不是朱家骅的人吗，朱家骅现在虽然不在教育部长任上了，但他是行政院政务委员，还要高升副院长，管的还是教育部，还管着中央研究院，权利大得很。你有所不知，他最近从台湾运了整整一飞机的银元支持广州政府，你去广州找他要啊。"

"此话当真？"

"当真，当真，绝无虚言。你知道的，我们是同宗，朱家骅的事情，我清楚得很。"朱家骥吃饱喝足，推说有事，一抹嘴走人了。

朱家骅往广州运银元的事，廖宗甫从李亭凡那里也有耳闻，今天听这个朱家骥一说，更加信以为真，他觉得应该去广州找老上司朱家骅要经费。可是时局动荡，交通阻隔，厦门去广州还有千里迢迢，带着这几十个人，何时才能走到？厦门往广州的轮船都改去基隆和高雄了，往香港的轮船没有定期。再说即便是到了广州，那里的局面又会变得怎样？今天一顿饭算是白请这个朱家骥了，广州还是去不得。不如听李亭凡的劝告，决计去台湾吧，再迟疑说不定连台湾也去不成了。带领着中夏大学的人南下，等于亮明了反对共产党，要是被共产党捉住，只有做刀下鬼了。

在厦门滞留了一个多月，廖宗甫带着身边剩下的三十几个人，终于挤上去基隆港的轮船。轮船在台湾海峡遇上风浪，个个晕船呕吐，要死要活。

船上忽然传说，轮船严重超载了。一个大浪打来，船体颠簸摇晃不止，乘客们立时想到太平轮沉没事件，船舱里一片哀嚎。王晋清以为轮船就要倾覆，一家人将葬身大海，他们夫妻相拥，孩子们又抱住大人的腿，全家惊恐啼哭乱成一团。廖宗甫靠着舷窗紧闭双目，坐等末路到来。

幸好一阵颠簸之后，风浪很快平息，有惊无险。不料风浪刚过，又传来前方发现不明帆船驶近的消息，说是很可能遭遇海盗袭击。惊魂甫定的乘客又是一阵惊吓，有几位老人当时昏厥。后来舰长确定那是从泉州出发载客去台湾的帆船，不是海盗船，虚惊一场。

26

中夏大学三十几个人，经过一天一夜颠簸惊恐，天亮时分终于到了基隆港。

码头上乱纷纷，等着接应的人挤来挤去，急着寻找自己的人。只见人头攒动，行李遍地，有人东张西望，有人张皇失措，有人逢人就问，有人呼朋唤友，还有人在人堆里窜来窜去，那一派混乱堪比离开厦门时经历的场景。混乱的人群中，只有廖宗甫一行无人问津，三十几个人傻呆呆地困在码头上，真是上天无路，入地无门。

李亭凡说不能在码头上坐等，他去找熟人想想办法再回来接应大家，带着自己的家眷先行离开了。

大家眼巴巴地等李亭凡回来，却一直不见他的踪影。廖宗甫一开始还指望李亭凡能找到门路，眼看天色暗淡下来渐渐对他失望，怀疑他撇下大家只顾自己了。码头上设有难民登记处，但是廖宗甫不肯自认是难民，舍不得丢下面子去登记。他觉得无论如何，教育部应该有专人在码头上值守。随时准备迎接。

天色已晚，码头上的人群逐渐散去。看来是没有任何指望了，廖宗甫慌神了。一个金发碧眼的高个子年轻洋人过来，停下脚往廖宗甫他们这里张望一阵又走了，只剩下中夏大学这帮人形影相吊。海上的冷风吹过来，妇孺们打起寒颤，大家路上带的干粮都吃得差不多了，饥寒交迫。

廖宗甫眼看着大家都无依无靠，手下又没有能跑腿办事的人，只得硬着头皮到登记处询问。廖宗甫在登记处窗口刚报出"我是中夏大学……"，只听身旁一个年轻女人惊呼一声。这女人是王晋清的女儿王书敏，正在焦急地询问中夏大学的消息。

虽然李亭凡曾导演过抓王书敏的闹剧，但是廖宗甫从未见过王书敏的面。王书敏也不认识廖宗甫，听他说是中夏大学的，激动地喊出声，忙问父亲王晋清。

王书敏是随中央大学到台北的。中央大学复校的前景不明，大部分人员都寄住在台湾大学暂时栖身。王书敏天天盼望父母到来，每天都有大批人从大陆乘船涌来，却始终没有中夏大学的消息，她只好到基隆码头打听。她有个美国留学生同学 Jayden Armstrong，学中国文学和历史，中文说得不错。Jayden Armstrong经常和王书敏会话，教她学习英文，王书敏教他说中文。Jayden Armstrong 很关心王书敏，多次陪她到基隆港寻亲。

今天 Jayden Armstrong 听到一个谎信，一位同学的亲戚刚从大陆过来，好像在码头上见到中夏大学的人。Jayden立刻告诉王书敏，和她一起直奔基隆港，赶到码头时天色已晚。Jayden说天晚码头海风又大，如果中夏大学的人到了，一定会登记，就让王书敏在登记处等待，自己去码头上寻找。Jayden以为中夏大学一定是大队人马，没有留意码头上那七零八落的三十几个人，与他们擦肩而过。

廖宗甫在登记处意外碰上王晋清女儿，不顾失态拉着王书敏的手返身直奔码头。苦等在码头上的王晋清夫妇见到自己的女儿从天而降，老泪纵横，顾不上说话，只是和女儿紧紧抱在一起不愿撒手。别人看着他们一家团圆，无比羡慕，顾影自怜更加伤神，哀叹不知飘落到这陌生的小岛之上将面临怎样的命运？

在王书敏的引导下，廖宗甫和王晋清来到虎仔山地标，旁边有公教人员接待处。接待处其实是在一个小学校里，校舍破旧不堪，里面挤满了刚从大陆来的公教人员。Jayden正在这里打听中夏大学的消息，他见王书敏与王晋清携手而行，不等王书敏介绍，迎上前操着国语说："王教授好，我叫安思庄，我崇拜庄子。我已经问过了，所有的公教人员都由这里负责安排，请问你们人很多吗，有几百？"王晋清觉得这个年轻的白人不大稳重，不过也顾不得计较。

登记处职员一听是一所大学的人，立刻面露难色，得知他们只有三十多人才松了一口气。好不容易造好了花名册，却说暂时还未有住处，请耐心等待安置。大家乘船过海已经颠簸了一天一夜，又在码头上折腾一天，大人孩子都熬不住了，孩子的哭声此起彼伏。

王书敏随着中央大学的人住在台大专门腾出的教室里暂时栖身，男女分开集体住宿，拥挤不堪，极不方便。她原指望父母落脚之后能和他们住在一起，万万没有料到竟如此狼狈，反而要为父母住处犯愁。Jayden虽然是个热心肠，一时也无法可想。

廖宗甫顾不得照顾自己的家眷，东跑西颠却不得要领，累得筋疲力尽。正万般无奈，李亭凡乘着一辆破旧的卡车找到虎仔山，他跳下车直奔廖宗甫："校长，抱歉来迟。我好不容易找到一个农场，那里有一个存放农具的棚寮可以遮风避雨。农场场长好心借我这辆卡车，大家快上车，我们去那里暂时住下。"

大家连人带行李都上了车，李亭凡对大家说："我已经让内人煮好一大锅地瓜粥，等着大家吃碗热粥充饥。"

李亭凡请廖宗甫坐副驾驶位，自己翻身挤上车卡，廖宗甫在车下仰脸握住他的手说："亭凡兄，还是患难见真情啊。"

李亭凡说："校长，惭愧啊，我在这里也是两眼一抹黑，好不容易才找到关系。这个农场在汐止，离市区还有一段路呐，先安下身再说下一步吧。"

将大家安置在汐止农场的棚寮里，廖宗甫心有不甘，觉得自己愧对这些死心塌地的追随者，特别是对不住王晋清这几位教授。他决心去找教育部，一定要教育部对中夏大学做出妥善安排。

27

台北处于动荡的状态，教育部刚刚落脚台北。廖宗甫找不到熟悉的人，大小官员都是一副冷漠的面孔，众口一词就是"请耐心等待"。廖宗甫跑断腿，教育部推来推去，只好改主意直接去找朱家骅，但是朱家骅何其难见！廖宗甫顾不得脸面，锲而不舍天天去找，毕竟自己是经朱家骅任命的校长，一定要见到他。朱家骅最终还是给他一个面子，在中央研究院临时办公处约见了他。

见面之前，秘书交代说："朱先生忙得不可开交，只有十分钟时间，请讲要领。"

廖宗甫进门，朱家骅马上从椅子上站起来，趋前一步握住他的手，说："宗甫辛苦了！"廖宗甫一听，眼泪几乎夺眶而出，强忍住泪水，回应道："部长辛苦，部长辛苦。"

朱家骅说："不要再称我部长，我早就卸任了，早就不过问教育部的事了。"

廖宗甫一听这话，刚被自己暖热的心立刻又冷下来。正要诉苦，朱家骅先发话："你虽然尽心尽力，可是听说连家眷只带回来寥寥三十几个人，如何向教育部交代啊，我都无法出面替你说话。"

廖宗甫辩解说："从南昌到赣州再到厦门，人走散了，不过陆续还会有人过来。复校……"

朱家骅立即打断他："不要妄说什么复校。中央大学校长周鸿经把教授们都带到台湾了，可蒋先生还是裁示不可复校，不是暂不考虑，而是不予考虑。现在提中夏大学复校简直是痴人说梦，不要再提了。"

廖宗甫一听此话，又想落泪。朱家骅视而不见廖宗甫那可怜相，继续说下去："教育部要你为南迁经费结账，我倒是替你挡回去了，局面如此混乱，如何结账？你就用尾款当作遣散费，妥善安排好来台人员，然后想想自己的出路吧。"

廖宗甫听了，顿觉五雷轰顶。

秘书出来了，十分钟已到，即行送客。廖宗甫从朱家骅这番话里听得出，他事先是打好腹稿的，自己再多说也无用，于是知趣自退。快出门时，只听朱家骅说："你去台大找傅斯年吧，他那里需要教授。"

听到朱家骅从脑后甩过来的话，廖宗甫的眼泪终于流出来，他怕秘书看见，没有再回头，也没有致谢，快步离开朱家骅办公室。

说起经费尾款，廖宗甫真是有口难言。离开蓝浒镇，一路花销，经费早已经所剩无几。他本以为只要找到教育部，至少要给渡海过来的教职员支付几个月的薪水，然后共度时艰等待复校。万万没想到千辛万苦来到台湾，竟是如此结局。廖宗甫觉得自己实在是愧对大家，把忠心耿耿的人带进了死胡同。他真不想如实相告，显得自己不仁不义而且无能，但是不说实情又如何向大家做交代呢？

廖宗甫先与李亭凡单独见面，把朱家骅的话说给他。李亭凡说："现在确实一片混乱，几百万人一下拥到这小岛上，哪能不乱呢。我看朱先生说的也是实情，恐怕他真的无能为力。"

人到这般难处，钱成了最要命的东西。廖宗甫想从李亭凡手里要回前几天刚给他的钱，这钱本来是要他用来安排大家生活的，现在要作为遣散费分给大家。廖宗甫担心，如若李亭凡不肯把钱退回来，那他就真的是一筹莫展，无计可施了。

廖宗甫正在考虑如何启齿，李亭凡说话了："我今天去找了救济处，申述我们王晋清教授是抗战英雄，能否给些特别的帮助。不料被那帮人抢白一顿，说过来的五十万国军一多半都是抗战英雄，一个教授算什么？还挖苦说，你们这位英雄是打了台儿庄，还是参加了常德会战？你听听，要是王教授知道了，还不气死。"

廖宗甫只有唉声叹气，觉得李亭凡毕竟还有同情之心，就坦言要他退还那些钱。李亭凡倒也爽快，说："悉听校长安排，钱都交回给你。"又说："不瞒校长，我已然找到了我的老上司王化行。王长官是我赣州的同县老乡，他正在筹建政工干校，知道我是大学训育长，要我过去跟他，我算是有了着落，不发愁了。但是我一定帮助你，把一路跟来的同事都安排好再去就职，毕竟我在中夏大学跟随校长几年，不能对不起你。"

李亭凡的话令廖宗甫感动。当晚就把大家召集在一起，把这几天他和李亭凡奔波的结果如实告诉大家，并当众低头作揖，说："廖某并非不义之人，实在无能，连累了大家，对不起大家。我宁肯大家责骂我，不求宽恕。"

棚寮里一片唏嘘之声，到了如此地步，埋怨谁都无济于事了，几个女人忍不住抽泣起来。

廖宗甫又说："既然大家跟着我同舟共济来到台湾岛，我廖某人绝不会推卸责任只顾自己。我一定尽我所能让大家都能够安身立命。"说完把手里所有的钱都亮了出来，要分发遣散费。大家都知道廖宗甫手里一共也没有几个钱了，每个人也分不到多少，不如将这些钱作为大家共同的生活费，在这棚寮里多将就几天，一边自找出路。

廖宗甫苦着脸说："患难与共，那就再坚持几天，我一定等大家都有去处之后最后一个离开汐止农场。"

李亭凡履行对廖宗甫许下的诺言，等到一起来台湾的同事们各自都有了归宿，才退掉汐止农场那座棚寮，去投王化行的麾下。

李亭凡告诉廖宗甫，中央大学周鸿经校长已经做了中央研究院总干事。廖宗甫心里很不是滋味，中央大学校长可以在朱家骅手下当总干事，他这个光杆司令的中夏大学校长顶多也就是在台大当个教授了。

痛定思痛，廖宗甫终于想明白了，早该把国立大学校长这个身份抛进沟渠。说到底，自己不过是一介书生，不谙官场之道，更不懂政治，想往里面挤，偏偏又赶上翻天覆地的乱世，到头来只能被历史的狂风巨浪裹挟，像一片落叶一样飘零。廖宗甫下定决心再也不过问政治，不当什么校长。好好研究本来已经很有心得的北方民族史，认真做个学者，安身保命养家糊口吧。

廖宗甫屈尊投傅斯年门下，心中五味杂陈。台大正在充实师资，朱家骅事先打了招呼，傅斯年也看在与廖宗甫往日曾经同事的份上，允诺聘廖宗甫为台大教授。傅斯年虽然为人狂傲，但也体谅廖宗甫眼下的处境，很注意不伤廖宗甫的自尊，还好心给他安排了七张席子大的榻榻米住处暂时栖身。廖宗甫原以为傅斯年一定会故意摆谱，却见他很热络的样子，突然脑筋急转弯，说自己在大学里伤透了脑筋，想去中央研究院史语所专做研究。史语所本是傅斯年自己的根基，从来容不得外人插足，他是看朱家骅的面子，才答应聘廖宗甫来台大的，没想到他得寸进尺竟然提出要进史语所。傅斯年深知廖宗甫与朱家骅有瓜葛，严防朱的势力插进自己的根据地，断然拒绝他这非分之想。廖宗甫一看情势不对赶紧作罢，心有不甘地接下台大聘书。

如此尴尬，廖宗甫已经不好再提要求了。可是他不能撇下王晋清不管不顾，无奈又腆着脸向傅斯年推荐王晋清。傅斯年说："日本人败走以后，留下的这所帝国大学其实是个烂摊子，百废待兴，可是经费短缺，难以为继。我何尝不想招贤纳士，但是人类学在台大暂时还派不上用场，目前实难安排。"

廖宗甫只好放低身姿再三恳求，傅斯年不得已给台湾省立师范学院院长写了一封推荐信，应付了事。

省立师范学院院长是台湾本省籍人士，根本不买傅斯年的账。不过人类学教授倒是难得的稀缺师资，王晋清又是留美博士，省立师院正要筹建人类学系来壮大门面，就卖了个顺水人情，答应了。不过这位院长却借口经费紧张，虽按教授聘请王晋清，但是有言在先暂领讲师薪水。王晋清不好计较，就在省立师范学院落脚了。

第九章

28

　　黄敬齐等人忐忑不安地进入解放区，对见到的一切感觉新奇。陈方村重回解放区，像回到自己的家。解放区部队专门举行了欢迎会，安排他们到各处参观访问。

　　陈方村和政治处一位干事打前站踩点，以便确定参观路线。他们先来到设在一座破庙里的后勤医院，陈方村第一次见到如此众多的伤病员，重伤员伤残的严重程度使他受到强烈震撼。

　　一个伤员看到进来一个穿便装的人，连忙挣扎着站起来，用左手对他敬礼，并说："感谢首长来看望我们！"

　　陈方村忙说："同志，你好，我不是首长，我是来向你学习的。"

　　干事给伤员解释说："这位是从蒋管区来……"

　　不等干事说完，伤员的脸立刻沉下来，对干事悄声说句什么。干事听了哈哈大笑，说："同志，你的革命警惕性真高啊，他要是特务，早就把他抓起来了，哪能带着他在我们解放区到处走呢。他是革命同志，上级派他来联系参观的。"

　　伤员脸上的表情马上又变得友善了，说："上级派的，那他还是首长。"说着，打了个立正，又用左手给陈方村敬礼。

　　医院院长介绍说，这位伤员是战斗英雄，英勇作战，冲锋在前，在最近的一次战斗中负伤失去了右臂。他是在缺少麻药的条件下，忍着剧痛做的手术，目前伤口还没有完全愈合。

　　院长讲了这位伤员的故事——

　　他是八路军在行军路上收留的流浪孤儿，发育不良，个子矮小，又黑又瘦，虽然不是哑巴却说不成几句话，他不知道父母是谁，家乡在哪里，无名无姓连自己几岁都不知道。起初以为他才七八岁，把他收留下以后，看他的身体发育情况应该有十来岁了。他跟部队走了十多天，部队想把他交给地方，他大哭说啥也不走。战士们老是逗着他说话，他的话才慢慢多了，说是要一直跟着连指导员。指导员看他能跟得上部队行军，就说八路军管他一辈子，让他参军。指导员要给他起个名字，他自己说："我就叫管一辈子"。他以"管一辈"的名字正式参军，出生日期按他刚够十六岁推算，定在民国十一年正月初一。他第一次参加战斗就遇上和敌人短兵相接，一点都不胆怯，机灵地撂倒一个大个子敌兵，还缴获了一杆枪。打完这一仗，连指导员说："没想到这小家伙还真勇敢，管一辈这名字听来太别扭，往后就叫管胜利吧。"

　　管胜利的故事使陈方村深受感动，油然而生对他的敬佩。自己虽然是地下工作者，做的事情无非是策划学潮，组织集会，宣传鼓动，散发传单，既没有冒险潜入敌营，更没有上过火线，无法与在前线流血牺牲的指战员相比。如果真的像他们一样上战场，自己能经得起这严峻的生死考验吗？

　　经过一段时间参观学习之后，部队的最高首长接见了黄敬齐等中夏大学师生。

　　声音洪亮的司令员说："欢迎革命知识分子来到解放区，我们的本意是借重你们的到来，在解放区办一所新型的革命的人民的大学。现在全国的革命形势非常好，很快就要解放全中国，省城即将回到人民的怀抱，南迁的中夏大学师生不久就会回到原址复校。我们决定派黄敬齐教授等人作为人民和革命力量的代表，待省城解放后去接收中夏大学。在共产党领导下，你们作为中坚力量，团结广大爱国家爱人民拥护共产党领导的知识分子和师生员工，把中夏大学办成真正属于人民的大学！"

不久，省城解放的消息传来，黄敬齐焉朋之邵泉鹃三位教授和陈方村等奉命回到省城接管中夏大学，修葺校舍，整理校园，筹备再度复校。

中夏大学师生终于从江南回来了，大家看到校舍完整，校园里一切都井然有序，又有黄敬齐教授等人的迎接，无不欢欣鼓舞，都有落叶归根之感。

中文系教授文觉非别后再见到焉朋之，情不自禁地与他握手相拥，激动地说："还是朋之兄明智，不像吾等仓皇辞庙又负疚而返。试问江南应不好？叶落归根才是心安处。"他套用苏轼的《定风波》，说出了大家的心声。

校园里安装了广播喇叭，整天播放"没有共产党就没有新中国""解放区的天是明朗的天"，开始很多人都听不惯高音喇叭广播，听多了都学会跟着唱，不会唱的也会哼哼。"新中国"就是共产党领导的中国，与"旧中国"究竟有何不同，大家心里并不清楚，只求从此不再颠沛流离，能够安居乐业。

回来第一个月的薪水是按照小米的斤数和市价折算的，月薪不再是多少元，而是多少斤小米。对于中夏大学的教授们来说，这样发薪的方式闻所未闻。通胀之下，工资按小米的斤数和时价折计，总比固定钱数实惠。漫天通胀太可怕，这种做法让大家心里踏实很多，共产党就是比国民党有办法。

中夏大学军管会宣布，一切校务暂由军管会负责。军管会的负责人是邓梓华，从解放区回来的黄敬齐、焉朋之和邵泉鹃三位教授也是军管会成员，还有陈方村。

三位教授迎接中夏大学师生员工返校后即去外地开会了，何时复课却无人知晓。何季平心中焦急，拿上在蓝浒镇买到的正宗碧螺春，到俞正堂家喝茶聊天。彼此都流露出疑惑和不安，他们希望中夏大学尽快重入正轨，及早开学上课。何季平叹息道："去年南渡，当地非常配合，师生们一到蓝浒镇，很快就复课了。现在虽然回来了，却迟迟不开课，学生不上课，教授不教书，那学校就名存实亡了。"

何季平不知道他这个教务长还要不要做下去，该不该过问复课的事？俞正堂更无可奈何，只有一番感慨，与何季平喝茶兴叹。

军管会自有安排，青年教师开始集中培训。俞秉轩和黄怡欣每天参加师资培训班，早出晚归比上课还忙。

俞正堂问儿子这些天都在做什么？秉轩兴奋地说："我们三十五岁以下的人已经开始学习了，解放军教员看似土里土气，其实个个口才了得。"

怡欣也插嘴说："他们讲了很多解放区的新鲜事，很感动人。"

秉轩说："邓梓华讲话很有说服力，言简意赅，让人折服。"

怡欣说："从没听你这样夸过人，他确实口才一流。"

秉轩得意地说："你知道吗，邓梓华原是父亲的学生。"

邓梓华虽然曾到家里来过，可是怡欣并没有见过他，难得听到秉轩赞扬一个人，不由对邓梓华心生敬意。

俞正堂不解为什么只有年轻人受训，更不知道怎样培训？难道三十五岁以上的都要被淘汰吗？

秉轩看出父亲的疑惑，说："可能先武装年轻人的思想，正式的学习很快就要开始，所有的人都要学习。"

怡欣说："听说省长伍挺翔要兼中夏大学的校长，陈方村是不是要当我们附中的校长？这些天一直都是他领着我们学习。"

从江南回来以后，俞正堂整天呆在家里，消息闭塞，更听不懂"武装思想"是什么意思。听儿子儿媳这么一说，方知共产党并非不作为，邓梓华来中夏大学任职是在预料之中的，却诧异伍挺翔要兼校长。

伍挺翔是共产党的大员，刚进省城时是军管会主任，先任市长后任省长。他是俞正堂的小同乡，还是县立农校的师弟。俞正堂比伍挺翔长几岁，相差几个年级，两人邻村而居，上学放学经常同路，彼此相熟。伍挺翔在放学路上经常高谈阔论，志向非凡。俞正堂离开家乡后与他再无联系，听说他在日寇侵华以后拉起一支队伍游击抗日。没想到一别二十多年，当年的师弟如今成为共产党的高官，却不知他是何等学历，还能兼任大学校长？俞正堂担心学校的前途，预感到未来将要走一条完全陌生的路。

几天后，邓梓华传来口信，说是想吃师母做的面条，要来家里拜访。俞秉轩夫妇都很激动，要母亲多做几个菜，准备盛情迎接，一向不怎么做家务的怡欣也主动表示要帮厨。俞正堂说："邓梓华当学生时，来家是随便从筐里掏馒头吃的，喜欢吃你母亲手擀的面。他既然说吃面条，还是让你母亲做鸡蛋面，不必铺张。"秉轩听父亲的，不再坚持，怡欣觉得吃面条不像待客，但也不做声了。

第二天傍晚，邓梓华如约来访。一进门就说饿了，要先吃师母蒸的馒头。石蓓芝迎出来，亲切地说道："梓华，鸡蛋面马上就好，你尝尝还是不是原来的滋味。"

"太好了，我最想吃师母做的面。"邓梓华说着笑着自己坐下来，对俞正堂说："老师，这些天我和秉轩常在一起学习，秉轩的思想进步可大呢。"又问："秉轩爱人呢，请过来见见吧。"

俞正堂父子都不懂"爱人"这个称谓，俞秉轩是学英文的，将爱人理解为lover即情人，一脸尴尬，不知如何是好。怡欣刚好端着一盘绿豆芽炒肉丝和一盘凉拌黄瓜松花蛋进来，大大方方地说："邓先生，我就是秉轩的爱人。"

邓梓华说："你好，怡欣同志，听陈方村说你在附中很积极呀。

你应该称我同志，以后我们彼此都称同志，包括我的老师。好不好哇？”

“好，好，我们都称同志！”秉轩和怡欣齐声应道。

邓梓华连吃两碗鸡蛋面，意犹未尽，伸手从筐里拿出一个馒头掰开就着黄瓜吃。邓梓华边吃边对秉轩说：“我当学生时，来家就是这样随便掏馒头吃的。”又说：“秉轩你们两个都是西北联大的高材生，一定要好好为新中国服务。我有一个老上级给我说起过西北联大的一些事，那是一所精英荟萃的名校。”

黄怡欣大为惊喜，忙问：“梓华同志，你认识西北联大地下党的人吗？”

邓梓华说：“没有直接认识的，那位老上级曾经是西北联大地下党的上层领导。”

黄怡欣冷不丁地问他：“你们知道胡申这个人吗？”

邓梓华摇摇头说：“是西北联大地下党的吗？没有听说过。”

黄怡欣怏怏地说：“那，不好意思，冒问了。”

俞正堂觉得话题扯得没了头绪，就对儿子儿媳说：“你们先回西屋吧，梓华有事要和我谈。”

邓梓华此来确实有重要的事情，对俞正堂说：“老师，你的同乡向你问好呢！”

俞正堂猜出他说的是谁，问道：“是伍挺翔吗？”

邓梓华兴奋地说：“是的，伍省长向你问好。”

俞正堂并未表现出惊喜之状，平静地说道：“是他啊，他不仅与我同乡，还是在县里上学的校友。谢谢他还记得我。”

邓梓华说：“伍省长专门委托我问候你，你对中夏大学做出的贡献他都知道。”

俞正堂说：“谈何贡献，都是应尽之责。”

邓梓华说："共产党和人民政府很重视中夏大学，伍省长要兼任中夏大学校长，我们很快就要正式开学了。"

俞正堂连连点头说："学校要尽快开学，这正是我期盼之事。开学，中夏大学才有希望"

邓梓华说："老师，那你得支持我啊。我想请你做副总务长。"

俞正堂感到意外，只听邓梓华说："其实我原本是想请老师做总务长的，但是考虑到现在百废待兴，资金和物资都很匮乏，负责总务需要和政府部门沟通。所以上级安排一位部队下来的同志做总务长，他主要负责和政府各部门打交道，而你是中夏大学的元老，校内的事情非你莫属，他主外，你主内。您看合适吗？"

俞正堂沉稳地说："梓华，谢谢你对我的信任，可是你的美意我断不能接受，正职副职更不必考虑。我在中夏大学时间虽久，但从未担任过什么职务，虽然曾做过学生生活指导组，那不过是为了救一时之急，解决一时之困，也兼职当过图书馆采编组长，根本算不上任职。我向来只会做事，不会做官，我会尽到我在中夏大学应尽的责任，如果需要了解情况，一定尽我所知详细介绍，需要我的建议也义不容辞。继续从教乃我所愿，做什么长，非不从命，实不能也。中夏大学人才济济，还是择优另请吧。"

邓梓华非常了解俞正堂的为人，知道对他勉强不得，就说："老师，我可能提得太突然，你再考虑考虑吧。"又随便扯了几句闲话告辞。

29

俞秉轩回到西厢房，一进屋就问黄怡欣："胡申是谁？"

黄怡欣说："我也不知道。"

"不知道为什么要问？"

"我要找这个人。

"找他干什么？为什么要找他？"

"你忘记了吗？赵海昇离开潭渊关一个月后，从重庆来信转来一封邮政公事，通知我去潭渊关邮局领取邮件。"

"你不是说可能是你哥哥给我们寄来结婚礼物吗——你是不是有事瞒着我？"俞秉轩急得额头上沁出微汗，脑子里出现各种不祥的状况。他感觉这个胡申可能一直躲藏在妻子的脑海里，是埋藏在他们夫妻身边的一颗定时炸弹，现在很可能到了引爆的时刻。

黄怡欣见自己丈夫气急败坏的样子，不忍将心中的秘密再隐瞒下去。缓缓地说："秉轩，你不要着急。现在已经是新中国了，我也不必再担心暴露身份，其实我早就想告诉你——"

俞秉轩夫妇二人是西北联大的同学，俞秉轩对妻子的家世也知根知底，却不知道她的全部经历。

七七事变后，黄怡欣正在省里女子师范读书。她本是一个埋头读书的好学生，一部广场剧改变了她的命运轨迹。

有一天，几个东北流落内地的卖艺人来到女师，敲锣吆喝着在操场上打开场子表演。同学们都聚拢过去看热闹，黄怡欣也跟去看。一个女孩子边舞边唱，诉说东北沦亡后，他们父子背井离乡流离失所的疾苦。黄怡欣很快被女孩子的表演吸引住了，完全沉浸在真实场景之中。饥饿难耐的女孩实在演不动了，她的父亲举鞭就要打。黄怡欣情不自禁地冲上前去阻拦，不料高年级同学郭景珅却抢先一步拦住老人举鞭的手，大吼："放下你的鞭子！"

东北人民悲惨的遭遇激起同学们的愤怒，大家随着郭景珅喊起抗日口号。东北父女走了，黄怡欣的心却久久不能平静，从此暗自下定决心要参加抗日斗争。后来才知道，这原来是一支抗敌后援会巡回演剧队演出的广场剧中剧《放下你的鞭子》，郭景珅是预先安排好的临时演员。黄怡欣和郭景珅关系本来就很好，从此对她更加钦佩。

郭景珅其实是中共女师地下党支部书记，她动员黄怡欣加入女师学生组成的光明话剧团。黄怡欣热心参与，全情投入宣传抗日，也显露出表演才能，很快由配角演成主角。黄怡欣演出的广场剧《放下你的鞭子》，传神逼真，受到大家的称赞。在一次宣传抗日的街头演讲集会中，她不畏惧警察的殴打，成功组织群众疏散，避免了无谓损失。

在省城沦陷的1938年，郭景珅作为介绍人，发展黄怡欣入党。

女师地下党主要任务就是宣传抗日，号召同学们树立革命理想，奔赴抗日最前线。可是动员别人抗日的郭景珅在女师毕业之前，匆匆和体育教师结婚，早早生孩子了。黄怡欣替代她担任党支部书记，直到黄怡欣女师毕业考上西北联大，经组织同意，又把女师地下党的工作移交给留校做职员的郭景珅。

黄怡欣虽然考上了西北联大，但是一心向往延安。

黄怡欣的另一位同学叫朱诗琪，她们同窗三载成为闺蜜，女师毕业一起考上西北联大。在去西北联大的路上，黄怡欣给朱诗琪讲了很多抗日救国的道理，朱诗琪的觉悟明显提高。两人走到西安，黄怡欣对朱诗琪坦诚抒发一心向往延安参加革命的情怀、提议弃学北上，奔赴延安，朱诗琪欣然同意。她们打听到，去延安的长途车早已停运，而且一路盘查得很严。于是她们避走大路，沿着乡间小路，且问且行。途中经过陕西泾阳县，听说西北青年救国会主办的战时青年训练班在这里招生。黄怡欣知道西北青救会就是少共国际，青训班的主任副主任都是共产党。黄怡欣决定就地参加在泾阳县安吴堡的青训班，与组织接上关系后再去延安。

朱诗琪一向佩服黄怡欣思想进步觉悟高，也知道她是地下党，但是从未说破。朱诗琪是一个富家女，她家开有两间绸布庄，从小娇生惯养没有出过远门，一路处处依赖黄怡欣，与她形影不离。朱诗琪也希望去延安，和黄怡欣并肩抗日救国。

两人一起来到安吴堡办了入学手续，黄怡欣很快与青训班党组织接上关系，还当上女子班副班长。朱诗琪人长得漂亮，在学员中引人注目。尽管私下里很多人说她身上一股资产阶级小姐气，可是男教员男学员都想方设法和她接近。

青训班的条件比较艰苦，开始一个月黄怡欣和朱诗琪只能睡一个铺。她俩不是同侧而卧，就是抵足而眠，两人有说不完的悄悄话。朱诗琪常常抱怨说："有人总是有事没事找我搭讪。理了这个，那个说我势利眼。顾了那个，这个说我蔑视工农。不是资产阶级作风，就是剥削阶级意识，我都不知道该怎么办？大家不是来抗日救国干革命的吗，为什么这里也有那么多是非？"

黄怡欣告诉她："说闲话的毕竟是少数，我们是向往革命而来，为的是抗日救国，坐正行直，背地里的闲话不要听，不管它。"

朱诗琪觉得黄怡欣为人正直，既是同学和闺蜜，又是抗日救国的引路人和战友，事事都听她的。

青训班的党组织并不完全公开，暗中在学员中发展少数积极分子入党。青训班导师鲁济川是学生党支部书记，他对出身资产阶级家庭的朱诗琪倒是很欣赏，多次表扬她。鲁济川向黄怡欣了解朱诗琪的情况，有意把她作为培养对象。鲁济川对黄怡欣说，朱诗琪虽然出身不好，但是进步很快，经过培训后觉悟有很大提高，证明青训班办得成功。黄怡欣表示乐意介绍朱诗琪入党，这正是鲁济川的意思。

有一次鲁济川突然问黄怡欣："朱诗琪交过男朋友吗？"

黄怡欣说："我们读的是女师，与男生没有接触。"

"那男教员呢？"

黄怡欣笑了，说："谈恋爱的事，我们都是从小说里知道的。我和诗琪可以说是闺蜜，我们从未谈过恋爱。"

鲁济川对朱诗琪的关注，显然超出了组织对培养对象的考察。黄怡欣看出来了，鲁济川其实看上了年轻貌美的朱诗琪。

朱诗琪只以为自己的进步得到了领导的赏识，却不知鲁济川还另有意图。鲁济川肄业于辅仁大学，是"一二九"学运后去延安的。他文质彬彬，口才了得，在课堂上引经据典，挥洒自如，甚得女学员的好感。黄怡欣从心里为朱诗琪的进步而高兴，但是并没有对她说破鲁济川的心思。

三个月很快过去，这一期培训即将结束，朱诗琪入党了，黄怡欣是她的入党介绍人。她们俩都期盼结业后奔赴延安，憧憬着一起在延河边上散步，在宝塔山上放声高歌刚刚学会的《延安颂》。她们越临近结业越激动，只盼望这一天赶快到来。

没想到过了几天，朱诗琪突然说："怡欣，我也许会暂时留在青训班工作。"

原来鲁济川向朱诗琪透露，组织上考虑让她留在青训班做辅导员，而且明确向她求爱。朱诗琪既高兴又紧张，立即把这个消息告诉黄怡欣，希望她也能留下来，继续并肩战斗。

参加青训班的年轻人都想去延安，而当时延安正在整风，严防企图打入延安的国民党奸细，不再接受青训班学员，最近几期学员结业后多数都派往大西北。组织派黄怡欣继续以学生的身份到西北联大开展地下工作，这是一项秘密的任务，不能公开。

结业典礼之后，黄怡欣把继续去西北联大读书的决定告诉朱诗琪。她极度失望，伤心地问黄怡欣："你不是口口声声要一起奔赴延安吗？为什么突然撇下知心朋友又要去读大学？"

朱诗琪猜想黄怡欣是嫉妒她与鲁济川的恋情负气而走，黄怡欣却不能说出真正的原因。这是组织的安排，不能公开，有口难辩。黄怡欣和朱诗琪这一对好朋友从此各奔东西，再没有任何联系。

到了西北联大以后，和黄怡欣接上组织关系的是地理系的傅卓伦，他是黄怡欣唯一的联系人和上线。西北联大地下党的组织很严密，要求隐蔽自己的真实身份，彼此单线联系。除了傅卓伦，黄怡欣不知道西北联大地下党还有谁。黄怡欣和俞秉轩恋爱以后，出于保密，也怕俞秉轩多心造成误会，从来没有对他说起过傅卓伦这个人。

黄怡欣在西北联大的地下工作除了宣传抗日，党组织通过傅卓伦也给她交代过特殊任务。黄怡欣的姑表叔叔在第八战区做主任医官，组织上要她在暑假以探亲为名，去兰州表叔家住一段时间，了解第八战区的布防和人事，了解多少算多少，但是不能暴露身份。黄怡欣的表叔仅仅是一位军医，从他嘴里得不到多少有价值的情报，她就在表叔面前撒娇卖乖，借口要见世面，让表叔带她多参加应酬。黄怡欣是聪明伶俐的大学生，出落大方，表叔倒是乐意带她见人。黄怡欣在交往中尽量细心记下听到的一点一滴，分析归纳，举一反三。第八战区司令长官朱绍良的太太常来表叔家问医问药，很喜欢和黄怡欣拉家常聊天，也从中得到一些有价值的情报。

俞秉轩万万没想到自己的身边人竟是一个隐藏很深很久的地下党。

黄怡欣告诉他："就在我们大学毕业之前，我突然接到通知，女师的地下党组织被破坏，郭景珅被捕叛变并且出卖了我。组织上要我尽快去延安。那时候我们已经恋爱，我请示组织能否让你和我一起去延安，我介绍说你也是有正义感的进步青年，并且向组织报告了你的家庭背景以及你毕业后将去中夏大学的打算。组织同意我们结婚，但是要求我随你一起到中夏大学开展工作。傅卓伦对我说，到中夏大学以后，我会收到接头的通知，联络暗号是：一个身穿绿色邮政制服的邮差来找我，不戴帽子，右手拿着一张《大公报》，我左手要拿出一个白色信封。邮差问我，你要发挂号信吗？我说发平信不发挂号信，但是要寄包裹。邮差说，是寄给胡申的吗？我要说，是托请胡申转交给老家的——这就接上头了。我从女师到安吴堡，又从安吴堡到西北联大，对接组织关系都很顺利，我以为从西北联大到中夏大学接关系也很容易。万万没想到，我和组织从此断线了。"

俞秉轩忙问："你去找过这个胡申吗？"

"按规定应该是胡申来找我，我不能去找他。虽然晚了一个月我才收到邮局通知，我还是冒险去潭渊关邮局找了。连着找了好几次，我左手一直攥着白信封揣在衣服口袋里，随时准备亮出来，却见不到不戴帽子手拿《大公报》穿绿制服的邮差。有一次发现一个可疑的人老是盯着我，我怀疑是特务盯梢，就没有再去了。后来我凭直觉判断陈方村很可能是地下党，曾向他打听胡申，他说不知道，根本没有和我接头的意思。"

"你的身份到现在还没暴露？"

丈夫这句外行的话触动了怡欣隐忍多年的委屈，她不禁悲从中来，哽咽地说："那个通知单看似邮政公务，很可能就是组织接关系的通知，或许就是说胡申要见我，可是被赵海昇给耽误了，错过接头机会。胡申再也没有出现过，我成了组织大门外的孤魂野鬼！"

俞秉轩呆愣许久才小心翼翼地说："邓梓华不是说他的老上级就是西北联大地下党的领导吗？现在是共产党的天下，到处都是共产党，通过他一定能找到胡申。你不要着急。"

"你怎么听的啊，邓梓华只是说，他的老上级曾经是西北联大地下党的高层领导，未必知道基层的具体情况！"黄怡欣灰心地说："陈方村兼管附中的党支部，我第一时间就向他报告了我的经历，提出恢复组织关系的要求。陈方村说，当年他确实不知道有接头这回事。现在只有找到能够证明我组织关系的人，才能进入恢复组织关系的程序。"

"什么叫作进入程序？"

"就是说，就算有了证明人，还要经过很多审查。唉，我做党支部书记那年，陈方村还没有入党呢，现在都是领导了。"黄怡欣不耐烦了，说："算了，不说了。陈方村要我写申请恢复组织关系的报告，我正在写。"

俞秉轩翻来覆去睡不着觉，整夜胡思乱想。

共产党真厉害，原来怡欣是肩负着地下党的使命跟着他来中夏大学的！妻子为他生了两个孩子，自己却不知道她是地下党。这些年她一直都在找组织，自己竟然毫无觉察！俞秉轩又替妻子委屈，既然派她来中夏大学，却空口无凭，害得她像个断了线的风筝。更埋怨赵海昇，当年他考上官费留美只顾高兴，却误了怡欣的大事，这家伙现在也不知跑到哪里去了。

胡申真是个谜，胡申是接头人的真姓名吗？共产党不是最讲认真，胡申为什么不按照地下党的规定来联系怡欣呢？地下党都是彼此相见不相识的，难道一次接不上关系就随便放弃？这个胡申害苦了自己的妻子也耽误了地下党的工作，共产党也有他这样马虎的人吗？

俞秉轩又为妻子骄傲，她1938年就加入了地下党，应该是老革命，而自己直到进了军管会办的师训班才算是参加革命，相比之下太落后了。应该更积极一些，也争取入党，等妻子的组织关系恢复了，夫妻俩都是共产党那才光荣呢。

黄怡欣虽不像俞秉轩那样辗转反侧，也心潮难平不能入睡。终于盼到共产党领导的新社会，以为自己的组织关系一定会顺利恢复。她之所以一直瞒着秉轩，是想等到重新回到党内那一天，给他一个惊喜。邓梓华的来访给黄怡欣带来希望之光，她想请邓梓华帮忙尽快找到他的那个老上级，也许所有的疑难都会迎刃而解，她相信党组织紧闭的大门很快就会为她开启。

第十章

30

中夏大学正式复课前，在明德大礼堂隆重举行开学典礼。省长兼校长伍挺翔与全体师生见面并宣布副校长以及教务、总务和图书馆三长的任命，邓梓华、黄敬齐和焉朋之三位任副校长，何季平留任教务长，总务长是部队转业干部，邵泉鹊任图书馆长，邓梓华兼任中共中夏大学党总支书记。

学校领导登台亮相后，省长兼校长伍挺翔致辞。说是致辞，其实是做了一场长篇报告，一讲解放全中国的大好形势，二讲知识分子思想改造。伍挺翔是新四军出身的一员儒将，他从国际讲到国内，滔滔大论，学生们大受鼓舞，报告常常被掌声打断。但是教授们还不大适应，开始时洗耳恭听，听了一阵渐渐交头接耳起来，礼堂里不时发出嗡嗡的噪音。

伍挺翔说："知识分子的思想意识与旧社会有千丝万缕的联系，旧的思想意识要它一下子都不存在是不可能的，所以要进行长期的思想改造。解放前，反动统治者不给知识分子发展机会，知识分子不能施展其才能，他们不仅政治上受压迫，生活上也很窘迫。所以知识分子总是要求改变现状，要求进步，这是积极的一面。但是，从旧社会来的知识分子也有消极的一面，他们不可能不带有旧社会的习气，比如念旧。念旧是要不得的，大家都要过克服念旧这一关，不加分析地觉得旧的东西都可怀念，是旧知识分子的毛病。像黄敬齐教授他们，主动走向解放区，投入人民的怀抱，属于知识分子中的进步者。但是有些旧知识分子，抱残守缺，身子进了新社会，脑子还留在旧社会，留恋旧社会那一套。对这些人就得逼迫他们进行思想改造，逼迫其实是帮助，帮助他们快一点走上革命道路。我们每个人都应该认真学习，努力改造，只有不断地学习和改造，才会不断进步，脱胎换骨。"

俞正堂从台下看台上的伍挺翔，完全看不出小同学当年的模样，迎面走在街上绝对相见不相识，但是那高谈阔论的作派却依如当年。俞正堂不像有些人似听非听，甚至打瞌睡，他一直都在认真听伍挺翔作报告。伍挺翔说要办人民的大学，办新中国的大学，怎样才是人民的大学？新中国的大学如何施教？俞正堂没有听出要领。伍挺翔讲来讲去，主题就是思想改造。听到脱胎换骨，俞正堂觉得这是一句狠话，含义很深，绝非随口而言。怎么脱胎换骨呢？俞正堂想象不出来。念旧也是错的吗？为辜青岩立碑算不算念旧？这是俞正堂萦绕于心，时刻不能忘怀的未竟之事。看来，为了让辜先生在桑梓树下安眠，立碑的事情还是缓缓吧。

开学典礼结束，俞正堂正要回家，却被喊住，通知他参加座谈会。伍挺翔站在会议室门口迎接与会者，见俞正堂进来，格外热情地表示欢迎，拉着俞正堂的手问长问短，一再说"老友重逢，老友重逢"。还一直把俞正堂送到会议桌旁，有意显示两人之间的关系。伍挺翔让俞正堂在他身边坐下，可是那位置上明明摆着黄敬齐的名牌，俞正堂默默地在远离主座的角落找到自己的位置。

俞正堂与伍挺翔是同乡和校友，但是彼此并无特别的交情，二十多年不见，也算不上老友重逢。俞正堂心里很明白，伍挺翔是在故作姿态。

邓梓华主持座谈会，说刚才伍省长做了一个很好的报告，请大家发表感想。多数人都没有开过如此场面的座谈会，一时冷场。

黄敬齐率先开讲："我在解放区所见所闻深受教育，短短几个月，胜读十年书，思想认识有了很大的提高。和我们英勇的解放军战士相比，自愧不如。今天听了伍省长的报告，更加深刻认识到，确实需要努力学习马列主义。如果不认真改造思想，很可能被新中国和新时代所淘汰。"

焉朋之接着发言，激动地说："到了解放区，我才大开眼界。我觉得在旧社会旧大学真是虚度光阴，说是行尸走肉也不为过。后头再看自己过去写的书，写的文章，根本就是一堆垃圾，应该一把火统统烧掉。我要坚决和我的过去切割，和旧社会切割，重新做人！"焉朋之沉痛的样子，好像他原本罪孽深重。

接下来邵泉鹃发言。邵泉鹃还没有讲完，有人进来对伍挺翔耳语。伍挺翔转身和邓梓华打个招呼，邓梓华打断邵泉鹃，对大家说："伍省长有一个紧急任务，要提前离开，临走前请他再讲讲话。"又对邵泉鹃点头示意他停一会再接着说。

"抱歉，本该与大家一起好好座谈，听完邵教授发言，但我的事情太多，只好改天再来。刚才两位副校长讲得很好，他们都是从解放区出来的革命知识分子，是思想改造的模范。知识分子思想改造是一个长期的任务，不会完成于一朝一夕。大家都要有这个思想准备，要长期改造，彻底改造旧思想，彻底与旧社会割裂，全心全意走进新社会。诸位过去在中夏大学的所作所为，都已经成为历史，每个人都要心甘情愿地为新中国、新社会、新的中夏大学做出新的贡献。我和在座的黄敬齐副校长，还有俞正堂先生都是一个县的同乡，俞正堂先生还是我在县里上学时的学长。我知道正堂先生在中夏大学的人望很高，为旧大学做过不少贡献。他掀翻了反动校长的酒席，我是知道这一段佳话的。正堂学长，你要不要为新的中夏大学做更多贡献呢？这可是个立场问题呀！我希望俞正堂先生通过深刻的思想改造，早点成为我们的同志。我希望在座各位向黄敬齐等同志看齐，都成为和我们肝胆相照的革命同志。"与会的人都热烈鼓掌，伍挺翔站起来向大家招手，并且特意朝着俞正堂打个招呼，在一群人簇拥下走了。

大家都没想到俞正堂与省长兼校长竟有如此关系，马上对他另眼相看。一散会就有人围到俞正堂身边抢着跟他搭讪，有人羡慕不已，也有人心生妒忌。

焉朋之拍拍俞正堂的肩膀，说："正堂兄，真没想到你和省长有如此特殊关系，你要为新中夏大学做更大贡献呀！"

生物系臧雨田教授私下说："一朝天子一朝臣，俞正堂今后肯定是中夏大学人物一个了。"

有人说："俞正堂一心想当中夏大学的管家，这一回他应该如愿以偿，可是怎么没当上什么长呢？"

也有人说："他觉得自己为迎接中夏大学从江南回归立了大功，居功自傲，请他当总务长，他嫌官位太低，摆架子不干呢。"

还有人说："未必吧，俞先生一向为人谦恭，不是那种官迷心窍的人。"

七嘴八舌，议论纷纷。

俞正堂无心理会这些，他感到伍挺翔话中有话，看来邓梓华误解了自己的意思。旧也好，新也好，为中夏大学贡献力量是自己真心所愿。儿子媳妇女儿都在中夏大学，哪有不为学校做贡献的道理？谢绝做副总务长是自己一向的原则，并非不想跟着共产党走，自己就是个讲师，从来不想头上再顶个官帽。他想找邓梓华解释一下，又觉得已经对他说得很明白了，多此一举反生误解。马上就开学了，不必为这些事情费神，认真备课写讲义，专心一意把书教好才是。

31

俞正堂为当年的学生邓梓华成为一校之长感到欣慰，甚至骄傲。但是当邓梓华以共产党领导干部的身份出现在自己面前时，他却不知道应该如何相处。中夏大学建立起共产党的组织，总支部下面设教师、职工、学生和附中四个党支部。党组织并不仅仅开展业余活动，而是领导和过问学校所有的事务。伍挺翔强调思想改造，俞正堂意识到邓梓华陈方村这些昔日的学生就是来改造中夏大学的，不仅要改造大学，还要改造大学里的人，包括自己。他们是改造者，自己属于被改造的对象。

俞正堂常常苦思冥想，夜不成寐。中夏大学是俞正堂的安身立命之地，更是他的精神家园。在抗日战争的颠沛流离中，他日思夜念就是中夏大学校园的美丽图景：教学楼窗明几净，校园里绿树成荫，书声朗朗，井然有序，先生们专心致志做学问诲人不倦，学生们认真读书刻苦钻研学而不厌，师生互敬互爱教学相长，为国家为民族培养栋梁之材。现在天下太平社会安定，百姓安居乐业，正是重教兴学的大好时机。难道他的所思所念都属于旧，都是要改造的旧思想？看来思想改造完全不同于修身，星换斗移，真不知该如何适从？

一日，天将破晓，俞正堂刚刚蒙蒙眬眬眯上眼睛，却被一阵敲门声惊醒。只见一个病恹恹的女人带着一个弱巴巴的孩子，扶墙倚着门框。俞正堂以为这可怜的母子是沿街乞讨的无家可归之人，可是那妇人似乎有点面熟。俞正堂突然看出来，这个病弱不堪的女人是李仲麟的姐姐，面黄肌瘦的孩子是杜大伟——李仲麟过继给姐姐的二儿子。这女人进到院子，拉着孩子就地跪下，头磕到地上，说："俞先生，你救救这可怜的孩子吧。"

俞正堂赶忙扶她进屋坐下，料他们母子大早晨饿着肚子，就让石蓓芝赶紧招呼吃饭。孩子眼睛直望着妈妈，等他妈妈点头才狼吞虎咽地吃下一个馒头，又喝了一碗粥，留下碗里的荷包蛋，要让给妈妈吃。

李仲麟向俞正堂辞行后，上前线打了一年多仗。他在宿县溃败的战斗中腹部中弹伤及肝部，换便装从战场死里逃生，护兵用独轮小车把他送到老家，躲在祖屋里养伤。李仲麟姐弟离家多年，父母早已亡故，祖屋里住的是远房叔叔。李仲麟回家没几天解放军就进村了，早就想占有李仲麟家祖屋的远房叔叔马上向解放军报告，藏在柴草堆里的李仲麟被拖出来抓走。很快查出他是国民党军队的大官，当时就枪毙了。没成想村里土改把这个远房叔叔划成地主成分，别说他霸占的李仲麟家祖屋，连他自家的瓦房也分给贫农了。

李仲麟姐姐也遭了难。她是一家私立补习学校的老师，姐夫杜先生在鲍乾元笔庄做账房先生，笔庄前店后作专卖毛笔。前年起鲍乾元的生意开始衰落，买卖蚀了本，笔庄的鲍老板停了作坊，遣散制笔的匠人，把铺面留给账房杜先生看守，说是只出不进卖完存货为止，老板自己当了一贯道的点传师。解放军进城取缔一贯道，鲍老板被枪毙了，做账房先生的杜姐夫受牵累也被逮捕，审了两个多月没有查到证据被放回家。谁知杜姐夫晚上刚回到家，第二天早晨还没有睡醒，公安就破门而入又把他抓走了。

就在杜姐夫被释放回家的那天夜里，街道干部在鲍乾元笔庄铺面门板上，发现写着打倒什么的反动标语。公安连夜突击破案，比对了反动标语和杜姐夫被关押时留下的笔迹，认定是杜姐夫所写。

公安让杜姐夫坦白写了什么反动标语，杜姐夫说："没有写过，不知道"，说从拘留所出来就直接回家了，吃了饭倒头睡觉，没有出过门，根本没有去过笔庄，怎么可能在铺面门板上写标语。公安说他不老实，要他找出不在现场的人证。人证只有老婆和孩子，公安说老婆是亲人，必须回避，不能作证，孩子不仅是亲人还未成年，更不能作证人。

杜姐夫喊冤，公安递过来一支秃毛笔让他写字比对笔迹，秃笔上面刻着"鲍乾元笔庄鸡狼毫大楷"的印记，只让他写"共产党"三个字。杜姐夫上次被捕写交代时非常小心，一笔一画写的都是工笔小楷，这一回让他写"共产党"三个字，他不敢怠慢，用那枝鲍乾元大楷秃笔工工整整写下三个正体大楷。杜姐夫刚写完，另一个公安就展示出一张照片让杜姐夫看，那正是反动标语的照片。他看出来那是在铺面门板上用斗笔写的大大的楷体字。公安说："你手中那支笔就是落在现场的物证，你自己看看这笔迹，不是你还是谁写的？铁证如山你还想抵赖吗？"

杜姐夫心想哪有故意把物证留在作案现场的，拿着手中的笔说："政府同志，来这里买毛笔的人，买了新笔随手把旧毛笔扔在笔庄门口是常有的事。我是卖毛笔的，这枝大楷笔可写不出照片上那么大的字。要写那么大的字，非用斗笔不可……"

审问的公安怒不可遏，上来一巴掌打得杜姐夫满嘴流血，又一脚将他踢翻在地，厉声吼道："铁证如山，你还狡猾抵赖！"

杜姐夫被定下现行反革命罪，不是枪毙就是发配青海劳改，反正是死路一条。鲍乾元笔庄的铺面成了公安派出所，李仲麟姐夫家的房子和院子也被充公做派出所宿舍。派出所让大伟母子在院子角落一个棚子里暂时栖身，说以后给他们另找住处。李仲麟姐姐得了不治之症"倒开花"[1]，无奈之下想把孩子送回给弟媳，谁知长期害抑郁症的弟媳得到李仲麟死讯，没几天就上吊自尽了。李仲麟姐姐这个病，别说没钱治，就是有钱也医不好。她早就想走绝路，无奈撇不下大伟这可怜的孩子。大伟生下来刚刚满月就被抱养过来，养父养母像亲生儿子一样疼爱他。没想到把孩子养到五六岁，突然遭此变故，丈夫进监

[1] 我国东北、华北一带对肺结核的俗称。

狱生死难定，自己大病等死。生计断了一年多，大人苟延残喘，孩子缺吃少喝，瘦得皮包骨。李仲麟姐姐眼看自己活不下去，想起弟弟曾经的交代，走投无路去求俞正堂收留大伟。

大伟知道妈妈要将他送人，死活不肯，哭着说："妈妈，我会要饭，长大会干活挣钱，我养活你，我哪里也不去，我要妈妈。"

妈妈对孩子说："好儿子，我其实是你的亲姑姑，你爸爸是你的姑父，如今他生死不明，妈妈得了不治之症也活不成了，实在不能再养活你。你年纪还小，还要长大成人，你不能跟着妈妈送死。你的亲爸爸有交代，俞爷爷是好人，他会收留你照顾你的。把你安顿好，妈妈才能放心去死，你一定要听妈妈的话。"

大伟不听也不信，他是在妈妈怀里长大的，没有一天离开过她，他不相信妈妈不是自己的亲妈。

听说李仲麟妻子自尽，俞正堂心如刀绞，想她必定是因为孤立无援才走了自杀的绝路，痛心自责有负李仲麟的嘱托。其实俞正堂当时正在蓝浒镇，就算是得到消息也无法分身去照顾她。

俞正堂对仲麟姐姐说："李姐姐，不要担心。我答应过仲麟，我不会见死不救。你们先住下，我带你看病。"

李仲麟姐姐感激涕零，说："仲麟一生虽短，却修得你这位菩萨心肠的恩师，我就是千恩万谢也报答不了你的恩情。我得的是不治之症，医生都说我活不了几天了，我知道自己油灯将尽。俞先生若是收留大伟，我死也可瞑目，我的病就不连累先生了。"

俞正堂觉得李仲麟姐姐说的都是实在话，面对这样一个病入膏肓的妇人，自己确实有心无力，遂让太太拿些钱给她，李仲麟姐姐坚持不收。俞正堂见她步履艰难的样子，好说歹说为她雇了一辆黄包车，付了车钱，送她独自回家。大伟是个懂得事理的孝顺孩子，显然知道不得不和妈妈分别，毕竟母子情深，依偎在妈妈怀里紧紧抱着不肯撒手。

李仲麟姐姐含泪对大伟说："你一定要听俞爷爷的话，好好读书，将来报答爷爷的大恩大德。"又对俞正堂说："大伟这孩子从不顽皮撒谎，从小懂事好调教，是个好孩子。"说完上车离去，大伟绝望地嚎啕大哭。

晚上大伟吃饱喝足又洗了澡，石蓓芝照顾他睡下。他多日未吃过饱饭没睡过安稳觉，躺在被窝里很快睡着。石蓓芝看这孩子白白净净，浓眉大眼，相貌堂堂，小小年纪却与从小将他养大的妈妈生离死别，直为孩子可怜。可是自家孙子都还幼小，再怎么照顾这个半大孩子呢，不免唉声叹气。

俞正堂知道石蓓芝为何犯难，说："不用愁，明天我就去找慧敏。"

石蓓芝豁然开朗，说："哎呀，我怎么把慧敏给忘了！"

32

石慧敏是石蓓芝姐姐的独女，石蓓芝的亲外甥女，外甥女婿赵承泽家是端铁饭碗的，父子两代在铁路上当扳道工。石蓓芝姐妹都从母姓，这是石家的规矩，嫁出去的闺女如果在婆家生下儿子从父姓，生下女儿从母姓姓石。不过俞正堂偏不依照石家这个规矩，两个女儿还是姓俞。石慧敏三十岁才难产生下一女，从此再无生育。赵承泽家的规矩和石慧敏娘家的规矩是一样的，女儿从母姓取名石幼琳，不到六岁就上学，今年已经七岁了。石慧敏一直想收养个男孩，赵承泽更想要个儿子，幼琳也想要个弟弟。因为一直没遇到合适的，此事就一直拖下来，夫妇俩收养儿子的心思并没有改变。

让外甥女石慧敏收养大伟是个好主意，可是大伟已经六岁了，石蓓芝担心慧敏会不会嫌他年龄太大？

俞正堂说："蓓芝，你别发愁，你让慧敏见见大伟，说不定你不给，她还不愿意。"

星期天，俞正堂夫妇带着大伟去外甥女家，幼琳一见大伟就喜欢上了，上来就拉着他的手。俞正堂对两个孩子说："幼琳，他叫大伟，你叫他弟弟。大伟，这是姐姐，你们俩玩去吧。"

幼琳像个大姐姐的模样，高高兴兴地拉着大伟跑到院子外边玩。

石慧敏急着问："姨父，姨妈，这孩子是怎么回事呀？"

石蓓芝把大伟的身世和遭遇说给外甥女，石慧敏边听边抹眼泪，还没有等姨妈提收养的事就说："好可怜的孩子，把他给我吧。"

俞正堂说："我和你姨妈来，就是想让你们见见这孩子，你和承泽好好商量商量，想好再说，大伟先跟着我们。"

说话间，赵承泽回来了，看见姨妈姨父，拿出纸包里的两只烧鸡说："姨父姨妈有口福，我心想兴许今天有客来，就去马益兴老号买了两只烧鸡，没想到是你们二老来了。"他们家虽不是回民，却从来不食猪肉，只吃牛羊肉和鸡鱼。这是石家祖辈传下来的风俗，石蓓芝嫁到俞家仍有这个习惯，不过嫁夫随夫，并不特别忌讳。

石慧敏说："姨妈，你看他几十岁的人了不会说话，他就不会说知道姨父姨妈来家才买的。"

赵承泽呐呐说："我真不知道你们二老今天会来。"

石蓓芝说："我就喜欢承泽为人实诚。"

石慧敏急着把孩子的事告诉丈夫，赵承泽说："是不是和幼琳一起在门口玩的那个孩子？"说着马上又转身出门去看孩子。不一会儿，赵承泽带着两个孩子一起回来，眼睛盯着大伟看个没完，连声说："这孩子，好孩子，好孩子。"

吃饭时，赵承泽将四只鸡腿分给姨父姨妈和两个孩子，幼琳却把分给自己的那只鸡腿放到大伟碗里，大伟又把鸡腿还给幼琳，还把自己的那只给赵承泽夹过去。赵承泽高兴地眼泪都出来了，还是连声说："好孩子，好孩子。"

石慧敏夫妇一起对石蓓芝说："姨妈，就把大伟留下吧。"

石蓓芝说："我们得给孩子说明白，你们两口子也要认真商量好。等大家都想好了，再选个好日子，你们去把孩子接过来。"

赵承泽说："姨妈说得对，要选个好日子，专门去接。"

幼琳拉着大伟的手说："别走了，你就住下吧。"

大伟只是注视着俞爷爷俞奶奶，不说话，也不露笑。大伟自小并不缺少父母疼爱，只是从未得到过姐姐对弟弟的呵护，他知道幼琳一家和俞爷爷俞奶奶一样都是好人，初见幼琳就感受到无比温馨的姐弟之爱。

回去后，石蓓芝对大伟说："好孩子，我外甥女和女婿想要收养你做儿子，你愿不愿意呀？"

大伟连着点了好几次头，说："我愿意，我想有个姐姐。"

过几天正好是大伟六周岁生日，赵承泽和石慧敏带着女儿幼琳，把新买的衣服和鞋子给大伟换上，正式从姨妈家将他接走。

石慧敏悄悄对姨妈说："回去要给大伟割包皮，割了包皮，大伟就是赵家的人了。"

石蓓芝点头说："你秉轩哥生下来我就想给他割，你姨父不同意。你们就照咱们家祖上的规矩办。"

杜大伟从此改名赵大伟，开始了新的生活。

暑假过去，该开学了。幼琳比大伟大一岁，幼琳该上二年级，大伟四岁就跟着妈妈在补习学校读书认字，比幼琳上学还早，该上三年级。幼琳觉得，弟弟明明比自己还小却比自己年级还高，岂不惹人笑话。她悄悄和弟弟商量："大伟，你刚上新学校，我怕别人欺负你，咱俩在一个班好不好？”

大伟一口答应：“姐姐，太好了。这一年我的功课都耽误了，我想和你一个班。”

从此姐弟俩就在同一个班里上学，整天形影不离。有好事的同学问："石幼琳，你哪儿来个弟弟呀？”

幼琳顶回去："回去问你妈，你是哪儿来的！”

同学们一阵哄笑，往后再也没人敢问。

幼琳伶牙俐齿，声音清脆，语文老师总是要她领读课文。大伟聪明伶俐，就是不大开口讲话。幼琳对弟弟说："男孩子不要当闷瓜，跟着我一起朗读！”

幼琳带着弟弟分角色朗读课文《狼和小羊》，幼琳先让弟弟选角色。大伟选小羊，当大伟读道："我怎么会把您喝的水弄脏呢？您站在上游，水是从您那儿流到我这儿来的，不是从我这儿流到您那儿去的。

幼琳说："不行，你的声音太小，小羊虽然温和善良，但是说话的声音不能太小，声音小显得理不直气不壮。”

幼琳又要两人变换角色，大伟读狼："你这个讨厌的小坏蛋！说我坏话的不是你就是你爸爸，反正都一样！”

幼琳说："你读这句话就得呲牙咧嘴，要不说出来根本不像恶狼。”

姐弟两人在家里练习多次，一直到姐姐满意为止。

第二天上语文课，老师又要幼琳朗读课文。幼琳说："老师，我和大伟分角色朗读行吗？”

老师说："那太好了，角色分好了吗，大伟读小羊？”

幼琳说："不，我读小羊，大伟读狼。”

大伟的声音又响亮又凶狠，读得额头直冒汗，姐姐的声音特别动听，真像个温柔的小绵羊。姐弟两人带表情朗读完课文，老师同学都鼓起掌来，姐姐也对弟弟伸出大拇指。

放学回家路上，姐姐对弟弟说："大伟，你真是我的好弟弟！咱们两个要一起上中学，然后一起上大学！"

大伟说："姐姐，有人叫你黄毛丫头。"

幼琳笑了："好弟弟，姐姐的头发是栗色的，本来就是黄毛丫头，你不觉得姐姐的皮肤也白。我给你说吧，我妈说，我们的祖先是犹太人，宋朝的时候从波斯过来的。在我们家，我必须姓石，跟妈妈的姓，你是男孩子才能姓赵，姓爸爸的姓。咱们家又不是回民，可是从来不吃那种肉。"

大伟很奇怪，他对犹太人和波斯一无所知，就说："那你是外国洋人了？

幼琳又笑："瞎说！你知道就行了，要保守秘密，不要对别人说啊！"

大伟很认真地回答："姐姐，我听你的话，你放心吧。"

一个星期后，石慧敏夫妇带着幼琳和大伟来平安巷看望姨妈姨父。俞正堂虽为李仲麟一家的下场难过惋惜，但是看到大伟终于有了归宿，心安多了。

第十一章

33

新的中夏大学并不接纳所有的人，被第一个赶出校门的是英文系主任英国籍教授 Robert Watson。

陈方村任中共中夏大学教师党支部书记兼管附中，他要办的第一件事就是处理 Robert Watson。

陈方村向俞秉轩了解 Robert Watson 的情况，俞秉轩说他近来情绪不太好，对英文系更名为外语系表示不理解，很在意是否让他继续做系主任。

陈方村郑重地告诉俞秉轩，这个来自英国的教授王勃背景很复杂。中夏大学南迁蓝浒镇时，他去过在南京的英国大使馆，此行十分可疑，可能去接受什么任务。有人举报他在学校散布关于紫石英号事件的谣言和其他一些异常举动，他希望俞秉轩多留意这个赖着不走的英国人。

俞秉轩马上回忆起来，有一次 Robert Watson 和俞秉轩讨论英文教材，教材中有一篇《Yangtze River》，Robert Watson突然说："Yu, do you know the Amethyst Incident? It was indeed an accidental event, but it affected the establishment of formal diplomatic relations between Britain and New China（俞，你知道紫石英事件吗？那确实是偶然发生的事件，却影响了英国和新中国正式建交）。"

俞秉轩对他说："The Amethyst incident shows that Britain still continues its outdated gunboat policy（紫石英号事件说明英国仍在奉行过

时的炮舰政策）."

Robert Watson 耸耸肩，摊开双手，说："Oh, my God. I was in Nanjing at the time, and I knew the truth，and it's not that complicated at all（哦，上帝。当时我就在南京，我知道真相，它根本没有那么复杂）."

俞秉轩把当时的对话原原本本复述给陈方村，说："他说过之后，我再也没有听他说起紫石英事件。"

Robert Watson 是抗战胜利后时任校长林鸿鲁从苏格兰格拉斯哥大学聘请来的，一直做英文系主任。俞秉轩认为 Robert Watson 的学识不错，对莎士比亚很有研究，在英语教学上也有一套。Robert Watson 仰慕中国文学，他觉得水泊梁山的英雄好汉很像英国舍伍德森林里的罗宾汉，他们的故事都发生在 12 世纪，正是这个巧合引发了他对《水浒传》的兴趣，一直想把《水浒传》翻译成英文。Robert Watson 认为赛珍珠翻译的《水浒传》太中国化，很难被西方人理解和接受，而他自己的翻译将在忠于原著的前提下，让西方读者认识中国的罗宾汉。

Robert Watson 很赏识俞秉轩，当他得知俞秉轩在西北联大的英文老师是牛津毕业，顺口说了一句中文"名师出高徒"。Robert Watson 常常夸赞俞秉轩那一口牛津英语，而他自己却有苏格兰口音。Robert Watson 有时会找俞秉轩研究比较深奥的学术问题，他觉得整个英文系能和他讨论英文修辞的非俞秉轩莫属，有意邀俞秉轩参加英译《水浒传》。

英文系更名的事让 Robert Watson 很烦躁，他意识到系主任的职位可能不保，但又认为现在英文系里没有哪个人堪当此任。Robert Watson 最近时常找人发发牢骚，但是他和别人谈话只说英文，那些不能完全听懂的人看见谁和 Robert Watson 说英语就冷眼相看。俞秉轩最近尽量避免在系里与他碰面，不想听他发牢骚，也免得和他用英语交谈惹人嫉妒。

陈方村又问起 Robert Watson 的收音机。Robert Watson 确实有一台从英国带来的收音机，他每天都收听BBC的短波英语新闻。俞秉轩说："我没有收音机，从来没有听过BBC的广播也没有和他谈论过BBC，只是觉得他是英国人，听听英国的广播很正常，没有特别在意。"

陈方村说："秉轩，组织上很器重你，我们既是同志，又情同兄弟，你正积极要求入党，一定要站稳立场，经得起组织对你的考验。"

俞秉轩有点紧张，但是很快意识到这是共产党对自己的信任，立刻产生一种从未有过的庄严感。

没过几天，等着续聘当外语系主任的英国人 Robert Watson 被公安带走了，说他是英国军情六处的特务，一个彻头彻尾的帝国主义分子。他之所以从蓝浒镇去南京后又返回中夏大学，就是接受了英国特务机构的任务，妄图以教授身份继续潜伏刺探情报，策应美帝国主义发动侵朝战争。

俞秉轩极为震惊，当陈方村找他了解情况时，还以为是在考察 Robert Watson是否胜任继续做系主任，没有想到他竟然是英国军情六处的特务。

全校开展了肃清帝国主义特务分子和批判崇洋媚外思想的运动。外语系的俞秉轩和汤先志被树立为和帝国主义特务分子作斗争的典型，他们都在动员会上作了批判发言。

俞秉轩的发言稿是陈方村帮助修改的。陈方村不满意俞秉轩写的初稿，要他学习汤先志的批判稿，进一步提高认识。

Robert Watson 一向收听 BBC 广播，但是 BBC 广播受到干扰，Robert Watson 为了寻找短波频道总是把调谐旋钮转来转去，收音机经常发出唧唧咕咕的声音。汤先志揭发说这是 Robert Watson 利用收音机发电报，成为揭开特务分子真实面目的铁证。俞秉轩从来没有听到过发电报的声音，不知道收音机传出的唧唧咕咕的声音就是发报声。

俞秉轩对陈方村说："如果唧唧咕咕的声音就是发报声，那我听到过。"

陈方村说："王勃特务案是铁案，可能被判无期徒刑，由于中英两国没有外交关系，判刑后要把他驱逐出境。你既然听到过这种声音，就应该讲出来作为证据。不仅撕下帝国主义特务分子的假面具，更有利于批判崇洋媚外的旧思想，这一点非常关键。"

俞秉轩感到自己的觉悟太低了，现在知道应该怎样发言了。他将发言稿的题目改为《揭开 Robert Watson 汉学家的真面目》，从所谓的《水浒传》翻译说起，分析 Robert Watson 平时的言行，彻底揭穿他假学者真特务的伪善面目。

俞秉轩在批判发言中联系自己的思想认识："我过去也有崇洋思想，以为 Robert Watson 是英国教授，至少英文程度很高，值得学习。其实他不学无术，名为英文教授，连发音都不正宗，他苏格兰口音很重，还给自己取个不伦不类的中文名，亵渎唐代诗人王勃。他到处宣扬要翻译《水浒传》，可是从未见过他的翻译稿，我相信永远不会看到 Robert Watson 翻译的《水浒传》，因为这不过是掩盖他特务身份的托词。"

俞秉轩的发言博得热烈的掌声，相比汤先志比较空洞的发言更专业更具体更有说服力。邓梓华和黄敬齐都参加了这场批判会，邓梓华为俞秉轩的进步由衷感到高兴，黄敬齐知道俞秉轩原来一直是虚心向 Robert Watson 求教的，本以为他对这个洋教授的批判会不痛不痒，没想到如此深刻，心想还是年轻人转得快。最满意的是陈方村，俞秉轩领会得很好，能够紧紧跟上，说明自己的工作有成效。

两个月后，陈方村突然带着俞秉轩进了公安局。陈方村说："秉轩，公安局前几天没收了王勃写给你的信，他是帝国主义特务分子，你应该理解。"

公安干部让俞秉轩看信，信封上用中文写着收信人俞秉轩，里面是一页打印的英文。俞秉轩很紧张，他怀疑 Robert Watson 为了报复，故意写信说些鬼话陷害自己，斩钉截铁地说："我和帝国主义特务分子没有任何联系，从来没有给他写过什么信，不管他在信里胡说什么，我拒绝看他的信。"

陈方村说："你的态度很端正，一定要站稳立场，坚决和特务分子划清界限。但是现在是要你配合公安局的工作，将这封英文信翻译出来，看看他又在搞什么阴谋诡计。"

俞秉轩忙说："那好，你们都在场，我当着你们的面马上翻译出来，我不单独接触原信。"

陈方村笑了，说："不要紧的，信封信纸公安局做过检查，都拍照留底了。"

俞秉轩心想，公安局既然已经留了底，还让我翻译，显然又是考验。他格外仔细地逐字逐句翻译，特别警惕信中会不会故意出现语义模糊或是双关语句被怀疑是什么暗语。公安局这里没有字典，他只有小心翼翼地翻译，力求最准确表达原意，翻译完后又仔细反复地校对。

Robert Watson 的原信是——

Dear Mr. Yu,

I hope this letter reaches you well.

The charge against me was a mistake. I had no involvement with MI6. They would never hire someone like me. I am simply a professor.

I am writing to you solely to request your help in retrieving the various editions of Water Margin that I have collected over the years. I put significant effort into assembling this collection, and I would greatly appreciate your assistance in locating and sending the copies to me. You could try to arrange postage to be paid by the recipient. If that is not possible, please pay the postage first, and I will reimburse you in full.

I did not return to Scotland. I am now teaching in the English Department at the University of Hong Kong. My expulsion from China is indeed humiliating, and as you can image, I do not want to return to Scotland as yet.

Has the English Department started classes yet? Could you let me know who is replacing me as head of the department?

Please send my books to the following address: Room A205, Main Building, University of Hong Kong, Pokfulam Road, Hong Kong.

Thank you very much for your help.

Sincerely,
Bob Watson

俞秉轩的译文是——

俞先生敬启，

我希望你能顺利收到这封信。

对我的指控是个错误。我与军情六处没有任何关系，他们永远不会要我这样的人。我只是个教授。

我写信给你，只是为了请求你帮助收回我多年来收集的各种版本的《水浒传》。我花了很大的力气来收集这些资料，如果你能帮我找到并寄给我，我将不胜感激。你可以尝试由收件人支付邮资。如果不行，请你先支付邮资，我会全额偿还。

我没有返回苏格兰。我现在香港大学英语系任教。我被中国驱逐，确实令我丢脸，我不想在这个时候回到苏格兰。

英语系开始上课了吗？你能告诉我，谁代替我做系主任吗？

请把我的书寄到以下地址：香港薄扶林道，香港大学主楼A205室。

非常感谢你的帮助。

Bob Watson 谨致

俞秉轩将译文交给陈方村，说："Bob 是 Robert 的简称，他讲英文时，自称 Bob。"

陈方村看过，说："王勃所有的书籍文件都被公安局没收了，他要书的事你不要理会。"又交代："王勃来信的事不要外传，以免引起误解，对你也不好。"

34

陈方村和汪书敏结婚了，他因此不再兼管附中的党务，专任中夏大学教师党支部书记。

陈汪二人爱情长跑多年，之所以现在才办结婚手续，是因为最近汪书敏刚刚被正式批准入党。汪书敏其实早就参加地下党的活动了，但是她父亲汪圭垚是国民党特派员兼伏虎山区党部书记长，受家庭背景的影响，汪书敏入党迟迟得不到上级批准。其实汪圭垚的真实身份是共产党打入国民党的卧底，他一直潜伏在从日寇占领区进入大后方的咽喉地带，所处位置和责任都非常重要。上级原本还要派汪圭垚去台湾继续潜伏，所以一直没有暴露身份。他头上有顶"国民党反动分子"的帽子，连累女儿汪书敏不能入党。

后来情况变化，上边又不派汪圭垚去台湾了，但是还要求他隐名埋姓。汪圭垚蛰伏了好几年，最近才化名"丁埴"公开露面。汪书敏很快被批准入党，还追认她这几年的党龄。也就是说，汪书敏一入党就是一个老党员，随即被任命为附中的青年团团委书记，并且马上和陈方村举行了婚礼。

汪书敏结婚，入党，当团委书记，好事连连。黄怡欣眼中的小姑娘一下子成为老党员，还当了领导，她真心为汪书敏高兴，心里却酸酸的。自己1938年就入共产党了，如今还游离在党的大门之外。

俞秉轩体谅到黄怡欣的情绪，为她恢复组织关系的事动了不少脑筋，这些天经常一个人在纸上写写画画，还对着图纸出神。

他终于画好了，拿着图纸对怡欣说："我想了很多天，你不能只想着找胡申。我觉得你原来的思路太局限，你应该找那个上线傅卓伦，还有潭渊关当地的地下党。你一直认为那个胡申是你的联系人，我却非常怀疑。胡申两个字仅仅是在联络暗语中出现的，究竟有没有一个名叫胡申的人存在？现在地下党的身份都已经公开了，应该找得到知情人，我们也可以请邓梓华通过他的上级找线索，只要能找到一个，就会有突破。"

俞秉轩画了一张图。图纸的左边是傅卓伦的名字，名字右边的箭头指向一个问号，问号连着胡申，由胡申再指向黄怡欣。

秉轩指着图说："假定有胡申这个人，你不认识胡申，可胡申知道你到了潭渊关，所以给你发邮政通知让你去找他，这个问号是关键。你来到中夏大学这个消息胡申是怎么知道的？傅卓伦与胡申之间肯定有关联，找出夹在傅和胡之间的问号，问题就可能迎刃而解！"

怡欣说："是呵，我仔细琢磨联络暗语，也许胡申确实不是一个具体的人。还有一种可能，假如这个胡申真的存在，但是已经叛变，他用邮政通知找到我，会不会是给我设好陷阱，让我自投罗网呢？"

秉轩茫然了，说："哎呀，这就太复杂了，如果是这样，那你更应该找下去，一定要找到证明人，恢复你的党籍，证明你的清白。"

"当然了，我期盼多少年了。现在共产党组织无处不在，我不信接不上组织关系！" 黄怡欣说："你的提点打开了我的思路，我应该找到更多证明我确实入党的人，从他们那里寻找解决的办法。"

黄怡欣觉得陈方村对自己还是比较了解的，可是陈方村的工作调整了，这更影响黄怡欣的心情。她不久前满怀希望地将报告交给陈方村，指望在他帮助下尽早恢复组织关系，看来以后不容易得到他的帮助了，说不定恢复组织关系的事又得从头说起。她有点沉不住气，决定直接去找邓梓华。

约了几次，过了一个多月才见到邓梓华。他对黄怡欣既亲切又客气，态度拿捏得很有分寸，却不像是来到俞家那样随和。邓梓华先是道歉和解释，说自己确实太忙，零碎时间倒是有的，却很难抽出一段充裕的时间与她详谈，再说一直想等着调查有点眉目。又夸她夫妇俩都是思想改造学习的积极分子，尤其是俞秉轩的进步很大。最后才说她的组织关系问题有了一些进展，所以今天放下一些事务，要与她好好谈谈。

邓梓华告诉黄怡欣："我仔细看了你的申述材料，组织上也做了调查。查到你说的入党介绍人郭景珅，但是没找到鲁济川和朱诗琪。郭景珅是叛徒，现在在押服刑，还没取得她的证词。已经查明傅卓伦的下落，在你离开西北联大后，傅卓伦的身份暴露被捕而且很快叛变。傅卓伦的叛变给党组织带来非常大的损失，得到应有的下场，被锄奸了。遗憾的是傅卓伦直接联系的其他下线目前无法查找，其中有的也可能因身份暴露被捕。"

黄怡欣极度失望，她说："邓书记，那我的组织关系是不是查无对证了？"不禁失声哭了出来。

邓梓华很理解黄怡欣的心情，劝她要冷静，说："如果你确实入过党，郭景珅早晚会提供证明，鲁济川和朱诗琪还要继续找。在方村和我个人看来，你不会在是否入党这个问题上弄虚作假。关键是你失掉组织关系之后，有无变节行为，需要更确凿的证明。"

黄怡欣几乎要失控的刹那，突然想起俞秉轩画的那个图，就说："邓书记，我离开西北联大时问过傅卓伦，中夏大学方面知不知道我要去？傅卓伦明确告诉我，我到了潭渊关以后会有人主动和我接头。邓书记，难道上级和中夏大学地下党组织都不知道我要去中夏大学吗？"

邓梓华说："我向陈方村了解过。当时的情况是，如果上级派人来，一定要通过设在潭渊关的地下交通站，而地下交通站并没有给他们送过人。"

黄怡欣说："我在潭渊关收到过一封邮政通知，要我去邮局领取邮件，傅卓伦交代给我的联络暗语是一个叫胡申的邮差找我和我接头，我觉得这个邮政通知就是要我去接头的。可是邮政通知被秉轩的一个同学给耽误了，等我得到通知已经过去一个月。"

邓梓华说："问题可能就出在这里。"

黄怡欣说："这可能是我与组织接上关系的唯一机会，所以我连着去潭渊关邮局很多次都落空了。我想是因为我错过了规定的时间，接头暗语也许都作废了。我找了多次无望，就没有再找下去。"

邓梓华说："我个人倾向于相信你说的情况，可是党组织还需要找到更多的线索，需要取得确切的证明。"

黄怡欣黯然，停了片刻问道："我的事，还能找到更高的上级领导吗？"

邓梓华说："是啊，希望能找到了解情况的上级。我正在想办法找我的老上级，也许从他那里会得到一些线索。不过他现在东北工作，抗美援朝任务很重，一时还联系不上。估计郭景坤那边很快可以提供证词，毕竟你说她是你的入党介绍人，找到入党介绍人就可以证明你确实曾经参加过组织。"

黄怡欣受到感动，说："邓书记，我相信组织，希望能早日回到党的队伍中。"

邓梓华说："对，一定要相信组织。我也希望你一直是对党忠诚的，在失去组织关系后没有叛党行为。"

经过与邓梓华一个多小时的"好好谈谈"，黄怡欣明白有无叛党行为是关键，必须经过严格审查，但是这话由邓梓华郑重其事地说出来，内心还是有几分委屈。汪书敏的问题说解决马上就解决了，而她找党这么多年，盼了这么多年，终于把共产党盼来了，以为马上就可以回归组织了，谁知道党对她还是相见不相识，她还得游弋在党的大门外。

从邓梓华的办公室走出来，黄怡欣不禁仰天一声叹息。她看见空中有一队人字形南飞的雁阵，后面有一只离群的孤雁正努力追赶，一股悲凉的情绪顿时涌上心头。

35

1952年，朝鲜前线打打谈谈，朝鲜战争进入相持阶段。志愿军管理美军俘虏的任务吃紧，需要补充英语翻译，上边给中夏大学一个名额，任务下达到外语系。外语系师生全部报名了，但是学生的英语程度还达不到要求，教师不是超龄，就是视力太差或是体检不合格。经过筛选，符合条件的只有俞秉轩和汤先志，他们两个恰好都是要求入党的积极分子。

两个人都有特殊情况。俞秉轩的爱人很快要生第三胎，汤先志新婚燕尔，但是两位都表态，坚决要求参加志愿军上朝鲜前线。陈方村代表组织找他们谈话，肯定他们响应号召踊跃参军的积极态度，要求他们实事求是地征求各自家庭的意见，做好家属工作，哪个做好了家里的工作，哪个参军。

俞秉轩报名参军的事，黄怡欣已有耳闻，没想到传闻成真。她拉着秉轩的手眼泪汪汪地说："老三眼看要生了，你却要上前线，我怎能舍得你走？但是当年入党宣誓，为了党的事业不惜牺牲个人一切。现在虽然脱离了组织，我还是按照共产党员的标准要求自己，你正在要求入党，当然一切都要服从党的安排。我支持你参军去朝鲜，绝不拖后腿。朝鲜战场的局势好像不那么紧张了，你一定会平安回来的。"

俞秉轩被妻子一番话感动，眼圈也湿了，心想参加共产党的人就是不一样。一手搂着她的肩膀，一手抚摸她的肚子，说："要是个女孩儿就好了，人家说女儿是贴身小棉袄，我不在家的时候，女儿给你暖心。"

黄怡欣说："今天我去医院做产前检查了，医生说多半是女孩。"

俞秉轩笑了，轻轻地亲吻怡欣的额头，沉浸在幸福之中。

怡欣说："快去跟父亲母亲说吧，他们要是舍不得呢？"

秉轩难得在怡欣面前调皮，吐吐舌头，扭头去找父母。

石蓓芝一听就哭出声来，泪流满面："我的儿，你都三十出头了还要去当兵？"

俞正堂知道学校要选英文翻译参军，儿子已过而立之年，大概轮不到他，没想到秉轩真的要当兵上前线。俞正堂经过八年离乱，备尝国破家亡的艰辛苦难，对保家卫国自有深刻的认识。他觉得出于民族大义也好，作为有识之士也好，尽管舍不得儿子去朝鲜前线，无论如何都不能拖儿子的后腿。只是儿媳分娩在即，此时此刻他们夫妻能够舍得分开吗？

秉轩说："二老放心，我去朝鲜不是去打仗，不过是在俘虏营里当翻译，专门对付美军俘虏，不会有什么危险的。"

石蓓芝说："秉轩呵，你是没有经历过日本人轰炸，我亲眼看到老日的炸弹在逃难的人群里炸开，血肉横飞惨不忍睹哇。听说美国人更是心狠手辣，宁把被俘的美国兵炸死，也不容他们当俘虏，专门派飞机往志愿军的俘虏营扔炸弹，翻译整天跟俘虏在一起反而更危险。"

秉轩笑了，耐心给母亲解释：："哪有的事，你千万不要听信谣言。"

俞正堂对儿子说："我来劝你母亲，她不会拖你的后腿。你去陪怡欣吧，她都快要临产了。"

俞秉轩得到全家人的支持，高高兴兴地反馈给陈方村。陈方村说："汤先志说他爱人同意他参加志愿军，但是希望先怀上孩子再让他去朝鲜。"他问俞秉轩："你说，这算是做好工作了吗？"

俞秉轩没有那么多心眼儿，只是说："新婚夫妻，可以理解。我去！"

俞秉轩参军很快得到批准，学校为俞秉轩举行了隆重的欢送仪式，还打出了"一人参军，合家支持，全校光荣"的横幅，给俞秉轩披上红绸带戴上大红花，敲锣打鼓地把他送出校门。

这一批来自全国各大学的翻译先在沈阳集中，俞秉轩以为在沈阳报到后马上就会穿上军装上前线，却得到命令先在沈阳参加军训。这些在大学里散漫惯了的知识分子进入军营都不适应，而教官完全按照部队的要求，一丝不苟。俞秉轩在军营很快领悟到军令如山倒的意义，严格要求自己。

军训开始第一天上午队列训练，下午写自传，第二天全天听报告。上午的报告是志愿军杨根思英雄连的代表介绍杨根思的英雄事迹，俞秉轩原来大概知道杨根思，这一次才了解到他是身经百战，出生入死的特等功臣和特级战斗英雄，杨根思在解放战争中就屡立战功，去年在长津湖战役中怀抱炸药包与敌人同归于尽。下午来做报告的是名人作家魏巍，来自大学的翻译们都知道他写的战地通讯《谁是最可爱的人》。俞秉轩觉得当面听他讲"最可爱的人"的故事，与读他写的文章感受有所不同。魏巍那篇《谁是最可爱的人》，文笔流畅，情真意切，读起来朗朗上口，他的口才显然不如文采，但是听起来更真切，更实在。第三天上午又是队列训练，下午座谈学习心得，表决心，准备赴朝。听了两场报告，大家深受感动，觉悟大提高，每个人都抱定了抗美援朝为国捐躯的决心。

军训即将结束，俞秉轩正在听教官宣讲志愿军的俘房政策，却被通讯员叫出去，说是首长要找他谈话。

首长文质彬彬却一脸的严肃，他让俞秉轩坐在桌子对面，头也不抬只顾看手中的文件，问道："俞秉轩，你的自传是如实写的吗？"

俞秉轩坦然答道："是的，完全如实。"

"你是独子？"

"是的，我有两个妹妹，一个读医学院，一个读护士学校。"

"你有孩子吗？"

"有两个儿子，一个五岁，一个两岁多。这些我都在自传里写了。"

"呵呵，是写了。现在让你执行另外一项任务……"

俞秉轩心里怦怦直跳，也不敢问。

首长继续说："根据国家需要，命令你立即去哈尔滨报到，中途不得耽误，更不能擅自回家。"

俞秉轩忍不住了，问道："首长，不是去朝鲜前线吗？怎么去哈尔滨呢？"

首长抬起头，说："你怎么那么多问题？都是革命工作需要，服从命令，赶紧去办手续吧。"

俞秉轩没有领到军装，一时也摸不着头脑，只有服从命令，第二天一早就坐上前往哈尔滨的火车。

第十二章

36

　　自俞秉轩离家，俞正堂表面平静内心忐忑，一直牵挂儿子。他天天看报纸，听大喇叭广播，格外关心朝鲜战事。秉贤和秉淑两姐妹从学校回家，每次都带回抗美援朝的消息，姑嫂之间的话题也都是抗美援朝，而俞正堂夫妇却有意不在儿媳面前说及朝鲜战事。

　　秉淑护士学校即将毕业，想进中夏大学校医院实习。本想请父亲给徐云伍院长打声招呼，但是她知道父亲的心思都在牵挂参加志愿军的哥哥，他又一向不为孩子的事去求人，就自己去找徐院长，反正都是父亲的朋友。徐云伍院长不仅让秉淑来校医院实习，还答应她实习结束，正式毕业就留在校医院做护士。但是徐院长要求她边工作边复习，报考医学院继续深造。秉淑当然高兴，爽快答应徐院长上班好好工作，下班认真复习。她不能辜负徐院长的希望，要她上大学更是父亲的一桩心事。

　　秉淑为哥哥参军感到光荣，别人家参军的都是小伙子，没想到哥哥都有两个孩子了也能参军。秉淑希望赶快收到哥哥正式入伍的喜报，在家门上挂上一块"军属光荣"的牌匾，那该有多么荣耀啊！

　　俞秉轩离家半个多月了，还没有收到他的来信，全家人都不放心。俞正堂在家人面前尽力压抑心中的不安，但是刻意的掩饰反而让石蓓芝更加担惊受怕，再加上儿媳都过了预产期还不见动静，日夜心烦意乱。

　　俞正堂突然接到学校通知，说邓梓华要见他。邓梓华有事从来都是直接登门，第一次下通知见面，俞正堂顿时紧张起来。

俞正堂去学校见邓梓华的事只有石蓓芝知道，她惴惴不安地在家里坐等消息，做各种不祥的猜测。

俞正堂没去多久就回来了，石蓓芝看他脸色是舒展的，不像出了什么事。石蓓芝很想问个究竟，俞正堂却只字不提，只说明天是星期天，叫两个女儿都回来，中午全家一起去又一楼吃灌汤小笼包。石蓓芝说儿媳都走不动了，俞正堂说，走不动就坐黄包车。

不知是什么事情让多日郁郁寡欢的俞正堂转忧为喜？平时他少有带全家下馆子，更反对家人乘黄包车，今天为什么居然破例？只有石蓓芝判断他见到邓梓华肯定是有好事。

怡欣临产前特别能吃，听说去又一楼吃小笼包，食欲大增。灌汤小笼包是秉贤秉淑姐妹的最爱，继祖母更是从未在外面吃过饭，石蓓芝想趁机琢磨一下灌汤包的制作，全家人高高兴兴地进了又一楼。

英年早逝的辜青岩教授家的义仆老庄现在又一楼当大厨，他听说俞先生来了，连忙从后厨出来照应，说是自己要给俞先生加菜。俞正堂说："老庄，我知道餐馆的规矩，你又不是掌柜的。我本想请你也坐下一起吃，你正当班，也不能破坏规矩。不过幸亏你正当班，要不这一次还见不到你呢。下一次你再去学校祭奠辜先生，一定要到家里坐坐。庄嫂也在后厨忙吗，问她好！"

六个大人两个孩子一家八口在雅间里坐定，没想到又一楼居然还有羊肉馅小笼包，正合石蓓芝的口味。俞正堂点了三种不同品味的小笼包，每样两笼，再加四个菜，另给继母点了又一楼有名的打卤面。

石蓓芝说："点得太多了吧。"

秉淑说："不多不多，我整天在医院食堂吃斋，今天解解馋吧。"

秉贤注视着父亲，觉得妹妹有点放肆，要是平时一定得挨骂。

可是俞正堂今天一点都不生气，他趁小笼包和菜都还未上来，对大家说："昨天邓梓华约我谈话，他说秉轩的情况有变化。"

黄怡欣不禁"啊"了一声，紧张得张开嘴。石蓓芝早就料到俞正堂要说秉轩的事，不过她已经不担心了，一定是好消息。

俞正堂说："秉轩抗美援朝上前线，我是坚决支持的，我们全家都支持。如果他当上志愿军，我们全家都光荣。凡是国家需要，都应该义无反顾。"

黄怡欣听了，心都提上来了，不知秉轩出了什么状况。俞正堂看到儿媳的脸色不对，赶紧和颜悦色地对她说："今天我说的都是好事，怡欣快生了，不要惊到你。"接着说："邓梓华告诉我，上级发现秉轩是独子，国家的政策是独子不当兵，所以他在沈阳根本就没有办入伍手续，不参加志愿军，也不去朝鲜了。"

听到这个消息，全家个个都感到意外。两个小孙子听说爸爸不去朝鲜打美帝了，失望得很。秉贤赶紧搂着嫂子，真怕她受惊过度，动了胎气。秉淑要问究竟，石蓓芝说她："别插嘴，听你父亲说完。"

"可是秉轩还不能回来，他有新任务。以后大学都不学英文要改学俄义了，教育部要从大学现有的教员里培养俄文教师。学校决定派秉轩去哈尔滨俄文专修学院学俄文，他直接从沈阳去哈尔滨了。"

黄怡欣一时反应不过来，秉贤能体会到嫂子的心情，忙问道："学几年？"

"两年，第一年在哈尔滨，第二年在北京，寒暑假可以回家。"

秉贤说："那太好了，哥哥学了俄文，兼通两国语言，更厉害了。"

当不成光荣军属，秉淑有点失望，可是仍和姐姐一起为哥哥高兴，争着向嫂子祝贺。怡欣悬着的心终于放下来，眼角流出了泪水也顾不上擦。继母虽然不清楚俞正堂说的事情，也跟着大家高兴。

石蓓芝说俞正堂："这样的好事你不在家里说，坐在这饭馆子里，正经八板的，不怕吓着我们？"又隔着餐桌对儿媳说："怡欣，你就放心吧。"

灌汤小笼包和菜都上齐了，却多出一盆干发鱿鱼汤。在省城馆子里，鱿鱼干属于上品，干发鱿鱼更是一门绝技，一份鱿鱼汤的价钱胜过几笼包子。

俞正堂对跑堂的伙计说："伙计，这汤你上错桌了。"

伙计说："没错，大厨会账。"

俞正堂知道这是老庄的心意，只好领受。但是绝对不能让老庄破费，最后算在一起结账。

父亲的话还没有说完，谁也不敢动筷子，石蓓芝催他快说。俞正堂手夹着筷子说："共产党讲政策，我和秉轩都没有申明他是独子，学校上报时也没提，部队查出来了，就认真按政策办。"

怡欣根本没想到秉轩参军的事情竟会有如此大的转折，更没想到父亲为秉轩改派去学俄文竟如此高兴，破天荒带全家下馆子。怡欣义无反顾地支持秉轩参军，但是现在派他去学习俄文更令她欣慰。怡欣看到公公婆婆高兴的样子，感受到他们父子母子情深，也感到党组织的公正与关怀，不由得对公公说："共产党真是认真负责，对我们家关怀备至。秉轩正积极要求入党，党组织信任他，他会有更大的进步。"

这一顿灌汤小笼包怡欣吃得特别香，她觉得腹中的胎儿都高兴得乱踢乱蹬。饭菜太丰盛，小笼包没吃完，四盘菜又都是大份，两个小孙子都吃撑了，剩下的全让秉淑打了包，说是明天正好带去当午饭吃。

一家人高高兴兴地往外走，俞正堂落在后面。他想起抗战胜利复员时，同何季平就是在又一楼这个雅间与李仲麟见面的，吃的也是灌汤小笼包，心中生出一丝悲凉。看着秉淑手里打包的菜肴，自言自语道："忘了叫上大伟，他过来一起吃，就不会剩下了。"

没几天，终于收到秉轩的来信。他在信中说：已经开始学习，哈尔滨俄文专修学院的教员都是苏联专家，语言环境非常好。俄文英文虽然是不同的语言，但也有相通之处，学习起来驾轻就熟，充满自信。

又过几天，怡欣顺产，如愿以偿得了一件小棉袄。爷爷奶奶高兴得合不拢嘴，俞正堂逢人就比三个指头，对人家说："我两个孙子一个孙女，孙子孙女齐全！"

<h1 style="text-align:center">37</h1>

俞秉淑到校医院上班没几天，俞正堂就听到风言风语，说什么校医院新来的院花刚进医院工作就谈起恋爱了。俞正堂大为恼火，连夜到徐云伍家问究竟。

徐云伍说："哪有那回事。秉淑长得漂亮，一帮护士嫉妒她，编出瞎话乱说。我要求她一边工作一边复习功课，准备考医学院，她满口答应，都开始用功了。"

俞正堂说："云伍兄，你是看着秉淑长大的，她在你这里当护士我放心，你要替我管住她。"

无风不起浪，其实传言并非无中生有。

为了加强大学生的政治思想教育，省委决定从部队抽调干部充实大学的政工队伍。不久，一位三十来岁的军人骑着一匹白马闯进了中夏大学校门。

军人名叫仝慎鹏，他个头不高，肤色黝黑，但是身材匀称，五官端正，眼光里透露着机灵。他十五岁初中毕业参加新四军，是军中少有的"秀才"。仝慎鹏先是给伍挺翔当通讯员，在伍挺翔一手培养下升到政治部宣传干事，一直随扈在伍挺翔左右。在一次撤退行动中，仝慎鹏用自己的身体掩护伍挺翔，身负重伤断了小腿。伍挺翔一位表亲是医术高明的民间正骨医生，接好了仝慎鹏的断腿，但是嵌入骨头的子弹并未取出，小腿肚上留下很深的伤疤。

伍挺翔当了省长，仝慎鹏还留在部队。在一次急行军中，仝慎鹏的枪伤复发。就在他疼痛难忍之时，突然接到转业的命令，命令他立刻去中夏大学报到，并在中夏大学附属医院手术疗伤。部队按照老首长伍挺翔的指示，立即让仝慎鹏骑一匹白色军马赶赴省城，并派勤务员随行照顾。

来到中夏大学，仝慎鹏不顾门卫盘问，骑着白马径直闯进中夏大学正门。从未进入过大学门槛的仝慎鹏，被明德大道建筑群恢弘的气势镇住，勒马踟蹰不知该往何处走，忽然看见右手一座院落门口赫然挂着"中夏大学校医院"的牌子，勤务员大叫："就是这里！"校医院护士俞秉淑正好在医院门口，看见明德大道上立着一匹白色高头大马，好生奇怪，前去看究竟。门卫眼见有人骑马闯进学校，赶过来查问，勤务员不理会他们，只管照顾仝慎鹏下马，扶着他进了校医院，大喊："快点来人，我们首长要动手术。"

俞秉淑被眼前这匹白马和戎装青年惊呆，听他们要求急诊，连忙将这位年轻的"首长"安顿下来，赶紧通知医生。

一匹战马轰动整个校医院，院长徐云伍教授亲自出来接待。看了勤务员出示的介绍信，方知这位骑着白马闯进来的戎装青年是上面派来的军队转业干部，需要立即动手术。徐院长让俞秉淑先为他处理已经严重发炎的伤口，又让她推着轮椅将仝慎鹏送至中夏大学医学院附属医院。

在仝慎鹏的眼中，他策马进入中夏大学见到的第一个人，竟是从天而降的白衣仙女。她身材高挑匀称，皮肤洁白细腻，高高的额头，挺直的鼻子，栗色的头发，长睫毛下一双灵动的大眼睛，连掩在两鬓的耳朵都显得小巧玲珑。仝慎鹏真是惊呆了，他以前见过的长得好的女人的脸都是扁平的，耳、眉、眼、鼻、唇五官都挤在柿饼一样的面庞上，不像她的脸庞那么玲珑，五官那么精致，富有立体感。但仝慎鹏并不会形容女性之美，他的感觉就是——洋气。

俞秉淑从哥哥的英文书里最早看到白雪公主和睡美人的故事，从小姑娘时就对白马王子做过各种各样的遐想，直到她在校医院门前看见这位骑马而至的戎装青年，心中的白马王子突然现身了！

俞秉淑为仝慎鹏办好住院手续，互通姓名之后正欲离开。仝慎鹏问："以后你还能给我换药打针吗？"

秉淑说："我是校医院的护士，你住的是大学医学院的附属医院。"

仝慎鹏说："那我还是去校医院。"

秉淑笑了，说："你需要手术，我们校医院做不了大手术。"

仝慎鹏就是省委派来的学生工作处处长兼任学生党支部书记。省长兼校长伍挺翔亲自打电话交代仝慎鹏动手术的事，邓梓华接过电话就赶到附属医院看望他。仝慎鹏要求做完手术转到校医院，便于熟悉环境，了解学校情况，尽快投入工作。邓梓华满口答应他，手术后就转到校医院疗伤。

仝慎鹏转到校医院后和俞秉淑天天见面，仝慎鹏告诉俞秉淑，他是在淮海战役中负伤的。俞秉淑只知道徐蚌会战不知淮海战役，仝慎鹏就从淮海战役讲起，讲到辽沈、淮海、平津三大战役和百万雄师渡江，又从渡江战役讲回抗日战争，讲到俞秉淑从未听说过的抗日根据地，晋察冀、冀鲁豫、苏鲁豫、豫皖苏、鄂豫皖……仝慎鹏说，他是在苏鲁豫参加革命的，从苏鲁豫打到鄂豫皖再到豫皖苏，然后参加淮海战役光荣负伤，要不是身负重伤，就随大军渡江，一直打到海南岛了。

仝慎鹏很会讲革命战争故事，一天一段，讲到最精彩处就"且听下回分解"，俞秉淑越听越想听。听着听着，她慢慢地知道共产党始终战斗在抗日前线，三大战役打倒了国民党反动派解放全中国。心中的白马王子仝慎鹏，原来是为解放全中国英勇负伤的革命功臣。

38

思想改造运动步步深入，住在夏苑里的教授们最近都不大淡定，最不淡定的是跟黄敬齐焉朋之一起投奔解放区的图书馆长邵泉鹃。

夏苑一共有三十六座独门独户的教授宿舍，唯一的一座四合院门牌是1号，其余三十五座小楼从 2 号一直排到 70 号，只取偶数，没有奇数。在中夏大学北归之前，三位革命知识分子最早返回学校入住夏苑。焉朋之说自己腿脚不便不想上楼，就住了夏苑 1 号。邵泉鹃家人口多，住面积稍大些的 2 号。黄敬齐要求清静，8 号偏居一隅正合适。

因为邵泉鹃家是夏苑 2 号，有人背地戏称他是"夏苑 2 号"，再演绎成"夏苑二号人物"，最后竟然讹传成"中夏大学二号人物"。知识分子思想改造运动正在开展，邵泉鹃听到传言感觉非常不妙，想找出始作俑者去辩解，请他停止恶作剧。还是他的太太明智，说："这种闲话绝非一人独创，你又不是神探，哪能查得出来，反倒惊动一大堆人，等于推波助澜。传这话的人就是想让你过得不淡定，你的反应越大人家越起哄，你无动于衷淡然处之，起哄的人就没劲了。"

太太说得有理，邵泉鹃就不去理会，说他"二号人物"的闲言碎语果然渐渐少了。中夏大学迁校江南之前，邵泉鹃作为教授会常委明确反对南迁，因此得罪了时任校长廖宗甫。廖宗甫私下找他谈话，说他"头脑昏聩，误入歧途"，表达了极度的不满。而史学系学生陈方村到他家拜访，则称赞他"头脑清醒，明辨是非"，希望他"认清大局，不随波逐流"。后来黄敬齐和焉朋之同来相约，动员他一起投奔解放区，于是邵泉鹃携家带口跟着他们一起走。返校后邵泉鹃和黄敬齐焉朋之一样作为革命知识分子的代表，担任新中夏大学不同的领导职务。邓梓华的意思本想安排邵泉鹃做教务长，邵泉鹃再三推辞，说自己虽然担任史学系主任多年，但是从未执掌过全校教务，他郑重推荐何季平，说何季平长期担任中夏大学教务长，经验丰富，向来兢兢业业，恪尽职守，坚决拒绝廖宗甫百般怂恿，毅然带领中夏大学从江南回归，说明他对共产党的信任。何季平原本就在可继续使用之列，只不过最初的安排是让他做图书馆长。邵泉鹃的提议显然出于公心，邓梓华觉得不无道理，用何季平之所长，团结教育他，何况学校百废待兴确实需要一位能驾轻就熟的教务管理者。于是就调换了何邵二人的职务安排，邵泉鹃欣然同意做图书馆长，教务长总务长图书馆长三长并列，这样既不枉去一趟解放区，又可名正言顺地潜心在图书馆做考据。

邵泉鹃研究戴震自刻《水经注》多年，从前年起日以继夜埋头整理出一篇文章，名为《戴震<水经注>自刻本评述》，投寄给《史学研究》杂志。鉴于邵泉鹃在史学界的名望，尤其是他这篇文章涉及到郦学研究延续了近二百年"赵书袭戴，戴书袭赵"争议，引起《史学研究》编辑部的重视。虽然邵泉鹃没有直接评判戴震和赵一清孰是孰非，但是字里行间表明他的"评述"是为戴震辩诬，主张戴震自刻本对《水经注》校注的观点完全出自戴震本人的真实思想，并没有抄袭赵一清的观点。

《史学研究》编辑部认为，邵泉鹘这篇文章涉及的问题，郦学圈里争论快二百年了。其实这是戴震自己留下的麻烦，戴震把自己校订的《水经注武英殿聚珍本》收进《四库全书》，却又另外弄个自刻本，两者注疏解释大相径庭，留下至今打不完的学术官司。邵泉鹘为写这篇文章做了大量考证，有一些独到见解，但是文章一旦发表势必引起学术界的争论。编辑部为慎重起见，决定广泛征求学者意见。邵泉鹘将文章投出去之后，开始很在意何时发表，左等右等，文章如石沉大海。一年多过去，日久也就放下了。

一天，图书馆员艾芳婷给馆长邵泉鹘送来新一期的《史学研究》，说："邵先生，这一期有你的大作。"

事过一年，邵泉鹘已将投寄文章的事情淡忘，见到文章终于刊出不免欣喜。忙看一遍，是原稿全文照登，没有丝毫修改，得意之感油然而生。但是翻到自己文章最后一页，下一篇文章的标题赫然跃入眼帘，那标题居然是《谬误的考据源自错误的思想方法——与邵泉鹘先生商榷》。邵泉鹘大惊，赶紧看作者，署名范伟新。邵泉鹘不知范伟新是何方神圣，一目十行看完他的文章，不禁心悸。又从头至尾细读，真是字字叫板，句句惊心。范伟新文章罗列邵文的谬误达二十二处之多，并指出："邵文从故纸堆里翻出郦学考据的旧账，妄图推翻前辈学者早已做出的结论。其考据方法穿凿附会，所谓论据似是而非，有些甚至拣拾日本研究者的牙惠，毫无学者应有的严谨学风。对于邵泉鹘这样一个在史学界颇有名望的教授来说，学术上的谬误恐怕不仅仅是因为考据方法不当，真正的根源应该是其根深蒂固的唯心主义。赵书袭戴，戴书袭赵，本不是一个重要的学术问题，也丝毫无损于《水经注》这部中国古代地理典籍的历史意义和文化价值。问题在于，作者为什么偏偏选择在当下重提这个并不重要的学术问题，是不是在暗中策应着某种动向，甚至不惜为之摇旗呐喊？"

　　邵泉鹄直觉得一股凉气从脊梁柱升起，直灌后脑勺。他调整一下自己的表情，若无其事地过去问艾芳婷："艾先生，我自己订的杂志还没有收到，我先借这本回家看好吗？"

　　邵泉鹄晚饭没有一点胃口，拿起那本杂志左看右看。一不当心，杂志从手中滑脱，手抓住的那一页撕裂下来，偏偏这一页上都是范伟新那咄咄逼人的字句。这本杂志是艾芳婷敲了图书馆藏书章的，邵泉鹄顿觉狼狈。太太正好送过来一本崭新的《史学研究》，说："你的文章登出来了，拖了那么长时间。"

　　显然太太还未看到范伟新的文章，邵泉鹄无心跟她解释。他不当心将印着范伟新文章的那一页从图书馆的杂志上撕下来，如将这本杂志放回图书馆的书架上难免引起别人误解。赶紧拿起刚刚到手的崭新的《史学研究》去黄敬齐家，送给黄太太艾芳婷替换那本盖了章的杂志。

　　邵泉鹄走进黄家客厅，黄敬齐正在看同一期《史学研究》。邵泉鹄一时慌乱，竟忘了向艾芳婷替换杂志的事，忙说："敬齐兄，你看文章了吗？"

　　黄敬齐说："刚刚看过，泉鹄啊，你可是捅了马蜂窝喽。"

　　邵泉鹄说："不就是一篇考据文章吗，这文章寄投给《史学研究》一年多了，有问题为什么不早打招呼？再说了，又是什么动向，又是摇旗呐喊，这是什么意思啊？"

　　"再说，再说，你以为你能说得清楚吗？你是革命知识分子，怎么能两耳不闻窗外事？你没有看到郭沫若的文章吗，他正在批判胡适思想！"黄敬齐加重语气。

　　邵泉鹄不解地说："他郭沫若批判胡适，与我何干？"

　　"那你知不知道胡适正热衷研究《水经注》，你和他观点相同。"黄敬齐说话的嗓门没有提高，但语气更重了。

邵说："我怎么知道胡适在做什么，我与他十多年没有联系了。"

黄说："泉鹃啊，你不要忘了，当年你在大都会博物馆年报上发表的那篇文章可是胡适推荐的呀。大家当面不说，都心知肚明。"

邵说："我从来没有掩饰过。胡适是驻美大使，是权威，那时他正在美国，我的文章原本是请别人指正，不知道怎么转到他的手上。我是从大都会博物馆附寄给我的信中才知道是胡适推荐发表的，再说，史学界都同意我的考证呀！"

黄敬齐说："你是考古学家，不考据出土文物，去考据什么《水经注》，偏偏又在批判胡适的时候和他一唱一和，你是不是要为他张目啊？"

邵泉鹃有点沉不住气了，说："哎呀，敬齐兄啊，这是哪跟哪啊，战乱那些年我到哪里去考古，正好手边有戴震自刻《水经注》，就翻翻看看，考据考据。我吃饱撑的，我写文章为胡适他这个反动战犯张目，我有这个胆吗？"

黄敬齐说："泉鹃，你越说越离谱了。照你说的，如果你有胆，就敢公开为战犯胡适张目了——不要乱了方寸！"

邵泉鹃意识到事态严重，为了写这篇文章费神熬夜下功夫，怎料到会落得如此这般结果？邵泉鹃想不出头绪来，说："敬齐兄，我已经是革命知识分子了，怎么能和胡适沆瀣一气？"

黄敬齐忍不住高声说："哎呀，老邵啊，你以为你很革命啊，你比得上人家郭沫若吗？你呀，你必须深刻批判胡适思想，果断与胡适划清界限，坚决反对唯心主义！你回去好好反省反省吧。"

等邵泉鹃出门走了，艾芳婷过来说："我看老邵是时运不好，他的文章寄出去一年多才见刊，他怎么跟胡适一唱一和？"

黄敬齐低声说："你看这阵势，是要掀起一场运动。你以为老邵是书呆子啊，当年他走门路那套功夫跟别人不一样，他走的是学术门路。"

艾芳婷说："我不信，胡适远在天外，他八竿子也打不着。"

黄敬齐说："谁让他撞到枪口上呢。我们不懂政治运动，你出去不要乱讲！"

邵泉鹃回到家心情越发沉重，他本想找黄敬齐诉苦，结果苦没有诉出来，反被抢白一顿。他想再写一篇文章解释自己的初衷，详细说明考据的思路和方法，可是窝在家里三天没有写满两张稿纸。邵泉鹃觉得《戴震<水经注>自刻本评述》这篇文章不过是个人研究心得而已，那二十二处也无所谓谬误，同意也可，不同意也罢，不过是自己一家之言，无须辩解。有人写文章商榷本是正常的，大家讨论嘛，怎么就跟胡适联到一起，扯上唯心主义呢？他一直琢磨这个范伟新究竟是谁，想不出何曾得罪过他。

邵泉鹃几天没出门，焉朋之却找上门来。邵泉鹃还想对他诉委屈，没想到焉朋之板着面孔，正儿八经地将他狠狠批评一通。焉朋之严肃地告诫邵泉鹃，不要以为去过解放区就是革命知识分子了，对自己要有清醒的认识，脑子里腐朽的资产阶级旧思想还多得很，唯心主义世界观根深蒂固，离革命知识分子的标准还差十万八千里。目前的重点是找出唯心主义的思想根源，深挖胡适反动思想的影响，揭露胡适假学者真走狗的面目，与他彻底决裂，像小学生一样认真学习马列主义，学习辩证唯物主义和历史唯物主义，认真改造世界观，争取做一个真正的革命知识分子。

焉朋之说："老邵，我可是代表学校正式找你谈话的，绝无半点戏言。此事非同小可，你的态度一定要虚心，要诚恳，要积极！"

邵泉鹃不知所措，忙问："朋之兄，那我应该怎么办？"

"你要再写一篇文章……"

邵泉鹃抢着说："我已经在写了。说明我的初衷……"

焉朋之厉声打断他，说："你糊涂，你顽固！你还扯什么初衷？你必须公开承认错误，要积极表态，要写文章把胡适批倒批臭——《史学研究》等着呢，越快越好。"

邵泉鹃出了一身冷汗，蒙头转向。

焉朋之临出门转身问邵泉鹃："你知道范伟新吗？"

邵泉鹃摇摇头说："不知道，不认识，此公很厉害呀！"

焉朋之冷冷一笑："当然厉害，范伟新，范伟新就是反唯心主义！"

邵泉鹃倒吸了一口冷气，顿觉如临深渊，如履薄冰。

新一期《史学研究》开辟了批判胡适反动思想专栏，有一篇邵泉鹃的文章，承认《戴震<水经注>自刻本评述》一文犯下严重唯心主义错误，并且狠批胡适资产阶级反动主观唯心论，揭露他是一个彻头彻尾的资产阶级买办文人，美帝国主义侵略中国的文化帮凶，杜威反动哲学的中国代言人，蒋介石匪帮的忠实走狗。

中夏大学深入开展批判胡适思想运动，焉朋之成为批判运动的带头人。邵泉鹃数次在批判会上做自我批评，大家认为他的检讨总是不深不透，尤其是在他与胡适的个人关系上犹抱琵琶半遮面，立场不鲜明。批判运动搞了好几个月，邵泉鹃难以过关，他吃不下饭睡不好觉，情绪一天比一天低沉。同事们很少与他攀谈，连他自己遇上熟人也是能躲就躲。

几个月后，邓梓华约邵泉鹃谈话，邵泉鹃惴惴不安地进了邓梓华的办公室。邓梓华又是握手又是问候，就像什么事也没有发生过。邵泉鹃小心翼翼落座，只听邓梓华说："邵馆长，这几个月批判胡适思想，你的进步不小啊，毕竟是向往解放区的进步知识分子，思想改造走在前列。批判胡适，有时候同志们严格一点，要求高一点，都是出于对你的爱护。"

邵泉鹃连连点头称是："应该的，应该的，衷心感谢大家对我的批评，我坚决与胡适划清界限。"

邓梓华说："批判胡适思想是长期的，希望你振作起来。下一步我们要……"

不等邓梓华说下去，邵泉鹃额头冒出冷汗，嗫嚅道："下一步要……"

"下一步要掀起思想改造的新高潮，放下包袱，轻装前进，你的事到此为止了。"

回家路上，邵泉鹃脚下生风。走上惠水桥时，他抬头朝宝塔远远望去，高耸的塔尖上是湛蓝的天空，没有一丝云彩。邵泉鹃舒了一口气，这回算是过关了。

第十三章

39

邵泉鹊挨批，引起中文系主任文觉非教授的警觉，慢慢体会到"改造对象"的意味，不免紧张起来。要说与胡适的关系，胡适与焉朋之先后师从杜威，焉朋之是胡适哥伦比亚大学的同门师弟，他与胡适的关系应该更近，邵泉鹊与胡适素无渊源，不过曾向他求教而已。要说进步，邵泉鹊和黄敬齐焉朋之三人行，一起投奔解放区，头上也有革命知识分子的光环。可是焉朋之不仅没有挨整，反而成为批判胡适的先锋，可见头上的光环也不一定长期发光。光环是受控制的，谁积极跟随，光环就在谁的头顶上。

其实，中夏大学真正与胡适有关系的，不是别人而是他文觉非。他于一二九学潮那年英国留学回国，应时任北大文学院院长兼中文系主任胡适之聘，当上北大中文系教授，胡适还做过他的证婚人。抗战胜利，西南联大解散，文觉非没有回北大，直接从昆明来到中夏大学。文觉非并非因为在北大受到排挤呆不下去，而是不堪颠沛流离之苦，太太家又发生变故，决心叶落归根，回老家安居乐业。来到中夏大学以后，文觉非刻意避谈在北大和西南联大任教的往事，只将"叶落归根"挂在嘴上。初衷倒不是为了回避与胡适的关系，唯恐显露出丝毫的傲气，以免落落寡合。万万想不到的是，回来不过两年，中夏大学再度南迁，令他极度失望，他是一万个不赞成南迁的，只不过为了生计才迫不得已随着学校飘流到江南。

　　毕竟没有像焉朋之那样投奔解放区，反而跟随反动校长廖宗甫南迁，文觉非自知属于落后分子。现在开展批判胡适运动，文觉非不得不重提在北大的往事，主动交代所有与胡适相关的事情乃至细节，担心自己遗漏而被别人揭发出来被动挨批。好在他与胡适仅仅同事两年，并无深交，当初请胡适证婚完全是为了迁就太太家的面子，胡适答应证婚也不过是表示对新聘教授的关心，应景而已。七七事变，北大一路南迁，胡适就离开北大做官去了，文觉非与他再无联系。

　　文觉非早年清华毕业，是吴宓的得意门生。清华毕业后留学英国，在伯明翰大学读博士，他的博士论文是《莎士比亚在中国》，获得极高评价。文觉非步老师吴宓开比较文学课的后尘，在北大教授比较文学，颇受学生欢迎，他的课堂常常人满为患。来到中夏大学，他在外文系开莎士比亚专题讲座，在中文系开比较文学，在教学中展露出不同凡响的学术水平，自然而然成为中文系的佼佼者。老系主任章水清教授年事已高，抗战后回来已经行动不便。章水清慧眼识才，看到文觉非的学历经历学问人品均属上乘，嘱他不要在中文外文两系之间游弋，可在外文系兼课，但要落脚中文系。章水清让贤给文觉非，一定要他做系主任，说非他莫属。

　　中文系原本有三巨头，章水清，严伯箴和何季平三位。严伯箴是研究古代文学的，专攻先秦，是楚辞大家。他钻故纸堆有兴趣，视系主任为自己不感兴趣的公益，别人推举他，他拒不领情，坚决不当系主任。章水清年事已高，精力不济。何季平长年担任教务长，本想兼一门课，却顾此失彼，遂放弃上课，逐渐游离中文系，干脆不再过问中文系的事务。

　　文觉非在系主任位置上，毕竟又和胡适有点瓜葛，害怕枪打出头鸟，不敢不积极批判胡适，又怕太积极反而真的成为出头鸟。在批判邵泉鹃的会上，他很少针对邵泉鹃，反而主动对照自己，深刻检讨，表态肃清胡适思想在自己身上的流毒，与战犯胡适划清界限。

文觉非当初从章老先生手里接过系主任时，确有天降大任于斯的感觉。一开始批判胡适思想，他就后悔不已当这个倒霉的系主任，担心整到自己头上，成为思想改造的重点对象。他想进步，但不知道进步的秘诀，又不愿意向焉朋之讨教，人家毕竟是投奔过解放区的革命知识分子，无法与他相比。更不知何谓脱胎换骨？百思不得其解，不知何去何从。

不知道为什么，批判胡适思想并没有拿他开刀，火力全部集中到邵泉鹃身上。也许自从蓝浒镇回来后言论不多，没有把柄可抓。

文觉非的太太宣素仪燕京大学英文系毕业，兼通法语。文觉非与宣素仪的婚姻是老师吴宓保的大媒，他从英国学成归国，首先拜见老师吴宓。吴宓发觉他的弟子英伦归来却是孑然一身，吴宓自己婚姻不顺，却关心学生的终身大事，将刚刚燕京大学毕业的宣素仪介绍给文觉非。吴宓在燕京大学兼课，宣素仪爱听他的课，吴宓对宣素仪印象极佳，也算是他在燕京大学的得意门生。

文觉非与宣素仪彼此一见钟情，却遭到宣素仪家长的反对。文觉非虽然是留英博士，北大教授，正当英气飒爽之年，但他来自外省，父亲是小学教员，母亲久病不愈，家境贫寒。宣素仪的家世却很显赫，她出生于天津英租界，宣家在五大道一带有很大一片房产。她的曾祖是清末的大官，正二品顶戴，宣家创办的实业曾支撑大清半壁江山。到宣素仪这一辈，有依赖祖产吃老本的，有继承祖产继续创业的，也有像宣素仪一样求学上进的。抗战前，宣家的实业仍然遍及大江南北，财大气粗，宣素仪的父亲看不上穷出身的留洋博士。

宣素仪对文觉非说："时代不同了，婚姻由不得父母包办，我们自己决定自己的命运。"

文觉非认为自己并非等闲之辈，宣家为什么看不上？他非要和宣素仪一起去天津面见她的父母，让他们亲眼看看他们的准女婿究竟够不够格。

宣家父母认为，文觉非虽然是留洋回来的博士，北大教授，每个月几百大洋的薪水，却比不上他们宣家万贯家产，担心女儿嫁过去不能荣华富贵过一辈子。文觉非自豪地说："现代社会知识最宝贵，知识分子最高尚，英国博士北大教授更是人中翘楚，我们婚后虽然不能极尽豪华，但是我保证让你们的女儿一辈子都过着幸福的生活。"

宣家父母面见女婿，看他气宇轩昂，谈吐不凡，无可挑剔，放心了。可是他们放不下面子，就千方百计挑理，要求大张旗鼓举办传统的中式婚礼。宣素仪首先不答应，说早就做好准备，就在北大红楼小礼堂举行西式婚礼，已经请好证婚人。

他们请的证婚人都是名人，一位是北大校长蒋梦麟，另一位是文觉非的老师吴宓。不料宣家了解到蒋梦麟不久前迎娶好友的遗孀，遭人诟病。吴宓浪漫多情，不顾世俗之见，休妻再娶。两位都不堪做宣家嫁女的证婚人。宣父自作主张，通过天津的商会，请到清华校长梅贻琦为女儿证婚。梅家和宣家是江苏常州同乡，在天津又是芳邻，文觉非是清华培养出的高材生，梅贻琦欣然同意。文觉非借口婚礼改期，不便再次劳烦，推掉了蒋梦麟校长和老师吴宓做证婚人，改请堪称道德楷模的胡适。这才博得宣家满意，皆大欢喜。

不料想结婚十多年后，胡适当证婚人这件事，成为压在文觉非头上挥之不去的阴影。

<h1 style="text-align:center">40</h1>

不想当出头鸟的文觉非教授，最近在中夏大学却大大出了一回风头。不过，出风头的不是文觉非本人，而是他的太太宣素仪。

宣素仪自从和文觉非结婚，成为全职太太，在家里相夫教子。他们夫妇育有一女一子，女儿文潇雨上初中，儿子文潇天上小学。以前英文系曾有意聘请宣素仪任教，宣素仪说孩子还小顾不过来，婉言谢绝了。宣素仪是夏苑里出了名的贤妻良母，她祖籍常州，出生于扬州，长在天津，家传烧得一流淮扬菜。宣素仪做的红烧狮子头堪称一绝，左邻右舍都尝过，众口一词称道她的厨艺。其实她更拿手的是蟹粉狮子头，只不过平时螃蟹难得，蟹粉更稀罕。

曾经显赫一时的宣家早就衰败了。七七事变后，宣家一大家人逃出天津先回扬州，又回常州老家。八一三事变，淞沪会战失利，宣家将设在江南的制造厂向长江上游转移。制造厂的机器和全部家当装了整整一艘长江货轮江城号，同船还有一大家人。轮船朔江而上，好不容易到了九江。谁知刚刚驶离九江码头，就遭到日寇飞机轰炸，轮船沉没，船上的机器设备毁灭殆尽，家破人亡，最后连父母的尸体都没有找到。后来才得到宣素仪二哥的消息，全家只他和几位亲属幸免于难。二哥先流落到香港，太平洋战争爆发，香港沦陷，二哥登上英国船逃到印度。抗战胜利后，二哥才重回香港创业。但是宣素仪与包括二哥在内的宣家人已经极少联系。

宣素仪没有从宣家得到一分钱遗产，手里只有一些陪嫁的私房钱。宣素仪饱受国土沦丧之苦，对国家遭受侵略有切肤之痛，她满腔崇高的爱国情怀，积极响应号召，和中夏大学的家眷一起宣传抗美援朝，慰问志愿军家属。

豫剧明星常香玉奔走西北数省义演集资，向志愿军捐献了一架飞机，还率领自己的剧团奔赴朝鲜前线慰问演出。女艺人的爱国义举感动了同样具有爱国热心的宣素仪，她慷慨拿出三千万元[1]私房钱，捐献给朝鲜民主主义人民共和国政府，救济在美国侵朝战争中失去父母的孤儿。

---

[1] 当时人民币1万元等于新版人民币1元。

文觉非知道妻子有陪嫁，但从不过问她的私房钱。宣素仪自己平时没有任何花销，当日子极其难过时才会拿出私房钱补贴家用，她的用意显然是这些钱只用于不时之需。她要将私房钱捐献抗美援朝，先征求丈夫的意见，文觉非毫不犹豫，坚决支持太太。国仇家恨是他们夫妇的真情实感，保家卫国是他们夫妇的真心所愿。

宣素仪的慷慨捐献不仅受到政府的表扬，朝鲜战争灾民救济委员会委员长朴正爱也满怀感激之情致信宣素仪："我对于你积极参加抗美援朝事业的热诚，特别是把节约自己的生活费所储蓄的人民币三千万元捐赠给朝鲜战争孤儿的义举，表示深深的感谢和尊敬。你给予朝鲜战争孤儿的高贵爱护，使战斗着的朝鲜妇女对伟大的中国母亲们的亲密友谊更加深厚，并且使她们进一步坚定了必胜的信心。"

各路记者都来采访宣素仪，她成了媒体宣传报道的焦点。各种报道不断演绎出宣素仪的个人背景，以及她如何由一介普通家庭妇女到具有爱国情怀，再到拿出压箱底的私房巨款慷慨捐献的心路历程，还有她是怎么想的，怎么说的，排除了哪些困扰，等等。

宣素仪与各路媒体记者见面就是一句同样的话："抗美援朝，保家卫国，人人有责。有钱出钱，有力出力，义不容辞。"

宣素仪一时成为中夏大学的模范人物，学校广为宣传宣素仪的模范事迹，丈夫文觉非教授也因此得到学校乃至各级领导的重视。文觉非作为中夏大学以及本省的代表，光荣地去北京参加全国第二次文代会，格外得到大家的尊敬，大大荣耀了一回。

文觉非在离开十多年之后重返京城，感慨万千。他在文代会上感受到从未有过的清新风气，被深深吸引，加上会议日程非常紧凑，而且物是人非，无暇也无意去京城四处探访故旧。他在会上专注于聆听发言，在会下流连在驻地酒店，结交不少文学界的名流，认识了震旦大学中文系主任甄树蘩教授。

甄树蘩是一位鼎鼎大名的老资格进步作家，文艺理论权威，也是研究苏俄文学的专家。甄树蘩除了写小说，还发表多篇关于高尔基和托尔斯泰的文章，以及研究契诃夫小说剧作的专论。甄树蘩在震旦大学中文系开了一门《苏俄文学研究》课程，令文觉非大受启发。文觉非是研究比较文学的，比较研究对象都是欧美文学和作家，他对莎士比亚、狄更斯、卢梭、雨果、福楼拜、马克·吐温等人及其作品的研究颇有深度。现在向苏联学习，不能不重视苏俄文学。讲苏俄文学不能不讲契诃夫。文觉非对契诃夫颇有兴趣，可是对此研究相当欠缺。甄树蘩号称契诃夫专家，机会难得，打算讨教。

甄树蘩是文代会上的一位显赫人物，会上活跃，会下的交际和应酬很多，文觉非一直找不到请教的机会。终于在散会前一天，在文代会代表驻地酒店的餐厅见到甄树蘩。文觉非自报家门，抓住机会当面向他请教。

彼此都是文代会的代表，又是同行，而且文觉非是堂堂中夏大学中文系主任，甄树蘩丝毫没有怠慢，客客气气邀他回房间详谈。甄树蘩坐在沙发上高谈阔论讲了半个小时，文觉非听得一头雾水。甄树蘩是山西临汾人，口音很重，文觉非勉强听得出他说契诃夫的名字，却听不懂他洋洋洒洒究竟说些什么。

甄树蘩看文觉非一脸懵懂的样子，明白对方听不懂他的话，自己干笑两声，说："对不起，我的山西口音太重，恐怕你听不清楚。马上就要散会了，不如我们通信笔谈，互相学习。"

文觉非收获满满地回来了，很是激动了一段时间。国家领袖们接见文代会全体代表，说明对文化何等重视，文代会确立社会主义现实主义为未来中国文艺创作和文艺批评的最高准则，值得认真学习。文觉非自从在批判胡适思想运动中受到震撼，加上邵泉鹃的前车之鉴，一直在寻求进步路径。这一次开会回来，他明白该如何做起了。

文觉非决定将自己的研究重点转向苏俄文学，研究苏联文学的社会主义现实主义指导思想和写作方法。研究苏联现代文学，从俄罗斯进步文学开始，先研究契诃夫。

文觉非返校以后就给甄树蘩写信，表示仰慕他的学识，请教在教学中如何评价苏俄文学。他在信中写道："希望彼此建立更密切的联系，亦或可以成立一个组织，以利于对此问题共同研究。"

中夏大学的教授屈尊请教，震旦大学的教授哪有不回复的道理，甄树蘩很快回信："感谢来信，遑论请教，你的路子选对了，我愿与你共同深入探讨。语言诙谐幽默是契诃夫小说的一大特色，能够在轻松诙谐的调侃中达到辛辣讽刺的目的，而简练的叙述语言和人物对白是诙谐幽默最有效的载体。在现实的文学创作中，辛辣讽刺是不可或缺的笔法，在契诃夫的作品中有许多可资借鉴之处……"云云。

41

抗美援朝模范宣素仪在媒体上的热度终于消退，她突然收到一封奇怪的来信。

写信的人自称乔骁，说是他的曾祖父乔魁与宣素仪的曾祖父宣景寰当年同在李鸿章的淮军为官，在鲁西北围剿捻军时二人同时负伤，在一处荒废的农舍暂避。宣景寰趁乔魁伤重昏迷，偷走了他身上的十两银子，抛下乔魁而去。宣景寰用偷来的银子医好伤，回到大营谎报战功，得到奖赏并且官升三级。后来官运亨通，成为朝廷重臣，其家族也随之兴旺。而乔魁却残疾终身，沦为乞丐，历代贫穷。乔魁临终交代子孙：宣家欠下的这笔孽债必须偿还，一代不还，追偿一代，世代不还，世代追偿，宣家不还清此债，乔家永不罢休。几代人过后乔宣两家早已互无音信，宣素仪慷慨捐献的事迹见报后，乔骁得知她竟然是宣景襄的后代，一出手就是三千万。既然如此富有，祖爷爷的债，曾孙女得还。信上说："也不多要，一两银子一百万，百年过去只求翻本。既然你能捐献三千万，两千万你一定还得起，正好抵你祖爷爷抢我祖爷爷的钱，救我一家不挨饿。三天后正午，带上两千万，省城南门外师旷台下见。如若赖账不还，当心灾星有眼！"

宣素仪从来没有听说过宣家祖上曾有姓乔的仇家，只是莫名其妙，又难免紧张。文觉非阅信置之一笑，说："荒唐，荒唐，真是天方夜谭。不过从信中文字来看，能编出这样的故事来，倒不像一个无知无识之人，竟能查出你曾祖父的名讳。我看多半是熟人中嫉妒者恶作剧，嫉恨你竟有这么多私房钱。"

宣素仪万万没想到响应国家号召的义举竟然招致如此苟且的反应，叹息一声，也就将此事放下。

殊不知，厄运的阴影已经慢慢投向夏苑22号。

夏苑 22 号是文觉非的家。进了小北门，隔河就可以望见这座两层小楼。惠水河刚好围绕 22 号形成一个小小河湾，显得格外优雅。

这天中午已过，文觉非没有回家吃饭，宣素仪以为他在外面有应酬，没有在意。直到晚饭时仍不见丈夫回来，宣素仪心中不免慌乱，担心他出了什么事情。文觉非因为太太菜烧得好吃，从不下馆子，总是按时回家吃饭，偶尔不在家吃饭都会事先打招呼。

天黑了，宣素仪坐不住，先到邻居颜伯箴教授家去问。颜伯箴今天没有到系里去，没见到文觉非。宣素仪急了，连忙去找住在校内宿舍的中文系教务员小姚。小姚说文教授上午都在办公室，交代下午把教学计划送给他看，可是下午却不见他回办公室。有人说中午看见文教授上了一辆吉普车出去了，可能什么大人物有事请他。

宣素仪知道文觉非的朋友都是学者，他从不攀附高枝，莫非参加文代会新认识了什么大人物，开车邀他出去？

左等右等，坐立不安，心中疑惑，有不祥之感。文觉非至夜未归，宣素仪联想起那封奇怪的来信，心中"咯噔"一下。莫非这信并非戏言，姓乔的收不到钱起了恶意，将文觉非绑架了？

正在宣素仪心乱如麻之时，只听外面有汽车刹车的声响，强烈的车灯光束射进屋里，几位公安敲门，出示搜查令要抄家。宣素仪大惊，忙问是什么事？为首的公安说："文觉非犯法被逮捕了，现在依法对你家实行搜查！"

宣素仪说："文觉非犯了什么法？学校知道吗？"

公安说："文觉非做了什么坏事难道你不知道吗？"

震惊之中，宣素仪明白文觉非并没有遭到绑架，而是被公安抓走了。她确实不知道丈夫究竟犯了什么事，也不清楚当下的政治形势。

宣素仪和女儿被带进儿子的卧室，限制随意走动，儿子被惊醒，吓得直哭。公安翻箱倒柜，搜查得很仔细，不放过任何一个角落，翻遍每一本书，特别注重搜查文件。过了一会儿，一个公安问宣素仪："你们家来往的信件都藏哪了？"

"都在书桌抽屉里。"宣素仪答道。抗战逃难途中，他们家丢失了积存多年的往来书信，包括他们年轻恋爱时的情书，宣素仪从此定期销毁信件，再不保存。公安搜来搜去再无所获，最后收走文觉非所有的稿件、讲义、笔记以及家中仅有的三封信。

公安要宣素仪在清单上签字，宣素仪申明其中两封信是她自己的，一封是朝鲜战争灾民救济委员会委员长朴正爱的来信，另一封就是"乔骁"写给她的信，应该留下。公安举着朴正爱的信，断然说："不行！这封信很可疑，写的是外国字，还是密码？等着看怎么处理你吧！"说着把三封信都拿走了。第三封信是震旦大学甄树蘩教授给文觉非的复信，就是这封信害苦了文觉非和他全家。

原来，这天中午，文觉非刚刚走出中文系所在的诚意楼，就被守候在门口的便衣公安拉进吉普车里，当即给他戴上手铐，公安对他说："你被逮捕了。"

文觉非到了拘留所，才知道自己是作为"胡风分子"，即胡风反革命集团成员被捕的。文觉非不认识胡风，与他素无来往，也从未通过信。但是文觉非与震旦大学的甄树蘩前不久在文代会上有一面之交，曾写信向他请教对契诃夫的评价。甄树蘩是胡风反革命集团的主要成员，成员之间通过书信传递反动信息，成为发现暗藏的反革命集团的铁证。公安部门在甄树蘩家里查到文觉非的来信，他在信中主动要求与甄树蘩"建立更密切的联系"，还声称要"成立一个组织"，于是顺藤摸瓜又查出一个胡风分子文觉非。

宣素仪犹如遭晴天霹雳，她深信丈夫绝对不会是反革命分子，无奈他这个埋头学问从不过问政治的书呆子，想进步却敲错进步的门，跌进他根本不懂的政治旋涡。宣素仪虽然悲痛，但告诉自己必须挺住，她将两个孩子召到面前，喝令儿子不许哭啼。宣素仪告诉孩子们："你们的父亲被当成胡风分子，这肯定是弄错了，他根本不认识胡风，他是冤枉的，我会为他申冤。现在别人会议论我们，我们会遭到歧视，我们不能和别人争论，但是不能妄自菲薄。今后的生活会很困难，但是我们要活下去。你们要堂堂正正地做人，要好好读书，练好身体，要有出息，不能让你们的父亲失望。"

文潇雨强忍住眼泪，对妈妈默默地点头，耐心哄劝一直在抽泣的弟弟。

第二天宣素仪先去找黄敬齐，黄敬齐是民盟的省主委，文觉非是盟员，找主委理所当然。宣素仪进了黄家，黄夫人艾芳婷说，今天省里有会，黄敬齐天刚亮就出门了。艾芳婷赶着上班，说还不知文觉非出事，等黄敬齐回来一定转告。

再去找焉朋之，焉朋之家大门紧闭，似乎无人在家。

宣素仪无奈。到了上班时间，就往办公楼找何季平，何季平也是中文系的教授，与文觉非应该有同事之谊。何季平示意她先坐下，虽然教务长办公室里没人认识宣素仪，何季平还是趁左右无人时才对她说："我刚刚听说了。不会有什么事吧？"

宣素仪见何季平有意低声，也就轻声说："昨晚都抄家了。"

何季平有点吃惊，宣素仪问他："何先生，会停他的薪水吗？"

何季平支支吾吾："这个难说……"

宣素仪急切地说："何先生，我能教书吗？我可以教英文，我英文程度很好的。"

"哎呀，是这样，此一时彼一时，英文系当初请你，你答应就好了。英文系早改成外语系，以后都不教英文改教俄文了，现在恐怕很难再聘你。不过，你是抗美援朝的模范，总会有妥善安排的。"何季平说。

"不提模范就罢了，我把家里所有的积蓄都捐献抗美援朝了，如果停了文觉非的薪水，我和孩子怎么过下去啊？"宣素仪说着眼圈就红了。

何季平又左右看看，说："我看你最好去找找邓梓华校长，找陈方村也行啊，他是教师党支部书记，管教师的。他们更了解情况，也懂政策。不过……"

宣素仪知趣地说："谢谢何先生，我去找他们。你放心，是我自己要去找的。"

不等宣素仪去找，陈方村和人事科长一起约见了她。陈方村开门见山地告诉宣素仪，公安部门确认文觉非与胡风反革命集团骨干份子互通密信，商谈要成立反动组织向人民进攻，校方也是事后才知道的。本来对反革命分子家属不能施仁政，鉴于宣素仪爱国捐献的模范行为，考虑到她没有工作和生活来源，家里还有两个未成年的孩子，决定让宣素仪到学校印刷厂做临时工。陈方村说："我们已经尽了最大的努力，希望你配合公安部门进一步调查取证，不要隐藏文觉非的罪行，老老实实工作，照顾好孩子。"

宣素仪一直低垂着目光听陈方村训话，听到"照顾好孩子"这句，她才与陈方村对视，"照顾好孩子"正是她坚强生活下去的理由。

宣素仪上班第一天，正好遇上来印刷厂取文件的艾芳婷。两人擦肩而过时，艾芳婷随手塞给她一小卷钞票，小声地对她说："你能帮助朝鲜战争孤儿，我们也会帮助你的孩子。"

文潇雨放学回家带回一个封口的信封，说是附中刘颖兹校长要她带给妈妈。宣素仪打开信封，里面竟也是一小沓钞票。

第十四章

42

　　文觉非东窗事发，牵连到他的家庭。他的工资没有了，家眷也不能继续住在夏苑。宣素仪天天要到学校印刷厂上班，不能在距离学校太远的地方找房子，只好带着两个孩子从夏苑 22 号搬到马府胡同，租了两间破旧的房子住下。明朝的时候，马府胡同一带是王府的马厩，崇祯 15 年李自成为了从明军手中夺取城池，掘开河堤大水淹城，城池遭受灭顶之灾，全城毁灭，王府的马厩成为马粪坑。三百多年下来，马粪坑讹传成为马府坑，后来去掉俗气的"坑"字，称为马府胡同。马府胡同在花井集市的西边，以花井集市为界，西边马府胡同是城市贫民聚集之处，往东过了花井集市就是俞正堂家所在的平安巷。宣素仪从马府胡同到学校印刷厂上班，必经平安巷，差不多与俞正堂家成为邻居。

　　刚从哈尔滨回到学校的俞秉轩不期在家门口碰上宣素仪，宣素仪见了他低头侧身而过。俞秉轩是认识她的，文觉非初来中夏大学在英文系开莎士比亚讲座时，俞秉轩曾去他家登门请教，见过文太太宣素仪。听何季平说过曾想聘宣素仪来英文系任教，知道她是燕京大学英文系毕业的。初见宣素仪时对她很是恭敬，也向她请教过。想不到文觉非竟成为胡风分子，既然宣素仪有意躲避，俞秉轩想，那就不必和她搭讪，反正自己以后也不教英文了，不必再请教她，最好再也不要来往。

俞秉轩一回来就被任命为俄语教研室主任，忙得不可开交。最近苏联专家进驻中夏大学，他除了教研室的工作，还要给苏联专家当翻译。

高教部派来三位苏联专家，一位是教育专家Галина Петровна Илинова（加里娜·彼得罗芙娜·伊利诺娃）教授，她是苏联权威教育家凯洛夫的门生和助手。伊利诺娃的任务是推行凯洛夫马克思列宁主义教育思想。她到中国以后，先在高教部熟悉情况，随即到中夏大学试点指导建立苏联模式大学教育体系。另一位是农业育种专家Лебедь Сергеевич Капустин （列别季·谢尔盖耶维奇·卡普斯廷）教授，因为中夏大学科学研究的强项之一是作物育种，所以高教部专门派卡普斯廷教授前来指导。再一位是物理学教授Абрам Хедорович Гатчин（阿布拉姆·费多罗维奇·加钦）。

三位苏联专家都需要翻译，俞秉轩一人忙不过来。正好高教部刚分配来一位东北大学俄语系本科毕业生，名叫许云鹤，是个23岁的成都姑娘，俞秉轩让她做伊利诺娃的翻译，自己兼顾另外两位专家。

专家组长伊利诺娃指导教务长何季平进行改革，何季平与伊利诺娃之间的沟通事关全校，许云鹤刚刚毕业又初来乍到，既不了解中夏大学的情况更不熟悉教学管理，根本无法胜任。何季平非要俞秉轩给伊利诺娃做翻译，还要当他须臾不能离开的助手。俞秉轩只好改派许云鹤去跟卡普斯廷和加钦，而他既当伊利诺娃的翻译又当何季平的助手，还要兼顾教学与教研室的工作。

苏联专家阿布拉姆·加钦重点指导理学院，他最关心物理系，一来就要见物理系系主任禹堃。

禹堃是前两年才响应国家号召，从英国爱丁堡大学归国的。禹堃修长身材，风度翩翩，是成就卓著的半导体物理学家，国内好几个单位抢着要。禹堃的父亲是省立高中的数学教员，执意要儿子回到身边，于是选择来中夏大学。理学院院长钱其庠与禹堃是清华前后届同学，先后从西南联大毕业。钱其庠先去法国留学，禹堃后去英国留学，钱其庠学核物理，禹堃学半导体。禹堃登门拜访钱其庠，表明愿意进入中夏大学。钱其庠合嘴时微微露齿，似乎时刻都在微笑，给人和善之感。他立即表示欢迎，咧开嘴强调说"喜出望外"。钱其庠抗战胜利后就回来了，禹堃前两年才回来，两位师兄弟又同在中夏大学做教授。

禹堃一见到钱其庠就说："钱兄，学长，我是来投奔你的。"

钱其庠说："你回来正是时候，你的成就大，我正好让贤请你做院长。"

禹堃急忙表白："钱兄，你怎么说这样的话，我丝毫没有这个意思。"

钱其庠给禹堃讲思想改造批判胡适三反五反，真诚地说："禹堃老弟，你在英国并不了解国内的情况，你真的需要认真学习政治，一定要跟得上形势。我身兼院长和物理系主任实在力不从心，两个位置你必须得承担一个。不过我说了不算数，现在学校由共产党领导，你在海外的名气大，估计你是逃不脱的。"

说出"逃不脱"这话，钱其庠觉得有点失言，他的本意是禹堃不当院长至少也要当系主任。话既出口，无法收回，也不好解释，解释反而欲盖弥彰。

禹堃是聪明人，副校长兼总支书记邓梓华已经和他谈过话，他已经彻底判明了形势。再说父命不可违，既然遵从父亲的意思来到中夏大学，就得审时度势，按照新的路子走。

邓梓华第二次找他谈话，果然是要他做物理系主任。他不仅满口答应，表示坚决跟共产党走，还当即提出要求入党。

禹堃的夫人 Alice Chamberlain 是他在爱丁堡大学的研究生，也是他的实验助手。Alice Chamberlain 的父亲是园艺师，其实就是个花匠。花匠要养活四个孩子的六口之家，还有久病缠身的妻子，属于贫困家庭。Alice 是家里的长女，靠奖学金读完大学本科。她读研究生师从禹堃，不仅学到知识，还得到导师的资助，并且惠及她的家庭。Alice 对禹堃无限崇拜，从爱慕到以身相许，结为夫妻。禹堃要回国，Alice 义无反顾地跟随丈夫一起来到中国。Alice 给自己取好了中文名字叫禹爱丽，禹堃本来也同意。可是临回中国，禹堃又改变主意，现在中国是新社会，妻子不应该再从夫姓，再说爱丽这名字太洋气太小资。他将 Alice 的姓 Chamberlain 翻成张伯伦，就让妻子姓张，名字叫张爱中。Alice 说："这个名字太好了，我喜欢。"

学校打算聘张爱中为物理系讲师，禹堃不答应。Alice 因为跟禹堃回中国，没有来得及完成论文，更没有答辩，还没有获得硕士学位。禹堃不仅不要 Alice 做讲师，连做助教都不答应，只让她当实验员。Alice 无所谓，不在乎讲师助教还是实验员，只要能和禹堃在一起。Alice 的中文说得不流利，语调不对，但是禹堃要她出门在外不能讲英文，中文说得再蹩脚，也要说中国话。Alice全都欣然接受，她说："我爱禹堃，爱中国，我一切都听禹堃的，禹堃让我怎么做，我就怎么做。"

苏联专家加钦也是研究半导体的，他从学术杂志上看过禹堃的文章，知道他的研究方向和成就。加钦在禹堃面前不敢盛气凌人，禹堃却对他毕恭毕敬。

加钦送给禹堃一本俄文版的《锗晶体动力学》，禹堃十分敬仰地说："我在英国就知道您的大作，我不懂俄文，所以一直没有拜读。"

加钦是懂英文的，他说："禹教授，以后我们可以用英语交流，以后我来物理系，不用带翻译。我说英语，请你翻译好了。"

在一旁做翻译的许云鹤大喜，因为许多物理学的专业词汇她也不明白。既然苏联专家来物理系说英语，她这个俄文翻译就成多余的了。

加钦用英语说："禹教授，我拜读过您写的《硅晶体动力学》，很受启发。苏联的半导体研究最先进，我们重点研究锗，而西方不重视研究锗，偏重研究硅。虽然现在已经制造出单晶硅，但是成本昂贵。我认为西方的硅路径一定竞争不过苏联的锗路径，我们对锗的研究大大领先西方一步，更何况我们还有优越的社会主义制度作保障。"

加钦说了一番很内行的话，禹堃不敢轻视这位苏联专家，手里捧着加钦送给他的《锗晶体动力学》，虚心地说："加钦教授，我一定认真学习您的专著，希望在您指导下将我的研究从硅转向锗。至于我写的那本书，可以扔进废纸篓里。从现在开始，我要将您的这部专著翻译成中文出版，并作为我们的教材。我虽然不懂俄文，但是我会一边学习俄文，一边翻译，好在大量专业词汇俄文与英文都是相通的。"

禹堃说干就干，找出英俄字典，让太太当助手，立即着手翻译加钦的《锗晶体动力学》。其实，在英国时他根本看不起苏联的半导体理论，从未听说过加钦这个人，也从未看过他的文章和书。既然国家号召向苏联学习，又把半导体专家派到眼前，那就收起自己原来那套理论，虚心向苏联专家学习吧。

43

中夏大学一向参照英美大学在各学院中设系，现在要按照苏联模式撤销学院，设置专业成立教研室，教务长何季平心中无数，真心希望得到苏联专家的指导。伊利诺娃有四十来岁，身材高挑，外表冷峻，作风泼辣，凡事果敢决断，雷厉风行。何季平温文尔雅，行事沉稳，虚心向伊利诺娃学习，对她言听计从。

副校长黄敬齐看不过，对他说："季平兄，苏联专家不过是顾问而已，并不是我们的上司领导，彼此可以商讨，不必事事遵命。"

何季平慨然道："敬齐校长，胜利复员后，中夏大学文法理工农医六院齐全，人才济济，那虽然是旧制，但中夏大学毕竟因此而傲立于国立大学之列。如今向苏联老大哥学习，工农医三院势必另立门户，文学院出了胡风分子，已经伤筋动骨了，再不与苏联专家和谐相处，委曲求全，他们一旦较劲发起威严来，不知中夏大学会走到哪步田地？"

黄敬齐拍拍何季平的肩膀，叹了口气："教务长用心良苦啊。"

外语系新设了俄语专业，俄语教师严重缺乏，不得不让原来的英文教师改行学俄语，连刚刚本科毕业的许云鹤也成为俄语师资培训的主力。俞秉轩利用给伊利诺娃当翻译之便，请她给"英改俄"的老师上课，外表冷漠的伊利诺娃一口答应。但是她却给俞秉轩出了一道难题，要求将外语系改为俄语系。

俞秉轩回家说到这件事，怡欣说："改就改呗，反正现在也不学英文了。"

父亲俞正堂很严肃地说："英文系改外语系，说得过去，再改成俄语系，没有道理。既然改成外语系，不可能只学俄语，还要学多种语言。外语系今后要发展，系名不能一改再改，马虎不得。"

俞秉轩之所以为难，顾虑自己不过是个俄语教研室主任，俄语师资队伍本来薄弱，若改成俄语系，原来那些英文教师难免会认为他自我膨胀。听了父亲的话，认定大可不必更改系名，遂向何教务长表态。

何季平去请示黄敬齐。黄敬齐说："当然大可不必，外语系现在开俄语课，并不意味着永远只开俄语课，以后我们还要开德语、法语、英语、西班牙语和日语课，苏联的先进经验不是设置专业嘛，外语系可以有俄语专业，也可以有德语专业、英语专业等等，没必要一个语种设一个系呀！"又说："这道理很清楚，你直接跟苏联专家说去！"

何季平带着俞秉轩一起和伊利诺娃教授谈，她很客气地认真听。俞秉轩说："加里娜·彼得罗芙娜，外语系还要发展，以后会开设多语种，比如德语……"

一听德语，伊利诺娃的脸色变了，打断他："Что? Немецкий?（什么？德语）"

何季平听懂这句话，忙说："目前外语系的首要任务是办好俄语专业，但是外语系的发展需要着眼于以苏联为首的社会主义阵营，以后很可能增开捷克语、匈牙利语、波兰语等等多语种，包括德语，为了使外语系的发展更有包容性，所以不用变更系名。"又对俞秉轩说："你照我的原话翻译。"

伊利诺娃听了，点点头说："В этом есть смысл, так что не надо менять（有道理，那就不用改了）。"

不改系名的事情顺利谈妥，俞秉轩备感轻松，接下来他可以为俄语专业招生加紧培训师资了。但是伊利诺娃提出了另一个问题，她说："Юридическая школа - самая большая проблема. Экономические факультеты должны быть капитально обновлены.（法学院是最大的问题，经济系必须彻底改革）."

伊利诺娃说到这里，开始滔滔不绝。她认为，中夏大学经济系的整个教学体系脱胎于西方，是为资本主义市场经济服务的，像

Маркетинг 这样的课程完全背离马克思列宁主义，背离斯大林《政治经济学教科书》的思想。中夏大学要在马克思列宁主义政治经济学的基础上，重新设置为社会主义计划经济服务的专业。目前中夏大学经济系资产阶级意识形态占据上风，必须彻底改造，应立即着手筹建国民经济计划专业。

何季平不等俞秉轩翻译完，差不多明白了意思，心中不免叫苦。如果按照伊利诺娃的意见施行，经济系就不复存在了，经济系整齐的师资队伍必将彻底解体。再说，经济系由副校长黄敬齐直接领导，Маркетинг 就是 Marketing（市场学），一直是黄敬齐主持的课程，他那火爆脾气能容得下苏联专家的意见吗？何季平一时无法应对，只好搪塞说："这是很重大的事情，我会向校长汇报。"

伊利诺娃耸耸肩膀，摊开双手做了一个"随便你"的姿态，她知道副校长黄敬齐一定不会同意，但这是坚持马克思列宁主义还是坚持资本主义的原则问题，她的主意已定，绝不妥协。

加里娜·彼得罗夫娜·伊利诺娃是个坚强的女人，她出身于教师世家，父亲是莫斯科国立列宁师范大学的数学教授，伊利诺娃学的是教育学，是鼎鼎大名的教育家伊万·安德列维奇·凯洛夫的得意门生。她本来有一个幸福的家庭，丈夫瓦廖沙·瓦西里耶维奇·卡丹诺夫是莫斯科大学化学系的副博士，瓦廖沙的父亲瓦西里·卡丹诺夫当时是苏共梁赞州的州委书记。卫国战争一开始，瓦廖沙就参加了苏联红军，多次立功很快升为上尉。1942年冬天，瓦廖沙参加了持续五个多月的斯大林格勒战役，但是战役结束之后他却被宣布失踪，以后再也没有消息。瓦廖沙的父亲瓦西里·卡丹诺夫在儿子刚上前线不久，因支前工作不力被整肃处决，瓦廖沙的母亲自杀身亡。伊利诺娃和瓦廖沙刚满周岁的儿子罹患百日咳，因为战争缺医少药而夭折。

直到卫国战争结束，伊利诺娃在从德国遣返的苏军战俘名单中看到瓦廖沙·瓦西里耶维奇·卡丹诺夫的名字，确认是自己的丈夫。

瓦廖沙遣返回国后随即被关进监狱。原来，他在斯大林格勒战役后期因负伤而被俘，被俘时因为枪伤加冻伤已成残废。盟军在遣返战俘之前，对战俘意愿进行甄别，瓦廖沙表示"不回苏联"，因此被战友检举"变节"。既然他不愿回苏联，为什么又被遣返呢？伊利诺娃信任自己的爱人，她觉得这里面肯定有误会，瓦廖沙被关押应该是冤案，她决心替丈夫申冤。

苏联对叛国行为的处罚是无情的，所有变节的战俘遣返后都被监禁，多半会被处决。就在加里娜想救爱人却无计可施的时候，她的恩师凯洛夫伸出了援手。当时凯洛夫即将就任俄罗斯联邦高教部长，此时去过问一个有变节行为的被俘者，很可能会影响到他的仕途。但是伊利诺娃不仅是凯洛夫的爱徒和凯洛夫教育学学派的积极宣扬者，还是他挚友的独生女儿，深得凯洛夫的呵护。凯洛夫动用了各种关系疏通，审判委员会终于接受了伊利诺娃的申诉并允许她探视丈夫。

审判委员会告诉伊利诺娃，瓦廖沙在俘虏营里当众声明"不回苏联"，并且签字画押，在场的所有被俘苏军集体作证，他变节投敌是确凿无疑的。仔细看过证明材料后，伊利诺娃彻底心碎，但是强压着极度的悲伤，坚持要见瓦廖沙一面。

伊利诺娃曾幻想过瓦廖沙英雄凯旋的场景：她穿着红色布拉吉，手捧黄色百合花等待瓦廖沙归来，英姿飒爽的瓦廖沙身上挂满奖章，将她紧紧地拥入怀中——但是她面前的瓦廖沙满脸乱糟糟的胡须，瘦削佝偻，萎靡不振，左边的衣袖是一只空管。瓦廖沙在战斗中失去了左臂，被俘前在雪地里冻了两天三夜，受枪伤的右脚又冻掉了脚趾，走路一瘸一拐。瓦廖沙看到妻子，止不住内心的激动，嘴里一直不停地念叨她的名字："加里娜，加里娜"，却不敢近前。

伊利诺娃的眼睛里没有泪水，冷冷地问他："你为什么变节？"

瓦廖沙说："他们告诉我，我的爸爸被枪毙了，妈妈自杀，我们的儿子夭折了，你要改嫁，而我已经成了残废，回到祖国将无家可归。"

伊利诺娃提高嗓门，厉声问道："那你为什么又回来？"

"因为我爱你，我想见到你，加里娜！"瓦廖沙的声音，像空谷里悠悠的回声。

伊利诺娃知道她挚爱的瓦廖沙再也回不来了。她走上前去，用尽力气抽了瓦廖沙一个耳光，头也不回地离开监狱。

几天后的一个清晨，狱卒发现瓦廖沙的尸体挂在牢房的窗户上，头天夜里他用一根裤腰带结束了年仅35岁的生命。

孤身一人的伊利诺娃外表越来越冷峻，难得出现笑容，但是内心却越来越坚强。她成为一个工作狂，并且绝不谈婚论嫁。

44

苏联高等教育部本来要派伊利诺娃去民主德国做专家，她说什么也不去，这才改派到中国。来到中夏大学以后，主管教学的副校长黄敬齐在交谈中说起自己曾留学德国，是慕尼黑大学经济学博士，伊利诺娃的眼睛里马上流露出警惕的目光，从此对他抱有戒心。

伊利诺娃不苟言笑，说起话来颐指气使，黄敬齐很不服气，不喜欢和这个苏联女人打交道。听了何季平的汇报，黄敬齐火冒三丈，说："她算什么，她是我们请来的顾问，不是太上皇。"

何季平连忙小声说："黄校长，敬齐兄，你言重了。不要忘了，现在是向苏联老大哥学习。"

黄敬齐继续说："这个伊利诺娃不过是搞教育学的，她懂经济学吗？我在慕尼黑学经济时她不过是个小小黄毛丫头，她口口声声马克思主义，我是在马克思老家学的马克思，我学的才是正宗的马克思主义。"

何季平认真地说："黄校长，请你慎重考虑，恐怕这不仅仅是她个人的意见。"

黄敬齐带着气说："经济系可以学《资本论》，可以学斯大林《政治经济学教科书》，为什么一定要改成计划系，计划就等于经济学吗？"

何季平看一时难以说服他，只好说："敬齐兄，稍安勿躁，静下心慢慢讨论，切忌意气用事。"

事情反映到邓梓华这里，他认为中夏大学的经济系确实需要改造，要彻底抛弃西方经济学理论，学习马列主义政治经济学。但是政治经济学侧重经济理论，国民经济计划则是在实际操作层面，中夏大学属于综合性大学，将经济系改为国民经济计划系与综合性大学的性质不符。真要改为计划系，今后难免被合并出去，那中夏大学的损失就大了。不如将经济系改为以马列主义政治经济学为指导的政治经济系，这样既参考了苏联专家的意见，又保存了中夏大学的实力。

可是，副校长黄敬齐死活不同意。中夏大学经济系是黄敬齐一手创办起来的，而且由他一直操持。黄敬齐虽然做了副校长，却依然以经济系为根基，并且分管经济系，中夏大学经济系在全国各大学中赫赫有名。现在苏联专家要拿经济系开刀，自然引起黄敬齐的抗拒，可是伊利诺娃的态度既鲜明又坚决，而且得到高教部和省委文教部的支持。邓梓华必须按照上面的意图尊重苏联专家的意见，但是又不愿意完全遵从伊利诺娃的主张，现在黄敬齐跟苏联专家顶上牛，还得由他来做黄敬齐的工作。

黄敬齐火爆脾气，而且正在气头上，邓梓华知道自己难以说服他。他想到一个可能说服黄敬齐的人，径直去到平安巷找俞正堂。

邓梓华说："俞先生，我们缺乏办社会主义大学的经验，向苏联老大哥学习是党中央的政策，希望黄校长能够理解。我让秉轩帮我了解苏联的情况，秉轩查到的资料显示莫斯科大学也有政治经济学系，终于说服苏联专家，伊利诺娃已不再坚持经济系非改成计划系不可，同意改成政治经济学系。伍挺翔省长和你都是黄校长的同乡，伍省长很在意黄校长对苏联专家的态度。请你以好友的角度好好劝劝黄校长，千万不可对苏联专家意气用事，请他不要再抵触。"

邓梓华为了此事亲自登门，俞正堂体谅他的难处，爽快地说："梓华，我知道其中的利害，也明白你的一番苦心。为了中夏大学，我去跟敬齐谈谈。他呀，外号黄疯子。"

邓梓华说："那就有劳恩师了。请你提醒他，当着伊利诺娃的面千万不要言必称德国。苏德战争毁了伊利诺娃一家，她一听德国就来气。"

俞正堂和黄敬齐本是志同道合的同乡好友，两位的夫人还沾点远亲，但黄敬齐现在是副校长，又是革命知识分子，听说很快还要做副省长。俞正堂忌讳攀附他，并不想做说客，但是为了学校的大局，义不容辞，还有邓梓华诚意托付，必须忠人之事。俞正堂明白，邓梓华的意思显然是让他对黄敬齐"动之以情"，无须"晓之以理"。

俞正堂夫妇借口为继母做寿，请黄敬齐夫妇来家吃饭叙家常，可是三请都被他找理由推辞，只是让校工容锡田送来艾芳婷亲手做的奶油鸡蛋布丁生日蛋糕。

俞正堂真不想招惹这位"黄疯子"了，可是又不能辜负邓梓华的信任与委托，一筹莫展。

儿媳怡欣知道了，自报奋勇对公公说："我和两个妹妹一起去请他，就说请他们来家吃母亲做的手擀面，看他当面怎么拒绝？"

俞正堂觉得这也是个办法。谁知妹妹秉淑说啥也不去黄家，怡欣只好带着秉贤去请黄敬齐。

民盟省委秘书长栗明谦正在向省主委黄敬齐汇报近期的工作，他看进来两位女士，以为黄家来了客人，就停下来等黄敬齐的意思。黄敬齐也不起身，对黄怡欣姑嫂说："来了。我和明谦同志正在谈工作，你们是翻我书架上的书看呢，还是去厨房帮忙？自便。"又笑着对栗明谦说："你继续说，别见外，都是自家人，一个是女儿，一个是儿媳妇。"

黄敬齐又问怡欣："没什么急事吧？"

怡欣忙说："不急，我有一篇文章想请您过目给提提意见。"

黄敬齐"呵"了一声，对栗明谦说："这是让我检查她的作业呢。"

黄敬齐示意要栗明谦继续说下去。栗明谦不认识黄怡欣，搞不清楚她们究竟是家人还是客人，赶紧说完告辞了。黄敬齐也不起身送客，转过脸来说："怡欣，秉贤，你们是来给我传令的吧？"

怡欣说："黄老伯，我写了一篇文章，真心请你指教，还想请您向《语文学习》杂志推荐。不过来时慌张，文章忘记带来了。"

黄敬齐说："我就知道，文章不过是托词，带着使命而来才是真的。"

秉贤乖巧，说："黄老伯，我嫂子真的是请您帮她改文章，都怪我，临出门把她的文章落在家里了。"

黄敬齐笑了，说："好了好了，改作业不关紧。你们真是来得早不如来得巧，你黄伯母的蛋糕快做好了，本想待客的，谁知道自家人回来了。她本来要做德国黑森林为你们奶奶祝寿的，怕黑森林的颜色不喜庆，才送去鸡蛋布丁蛋糕。其实你黄伯母做的黑森林更好吃，不信你们尝一尝，谁让你们姑嫂有口福呢！"

黄敬齐夫妇和黄怡欣姑嫂一起，边吃黑森林蛋糕边聊天。黄敬齐对太太说："芳婷，你看，我的女儿姓俞，儿媳妇却是姓黄。应该倒过来，黄怡欣做我的女儿，俞秉贤做我的儿媳。可惜我们没有儿子，娶不到秉贤做儿媳。"

秉贤听黄敬齐这样打趣，不觉害羞。艾芳婷赶紧说："看你把人家秉贤都说脸红了。依我说，她们都是我的女儿。"

怡欣搂着艾芳婷的肩膀说："黄伯母说得对，我们本来就是你们的女儿。"

黄敬齐兴起，说："你们还不知道吧，你们母亲石大嫂和你黄伯母的母亲艾家本是同源的，他们两家的女儿都是随母姓，北宋年间从波斯迁徙过来的。"

秉贤和怡欣从未听说过，感到诧异。艾芳婷却打岔说："别听你黄老伯乱讲，那是哪辈子的事！"

黄敬齐说："我说的有据可查。不说别的，你黄伯母只给我牛羊肉吃，再看看你妹妹秉淑，长得像不像个波斯小洋人。"

怡欣趁机说："我觉得黄伯母才像洋人，现在还这么漂亮，年轻时当然更漂亮。对了，我们来也是为了请你们二老星期日来家吃我母亲的手擀面，秉淑也在家。"

秉贤接着说："我母亲不会做黑森林蛋糕，但是她做的鸡蛋手擀面可好吃了。"

黄敬齐笑着说："好了，好了，你们俩的任务完成了，星期日中午我和你黄伯母一起去吃面。跟正堂说，备点好酒，若无好酒，面就不吃了。"

星期日中午，黄敬齐夫妇如约而至，进门就说："先改作业办正事，看看怡欣的文章。"怡欣早有准备，连忙将文稿送给黄敬齐看。黄敬齐认真看了一遍，连说："写得好，写得好，论述精辟，文笔流畅，只是你引用凯洛夫这一段话，根本就是穿靴戴帽，完全是多余的。"

怡欣佩服地说："黄老伯真是大家高手，一眼就看出毛病，加这一段纯粹为赶时髦。"

黄敬齐说："教学也是一门学问，做学问不能赶时髦。你把这一段删掉，我给你往《语文学习》杂志社推荐。"又对俞正堂说："你们家儿子媳妇女儿都是英才，连秉淑在校医院都是出了名的一枝花。"

秉淑正忙着上菜，听见黄敬齐说她，对他笑一笑，低头放下菜碟就走。俞秉轩不胜酒力从不饮酒，只有俞正堂陪着黄敬齐把盏，艾芳婷到厨房看石蓓芝做面。

酒瓶一开，满屋子立刻弥漫着酒香。黄敬齐闻香识酒："杏花村的陈酿！谢谢你老弟，这是专门给我留的吗？"

其实这酒是李仲麟当年送的，俞正堂睹物思人一直舍不得喝。因为黄敬齐给李仲麟上过课，也算是授业弟子，今天就拿出李仲麟送的汾酒与他共饮。本想告诉黄敬齐这酒的来历，话到嘴边又咽了回去，只说："杏花村陈酿老汾酒，我已珍藏多年。"说罢斟满，举起杯敬酒，二人一饮而尽。

黄敬齐并不清楚俞正堂为何请他来。最近学校里传言从部队下来的学生处处长全慎鹏和校医院的院花护士俞秉淑谈恋爱，就以为俞正堂是想打探消息才请他来家，或许会要他出面干涉。

俞正堂陪黄敬齐接连喝了几杯闷酒，一直寻思如何进入正题。俞正堂并没有酒量，喝了几杯，酒已经上头。心想，不兜圈子了，有话直说吧："敬齐兄，苏联专家……"

黄敬齐正在揣摩俞正堂的用意，听他说苏联专家，马上接过话头："正堂，不瞒你说，我一听苏联专家就来气。那个卡普斯廷根本就不像是个学者……"

俞正堂不想说卡普斯廷，他已经与这个专家打过交道，他今天要说的是女专家伊利诺娃，但是他拦不住黄敬齐的话。两个人喝着酒，黄敬齐一板一眼地说，俞正堂只好洗耳恭听。

何去何从

要说的是女专家伊利诺娃，但是他拦不住黄敬齐的话。两个人喝着酒，黄敬齐一板一眼地说，俞正堂只好洗耳恭听。

第十五章

45

俞正堂请黄敬齐到家里吃饭，原本想要说的是苏联专家伊利诺娃，黄敬齐却先说起了另一位专家卡普斯廷。

中夏大学农学院赵理方教授培育出了产量高而且遗传性能稳定的杂交玉米种系，成为学校的研究强项和中夏大学的一块招牌。高教部联合农业部派来苏联农学育种专家列别季·谢尔盖耶维奇·卡普斯廷，意在指导中夏大学农学院的专业改造和杂交玉米的培植。

卡普斯廷认为，农学院的高产杂交玉米符合苏联米丘林育种法，是李森科遗传理论典型的成功例证。身为托马斯·摩尔根再传弟子的赵理方教授就不服气了，玉米种子最早是在龙口镇培育出来的，他和俞正堂一起在潭渊关试种取得高产，以后在实验农场逐代培育，一步步改良才有今天的亩产量，与米丘林风马牛不相及。赵理方把自己写的研究报告和俞正堂写的试验田管理记录拿出来，详细介绍他们的实验和培育过程。赵理方说："卡普斯廷教授，抱歉我根本不知道米丘林，我遵循的是基因遗传理论。"

卡普斯廷很不高兴，一口咬定："你们依据的遗传学是反动的资产阶级唯心主义理论，而这个成果客观上毫无疑问是李森科遗传理论的胜利！"

俞正堂和赵理方长期合作培育杂交玉米，时常一起讨论育种方案。杂交育种实验始终围绕着基因遗传，他们从来没有听说过米丘林和李森科。赵理方的重点在实验室，俞正堂甘当赵理方的助手，重点在试验田。玉米生长的季节，俞正堂整天泡在玉米地里，精耕细作，乐此不疲，将赵理方的实验延伸至田间。卡普斯廷矛头对的是赵理方，根本不把俞正堂放在眼里，硬说俞正堂在农田里的劳作就是按照米丘林的方法。俞正堂觉得这位盛气凌人的苏联专家，怎么看都不像一位学者，至少是缺乏学者风度。

赵理方与苏联专家的争执反映到省里，省里指示说，这是关乎虚心向苏联老大哥学习的原则问题，必须辨明是非。于是邓梓华和黄敬齐一起找赵理方谈话。

赵理方从康奈尔大学回来以后，一门心思研究生物遗传，复员后苦心经营建立起颇具水平的生物遗传实验室。赵理方除了埋头做实验，继续与俞正堂合作培育杂交玉米，将实验延伸到田间。赵理方说："米丘林的成果不过是一个老农育种的经验之谈，李森科是拿米丘林做挡箭牌，李森科所谓的获得性遗传理论是伪科学，即使在苏联，对李森科理论也是有争议的。"

不料生物系教授臧雨田掺乎进来，他主动找到邓梓华，认为米丘林生物科学是为建设共产主义服务的，杂交玉米的成功本质上就是米丘林育种法的成功。孟德尔-摩尔根遗传学是唯心主义反动学说，是为帝国主义和一小撮资产阶级服务的。他引经据典，《晏子春秋》里就有李森科遗传理论正确性的明证，"橘生淮南则为橘，生于淮北则为枳，叶徒相似，其实味不同"，即外部环境决定遗传性状。臧雨田还说什么"赵理方不服气苏联专家，反对向苏联老大哥学习，应该受到批判。"

黄敬齐停下酒杯，将手中的筷子往餐桌边上一敲："本来就是学术之争，大家可以平心静气地探讨嘛，苏联专家的话也不是圣旨，科学与非科学不能用阶级立场来检验。什么晏子使楚，什么南橘北枳，这个臧雨田根本就是胡说八道！抗战时在潭渊关他就说你们的杂交玉米高产是瞎猫碰上死老鼠，他批判谁呀？他就是嫉妒，不服气也不能拿大帽子往别人头上扣呀。"

俞正堂一直耐心听黄敬齐说卡普斯廷，怕他没完没了，终于打断他："我领教过这位苏联专家。我给赵理方育种做助手，我们的研究路线一直都是基因遗传。后来才听说米丘林也培育出过果树优良品种，但是我们与米丘林是各行其道，更不知道李森科是何许人。我看此事顶多也就是学术之争，可以各抒己见，犯不着批判吧。"

黄敬齐"哼"了一声，喝下一杯酒，说："邓梓华说：学习米丘林是上面的精神，不能含糊。摩尔根遗传学属于自然科学范畴，究竟是不是唯心主义学说，还有待观察，但是现在不宜提倡。搞社会主义建设要向苏联老大哥学习，谁都不能在这个问题上唱反调。"黄敬齐顿了一下，又说："邓梓华所说的观察就是看上面的口风，依我之见，你们不要管他什么米丘林李森科，只管按照自己的研究路线走，杂交育种又不是搞政治，能提高产量就是成功，就是中夏大学出来的成果。"

俞正堂只想早点说经济系的事，举起杯说："是啊，都是为了学校的发展。"然后就话题一转，问黄敬齐："那你看经济系怎么调整？"

黄敬齐又喝下一杯酒，说："向老大哥学习不等于一切都顺从苏联那一套，前些天我去北京参加全国文字改革会议讨论汉语拼音方案，我就同意周有光提出的拉丁字母方案，巴结苏联的人提出斯拉夫字母方案，我坚决反对，全世界有一百多个国家的文字用拉丁字母，德文英文法文西班牙文意大利文都是拉丁字母，有几个用俄文字母的？我的意见得到绝大多数赞同，最后定下来的就是我赞同的拉丁字母方案！"黄敬齐洋洋得意，越说嗓门越高："都是苏联专家惹的事，这个伊利诺娃比那个卡普斯廷还麻烦，她想把中国所有的大学都改成师范学院。这个女人的凯洛夫教育学是哄小孩子的，她根本不懂经济学。我在德国留学读过德文原版的《资本论》，她俄文版《资本论》通读过吗？她太盛气凌人了！"

俞正堂说："听说伊利诺娃在苏德战争中家破人亡，遭遇很不幸，所以痛恨德国，你在她面前总是提德国，她可能反感。"

黄敬齐说："马克思恩格斯都是德国人，她也反感吗？"

俞正堂看黄敬齐的酒喝得差不多了，赶紧说正题："经济系改政治经济学系的事怎么定？我看如果不改，经济系有可能被连锅端走。"

黄敬齐长叹一声，说："正堂，还有比这更严重的！按照伊利诺娃的意思，工农医三院都要分离出去，现在中夏大学是谁说了算？伊利诺娃才是中夏大学的太上皇。"

俞正堂心里一惊，明白为什么邓梓华要他对黄敬齐"动之以情"。原来工农医三院要分离，中夏大学面临解体，经济系再不改也可能保不住，不禁忧从中来。

俞正堂说："英文系，中文系，已经伤筋动骨了，工农医三院真的分出去，中夏大学就彻底瓦解了。经济系教师队伍无论如何都不能散，留得青山在，不怕没柴烧，为了中夏大学今后的发展，我看也只能改名了。"

黄敬齐说："正堂，那个女人要把经济系改成计划系纯粹是胡说八道！其实德国的大学也有政治经济学，经济系改成政治经济学系本来是无可无不可的事，我就是咽不下这口气。为什么苏联专家说改就得改，叫经济学系就不能学习马列主义了？真是岂有此理，但是胳膊拗不过大腿，改就改吧，只要能保住经济系的教师队伍。我在，无论如何不能让经济系散摊。"

黄敬齐已经认可，总算完成邓梓华的嘱托，俞正堂的任务完成了。

石蓓芝看他们还在喝酒，就让秉淑过来问要不要再加个菜。黄敬齐说："我们再喝两杯，不是有桶子鸡吗，简单点，再来盘葱花炒蛋吧。"又对俞正堂说："臧雨田劝我不要吃鸡蛋，他听卡普斯廷说苏联专家研究出蛋黄里有毒，苏联领袖们现在都不吃鸡蛋了。这不是胡扯淡吗！苏联人说啥都正确，放个屁也是香的？我就不信那一套，偏要吃鸡蛋。"

刚才见秉淑过来问话，黄敬齐想起她的事来，对俞正堂说："学校组建马列主义教研室，说是要派人去人民大学培训，仝慎鹏，你认识吗？"

俞正堂没有听说过仝慎鹏，摇摇头说："不认识。"

黄敬齐看出俞正堂对秉淑谈恋爱的传闻并不知情，就不再提。秉淑端菜在外面听见黄敬齐说仝慎鹏，心里砰砰直跳。黄敬齐又不往下说了，她才放心端菜进来。

黄敬齐笑着问："秉淑，厨房里是不是有圣旨要你传呀？"

秉淑有点分心，黄敬齐问她，才回过神："我母亲问你们的酒喝好了没有？要上鸡蛋面了。"

黄敬齐将酒杯一推，说："遵旨，不喝了，来你们家为的就是吃鸡蛋面！"

46

苏联专家阿布拉姆·加钦会说英文，中夏大学的教授大多都会英文，他基本不用许云鹤为他做翻译，许云鹤差不多成为卡普斯廷的专职翻译。最近，许云鹤多次要求俞秉轩给她换岗，因为卡普斯廷要她随时跟在身边，往往耽误她给学生上课。俞秉轩说那就给她减免一些教学任务，许云鹤坚持说即便是没有教学任务也不想再跟卡普斯廷。俞秉轩知道许云鹤的口语翻译很好，暂时无人能替代她，没有同意。

最近学校业余文工团为五一节晚会排演舞台剧《蜻蜓姑娘》，许云鹤是女主角兼导演，她想借此为理由推掉翻译任务，却不好意思对俞秉轩说，就转求负责组织排演的陈方村帮她去说。陈方村是教师党支部书记，他对俞秉轩开口了，俞秉轩只好照办，就让汤先志替代许云鹤。汤先志是刚参加"英转俄"培训学俄语的，应付教学还可以，口语翻译不行，不敢应承。俞秉轩无奈只得让崔文兴顶上，崔文兴是个朝鲜族小伙子，从哈尔滨外语学院俄语系毕业，从未当过翻译。崔文兴满口答应，谁知才做了两天，苏联专家卡普斯廷就来投诉，说崔文兴翻译得不好，不能准确表达他的意思，非要回许云鹤不可，搞得俞秉轩焦头烂额。

回到家，妻子怡欣说："你们外语系的美女老师排演《蜻蜓姑娘》，她不知从哪里听说我演过话剧，他们的业余演员大多根本不懂表演，请我帮忙指导。"

秉轩知道怡欣说的"美女老师"是许云鹤，但是他不希望妻子在舞台上抛头露面，很想对她说"你千万别参加演出"。又担心这样说会反而激她上台逞强，只说："他们是有导演的，不过既然人家邀请你，你就去看看，顶多提点建议就算了。"

怡欣每次去看排演回来，总会带来一些见闻。许云鹤排演的《蜻蜓姑娘》是舞台剧而不是话剧或者歌剧，因为话剧不唱，歌剧少说，而这台演出则是话剧加唱，保留了所有的电影插曲。舞台剧《蜻蜓姑娘》是根据苏联影片改编的轻喜剧，表现年轻人勤劳上进。许云鹤打算请伊利诺娃给演员们讲讲苏联的生活风俗，伊利诺娃却说那部影片是苏联加盟共和国格鲁吉亚拍的，她没有看过，也不熟悉格鲁吉亚，谢绝了。另一位专家卡普斯廷却不请自来。剧中有一个情节：女主角玛丽诺去参加农学院的口试，被问到是否知道育种学家米丘林，玛丽诺张口结舌回答不出，结果没有考上。卡普斯廷借着这个情节大讲米丘林，东拉西扯，说话又慢，还要许云鹤一句一句翻译给大家，参加排演的人个个听得不耐烦。每当许云鹤翻译时，卡普斯廷就死盯着她，似乎在看她的口型，唯恐她遗漏一句话。卡普斯廷还自报奋勇扮演玛丽诺的爸爸，许云鹤不同意。陈方村说能有苏联专家参加演出是大好事，体现中苏友谊。

许云鹤想出一条妙计。剧本里玛丽诺父亲原来只有几句对白，许云鹤从别的地方找来一首歌曲，换上《蜻蜓姑娘》里的词，移花接木硬是给这个角色加上一段独唱。卡普斯廷五音不全，谢顶光头尖腮，形象不佳，既不会表演更不会唱歌，不得不知难而退。可是卡普斯廷死乞白赖非要登台露一露脸，许云鹤只好让他演个只有一句台词的小配角——农学院的考官之一。

《蜻蜓姑娘》作为中夏大学五一晚会的主场演出，在设有三千个座位的明德大礼堂正式上演。大礼堂座无虚席，走廊上都站满了观众。许云鹤是女主角，扮演活泼美丽的蜻蜓姑娘玛丽诺，她由一个懒惰爱玩的女孩子，经历困难和挫折，终于成长为劳动英雄，也得到了幸福的爱情。许云鹤在剧中用俄语演唱《蜻蜓之歌》：

> Чудный май, желанный май
>
> Ты отраду сердцу дай
>
> Голубеющий простор,
>
> Ароматом напоён
>
> Отовсюду песен хор
>
> Дивных звуков перезвон
>
> Соловьи поют в садах,

Утопающих в цветах.

……

演出圆满成功，轻喜剧的效果出彩，美妙的歌唱将演出推向高潮，观众的笑声和掌声不断。许云鹤和演员们出色的表演得到高度赞赏，演出结束时演员一再谢幕，观众久久不愿散去，学校领导登台与演员们握手，还邀请苏联专家上台和演员们合影留念。苏联专家伊利诺娃教授因身体不适没有来观看演出，一时找不到参加演出的卡普斯廷，只有加钦登台合影，但是加钦又拉住一直陪同在他身边的物理系主任禹堃上台。

女一号许云鹤非常得意，观众的热烈反响和热情支持，使她在今晚的演出中超常发挥。送走领导和客人，许云鹤回到化妆室里间卸妆，继续沉浸在演出成功的喜悦之中。她对着镜子自顾自盼，染黄的头发与她的肤色和面容还真般配！

镜子里突然出现卡普斯廷的脸，他不知从哪个角落里突然冒出来。许云鹤吓了一跳，还没有反应过来，就被卡普斯廷从背后紧紧按住双肩。只听他含混不清地说："Твоя игра потрясающая, ты такая красивая, такая очаровательная（你的表演太精彩了，你真漂亮，真迷人）."

许云鹤转身挣脱卡普斯廷，说："Благодарю вас（谢谢你）！"

卡普斯廷近前一步双手搂抱许云鹤，喘着粗气："Я люблю тебя, Я люблю тебя（我爱你，我爱你）！"

许云鹤厉声说："Стоп！Что делаешь（住手，你做什么）！"

卡普斯廷反而用力搂紧许云鹤，还要强吻她。许云鹤使劲挣开，大喊"来人"，衣襟不整地从里间跑出来。

过了一阵，卡普斯廷才从化妆室里间出来，嘴里说："Не поймите неправильно. Я здесь, чтобы поздравить（别误会，我是来

祝贺的）。"若无其事地从围观的人群中穿过，走出后台。

扮演玛丽诺妈妈的外语系教师路秋影连忙把许云鹤揽在怀里，一屋子演员没明白怎么回事，多数听不懂苏联专家说的俄语，有听懂俄语的悄声对身边的人说："女主角和苏联专家顶嘴了吧？"

大家都围在许云鹤身边，想了解发生了什么。路秋影忙说："没事，没事，她累了，大家快卸妆，都回去休息吧！"

许云鹤欲哭无泪，一句话也不说，情绪非常不稳定。路秋影把许云鹤送回宿舍，等她平静下来马上去找陈方村报告情况。路老师感觉确实发生了不愉快的事情，但是并不清楚具体情况。她放心不下许云鹤，给陈方村打过招呼又赶回宿舍陪她。

许云鹤难以入睡，路秋影陪她一夜。第二天一大早，路秋影正准备出去给许云鹤买早餐，正迎上陈方村和俞秉轩带着油条豆浆一起来看许云鹤。许云鹤一见到陈方村和俞秉轩，眼泪马上流了出来。油条豆浆让许云鹤有了饿意，昨晚为了演出提精神，她连晚饭都没有吃。

陈方村说："路老师也吃吧，都别饿坏身体。事情没有那么严重吧。"

许云鹤是个为人正派大方的女子，她多才多艺，活泼好动，有很好的修养。她跟卡普斯廷做翻译经常受到骚扰，早就厌恶这个苏联专家低俗的作风，多次找借口脱身。这次因为排演《蜻蜓之歌》终于摆脱了卡普斯廷的纠缠，不成想卡普斯廷又死乞白赖混进剧组，在演出之后露出丑陋的嘴脸。许云鹤碍于卡普斯廷是苏联专家不想说破，又不自甘受辱，内心万分憋屈。本指望得到领导的同情和支持，陈方村"事情没有那么严重吧"一句话，让她委屈得大哭起来。许云鹤抽噎着说："我比谁都清楚，他那肮脏的手和臭嘴，暴露了他丑恶的灵魂！"

47

俄语教研室的老师受欺辱，教研室主任俞秉轩气愤难平。他对这个苏联专家卡普斯廷大失所望，果然这位专家如父亲所说缺乏学者风度。俞秉轩眼睛里揉不得沙子，他对陈方村表示要追究卡普斯廷。

路秋影老师当时在场，早就看出许云鹤受到骚扰了，但是她认为："后台的人正在卸妆，并不知道究竟是怎么回事，为许云鹤考虑，我看还是不张扬为好。"

陈方村说："会不会是风俗习惯差异造成的误会啊？我也同意不要张扬，张扬出去会影响我们和苏联专家的关系，主要还是对许老师不好。"

俞秉轩说："那天演出很成功，许云鹤高兴还来不及呢。如果她没有受欺负，会那么难过吗？不行，我要去找卡普斯廷，一定得教训一下这个伪君子！"

陈方村说："秉轩，遇事不要过于激动。这件事牵涉到与苏联专家的关系，处理要慎重再慎重。我看还是息事宁人，更是为许云鹤好。"

俞秉轩不愿就此罢休，说："总不能就像什么事也没有发生吧？我看，至少给伊利诺娃通通气，毕竟她是专家组长。"

陈方村想想，说："也好，秉轩，你去给伊利诺娃说说吧，这样我们对许云鹤也算有个交代。你对伊利诺娃说，因为演出闹了点误会，请她给卡普斯廷打个招呼，万一许云鹤较起真来，苏联专家也得有点思想准备，卡普斯廷该忍让就忍让些吧。"

俞秉轩完全不能接受陈方村要卡普斯廷"忍让"的说法，他认为卡普斯廷应该认错，应该道歉，但是俞秉轩知道这涉及与苏联专家的关系，又不敢完全依着自己的性子去做。

伊利诺娃其实知道《蜻蜓姑娘》这部影片，借故不过问排演的事，更不去看演出。她心如槁木死灰，不想因任何原因勾起对爱情的回忆。她本可以给演员们讲讲苏联人的生活习俗和待人接物，更可以讲讲格鲁吉亚，那是斯大林的故乡。她之所以拒绝许云鹤的邀请，就是不想面对剧中那些有关爱情的人物与情节。伊利诺娃听说卡普斯廷热衷于参加排演，一开始就怀疑五音不全缺乏艺术细胞的他存心不良。伊利诺娃在苏联并不认识卡普斯廷，来到中夏大学以后，她很快看出来卡普斯廷既不是饱学之士，更不是翩翩君子，作派粗鄙低俗。卡普斯廷曾多次深更半夜来敲伊利诺娃的门，都吃了闭门羹。伊利诺娃身为专家组长，很少与卡普斯廷私下接触，她早就怀疑卡普斯廷的品行。

俞秉轩想好了跟伊利诺娃谈话的措辞，既不影响与苏联专家的关系，又能达到警告卡普斯廷的目的。

俞秉轩说：“伊利诺娃教授，有一件事情必须告诉你，卡普斯廷教授和许云鹤之间发生了令人不愉快的事情……”

不等俞秉轩说完，伊利诺娃就问：“Из-за чего（因为什么）？”

俞秉轩没想到伊利诺娃问得这么直截了当，答道：“大概是因为卡普斯廷对许云鹤说了不适当的话，做出不适当的举动。”

伊利诺娃又问：“Когда это произошло（什么时候出的事）？”

“五一节演出那天夜里，在谢幕之后。”

伊利诺娃再问：“Где（在哪里）？”

“在许云鹤的化妆间。”

伊利诺娃继续问下去：“Как учительница сейчас（女教师现在怎么样了）？”

“她现在的情绪很不稳定。”

伊利诺娃说：“Бедная девушка. Я знаю, Лебедь Капустин, он

клоун（可怜的姑娘。我知道，列别季·卡普斯廷就是一个小丑）。"

俞秉轩看伊利诺娃态度很明确，就严肃地说："伊利诺娃教授，请你告诉卡普斯廷教授，他是苏联专家，应该自重。"

伊利诺娃认真地说："Я доложить начальнику.Не думайте, что он лебедь, он капуста（我会向上级报告。不要以为他是一只天鹅，他就是一棵白菜）。"

俄语"卡普斯廷"这个姓氏是从"白菜"这个词演变而来，而"列别季"的意思是天鹅。伊利诺娃对卡普斯廷一点儿也没有袒护的意思，反而将他说得如此不堪，看来这个所谓的专家在中夏大学待不久了。

俞秉轩向邓梓华和陈方村做了汇报，邓梓华他们认为既然苏联专家组长有了这个态度，外语系再细致做好许云鹤老师的安抚工作，事情就到此为止了。

但是事情并没有结束。黄敬齐知道了，坚持要召开校务会议讨论这件事，要以中夏大学的名义给出个处理结果。邓梓华不想把事情闹大，但是黄敬齐一再坚持，他只好同意开会。

校务会议一开始，邓梓华先提要求："大家可以在会上各抒己见，但是讨论的内容会下不能扩散。这是工作纪律，违反者要受处分。"

黄敬齐一听就来气，说："好吧，先约法三章，套上紧箍咒。套上紧箍咒我也要说，反正我逃不出如来佛的手心。"

焉朋之说："不要动意气，各抒己见嘛。"

俞秉轩列席今天的会议，邓梓华让他首先发言，说明情况。俞秉轩说："当时具体的情节，许云鹤并没有细说，我们也不便细问，不过她确实受到骚扰和惊吓。事情发生后，我们及时对许老师做了安抚工作。因为许云鹤是俄语教研室的教师，我本人又担任苏联专家翻译，所以我向专家组长伊利诺娃教授反映了这件事，她当即表示卡普斯廷确实行为失当。”

黄敬齐说：“我有一事不明，先请教各位。这苏联专家算不算是本校员工？如果是本校员工，那就依据校规，触犯哪一条，就按哪一条处理，一视同仁，不能留法外之地。如果不是本校员工，那就断不能容忍外来人士在本校为所欲为，看在外邦盟友份上，至少应将此人礼送出校。”

俞秉轩非常赞同黄敬齐的意见，恨不得让卡普斯廷立即离开中夏大学。不过，他列席会议而已，没有发言权。

邓梓华觉得黄敬齐的发言太出格，为了暂避锋芒不至于激化他的情绪，沉默不言，会场一时静默。

焉朋之忍不住说：“哎呀，黄副校长，你这言辞也太过激了。向苏联老大哥学习，接受苏联老大哥的指导，这是党中央的指示和号召，这是政治原则问题，不能含糊呀。再说，文化差异和习俗不同也可能造成误会，不能小题大做吧。”

黄敬齐说：“我不能容忍中夏大学任何一位教师受辱，如果来个衣冠禽兽，也要向他学习吗？”

教务长何季平说：“黄副校长，你恐怕言重了。是这样，现在的情况并没有那么严重，顶多是行为失当，提请他注意就是了。”

黄敬齐看邓梓华一直没有开口，也不知他如何定调，说：“邓书记代表党的领导，邓书记说了算，我说话不算数。但是，至少要让那个卡普斯廷给我们的女教师道歉吧。”

邓梓华这才说：“听了大家的发言，各自都有道理。我认为无论什么意见，大家的出发点都是为我们中夏大学好。但是，我们必须把政治原则置于最重要的位置，这样才不至于迷失方向。物理系禹堃教授就处理得好，善于向苏联专家学习。”他将目光转向黄敬齐，接着说：“既然苏联专家组长已经就此事表态了，我看就不必再要求当事人公开道歉。我完全是替我们的女教师考虑，请各位设身处地地替她想一想。"

邓梓华把话说到替女教师考虑这个份上，黄敬齐只好就坡下驴不再坚持，又不死心，说："此事非同小可，我建议将情况如实报告伍廷翔省长兼校长。"

邓梓华说："好，那就请黄校长代表学校向伍省长汇报吧。正好明天你要参加省政协会议。"

第十六章

48

附中邀请伊利诺娃讲凯洛夫教育学，她欣然答应，但是要看俞秉轩什么时间方便，如果俞秉轩不能为她翻译，她宁可取消报告。

请苏联专家讲凯洛夫，是附中新任党支部书记萧平的主意。萧平本是省委文教部长葛绍瑭在部队时的勤务员，工农速成中学毕业后一直在葛绍瑭手下当办事员。葛绍瑭有机会就提拔萧平，中夏大学附中的党务原来一直由陈方村兼管，后来设立了党支部，还缺专职书记，正好安排萧平。萧平到任后不知如何下手在附中开展工作，他只有在速成中学当学生的经历，对如何领导大学的附中一无所知。附中的教学和行政事务有校长刘颖兹管着，学生和青年团由党支部副书记汪书敏管着，他好像成了一个多余的人。他跟随领导多年，自认为已经学到当领导的门道，如今当上堂堂中夏大学附中的领导了，却施展不开。

萧平上任多日，支部书记办公室一直门庭冷落，他有点耐不住寂寞了。萧平五一节晚上去明德大礼堂看《蜻蜓姑娘》演出，才知道中夏大学有苏联专家，而且其中一位是教育家。他灵机一动，把苏联专家请到附中做报告，介绍苏联先进教育思想，别人没想到的事他想到了，这是多么非同一般的开局呀。

黄怡欣听说萧平要请伊利诺娃做报告，无论如何都不让俞秉轩为这一场报告当翻译。她对俞秉轩说："许云鹤，崔文兴，谁都可以翻译，唯独你不能去！"

　　陈方村在脱离附中的党务之前，代表组织又和黄怡欣谈了一次话，而且说明是受党总支书记邓梓华委托。陈方村告诉黄怡欣，她的入党介绍人郭景珅已经提交了证明材料，说黄怡欣于1938年12月9日由她介绍正式入党。但是郭景珅是叛徒，正在监狱服刑，她的证言只能作为参考，而且这只是孤证。调查还发现，因为毕业离开西北联大后即失掉地下党组织关系的并非黄怡欣一人，这其中是否还有更复杂的原因，有待进一步深入调查，傅卓伦和鲁济川两条线索还在继续找。那位曾负责联系西北联大地下党的邓梓华的老上级，因为在东北的那一段工作，牵连到"高饶反党联盟"，被隔离审查了，无法取得联系。陈方村说事情总算有了进展，希望黄怡欣相信组织，耐心等待最后的结果，严格要求自己，经得起党组织对她的考验。

　　萧平一到任，黄怡欣就急切去见他，她要及时向新上任的书记反映自己的组织关系问题。萧平正愁无人登门找他，黄怡欣是第一个主动上门拜见书记的教师。萧书记高兴得很，油然产生得意之感，心想这些知识分子书呆子中毕竟还是有懂事的人。

　　萧平个子不高，身体瘦削，肤色黑黄，短下巴直连脖颈。因为烟瘾大，满嘴黑牙。黄怡欣一进门，萧平掐灭烟卷，咧开嘴强堆笑脸，看上去不知是哭是笑。他左一个"黄老师"右一个"黄老师"，又是倒水又是让座格外热情，黄怡欣都有点受宠若惊。等萧平听明白黄怡欣的来意，愣怔了一下，问："你是哪一年入党的？"

　　黄怡欣说："1938年12月。"

　　萧平一听脸色大变，他突然想起这事了。陈方村留下一堆文件，交代工作时还专门提起过黄怡欣的组织关系问题，他没有在意。草草翻看过那些文件，也没有什么深刻印象。萧平原以为黄怡欣只是下级前来拜见上级，没有想到她一张口就触到自己的神经。现在他意识到的是——黄怡欣的入党时间比自己早了整整10年！

萧平马上板起面孔说："入党时间只是你一面之词，不要说恢复组织关系，你究竟是否确实加入过地下党组织，目前还是查无实证的。"

黄怡欣很吃惊，没想到萧平瞬间变脸，强压心头火，尽量用平静的语气说："萧书记，我的入党介绍人已经找到了。陈方村书记说组织上正在继续调查，我希望追得紧一点，尽快有结果。我诚恳希望得到萧书记的关心和帮助。"

萧平冷冷地说："组织自有安排，你不能对组织指手画脚。"

萧平的态度令黄怡欣大失所望，但她还是强忍着，小心翼翼地说："萧书记，我虽然失掉了组织关系，但是这么多年来一直按照共产党员的标准要求自己，约束自己，我不会对组织提出无理要求。我只是希望领导体谅我要求恢复组织关系的迫切心情。"

萧平更加冷漠，打起官腔："组织关系是原则问题，说什么心情没有用。你回去吧，组织上自会处理。"

黄怡欣一肚子气，觉得萧平刚见面那一刻露出的笑容太虚伪了，他根本就是一个冷酷无情的人。从此对萧平心生厌恶，但是并没有看出萧平隐藏在深处的忌恨之心。

有一次附中教师集体学习凯洛夫教育学，萧平到场，这是他上任后第一次参加集体学习，本来是刘颖兹校长总结发言，萧平却抢着做总结。他的总结发言远离凯洛夫教育学的内容，东拉西扯一句也没有说到点子上。他看见办公室的墙上挂着陶行知的画像和语录，就说："可惜我们中国还没有完整系统的无产阶级教育学，更没有专门的无产阶级教育家。有人吹捧陶行知，陶行知算什么，他说来说去还是孔孟之道那一套封建理论，都是为资产阶级服务的。"

刘校长几次想打断萧平的发言，欲言又止。萧平在会上宣布："我已经请好苏联专家来讲洛凯夫教育学，就差个翻译。翻译不是大问题，据说大学的翻译不好请，我正想办法从别处找个。"他总是把"凯洛夫"说成"洛凯夫"，听得大家都强忍住笑。

黄怡欣觉得萧平水平太差，根本不配做附中的领导，请苏联专家做报告纯属哗众取宠。就凭他对翻译的那种轻蔑态度，说什么也不能让俞秉轩跟苏联专家来附中。

俞秉轩认为给苏联专家报告做翻译是他应尽的职责，他做翻译追求的是"信达雅"，既要忠于原意准确无误，又要语句通顺表意畅达，还要语言优美讲究修辞，至于别人看不看得起翻译，他不在乎。但是夫妻的心是相通的，俞秉轩理解妻子所受的委屈，她遇上一个不近人情的支部书记，刚刚燃起的希望之火又黯淡了。他不想在这个时候违背妻子的意愿，对怡欣说："我最近确实没有时间陪伊利诺娃去附中。"

俞秉轩是个实诚的人，他去找伊利诺娃做解释，说党组织要发展他入党，近日将开会讨论他的入党申请，他需要做许多准备，教学任务再加上教研室的工作都很忙，最近没有时间随她去附中做翻译，可否等他稍微空闲时再去？

伊利诺娃脸上露出难得见到的笑容，衷心向俞秉轩表示祝贺，她真诚地说："Я думаю, вы давно должны были быть коммунистом（我认为你早就应该是一名共产党员了）."她还说："Я также был очень занят в последнее время, так что подождите, пока мы вдвоем успеем там   доложить（最近我也很忙，等我们两人都有时间再去那里做报告吧）."

全校的教师党员不多，都集中在一个教师党支部。这是中夏大学第一次公开发展教师入党，支部大会讨论两位入党申请人，物理系主任禹堃和俞秉轩。

先讨论禹堃，大家提了不少意见，但是所有的意见都集中在他的爱人身上，问他为什么和英国人结婚？禹堃十分窘困，急得满头大汗，不知如何回答是好。还是支部书记陈方村为他解围，说："关于这个问题，禹堃同志对组织有详细交代。他的爱人张爱中同志出身于英国劳动人民家庭，她热爱新中国，正在申请加入中国国籍。组织上专门对张爱中做了审查，没有发现她有任何问题，不应成为禹堃同志入党的障碍。"

接着讨论俞秉轩，这一次陈方村首先发言说俞秉轩经过党组织长时间的考验，已经符合党员条件，同意他入党。俞秉轩给苏联专家当翻译，成为学校的知名人士，他人缘也好。俞秉轩虽然早已做好思想准备等着在会上听批评意见，但是大家没有提出任何意见，只是希望他继续努力，为党的事业做出更多更大的贡献。

禹堃先付诸表决，通过了。

该俞秉轩付诸表决了，学生处处长兼学生党支部书记仝慎鹏发言了。他还是校党总支委员，并且兼着教师党支部的副书记，所以也来参加教师党支部的会。

仝慎鹏说："俞秉轩同志积极要求进步，表现是好的。希望俞秉轩同志要多帮助你的父亲克服保守思想，不要让他拖住你的后腿。"

仝慎鹏的发言令在场的人莫名其妙，俞秉轩不知他究竟是什么意思，一时无言以对。只有陈方村心里明白，但又无法解释，只好说："仝慎鹏同志说得好，俞秉轩同志自己进步了，还要帮助更多的同志进步。

表决时，仝慎鹏也举手同意，俞秉轩全票通过。

49

苏联专家列别季·谢尔盖耶维奇·卡普斯廷突然灰溜溜地回苏

联了。伊利诺娃告诉俞秉轩，卡普斯廷被召回国不仅是因为他的丑陋行为，更重要的是因为他追随的李森科及其学说在苏联受到批判了，李森科在苏联已经丧失了无产阶级科学家的头衔，他的吹鼓手们都受到牵连，卡普斯廷也要回苏联接受批判。

这次谈话之后俞秉轩再也没有见到伊利诺娃，俞秉轩乐得集中精力研究教学。他编写的《俄语实用语法》初版就印了一万册，由于这本著作问世，他晋升为副教授，职务也从俄语教研室主任升为系副主任。

俞秉轩第一次参加全校的教学工作会议，会后顺便向教务长何季平打听伊利诺娃，黄敬齐正好听到，他过来拖着腔说了一句："西望长安——不见家！"

俞秉轩听懂黄敬齐的意思，他说的是"不见佳"。原来伊利诺娃和加钦也都奉召回苏联了，她本该和俞秉轩打个招呼的，毕竟为她当了多日的翻译。俞秉轩顺嘴说："估计她走得一定很仓促，也来不及告别。"

黄敬齐却意犹未尽，顺着俞秉轩的话说："非仓促也，仓惶也。"

俞秉轩看黄敬齐有点上劲，他是前辈长者，不便驳他，只是对他微微笑笑，不再接话。苏联专家撤走，俞秉轩其实也很高兴，他倒不像黄敬齐那样对苏联专家有什么不满，而是庆幸从此不用再整天跟着伊利诺娃转，可以主动去做事，一心扑在教学和外语系的工作上。但是他内心的高兴只能自己偷着乐，绝不溢于言表。

俞秉轩是中夏大学首批发展的知识分子党员，他有自知之明——无非是认真做好了应该做的事，被树立成"典型"了。既然是典型，就得做出表率，应该更加踏踏实实干工作，更加谦虚谨慎，千万夹着尾巴做人，不能让别人抓住自己的小辫子

妻子黄怡欣本是早年就加入共产党的老资格党员，却被阻于党

组织大门之外。他将心比心体谅怡欣，一直没有将入党的事告诉她。直到要公开举行入党宣誓仪式了，俞秉轩不能继续避而不谈，只得如实告诉她。

怡欣看秉轩那忧心忡忡的神态，不等他说完就笑出声了："你还以为我不知道啊，全中夏大学早就传开了，你不会担心我心理不平衡嫉妒你吧？实话告诉你，我高兴都来不及呢！俞秉轩入党了，他是我的爱人，我是他的妻子，他是中夏大学最棒的！"

见妻子为自己的进步如此开心，暗自责备不该如此多虑，讪讪地笑着说："真的很多人知道我入党？"

怡欣说："喂，新党员同志，你不至于那么迂阔吧？很多人都夸奖你，当然也少不了有人背后议论。"

秉轩想到支部会上几乎没有人对他提什么意见，说："别人说好，我未必喜欢，真心希望对我有意见的人当面告诉我。"。

怡欣却说另外的事："你妹妹谈恋爱了，中夏大学也都在议论，你听到过吗？"

秉轩忙问："谁谈恋爱，秉贤？"大妹妹秉贤医学院即将毕业，在医院里实习，经常值夜班，在家里都难得见到她。秉轩从来不问妹妹的事，更不知道她谈起恋爱了，他这个兄长真是白当了。

不料怡欣说："不是秉贤，是你小妹妹秉淑。"

秉轩大吃一惊，秉淑比姐姐整整小了四岁，护士学校毕业不久，小妹妹竟先谈起恋爱了！为什么中夏大学都议论起来？

怡欣看秉轩那一脸懵懂的样子，就一五一十地告诉他："和秉淑谈恋爱的是学生处处长全慎鹏，那人追得紧着呢。父亲说秉淑的年纪还小，反对她早恋，秉淑这几天正在怄气呢。不过听说这个全慎鹏要去人民大学进修，也许他一走，恋爱的事就凉了。"

原来跟小妹妹谈恋爱的是全慎鹏。秉轩明白了，难怪全慎鹏在支部会上的发言莫名其妙。他肯定是因为父亲不同意妹妹早恋，把对父亲的不满当成对他的意见提出来，他所谓保守难道就是父亲不同意秉淑跟他谈恋爱吗？如果俞秉轩也不同意，那也是思想保守了？向来不生气的俞秉轩顿时来了气，心想一定要了解清楚这个仝慎鹏的底细，如果不知根知底，说什么也不能让妹妹跟他谈恋爱。

有天吃晚饭时听父母说起中文系文觉非。石蓓芝去花井集市买菜，正好撞见文觉非的太太宣素仪在菜摊旁边的地上捡菜叶，她瞥见石蓓芝赶紧低头躲闪。石蓓芝不动声色把刚买好的菜放进宣素仪的篮子里，还顺手丢进去两块钱。

秉轩插嘴说："母亲，她是胡风分子家属，您要是在街上遇见她，不要搭理她。"

俞正堂一拍餐桌，把饭碗拍翻，筷子都掉到地上，说："那让他们母子三口饿死？我跟文先生从无来往，没有任何交情。教授夫人地上捡烂菜叶，不到山穷水尽不会如此不顾身份，你母亲只是可怜他们母子。"

秉轩不再说话，赶紧吃完饭走人。

秉轩回到自己屋里，对妻子说："难怪父亲这些天心情不好，动不动就生气，可能都是因为秉淑谈恋爱……"话没有说完，忽听窗外母亲喊："秉轩，你父亲叫你。"秉轩慌忙应声，赶紧穿好衣服出去。

秉轩很快就回来了，怡欣战战兢兢地问："挨骂了？"

秉轩慢条斯理地说："没事。父亲今天在校园见到邓梓华了，邓书记对他说了我入党的事，还说当系副主任什么的。"

"父亲夸你了吗？"

"没有。他听说要院系调整，问我大家的情绪稳定不稳定。"

"你怎么说？"

"反正也调整不到外语系，我们外语系的人情绪都很稳定。"

"中夏大学要伤筋动骨了！谁像你一样，眼光不出外语系。"

"怪不得父亲还说，一定要保住中夏大学，让我为中夏大学好好干。"

俞秉轩最近专注自己入党的事，现在才意识到，父亲之所以说"保住中夏大学"，是因为中夏大学面临解体。

苏联专家撤走了，向苏联老大哥学习的方针并没有改变，苏联专家定下的方案依然原封不动地实施。工学院农学院医学院三院从中夏大学分离，各自迁往本省另外一座新兴城市独立设院。剩下的部分废除学院制，每个系都各自独立，原来的法学院分成政治经济系和法律系。

省长伍挺翔不再兼任散架后的中夏大学校长，邓梓华任校长兼党总支书记。邓梓华意识到他接受的是个烂摊子，但是不甘心中夏大学在自己的手里走向败落。

50

黄敬齐对拆分中夏大学极其不满，又听说要调他去外省一个财经学院当副院长，简直气疯了，气急败坏地找邓梓华。黄敬齐打算先质问邓梓华，再去省上理论，反正他无论如何也不离开中夏大学。

邓梓华耐心地对他说："黄校长，这样的局面我比你还不愿意接受，但是这是大势所趋，无可奈何。小道消息说，因为我曾是中夏大学农学院的学生，要调我去新设立的农学院当院长，这一类消息能信吗？省里已经安排你继续留任中夏大学副校长，我们一起坚守中夏大学，尽力把中夏大学办好吧！"

邓梓华说话从不儿戏，黄敬齐心中怨气稍微舒散。但是他想到老友俞正堂，当初他们一同进入中夏大学，从进入校门的第一天起，两人就抱定决心在中夏大学干一辈子，在这里成就毕生的事业。俞正堂会不会离开中夏大学，随农学院迁到外地？黄敬齐深谙老友的志向，知道他难以接受这样的现实。

黄敬齐心直口快："那俞正堂呢，他和我一样，死也不会离开中夏大学。"

邓梓华说："我也知道我的老师的心思，中夏大学是他的精神寄托，甚至是他的生命，所以当年他才毫不犹豫地冒着风险下江南去传递信息，动员中夏大学回归。"又说："省里安排赵理方去做独立设院的农学院副院长，相当于副校长。赵理方说，宁可不当这个副校长也不离开中夏大学，这里有他辛辛苦苦建立起来的实验室，还有他的试验田，他要留在中夏大学继续培育作物良种，不想半途而废。我也不想让赵理方走，如果硬要他走，他的育种实验一定会受到影响，这不仅是中夏大学的损失，也是省里和国家的损失，好在已经跟省里说好让他暂时留下来了。农学院的实验农场搬不走，还是我们中夏大学的。我想安排俞先生去农场当场长，他多年来一直与赵理方教授合作，俞先生当场长，正好继续他们的合作研究。可是俞先生向来是不愿意当什么长的，不知道他会不会答应？"

黄敬齐说："这倒是个好主意，让他在农场专心致志为中夏大学培育良种——农场场长算个什么官？我去劝他！"

傍晚，黄敬齐从夏苑出来去俞正堂家，在惠水桥上遇上也是刚从家里出来的何季平。彼此点点头，大家心情不好，互相无话，却不约而同走相同的路径。一直走到西校门，彼此才意识到都是去找俞正堂的。何季平想掉头回去，黄敬齐说："何必走回头路。我们和正堂都是中夏大学的开荒牛，不妨一起谈谈，免得郁结在心里。"

黄敬齐如此直白，何季平说："那就走吧！"

到了俞正堂家，何季平照例拿出自带的茶叶，交代石蓓芝："这是今年上好的狮峰龙井，不同于普通的西湖龙井，等开水落滚止沸以后再泡。"

三个人坐下来慢慢喝茶。俞正堂说："中夏大学巨变，两位任职依旧，你们是专门来安慰我的吗？"

何季平只是叹气，黄敬齐说："会不会是邓梓华为了当校长才做出让步的？就这样子把中夏大学毁掉他也在所不惜吗？"

俞正堂说："邓梓华不可能为一己之私断送中夏大学。前些时是他让我劝你忍让，接受苏联专家的意见，还不是千方百计为了保住经济系。现在这个局面，肯定不是邓梓华的初衷。"

何季平说："是这样。邓梓华哪有那么大的能耐，这是向苏联老大哥学习的结果。全国的大学都在按照苏联模式院系调整，并非中夏大学一家。大势所趋，无力回天。既然我们留下来，那就绝不能苟且度日，一定要尽力把中夏大学办好。可是，正堂就这样随农学院离开吗？"

"正堂断不能离开中夏大学！"黄敬齐好大的嗓门，把里间的石蓓芝吓了一跳。

黄敬齐如此慷慨激昂，何季平倒不觉惊奇。何季平在惠水桥上遇上黄敬齐，一路同行，直到出了西校门才发觉他也是朝平安巷方向走，都是去找俞正堂的。他找俞正堂只能饮茶兴叹，说些无用的安慰话，而黄敬齐是副校长，一定有什么消息要告诉俞正堂，否则不会主动登俞家的门。何季平知道黄敬齐有话要说，一直盯着他，等待下文。

果然，黄敬齐说："正堂兄，无论如何你都不能离开中夏大学。我已经和邓梓华说好，要你留下来。"

俞正堂知道这位好友是出名的"黄疯子""黄大炮"，体谅他一片好心，并不信他的话。缓缓地说："我是不会随农学院走的。我在农学院服务多年，对农学院有不能割舍的感情，可是我更要守住中夏大学的根。八年离乱，仓促南迁，中夏大学两度抛离校园，留下多少伤心往事。现在天下太平，为什么还要折腾中夏大学？难道不院系调整，中夏大学就不能办好不能发展吗？我想不明白。"

俞正堂有些激动，但是他尽量压抑内心的情绪，把持自己不要把已经想了很久的话过于冲动地说出来。他说："我知道，你们校长教务长，还有邓梓华，都不能改变中夏大学被拆散的命运。可是，我总能改变自己的命运吧。现在我的孩子们都长大成人了。秉轩承蒙你们关照，当上系副主任。秉贤当然要随医学院一起迁往外地，迁就迁吧，反正她该毕业要当医生了。秉淑不听话，不考大学甘当护士，也算可以自立谋生了。我已经没有家累负担，决定辞职，哪里也不去，就死守在中夏大学门口。"

俞正堂的决定出乎何季平的意料，没想到他竟然如此决绝！虽于心不忍，却又无可奈何，不由得长吁短叹。

黄敬齐也没想到，俞正堂宁肯辞职也要守定中夏大学，急切地说："正堂，何须如此！我说好了，要你留下来，留下来做农场场长。"

俞正堂一听又是要他当什么长，立即回答："敬齐，请勿戏言。我早已表明过态度，我绝不会当什么长的，更何况面对中夏大学被肢解的局面。"

黄敬齐有点着急了："农学院被拆走了，实验农场搬不走，你和赵理方培育良种的试验田搬不走。农场场长算个什么官，让你留下来，是为了让你继续培育良种，为中夏大学建功立业。人家赵理方放着农学院副院长、也就是副校长的位置不要，也要留下继续培育种子！"

何季平顿觉柳暗花明，眼睛都亮了，脸上露出笑容，不自觉地梳理一下自己的头发。其实，何季平向来注意自修边幅，头发纹丝不乱。

俞正堂听明白黄敬齐的意思，体谅到好友的良苦用心，但他深知这一定也是邓梓华的意思。遂说："呵呵，赵理方教授也不走，那容我好好想想。"

黄敬齐说："还有什么可想的，就这样定了。马上就要大搬迁了，校园里又是一片乱轰轰，这些天你在家里呆着吧，免得你看见心烦。"他的任务完成了，起身告辞。

何季平放心了，却不想跟他一起走，说："你先走。是这样，我还要和正堂再品品茶。"

黄敬齐这才想起何季平的上品好茶，说："你的狮峰龙井果然好茶，但是恕我浅陋，实在品不出与我家的虎跑龙井有何区别？不如让我分享一点，拿回家细品。"

何季平说："狮峰龙井每年的产量有限，我得到的今年的新茶都在这里了。"

俞正堂说："我们再泡一壶，剩下你都拿走。"

黄敬齐说："那成何道理！我只要一泡足矣，回去一定要品出这狮峰龙井的妙处来。"

何季平赶忙从茶叶盒里倒出一些，用纸包好让他拿走。等黄敬齐走了，何季平与俞正堂相视一笑，继续喝茶。

何季平看俞正堂心情好些，问他："你见过仝慎鹏吗？是这样，他现在可是中夏大学的一位显赫人物。此人是从部队转业下来的，一来就是学生处处长兼书记，还是党总支委员，在党内的位置比陈方村还高，听说与伍省长的关系非同一般。"

"他在中夏大学地位再显赫，与我何干？我知道他和秉淑谈恋爱，我坚决反对！"

"我就知道你会反对，早就想来劝你。又担心你一定为院系调整的事情心烦意乱，不想让你为再为家事烦上加烦。我今天来，本想不谈国事家事，只和你品茶聊天散心。一出夏苑就碰上黄敬齐，原来他也找你，果然带来好消息。你能留下，我也高兴，索性劝你不要在秉淑的事情上做梗。我看这是好事，不要等事情摊开以后不接受，弄成僵局。现在都什么时代了，女儿的婚事虽然是大事，做父母的也不能过度干涉。多事之秋，一切顺其自然吧。"

两位好友煞费苦心让他留在中夏大学，俞正堂为他们的赤诚热心感动。当场长就当场长吧，正如黄敬齐所说，那算是个什么官？他和赵理方不仅培育出迭代的杂交玉米，还在培育杂交小麦，而且刚刚有了进展，进入关键阶段。俞正堂决定去农场，也好与赵理方一起继续育种。但是，秉淑的事不会松口，对仝慎鹏这个人完全不了解，别看他现在是中夏大学的一个人物，据说他根本没有读过几天书，自己的女儿能嫁这样的人吗！

第十七章

51

为了强化马克思主义教育的师资，加强理论队伍建设，上面从各大学挑选有一定文化基础的年轻干部和在思想改造运动中涌现出的进步青年知识分子，到人民大学专门开办的研究班进修，学习马克思列宁主义政治经济学等社会科学。

从部队走进大学门槛的仝慎鹏看准这是难得的机会，主动要求参加。他找老首长伍挺翔说为了更好地在大学里工作，他渴望脱产去人民大学学习。伍挺翔说想学习是好事呀，给邓梓华打了电话，仝慎鹏的要求被批准了。

仝慎鹏拿着人民大学的入学通知书去见俞秉淑，对她说："我要去北京学习整整一年，去人民大学读的可是马列研究班，毕业就是研究生学历。"

秉淑软软地说："好呀，你去学习吧，我父亲也总是念叨要我考医学院。"。

仝慎鹏说："一年的时间够长的，一年后你就过十九快二十了。这一去，平时就难见面了，不过学习期间只要放假，我马上回来看你。这些天我总是在想，渡江战役前伍省长要我留下来，我要是没有听他的话随队伍打过长江，那就不会转业到中夏大学，也不会遇上你，更不会去读研究班了。"

秉淑听出仝慎鹏话中之意，不觉面颊绯红，羞怯地低下头。仝慎鹏见秉淑面如桃花，白里透红，越发美丽，也看出了她的心思。

仝慎鹏进京之前先请假回老家一趟，探望多年未见的老母亲，主要任务是办离婚。

当年仝慎鹏伤愈，就要离家回部队。眼看儿子又要远走，母亲自作主张让他与一个当地的女子结婚。老人相信"女大三抱金砖"，这女子身体硕健，比儿子整整大三岁。仝慎鹏不知道重返战场后，能否再与一直孤身守寡的母亲相见，只好顺从母命。但是婚后三天就离开家，再也没有回去过。三日夫妻让媳妇生下一个女儿，女儿从来没有见过爸爸。

仝慎鹏的母亲中年守寡，只有他这一个儿子。但是儿子自从参加新四军，再也没有回过家。直到仝慎鹏为救首长身负重伤，接上断腿后被批准回老家养伤，母亲才见到久别的儿子，并且为他娶了媳妇。儿子伤愈离家后，又是多年未归。这一次儿子难得回来，母亲喜出望外。

老母亲并不知道儿子这一次是回来是办离婚的，她给儿媳妇床上换过新被褥，打算让儿子在家多住些时日。回家路上，仝慎鹏也曾想过回去再跟媳妇过一夜，给她耐心解释离婚的原因和离婚后的安排。可他进家门一看见媳妇那村妇模样，立刻打消了再同房一晚的念头，一头扎进母亲房里，不进媳妇房门，连女儿都不肯抱一抱。

母亲大怒，放下狠话说，儿子若是跟他媳妇离婚，自己就去寻死。仝慎鹏知道母亲是担心身边无人照顾，就说他已经转业，现在当上大学的干部了，马上还要去北京学习，学习回来还会升级，官职比县长还大。他现在每天打交道的都是知识分子大学教授，屋里那媳妇连字都不识，只会影响他的形象，耽误他开展工作。他想好了，离婚后媳妇要是不愿改嫁，也可以离婚不离家，照常养活她。他已经在大学里找到爱人了，年轻漂亮还懂事孝顺听话，他准备新婚之后就把母亲接到省城，请保姆照顾她。自己多年没有尽孝，现在该是尽孝心的时候了。仝慎鹏还对母亲说，现在是共产党坐天下，一切都按法律，他不会撇下那媳妇不管不问，等女儿长大一点，就把女儿接到省城上学。

母亲眼看儿子非离婚不可了，只能好言好语安慰儿媳妇。儿媳妇本是毫无见识的人，与仝慎鹏婚姻一场，也就是新婚三天，第二次见面就来离婚，她也无可奈何。这女人虽然不懂什么封建礼教，却知道三从四德，再说已经为仝家生下女儿，就同意离婚不离家。儿媳妇对婆婆只提了一个要求，希望与仝慎鹏再夫妻一晚，也好留下个念想。她其实是想再生下一男半女，最好是个儿子，这样后半辈子就不愁了。婆婆觉得他们毕竟夫妻一场，给这媳妇留个念想也是人之常情，就劝儿子进媳妇屋里。仝慎鹏一时动心，心想就算散伙前最后一别吧。走到媳妇屋子门口，突然意识到如果这次再让她怀孕，无论如何也无法向俞秉淑解释清楚，赶紧收住脚折回母亲的屋子，蒙上被子就睡，第二天早早走人。

办完离婚手续，仝慎鹏浑身轻松，有春风得意之感。回到中夏大学，他马上向党总支书记邓梓华报告离婚经过，并说要和俞秉淑结婚。邓梓华拍拍他的肩膀，说："你既然已经离了婚，当然可以再婚。至于俞秉淑同意不同意，组织就不能包办代替了。但是你这段事实婚姻，一定要如实告诉人家俞秉淑。"

仝慎鹏迫不及待去见秉淑，给她送去从家乡带来的红枣和花生，说这是他母亲特意给她的。虽然仝慎鹏只请了一个星期假，两个人都感觉像久别重逢，有说不完的话。这一次仝慎鹏没有再讲革命战争故事，却讲起万恶的封建旧社会包办婚姻，害苦了多少有志青年。秉淑问仝慎鹏有没有读过巴金的《激流三部曲》，仝慎鹏说在革命战争年代哪有闲情逸致看这些言情小说，但是他对封建伦理道德的毒害有切身感受。

分手时仝慎鹏约俞秉淑明天晚饭后再见，有"重要的话"要说。

俞秉淑预感到仝慎鹏要说什么，她的心有几分慌乱，说："现在说不好吗，明天我大侄子要来这里玩，他很懂事的。"秉淑故意拿侄子做挡箭牌来试探，测试一下他的诚意和决心，看看仝慎鹏会不会怕见家人而打退堂鼓。

仝慎鹏说："明天当着侄子说那才好呢，除了你哥，我还没见过你们家的人。"

第二天晚饭后，仝慎鹏如约来相会，还给侄子买了糖果和橘子，但是侄子并没有出现。仝慎鹏明白秉淑的用意，她说大侄子要来不过是试探他是不是诚心，也不再问。其实秉淑的试探是多余的，他巴不得今晚秉淑的家人都在场。

仝慎鹏一见到秉淑就拉着她的手抽泣起来，秉淑奇怪英武的白马王子为什么哭起来了？仝慎鹏沉痛地说："我深受封建礼教包办婚姻之害，曾有过一次名义上的婚姻，那是回家养伤时母亲一手操纵的，我根本不认识那个女子，也没办任何手续。和那女子在一起一共只有三天，没有给她说过一句话，她没有文化，彼此也不可能有共同语言。"又说："我向组织报告了这个经历，组织上认为属于事实婚姻，所以专程回家正式办了离婚手续。"仝慎鹏承认自己一开始对秉淑隐瞒了此事，现在办了手续才有勇气向她坦白，说到这里已经泣不成声。

白马王子故事的发展超出了俞秉淑预想的情节，她做了一百种设想也没有料到"重要的话"竟然是仝慎鹏曾经有过一段"事实婚姻"！俞秉淑不知所措，她想停下来冷静地想一想，或者问问嫂嫂该怎么办？要不干脆就此一刀两断？她心乱如麻，六神无主，脑子一片空白，茫然地说："你是你，我是我，你对我说这些做什么？"

仝慎鹏近前一步，说："秉淑，你看不出来吗，我要和你做革命伴侣！"

秉淑愣住了，泪流满面，仝慎鹏紧紧拥抱住她，秉淑软软地依偎在仝慎鹏的怀中。

52

仝慎鹏追求俞秉淑有两年多了，已经积累了感情，眼看政治运动一浪高过一浪，必将搅乱正常生活，他要在去人民大学学习之前赶紧把婚结了。

被公认为中夏大学"活字典"的俞正堂不认识仝慎鹏，外语系副主任俞秉轩不熟悉仝慎鹏，但是中夏大学仝慎鹏处长就要和俞正堂的小女儿、俞秉轩的小妹妹俞秉淑结婚了。

俞正堂风闻小女儿要结婚的消息一肚子气，仝慎鹏不是他心目中的乘龙快婿，何况他连初中都没有读完，秉淑年纪尚小还要上大学，不应赶在姐姐前面成婚。俞秉轩虽然不会干涉妹妹的婚姻，但还是为妹妹的前途担忧。

仝慎鹏并不急于去见秉淑的父兄，因为火候未到，贸然去见面一定会碰钉子。他知道伍挺翔和俞正堂有老乡和师兄弟的关系，就带着秉淑先去见老首长。

伍挺翔眼中的仝慎鹏不只是部下，从年龄上看他像自己的孩子，从情分上说他舍身救过自己的命，是名副其实的救命恩人，所以格外关心他。俞秉淑本来就招人爱见，伍挺翔听说是俞正堂的女儿，连说"有缘，有缘"。伍挺翔的三个女儿见到小洋人似的俞秉淑，个个都喜欢她，她们一见面立刻成为朋友。仝慎鹏见姑娘们有说不完的话，暗自高兴又多一个日后常来看望首长的理由。

离开伍挺翔家，仝慎鹏迫不及待地说："伍省长都夸我们两个有缘分，咱们结婚吧！"

俞秉淑担心父亲的态度，说："要不要先跟嫂嫂商量商量，看看怎样给父亲说才好，我嫂嫂很会待人接物的。"

仝慎鹏早有主意，对秉淑说："你就听我的吧。"

他选个大晴天，带着一大包花生和红枣，还有水果点心，并且专门买了孩子爱吃的上海花纸卷糖和玻璃纸包的橘子瓣糖，大大方方和秉淑一起进了俞家。仝慎鹏进门就按俞家的规矩喊"父亲""母亲"，俨然已经是俞家的女婿。俞正堂沉着脸一言不发，仝慎鹏像没看见他的脸色一样，拿出花生和红枣，说："我和秉淑去了我的老领导伍挺翔省长家，伍省长让我向你们二老问好，这是他给你们的，都是你们老家的土特产。"

俞正堂只是不接话茬，母亲默默地望着女儿垂泪，秉淑低头不语，仝慎鹏却不顾尴尬只管说："您老人家是中夏大学的元老，中夏大学离不开您。我马上就要去北京上人民大学的研究班了，学习一年才能毕业。经过组织批准，去北京之前我和秉淑举行婚礼，由邓梓华书记主持。另外，还要向您报告，秉淑就要进医学院继续深造了，她算是调干生，全脱产上大学。"

俞正堂仍然无动于衷，仝慎鹏讪讪地招呼秉淑："让父母休息吧，我们过去拜见哥哥嫂嫂。"

妹妹见了嫂嫂眼泪忍不住流出来，嫂嫂紧紧楼住小姑子，两人说起悄悄话。俞秉轩态度不像父亲那般生硬，但也实在找不出合适的话说。

仝慎鹏说："祝贺大哥光荣入党，你是知识分子的表率呀。"他觉得礼数已到，又说："请哥哥嫂嫂一定出席我们的结婚仪式。"说完就起身拉着秉淑告辞。

秉淑怏怏不乐地出了家门，仝慎鹏说："你该高兴才是，你看，他们都没有说什么，那就是同意啊！"

几天后，仝慎鹏和俞秉淑举行结婚仪式，校长处长系主任和有名望的教授都收到了喜帖。

结婚仪式安排在为民楼的大会议室里，按照革命老区的模式布置得喜庆大方又简朴得体。会议室一侧高挂红色横幅，贴着金色大字："仝慎鹏俞秉淑同志结婚仪式"，横幅下面正中位置是毛泽东主席像，长条会议台上整齐摆放着大家送来的贺礼。邓梓华书记送给新婚夫妇一套1951年人民出版社出版的《毛泽东选集》，黄敬齐副校长送的是一对提花红缎被面和一对绣花枕头，焉朋之副校长送的是一对大号红牡丹搪瓷热水瓶，何季平教务长的贺礼是一幅织花毛毯和一对床头灯，陈方村送了一对双喜字搪瓷脸盆。秉淑的顶头上司校医院徐云伍院长送的是一份大礼，两幅挑花红缎被面，一对绣花枕套和上海产太平洋拉绒床单。会议台的台面上，还有大家送来的书籍用品，毛巾肥皂，或大或小，琳琅满目。

黄敬齐副校长因公出差，由夫人艾芳婷代表出席。何季平刘颖兹夫妇是看着秉淑长大的，视秉淑如同自己的女儿，早早来到。焉朋之副校长夫妇都来了。徐云伍收到喜帖感到很为难，他和俞止堂相识多年，知道他对秉淑这门婚姻不满，秉淑在自己手下工作，觉得有负老友托付，却也无可奈何，推说自己身体有恙，让老伴带上贺礼出席。

结婚仪式由陈方村汪书敏夫妇张罗，陈方村是司仪，汪书敏负责接待。大会议室高朋满座，熙熙攘攘，大家围坐在长条会议台周围，每人面前都有糖果花生红枣和茶水，还专为会抽烟的人准备了大前门香烟，留声机播放着喜庆的音乐。

主婚人邓梓华却迟迟未到，仝慎鹏不免焦急，悄悄和陈方村商量："万一邓书记来不了，就请焉校长由证婚人改做主婚人吧，另请何教务长证婚。"

两人正说着，邓梓华匆匆忙忙赶到了，手里拿着一副装裱精致的对联，高兴地说："咱们伍省长刚刚派人送来他亲自写的贺联，赶快挂上，婚礼开始！"

大会议室顿时轰动，大家纷纷向新郎新娘正式致贺。仝慎鹏喜笑颜开，伍省长亲自送喜联，恰到好处地宣示了他们之间的特殊关系，这是对他无声胜有声的最大支持！这是多大的荣耀啊！

结婚仪式开始，新人首先对伟大领袖像鞠躬，再向双方家长鞠躬。鞠躬之前仝慎鹏大声解释："我幼年失怙，母亲也不在身边，党组织就是我的家，书记就是我的家长！"说完两人就向邓梓华鞠躬，博来一阵热烈的掌声。再给女方家长俞秉淑的兄嫂鞠躬，然后夫妻互相鞠躬，司仪宣布礼成。仝慎鹏又拉着新娘给大家鞠躬表示感谢，还专意给证婚人焉朋之夫妇鞠了一躬。焉朋之打趣说："你们这一躬，不在计划之列。"引来一阵笑声。

司仪让一对新人介绍恋爱经过，新娘扭扭捏捏低头不语，大伙就对新郎起哄，新郎故意扭捏一下，说："是我主动的。"

一阵鼓掌哄笑，算是通过了，大家都感觉这婚礼仪式确实新鲜。

伍挺翔近来开始临帖练字，琢磨书法又锻炼身体。上次仝慎鹏带着俞秉淑登门说结婚的事，伍挺翔当即许愿为他们写喜联，为拟联还颇费心思。他题写的喜联是——

鹏归杏坛得恩爱伴侣开教育新风
淑遇英才结幸福姻缘走革命之路

主婚人邓梓华大声朗读伍省长的贺联作为结语，引来满堂喝彩。

焉朋之大声称赞；"真是佳联绝对，这书法有功力！"

53

黄怡欣投寄给《语文教学》的文章《当前中学语文教学存在的问题》早已被接受，但是迟迟未排期见刊。在黄敬齐过问之下，杂志社答应提前发表，通知黄怡欣来编辑部做最后的校订。她从杂志社回到家时天色已晚，进门迎面碰见宣素仪往门外走，两人相对一愣。宣素仪垂手恭立给黄怡欣鞠了一躬，急忙趔身出门离去。宣素仪从马府胡同去学校上班，天天从俞家门口经过，黄怡欣从未与她搭过话。今晚在自家院子里见到宣素仪，不免疑惑。

石蓓芝见怡欣回家了，来西厢房叫她，说是父亲有事说。秉轩示意她赶快去，怡欣惴惴不安地慌忙过去见公公。

俞正堂对怡欣说："刚才文觉非教授的太太来家，说文教授已经出来了，他只是属于边缘分子，没有判刑，学校安排文教授到中文系资料室工作，每个月给30元生活费。她来咱家是求你帮忙关照一下他们的女儿文潇雨，她该升初中了，希望文觉非的事不要牵连到孩子，影响文潇雨升学。"

怡欣说："我刚才进门正好碰见她，她什么话也没说，低头给我鞠个躬，原来是这么回事。"

怡欣是高中部语文教师，并不负责招生，她本来想说"那我问问"，又怕公公埋怨她敷衍，就说："好！"

俞正堂接着说："附中这几年招生都是汪书敏负责，你要专门对她说说，父债可以子还，但是这种事情不应该累及孩子。何况文潇雨尚未成年，不能耽误孩子的前程。"

文潇雨学习成绩优异，小学六年一直都是全级第一，升初中根本不是问题。但是她有两位同班同学受家长牵连先后退学了，一个男生的父亲是美蒋特务进了牢房，男生只得随母亲离开省城，另一个女生父亲是历史反革命，全家人都随她父亲被遣返农村老家。两位同学的遭遇让文潇雨自知前途不妙，暗暗做好被迫辍学的思想准备，打算一边打工挣钱帮助母亲，一边坚持自学。后来母亲被安排到印刷厂做临时工，再后来父亲又被放回来在资料室上班，文潇雨觉得自己的命运还没有那么坏，复燃起继续升读初中的强烈愿望。女儿体谅父亲的处境，不跟父亲说升学的事，既便说了，他除了自责完全无能为力。她悄悄对妈妈说："爸爸回来了，我上初中应该不会受到影响吧。住在太平巷的黄老师一家都是好人，同学们的哥哥姐姐都说黄老师是附中最棒的老师，你去求求她帮帮我，让我正常上中学，我一定会考出好成绩的！"

宣素仪的眼泪不禁夺眶而出，又欣慰女儿小小年纪却如此懂得事理。宣素仪从未与黄怡欣有过交往，只得去找俞太太。家里出事以后，宣素仪受尽白眼，俞太太作为街坊邻里却给予同情与照顾，本不应再去叨扰人家，但是女儿上中学的事又不能不顾，当即就去俞家。俞正堂夫妇都夸潇雨爱学习求上进是个好孩子，爽快答应帮忙。宣素仪深受感动，更心存感激，出门正巧碰见黄怡欣进门回家，于是对她深深一躬。

黄怡欣正为恢复组织关系的事情烦恼，这个节骨眼上真不想过问文潇雨升学的事，毕竟她父亲文觉非与胡风反革命集团有牵连。可是公公婆婆的态度让她不能坐视不管，特别是公公一向做事较真，如果自己只是虚应一下，惹得他动脾气发火还是小事，他一定会亲自出面去找陈方村和汪书敏，岂不越搞越复杂？何况文觉非已经回到中夏大学，还安排了工作，不至于影响他的女儿升学吧。

黄怡欣见到汪书敏，故意避重就轻地问："有个学生文潇雨是街坊邻居，今年考初中，想打听一下她分到初一哪个班了？"

汪书敏答道："我知道这个学生，录取名单有她，她考了第一名。现在还没有分班，不过这个文潇雨很可能分在初一甲班。”

黄怡欣听了暗自高兴，还想再落实，忙问道："确定是初一甲吗？"

汪书敏说："文潇雨是个顶尖的学生，分班时总是把考第一的学生顺手分到甲班。"

黄怡欣说："书敏，你就确定把她分到初一甲班吧，也算我替她打听到了。"

看来文潇雨升初中的事情并不复杂，黄怡欣高高兴兴向公公婆婆复命。石蓓芝在买菜时顺便告诉宣素仪："潇雨升中学的事你就放心好了。"

宣素仪把好消息告诉女儿，女儿放心了。发榜这天，榜单上初一甲班第一名果然写着文潇雨的名字。女儿回家高兴得搂住妈妈说："我虽然考得好，但是还得感谢黄老师的关心和帮助。不过，我还是不去他们家表示感谢了，免得有人说闲话，我要以最好的成绩报答他们一家人对我的关心。"

文潇雨顺顺利利升初中，宣素仪的担心已经化解，更不必再向文觉非细说女儿升学的事情，免得让他平添烦恼。

文觉非原本见长于中欧比较文学，但是疏于研究俄罗斯文学。为了跟上形势向苏联老大哥学习，他将研究重点偏向苏俄文学，选定深入研究契诃夫、托尔斯泰和和高尔基，先从契诃夫入手。为此他才给震旦大学甄树蘩写了一封信，不成想惹下大祸。虽然查来查去也没有查出他犯下滔天大罪，所谓成立"组织"不过是为了教学研究，但还是入了胡风集团"边缘分子"的圈，丢了教职不说还几陷牢狱。现在安排他在资料室做资料员已经是宽宏大量，仁至义尽了。

文觉非被放回来以后，一改谈笑风生的作派，原本表情丰富喜形于色的面孔变得木讷呆滞，终日颔首低眉沉默寡言，见了熟人总是有意躲避目光，顶多也就是道路以目。文觉非当教授时除了上课开会无须天天上班，系务也不是事事过问，现在来资料室上班朝八晚六雷打不动，一个星期至少还要值三个晚班。他的任务是管理资料室的书籍，每日按时值更画卯，任务单纯倒也清闲。说是监督改造，平日并无人监管他，开始无所事事，慢慢地自设了题目，开始蒐集专题资料，做做摘录和索引。文觉非在资料室终日伏案，偶尔嘴角微露难以觉察的一丝讪笑聊以自嘲，没想到自己因信惹祸以后，居然进入了"两耳不闻窗外事"隐士一般的境界。然而他每天回到家里心情却格外沉重，半年不见，妻子满头黑发平添雪丝，滋润光洁的脸上布满皱纹。当年宣素仪不顾父命，慧眼识才看上他这出身普通的一介书生，带着丰厚的嫁妆与他走到一起。他不时暗自取出宣素仪年轻时的照片细看，悔恨自己对不起这位端庄美丽的大家闺秀。

文觉非是满族正黄旗文札氏之后，八旗入关，文札氏一支进驻省城，文觉非的祖上就居住在城北康熙年间建起的满洲营。省城多次水患，满洲营屡遭侵蚀，到清朝末年大片房舍坍塌倾倒，八旗子弟只得四处流散。幸亏文觉非的先辈知书达理，到了文觉非的父辈，在八旗遗族之中尚能过上小康的日子。文觉非出身贫寒，却从小立志，刻苦读书，考上清华，毕业又去英国拿到伯明翰大学博士。虽然文觉非留学归来就受聘北大教授，但是很快就遇上八年离乱，他厌倦了颠沛流离的生活，决定直接从昆明回到老家安居乐业。如今落到这步田地，连养家糊口都难以做到，真是愧对岳父岳母的在天之灵，愧对妻子儿女。

宣素仪深知丈夫的心情，将养育孩子的重担挑到自己肩上，不但从不对他讲任何烦心的事，还经常开导他，让他放宽心。宣素仪说："你能平安回来就是天大的好事，你我每月还有60元收入，四口之家温饱尚可维持，只要我们身体好，孩子们勤奋读书，我们的生活还是大有希望的。你千万不要在意旁人对你的态度，很多人都是不得已而疏离我们，但是天下自有人情在。"

文觉非默默无语，只是紧紧地握着妻子的手，强忍眼眶里的热泪。他觉得妻子不仅美丽贤淑，还遇变不惊沉稳大度，要不是她养成平日里及时处理掉与亲朋好友往来书信的习惯，不知会牵连到多少人，惹下多大的灾祸。经过这一场噩梦，文觉非才真正体会到当初宣素仪嫁给他时说过的"夫妻风雨同舟"的意义，无限感慨。

宣素仪天天去印刷厂上班，印刷厂有个机械工谢自力对她不错。印刷厂几个工人当中数谢自力的年纪最大，厂里并没有技师这个职位，但是大家当面都称他"谢技师"。因为他在厂里爱管事，印刷厂的人背地里又叫他"二厂长"。谢技师看上去年纪比宣素仪大，实际上比她还小三四岁。他不嫌弃宣素仪是胡风分子家属，称她"宣老师"，平素对她很是照顾。印刷厂有时会分一些边角白纸头给职工的孩子作练习簿，谢技师不忘给宣素仪一份，对外承印连环画的残缺本人人有份，也少不了宣素仪的。最近印刷厂为郊区一个农产品加工厂赶印账册，加工厂送来一些花生表示感谢，谢技师照样分给宣素仪。印刷厂同事们没有对宣素仪另眼相看，令她感到欣慰和感激，一心努力工作，与大家和睦相处。

这天，印刷厂为赶任务，谢技师和宣素仪几个人很晚才下班。完成任务后大家都走了，谢技师维修印刷机，还要收拾凌乱的器具和纸张。宣素仪见他还在忙，就留下来帮他。等车间都整理好了，宣素仪要走，谢技师说："宣老师，反正是晚了，不急嘛，我送你回家。"

宣素仪一边洗手一边说："不用了，谢技师，你都忙累一天了。我家很近，出了西校门不远就是。"

谢技师说："宣老师，你的日子很难熬吧。我们难得说说话，不如来休息室里坐一会儿，休息休息。"

宣素仪正想对谢自力说"谢谢"，突然感觉"难熬"这话不对劲，警觉地要往外走。谢自力上来拉着她的手往休息室里进，一脸坏笑："来吧，往后好处多着呢。"

宣素仪一惊，但是立即定住神说："谢技师，我先生在厂门外等我下班呢！"说着使劲挣脱他的手。

谢自力顿时慌了，手一松，宣素仪像脱兔一样走出印刷厂。谢自力呆在那里自说自话："胡风分子，他，他出来了？"

宣素仪快步回家，一丝悲凉掠过她的心头。但是，快要涌出的眼泪马上被她收住，她不停地来回晃动那只被谢自力拉过的手，仿佛要甩掉沾到手上的污垢，袭扰她内心的悲凉马上被血管中奔流的傲气和勇气驱散。夜色中，宣素仪的嘴角露出轻蔑的冷笑，迈着沉稳的脚步进了家门。

第二天上班，印刷厂一切如常，谢自力既没有故意在她眼前晃动，也没有故意躲她。

第三天上班，印刷厂的气氛大变，平素和颜悦色相处的同事突然对她视若不见，个个冷若冰霜，甚至有人故意躲闪。倒是厂长像平素一样给她交代任务，不过又问了一句："听说你爱人回来了？"

宣素仪答道："是的，安排在中文系资料室工作。"

厂长没有接话，宣素仪以为厂长要辞退她，迟疑了一下，问道："厂长，我还来上班吗？"

"上班？当然了，照常上你的班。你，你要和你爱人划清界限啊！"厂长说完就转身去忙别的事，没有再说什么。

宣素仪明白了。

为了孩子的成长，她需要挣这每个月的30元钱。她认真工作，遵守纪律，善待每一位同事，为的是养家糊口。她不在乎别人的眼色，对冷眼和轻蔑可以忍让，但是绝对不能容忍坏人，也不会乞求别人脸色好看。宣素仪抱定这样的想法，心静如水，每日里心安理得上班下班。

第十八章

54

汪书敏是当年进入潭渊关中夏大学附中读书认识陈方村的，从此与共产党地下组织接近。她一直在陈方村直接领导下工作，陈方村不仅是爱人，还是上级和导师。陈方村脱离附中的工作以后，接替他的萧平在工作上处处掣肘，让汪书敏十分为难。汪书敏不想对陈方村诉苦，好像自己缺乏独立工作的能力，又想让陈方村知道萧平的为人。黄怡欣最近几次向她倾诉，说是难以容忍萧平的恶劣态度。汪书敏正好借黄怡欣之口说说这个萧平。

"方村，黄怡欣对萧平意见很大，说萧平的态度不好，一点也不关心她的组织关系问题。"

"黄怡欣的心情可以理解，这是她的政治生命啊。但是也不能全怪萧平，黄怡欣的事情确实很复杂，调查进展不顺利。"陈方村叹口气："黄怡欣说上级给她的联络暗语中有一个名叫胡申的邮差，她到潭渊关不久曾收到领取邮件的邮政通知，认为那是胡申要见她，可是邮政通知被别人耽误没有及时收到，错过接头的机会，从此与组织失掉联系。她一直想找到这个胡申，不知道有没有这个人，也许找到胡申，她的问题就可以搞清楚了。"

"我可以找黄老师谈谈吗？跟她相处多年，我一直把她当作老师。她为人正直，又有学问，是附中的优秀教师。为人要讲良心，她本是老资格的党员，我不能眼看着她受委屈。"

"当然了，我也这样想。俞先生是我的恩师，他们一家人人都是真性情。以前你是黄老师的学生，现在是她的领导，平时可以多跟她聊聊天，不要让她对你感到生分。不过，她组织关系的事，还是让她听萧平的吧。"

汪书敏关心黄怡欣，想帮助她恢复组织关系，但是陈方村不让她对黄怡欣直接谈组织关系的事。不过她还是记住胡申这个名字，打算问问父亲。父亲是卧虎山一带地下党的负责人，相信他一定知道胡申。说不定回家一问，黄怡欣的问题就迎刃而解了，让陈方村领教领教父亲这资深地下党员的重要性吧！

汪书敏的父亲汪圭垚1949年以后隐名埋姓沉寂了好多年，终于可以公开露面，但是不能再用汪圭垚这个名字，还要尽量避免在公众场合露脸，更不能在新闻媒体上亮相。于是汪圭垚把"汪"字拆开，自取了化名"江土"，但是没有得到批准。上级要他跳出原来姓名的框框，彻底改名换姓。从"汪"字里取"江"不行，他就取出一横一竖合成个"丁"字作姓。祖父因他五行缺土才为他取名"圭垚"，他舍不得丢掉其中的"土"，选了一个"埴"字，上级批准他姓丁名埴。

按照对待原地下工作者"降级安排，控制使用，就地消化，逐步淘汰"的处理原则，丁埴现身后得了一个闲差——省委地方党史研究室副主任。汪圭垚毫无怨言，改名丁埴活在人世总比隐名埋姓当个黑人好过。他倒是不甘寂寞，经常用一次性笔名发表地方史志之类的文章，连丁埴这个名字都不用。

汪书敏回家问起当年潭渊关邮局有没有一个叫作胡申的人，丁埴好记性，应声答道："胡申？哪有胡申？胡申不是一个人的名字，而是假托人名的联络暗语。"

潭渊关虽然地处偏僻，但是在抗战大后方却是三省通衢，是从中原通往西北西南的必经之地，国民党党政军卧虎山联合工作团在此布下重兵，以汪圭垚为首的当地共产党地下组织力量也很强，并在潭渊关邮局设有秘密联络站。联络站曾接到指示说有同志从西北到潭渊关，通过邮局的秘密联络站接头，接上关系后再转到中夏大学地下党组织。但是还没有等"胡申"这个暗语启用，上级又传下指令立即停用，因为掌握这个暗语的人已经叛变，使地下党蒙受了重大损失。国民党特务系统不知道叛徒已经暴露，还指望那个叛徒依着"胡申"这条暗语去查出共产党在潭渊关的地下组织，把地方和大学的地下党连锅端掉。其实共产党已经掌握叛徒的行踪，潭渊关联络站接到命令，如果叛徒用"胡申"这个暗语前来接头，就地处决。

丁埴告诉女儿："锄奸行动是我指挥的。"

汪书敏问父亲："那个叛徒来潭渊关了吗？

"果然来了，被处决了。"

"叛徒到潭渊关会不会先和中夏大学的什么人联系过？"

"除非他直接去找中夏大学的熟人，但是即便能找到，还是不能和地下组织接上关系。"

"中夏大学地下党知道联络暗语吗？"

"这个联络暗语只对我们的联络站，如果黄怡欣确实在组织，她必须通过联络站才能接上中夏大学地下党的关系。但是我们与中夏大学地下党之间的联系是间接的，还要通过中间人。"

"既然你们和中夏大学地下党没有直接关系，那陈方村被羁押时，你为什么把他放了？"

"当时我判断方村是进步学生，俞先生又拿着中夏大学的担保信，所以借故放人保护他。后来卧虎山工作团还是不依不饶，非要抓人，不是你冒雨步行走到潭渊关通风报信让他跑了？"

汪书敏说："原来你是故意让我去报信的啊！"又问："执行锄奸任务的那个同志现在哪里？能找到他吗？"

丁埴说："他叫柳舒，是个机智勇敢的好同志。他处决叛徒以后，邮局这个联络站就撤销了。柳舒很快转移，后来他随解放大军挺进大西南，我们就断了联系。"

汪书敏再问父亲："黄怡欣说，她曾收到邮政通知，要她去潭渊关邮局领取邮件，但是通知单被别人给耽误了，错过了联络的机会。邮政通知有没有可能是柳舒寄给她的？"

"我们只知道从西北派人来中夏大学，不知道具体是谁。那时从西北过来有一批人，如果联络暗语不取消，我们会设法从这些人里识别出要接头的人，那就有可能用邮政公事约她。但是暗语很快就作废了，我们没有必要再去找人，邮政通知肯定不是我们发出的。"丁埗分析道："估计叛徒被处死以后，国民党特务方面只知道黄怡欣的名字却无人认识她，就用钓鱼的方法诱使黄怡欣暴露，好顺藤摸瓜破坏地下党组织。"

汪书敏说："看来处决叛徒等于保护了黄怡欣。但是，假如，我说假如黄怡欣还是按照作废的暗语来找胡申，那会怎样处理？"

汪圭垚说："她不应该主动来找。如果她真的用胡申这个暗语主动找我们，我们只能认为她也是叛徒，照样锄奸。"

回忆起当年那些经历，汪书敏父女二人都不胜唏嘘感慨。汪书敏请父亲写个材料，丁埗欣然应允。丁埗写的材料很快到了省委组织部，组织部认为丁埗的材料可以佐证黄怡欣自述的接头暗语确实存在，这对确认她的组织关系是个关键证据。但是黄怡欣提供的证明人都有问题，入党介绍人郭景珅是叛徒现在监狱服刑，在西北联大单线联系的上线傅卓伦叛变早已被锄奸，鲁济川这个人一直找不到。虽然目前没有证据显示黄怡欣在与组织失联期间给党组织造成损失，但是尚不能确认她是否存在变节行为。总而言之，暂时还不能恢复黄怡欣的组织关系。

萧平得知省委组织部的意见，暗自得意，他知道黄怡欣一定着急来问，故意不告诉她。黄怡欣越是催问，萧平越是卖关子，能亲眼看着她情绪失落正好幸灾乐祸。黄怡欣也给萧平别扭上了，一见面就问他。萧平终于不耐烦，打起官腔说："好吧，我正式通知你，目前组织的结论是——继续调查，不能恢复组织关系。"最后竟然说起风凉话："怎么样，满意了吧。讲点组织原则好不好，请不要再没完没了地问了，学校党支部不是专门为你服务的！"

55

黄怡欣万分难过，她无法给同事细说自己的遭遇，刻意压抑激动的情绪，尽量不流露出内心的委屈。刘颖兹校长还是看出她的情绪波动，却不知究竟是什么原因，担心影响全市观摩教学，只能婉言宽慰，提醒黄怡欣全力准备公开课。

公开课和观摩教学是从苏联学来的先进教学经验，正在逐步推广。全市高中语文观摩教学即将举行，由中夏大学附中语文教师黄怡欣上公开课。黄怡欣优秀的课堂教学早已闻名，她已经在全校和全学区讲过公开课。刘校长希望黄怡欣的情绪尽快平复，一定上好这一堂课，通过全市观摩教学展示中夏大学附中的语义教学乃至学校整体的教学水平。

没想到萧平来到校长室，说："刘校长，听说黄老师近来情绪不好，公开课是不是考虑换个老师上，不一定非她不可。语文不行改数学或者其他什么课都行嘛，要不然就改期，等她情绪正常再说。不就是外校老师过来听听课吗？总之不要破坏我们附中的形象。"

刘颖兹大吃一惊，高二年级语文观摩教学事关全市所有的高中，黄怡欣早已做好准备，怎能说换就换，说改就改？刘颖兹正打算给萧平解释，黄怡欣进来了，她看见萧平也在这里，偏不正眼看他，只对着刘颖兹不紧不慢地说："刘校长，我们再研究一下公开课吧，有几个细节还要向你请教。"

观摩教学如期举行，如此规模的观摩教学在省城还是首次，省城各高中的语文教师悉数参加，还有一些学校的校长或教导主任也来了。省第一高中的数学老师为了准备下一次数学观摩教学，也来听语文课。教室坐不下，改在附中的小礼堂上课。

黄怡欣的公开课是高二年级语文，讲杜甫《兵车行》。她一开讲首先提问，请同学背诵自己记得的杜诗，这一别开生面的教学环节引起观摩者的极大兴趣。

只见学生纷纷举手，有人背诵《绝句》"两个黄鹂鸣翠柳……"，有人背诵《春望》"国破山河在，城春草木深……"，有人背诵《登高》"……无边落木萧萧下，不尽长江滚滚来……"，有人背诵《望岳》"岱宗夫如何……"

举手的学生越来越多，有个学生要背《茅屋为秋风所破歌》，黄怡欣表扬他并及时打住，说："很好，说明同学们知道不少杜诗，杜甫这首《茅屋为秋风所破歌》长诗就不在课堂上背诵了。刚才有同学背诵了一首《望岳》，你们知道杜甫这首诗吟咏的是哪一座山吗？"

学生几乎齐声回答："东岳泰山。"

黄怡欣又问："五岳之中杜甫还咏过哪座山？"

学生们稍有迟疑，片刻有人举手说："西岳华山，南岳衡山。"

一个学生举手说："杜甫还咏过太行山……"

学生中传出质疑的声音，不少同学朝他望去。黄怡欣示意大家安静，请那位学生继续说。

他说："老师，我只记住两句，欲渡黄河冰塞川，将登太行雪满山……"

同学们小声议论起来，教室里出现一些骚动。

黄怡欣能叫出每一位学生的名字，她笑着说："方启新同学你说的这首诗是李白《行路难》其中的一首。"

同学们笑了，有同学说："老师，太行山不在五岳之列！"

黄怡欣说："是的。方启新记错了，但是他显然读过不少唐诗。希望同学们多读一些唐诗，尤其是杜诗。要求同学们在课下详细了解杜甫的生平，每人写一篇三百到五百字的杜甫小传，这就是今天的作业。我自己也非常喜爱杜诗，特别是杜甫的七言律诗。这一节课我们学习杜甫为人民的苦难而写作的一首诗——《兵车行》。请大家打开课本，听我朗读……"然后她字正腔圆地大声读道：

车辚辚，马萧萧，行人弓箭各在腰。
爷娘妻子走相送，尘埃不见咸阳桥。
牵衣顿足拦道哭，哭声直上干云霄。
……

黄怡欣又带领学生齐读一遍，然后娓娓讲解起来。她说这是一首政治讽刺诗，诗人深刻地揭露了唐玄宗穷兵黩武造成的深重灾难，诗人对人民遭受苦难表达了真挚深切的同情。这首诗是杜甫自创的七言歌行，多处使用了民歌的"顶真"手法，还运用了对话和口语，使读者有身临其境的真切感，诵读起来音调和谐动听，朗朗上口。

由于听课的人多，不设课间休息，两节课90分钟一气呵成。学生们一直聚精会神，观摩者始终兴趣盎然，公开课圆满成功。下课时，参加观摩教学的老师们由衷地鼓起掌来。

黄怡欣自己花钱，在誊印社誊印了30份她在《语文学习》上发表的文章，她本想散发给来听课的老师。没想到来听课的人太多，给谁不给谁的不好办。正在犹豫，萧平在下课后现身了，他摆出一副领导架势拉住外校的老师，生硬地跟人家握手。看见萧平，黄怡欣决定不再散发，收起誊印好的文章，夹着教案走人。

黄怡欣的文章能够提前两期见刊，多亏黄敬齐的关照。她一定要把刊登她文章的这一期《语文学习》拿给黄敬齐看看，并向他表示感谢，还要说说观摩教学的事。

黄怡欣进了夏苑黄家的门，艾芳婷笑着说："怡欣，你来得正好，你黄伯伯都忙了一整天了，给他打打岔，让他休息休息。"

整风运动开始了，共产党邀请党外人士帮助共产党开门整风，身为民盟省主委的黄敬齐又是到基层调研开座谈会广泛征求意见，又是整理资料写报告，每天忙得不亦说乎。省里即将召开整风会议，黄敬齐要代表民盟发言，为了整理发言稿，他和秘书长栗明谦在家里忙了一整天。

黄怡欣来得正是时候，黄敬齐的工作刚刚做完，他对栗明谦说："这位大名鼎鼎的黄老师你是见过的，她的大作刚刚发表。别人都以为他是我的女儿，其实她是我的侄媳妇。"说完大笑，又大声问太太："芳婷，你说怡欣是女儿还是侄媳妇呀？"

栗明谦记得上次见黄怡欣，黄敬齐说她是"儿媳妇"，这次又成了"侄媳妇"，显然是在开玩笑，客气说："黄老师是有名的语文老师，敬佩，敬佩！"

黄敬齐说："她不但书教得好，文章也写得好呢。把杂志拿来，我看看。"

黄怡欣第二次见栗明谦，知道他是秘书长，也不回避，把杂志递给黄敬齐，说："黄老伯，多亏你指正和推荐，要不还不会这么早刊登出来呢。"

黄敬齐曾认真看过这篇文章的原稿，就大略翻了翻杂志，顺手递给栗明谦："她的文章外行也能看明白，说理透彻，文笔流畅，很有文采啊。"

说话间，艾芳婷端上饭菜，说是做了四个人的晚饭，四菜一汤，栗明谦只好留下一起吃饭。大家边吃边谈，栗明谦自称是黄敬齐的学生。这一次黄怡欣才了解栗明谦的身份和经历，原来他就是当年代表中夏大学学生自治会向廖宗甫表达反对南迁的那位经济系学生。

黄敬齐说起整风的事，赞扬共产党虚怀若谷开门整风，认真听取党外意见，真是旷世未见。他说："怡欣，你的组织问题为什么还没有解决，有那么难吗？毕竟你在党多年，更应该积极帮助共产党整风，让共产党更好，让中国更好。"

黄怡欣说："党中央的政策英明，但是基层总有些歪嘴和尚把好好的经文给念歪了，好政策不能贯彻到基层，这样的基层干部真是误国误民。"

黄敬齐说："怡欣哪，你说得太好了，我要把这条意见带到省委的整风会上去。明谦，你帮我记下来这一条。"

栗明谦正好夹了一块鱼送进嘴里，没有应声，只是微微点点头。

56

初夏，中夏大学党总支对教授讲师以及民主党派人士做了大量说服动员工作，将整风运动推向高潮。

党总支书记邓梓华召开中夏大学整风座谈会，号召大家本着"知无不言，言无不尽，言者无罪，闻者足戒"的原则大鸣大放提意见。座谈会原定在可容三十多人的大会议室里举行，不料一些未被邀请的人也来了。邓梓华说："既然大家积极参与整风，那愿意参加的都来参加吧！"

座谈会临时改在一间阶梯教室举行，在讲坛前面摆上一排椅子，邓梓华和学校领导还有资深教授都在这一排椅子就坐，面对着大家。其余被正式邀请的坐在前两排中间的座位，从第三排开始，座位留给临时参会的人，一百多个座位一下子就坐满了，还有个别站着的。与会的人虽多，发言的人却少，冷场好久，才有几个轻描淡写的发言，言不及义。邓梓华希望会议的气氛热烈一些，对黄敬齐说："黄校长，我工作当中肯定有不少问题，你就带个头，对我提提意见吧！"

黄敬齐看会场一片沉寂，邓梓华又点了名，就将他在省里整风会上发言的主要意思，结合着学校的情况说起来："既然邓书记点将，那我就冒昧发个言。我们中夏大学过去有个教授会，教授会设三位常委，我是常委之一，常委的职责仅仅是召集开会，所有学校大事都是在教授会上民主议决，一人一票。现在教授除了教书，连文章都不敢写，遑论治校。邓书记你是校长，我是副校长，你是共产党员，我是民盟盟员，你说了算数，我说了不算，我得听你的。我们两人本来有师生之谊，是你引导我向往光明奔赴解放区的，可是现在彼此间有一道看不见的鸿沟。我拥护共产党，但是共产党能不能与我肝胆相照？因为我早就加入了民盟，属于党外人士，表面上好像对我很尊重，实则另眼相看，并没有得到信任。"黄敬齐一发不可收拾："再说学习苏联，凡是先进的经验我们都应该学习，但是苏联并不是一切都先进，一切都要学。你说那个所谓的苏联专家卡普斯廷，为人尚且不合格，有什么值得学习，为什么一定要对苏联专家言听计从，非要拆分中夏大学？"

黄敬齐语惊四座，一时冷场。邵泉鹃一肚子委屈想提意见，但是他吃过苦头，话到嘴边硬是又咽回肚子里。中文系教授严伯箴也想发言，但是想到文觉非的遭遇，自己又没有人家黄敬齐投奔解放区的资历，感觉没有鸣放的底气，只是闷声不语。迟了一阵，想到一个自认为是小小的话题，没憋住，还是发言了："思想改造我有自知之明，修身齐家是我恪守的本分，但是我既无治国之意，更无平天下之能。为什么一说思想改造就要学习政治，每个星期都要花时间集中学习政治读报纸，我想不明白。我一介书生不懂政治，也不想过问政治，能不能让我专心教书做学问？"

一向谨小慎微少言寡语的严伯箴都开口了，贺之廷忍不住："我名为法律系主任却管不了法律系的事，因为法律具有阶级性，我不是共产党员，不属于无产阶级，所以没有发言权。现在国家取消了律师制度，庭审没有辩护律师，能保证法律公正公平吗？律师丢了饭碗，教法律的照本宣科讲阶级斗争，又没有任何法律实践，只能纸上谈兵，再加上法律系招生只论政治条件，不看学习成绩，大学的法学教育等于形同虚设。宪法上说的人民民主专政，实际上是无产阶级专政，教授又不属于无产阶级，岂不都成了专政对象？"

大家没想到贺之廷的火力如此猛烈，一时没人接话。邓梓华就点了何季平，让他发言。

何季平原本不准备发言，只好说："那我也提点意见吧。是这样，教务部门的党员太少，希望再派党员干部进来，加强党内外合作，更好地发挥教务管理的积极作用。"

何季平本是出口成章的人，多年在教务长任上，与各色人等打交道，磨炼出不抢别人的话头，说话慢一拍的道行。故意加上"是这样"三个字，意在减缓语速，给自己留下掂量下一句话的时间。久而久之，"是这样"成为他的口头禅。

听了何季平的发言，有人窃笑。黄敬齐说："季平兄温良敦厚，不像我口无遮拦，但他说的也是实情，党内党外确实应该加强沟通合作，不要什么都对党外人士保密。"

何季平觉得黄敬齐曲解了他的意思，但是对他的话未置可否，不再说下去。

邓梓华眼看又要冷场，就朝焉朋之望去。焉朋之看邓梓华有意让他发言，不等点名就说了："大家知道，解放前夕我是主动去找共产党的，共产党的领导与国民党就是不一样，我衷心拥护。让我做副校长，说明共产党看得起我。但是不是真正把我当成自己人，我心里没有底。我本将心向明月，一片赤心向着共产党。我希望共产党不要把我当路人，真正视为同志，当成自己人。"

一个叫作谭德荣的学生发言了："我们经济系因为来了苏联专家，改成政治经济学系，课堂上讲的全是计划经济。我们是来学经济学的，难道除了计划经济，我们不应该学一学其他模式的经济吗？苏联的计划经济确实成功，但是欧美的市场经济不是也成功吗？为什么我们不可以多了解一些，研究一下？我看都是官僚主义外行领导、盲目学习苏联造成的。"

黄敬齐并不认识谭德荣，这个学生的发言却引起他的关注。自从当上副校长，和学生接触少了，看来有见识的学生大有人在。

谭德荣一开讲，参会的学生纷纷发言，越说越激动，开始说的都是身边琐事，说着说着话题无限展开。一个叫作林韶翎的法律系女生说："我认为我们国家现在的社会主义是非典型的社会主义，真正的社会主义应该是很民主的，但我们这里是不民主的，少数人说了算，党员说了算。我们这个社会主义是在封建基础上产生的，我们要为真正的社会主义而斗争！"

林韶翎刚一停顿，谭德荣马上接上去："刚才法律系贺教授说到人民民主专政，宪法上写的是人民民主专政，得到全国人民的拥护。现在不提人民民主专政，硬说无产阶级专政就是人民民主专政，我看这是唯心主义。无产阶级对谁专政，对非无产阶级吗？那国旗上只要一颗星，把周围那四颗星都摘下来算了。这符合共产党的纲领吗？这是伟大领袖的思想吗？"

中文系女生江凤英说："正派的学生不能入团，团员都是会打小报告的，辅导员偏听偏信，孤立正派学生。学习成绩好的人都是走白专道路，那是不是成绩越差越进步？大学生还要不要认真读书学习？"

黄敬齐认为学生们所讲句句实情，学生都能看出问题，说明问题已经相当严重。他觉得自从当上副校长，不自觉地高高在上，与学生们的接触实在太少了。既为人师，以传道授业解惑为天职，以后还是要回到学生中间。

一直默不作声的仝慎鹏坐不住了，他认为学生们的发言太出格，可以说是太狂妄。不能这样听之任之，否则将难以收场。可邓梓华是会议主持人，看看他的态度吧。

邓梓华似乎没有制止的意思，不过他更希望听到教授们发言。

焉朋之已经看出仝慎鹏的表情，可是邓梓华不动声色。焉朋之犹豫要不要再发个言，把学生的话题引开去？

江凤英说完后稍微有点冷场，黄敬齐说话了："同学们眼光犀利，看问题比我们还透彻，真是后生可畏。邓校长让大家畅所欲言，我也想多听听同学们的发言，得到些启发。"

大多数学生原本是来看热闹的，黄敬齐的话等于发出号召，学生们马上争先恐后抢着发言。话题没有中心，也没有边际，有打断别人发言的，有纠正补充的，也有当场抬杠的。气氛很热烈，却有点失序。

焉朋之看准机会，大声说："雅静，雅静，这样乱哄哄的不大好。我看同学们的意见不少，而教授们还有好几位没有发言呢。邓校长，不如这样，我建议学生和老师还是分别开会吧！"

焉朋之的提议正合仝慎鹏之意，仝慎鹏说："邓书记，焉校长的提议很好，师生还是分开吧，让教授和学生都有更多发言机会。"

林韶翎当即反对："怎么，我们学生不配同教授一起开会吗？"

有的学生响应，有的起哄，也有个别学生离席。

邓梓华没想到出现这样的场面，他看看表，时间差不多了，就说："今天的会就开到这里。大家提了一些意见和建议，我们会本着有则改之、无则加勉的态度认真对待。开门整风嘛，只要真心帮助共产党，好的意见我们一定会采纳。各系各单位还要继续召开整风座谈会，有什么新的意见和建议欢迎大家继续提出来。谢谢大家，散会。"

第十九章

57

1957年6月8日这天，人民日报发表了《这是为什么？》的社论，揭开一场"阳谋"。随着火热夏天的到来，整风运动突然变成反右斗争。

曾经是同盟者的黄敬齐，从革命知识分子代表变成全省头号右派分子，而且属于"极右"。揭发黄敬齐右派言论的不是别人，正是民盟秘书长栗明谦。栗明谦是以共产党员身份加入民盟的，黄敬齐曾经跟他开玩笑说："明谦，你以前是中夏大学经济系的地下党，现在是民盟省委的地下党。"

栗明谦系统整理了一份黄敬齐右派言行，这份材料揭露黄敬齐披着"革命知识分子"的外衣，假借曾经投奔解放区的光环欺骗和蒙蔽群众，以帮助共产党整风为借口猖狂向党进攻。黄敬齐反苏反共，不仅反对向苏联学习，更反对共产党对大学的领导，胡说什么"党天下"，叫嚣教授治校，妄图以资产阶级政党取代共产党，借完善社会主义之名，行资本主义之实，是一个十恶不赦的极右分子。

中夏大学第二号右派分子贺之廷是披着法学教授外衣的反动分子，其实是一个不学无术的讼棍。他解放前勾结官府，包揽词讼，参与制造冤狱，打着"抗日英雄"的幌子到处招摇撞骗，一贯反对共产党领导，反对人民民主即无产阶级专政。这一次贺之廷假帮助共产党整风之名，行向党猖狂进攻之实，终于彻底暴露了反动嘴脸。

反右斗争疾风暴雨式地展开，起初斗争会只是教师和干部参加，后来扩大到全体教职工，再后来大学生也参加了。

邓梓华受到省委的严厉批评，说他严重右倾，对整风运动领导不力，对反右斗争的意义认识不足，放纵右派向党进攻。省委决定依照北京大学的模式组建中夏大学党委，由省委文教部部长葛绍瑭调任中共中夏大学党委书记兼校长。

葛绍瑭原是北大学生，"一二九"运动加入共产党。解放军围城之时葛绍瑭和邓梓华一起负责对中夏大学开展工作，策划中夏大学进步教授投奔解放区。葛绍瑭本来是想做中夏大学校长的，但是伍挺翔要兼校长，安排葛绍瑭去当省委文教部长。文教部名义上可以领导大学，但是伍挺翔是校长，葛绍瑭也不便插手中夏大学的事务。幸亏如火如荼的反右斗争来临，使葛绍瑭如愿以偿做了中夏大学校长兼党委书记，原来的总支书记邓梓华任党委副书记兼副校长

葛绍瑭奉着加强共产党全面领导的尚方宝剑进入中夏大学，他从省委文教部调来一位党委组织部长，全慎鹏任宣传部长兼马列主义教研室主任，栗明谦任统战部长，附中党支部书记萧平改任党委办公室主任。各系成立党总支，下设各教研室党支部和学生党支部，直接领导各单位的反右斗争。

葛绍瑭一上任就强调反右绝不能手软，要扩大反右斗争战果，彻底打垮资产阶级右派的猖狂进攻，还要在大学生中划右派，附中也要反右。校园里到处张贴着"打退右派猖狂进攻"、"打倒资产阶级右派分子"的大标语，大喇叭里斗争口号响彻云霄。大字报张贴到夏苑那些右派教授家门口，夏苑8号黄敬齐家的大门都被各色大字报糊严实了。

历史系暂时还没有配党总支书记，外语系总支书记陈方村临时兼顾历史系党总支的工作。外语系的反右已经开展起来，汤先志年轻气盛，自以为很进步，爱出风头，又看不起别人，人缘不好，这一次

抢了右派帽子，成为外语系第一个右派。历史系邵泉鹍上次运动挨过整，寒蝉效应令历史系的人不敢造次讲话。陈方村无从下手，找不出右派，只好向葛绍瑭请求说："葛书记，我是历史系毕业的学生，面对过去的老师不便开展工作，我能不能不再兼管历史系的工作。"

葛绍瑭不客气地说："方村同志，反右斗争对我们每个人都是考验，如果你不能从师生关系这个资产阶级人性的泥潭里跳出来，就会犯右倾错误，甚至滑到右派的边缘。"

陈方村出了一身冷汗，一时没有主意了，去找邓梓华请益。邓梓华由学校总支书记变成党委副书记，实际是明升暗降。陈方村还没来得及发问，邓梓华就说："听说了吗，我受了党内严重警告处分。"

陈方村大惊："是不是因为反右不够狠？"

邓梓华嘴角露出一丝苦笑，陈方村颓然坐下来，说："那怎么办？这一次历史系没有人敢出来大鸣大放，没有出头的鸟，我打谁呢？我是历史系毕业的，随便把老师打成右派？"

邓梓华叹口气："栗明谦是中夏大学经济系毕业的学生，面对老师手一点儿都不软。这次他负责中文系反右，又给文党非戴上右派帽子。他说，胡风分子当然是右派，还根据颜伯箴反右前的言论把他也划成右派了。"

陈方村像是被马蜂蜇了一下，无奈地说："那，那，那我……"

"自己去想。"从来不吸烟的邓梓华掏出一支烟，自己先抽起来，又递给陈方村一支。

陈方村也从不吸烟，邓梓华这支烟呛得他喘不过气来，出门就扔了。他决定，历史系的反右斗争就从邵泉鹍开始，这个人崇尚胡适思想，是当然的右派分子。

生物系报上来的右派名单里有赵理方，说他反对向苏联学习，但赵理方是全国有名的玉米杂交育种专家，对国家有贡献，在中央是挂了号的。葛绍瑭考虑再三，决定对他"内部戴帽"，暂不公开处理。

身边的同事都被打成右派，令焉朋之坐卧不安。从批判胡适开始，焉朋之就一直谨言慎行，可是他还是没有管好自己的嘴。那天邓梓华召开的整风座谈会上，眼看黄敬齐发言出格，邓梓华只是看了他一眼，并没有点名要他发言，可是他忘掉少说为佳的自我训诫，还是抢着发言了。幸亏事先打好了腹稿，话说得算是圆通，应该不会被抓到什么把柄吧？

中夏大学原来是邓梓华说话算数，现在是葛绍瑭当家，焉朋之决定主动找葛绍瑭汇报思想。焉朋之在葛绍瑭面前做了深刻检讨，流下热泪。葛绍瑭看透了焉朋之的心思，让他放下包袱，轻装前进。当年葛绍瑭参与策划黄敬齐和焉朋之等人投奔解放区，亲手把他们培养成为同盟者和革命知识分子的代表。现在黄敬齐和邵泉鹃已被打成右派，若是给他们全都戴上右派帽子，岂不抹杀了当年的功绩。黄敬齐忘乎所以向党进攻，被打成极右是他咎由自取，而焉朋之还知道收敛，没有那么狂妄，可以暂时放他一马。

葛绍瑭对焉朋之说："我看过你在整风座谈会上的发言记录，你的发言是真诚的，是希望得到党的信任，表达了向党靠近的愿望。希望你和右派分子彻底划清界限，不要只做党的同路人，要做与党同心同德的革命同志。"

一番谈话，焉朋之心中有底了，连夜写了揭发批判黄敬齐等右派分子的材料，还写了一篇题为《不能让右派分子在大学里翻天》的文章。让葛绍瑭过目后，这篇文章居然在省报上发表了。

萧平当上党办主任，暂时仍兼任附中党支部书记，他要用手中的反右大权拔掉两颗眼中钉，以解他受的窝囊气。

萧平的头号眼中钉是汪书敏。汪书敏是支部副书记，表面上对他顺从，内心并不服气，把汪打成右派，她就别指望接支部书记的空缺。不料还没等萧平动手，汪书敏父亲丁埴已被划成右派分子了。省委机关先从没有实权的部门里面找右派，丁埴所在的地方党史研究室正好是目标。形同虚设的副主任丁埴平素无事可做爱写文章，言多必有失，稀里糊涂成了右派分子。汪书敏一夜之间沦落为右派分子的女儿，已经无望当支部书记了。看在陈方村的面子上，先不打她右派，缓缓再说。

第二颗眼中钉是黄怡欣。萧平在党委办公室有机会看到有关黄怡欣组织关系的最新材料，在大西南工作的柳舒在一份材料中提供了重要线索：在处决叛徒傅卓伦之前，傅卓伦说还有一个人与他一起来潭渊关，柳舒本来打算将两个人一起干掉，但是发现傅卓伦已有警觉，只好立即锄奸，却放过了另外一个。另一份材料是邓梓华的老领导从东北寄来的，这位领导已从"高岗事件"中解脱。他证明当年这批从西北联大毕业的地下党员本来全部要去延安，后来革命形势发生变化，上级指示他们借助各种社会关系为掩护，尽一切可能潜入各个大学，充实各大学地下组织的力量。但是西北联大地下党负责人叛变，致使一些同志失去联系。省委组织部的意见是，根据这两份材料加上此前的调查结果，已经可以说明黄怡欣因为客观原因"失掉组织关系"，也未发现黄怡欣有变节或叛党行为，如果本人现行表现没有背离对共产党员的要求，可以恢复组织关系。

萧平像吃了一只苍蝇，难道黄怡欣就这么轻易地恢复党籍了吗，恢复党籍再连带恢复党龄，她摇身一变不就成了老资格干部！萧平心有不甘。正好栗明谦给他看揭发黄敬齐右派言行的材料，这是栗明谦的得意之作。栗明谦就是凭着这份材料，在反右斗争中立下头功，葛绍瑭把他从副处级提到正处级，当上中夏大学的统战部长。

萧平在栗明谦写的材料里发现一个重大线索——黄敬齐捉笔帮中夏大学附中一个女教师写反党文章，借讨论语文教学之名，行否定党的教育路线之实，这个女教师就是黄怡欣。

萧平无比欣喜。黄怡欣高傲自大，目空一切，蔑视党的领导，讥讽挖苦党员干部，在全省最大的右派分子支持下写反党文章，猖狂向党进攻，已经滑到资产阶级右派队伍里了。白纸黑字，铁证如山，她还恢复什么组织关系？

于是，黄怡欣成为附中第一个右派分子。

<h1 style="text-align:center">58</h1>

越来越多的人被划成右派，对右派分子惩罚之重超乎想象，原以为"人民和右派分子的矛盾属于敌我矛盾"只是强调问题之严重，没想到一旦定为敌我矛盾，不经法院判决就可入罪进监狱、流放或是劳改。为了分化瓦解右派分子，对他们的惩处方式有所不同。极右分子贺之廷被发配去青海劳改，颜伯箴去了北大荒。曾经投奔解放区的邵泉鹊被降了工资级别，贬到历史系资料室接受监督改造，待遇等同中文系的文觉非。赵理方虽然也被划为右派，但其时的育种研究属于"向科学进军"的课题，敌我矛盾暂时按人民内部矛盾处理，内部掌握，对外暂不宣布，戴帽留用，工资级别不动。头号大右派黄敬齐虽然属于极右，但是对他还是手下留情，工资待遇连降三级，贬到从中夏大学分立出来的农学院新建的附属农场劳动改造。

谭德荣林韶翎江凤英等学生中的出头鸟，成为首批大学生右派分子，而且属于极右。右派男学生大多流放祁连山，有些右派女学生进了河淀劳改农场。

中夏大学为了保持斗争气氛，把留在校内的右派分子文觉非和邵泉鹊当成"活靶子"，组织了多场批斗会。这天下午中文和历史两系在统战部长栗明谦主持下，联合批斗文觉非和邵泉鹊。

　　文觉非已经记不清被批斗多少次了，只感觉一次比一次更激烈，更严厉。以往的批斗会，他们都是和大家一起坐在会场里，会议开始才站起身接受批斗。这一次让他们两个先待在大教室后门外，听到里面一声断喝："把右派分子文觉非邵泉鹃押上来！"大教室过道里挤满了愤怒的与会者，两个右派分子低头穿过人群走向前面的批判台。只听口号声震耳欲聋，更有人挥舞拳头砸向右派分子，他们只能抱着头跟跟跄跄往前走，对挥过来的拳头躲避不及。

　　刚开始接受批判时，文觉非本着有则改之无则加勉的态度认真对待，洗耳恭听，准备老实交代。后来批判逐步升级，他实在无法将那些莫须有的罪名反诸己身。经过多场批斗之后，文觉非发觉除了说他是胡风分子之外，并没有任何人揭发出他的新"罪行"。他慢慢意识到批斗会在于批斗的声势和场面，而非让他当场交代回答，因为他在批斗现场无论说什么，只能激起更大的口号声。

　　为了增加反右斗争的战斗力，中文历史两系还邀请工人加入批斗者行列，有印刷厂的谢自力和校工容锡田等人。批斗会一开始就有人走上批判台对两个右派指指点点点，后来拳脚相加触及皮肉。文觉非被一位声泪俱下的批斗者扇了几个耳光，两腮立即红肿，嘴角流血。这时，印刷厂工人谢自力突然从后边猛踹文觉非的膝窝，他膝盖一阵剧痛，身体失控扑倒在地。会场上有人高喊："打倒右派分子文觉非！""文觉非不要装死狗！"群众纷纷响应，口号声一浪高过一浪。

　　文觉非匍匐在地不能起身，就有两个人上来从地上拉他。当文觉非从地上爬起来时，与坐在前排呼喊口号的栗明谦目光瞬间交集。文觉非想，他不曾是中夏大学的学生吗，何来如此深仇大恨？栗明谦在与文觉非目光碰撞的刹那，内心颤动了一下，一刹那过去，内心的颤动就蓦然消失。栗明谦不仅揭发了黄敬齐，还从胡风分子文觉非开刀，给他再戴上右派帽子，从此打开中文系反右斗争的局面。栗明谦在心里告诫自己：这是残酷的斗争，群众出于对右派分子的痛恨有一点过激行动是可以理解的，要斗争就不能有一丝一毫的温情可言。

文觉非颤颤巍巍站起来时，膝盖已经支撑不住身体了，只能弯腰低头。他身边的邵泉鹃虽然没有被打翻在地，但是裤子都湿了，不知是汗湿还是尿湿，腿在不停地颤抖。

文觉非浑身疼痛，头脑却异常清晰。他在开批斗会的这间阶梯教室里不知讲过多少堂课，做过多少场学术报告，每一堂课都是座无虚席，每一场报告都是满堂喝彩……但是今天，他就在自己熟悉的讲台上被当众扇耳光，又被踢翻在地。

批斗会终于结束了，等所有的人都离场以后，右派分子被喝令"好好反省，回家老实交代问题"。文觉非踉踉跄跄走出阶梯教室，他拭去嘴角的血迹，忍住膝盖的疼痛，在校园里缓缓而行。他不愿让妻子儿女看到自己这副狼狈相，想在外边呆一会儿，等脸腮的肿胀消散一些再回家。文觉非自从牵扯到胡风反革命集团被公安带走，他已经尝到厉害。哪料想反右这场暴风骤雨突然袭来，本来只是被认定为胡风集团的边缘分子，现在又平添了一顶右派分子帽子。老实交代无数次，非但不能过关，反而遭到殴打和羞辱，知识分子的颜面全被无情地剥光了。

已是晚饭时间，校园里行走的人不多，他见人就远远地绕道躲开，躲避不及就低头而过。文觉非走着走着，发现自己本应往西校门方向回家，却向北走近了夏苑。他在惠水河边停下脚步，看见河对面的夏苑22号。文觉非一家在夏苑22号这座两层小楼里住了八年，对小楼里的每一个房间，庭院里每一棵花草都非常熟悉，小楼里每一块地板上都有妻子宣素仪的足迹，每一寸空间都蕴含着潇雨和潇天两个孩子的气息。天色已经晚了，各栋小楼陆续露出灯光，但是他熟悉的22号却一团漆黑。自从文觉非因胡风分子被抓，他们一家就被驱赶出来，但是22号一直没有新人入住，据说最近开始装修了。一旦重新装修，原有的气息将荡然无存，这栋小楼也就没有任何留恋之处了。当文觉非脑子里出现"留恋"二字时，他凄然苦笑，小楼又不是自己的产业，本来就无可留恋，怎么会想到"留恋"了。留恋什么呢？留恋事业？事业早已终结。留恋社会？社会已经不容。留恋家庭？他已经成为妻子儿女的负累，不能尽到为夫为父的职责了……

文觉非蹒跚地继续往北，走走停停，他使劲摇头，想把萦绕在他脑海里的"留恋"这个词甩掉。文觉非觉得自己其实一点也不留恋那栋小楼，一家人住在那两间简陋的民房里反倒其乐融融。可是，他对不起妻子，对不起岳父岳母，结婚时他曾信誓旦旦承诺让妻子过好日子，现在却成了背弃诺言的不义之人。胡风分子这顶帽子让文觉非这个不问政治的人陷入政治旋涡，他已经认命了。在资料室工作久了，觉得生活还有点盼头。可是突然一顶莫须有的右派帽子砸到头上，让他的人格受到更大的侮辱。长此以往何时才是尽头？还有何面目见妻子和一双可爱的儿女……

文觉非逆着惠水河踟蹰而行，一路都听到哗哗的流水声，不知不觉走出小北门，到了镜明湖边。镜明湖是省城的风景区，地处城市一隅，白日里熙熙攘攘，晚间游人稀少，此刻湖岸悄无人迹，湖面风平浪静。湖岸边有一块大石，是游人驻足观湖的好去处，文觉非在大石旁边呆了很久。他先是沉思而后脑子昏昏然一片空白，茫然地蹚水下湖，不觉鞋湿衣湿也不知水冷，慢慢地涉向湖心水深处。有一次他在湖边散步，正好看见人们在打捞一对殉情的年轻人。看热闹的人指着湖心议论说，那里水深还有漩涡，很容易淹死人的。

湖水已经没过文觉非的肩膀，接近他的下巴。他停下来，稍稍有点犹豫，脑子里突然出现东方朔在《七谏·怨世》里的几句："愿自沉于江流兮，绝横流而径逝。宁为江海之泥涂兮，安能见此浊世？"文觉非心里默念两遍，不再犹豫，继续往深处走。他的头脑已经麻木了，"留恋"这个词不知在何时已经在脑海里消失。他深深地责备自己，在妻子儿女面前，自己的的确确就是一个罪孽深重的人，不必祈求他们原谅。早已一无所有，一无所能了，也不必给妻子儿女留下片言只字，留下一些废话又有何用……

文觉非彻夜未归，宣素仪苦苦等了一夜。宣素仪只知道昨天下午文觉非又挨斗了，但不知他在斗争会上受辱的细节。他们夫妻心心相印，宣素仪深知丈夫在挨斗时承受到的精神折磨是无法想象的，他不想带着颓唐的狼狈相和戚戚愁容回家，想必是在某个僻静的地方独坐或是徘徊以舒缓自己的情绪，等心情平复再回家。她不愿意往坏处去想，相信天亮之前丈夫就会推门进家。

一大早，在小北门值班的容锡田突然看见惠水河小水坝拦住一具浮尸，走近细看大吃一惊，尸首居然是昨天下午他在场亲眼见到被谢自力踹倒的文觉非。保卫处和公安的人很快来到现场，经过勘察认定没有他杀迹象，死者是溺水死亡，因为该日镜明湖往惠水河放水，尸体随着湖水流经涵洞，漂浮到校园围墙里面的小水坝前。

一些在镜明湖边晨练的人也从小北门进来看热闹，有人议论说："听说淹死的人是中夏大学的教授，你看，人死了，尸首又漂回到大学里。"

59

俞正堂为文觉非投湖自尽感到震惊。他在黄敬齐最初挨斗时曾想过，让"黄疯子"吃点苦头也好，彻底治治这个老乡和挚友张狂了几十年的老毛病。但是他万万没有想到，批着批着，黄敬齐这个共产党培养出来的"革命知识分子代表"变成了"极右"的首恶反动分子。黄敬齐有一万个不是，他一心为中夏大学发展着想绝对是真诚的。中夏大学已经伤筋动骨，又眼看着教授们一个个被打成右派，昔日的同事友好变成罪人，俞正堂极度灰心难过。八年离乱，一年南渡，中夏大学都挺过来了。如今中夏大学的校园虽在，大学的精神已全然改变。教授们被打残了，打散了，患难与共的同事们的心血和千辛万苦都付之东流，中夏大学已经失去了灵魂。

俞正堂连着好几天在校园里徘徊，在明德大道上往复踱步，在辜青岩手书"桑梓"二字的嵩山石前静默。他默默地对长眠于嵩山石下的辜青岩倾诉：辜先生，你设计的建筑犹在，但是这些建筑承载的传统与精神已经今非昔比了。幸亏你早已远离尘嚣，不必再为此纠结和烦恼……

他沿着惠水河在小树林里盘桓，心中的郁闷始终不能排解。俞正堂想到贺之廷，他是共赴国难的老同事，他的命是从日寇铁蹄下捡回来的，他面对国民党的强权宁折不弯，是一个正直的人，如今却被流放到青海，不知他还能不能再一次把命捡回来。还有自己的儿媳，她根本就是共产党，找共产党苦苦找了十几年，何至于去反对共产党啊。

俞正堂从未像现在这样迷茫，他想找到答案，想找个人无拘无束地探讨一番，求个明白。但是他不想和儿子说，深知他的苦楚，说这些徒增他的烦恼。他又不能对自己的好友和同事诉说，现在任何私下的交流都可能祸从口出。俞正堂原本是一条铮铮铁骨的硬汉，从不畏惧任何艰难困苦，但是现在他感到似有无尽的黄沙自高处向他身上倾泻，黄沙埋到他的胸口，迫使他无法喘气。俞正堂一生谨言慎行，从不张扬，但又不甘总是把苦闷郁结在心中，他还是想倾诉，他想到邓梓华。

他想见邓梓华不是因为他是学校的领导，只因他曾是自己的学生，俞正堂想和这个曾经的得意门生好好谈谈。

俞正堂到了邓梓华办公室，却遇上萧平在这里。俞正堂不认识萧平，深谙为官之道的萧平却认得他是宣传部长仝慎鹏的老丈人，省长伍廷翔的老乡同学，邓梓华的老师，还是右派分子黄怡欣的公公。俞正堂居然随便进到校党委副书记的办公室里，可见他和邓梓华的关系非同一般。再说谁都知道他的女婿仝慎鹏是伍省长的人，后台硬得很。萧平感觉这大学里的人事关系太复杂了，自己刚从附中踏入大学门，遇事需要考虑周全，趋利避害，不要惹祸上身。

俞正堂见办公室里还有别人，愣怔一下正欲退出，邓梓华没想到俞正堂会来到办公室，坦然地对萧平说："萧主任，我约了俞老师谈话，你让小丁送杯水来吧。"

邓梓华办公室里有暖水壶和茶杯，他从不让别人斟水，萧平明白邓梓华有意屏退他，知趣地赶紧出去，但还是让办公室的小丁送过去一杯水。

邓梓华起身把小丁送来的那杯水放在一旁，亲手另外给俞正堂斟上茶，和他促膝而坐，说："老师，你怎么来了？"

俞正堂双手捧着茶杯，沉吟良久："梓华，我有许多话想跟你说。"

邓梓华诚恳地看着俞正堂："老师，但说无妨。"

"梓华，从蓝浒镇回来你正式进入中夏大学，我心里真高兴啊！我的学生成了掌门人，中夏大学哪有不兴旺发达之理！大学非大楼之谓也，大师之谓也，这不只是清华梅贻琦说过的话，这是至理之言。可是教授们七零八落，中夏大学被大卸八块，我们毕生的心血都付诸东流了！"俞正堂的声音不大，语气特别的沉重。

邓梓华一边听，一边揣测俞正堂后面的话题。他的双手不停地互搓，流露出内心的悸动。他很矛盾，既想听俞正堂说下去，又想马上打住他，他往门口望了一眼，凑近他，问道："怡欣怎样了？"

俞正堂说："我本不打算说她。当年是上边派黄怡欣来中夏大学找地下党的，她为了回到共产党，苦苦等了十几年，找了十几年，她会反对共产党吗？"

邓梓华把两手摊开："老师，这也是我苦苦思索的问题，但是我解答不出来。方村也很苦恼，他在家里担心书敏为她父亲的事情想不开，学校的事情又左右为难。外语系路秋影老师是解放前夕入党的，有人揭发她散布苏联专家的流言蜚语，揭发她的人已经被划成右派了，还要把被揭发的路秋影也划成右派。方村下不去狠手被批评右倾，如果不把路秋影划成右派，反右斗争的任务完不成，他自己就可能成为右派。"

俞正堂顿时无语，儿子秉轩回家从不说外语系的事情，俞正堂不知道的太多了。

邓梓华说："老师，我的思想已经落伍，跟不上形势了。学生说句不敬的话，你就更跟不上形势了。我劝你不要去想，更不要说，让历史做出回答吧。"然后他将话题一转，压低声音却加重语气："老师，你内心的疑惑没有对令婿说过吧，没说最好。我再交代一句，秉轩是个稳重的人，他也要少说话。老师，你一定要好自为之啊。"

俞正堂知道谈话只能到此为止，不由得轻叹一声，说："梓华，要不，我提前退休吧？"

邓梓华说："哪能退休呢。老师，远离是非，专心办好农场吧！"

俞正堂突然觉得邓梓华显老了，起身握了握他的手，说："梓华，你鬓上有白发了。"

第二十章

60

反右的节骨眼上，附中新来了党支部书记。黄怡欣希望新官上任会有些新的想法，自己的事情或许会得到缓解。她打算先咽下这口气，找新来的书记好好谈谈，好歹过了眼前这一关。

新来的党支部书记叫刘士俊，据说他早先曾是省委文教部的收发员，经葛绍瑭一手提拔，来接替升官的萧平。刘士俊和萧平是老乡，两个人一样的口音，一样的黑黄脸膛。不过刘士俊的个子比萧平稍高，长下巴，挺硬气的样子。

萧平给刘士俊交底，之所以把黄怡欣打成右派，倒不是因为她说了什么话写了什么文章，而是有太多人为她鼓掌，学生老师中有太多人崇拜她，她还专挑书记的错别字，传播书记说错的话，出书记的洋相。如果放任她这样狂傲，那书记的威信何在？党的威信何在？所以必须给她戴上一顶沉甸甸的帽子，彻底打掉她的傲气，让她威风扫地，永远噤声。

黄怡欣只是想和新书记平心静气地谈一谈，不料刘士俊见面一拍桌子，对黄怡欣喝道："和你这个右派分子有什么好谈。只许你老老实实，不许你乱说乱动！老实交代问题，等候处理吧！"

黄怡欣从未想到事态竟如此严重，这个刘士俊连抬手不打笑面人的人之常情都没有，初次见面就像奴隶主喝斥奴隶一样对她。刘士俊上任第三天就宣布了对附中几个右派分子的处理，黄怡欣得到的"处理"是开除公职，停发工资，每月15元生活费，到郊区十八里铺监督劳动。刘士俊说，黄怡欣本来应该去河淀劳改农场，念其孩子尚年幼，才就近安排到郊区农村劳动改造。

黄怡欣彻底幻灭，这顶沉重的右派帽子就是要把她往死里整啊。没想到的是，对她的处理一宣布，多数人似乎受到鼓舞，会场立时狂飙起"坚决打倒"的口号声，此起彼伏。黄怡欣不想当着众人狼狈地走出会场，挺胸抬头缓缓向外走，竟有两个泼妇一般的人上来硬是要她低头。

心高气盛的黄怡欣总算看清了那些批判者们伪善的面目，嫉妒冷漠幸灾乐祸落井下石，总之全都昧着良心。她觉得那些连篇累牍批判她的大字报全都是一派胡言乱语，心里有一千个一万个不服气。但是她不明白那些平素敬仰她的学生们为什么在批斗会上个个义愤填膺，怒气腾腾地举起拳头高呼"坚决打倒黄怡欣"？她究竟做错了什么会伤害到学生？她不相信这些可爱的孩子们真的痛恨她。

走出会场，离开附中，黄怡欣的头痛了，脚软了，她想不明白这究竟是为什。一个人热爱共产党向往共产党追随共产党，甘冒生死加入共产党的人怎么就犯了"反党"的天条？她寸步难行再也走不到家了，就算回到家，怎么面对公公婆婆，怎么向秉轩交代，三个孩子怎么办啊？黄怡欣天生就有逞强好胜的秉性，她不会恃强凌弱，但从来不甘居人后，但是连续的批斗让她受尽羞辱，颜面尽失，头上这顶右派帽子真要把她压垮了。

黄怡欣突然想到前些天投湖自尽的文觉非。黄怡欣对住在附近的文觉非一家并不关心，她过问文潇雨升学的事只是奉公公婆婆的嘱托，她跟宣素仪低头不见抬头见却从不主动打招呼。此时此刻文觉非的名字却在黄怡欣的脑子里盘旋出现——文觉非为什么投湖？为什么？为什么？她身不由己地往镜明湖走去……

到了傍晚时分，镜明湖边人踪渐稀，湖面像一面镜子反射着落日的余晖，光波随着湖上的水波晃动，忽闪忽闪让人目眩。黄怡欣呆坐在湖边，望着令人迷茫的粼粼波光，眼睛不由自主地在搜寻文觉非的沉湖之处。从不相信命运的黄怡欣突然想到命运了，是不是因为自己太争胜好强，要受命运的惩罚了？到底该不该认命呢？面对风波微荡的镜明湖，黄怡欣的思绪开始凌乱，萧平和刘士俊不就是想把她往死里整吗，干脆一死了之吧？

夕阳已经退下，晚霞也收尽了，湖面变得暗淡起来。黄怡欣胡思乱想着，下意识地下到湖里，趟着水往湖心走去……

"黄老师，黄怡欣，黄怡欣老师！"

正涉水走向湖心的黄怡欣隐隐约约听到有人喊她的名字，她的心紧缩了一下，难道那些牺牲的地下党的战友呼唤她？莫非是文觉非喊她？与文觉非并不相熟，他乱喊什么？她又感觉呼唤的声音并非来自湖底深处，而是从身后传来。她不由自主地回头望去，果然有人在岸边呼唤着向她招手："黄老师，黄老师！"

黄怡欣定住神，看清了喊她的是个女人——宣素仪，胸中顿时生起一股怨恨之气。她来干什么？她一直在追踪窥视我，看我的笑话吗？黄怡欣不想搭理这个女人，但是下意识地停住涉水。

站在岸边的宣素仪见黄怡欣停下来回头望她，赶忙连声喊道："黄老师，我刚从你家门口过，你家老二摔倒碰破额头，流血呢，正在大哭，你赶紧回去看看吧！"

黄怡欣不想在宣素仪面前失态，在湖水中站定，存心不理会她。

自从文觉非那天晚上投湖身亡，宣素仪每天晚饭后交代好孩子，照例出门，走到镜明湖，在岸边那块大石旁边静静地坐下来，等夜色开始笼罩湖面时再踱步回家。宣素仪满怀的伤感无处倾诉，就这样默默地追悼丈夫的亡灵，她想给文觉非传递过去一个信息：千难万苦，一定要将一双儿女抚养成人。

这晚，宣素仪正在湖边呆坐，忽然看见湖水中有一个人，她先是吓了一跳，以为是文觉非现身，定睛一看原来是个女人，再仔细看竟然是黄怡欣！前些天她听女儿潇雨放学回家说："黄老师被打成右派分子了，她是我们附中最棒的老师，我最佩服她，为什么好老师都被打成右派？"

宣素仪大惑不解，万万没有想到这么一个优秀的中学教师也是右派。她不明白为什么这些犯了"胡风罪""右派罪"的偏偏都是好人，那些恶人歹人恶作剧写讹诈信的又是什么人呢，都是左派？

宣素仪眼看着黄怡欣正一步一步涉向湖水深处，突然意识到她是打算投进湖心那个漩涡。她年纪轻轻不能走这条路啊，她有三个未成年的孩子，孩子不能失去妈妈——宣素仪慌神了。呼救是无用的，秋季一过，傍晚时分镜明湖边的游人就少了，现在更不见人影，自己又没有一点水性，下水去拉她只能同归于尽。宣素仪与黄怡欣平素没有任何交集，黄怡欣从来不与她搭话，这个时候不可能对她好言相劝，只能大声呼唤，吸引她的注意力。

黄怡欣没想到此时此刻竟然会遇上宣素仪，她开始只听到宣素仪叫她的名字，并没有听清楚她喊什么，但是她的注意力被转移了。她停下来想，不能让这个资产阶级女人见证自己的穷途末路，不能当着这个女人的面去赴死。可是接下来应该怎么办呢，在湖水中停下来还是回头上岸？

宣素仪还在不停地呼喊，黄怡欣终于听清楚她在喊叫什么——老二的额头碰破了，流血了。黄怡欣不再去揣摩宣素仪突然出现在湖边的原因，也顾不上去怀疑宣素仪有没有恶意，她脑子里满是儿子额头流血嗷嗷大哭的样子，连忙回身踏水上岸，全然不顾溅起的湖水。上岸与宣素仪擦肩而过时下意识地对她说了一声"谢谢"，飞奔回家。

这一声轻微的"谢谢"令宣素仪到欣慰，说明黄怡欣的头脑已经清醒，回心转意了。

黄怡欣一路小跑到家，开门只见老大老二带着妹妹正在院子玩耍，老二看见妈妈回来，张开小手一路叫着扑向妈妈。黄怡欣一把将老二揽入怀里，儿子问："妈妈，外面下雨了吗？你的衣服怎么湿了？

黄怡欣连忙抹去喷涌而出的泪水，仔细看儿子的头和脸，不见一丝血迹和伤痕——她明白了宣素仪的良苦用心，抱着儿子的小脸猛亲。

天色已黑，早过了晚饭时间。婆婆公公还有丈夫陆续从屋子里出来迎黄怡欣，婆婆说："怡欣，你回来晚了，都等着你吃饭呐。"

黄怡欣觉得今晚家里的气氛有点特别，她怀抱着老二对婆婆说："母亲，我想和秉轩在我们屋里吃晚饭，我有重要的事情跟他说。"

婆婆说："晚饭已经放到你们屋里了，把孩子给我，你俩快去吃吧。"

怡欣和秉轩回到自己房间，饭菜果然已经摆好在桌子上。怡欣急着换衣服，秉轩才发现她的衣服都湿了，怡欣支吾说自己赶路，不当心碰翻了路边谁家的水桶。黄怡欣其实无心吃饭，她在想要不要将附中对她的处理结果和盘向秉轩托出？正在犹豫，秉轩说："先吃饭吧，今晚母亲做了你最爱吃的黄焖鸡。我都饿了，你一定也饿了，吃饱了咱们再慢慢说话。"

秉轩说着，打开一个小笼屉，碗里的黄焖鸡溢出香气，怡欣直觉一股饿意涌上来，忍不住夹起黄焖鸡大快朵颐。她边吃边看着秉轩那沉稳的样子，想着刚才回家进门时公公婆婆的神态，还有这美味的晚餐，这些都暗示着他们全都知道了，并且不露声色向她传递着理解和安慰。

秉轩终于开口了："秉贤今天回家了，说是季瑞淳被划成右派了。"

秉贤医学院毕业后在市人民医院当医生，妹夫季瑞淳出身于中医世家，是医学院内科学讲师，一个典型的知识分子。他们是在秉淑结婚的第二年成婚的，夫妇互敬互爱，儿子都好大了。

怡欣没想到秉轩开口先说妹妹秉贤的事，更没想到一心钻研医学从不惹事的妹夫季瑞淳也被打成右派，愣怔了。

秉轩说下去："秉贤回家问，要不要跟季瑞淳离婚。父亲把秉贤骂了一顿，说绝对不能离婚。季瑞淳既不是道德败坏，也不是刑事犯罪，右派的问题复杂得很，谁能说得清楚。夫妻应该患难与共，哪能轻言离婚。"又说："你知道外语系的汤先志吧，他被送去河淀农场劳改了，是被人从家里带走的，她的爱人从屋里追出来给他递牙刷牙膏，出门绊倒了，怀了六个月的孩子流产了。汤先志眼看着妻子摔倒在血泊中，却一刻也不能再停留，这不是生离死别吗。没想到汤先志没走几天，他爱人就要跟汤先志离婚。我并不待见汤先志，现在觉得他好可怜，他爱人在这个时候跟他闹离婚，这不要了汤先志的命！"

怡欣听了默然无语，过了好一阵才说："对我的处理，你知道吗？"

秉轩缓缓地说："汪书敏告诉陈方村，方村都给我说了。不就是去十八里铺吗？你去那里劳动劳动，休息休息脑筋，锻炼锻炼身体也挺好啊。孩子你就放心吧，爷爷奶奶疼孙子，比我们还亲呢。"又说："你忘了，十八里铺附近有一个水库，去年我们还带孩子去那里玩，在水库大坝上放风筝呢。"

怡欣眼泪夺眶而出，她听出来秉轩故意轻描淡写，既是表达对自己的同情，也在掩饰他自己内心的苦楚。秉轩说到水库，怡欣心头一颤，想起刚才镜明湖那一幕，意识到那一步是走错了。她对宣素仪心存感激，宣素仪挽救了她的性命，挽救了她的家庭，更挽救了三个可怜的孩子。秉轩说起和孩子一起放风筝的往事，黄怡欣眼泪又不禁涌出，她在奈河桥上回过头来，就是为了孩子。

秉轩一向认为自己的妻子很完美，是充满才情的美人，先知先觉，敢说敢为，是老资格的共产党，还是温柔的妻子，慈爱的妈妈和贤惠的儿媳。秉轩实在想不通为什么要把这样一个完美的人打成右派分子，黄怡欣怎么可能是共产党的反叛者呢？俞秉轩越想越不明白，只想出一条来，对怡欣说："我不知道知识分子的命运究竟掌握在谁的手里，反正难以驾驭自己的命运。无论何去何从，我们必须活下去！"

61

大学校园里的知识分子虽然经历过批判胡适和反胡风，唯有这一场反右才使他们真正尝到了"运动"的滋味。批判胡适不过是自我检讨，反胡风涉及的大多是文艺圈内的人，波及面不大，整个中夏大学也就是出了文觉非一个边缘分子。右派分子是按人头比例划的，反出一大批"敌我矛盾"，每个系甚至每个教研室都有右派，家里出了右派而家破人亡的不在少数，其震慑作用之强大难以言表。教授们再也不敢随便说话，非党的系主任等同虚设，总支书记支部书记才是真正的领导。同事彼此见面只说天气不苟言笑，避谈校务遑论国事天下事，那些桀骜不驯狂妄自大的学术权威们个个变得谨小慎微夹着尾巴做人，见到共产党员都陪着一万个小心。那些平素爱聚在一起喝茶闲聊的打桥牌的摸麻将的一律收敛，连那些习惯在家里自饮自酌的，也在出门之前使劲漱口，唯恐满嘴酒气被人说成在家里喝闷酒。

这一场反右运动让钱其庠受到极大震动，他一向潜心做学问，为人低调，既不争名更不争利，但是尽人皆知他是研究核物理的，别人不免对他有各种猜测。听说上面早就要把钱其庠上调北京，可是他说他是本省人，坚持不去北大清华中科院，非留在中夏大学不可。

师弟禹堑留学归国来到中夏大学，钱其庠就把物理系主任的担子撂给他了。禹堑积极得很，虽然没有见他揭发谁，但是批斗右派却冲锋在前。他的口才好，批斗黄敬齐贺之廷的发言引经据典上纲上线，观点明确，言语犀利，鼓动性强，瞬时间就能把批斗的声势调动起来。院系调整以后取消了学院的设置，钱其庠不再当院长，乐得无官一身轻，从此除了做研究只来上几节课，再不过问物理系的事务。他和禹堑不同，批斗会上他只随着大家举手张嘴喊口号，表态而已，从不慷慨激昂地发言。

钱其庠是少白头，头发灰白而蓬松，有人说他的发型像爱因斯坦。这话传到他的耳朵里，赶紧剪掉长发，短发也梳理得整整齐齐。钱其庠平素很少与人来往，更不主动与人攀谈，既不登别人家的门，也极少待客。反右以后，他越发感觉夏苑空间狭小，一出家门与教授们低头不见抬头见，见了面又无言以对令人尴尬，所以他整天蜷缩在家里，尽量闭门不出。

最近夏苑出了一件事，一个年轻女人从开宝塔高层跳下摔死了。宝塔内虽有阶梯可以盘旋而上，但是阶梯越往上越狭隘，漆黑一团没有照明，很难攀到顶层。宝塔首层的门洞有铁门锁闭，除了专业人士从来没有闲人进入。这个跳塔的女人居然拉断铁门上锈蚀的铁链，钻进去爬到高层，从塔身的明窗一跃而出，粉身碎骨。

尸首惨不忍睹，却引来不少人围观。他们来看年轻女人跳塔自尽这件稀罕事，顺带参观校园里的神秘院落夏苑，一边看收尸一边议论纷纷。

"跳塔的这个女人是中夏大学的女生，还年轻呢。"

"听说是殉情。"

"恐怕不简单，要殉情投镜明湖不更容易？何苦挣断铁门爬那么高。"

"她是从第十层的明窗往下跳的，为什么选这一层？"

"爬不到塔顶呗！"

"那才不是，十层的明窗是朝南的，她死也要对着中夏大学。"

还有人对夏苑评头论足："这个院子里住的都是教授，是资产阶级知识分子的大本营，阴气太重，开宝塔都镇不住邪，难怪有人跳塔。"

……

后来查明跳塔自尽的是原中夏大学中文系女生江凤英，她是发配到河淀农场劳改的右派分子。江凤英擅离农场潜回母校进入夏苑，从开宝塔十层的明窗跳塔自尽。

过了几天，极少来夏苑的党委副书记邓梓华突然带人查看出事现场，他沿着塔基兜了好几圈，还从塔底往塔尖上张望多时。他看了好一阵，没有说什么话，只是让工人重新给最底层的铁门用比大拇指还粗的铁链加上巴掌大的铁锁头严严实实锁住，再把塔基围上一圈两米高密集的木栅。

跳塔事件发生后，这座被惠水河环抱的夏苑传出闹鬼的流言。钱其庠对闹鬼的流言嗤之以鼻，但还是以夏苑太潮湿，他有风湿关节炎为由从学校搬家到校外，从此在校内更少露面。他的课不多，来校多半是进实验室，但是校系两级召开的会议从不缺席。开会时他总是竖起耳朵细听别人说的每一句话，如果要他表态，他总是说"那好，那好"，或者"可以，可以"，很难确定他的意思究竟是什么。如果一定要他表态，那自然是附和已经达成的共识，赞同做出的决议，或者把领导说过的话重复一遍。他倒是常有带着研究生或者助手出差的机会，一去短则十天半月，长则一两个月，有一次他整整一个学期都不在学校。有人说他去开会或者在外边做实验了，究竟做些什么从不听他对别人说起过，他的研究生和助手也都守口如瓶，愈发显得神秘莫测。

钱其庠是中夏大学不多的研究生导师之一。钱其庠有一个研究生兼物理系助教名叫朱襄征，年纪不到三十岁，家庭背景却极其显赫。他的父亲朱毅蒙是早期共产党人，曾打入国民党高层，多次获得国民党高端机密情报为共产党立下大功，可惜终因身份暴露被捕，临刑前高呼革命口号英勇就义。朱襄征的母亲一直在上海的共产党地下中央机关工作，后来因叛徒告密地下机关遭破坏被关进提篮桥，在监狱中壮烈牺牲。成为流浪孤儿的朱襄征10岁时被共产党组织送往苏联伊万诺沃国际儿童院，他在苏联长大成人后，进入莫斯科大学学习放射化学。毕业后在苏联呆了两年，回国先在中科院放射化学所工作，后来被指派参加一项机密的研究项目，需要补习核物理。他要学习的理论正是钱其庠的专长，于是来到中夏大学师从钱其庠教授。

朱襄征不是科班学物理的，又是莫斯科大学毕业，只懂俄文看不懂英文文献，说是读钱其庠的研究生却没有经过他的考试。总之，钱其庠对朱襄征不大满意，但是朱襄征由上边指派而来，钱其庠必须接受。好在朱襄征的门路广，总是能为他联系到一些机密的实验室做实验，而且听话。朱襄征还有一点别人做不到的，他可以为导师买到市面上很难见到的咖啡，钱其庠慢慢也就接纳他了。

钱其庠承担的一项重大课题进入关键的计算阶段，他一心扑在研究里，并且借故躲掉一些他极不情愿参加的批斗会，不愿意在那种场合面对故旧同事。他的研究生朱襄征一直跟着他加班加点开夜车，可是近日来突然心不在焉，在需要加力的时候，他却掉了链子。

原来，朱襄征最近突然醉心于参加排练文艺节目。钱其庠知道了大光其火，破例对他大发雷霆，甚至说出狠话："如果你对排文艺节目的兴趣大过做研究，不如干脆退出我的课题组！"

62

1957年10月4日，全世界第一颗人造地球卫星斯普特尼克1号，在位于苏联哈萨克斯坦加盟共和国的拜科努尔航天中心发射升空，开启了人类太空新纪元。苏联科技超过美国，社会主义大家庭同庆胜利。虽然国庆节中夏大学刚刚举办过一场庆祝晚会，但是省委宣传部指示，还要再办一场专题晚会，祝贺苏联卫星上天，庆贺社会主义阵营的伟大胜利，届时有苏联贵宾参加。

苏联贵宾中有苏联高等教育部的官员，他从加里娜·伊利诺娃那里知道中夏大学曾经成功上演过《蜻蜓姑娘》，提出要求再次演出这部舞台剧。中夏大学反馈说那只是两年前的一次业余演出，业余演员们早就流散，根本不可能在短短几天内重新排演出一部完整的舞台剧。省委宣传部与苏联方面协商，改为在专题晚会上演唱《蜻蜓之歌》。

晚会由校党委宣传部直接筹办，宣传部长仝慎鹏专门到外语系向总支书记陈方村布置任务，还专门见了最近升任系主任的大舅哥俞秉轩，要求他们务必全力支持办好这场专题晚会，多排演几个用俄语表演的节目。外语系本来有两个保留节目，一个是女学生表演的俄罗斯女子环舞《白桦林中》，另一个是青年教师崔文兴用俄语朗诵高尔基的《海燕之歌》，这两个节目在国庆晚会上备受欢迎。仝慎鹏说两个节目太少，一定要安排演唱《蜻蜓之歌》，这是苏联贵宾专门提出的要求。

但是，当年演唱《蜻蜓之歌》的外语系教师许云鹤拒绝演出。

当年那场演出给许云鹤留下的阴影在她的心头一直挥之不去，从那以后她再也没有唱过《蜻蜓之歌》。总支书记陈方村好说歹说也请不动许云鹤，只好请系主任俞秉轩出面。俞秉轩实在不明白为什么非要许云鹤唱？这明明是戳人家许云鹤内心的痛点！

有人给俞主任出主意，说许云鹤与路秋影平素来往多，二人无话不谈，不如让路秋影去说服她。路秋影就是因为牵涉到演出《蜻蜓姑娘》这件事，被人揭发散布对苏联专家的不满情绪和言论才被划成右派分子的，还把她从讲师降为助教。路秋影无辜被打成右派，误会许云鹤不识好歹，为了遮丑而诬陷她，两人早已反目成仇了，怎么可能让路秋影去说服许云鹤呢？

宣传部说庆祝苏联人造卫星上天是重要的政治任务，许云鹤必须登台演出，不唱也得唱，把任务压给外语系。陈方村和俞秉轩两人一筹莫展，陈方村发愁无法交差，俞秉轩感觉自从开始反右，所有的事情都成了"政治任务"，凡事都要小心谨慎，连谁来唱歌谁来跳舞都马虎不得。

为难之中，俞秉轩想起一个人。当年《蜻蜓姑娘》演出不久，有一天俞秉轩在校园里散步，忽听从小树林里传出悠扬的歌声。俞秉轩虽然不大会唱歌，却会听歌，尤其是会听俄语歌曲。那歌声正是用标准俄语唱的《蜻蜓之歌》："Чудный май, желанный май……"，不过这首本该是女声唱的歌，却明显是由男声唱出。俞秉轩很好奇，不是因为那人的歌唱，而是他纯正的俄语发音。俞秉轩对外语系每一位老师的俄文程度都了如指掌，这个人会是谁呢？

俞秉轩寻声而去，只见一位英俊青年正在忘情地歌唱，但他不是外语系的教师。俞秉轩被青年人纯正流利的俄语倾服，用俄语与他交谈起来。

这个青年人就是朱襄征。朱襄征自我介绍从小在苏联长大，并没有说自己的身世，俞秉轩也只是把他看成一位俄语极好又会唱歌的物理系青年教师。俞秉轩希望朱襄征有时间多和外语系的师生们交流切磋俄语，朱襄征礼貌地答应，说："谢谢，我尽量。"

俞秉轩以后再没有和朱襄征见过面，却记住他会用俄语唱《蜻蜓之歌》。

俞秉轩找到朱襄征，朱襄征似乎刚刚遇到什么好事，情绪格外兴奋。外语系主任亲自出面请他救场演出，他挺得意地笑着答应："我正为苏联卫星上天高兴呢，我们应该隆重庆祝，尽情欢唱。但《蜻蜓之歌》是一首女声歌曲，最好还是由许云鹤老师来唱，或者由她主唱，我助唱。我知道许云鹤老师，但不认识她。请你引荐引荐，我愿意和她商量，万一她坚持不唱，我就顶上。"

俞秉轩没想到朱襄征答应得如此爽快，放下心来。他并不知道，在他向朱襄征求助之前，外语系的崔文兴也为演出的事去找过朱襄征，不过另有原因。

眼看就要演出，崔文兴的声带却发炎了，几乎失声，而且越急越不见好转，看来朗诵《海燕之歌》这个节目是演不成了。他知道这场演出的重要性，实在难以向领导交代，只好求助朱襄征。崔文兴和朱襄征早就因俄语而互相交往，彼此经常用俄语交谈，崔文兴特别注重向朱襄征学习俄语的音调和语气，朗诵《海燕之歌》也多受他的指点。

崔文兴知道朱襄征能把《海燕之歌》倒背如流，求他帮自己一把，救救场。朱襄征得知在外语系的节目中有许云鹤唱歌，当即满口答应。

原来朱襄征早就看上了许云鹤，一心想追求她却苦于没有机会。现在崔文兴的嗓子哑了，替他朗诵《海燕歌》就能名正言顺地去外语系，肯定有许多机会可以接近许云鹤，这真是天赐良机！更没想到的是，外语系主任又亲自出马请他做许云鹤的替补，更可以直接面对许云鹤。天啊，谁说福无双至，好机会不来则已，一来就是双料！朱襄征喜出望外，爽快答应俞秉轩，马上一起去见许云鹤。俞秉轩非常感谢朱襄征的热心肠，并不知道他的心思。

别人都不知道，朱襄征已确定被派往杜布纳联合原子核研究所工作，不久就会去苏联。这是一项非常重要又极端保密的任务，天降大任，令朱襄征非常自豪，充满了神圣的使命感。他也有自己的心愿，早就一厢情愿地把许云鹤当作心中的爱人，希望出国之前能得到她的爱，并且和她成婚。朱襄征了解到许云鹤出身于一个普通教师家庭，清清白白没有任何历史问题，相信一定会得到组织批准，只是找不到机会去追求她向她表白。

在将去杜布纳之前，全世界第一颗人造地球卫星发射成功了，他接近自己心中的女神并向她求爱的时机也到来了，而且是由外语系主任这么一位德高望重的人物亲自引荐！

俞秉轩多次说服许云鹤，她虽然体谅系主任的苦心，但是铁心不再参加令她不堪回首的演出。俞秉轩领着朱襄征再度来请许云鹤，她一见到俞秉轩身后的朱襄征，态度陡然变化，扬起秀眉，眼睛发亮，她被朱襄征吸引住了。

"许老师，介绍一下，这位是物理系的朱襄征老师，他在苏联长大，也会唱'蜻蜓姑娘'，我听他唱过。你们合作演出吧，演出的日期马上就到了。"

朱襄征微笑地望着许云鹤，许云鹤难掩心头的激动，没有丝毫拒绝的意思。俞秉轩觉察出两个对视的年轻人刹那间相互释放出一丝特别的气息，却偏偏想起卡普斯汀那一幕，冒出一句："朱老师是物理系的青年才俊，你们好好谈谈，认真把演出的任务承担下来。"他这句话既是对朱襄征的介绍，也是对他的提点——青年才俊就应该是一个正人君子，不要出格。

朱襄征感激地向俞秉轩点头说："俞主任，你就放心吧。"然后满怀热情和期待地注视着许云鹤，俞秉轩很快起身离开。

朱襄征客气地问许云鹤："我们可以用俄语交谈吗？"

"Конечно, я с удовольствием говорю по-русски（当然，我很乐意说俄语）。"许云鹤答道。

两个年轻人开始用俄语谈起来，交谈的气氛越来越融洽，话题越来越多，早已超越了那场专题晚会的演出，超越了《蜻蜓之歌》。他们谈了很久，没有人来打搅他们……

俞秉轩告诉陈方村，许云鹤答应演出了。崔文兴声音嘶哑地向总支书记报告，他的声带发炎一时好不了，已经说好由物理系的朱襄征老师代替他演出，朱老师从小就会用俄语朗诵《海燕之歌》，只会比他朗诵得更好。

由外语系十五位女生演出的大型环舞《小白桦林》作为晚会节目的人轴，许云鹤的演唱压轴，她要求将朱襄征的朗诵排在她的节目之前。宣传部同意，这样的安排很容易将晚会推向高潮，让苏联贵宾高兴。

第二十一章

63

钱其庠完全不知道朱襄征要被派去杜布纳，没有任何人事先征求他的意见，连打个招呼都没有。眼下一项实验正在关键时刻，一个重要的步骤需要朱襄征到保密单位的实验室去做，这是早已联系好的，别人一时难以接手。

朱襄征这些天在实验室里魂不守舍，钱其庠很不高兴，只是没有表露。今天钱其庠刚进实验室，正好迎上朱襄征要出去排演节目。钱其庠终于爆发，沉着脸对他说："我本来是要你这两天出差做实验的，你却不务正业，像一个踏踏实实做研究的人吗？像你这样心猿意马，不要说去杜布纳，你到全世界哪个顶尖的研究所也难成就。"

朱襄征一时不知如何是好，他知道导师是为了去杜布纳的事情恼火。没有向导师报告去苏联的事并非自己的本意，这是上面的要求，他只能遵从。而排节目更是天赐良机让他得到佳偶，怎能把这机会错过？朱襄征既舍不得演出又不敢违拗导师，左右为难，只好求告负责排演的陈方村。陈方村意识到让朱襄征排节目这事确实疏忽了给钱其庠打招呼，他从未与钱其庠打过交道，知道他是个神秘人物，一时不知如何是好，就把球踢给宣传部长仝慎鹏。仝慎鹏无法推脱了，只好自己出面，费尽周折在实验室找到钱其庠。

钱其庠正在埋头做实验，仝慎鹏不敢冒然进去打扰，虽然很烦躁，但还是耐着性子在外面等。他边等边犯嘀咕，以为钱其庠故意摆架子，担心话不投机。等了好一阵，钱其庠终于出来，见了仝慎鹏满脸堆笑，连连说："抱歉，抱歉，让全部长久等。一个关键的步骤实在难以立即脱手。"

仝慎鹏简单介绍演出的安排，说出来意，钱其庠当即满口答应说："没问题，没问题，我完全支持。"还一路恭送仝慎鹏走了很远。仝慎鹏暗自得意，这位学术权威毕竟不敢在他面前摆臭架子，轻而易举的事，陈方村他们太小题大做了。

晚会在明德大礼堂如期举行。演出开始，随着舞台帷幕徐徐拉开，一个模拟的卫星从乐池右侧缓缓升起，持续发出电脉冲的声音，闪着绿色的荧光在舞台上空掠过，从天幕左侧隐去。全场顿时响起雷鸣般的掌声，晚会主持人这才亮相宣布："模拟卫星由物理系制作，主创人朱襄征老师"，大礼堂里又是一阵热烈的掌声。在侧幕里面鼓掌欢呼的许云鹤，激动得几乎冲到台上来。

晚会的气氛火爆，所有的节目都受到欢迎，观众更期待演出高潮到来。报幕员报出："下一个节目，俄语朗诵散文诗《海燕之歌》，作者玛克西姆·高尔基，朗诵者物理系教师朱襄征。"全场竟一致发出"咦——"的一声，因为大家知道这是外语系崔文兴的保留节目，都想再听他朗诵，奇怪为什么换人？

大幕拉开，只见舞台中央一束聚光灯柱里，出现了一个样貌俊朗的青年人，他西装革履，英姿挺拔，观众们都惊呆了。沉寂片刻，柴可夫斯基《第一钢琴协奏曲》的乐声响起，那音乐由强而弱，俄语朗诵声起：

"Над седой равниной моря ветер тучи собирает. Между тучами и морем гордо реет Буревестник, черной молнии подобный（在苍茫的大海上，狂风卷集着乌云。在乌云和大海之间，海燕像黑色的闪电，在高傲地飞翔）……"

在观众眼里，诗配乐的形式非常新颖，新的朗诵者比大家熟悉的崔文兴的形象更完美，声音更醇厚，表达出更分明的层次和更丰富的情感。

配乐是崔文兴策划的，他本来想用贝多芬的《命运交响曲》，《命运交响曲》雄浑有力又跌宕起伏，与《海燕之歌》的意境很般配。但是崔文兴知道晚会有苏联贵宾莅临，高尔基的散文诗还是配俄国作曲家的音乐更妥当，就选定了柴可夫斯基的《第一钢琴协奏曲》。配乐的设备很简陋，崔文兴在后台用手摇的留声机对着麦克风放唱片，手动扩音机的旋钮控制音量。配乐设备虽然简陋，但取得意想不到的效果，使朱襄征的朗诵大为增色。

朗诵博得满堂彩，将全场的气氛推向高潮，在场的苏联贵宾不由起身为他鼓掌。正当朱襄征一再向观众鞠躬谢幕之时，下一节目的表演者许云鹤身穿耀眼的红色布拉吉手持鲜花出现在舞台上，她向朱襄征献花，然后优雅地做了一个"请留下"的手势，朱襄征顺势伴随在她的身边。

观众都没有留意，报幕员刚才只是报"演唱苏联歌曲"，并没有报出歌曲的名称。前奏曲刚刚响起，全场一片惊呼。大家都以为许云鹤还是要唱《蜻蜓之歌》，音乐响起来才知道是一首从未听过的歌曲。这首歌刚刚介绍到中国，是在第六届世界青年联欢节获得金奖的《莫斯科郊外的晚上》。朱襄征最早从苏联朋友那里得到乐谱，他试唱给许云鹤听，许云鹤马上被这首优美的抒情歌曲打动，他们暗自决定改唱《莫斯科郊外的晚上》，在晚会上给大家一个惊喜。

这首旋律优美的歌曲经过许云鹤金嗓子的演绎更加动听：

Не слышны в саду даже шорохи,
Всё здесь замерло до утра,
Если б знали вы, как мне дороги
Подмосковные вечера……

《莫斯科郊外的晚上》一共四段，许云鹤唱完前两段，第三段朱襄征加入伴唱，然后二人又拉起手，共同唱完最后一段。

观众掌声雷鸣，全场沸腾，苏联贵宾大声叫好，从台下送给他们无数飞吻。这时候有人喊起口号：

"热烈庆祝第一颗人造地球卫星上天！"

"热烈欢呼以苏联为首的社会主义阵营伟大胜利！"

口号接连不断，欢呼此起彼伏，乐队奏起音乐，一时间锣鼓喧天。

俞秉轩从许云鹤与朱襄征珠联璧合的演出中看出他们恋爱了。他原本是为了完成演出任务才引他们见面的，却无心插柳却成人之美，这件功德无量的事让俞秉轩感到高兴。

许云鹤一直沉浸在温馨的爱情之中，和朱襄征的关系进展迅速，朱襄征已经正式向她求婚。许云鹤也征得家长同意，双方决定在朱襄征去苏联之前举行婚礼。

去杜布纳研究所要求的条件很高，除了本人，配偶和社会关系都需要经过严格审查。烈士遗孤朱襄征根红苗正当然没有问题，他已经打了报告说明许云鹤的情况，有待组织审查批准。

正在他们筹办婚事之时，朱襄征突然接到命令，他必须放下儿女情长和一切家务事，即刻赶赴苏联到杜布纳研究所接受一项紧急任务，任务属于高度机密不能向任何人泄露。朱襄征只好向许云鹤说明原因，匆匆与她告别，并且说定，等这项紧急任务完成后就回来与她成婚。

朱襄征到达莫斯科的当天被告知，经组织审查发现，虽然许云鹤父系三代历史清白，但是许云鹤母亲家社会关系极其复杂。许云鹤的母亲姓杨，籍贯四川广安，许云鹤的外祖父与四川军阀杨森同一个曾祖父，许云鹤母亲的表妹即许云鹤的表姨嫁给了一个国民党官员，此人现任台湾"考试院铨叙部"部长。许云鹤母亲十四岁的时候，许云鹤的外祖母因病去世。外祖父续弦后，许云鹤的母亲不堪后娘的虐待，离家出走，与娘家再无联系，许云鹤本人根本不知道还有这位表姨。但是不管许云鹤是否知道，她的复杂社会关系是客观存在的，赴杜布纳研究所执行机密任务的朱襄征必须和许云鹤断绝一切关系。组织要求革命烈士子弟朱襄征一定要站稳无产阶级立场，不辜负组织的培养，彻底放下与许云鹤的儿女情长，在新的岗位上为党的事业贡献一切。

朱襄征悲痛欲绝，万万没有想到他与许云鹤如此炽烈的爱情却似蜻蜓点水一掠而过。他是革命后代，在革命需要和个人幸福之间只能服从革命需要，可是他连向许云鹤当面解释的机会都没有，组织上只允许朱襄征给许云鹤写一封不能注明寄信地址的告白信。他思来想去，觉得写这样的信除了给许云鹤带来更大的伤害，只能让自己更加内疚，最终放弃了。

年轻漂亮多才多艺的许云鹤刚刚被丘比特之箭射中，所爱之人朱襄征突然从许云鹤的生活中彻底消失。她本以为这支渴望已久的爱情金箭一定会带给她终身幸福，可是还没有来得及体验被丘比特之箭射中的美妙感觉，却发现射中她的原来不是金箭，而是一支铅箭，一支痛苦的毒箭。

许云鹤去找俞秉轩，去找陈方村，去找校长党委书记，找遍了所有的人，她只想问清楚"这是为什么"，可是无论找到谁，答案都是："你的社会关系太复杂。"

俞秉轩遗憾成人之美的功德未能圆满。

陈方村暗自埋怨朱襄征，既然有特殊使命在身，就应该把一切交给党来安排，何必自作主张找对象。

才貌出众的"蜻蜓姑娘"许云鹤，成为众人皆知的家庭出身不好、社会关系复杂的丑小鸭，她的精神几乎崩溃。这一场中夏大学尽人皆知的罗曼蒂克恋爱，不知引起多少青年知识分子的羡慕，一时间又变成茶余饭后的笑谈。

崔文兴一直爱慕许云鹤，但他知道自己的条件无法与朱襄征相比，只能让人家捷足先登。现在，崔文兴一点也没有幸灾乐祸，心里更加怜惜许云鹤。

64

苏联卫星上天，极大地鼓舞了向科学进军的年轻人。正当他们摩拳擦掌发奋学习刻苦钻研科学的时刻，中央明确提出教育的目的是培养有社会主义觉悟的有文化的劳动者。中夏大学党委立即付诸行动，贯彻落实教育为无产阶级政治服务，教育与生产劳动相结合的教育工作方针。

一直被冷落的中夏大学附属农场突然受到重视了。农场在省城东南郊区十八里铺，最近又扩征二百亩地。农场大门上本来有一块白底黑字的牌子，上写"中夏大学附属农场"。最近校部来人又挂上一块牌子，红漆大字写着："中夏大学劳动教育基地"。

扩征的土地原来都是乱坟场和撂荒地，农场场长俞正堂带着大家苦干了整整一个夏天，把荒地平整改造成耕地，秋天种下小麦。播种后难得的风调雨顺，俞正堂一早一晚都往麦地走一遭，记录小麦每一天的生长变化。一冬天下了两场大雪，年初二正赶上雨水节气，又下起鹅毛大雪。俞正堂把孙子孙女带到农场，孩子们在纷飞的大雪中越玩越疯，看着他们在积雪上打滚，开心地哈哈大笑。俞正堂对孩子们说，过冬的麦子越是被碾压，到春天返青长得越茁壮，还给他们讲"麦盖三床被，枕着馒头睡"的道理。

好雨知时节，小麦返青时下雨了。清明小麦拔节，又下了一场及时雨。到五月小麦该扬花了，接连都是晴朗天。五月中旬是小麦灌浆期，农场做好了灌溉的准备，谁知天公作美又下了一场透雨。一望无际的麦田成为俞正堂的精神寄托，他期待即将到来的大丰收。

麦收前，邓梓华和陈方村带几个人来到农场，要常驻在这里办共产主义劳动大学。他们在大门上又多挂了一块牌子，白底上的红漆大字是"共产主义劳动大学"。与邓梓华他们同来一位名叫胡子青的，是学校新任命的中夏大学劳动教育基地主任兼新设的农场党支部书记。据说，胡子青曾经是葛绍瑭的司机。

农场大门虽然挂上三块牌子，说来说去还是农场。农场并没有党员，党支书就是设个位置，胡子青在这位置上身兼支部书记和基地主任二职，另外还负责劳动大学的党支部。

俞正堂不知道"共产主义劳动大学"是怎么回事，以为邓梓华带着人来农场是支援麦收的，对邓梓华说："你们来得正好，正赶上收麦。"

麦忙季节，报纸每天报道各地麦收的消息。这天一大早，胡子青手拿当天的《人民日报》急急忙忙来找俞正堂："俞场长，你看人家的小麦放卫星了！"

小麦和卫星怎么扯到一起？俞正堂被胡子青说糊涂了。报上说，河南省遂平县卫星农业社5亩小麦平均亩产达到2105斤。俞正堂知道这个遂平县是土地贫瘠的县份，竟然如此高产，真是了不得，心想有机会要去那里考察，学习他们的高产经验。

过两天，遂平县那个卫星农业社又放出了第二颗小麦"卫星"，2亩9分小麦试验田，亩产达到了3530斤。

又过几天，更大的"卫星"放出来了，河南省西平县和平农业社后来居上，小麦亩产7320斤！

俞正堂纳闷了。

　　明天农场就要开镰收麦了，俞正堂骑自行车自己花钱去集上买肉。今晚他要犒劳农场工人，让他们吃饱吃好，养精蓄锐，明天起早割麦子。算上来办"共大"的人，吃饭的人有二十五六个。他买回十斤猪肉，吩咐厨房做葱姜小酥肉一人一碗，炖一大锅猪肉粉条，又蒸了一大笼屉杠子馒头，让大家敞开肚皮吃饱。等大家都吃好了，俞正堂又催着工人门早点入睡，反复叮咛：明天早晨一听敲钟就起来割麦子，割一晌再去吃早饭，厨房准备好肉包子炸油条大米粥和酱黄瓜。

　　半夜里，俞正堂被外面的喧闹声惊醒。他赶紧出去看，原来是胡子青领着一帮工人，打着灯笼敲锣打鼓加吆喝，在麦地里来回蹚着，说是轰麻雀。俞正堂恼怒了，他大声喝道："你们要放火吗？赶紧把灯笼吹灭！不许在麦地里乱蹚，都给我出来！"

　　灯笼马上吹灭了，工人们不敲打也不喊了，可是站在麦地里不动。胡子青说："俞场长，麦子不能让麻雀偷吃了，我们是响应号召除四害呢。"

　　说话间，陈方村也赶来了，他对工人说："大家都从麦地里出来，站在外边轰麻雀，小心别碰掉麦粒。"

　　俞正堂真的生气了，说："都给我回去好好睡觉，明天早晨我敲钟，谁不起来我扣谁的工钱，早上的肉包子炸油条也没有份！"

　　工人们是被胡子青硬从床上叫起来的，个个睡眼惺忪，听场长这么说，乖乖回去睡觉了。

　　第二天上午，大家正忙着割麦子，党委书记葛绍瑭带着臧雨田和赵理方两位教授到农场来了。葛绍瑭带来一块新牌子，也是白底红字，上面的大字是"中夏大学大跃进农场"，把原来那块"中夏大学附属农场"的牌子换了下来。

　　葛绍瑭要邓梓华和俞正堂领着他们看麦地。葛绍瑭问："老俞，小麦要大丰收了，你估计亩产会有多少？"

俞正堂说："最保守的估计平均亩产超过六百斤，说不定能有八百斤。"

葛绍瑭说："你说的是平均数，这两百亩麦子长势有差别，最高能有多少？"

俞正堂指着前面那一块地："这十亩是一块宝地，播下的是赵理方教授培育的良种，麦子长势特别好，也是我们精心管理的试验田。你看那麦穗又粗又壮，我看亩产有可能近千斤。"

葛绍瑭要和臧雨田说话，却不见他。臧雨田的身形矮小，腿短，又戴着高度近视眼镜，走不快，一时落在后面，恰好被赵理方挡着。听见葛书记招呼他，赶紧往前挤，正想对葛绍瑭说什么，却被葛绍瑭打住："臧教授，不要急于表态，让事实说话。"

葛绍瑭指示农场那十亩长势好的小麦一定要单收单打，看看中夏大学能不能也放一颗卫星出来。

既然葛书记招呼他，从未来过农场的臧雨田神灵活现，一直紧紧跟着葛书记，随时找机会搭话，却不大理会邓梓华和俞正堂。赵理方经常到农场来，和俞正堂一起管理小麦，他对这二百亩小麦的情况了如指掌。可是他让臧雨田走到前面，自己一言不发。

臧雨田之所以受到葛绍瑭的重视，是因为他最近在报纸上发表了一篇题为《土地提供的粮食产量远未到顶》的文章。文章说："农业产量的最终极限，决定于每年单位面积上的太阳光能，如果农作物对太阳光能的利用率为30%，农作物利用这部分太阳光能，把空气中的二氧化碳和水转换成农作物生长的养料，供给自己发育和生长，其中五分之一结实形成粮食，小麦和水稻亩产量达到万斤完全合乎科学。"

葛绍瑭他们离开农场以后，俞正堂仔细看了臧雨田在报纸上发表的文章，奇怪如果科学道理如此简单，为什么今天才由他臧教授发现？全世界种植小麦的国家多了去，小麦从两河平原传入中国也有五千年了，全世界小麦种植史上还没有亩产一千公斤以上的记录。难道一说大跃进，小麦产量就会自动跃进吗？堂堂生物学教授，简直信口雌黄。

为避免低估十亩试验田的产量，俞正堂带领大家仔细收割脱粒，还多次复收，亲自捡回遗落地上的每一只麦穗，确保颗粒归仓。经过精收细打，十亩地总产量是9586斤，平均亩产958斤多，200亩小麦平均亩产725斤。看着仓库里满垛金灿灿的麦粒，俞正堂开心地笑了，九个月的汗水没有白流。他有信心完成邓梓华交给的任务，把中夏大学的农场办好。

俞正堂正要向邓梓华报告小麦产量，邓梓华和胡子青找上门来。胡子青说："俞场长，葛书记指示我们农场的小麦亩产量暂时不要对外公布，要保密。"

俞正堂不解。邓梓华说："这几天全国都在接连放小麦亩产的卫星，我们既然丰收了，先不急于宣布，要认真核实，稍后发布消息不迟。"

胡子青问："俞场长，这十亩地里不是有两亩长得更好吗？你单收单打了吗？"

俞正堂如实回答道："十亩是单收单打的，其中那两亩那倒没有单收单打，估计也差不了多少。"

第二天，葛绍瑭又带着臧雨田和赵理方来到农场，还有报社的记者跟着，要对那十亩麦子的收成复秤。邓梓华拉着俞正堂在一旁远远地看着，说："老师，这次你就不要过手了，让他们复称一遍，再次确认。"

他们折腾半天，最后报出的数是9586斤8两。俞正堂放心了，对邓梓华说："我真没想到第一年种麦子就有这么好的收成！"看着他们复称验收完毕，邓梓华拉着俞正堂就往仓库外走，说："我们俩就不陪记者吃饭了，让葛书记他们去陪吧。"

俞正堂说："那最好，我就怕陪生人吃饭。"遂又问邓梓华："你看到臧雨田教授的文章了吗？"

邓梓华说："各抒己见吧。"又说："赵理方教授的大名很快也要见报了。"

俞正堂很吃惊："怎么，他也发表臧雨田那样的文章？

邓梓华说："那倒不是，你没看记者都来了吗，培育良种的事迹很快要见报。"

俞正堂说："赵教授有多年的经验，培育良种成效卓著，应该报道，这是中夏大学的光荣。"

第二天，俞正堂果然在报上看到一则《中夏大学农场小麦高产放卫星》的消息，说赵理方教授精心培育小麦良种，亲身实践，两亩试验田平均亩产4793.4斤，放了一颗科学种田的"卫星"，高奏一曲鼓舞人心的大跃进凯歌。

俞正堂顿时恼怒，他看到的是一派谎言，当即起身拿着报纸去找胡子青，问他："胡书记，这是怎么回事？"

胡子青说："大好事啊，我们也放卫星了。"

俞正堂说："我们第一年在生荒地上种小麦，是丰收了。但是记者把我们的产量算错了，把十亩地的产量当成两亩地了，这不成弄虚作假了？"

"俞场长你别在意啊，那条消息没有提到你肯定是记者疏忽了，你的功劳领导和群众都是知道的。"

俞正堂听出胡子青胡搅蛮缠，对他说："跟你说不清楚。"转身大步流星往"共大"办公室去找邓梓华。

胡子青一个电话打给邓梓华，邓梓华急得满头是汗，知道俞正堂早晚会较真的。忽听门外一片噪杂声，邓梓华连忙出门去看究竟。原来俞正堂心急火燎一路疾走，不当心被胡乱放在路边的木杈和竹耙耧绊倒，这一跤跌得很重，他扑倒在地上无法起身。邓梓华赶到，只见俞正堂疼得直冒冷汗，问他痛处在哪里，俞正堂直指右腿膝盖。邓梓华忙说："赶快把嘎斯开过来，马上送俞场长去医院！"

农场没有别的车，只有一辆载重两吨半的旧嘎斯。这几天收麦打场连续加班，司机回家睡大觉去了。邓梓华急了，他看俞正堂伤得不轻，觉得这是让俞正堂避开是非的天赐良机。他想起胡子青原是司机，就喊："老胡，你不是会开车吗？急救要紧，你开车，不要等司机了！"

胡子青一直掩饰自己曾是汽车司机，没想到邓梓华知道他的底细。正好，眼下突发状况，把俞正堂送进医院里养伤，省得他纠缠小麦产量。

胡子青赶紧把嘎斯开过来，邓梓华招呼着将俞正堂抬上车，自己也上车一路护送。俞正堂的右膝盖红肿紫胀，X光透视看不出毛病，医生凭经验诊断是半月板损伤。这不是一次跌跤造成的，而是长时间负重劳累磨损落下的毛病，目前医治半月板损伤尚无特效疗法，"伤筋动骨一百天"，只能先卧床休息。

65

邓梓华亲自将俞正堂送回平安巷，他知道俞正堂膝盖受损都是为了二百亩小麦丰收，过度劳累所致。他之所以让俞正堂去办农场，本以为那里是清净之地，免得他受一波又一波运动的影响，也让他的精神有所寄托。后来自己也被贬到农场办"共产主义劳动大学"，乐得与老师相伴，打发余生。万万没想到，远离是非的农场偏又因为小麦放卫星被推向风口浪尖。邓梓华不愿意让恩师卷进这政治旋涡，何况他的思想确实已经跟不上形势了，正好借此机会让他在家里卧床休息，免得再为时事烦忧。

邓梓华一再嘱咐要他彻底放下农场的事情，闭门不闻窗外事，一切等养好伤再说。又交代俞秉轩好生照顾父亲，顺带告诫他要紧跟形势，经得起考验，更要谨言慎行。

俞正堂在家养伤休息，胡子青在农场当家作主，无论做什么都得心应手，配合党委宣传部顺利完成小麦试验田放卫星的调研报告。不几天，一份《农业专家科学种田，喜获大面积小麦高产》的报告得到省长伍挺翔的亲笔批示，随后在报纸上以报道的形式整版篇幅登出。这篇报道详细介绍全国著名育种专家、中夏大学赵理方教授科学种田，在该校农场试验田培植高产小麦的全过程。中夏大学大跃进农场二百亩小麦平均亩产虽然只有1725斤，但是属于大面积高产，其中科学因素突出，重要意义不同凡响。

各路记者纷纷来农场采访，胡子青每日里应接不暇，干脆让党办主任萧平从校部派来两位接待员专门做讲解。上门采访赵理方的记者更多，赵理方有点招架不住了，只好去找葛绍瑭："葛书记，俞正堂也参与了小麦育种，农场试验田丰要是他日常管理，我没有做什么。俞正堂是农场场长，他应该是头功。那篇报道把功劳记都在我身上，我受之有愧呀。"

葛说："赵教授，你培育出的小麦良种是我校农场小麦亩产放卫星的关键，你不争名不争利的高风亮节值得肯定和学习。报道你的事迹，既关乎你个人，更是大局的需要。不需要你出名时你争也争不到，需要你出名时你必须出名。我们中夏大学的小麦亩产卫星有三大特点，一是农业科学发力，二是农学专家主导，三是大面积高产，没有你的功劳我们这颗卫星就失去意义了。你虽然犯过错误，但是经过改造已经成为又红又专知识分子的典型。培育玉米良种是你的突出贡献，再放一个小麦高产卫星不是多一份业绩，增加一份功劳吗？"

赵理方没想到这篇报道大有玄机，但是自己总不能贪俞正堂之功据为已有吧。又问："那，那，那怎么向俞先生交代呀？"

葛说："这不关你的事。俞正堂会服从大局的。不过他的思想保守，不大相信自己种的小麦会如此高产。"

赵理方又说："记者是不是把亩产量报道错了，可否再让报社核对一下。小麦产量要有科学依据，再高产也不会违背科学规律……"

葛绍瑭打断赵理方："赵教授，这些事情你最好不要去管，你要相信党报！"

赵理方愣怔了。他没有怀疑党报，更没有怀疑党，他怀疑记者把小麦产量算错了，而且错得离谱。他刚想解释，葛绍瑭又开腔了——

"赵教授，我和你一样很看重小麦育种实验，你确实取得了很好的成果，做出了杰出的贡献。但是你不要忘记，这些优越的实验条件都是党和国家创造的，培育良种归根结底是为了党和国家。无论你到哪里，离开党和国家的支持，失去党对你的信任，终将一事无成，我们每个人都是如此，概莫能外。你犯过错误，但是你将功补过，政治觉悟也提高了，希望你不要辜负党对你的信任和期望。"

赵理方感觉脊背上沁出了冷汗，他听出葛绍瑭的弦外之音——这是在警告他。

他无言以对，又觉得不能默不作声，只好说："感谢党对我的信任，我一定要培育出产量更高，遗传性能更稳定的小麦品种。"

葛绍瑭居高临下地拖着长腔："哎，这就对了！"

"将功补过"，等于明示"有过"，他赵理方就是个戴罪之人。赵理方始终不明白自己的"过"是什么？生物系的书记曾恶狠狠地对他说过："赵理方，你就是一个不折不扣的右派分子"。可是反右运动都过去了，并没有宣布对他的处理，也没有给他戴上"帽子"，而葛绍瑭言谈话语却在暗示，他有小辫子攥在他的手心里，想抓他的时候就会紧一紧。

赵理方感觉好像孙悟空被戴上紧箍咒，永远逃不脱如来佛的手心了。这比公开的批斗更令人感到屈辱，公开的批斗还能让你知道罪名是什么，这样不明不白地受了屈辱，却无法做出任何反应，想宣泄一下痛苦都不可能。

赵理方不是不谙世事的书呆子，他明白这是要他夹着尾巴做人。也罢，反正报上登的那些话都是记者杜撰的，自己从未说过，小麦产量更不是自己报的，随他们怎么胡诌去，对得起天地良心！

赵理方只是觉得对不住俞正堂。俞正堂为了帮助他延续培育玉米和小麦良种的实验，自愿留在中夏大学农场，承担试验田的日常管理。他常年操劳在试验田里，苦夏严寒栉风沐雨在所不辞。培育良种，小麦丰收，都有他忘我的付出，怎能将他的贡献一笔抹杀呢！俞正堂有君子之风，不争不抢，但是旁观者不能熟视无睹啊！报纸上假托我说出的话，没有一个字提到他，这不是置我于不仁不义吗！

赵理方听说俞正堂膝盖受伤在家休养，登门前去探望，他想当面向俞正堂解释，报纸上的那些话并非出自他的口。可是白纸黑字，怎么取信于这位老搭档老朋友呢？

赵理方忐忑地坐在老友面前，俞正堂却坦诚以对，说："我看报纸上那些话不像你老兄说的，你不必在意。但是虚报产量不能听之任之，必须较真。"

赵理方佩服俞正堂的耿直，而自己怕引火烧身只想缄口，不免自惭形秽。更没想到俞正堂郑重地对他说："理方兄，我知道你的难处，你要以培育良种为重，千万保全自己，这是为国为民的大计。较真的话，由我来说。"

第二十二章

66

小麦高产卫星升空以后，大炼钢铁的号角又吹响了。各系各单位在足球场和篮球场上建起小土炉，夜以继日大炼钢铁，看谁先出炉，比谁更高产。

最近，全体教职员参加政治学习已经成为中夏大学的新规，星期一到星期五晚上和星期六下午每次学习两个小时，每周十二个小时政治学习雷打不动，教授也不能例外。学习内容是"三面红旗"，一开始安排四场报告，党委书记葛绍瑭宣讲"总路线"，组织部长宣讲"大跃进"，统战部长宣讲"人民公社"，宣传部长的讲题是"教育为无产阶级服务，教育与生产劳动相结合"。

但是每周六次端坐在办公室里的政治学习很快被"大炼钢铁"运动冲击，学习地点由办公室改到操场炼钢第一线的小土炉旁边，主要是读当日《人民日报》或是当期《红旗》杂志的社论和文章，然后讨论。大家日夜炼钢实在疲劳，一听读报就打瞌睡，讨论时有人干脆摊手摊脚睡倒在地面上打呼噜，被人戏称为"展开讨论，就地发言"。

反右运动以后，没有被打成右派的教授副教授都被视为资产阶级知识分子，个个夹着尾巴做人，大炼钢铁唯恐缺席，政治学习更不敢懈怠。别人敢睡觉，化学系主任严范学教授再困也不敢打瞌睡，害怕自己万一睡倒在地上那就非同小可了。他想出来一个妙招，悄悄把一小瓶胡椒粉放在衣袋里，瞌睡劲上来往鼻孔抹一点点打个喷嚏睡意顿消。这一天，严范学刚从小土炉前下来，马上就参加政治学习，他的任务是拉风箱往小土炉里送气，累得浑身骨头像散了架，在地上坐下来一听读报就昏昏欲睡。他不能自持地垂下头，连金丝近视眼镜都跌落到地上。他赶紧抹胡椒粉，马上喷嚏连天。谁知没过多久瞌睡劲又上来了，只好再抹胡椒粉，又打起喷嚏来。不当心胡椒粉抹多了一点，连连打起喷嚏再也控制不住，害得坐在他旁边的人也跟着打起喷嚏来。化学系总支书记万霄腾以为严范学得了流感，害怕传染大家就让他回家休息。

物理系主任禹堃积极参加大炼钢铁，他的英国妻子张爱中把两个孩子撇在家里不顾，和丈夫一起战斗在炼钢第一线。夫妻二人轮番上阵，和大家一起在小土炉旁边吃干粮，睡觉就在操场草地上和衣而卧。身为化学系主任的严范学做不到禹堃那一步，但是也不敢装病，总怕被扣上大炼钢铁不积极政治学习不认真的帽子。没想到因为打喷嚏被书记恩准休息，拒绝休息又怕胡椒粉的妙招被揭穿，只好惴惴不安地回家，一进家门上床倒头大睡。

睡了一大觉，严范学饿醒了。住在校内的各家各户都在集体食堂吃大锅饭，家里的铁锅都拿去炼钢铁，粮食供应关系都入了大食堂，连开水都是提着暖水瓶从锅炉房打回来。自家厨房都不开火了，哪有饭吃。幸亏太太备有一罐饼干，严范学只好饼干就开水充饥，填饱肚子后睡意又上来，接着又睡。一觉醒来发现已是第二天下午了，不敢再睡，赶忙回操场重返大炼钢铁第一线。

严范学在家睡觉的功夫，化学系炼出的钢已经出炉，冷却凝固后被覆盖上大红绸，大字喜报也写好了，大家正准备敲锣打鼓抬着这一大块钢向党委报喜。

严范学遗憾未能亲见出炉盛况，就去仔细看被红绸覆盖的那坨钢。严范学不看则已，一看大为诧异，红绸下面那一坨灰不溜秋的东西既不像生铁更不像钢，只能说是一大块炉渣。严范学根本就怀疑小土炉能炼钢，尽管用的原料都是从各处收集来的废钢铁，但是小土炉用普通耐火砖砌成，用的又是煤炭而非焦炭，甚至是木炭，后来连木炭也用完了，就直接用木柴，用一个大风箱人力鼓风，炉内温度根本不可能达到炼钢需要的2000摄氏度，怎么可能炼出钢来？但是化学系从外边请来的铁匠说，从来就是用煤炭把铁打成钢的，煤炭也是碳，烧过的木材也是碳，为什么就不能炼钢呢？既然工人师傅说话了，再有怀疑皆为谬论。总支书记万霄腾说："要解放思想，敢想敢干，认真向工人阶级学习。实践出真知，干起来让事实说话吧！"

折腾好几天，终于炼出了这一大坨炉渣，面对这个事实该怎么说话呢？万霄腾见严范学正仔细看那坨坨，就问："严教授，你看这钢的成色怎样？"

严范学不敢实说："我看成色不错，但我是学放射化学的，金属分析不在行，具体成色还得请教分析化学专家。"

万霄腾哈哈大笑："严教授，你们知识分子太教条太保守了。俗话说得好，生铁久炼也成钢。我们把现成的铁炼了七天七夜，还能炼不出一炉好钢吗？"说罢手一挥："同志们，锣鼓敲起来，向党委报喜去喽！不要让别的系抢在我们前头。"大家一拥而上，严范学也跟着报喜的队伍走。

党委所在的为民楼面对着明德广场，广场上锣鼓喧天，为民楼张灯结彩，门口高悬红色横幅，上写："大干苦干加巧干，为1070做贡献"，葛绍瑭早已站在楼门口等候各系前来报喜，旁边放了一张桌子，上铺红纸和笔墨，准备好登记大炼钢铁的辉煌战果。

万霄腾领着化学系报喜的队伍快到办公楼，手持大红喜报走在队伍最前头的女学生郑乔玉往前飞奔，打算第一个将喜报交给党委书记。无奈郑乔玉还是慢了一步，物理系的队伍赶在前面了，只见葛绍瑭书记已经从禹塑的手里接过物理系的喜报。郑乔玉眼尖，看清楚物理系登记的产量是105.6公斤，而化学系炼出的那个坨坨只有101.8公斤，她手疾眼快拿起登记台上的毛笔跑回化学系队伍里，麻利地将喜报和红绸上的101.8改成107.8，再转身举着喜报走回到队伍前面。大家都急急忙忙的，没有注意到郑乔玉麻利的动作。万霄腾只见郑乔玉手拿毛笔跑来跑去，还没有明白怎么回事，葛书记已接过郑乔玉手里的喜报，又是握手又是祝贺，锣鼓声大作，热闹非凡。

葛绍瑭问万霄腾："送喜报女孩子是谁啊？"

万霄腾忙答："化学系二年级学生，叫郑乔玉，表现很突出，刚刚在大炼钢铁火线入党。"

葛绍瑭伸出大拇指说："好，很好，我们就是要培养这样的人。"

严范学本来在队伍后面跟着大家鼓掌，却被后来报喜的队伍挤到前边了，无意中看见覆盖化学系那钢坨坨的红绸上写着107.8公斤。报喜队伍出发前他仔细看过这坨钢，明明记得原来写的是101.8，怎么一下子就变成107.8呢？严范学还在琢磨，被另一拨报喜的人群挤到一边了。

不一会儿，各系各单位都到齐了。葛绍瑭书记发表了热情洋溢的讲话，宣布："化学系在这场大炼钢铁的战斗中立了头功，放了卫星，化学系的钢产量是107.8公斤，全校第一。同志们，107.8这个数字是好意头啊，我们为中国年产1070万吨钢，为超英赶美做出了应有的贡献！"

葛绍瑭书记话音一落，郑乔玉振臂高呼："总路线万岁！大跃进万岁！人民公社万岁！"口号声锣鼓声掀起了庆祝胜利的高潮。

67

中夏大学的小土炉炼出了钢，捷报很快送达省长伍挺翔。伍挺翔高兴得很，不打招呼突访中夏大学，在葛绍瑭的陪同下巡视小土炉群，还看了各单位炼出的钢坨坨，点名叫来放钢铁卫星的化学系书记万霄腾。万霄腾听见葛绍瑭改口称伍挺翔省长为"伍书记"，悄声问他是怎么回事，葛绍瑭故意大声说："中央已经任命伍书记省委书记兼省长了。"

伍书记笑着对大家说："都是你们做出了成绩，让我脸上增光。"又对葛绍瑭说："中夏大学坚决贯彻两个必须的教育方针，大跃进的成果突出，你的工作做得很好，值得表扬。"又低声说："我今晚就在你们中夏大学吃饭了。"

葛绍瑭喜出望外，赶紧让党办主任萧平去张罗。

万霄腾听说省委书记要留下吃饭，把葛绍瑭拉到一边悄悄说："葛书记，你们陪首长吃饭，那我走吧。"

葛绍瑭一把拉住他："走什么走？你们化学系都放卫星了，伍书记专门要你留下一起吃饭呢。"

万霄腾喜滋滋地说："那，那好。"立即退到后面，紧跟着。

萧平只知道葛绍瑭爱吃什么，却不知道省委书记喜欢吃什么，一时束手无策。葛绍瑭对萧平说："你去问仝慎鹏。"

伍挺翔听他们说到仝慎鹏，就发话说："叫慎鹏也过来吧，好久没见过我这个救命恩人了。"

萧平听伍书记叫仝慎鹏参加，近前问葛绍瑭："要不要请别的校领导？"

萧平的话被省委书记听到了，葛绍瑭只好向他请示，伍挺翔说："今晚是顺便吃顿饭，以后有机会再正式请其他校领导吧。"

萧平自知多嘴，恨不得抽自己一个大嘴巴，赶紧打电话问仝慎鹏怎么准备晚饭。

仝慎鹏电话说："不要太铺张，派人去帅府酱园买点儿地道的酱肘子和酱鸭，那里的师傅刀功好，让他们切好装盘。再去马益兴老号买一打烧饼夹卤牛肉，让学校饭堂大师傅做个芝麻酱芥末鸡丝拌粉皮，糖醋凉拌藕片，炸一盘花生米，炒一盘绿豆芽，没有绿豆芽就炒个红根菠菜。再下一锅鸡汤挂面，汤里丢点儿鸡丝儿韭黄芫荽。就这些，千万别做多，做多了挨批评。对了，记住从帅府酱园再买一罐酱胡萝卜，瓦罐装的。"

"让首长吃咸菜？"

"交给他的司机，让司机带到伍书记家。"

萧平悄悄问葛绍瑭："葛书记，就这几个菜，是不是太少了。"

葛绍瑭附在萧平耳朵上说："你千万不要自作主张，就按仝慎鹏说的去办，他当过伍书记的通讯员。"

中夏大学的招待所虽然简陋，但是有一个宽敞干净的房间，平时很少对外开放。葛绍瑭说："学校条件有限，也来不及预先准备，临时凑合几个凉菜，怠慢书记了。"

伍挺翔看了桌上摆好的盘盏，说："有这些就很不错了，达到共产主义标准了。这都是我爱吃的，一定是慎鹏泄的密吧。"又问："有酒吗，为了庆祝你们放卫星，今天人家都喝一点儿。"

萧平拿出一瓶二锅头，说："不知道伍书记爱喝什么酒，这酒行吗？"

萧平话音未落，仝慎鹏赶到了，他带来了两瓶"口子酒"，说是多年的珍藏。伍挺翔笑了："这个仝慎鹏，他知道我喜欢这口儿。"

一杯酒落肚，伍挺翔打开了话匣子："我在省委机关饭堂是滴酒不沾的，到下面去，县里的同志除了汇报工作无话可谈，只会死缠着敬酒。只有和你们可以浅酌几杯，一起聊聊天，这样我才能放松一下。"

葛绍瑭说："伍书记，你日理万机，也该放松放松，以后你常来我们这里吧。你本来就是校长，你这是回家啊。"

伍挺翔说："我何尝不想常来，但是哪有空闲时间啊。我们省小麦亩产放了卫星，人民公社化运动走在全国前列，得到中央的高度评价，但是我们一点都不能松懈，只能快马加鞭，紧跟再紧跟，跃进再跃进。我们的指标只能越来越高，速度只能越来越快，决不能辜负中央对我们的厚望。"

葛绍瑭说："伍书记的话我们一定要深刻领会，一定不会辜负您对我们的希望。"

伍挺翔突然问："邓梓华同志在学校吗？"

葛绍瑭一时不明白伍挺翔的用意，如实说："他在十八里铺农场，负责共产主义劳动大学。"

伍挺翔说："呵，对，对，他在农场，农场离得那么远，这次就不叫他了，回头转告他，我向他问好。梓华同志虽然右倾，但要允许人家改正嘛。共产主义劳动大学很重要，现在全国各地都在创办新型大学，争取十五年全面普及高等教育。你们的共产主义劳动大学一定要办出特色，办好了，那又是一颗卫星呢！"

大家鼓掌。伍书记说："我们是聊天，怎么又像听报告一样鼓起掌了？都放松一些，喝酒，喝酒——慎鹏，你这口子酒真是有年头了。"他端着酒杯对葛绍瑭说："你这当书记的一定要带领大家当跃进派，千万不能当保守派。你看梓华在冀鲁豫根据地时的老领导，思想太保守了，像个小脚女人裹步不前，要不是中央把他换下去，我们省哪一天才能进入共产主义啊！"

大家都知道伍挺翔说的"梓华的那个老领导"指的就是原省委书记庞富兴，他因为在人民公社化运动中太保守，还被揭发有怀疑大跃进的言论，被中央撤职了，由省长伍挺翔取而代之。

萧平急着插话，说："伍书记，还是你领导得好，要是庞富兴，早把我们带到茅坑里去了，我们都愿意跟着你大跃进。我给书记斟上一杯，我先干为敬！"

伍挺翔看了萧平一眼，对葛绍瑭说："你们这位主任有意思，说话怎么像县里的同志。"

葛绍瑭连忙示意萧平不要再往前凑。

万霄腾第一次和省委书记一桌吃饭，受宠若惊，本想说点啥，见党办主任总是说错话，就不敢吭声，举杯夹菜都很拘谨。

仝慎鹏说话了："请伍书记给我们讲讲当年濉溪口那一仗吧。那一仗我们就是从酒厂突破打下濉溪口的，也就是那一仗，我才知道口子酒这个好东西。"

伍挺翔笑了："那是日本鬼子投降后我们打的第一个大胜仗，歼灭伪军五六百人，解放了濉溪口。当年打下口子酒厂，慎鹏第一次喝酒，端着碗一骨碌喝下去，酩酊大醉不省人事，睡了一天一夜。"

仝慎鹏说："我现在有进步，知道什么是好酒了，但酒量还是不行，不能多喝，顶多三杯。"

伍挺翔说："大家都不要劝酒，更不要贪杯，随意喝，助兴而已。"

伍挺翔一再夸赞下酒菜"好味道"，说："我就知道，这些菜一定是仝慎鹏点的。"还说："这酱肘子和酱鸭是帅府酱园的出品吧，很有特色，特别是这酱鸭，堪称一绝，其实酱胡萝卜才是他们的招牌。前年社会主义改造，帅府酱园公私合营，酱肘子和酱鸭都不做了，只做腌咸菜，白萝卜胡萝卜芥菜头什么咸菜都做，一点特色都没有了。我知道了就批评他们，公私合营不能丢传统，要他们恢复传统酱菜，重点还是酱胡萝卜酱肘子酱鸭，只能越做越好，不能越做越差。"

大家都说好吃，边吃边喝，谈笑风生。伍挺翔喝到微醺，想起一件开心的事，说："绍瑭，你给我当秘书吧。"

伍挺翔冷不丁地说出此言，满座诧异不解其意，葛绍瑭脸色都变了。

伍挺翔喝了一口酒，笑着说："你们想不到吧，我自己都没有想到。苏联旁边有一个小小的欧洲资本主义国家，这个小国有一个小小的共产党。虽说是小国小党，也是和我们伟大的中国共产党平起平坐的兄弟党，也是世界共产党和工人党大家庭的一员。他们下个月要召开全国代表大会，中央要我以中央委员的身份率领中国共产党代表团参加他们的全国代表大会。"

在座的人像听天书一样，只觉得这是天大的荣耀，不由得又鼓起掌来。葛绍瑭知道让一个省委书记率中共代表团出访，这是破天荒的，足见中央对伍挺翔的高度信任和重视。但是"当秘书"又是怎么回事？葛绍瑭未解心中的狐疑，试探地问："伍书记，那我们中夏大学出个翻译吧，顶尖的英语翻译俄语翻译都有，有个俄语翻译是女同志，口语流利，形象还好。"

伍挺翔说："那倒不必，中联部专门配有随团翻译，但是批准我带一位秘书。你知道的，我现在那个秘书蔺大禹，人很机灵，办事也勤快，就是读书太少。我平生第一次出国，一定会遇到不少问题，需要一位知识渊博的秘书随行，其实是我的军师。"

葛绍瑭紧绷的神经放松了，他已经明白伍书记的意思。伍挺翔继续说："绍瑭，你是老北大毕业的饱学之士，见多识广，虽然没有出国的经历，但是秀才不出门，乃知天下事。出访回来，你还当你的大学校长。"

这个临时的任务实在太好了，出国一趟虽然是做梦也想不到的美差，而伍书记的信任和重视更让葛绍瑭得意。他举起酒杯说："谢谢伍书记对我的信任。慎鹏，你这口子酒真醇，我再敬书记一杯！"

68

　　葛绍瑭出国回来，省委正式宣布改组中夏大学党委。邓梓华和陈方村都被定为右倾机会主义分子，受到留党察看处分，邓梓华被免去党委副书记副校长职务，改任为共产主义劳动大学校长，陈方村任"共大"副校长。明眼人都看得出来，他俩其实是被"下放"了。仝慎鹏顶替邓梓华，兼任副书记和副校长。

　　葛绍瑭劝邓梓华不要背受处分的包袱，不要灰心："办共产主义劳动大学是委以重任，这是中国大学教育发展的方向，你就是教育革命的开路先锋，不要辜负组织的希望，摸索出办学经验。"

　　"共大"就办在中夏大学农场，邓梓华第一件事就是招生。"共大"招生不必经过考试，不收伙食费住宿费学杂费等任何费用，学员由基层推荐，毕业还有大学文凭。农村基层考不上大学甚至连中学都没上过的人踊跃报名，求情托关系争取被推荐。

　　农场属地十八里铺高级农业合作社在公社化以后变成大队，大队支部书记李茂林向邓梓华推荐十二名优秀青年上"共大"，其中有他一个儿子、两个女儿、两个侄子，还有外甥、外甥女和小姨子，剩下四个名额也都是大队干部子弟。为了睦邻，邓梓华照单全收。李茂林说得很明白："他们是正式学员，来学校上课，在学校吃饭，但是劳动还在十八里铺，回自家睡觉。"

　　"共大"上午劳动下午学习，学员们干活劳动还不到中午就惦记吃午饭，午饭过后个个无精打采，一上课就打瞌睡。他们的基础参差不齐，多数达不到高中毕业水平，听不懂老师所讲内容，根本无法按照大学的程度开课。

　　"共大"食堂的早餐只有玉米面窝头玉米面稀粥和咸菜，午餐和晚餐是白面馒头，中午菜里有肉，晚饭有豆腐吃。十八里铺的学员上午不来劳动，中午准时到校吃饭，下午上完课再等着吃晚饭，吃过晚饭就回家。时间久了，住校的学员与十八里铺的学员闹起矛盾来。他们对十八里铺的人不来劳动还专门吃好的很有意见，时常发生争执。

从校本部跑几十里路来上课的老师们，看到课堂上乱哄哄的，学生无心向学，就敷衍塞责，甚至找借口停课，教学效果更差。那些真正想上大学读书的学员觉得浪费光阴，有人干脆退学。

邓梓华召集开会研究对策，他说："吃饭不是大问题，要想办法提高学员们的学习积极性。"

有人说："学员的精神上午好过下午，是否改为上午上课下午劳动？"

有人说："上午上课虽然好，就怕学员下午劳动时劲头不足。"

胡子青是"共大"、农场和劳动教育基地共同的党支部书记，他说："共产主义劳动大学，劳动最重要，农民向来都是起早干活，不能上午上课下午劳动。依我看，半天劳动就不对。既然我们办的是共产主义劳动大学，那就不能照搬大学的老套，要敢于创新。应该白天全天劳动，晚上再上课，这才显出共产主义劳动大学的特点。"

有人笑出声，说："半天劳动上课还打瞌睡呢，白天劳动一整天，晚上不打瞌睡才怪。"

陈方村想发言，邓梓华打手势止住他，自己先说："胡子青同志说得有道理，白天劳动晚上上课也是一种可以尝试的方案。共产主义劳动大学是新生事物，不要受旧框框的束缚，我们要敢于闯出新路。但是既然是大学，不可能不上课，我和方村同志召开了几次座谈会，多数学员说不是不想上课，而是听不懂，要求补习文化。"

胡子青忍不住插话："这些天有好些学员找我，说他们真的不想上课，情愿当农场工人，整天劳动都没问题。"

陈方村说："有劳动积极性是好事，欢迎他们多参加义务劳动，但是有人想的是当农场的正式工。"

有人说："他们就是想领工资。"

邓梓华平衡大家的意见，决定一半学员上午劳动下午上课，另一半上午上课下午劳动，每周轮换一次。重新调整教学计划，从学员的实际程度出发，减少课目，降低难度。晚上补习中学文化，自愿参加。

中夏大学有一些教师和干部在十八里铺，有的人是监督劳动改造，有的人属于下放劳动锻炼，黄怡欣属于前者，汪书敏属于后者。两者的性质虽然不同，干活劳动却是一样的。因为"右倾"下放劳动的汪书敏已经怀有身孕，照样下地干繁重的体力活。当地的农民中，有的不分彼此，把他们同样视为"下放干部"，有的则把他们都当成阶级敌人。邓梓华把他们当中能教学上课的都请来当补习老师，其中有汪书敏和黄怡欣。陈方村胆小，担心汪书敏过来教书影响不好。邓梓华说："没问题，与你无关，我承担责任。我想好了，要办好'共大'，可以从补习文化课上突破。"

胡子青很快将"共大"晚间上文化补习课的事说给萧平，胡子青认为"共大"忽视劳动和思想教育，办学方向出了问题，让在十八里铺劳动改造的人给学员上课，阶级立场有问题，委托萧平向上反映。葛绍塘听了萧平的报告，原本打算派个处长去调查，又怕处长碍于邓梓华的威望不敢反映实情，就让仝慎鹏去。仝慎鹏正有家务事要拜托妻嫂黄怡欣，不想惹这个麻烦，借口到外地开会去了。葛绍瑭又派栗明谦去，栗明谦的资历不如陈方村，如今地位却比他高，见陈方村总是心里怵怵的，明知道陈方村老婆怀着身孕，强迫她回十八里铺下地劳动，岂不得罪陈方村？也找借口推搪。葛绍瑭只好亲自出马，微服暗访。

葛绍瑭先去十八里铺见大队支书李茂林，得知他们大队的青年人踊跃上"共大",也了解到"共大"抽调去上课的人员中确实有右派分子和右倾分子。天色将晚的时候,葛绍瑭从十八里铺步行到农场,只见场部灯火辉煌,传来一片读书声。

葛绍瑭悄悄走近一间教室,汪书敏正在讲毛泽东的文章《愚公移山》,先教学员读生字,再讲愚公移山的寓言故事,然后串讲课文,分析这篇文章的时代背景、主题思想和现实意义,最后带领学员朗读课文。教室里坐满了人,大家学得都很认真。汪书敏太过专注,没看到葛绍瑭进来又出去。

隔壁教室里鸦雀无声,讲台上不见老师。葛绍瑭定睛一看,原来学员们都在抄写黑板上的诗,一位女教师在学员座位中间来回走动辅导。葛绍瑭不认识黄怡欣,猜想应该就是她。再看黑板上的诗,从左到右一共三首,第一首和第二首是《送瘟神 其一 其二》,那是毛泽东主席得知江西余江县消灭血吸虫病后,激动不已,欣然命笔,一气呵成的豪迈诗篇。

葛绍瑭没有见过第三首,那首诗题目叫作《我来了》:

> 天上没有玉皇,
> 地上没有龙王,
> 我就是玉皇!
> 我就是龙王!
> 喝令三山五岳开道,
> 我来了!

葛绍瑭心生诧异,他不知道这诗的作者是何许人也,简直是口出狂言,将这样一首诗与伟大领袖的诗并列写在黑板上,这妥当吗?

黄怡欣正好走到葛绍瑭跟前,刚说:"这位同学,你怎么不坐下……"突然认出是葛绍瑭,忙说:"葛书记,您怎么在这里? ——同学们，中夏大学党委葛书记来到我们教室了，大家欢迎！"

学员一听是中夏大学的书记来了，一哄而起将他围上，纷纷说：

"葛书记，你这么晚来看我们，对我们太关心了！"

"葛书记，谢谢你给我们派来好老师，黄老师教得可好了！"

葛绍瑭问学员："老师给你们讲《我来了》这首诗的出处吗？"

一个学员答道："讲了，讲了，黄老师说，这首诗是湖南一位农民在《人民文学》杂志上发表的，还得到伟大领袖和郭老的表扬呢。"

葛绍瑭顿时语塞，幸亏没有批评她选诗不当，万一当着学员露怯，岂不显得自己孤陋寡闻没有水平。他对黄怡欣点点头，连声说："好，好，你们继续上课。"连忙走出教室。

听说葛绍瑭夜访"共大"，邓梓华陈方村有点慌神，也不知哪里出了问题，赶紧打着手电四处找他，正好在教室外边碰上。邓梓华看葛绍瑭一脸兴奋的神气，不像是来找错的。

葛绍瑭说："我抽空来看看，没来得及打招呼。我听了两堂课，效果不错，反映很好。梓华同志，你们赶紧写个材料，把经验总结出来报上去。"

邓梓华说："刚刚开始，还没摸着头绪，哪有什么经验好总结呀。"

葛绍瑭说："梓华同志，'共大'是新生事物，我们做得已经很不错了，总结经验要走在前面。我看抓住三条，一条是无产阶级思想教育与生产劳动相结合，一条是专业教育与生产劳动相结合，再一条就是思想政治教育与文化知识教育相结合。刚才我听的那一堂语文课，通过学习伟大领袖诗词和大跃进民谣，寓思想教育于文化知识教育之中，就是很好的经验呀。方村，你的文笔好，马上动笔，尽快写出来。"

陈方村知道葛绍瑭急着总结经验是为了上报邀功，不敢怠慢，马上动笔。他苦思冥想了一夜，觉得思想政治教育与生产劳动结合好写，思想政治教育与文化知识教育结合就以葛绍瑭听过的语文课作为案例，只是这专业教育与生产劳动结合还没有做，无法下笔。邓梓华一时也拿不出主意，两人商定开座谈会，征求学员的意见。

原以为学员们对学习农业科学技术的要求最迫切，谁知他们反而不感兴趣。有人说，什么农业科学，不就是"土、肥、水、种、密、保、管、工"吗，我们早就把"八字宪法"学透了，还有什么可学？再说教授怎么懂得种地，学种地还用来这里上大学吗？

邓陈二人害怕再犯方向错误，在农场办"共大"，肯定要学农业，否则就偏离方向了，可如何解决眼前遇到的问题，却一筹莫展。

陈方村说："老邓，你不是农学院毕业的吗，你来设计教学方案吧！"

邓梓华说："唉，我早把学的专业知识都还给老师了。"说到老师，他想起俞正堂，又说："方村，你将这我一军，把我提醒了。俞先生是农学院的创始人之一，既有农业理论又有农场管理经验，应该发挥他的特长，听听他的意见。再说他是农场场长，不能长期脱离岗位，应该把他请回来了。"

陈方村说："好主意。我马上去请，不知他的腿好没有？"

陈方村到了俞家，俞正堂正好外出。陈方村先不提上课的事，问俞秉轩："俞先生的腿怎样了？"

秉轩说："我父亲的膝盖大有好转，行动基本自如了。"

陈方村遂把请俞正堂给"共大"上课的事说了，正说着，俞正堂回来了。他在家里闲极无聊，正愁无事可做，欣然同意，当即就和陈方村一同赶回农场。因为黄怡欣已经在"共大"教课，自会在农场照顾他，家里人也放心他去。

农场那二百亩麦子，俞正堂从平整土地开始，施肥播种灌溉植保，所有的麦田管理每天都有记录。他根据自己的管理日记，参照农学院的教材，很快编出浅显易懂简明扼要的《小麦栽培与大田管理》讲义，拿给邓梓华。邓梓华认真看了，说编得快，编得好，又说课程的名称不如改为"人民公社小麦种植与管理"，人民公社现在实行"三级所有，队为基础"，教学内容应该结合生产队的实际。俞正堂说："你的意见好，我再了解了解生产队的情况，就按照你的意见改。"

《人民公社小麦种植与管理》大受学员们欢迎，学员说这书比原先发下来的大厚本容易看懂，看了才明白，种麦真的还有这么多学问，并非八个字就能概括。在俞正堂建议之下，"共大"后续又组织编写《人民公社农作物栽培》讲义，包括《小麦栽培》《玉米栽培》《大豆栽培》和《红薯栽培》，还准备编《经济作物栽培》。又陆续开出《人民公社牲畜饲养》《人民公社副业生产》《人民公社植树造林》和《人民公社会计》等课程，大家的学习积极性非常高涨。

邓梓华将老师们的讲义集结成一套《共产主义劳动大学教学读本》，送出版社正式出版，准备向全省全国发行。陈方村也把葛绍瑭要的经验总结写出来了，以"本报记者"的名义发表在省报上，占了整整一个版面。各大报纸纷纷转载，一时间共产主义劳动大学名扬全国。

第二十三章

69

过了年，从春天开始大旱，过冬的麦子不见返青，眼看着春玉米也难种上。天上无雨，俞正堂要从地下取水浇灌麦田。农场附近有十八里铺水库，十八里铺水库是"大跃进"扩容的，十八里铺的地势并不适合修大水库。水库早已干涸，却提高了附近的地下水位。俞正堂把以前水利系的老同事请来看地下水脉，决定打三眼机井。

俞正堂正忙于打机井，校工容锡田带着他的儿子"头儿"找到农场来了。

当年瘦小的要饭孩子"头儿"，如今长成敦敦实实的大小伙子了。"头儿"从小顽劣，不好好读书上进，如今已快成年，整天在大学校园里游荡。他回到家就跟弟弟们抢吃抢喝，专爱欺负那个既不同父又不同母的妹妹。容嫂护着女儿，天天跟容锡田吵架，家里闹得不可开交。容锡田无奈，更怕他在大学校园里惹事，就带着儿子来找恩人俞正堂，想把儿子送到农场混口饭吃，让他离家和大学校园都远点。

见了俞正堂，容锡田按着儿子的头让他给俞爷爷鞠躬，"头儿"梗着脖子就是不干。

俞正堂明白了容锡田的来意，就说："你来得正好，把他交给我吧，我来调教。"

"头儿"一听，拧着身子说："我才不下地干活呢，我要回城里，我要回大学里！"

俞正堂对他说："头儿，你要学好。我这里的工人都怕电，你想不想看管机井抽水浇麦子啊？”

一听说管理机井，父子俩嘴都笑歪了，“头儿”说：“俞爷爷，我想当电工，我听你的话。”

农场的机井需要一个人专门管理，现在的几个工人都怕触电，明知道是个轻活却没人敢干。容锡田来得正是时候，俞正堂觉得“头儿”孺子可教，让打井的技师好生教他如何管理机井。

俞正堂严肃地对他们父子说：“你们来得早不如来得巧，头儿正赶上一个机会。但是一定要认真负责，不是闹着玩儿。管机井不等于就是电工，需要好好学习知识和技术。学好了，可以当上电工。学不好，自然有人来顶替你。”

“头儿”满口答应，说：“俞爷爷，我一定听你的话，好好学。你以后别再叫我头儿行不行，你叫我的大名容楼成。”

容锡田万万没想到儿子竟然得到这样的好机会，对俞正堂千恩万谢，连声说：“俞先生，你真是我的大恩人哪，是我们全家的大恩人！”

容家有五个孩子，“头儿”的大名叫容楼成，容嫂带来的女儿比“头儿”小两岁，从容锡田的姓，叫作容香兰，容嫂又跟容锡田一连生了三个儿子。孩子渐渐长大，吃得越来越多。一到饭时，大人孩子七张嘴要吃饭，都指望容锡田养活。一家人顾了吃顾不上穿，除了女孩儿容香兰，三个小男孩的衣服都是捡“头儿”穿过的，一个个往下传，等传到最小的那个儿子，穿到身上差不多快成叫花子了。容锡田是校工，守校门当传达，养活五个孩子实在不容易，容嫂只好在校园里收集旧书报废纸牙膏皮，卖废品挣钱。他家煮开水用的是一只锡茶壶，那时的牙膏都是锡管的，容嫂在校园里到处搜罗学生们丢弃的牙膏锡管，收集起来融化铸成这只锡茶壶。有一次容嫂在操场边的草丛里发现一大块废铁，大约有二百来斤。她高高兴兴地费了不少力用一辆架子车拉到废品收购站，人家说这是大跃进的"卫星炉渣"，不但不收，还要她拉走。

收废品挣不到钱，容嫂改行修理雨伞。那个年代最常见的是竹篾做伞骨的桐油纸伞，纸伞容易破，修补雨伞成为一种行当。一开始容嫂只是在校园里修伞，她的服务态度好，修补又认真，几乎揽下校内全部修伞的活儿。渐渐地校园里的雨伞都被容嫂修好了，生意越来越少，她只好走街串巷找营生，几乎走遍全城。

容嫂出去修伞，容楼成回家见到妹妹香兰就欺负，年纪小的时候是恶作剧，如今已经长大省事了，对这个不亲的妹妹动手动脚，渐渐显露出轻薄。容嫂嫁过来就不待见"头儿"，容锡田怕儿子受后娘的气，格外护犊子。容嫂怕女儿吃亏，处处向着女儿。可怜他们夫妇的三个亲生的儿子反倒受到冷落，身上穿着脏衣服，脸上拖着长鼻涕，像是没爹没娘的孤儿。

自从生下第三个儿子，容嫂就和容锡田分床睡觉，她带着小儿子和女儿睡在纸板隔起来的里间，容锡田和三个儿子睡在外间。等这个最小的儿子长到三岁，容嫂把他打发到外间跟他爸爸睡。容锡田和大儿子"头儿"还有三个弟弟，五个人挤到一张床上。容嫂母女俩把门一关，谁也不让进，从此容锡田两口子整天吵架。吵架归吵架，日子还得过下去，容嫂靠着外出修伞，挣钱替容锡田分担养活一大家人。

容嫂对俞家非常感恩，她知道要不是当年俞正堂收留，一家人早就饿死在街头了，容锡田怎么能来到大学里当上校工呢！现在俞先生又把"头儿"安排在农场看管机井，"头儿"自己有了挣钱的活路，家里少了一张吃饭的大口，他又远在二十里外，省得回家欺负香兰。

容嫂修伞路过平安巷，串门进了俞家门，她是想来表示感谢的，又空着手，就借口说要给俞家修伞。俞先生不在家，容嫂就谢俞太太，说了很多感恩的话。

俞太太说："不用谢，能帮一定会帮。再说这事也是'头儿'赶上个机会，碰巧了。"还说："容嫂，等'头儿'回家你们要好生教育他，要他好好学技术，争取当上正式的电工。"

容嫂却说："俞太太，我回家把你的话告诉容锡田，要他好好教训那个孽障。我的话他可不会听。"说着，就开始向俞太太编排"头儿"的不是，说他怎么欺负妹妹。

俞太太说："欺负妹妹那可不行，不过你这当后娘的，也不能偏心。"

容锡田一家在俞家住过，俞太太早就看出容嫂是个有心事的人。俞太太一说抗战时逃难的事，容嫂就岔开话题。俞太太知道他和容锡田是逃难路上的半路夫妻，以为她不愿意旧事重提。不撩人之痛揭人之短是为人处世的美德，俞太太往后就不再给容嫂说抗战的事。有一次俞太太看报，说起报纸上有日本广岛长崎原子弹受难者代表团访问中国的消息。容嫂正好在一旁，就凑过来看，马上又做出不识字的样子，故意问："俞太太，我们欢迎他们日本人来吗？"

俞太太看出她是识字的，她自己却说斗大的字不识半升，是个文盲。虽然容嫂能吃苦耐劳，可俞太太总觉得容嫂这个人并非一般的农村妇女，她可能另有隐情。不过他们家孩子多，日子过得实在艰难，该帮的，能帮的，一定尽力去帮助他们。

容楼成从小是聪明机灵的，容锡田怕容嫂这个后娘不待见头儿，白天到校门值班就把他带到身边。容锡田开始没有在意要他读书，等意识到儿子该上学了，他已经养成顽劣的脾性，不求上进了。"头儿"整天在校园里晃荡，接触的都是校园里的校工杂役或者外面进来的建筑工搬运工修理匠，最底层的三教九流。"头儿"小时候整天跟在容锡田的屁股后面，知道他爸爸是大学里把守大门的，不让谁进谁就进不去，只觉得爸爸好威风。长大了渐渐明白，他爸爸不过是大学里最底层的校工，教授家里的孩子们都离他远远的，他只能在低层人家的孩子堆里寻玩伴。"头儿"丝毫没有受到大学文雅之风的熏陶，日久天长成了校园里出了名的小混混。容锡田眼看儿子成人却一无所长，容嫂在家里的数落越来越多，不免日夜心焦。现在俞先生把他安排在农场看管机井，还要他学电工，等于为容锡田排忧解难，他心里踏实多了。

农场的工人们都喜欢又明又亮的电灯泡，却只会拉电灯开关的灯绳，不敢碰机井抽水机，更不敢接近电闸。容楼成是专管机井抽水的，只见他一推电闸，抽水机立刻轰鸣，地下水哗哗流出来灌到麦地里，工人们个个好奇却躲得远远的。大家都无比羡慕他，叫他"电工小师傅"。

容楼成十分得意，激发起学技术的兴趣，对俞爷爷表示想当真正的电工。俞正堂从心里希望他上进，就请了一位电工师傅认真教他。

<h1 style="text-align:center">70</h1>

刚刚崭露头角的"共大"，吃饭成了大难题。

"共大"的学员约有二百人，全部来自农村，既无城市户口，也无粮食关系，吃的都是农场自产的粮食。农场的土地本是不在册的荒地，又属于教学实习用地，无须"统购统销"上缴公粮。农场一年种二百亩粮食，二百来号学员再加上农场的季节工、临时工，刚好自给自足。现在的存粮吃到明年麦收本来是足够的，但是突然接到粮食局的通知，要向中夏大学农场征收农业税，不仅缴公粮，还得卖余粮，要紧急调走六万斤粮食。

民以食为天，二百多号人天天要吃饭，口粮从何而来？俞正堂骑上自行车直奔郊区粮食局请求停止调粮，粮食局副局长姓蒋，是俞正堂教过的农学院的毕业生。俞正堂不客气地说："蒋副局长，你不给我解决共大学员的粮食供应，还要一下子调走六万斤，你要他们饿肚子啊！农场还有十几号种地的工人也要吃饭，你们这是要砸饭碗哪！"

蒋副局长连忙拉着俞正堂走到僻静处，低声说："俞先生，学生无能，实在对不住啊。你知道我是党外人士，我这个副局长不过是个虚职，局长说了算。不过不瞒老师，现在全省全国粮食短缺，你们那二百号人属于农村人口，哪有粮食供应？全省都知道中夏大学农场连年高产放卫星，紧急关头哪能不给国家做贡献呢？"又说："不过先生您既然来了，您先坐坐，我向局长通报一声，看看能不能直接跟局长谈谈。"

蒋副局长唯唯诺诺进入局长办公室，局长正在翘着二郎腿喝茶看报，听说大学农场场长来了，随口问："农场场长算什么级别？要是处级那就见见，不过也就是客气一下，调粮食是上级决定，咱们只能服从。他要是仅仅是个科级干部，那就免见了，见也白搭。"

蒋副局长也不知农场场长官居何品，转回身委婉地问俞正堂是何级别？俞正堂一听顿时来气，说："我是平头百姓一个！"说完拂袖而去。

六万斤粮食如数调走，农场仓库里空空荡荡。"共大"食堂原来主食是不限量的，大家都可以敞开肚皮吃饱，现在必须实行定量供应，一顿饭每人最多五两主食。十八里铺那些村干子弟平时不参加劳动照常来吃饭，以前大家都是睁一只眼闭一只眼，虽有怨气却没有理会他们。现在学员们不再容忍了，自发成立监督岗，不允许他们在食堂就餐。"共大"的老师们出面劝阻，但是学员们对这些村干子弟群起而攻，说他们"吃白食，不嫌丢人"。闹腾了几次，那帮子弟自觉无趣，反正食堂早就没有肉吃，连豆腐也不见，再也不来上学了。

存粮日渐减少，每顿五两的定量难以维持，只得再减定量，将每人每日一斤粮食的饭票发给个人，每一顿吃多吃少由自己掌握。本来是放开肚子管饱，现在得捏着饭票算计，肚子一天到晚闹饥荒，学员们吵着"定量不够""吃不饱"，正常的学习和劳动难以维持。

巧妇难为无米之炊，"共大"学员吃饭问题越来越严重，只好汇报到校党委。书记葛绍瑭到省里开会多日不见回来，连个电话都没有，群龙无首。

副校长仝慎鹏得到小道消息，"共大"恐怕要下马，建议邓梓华先放假，缓解一下再说。邓梓华将信将疑。

年关之前"共大"食堂的口粮已经见底了。正在省里开会的葛绍瑭电话打给仝慎鹏，说邓梓华已经将"共大"缺粮的情况越级反映到省委，省委决定"共大"提前放假。

没成想，吃饱饭时总是盼着放假的学员，现在"共大"提前放假了却不肯离校，纷纷表示希望留在学校继续学习，哪怕在农场劳动也行。陈方村去做动员工作，学员们讲出实情，家乡早就开始闹粮荒，年关将近，家家断粮，回到家只能等着饿肚子，留在 "共大"不走，总不会让他们饿死。

胡子青曾表态欢迎学员当农场工人，学员们就去找他，胡子青说现在的情况变了，既然学校放假，一切后勤服务都会停止，食堂马上停火，学员必须离校。学员们不依不饶，非要"参加劳动"，胡子青被学员纠缠不过，就说："给你们上课的俞正堂是农场场长，你们去问他吧。"

学员们平时看到俞正堂除了上课就是下地干活，原本以为他不过是个一边劳动改造一边兼课的普通老师，从未听到别人喊他场长。既然是场长，当然可以做主，于是学员们就把俞正堂围起来，说大家都想把《人民公社大田管理》和《生产队会计》这两门课学完，不想学个半截就放假。俞正堂只得对学员们说："我何尝不想你们留下来继续学习，但是你们没有粮食供应，原来吃的是农场自产的粮食，现在粮食都被调走了，仓库已经空了，同学们留下来吃什么？"

有人生气地说："这是什么大学，说办就办，说停就停！"

有人嚷嚷说："不行，我们去找省里反映！"

此话一出，却无人响应了。有人低声嘀咕："算了吧，当心把你打成右派。"

在人心动荡的时刻，葛绍瑭突然回到学校，连夜召开全校师生大会，在会上以极其沉重的语调做报告：

"我国连续两年遭受严重的自然灾害，在我们遇到空前困难的时刻，苏联实行修正主义，与中国人民反目，向美帝国主义投降。由于国内副食品供应紧张和收购困难，不能如期向苏联交货，出现了贸易欠债。苏联修正主义趁火打劫落井下石，偏偏在我们最困难的时候停止援助，撤回专家，还向我们逼债，不仅要我们还这两年欠下的贸易债，还要追讨抗美援朝欠下的军火债。面对帝国主义和修正主义的两面夹击，我们只能发愤图强，艰苦奋斗，自力更生，自给自足。从现在开始，降低粮食定量供应标准，实行低标准，瓜菜代。正在试点的共产主义劳动大学，暂时放长假。"

葛绍瑭在大会上做完报告，给仝慎鹏交代工作，要求邓梓华负责做好"共大"善后，又匆匆回省里继续开会。

"共大"从十八里铺抽调出来的右派分子和下放干部要退回原处，大队支书李茂林拒不接受，理由是缺粮。这些人虽然有粮票但是粮管所里没有粮食，粮票等于废纸，大队不能管这些人吃饭。这些人被双方推来推去，一时无所适从。邓梓华问仝慎鹏怎么办？仝慎鹏不敢擅自做主，打电话向葛绍瑭请示，电话没人接。有些下放干部在乡下没饭吃，就自己回家了。仝慎鹏只好拍板说，所有人员先就近回农场参加劳动。

"共大"放长假实际是"下马"了，邓梓华陈方村无事可做，回校部去了。胡子青在乡下的父母得了浮肿病，请假回老家，只有俞正堂留守在农场。

粮食供应已经实行"低标准"，教师干部每月供应26斤粮食和2两油，其中百分之八十是粗粮，粗粮中还包括四斤顶一斤粮食定量的红薯。食堂凭饭票供应主食，菜里不见油，个个吃不饱，天天闹纠纷。

校本部推开做饭技术革新运动，涌现一批做饭技术革新的先锋，物理系教师于海民放了一颗"做饭卫星"，发明"超声波粮食烹调增量法"，可将一斤玉米粉加工出三斤半玉米发糕。于海民说，超声波粮食烹调增量法利用超声致热的原理，使玉米颗粒淀粉完全分解，增加糖分，提供更多的热量。超声波还能使玉米胚里的脂肪充分游离并散发出特有的芳香，"超"出来的发糕更加美味可口，而且卫生健康。

在农场全体人员的强烈要求之下，学校派于海民去农场推广超声波做饭，他带来超声波设备，经过两次调试就"超"出热腾腾的玉米发糕。

开饭了，排队取食的人翘首以待，看到排在最前面的人只交了三两饭票就得到很大一块玉米发糕，排在后边的人急不可耐。"超"出来的玉米发糕蓬松可口，一大块玉米发糕下肚，连大块头男人都感觉吃饱了，饭量小的人还吃不完。大家都感谢这位专家，他这颗"卫星"太管用了，大家从此可以吃饱肚子。

连吃几天超声玉米发糕，大家终于品出味道了。这发糕下肚时虽然感觉吃饱了，但是不到两个小时，就饥肠辘辘难以忍受。有人想明白了，物质守恒，三两粮食就是三两粮食，三两变一斤，多出来的无非是水，超声波不过是让玉米粉充分水解与水更好地结合，更容易消化罢了。顿顿吃发糕，吃得都是水饱，消化得更快，饿得更快。

有个小青年去找俞正堂，带着气说："什么烹调增量法，我看是精神增量法，别再用这玩意骗我们的肚子了！"

在食堂吃饭的人拒绝再吃超声发糕，怀疑厨房缺斤短两，埋怨炊事员掌勺不公，吃饭时总是吵吵闹闹。有人说校本部的食堂早就散伙了，农场食堂越办越差，不如自己的定量自己掌握。俞正堂看大家都不愿在一起搭伙，与其不欢而散，不如早日解散食堂，各吃各的，于是宣布食堂停火。

71

食堂关门后，俞正堂与儿媳黄怡欣还有汪书敏三人起火做饭。汪书敏的预产期快到了，正是食量大增的时候。俞正堂和黄怡欣都尽量让她多吃点，汪书敏过意不去总是推让。黄怡欣说："书敏，现在都谈不上什么营养了，为了孩子你得多吃一点，方村当年还不是一进我们家就拿馒头吃。"

书敏说："我也一样。一到家，俞师母就给我们做好吃的，我最爱吃她做的鸡蛋面。"

说起鸡蛋，怡欣悄悄对她说："我公公在这里养着几只鸡呢，说是等你坐月子的时候好补养身体。"

陈方村直到汪书敏即将临产才把她接走，俞正堂一定要他们带上三只鸡。他养了八只鸡，被偷走一半，再养下去恐怕一只也留不下了。

今年的冬天格外冷，天寒地冻，黄怡欣踏着积雪在麦地里挖野菜。但是挖野菜的人越来越多，野菜越挖越少，麦地周围的榆树叶子都被摘光了，连榆树皮都被人剥掉，树都死了。后来有人半夜里来挖麦苗，拿回去连根煮煮咽下去充饥。

盗挖麦苗的情况越来越严重，任其下去地里的麦子有可能全部被祸害。负责农场安全保卫的胡子青得了浮肿病，也不到农场来。俞正堂担心明年麦子绝收，就将农场的职工组织起来日夜守护麦地，又费尽口舌从派出所请来两位民警，给民警每人十五斤玉米，请他们夜间在麦地里闪着警灯转了几回，吓唬吓唬那些偷挖麦苗的人。去年种麦时，俞正堂另外单独开辟了半亩小片荒地，他格外精心护理这半亩麦子，要验证小麦的产量。

人战胜不了饥饿，黄怡欣先是浮肿，又转成营养不良型肝炎，躺倒在床上，连挖野菜的力气都没有了。俞正堂也得了浮肿，没有儿媳严重，他觉得儿媳是为了让他多吃一点才饿出肝炎的，捎信给儿子，发话说无论如何要把怡欣接回家。

秉轩赶到农场，父亲要他赶紧把怡欣接回家。秉轩说："我让秉淑问过全慎鹏，他说最好不要擅自回家，在农场就地休息。"

俞正堂恼怒了，不说这个女婿，只说秉淑："她不是我女儿，不是我们家的人。"又说秉轩："你根本就不应该问她，他们就是想让怡欣在这里等死，好彻底划清界线。"当即给邓梓华打电话："黄怡欣人都躺倒了，我不能见死不救，我要秉轩把她领回家。"

邓梓华现在无职无权，但是他说："先回来看病，其他的事以后再说。"

怡欣的身体一向强健，极少生病，这一次的肝炎却彻底摧毁了她的健康，从来没有如此虚弱。她饿得出现了幻觉，感觉灵魂游离了身躯。不知过了多久，她隐隐约约听到呼唤，勉强睁开眼睛，看到身边的秉轩。黄怡欣一下从极度虚弱中缓过劲来——秉轩来接她了！

三个孩子好容易盼到妈妈回家，妈妈却衰弱地躺在床上，她害怕肝炎传染，不让孩子们接近。老大以为妈妈病危，连声喊着"妈妈"大哭起来，两个小的也跟着哥哥哭。怡欣只得勉强抬头对孩子们说："妈妈只是太累了，休息休息就好了，哥哥带着弟弟妹妹玩去吧。"

秉贤听说嫂嫂得了肝炎，当晚就回家来给她做了检查。秉贤说嫂嫂的肝肿大，血色素明显低，不必去医院抽血化验了，就按肝炎来医治，主要就是加强营养。她带来一包葡萄糖粉，说是医院发给医生的，害怕医生都病倒了没人给病人看病。怡欣感动得掉下眼泪，说："妹妹，感谢你的一片心意。你还是想办法给瑞淳寄去吧，他在那里恐怕更难。"

妹夫季瑞淳在医学院被打成右派分子后，停职停薪只给生活费在实验室里洗试管打杂，他不服气找领导争辩，又加重处罚将他发配到河淀农场劳改。闹饥荒之后季瑞淳多次给妻子写信求救，希望能给他寄些吃的保命。秉贤每天在医院里看到那些因为饥饿而濒临死亡的病人，想到远在河淀农场的丈夫在死亡线上挣扎，却又无能为力去帮他。没想到父亲俞正堂跋涉几百里给女婿季瑞淳送去十斤红薯干和半斤红糖，为了能让季瑞淳吃到嘴里，俞正堂送给监管人员一条大前门烟，把红薯干藏在棉袄里，嘱咐他饿极了悄悄嚼一块，为了秉贤和孩子，一定要保住自己的命。

秉贤说："要不是瑞淳来信说，我一直都不知道父亲去看他。这等于教训了我，我要鼓励他活下去。但是这葡萄糖粉就是给瑞淳寄去，也到不了他手里。父亲那里也有一包，这一包是给你吃的，你要赶紧补允糖和其他营养，肝功能要及早恢复，否则后果很严重。"说着说着，姑嫂二人相对垂泪。

俞秉轩看着妻子衰弱地躺在床上，心里万分难过，想起在潭渊关，假如赵海昇没有阴差阳错地耽误了那一封邮政通知，怡欣真的去邮局找"胡申"接头，可能他们从此就阴阳两界了。

他又回忆起一件几乎生离死别的往事。抗战胜利复员回省城的路上，如老牛拉车一样缓慢而行的列车在山区一个小站上停靠加水，站长在站台上反复叫喊："列车随时开动，乘客不要下车"。列车却迟迟不见开动，所有的车厢都爆满超员，在车厢里被挤得喘不过气的乘客还是不停地下车透气，找水喝或是撒尿。怡欣怀抱着刚出生几个月的婴儿，早已是饥渴难忍，婴儿从母乳里吸吮不出奶汁哭个不停。秉轩眼看火车没有动静，不听怡欣劝阻，跳下车想为怡欣弄点吃的喝的。站台上的食物早已卖光，秉轩只得随着大家往车站外的小集市疾走，乘客见到食物就发疯似地抢买，小贩子乘机哄抬价钱。秉轩遇到一个卖烧饼的，他说只剩两个烤糊的烧饼，秉轩无奈只得买下。那小贩说，我家离车站很近，家里还有烤好的烧饼，你想要就跟我来。秉轩不假思索，跟着小贩就走。不料过了一道浅沟还不见人家，顿时警觉，只见那个小贩突然露出狰狞面目，说："你先给钱，在这沟里等着，我回去给你拿烧饼。"说着就往秉轩身上抢钱。秉轩知道上当，使出上大学国术课学来的少林小炮拳，一拳打到那小贩肋下，趁他一个趔趄又补上一脚，然后一个箭步跨出浅沟奔回车站。火车头已经鸣笛喷汽，怡欣心急如焚，抱着孩子挤到车厢门口张望，万一秉轩误了车，那就可能从此天隔一方。怡欣一手抱孩子，另一只手臂上搭着一个小包袱，大件行李是顾不上了，万一车开还不见秉轩回来，就抱着孩子下车在车站死等。眼看火车已经启动，怡欣抱着孩子正要往下跳，终于看见秉轩招着手在车厢另一头上了车。等秉轩满身大汗挤过来，怡欣一句话也没有说，只是死死攥住他的胳臂，满脸的热泪和欣慰的笑容。

秉轩坐在床头，怨恨自己的懦弱与无能，明知自己最心爱的人在农场受苦挨饿，自己却坐视不顾，要不是父亲决断，怡欣说不定会丢掉性命。秉轩不再去设想怡欣"擅自"回家后还会遇上什么麻烦了，反正以后决不分开。

怡欣软软地握着秉轩的手，想起镜明湖，那一次她已经走进湖心，离生死离别仅有一步之遥，唤醒她的是好心的宣素仪，真正让她回头的是孩子，自己的亲骨肉。但是，她要把镜明湖的经历永远埋藏在心底。

秉轩的手温慢慢从怡欣的手心传到她的心底。怡欣久久凝望着秉轩，缓缓说：“我会度过这饥荒的，我不想和你分开。”

第二十四章

72

容楼成在农场学电工出师，正赶上校本部招聘，他顺利通过考试，成为校本部的正式电工，容家的生活马上变样。容锡田高高兴兴带着老婆来俞家拜谢，容锡田说："多谢俞先生，'头儿'都是托您的福才有了工作，真不知该怎么感谢。"

俞正堂说："学电工是我的主张，但是你儿子回校本部上班那是他自己遇上好机会了。再说，他技术考试通过了。"

容锡田问："俞先生，再麻烦您能不能给容嫂和香兰也找点事做？孩子们都大了，个个能吃，养活这一大家，太难了。"

俞正堂对容锡田夫妇说："现在是困难时期，在岗的人员还在下放。我试试看吧。"

容锡田心里嘀咕，俞正堂女婿是大学的二把手，打声招呼就安排了，不费吹灰之力。看来俞先生家的势力大了，开始摆谱了。

过几天，容香兰到印刷厂当临时工了，容嫂心满意足。容锡田根本不管女儿的事，要不是俞先生出面，哪能享这现成？容嫂有自知之明，心里感激俞先生，继续做自己的修伞营生。

粮食供应实行低标准，小孩的粮食定量少，容家孩子多，半个月就能吃完一个月的粮食，下半月个个都饿得哇哇乱叫唤。眼看孩子们挨饿，容嫂出门修伞就不再带干粮，留下自己的口粮匀给孩子们吃。修伞赶上主家饭时，就商量着不收钱，求主家给口饭吃，面汤稀粥红薯也行，那怕吃口剩饭。修伞成了变相讨饭，自己勉强糊口，有干粮时还捎带回家给孩子们吃。

有一天，容嫂在花井街一座门楼里修伞，抬眼望见街上一位老妇人手各提一只木水桶从门前经过，她穿的衣服鞋子和提水走路的身形十分特别。容嫂赶紧起身出门，却不见那老妇的人影。

这个手提木水桶的老妇人，深深地触动了容嫂的心事。

容嫂曾经嫁给日本人，丈夫樱井俊二是侵华日军所属棉花改良所的技正。容嫂的娘家姓孟，父亲是个不小的地主，当了乡里的维持会长。孟家的房屋比较整齐，樱井俊二推广种植棉花就住在孟家，日久对房东家的姑娘起了爱意。樱井俊二不是军人，与当地女子成婚不违反禁令，他倒没有施侵略者的淫威，而是正式求婚。樱井俊二对孟姑娘父女说，他从未成婚，在日本家乡绝无妻室，他是真心爱孟姑娘，诚心诚意要娶她为妻。

孟姑娘十五岁上，她的娘染上时疫去世，孟地主也不续弦，与独生女相依为命。他当维持会长为的是仰仗日本人，免得四邻八乡有谁敢欺负他家缺少人丁。孟地主出于对侵略者的惧怕，再加上樱井俊二就住在他家，不同意也不成，但是他要求樱井俊二明媒正娶。

樱井家族本是日本长崎的造船世家，祖辈都是造船工匠，到了他父亲这一辈，樱井家的男丁开始从军，樱井俊二的父兄都毕业于日本士官学校。父亲战死于日俄旅顺口之战，兄长在关东军服役期间遭遇伏击死于哈尔滨，父兄的鲜血使樱井俊二厌恶战争，一改家风不入士官学校，立志学农，考取东京帝国大学农学院。日本本土不产棉花，樱井俊二却钻冷门学习棉花种植。战事一起，棉花成为重要的战略物资，不想卷入战争的樱井俊二还是被派到中国，加入日军属下的棉花改良所做技正，在中国推广棉花种植。

樱井俊二突然接到上峰命令，要他立即赶往日军第37师团司令部报到，说是司令官要亲自召见他。樱井俊二十分惊恐，以为司令官要亲自征召他上前线。等他到了司令部，并没有见到司令官，而是一位参谋官向他下达命令，提升他为棉花改良所所长。

1944年年底，日军不甘失败，垂死挣扎扩大了占领区，打算新成立一个所谓的省，日军方面想让名人张步云做伪省长。张步云早年留学日本早稻田大学政法系，在日本求学期间结识了廖仲恺、于右任、李济深等，并加入了同盟会，后来成为国民党最早一批党员。张步云回国后在省城主持法政学堂，省内政法界人士多出其门，他曾任省政务厅厅长司法厅厅长并署理过省长。抗战初起，张步云正抱病在家，未能及时向大后方撤退，日军认为张步云有利用价值就把他软禁在家。土肥原贤二主持日本在华特务机关时，曾专程拜访张步云，要求他参加"华北自治区政务委员会"，张步云假装病重昏迷拒绝。

为了让张步云就范出任伪省长，日寇处心积虑。樱井俊二是张步云的日本太太樱井信子的侄子，日军把他晋升为棉改所所长，让他带着委任状去见姑妈。日本人认为，利用姑侄关系，加上樱井俊二技术专家的身份，正好在张步云面前宣扬日军重视农业，致力"大东亚共荣"，对游说张步云有好处。

樱井信子是樱井俊二父亲的姐姐，年纪轻轻就嫁给张步云。当年樱井家并不同意这门亲事，但是信子小姐非这位早稻田大学的中国留学生不嫁，随夫去了中国。樱井家的后人相继去世，只剩下樱井信子和樱井俊二姑侄两人。日本侵华战起，樱井俊二和姑妈虽然同在中国，彼此也只是偶尔互通消息。

樱井信子来中国三十年了，第一次见到自己娘家的亲人，看到侄儿年纪轻轻就当了技正所长，心中不由得升起得意之情，格外款待。樱井俊二对姑妈坦陈自己身负游说姑父出山的使命，姑妈告诉他，土肥原贤二曾经亲自登门游说张步云参加"华北自治"，他都称病拒绝，若不是日军方面有人严密监视，他们全家早就离开省城移往后方了。

张步云看出樱井俊二是奉命前来说项，视这位内侄为不速之客，对他相当冷淡，只在病榻上和他寒暄几句，不肯多谈。

姑妈对侄子说："我已嫁到中国三十年，都成了中国人，只能维护丈夫的立场。他宁死不从的事情，我也不能勉强他。"

樱井俊二想，反正把该说的话都说了，连土肥原都做不到的事情，他一个推广种棉花的怎么可能做到？大不了把他的所长再撤掉。樱井俊二索性把游说的任务丢下，和自己唯一的亲人拉起家常。俊二对姑妈说，他爱上中国房东家的女儿，准备结婚。姑妈非常高兴，当初她嫁给中国人家里反对，现在侄儿要娶中国媳妇，她欣然赞同。樱井信子拿出自己的私房钱一百块银元和刻有樱井家徽的白金戒指送给侄儿，作为娶孟姑娘的聘礼。

樱井俊二带着聘礼直奔孟家，并托请棉花改良所的中国人副所长出面做媒。孟地主支支吾吾不肯吐口，其实是想多要点彩礼。孟姑娘真的爱上这个日本人了，对父亲说："我已经是樱井俊二的人了，怀上了他的孩子。你要是再不答应，我就跳井去死。"

孟地主不想赔了女儿毁掉家，再说认了这门亲谁还敢欺负日本所长的老丈人？男方长辈姑妈已经同意这门婚事，也行了聘礼，还有副所长这样的头面人物保媒，就答应嫁闺女。樱井俊二按照中国的传统，抬花轿吹吹打打行了婚礼，跟孟姑娘过起甜蜜的小日子，女儿香子很快出生。

香子不到一岁，日本战败。樱井俊二虽不在军籍，也进了国军的日寇俘虏营。他在被俘之前已经知道家乡长崎被原子弹彻底摧毁，自己前途未卜，连个永久的通信地址都无法留给妻子，只能尽其所有给她留下十块银元、一只金手表和一支金笔。

孟姑娘厄运才刚刚开始，维持会长父亲被国军当作汉奸给枪毙了，家产都被充公。孟姑娘的家乡很快又成为国共拉锯战的必争之地，村里人只有逃亡。在逃亡的路上，她遇上拉扯着一个男孩子的鳏夫容锡田，两人结伴而行。容锡田好心，见她孤身带着不到一岁的女婴实在可怜，一路上照顾她们母女。她把五块现洋交给容锡田，一路维持温饱。流落到省城的时候，樱井留下的金手表和金笔都当掉换了吃食，他们已经身无分文，只好沿街乞讨。容嫂拉扯着容锡田的儿子，抱着自己的女儿，怀着孩子，要饭都走不动了，眼看着大人孩子都要路毙街头，幸亏找到俞先生，一家人才有了活路。俞家的这份恩情，容嫂一直牢记于心。

容嫂修伞时见到那老妇人的身影，觉得她的穿着和行动像是日本人，于是边修伞边故作随意地问街坊："你们街上还有日本人吗？"

街坊说："现在哪有日本人，早就把日本人打跑了。"

另一个街坊说："张家后院不是还住着一个日本老太婆吗？"

容嫂心里一惊，不动声色地说："哪个张家，是旧社会做过大官的那个张家吗？"

街坊说："是啊，这姓张的要不是死在解放前，恐怕早被枪毙了。"

容嫂心里有数了，继续修伞，不再做声。

日本投降十多年了，樱井俊二生死不明，容嫂早该将他忘掉了。但是女儿给她哭诉受到"头儿"的欺负时，容嫂忍不住把女儿揽在怀里，脱口叫她"こうし（香子）"，难免想起香子的亲生父亲樱井俊二。容嫂其实是识字的，她知道日本属于美帝国主义阵营，中日没有邦交，早就断了让女儿和她生父团圆的念想。但是今天沿街修伞途中无意得知樱井俊二的姑妈还在世，不免动了打听樱井俊二下落的心思。

容嫂修好手中的伞，又进入张家老宅揽活。张家老宅是个三进的四合院，现在成了大杂院，除了张家的人，住进了十来户人家。这院子里果然有人要修伞，容嫂在门楼里落定，埋头修伞。她漫不经心地问蹲在一旁看热闹的孩子："小弟弟，你们后院还有人家吗，你去问问他们修不修伞？"小孩站起来边跑边说："我去问问大后院的日本老太婆。"

张家老宅西墙根，有一条甬道直通大后院，大后院原是张家仆人的住处，张步云的日本太太樱井信子现在孤身一人住在那里。不一会儿，小孩回来了，身后跟着一位个子矮矮的老妇人，老妇人身上的衣服皱皱巴巴不伦不类，很难说那是一件和服，脚上却穿着木屐，显得衰老和落拓。当年的孟姑娘感恩于这位从未谋面的日本姑妈，因为她的首肯并且拿出聘礼和戒指，成全了她与樱井俊二的婚姻。没想到今天轻易地见到了曾经仰慕的姑妈，心中却一片凄凉。

老妇人像干枯树枝一样粗糙皲裂的手里拿着一把破伞，容嫂有点慌乱，接过破伞，和气地对老妇人说："老人家，你的伞太破了，我要带回去修。"

老妇人说："你要带走？要多少钱？"她的话还是带有一些口音。

容嫂说："老人家，你年纪大了，我不收你的钱。你放心，我会修好给你送回来的。"

容嫂要把伞拿走，还说不要钱，引起老人怀疑，把伞收回去，攥在手里，不修了。容嫂其实是找借口想明天再次上门，就说："这样吧，我看看缺什么零件，我明天再来修。"

容嫂原本是为了打听樱井俊二的下落，见到穷困潦倒的樱井信子却动了恻隐之心。当年樱井信子给她侄儿做聘礼的大洋，在孟地主手里被国军充公了。孟姑娘的十块私房钱在逃荒路上花掉五块，还有五块缝在棉裤腰里，不到万不得已绝不动它，连容锡田都不知道。容嫂见樱井信子生活艰难，打算将这五块银元还给她，表一表自己的心意。

樱井信子那把伞已经破烂不堪，容嫂回家收集了各种各样的新旧零件配件，准备第二天去修好它。第二天一早，容嫂悄悄剪开裤腰取出私藏多年的五块银元，去人民银行把它兑换成人民币。

银行的人说："一块银元只能兑一元人民币。"

容嫂说："那我就不兑了。"

银行的人说："私藏银元是犯法的，你既然拿来了，就别想再拿回去，不兑换也得兑换，否则就要追查你经济犯罪，把你关进监狱。"

容嫂吓得出了一身冷汗，别说进监狱，就是让自己的男人知道有这五块银元也不行，赶紧抓起五元人民币逃出人民银行。容嫂走了很远才敢停下脚步，回头望望，倒也平安无事。容嫂缓过劲，心想，这不是银行打劫老百姓吗？

容嫂拿着刚兑换出来的五元人民币，背着修伞的工具，直奔张宅后院。老妇人见容嫂如此守信，从屋里拿出那把破旧的雨伞递给容嫂，问："你真能修好吗，要多少钱？"

容嫂："说好了，不要你老人家的钱。"说着就在老妇人门前支起修伞的摊子，认真修伞。老妇人还是将信将疑，坐在马扎上看着她修理。容嫂今天刻意戴上一直珍藏的白金戒指，老妇人无意看见了，突然攥住她的手，厉声问道："你的戒指是哪里来的？"

容嫂看左右无人，用日语说："さくらいしゅん（樱井俊二）"。

老妇人大惊，把容嫂的左手攥得更紧。容嫂说："俊二是我的前夫，我和他生下的女儿香子现在与我相依为命，我无依无靠改嫁流落到此地。俊二说这这枚戒指是你送给我的，这上面有樱井家的家徽，我今天就是来送还戒指的，物归原主。"

老妇人松开手，将容嫂抱在怀里，两个天涯沦落的女人抱头落泪却不敢大声痛哭。容嫂得知樱井信子在张步云去世之后生活境遇一落千丈，她有一亲生女儿，女婿原是旧法院的推事，现在街道上监督改造，挑担卖水为生，当中学教员的女儿受丈夫牵累被贬作校工，他们膝下有二男一女，一家五口生活困苦，无力赡养母亲，樱井信子全靠张步云另一位中国太太的周济勉强度日。

容嫂没想到樱井信子竟如此窘迫，从怀里掏出五元钱连同手上的戒指一起递到老妇人的手里，说："姑妈，我的日子也很难过，只能修伞养家，我会尽力接济你的。你要平安活下去，如果你有俊二的消息请一定告诉我，但愿他和香子父女还有重逢的一天。"

老妇人把戒指放在手心里细看，又在手中揣摩许久，最后把戒指戴回容嫂手上，说："现在我把樱井家的这枚戒指送给香子，算是送给侄孙女的陪嫁，不过就是太寒酸了。"说完又默默地垂泪。

容嫂回家对容锡田说，修伞遇上一位孤寡老太太，要她每个月来家洗衣打扫一天，每次给一块钱，强过白跑一天也揽不到修伞的活，就应承下来了。容嫂从此每个月去看望樱井信子一次，帮她打水洗衣洗澡做饭。容嫂每个月从自己修伞所得中另挤出一块钱，对容锡田说是老太太给的。

73

黄怡欣卧病在床，石蓓芝只能从自己牙缝里给儿媳匀一点口粮，正愁别无营养给她补充，宣素仪悄悄送来一盒猪油罐头和一包白糖。猪油罐头足有一公斤，是中国粮油进出口公司出口的，却是宣素仪的娘家哥哥从香港寄过来。这一罐猪油不是珍贵，而是救命，当下的定量是每人每月2两油，一公斤猪油快有一个人一年的定量了，石蓓芝不肯收。宣素仪说："俞太太，我是想好了才送来的，家兄给我寄来两罐，我留下一罐。你们家人口多孩子小，黄老师需要营养，你千万不要推辞。"

宣素仪前脚刚走，容嫂来了。容嫂每日里走街串巷修理雨伞，却很久没有来过俞家。她拿出小小一袋黄豆递给俞太太，有一斤的样子，黄豆现在是稀罕物。

容嫂说："俞太太不怕你笑话，今天修伞遇上好心主家，给我这点黄豆。我听说俞先生浮肿，黄老师又得了肝炎，好歹给他们增加点营养。"

俞太太非常感动，忙说："容嫂，谢谢你。多亏你的情谊，现在这黄豆比黄金还贵，你家孩子多，快拿回家煮给孩子们吃。"

容嫂说："俞太太，你对我们一家的救命之恩我都无法回报，这一点黄豆本不值啥，让我尽点心吧！"又说："我还有个馒头先放到你这里。我留一把伞在你家，等会我让香兰来取伞，让她在你这里把馒头吃了再回家。唉，俞太太不瞒你，回到家就轮不上她吃了。"

容嫂说着，泪水流了出来，她含着泪说："我整天不在家，闺女根本吃不到嘴里，瘦得走样了，等会你见她就知道了。"

俞太太叹口气说："黄豆我留下，你把馒头拿走，让香兰来吧，我管她吃一顿饱饭。"

黄怡欣精神稍有起色，没想到很少来往的妹夫仝慎鹏居然带着一小包红枣来看望嫂子，令俞秉轩夫妇甚感意外。

仝慎鹏进门就说："嫂子身体好点吧？我带点红枣让嫂子补补。"

秉轩真想说"你不是来查她擅自回家的吧"，但是抬手不打笑脸客，他沉住气揣摩仝慎鹏的来意。

仝慎鹏开门见山："不瞒哥嫂，我遇上点麻烦，劳烦嫂子大驾帮助。"他低声下气地说下去："我老母亲从乡下来投奔我。那个早就离了婚的媳妇，她一直照顾我母亲，跟前还有一个小女儿，都跟着我母亲来了。来得太突然，秉淑难以接受，跟我闹气，我想请嫂子劝劝她。"

秉轩和怡欣都没有料到是这样的事情，秉轩心里又气又恨只是沉默不语，怡欣问："那个孩子呢？"

仝慎鹏说："那是我的女儿。"

怡欣又问："秉淑知道吗？"

"她知道离婚的事，不知道有女儿。其实，我也是在回老家办离婚时才知道有这个女儿的，不过没有告诉秉淑。"

"他们为什么这时候找来了？"

"家乡闹饥荒，一家三口没有吃的，一个个饿得皮包骨，老母亲都走不动了。"

秉轩开口问："闹饥荒？你老家不是也放过小麦高产卫星吗？"

仝慎鹏说："唉，那是大跃进，现在不是遇到自然灾害了嘛。"

怡欣说："老人孩子都好说，来就来吧，你那前妻怎么办？"

仝慎鹏说："是啊，秉淑也是这么说，可是老母亲说她们三口要留一起留，要走一起走。所以请嫂子给想想办法。"

"你是想要秉淑接受两个老婆都在身边的现实吗？"

"嫂子，话不能这么说，早就正式办离婚了。老母亲需要有人照顾，她就是个保姆。"

"如果秉淑不认孩子，我可以劝劝她。她不让你前妻留下，理所当然。"

"哎呀，嫂子，秉淑怀上了，我母亲一个人留下来，谁照顾谁啊？"

"你把前妻留在家里，你就不怕有人说闲话，不怕影响不好吗？"

没想到仝慎鹏爽快地说："我可以向组织上说清楚。我是党的干部，我不会以身试法犯重婚罪。"

秉轩听着直犯恶心，手心里攥出了汗，他又想起"不要擅自回家"那句话，觉得这个妹夫简直太会表演了，终于听得不耐烦，打断说："怡欣的身体虚弱得很，不能……"

怡欣怕秉轩说出难听的话，赶紧说："你让秉淑回来一趟吧，我跟她好好谈谈。"

不料俞秉淑知道仝慎鹏去家里找嫂子，大发雷霆："谁让你去找她，不是要我和她划清界线吗？"

自从开始反右，仝慎鹏给俞秉淑上了多次政治课。俞秉淑从医学院毕业回到校医院做医生，对院长徐云伍仍然毕恭毕敬，仝慎鹏严厉批评她："你已经要求入党了，更应该站稳无产阶级立场。徐云伍反对医学院从中夏大学分出去，已经被划为右派，右派就是阶级敌人，对他不能温情主义。"

俞秉淑从此对徐云伍这位前辈不是视而不见，就是冷眼相看。徐云伍明白俞秉淑要与他划清界限，也就有意躲着她，免得双方尴尬。

有一次仝慎鹏说起右派分子向党进攻真是居心叵测无所不用其极，他们连治病救人的中医中药都恶毒攻击。秉淑随口说："就是，我在医学院学习时，姐夫季瑞淳在课堂上说他虽然出身于中医世家，但是从他父亲行医的经验来看，中医中药缺乏科学依据，只能当作文化遗产来研究，不能当现代科学接受。他还说，解放后因为现代医疗条件太差才不得已保留中医中药，若是把中医中药捧得太高了，等于欺骗人民。"

仝慎鹏听了拍案而起："啊呀，季瑞淳如此猖狂，竟敢在课堂上放毒！没有人和他辩论吗？"

秉淑说："那倒没有。"

仝慎鹏严肃地说："你们的觉悟太低了，他颠倒黑白。中医不但在历史上起过伟大的作用，就是在今天也仍然得到人民的充分信任，中医不仅能治疗一般的疾病，还能治好现代医学难以治疗的疾病，我的腿伤就是老中医给治好的。这都是无可辩驳的事实，季瑞淳污蔑中医，实际上是反对党的中医政策，是反党。"

秉淑说："你腿上的子弹是附属医院外科医生手术取出的呀！"

仝慎鹏说："老中医在敌人眼皮底下把我的断腿接上，还要千方百计掩护我，哪有条件做手术？"

仝慎鹏说得头头是道，俞秉淑心悦诚服，惭愧地说："哎呀，我的觉悟太低了，以为季瑞淳只是对自家祖传中医有疑惑，没想到他反对的是党的中医政策。"

仝慎鹏说："季瑞淳在医学院对你放过毒，你必须消毒。你争取入党，就要经得起党对你的考验，一定要和他划清界限。"

秉淑说："我当然和他划清界限，我和他没有任何来往。"

仝慎鹏说："这远远不够，你要揭发他。"

秉淑迟疑了，她知道如果揭发，季瑞淳很可能因此被划为右派。毕竟季瑞淳是自己的姐夫，他被划了右派，姐姐就受会到牵连，实际上也会牵连到自己。

仝慎鹏见秉淑迟疑，严厉地说："这是大是大非，不要因为季瑞淳是你姐夫就对他宽容。"

仝慎鹏很想把季瑞淳打成右派，其中有难以启齿的隐情。

季瑞淳是医学院的讲师，当时医学院还属于中夏大学，有一次仝慎鹏给医学院教师们上马列主义课，他往大教室里进，有两个人正好从大教室往外出，其中一个戴眼镜的高个子边走边说："听说讲课的人没有什么学历，从人民大学进修回来现学现卖，与其耽误时间听他胡说，不如我们自己认真读几本马列的书。"另一个人说："反正咱们画了卯，干脆溜之乎。"说着，两人真的走了。这两个人并不认识仝慎鹏，说话也没有注意避讳，说者无心，听者有意，仝慎鹏记下了这两人的面孔。

那年年初二，俞家第一次同时请两个女儿带着女婿回门，俞家的两位女婿第一次在岳父家见面。

大女婿季瑞淳个子高大，文质彬彬，第一次与连襟见面，下意识躬身俯视，还顺手扶了一下眼镜。二女婿仝慎鹏个子较矮，不拘小节，只好仰看连襟。不成想，这一俯一仰却惹出许多麻烦。

季瑞淳听说妹夫是年轻的老革命，又是马列主义教研室主任，政治经济学专家，有点儿高山仰止的感觉。见了面却见一个身材不高举止无形的人，全然不像饱学之士。连襟毕竟是初次见面，季瑞淳注意礼貌周到，下意识俯身向仝慎鹏问好。

仝慎鹏也没有想到秉淑的这位姐夫如此气宇轩昂，只好仰视季瑞淳。两人互打招呼那一刻，仝慎鹏觉得季瑞淳脸上带着刻意隐藏的轻蔑，一股酸意油然而生。忽然发现这不正是说他现学现卖，溜号不听他报告的那个人吗。

在年初二的家宴上，仝慎鹏感觉岳父总是高看大女婿一眼，故意冷落他这个革命干部，隐忍在心中的酸意顷刻又化成无名的恨意。

俞秉淑医学院毕业当上中夏大学校医院的医生，刚刚上班不久，偏偏这个时候怀孕了，发愁生下孩子谁来照顾。婆婆不期而至，来得倒是时候，可是没想到婆婆还带着仝慎鹏的前妻和前妻生下的女儿，一来就是三口。仝慎鹏从未对俞秉淑说起过这个女儿，这让她怎么接受得了！与他前妻同处一个屋檐之下，这关系怎么相处？怎么对外人解释？

仝慎鹏沉得住气，他耐心地对秉淑说："你没有思想准备，完全可以理解，我也感到事情来得突然。但是家务事也需要运用阶级分析法，我们平心静气地讨论一下。"

仝慎鹏就把当年由母亲包办的婚姻作了深刻的阶级分析：

"那个女子是个苦命人，她哥哥小时候在逃荒路上饿死了，她母亲患疟疾无钱医治病死了，她父亲被国民党拉伕路上中流弹死了，她无依无靠才被我母亲收留。我回家养伤正好要人照顾，母亲又不能不明不白把一个大闺女留在家里，趁我回家养伤让我们成亲。我重伤在身，结婚是被迫无奈。家乡当时还不是解放区，成亲也是为了掩护了我的新四军身份。我那天伤痛难忍喝了酒，本是为了借酒止痛，万万没想到让那女子怀上孩子，生下个女儿。我起誓，自从那次酒醉以后，我再没有与她说过一句话，更没有同过房。虽然早办了离婚手续，但是这女子无家可归，母亲舍不得把她扫地出门，再说母亲也需要有人照顾。现在家乡闹饥荒，她毕竟也是一个阶级姐妹，既然来了，总不能只留下母亲和女儿，让她流落街头讨饭吧！"

仝慎鹏说："我唯一对不起你的，是没敢把这个女儿的事如实坦白，因为原来确实不知道有这个女儿，办离婚时才见到她，我怕说出来会失去你。"仝慎鹏说到这里，不禁当着秉淑痛哭流涕。

他这一番阶级分析和表白，感动了秉淑，她想通了，并且激起对仝慎鹏前妻的同情。秉淑陪着仝慎鹏流下眼泪，说："女儿叫什么名字？"

"宝珠。"

秉淑说："让宝珠和她妈留下吧，这个女儿也是我的女儿，她的妈妈是阶级姐妹，不能让她回老家挨饿。"

第二十五章

74

俞正堂在农场大田之外另开的半亩小片荒，面积是精确丈量过的。这半亩地就在3号机井旁边，种上赵理方教授和他一起培育的小麦良种，他亲自精心管理，再饿再累也毫不懈怠。每天记录气温土温降水等气候条件，半亩麦子一共施了两吨半厩肥，25公斤硫酸铵肥田粉、5公斤鸡粪和10公斤草木灰，适时浇灌了三次水，要紧的是还要保护麦苗不被偷挖和糟蹋。

到麦收时，经过仔细复收和扬晒，收获658斤小麦，折合亩产1316斤。俞正堂认认真真写好报告，一式三份，他把报告的正本工工整整装进一个大信封，信封上书"送呈中夏大学领导"几个大字交上去了。一份给了赵理方，一份自留。

收完麦子又种上玉米，俞正堂这才回家，到家没有停歇就去夏苑看望老友何季平。路过西校门，见容锡田正在门房值班，停下来问他儿子容楼成当上电工干得怎样？容锡田得意地说："好着呢，好着呢！"

刘颖兹没想到俞正堂来家，高兴地喊："季平快出来，你看谁来了！"

老友登门，何季平喜出望外。他见俞正堂从手提包里掏出一只活鸡，忙说："正堂兄，这是从何说起？"

俞正堂看着手中那只鸡，说："它为小麦造肥的任务完成了，再让它提供点营养吧。"

刘颖兹接过来，说："我马上做个杭帮三杯鸡，你们喝一杯。"

俞正堂说："这是让你们煮鸡汤，补身子的——我吃过饭了。"

何季平说："那就谢谢你了。说实在，我们已经多日没有吃过鸡了。我这里有刚得来的浙江长兴紫笋，是今年雨水节前的新茶。长兴紫笋已经失传，现在只有农家在顾渚山里偷偷种几棵茶树，自己焙制。过去是湖州的贡茶，现在还是稀世珍品。"又说："赵理方给我看了你的报告，亩产一千三百多斤真不容易。"

俞正堂较真："我想让葛绍瑭校长明白高产卫星是假的。"

"正堂，是这样，放卫星的事不提也罢。你只顾在农场种麦子，学校的变化好大啊。"

"我是桃花源中人，不知有汉，无论魏晋。"

"秉轩也没有对你说？"

"他这个人，知道的未必比我多。"

何季平说："也难怪，都是最新的情况。贵同乡伍挺翔因为饿死人事件受到批评，调到外省赋闲差，牵连到底下一干人，葛书记兼校长也调走了，还不知去向。"又说："令婿全慎鹏私下告诉我，新来的省委书记段益玠是邓梓华的老上级，学校的领导层很快就会调整。"

俞正堂说："我与这个女婿向无交谈。这一次他应该跟着伍挺翔尝尝苦头。"

何季平说："不然，你这女婿非常人也。他说，他跟段益玠也很熟悉，在人民大学学习时，段还请他到家里吃过饭。"

俞正堂摇摇头，不再言语。

何季平又说："正堂，你听说陈毅在广州对知识分子行脱帽礼的事吗？"

俞正堂说："愿闻其详。"

"今年2月，陈毅副总理在广州的科学家会议上讲话，说工人、农民、知识分子，是我们国家劳动人民中间三个组成部分。把资产阶级这顶帽子戴在所有知识分子的头上，不合乎实际情况。陈毅说，你们是人民的科学家、社会主义的科学家、无产阶级的科学家，是革命的知识分子，应该取消资产阶级知识分子的帽子。他还当众脱下帽子，对科学家们行脱帽礼。"

"是吗，看来要施仁政。"俞正堂似乎自言自语。

"陈方村说他岳父已经摘掉右派帽子了，估计怡欣的问题很快也会解决。"何季平又说："有件事正好告诉你，邓梓华找我谈话，说是要我做副校长。"

俞正堂忙说："好事，好事啊，早该如此，你可以为中夏大学多尽心了。不过，我带来的这只鸡可不是贺你当校长的。"

何季平说："正堂，你说笑呢。你是知道的，当年廖宗甫到任之前，黄敬齐怂恿我活动活动争取补上校长的缺，我是一口回绝的。给你老友说心里话，现在我还是不想当这个副校长。是这样，以前明知道那是求之也不可得，现在大不同了，现在是却之而不可能。我哪有你那魄力，敢拂省长的面子。我只能从命，明知是火炉，还得往里钻。"

俞正堂一阵沉默，然后缓缓地说："消停吧，消停下来中夏大学才能发展。"

何季平说："消停……"，"消停"二字刚出口，他却停住不说了。

俞正堂望着何季平，等待下文，可是他就此打住，没有再往下说的意思。

几天后，新任省委书记段益玠亲自到中夏大学宣布任命：邓梓华任党委书记兼校长，仝慎鹏任党委副书记兼副校长，焉朋之续任副校长，增加何季平钱其庠陈方村三位副校长。段益玠在会上还留下一句话："省里要增补一位副省长，希望中夏大学推荐一位非党专家型人选。"

仝慎鹏从内心不赞同目前知识分子政策的转变，他分管组织和人事，不理解学校已经有了一位非党副校长焉朋之，还要安排何季平钱其庠这些人，过去的副省长黄敬齐都成了极右派，为什么还要推荐非党人士当副省长？

中夏大学真正的领导是邓梓华仝慎鹏和陈方村，他们三位确定人事安排。

学术委员会要换届，焉朋之已经连任主任多届，陈方村提议换上新任副校长钱其庠。仝慎鹏不同意，他故意提议陈方村当主任，其实，是他自己想当学术委员会主任。邓梓华说："钱其庠早已表态只做副校长不担任实职，还是让焉朋之留任吧，慎鹏做第一副主任。"

中夏大学最近几年经费吃紧，需要加强财务核算与管理，邓梓华提议设立财务处，处长人选是俞正堂。仝慎鹏又是不同意。

仝慎鹏说："举贤不避亲，我不是避嫌。俞正堂是个老好人，但不适合做处长。财务实权应该牢牢掌握在党员干部手中。"

邓梓华说："一定要坚持党的领导，但是不能把党外人士都拒之门外，这两者并不矛盾，统一战线也是党的法宝。俞正堂的为人和能力我们都非常了解，当年伍挺翔省长曾提议让他做副总务长，可是他没有答应，伍省长为此还很不高兴。俞正堂为学校做过很多事情，兢兢业业总是完成得很好，农场管理得也不错。现在请他做财务处长是发挥他的管理特长，还不知道他愿不愿意。"

没过几天，仝慎鹏改变主意了，他对邓梓华说，在俞正堂任职问题上，他回避，不再发表意见，服从组织决定。邓梓华挺高兴，却纳闷仝慎鹏怎么突然转变态度。

其实，是葛绍瑭一个电话起了作用。

伍挺翔下台累及葛绍瑭，他被调到教育厅做副厅长，分管职业教育。可是葛绍瑭不忘关心自己的老部下，继续为他们的事情奔走。

胡子青开始不想在农场干，后来遇上低标准，在农场尝到甜头，发觉这里是个肥差，打算做下去。他只是不满足支部书记兼基地主任这些虚职，想当场长，场长兼书记更好，这样才有实权，于是找老领导帮忙。葛绍瑭虽然调走并且降职了，可还是副厅级干部，再瘦的骆驼也比马大，他在中夏大学那么多年，影响力肯定还在。

胡子青是跟随葛绍瑭多年的司机，情同家仆，无怨无悔地听从调遣，为葛绍瑭办了很多他无法亲自去办的事情。葛绍瑭有五个孩子，家累不小，胡子青对葛绍瑭的家人和家事了如指掌。最近这几年，胡子青隔三岔五从农场给葛绍瑭家送去粮油瓜果蔬菜，实实在在帮助他一家度过饥荒。葛绍瑭失势调走了，胡子青仍有求于他，足见其忠心耿耿，所以胡子青这个忙一定要帮。现在中夏大学的事只有托付仝慎鹏，正好以此来测试一下他对自己的态度。

葛绍瑭电话打给仝慎鹏："胡子青的事你看着办，千万不要勉强。"

仝慎鹏懂得在党内处事的规矩，"看着办"这句话的含意深长。其实他从内心是向着葛绍瑭的，认为葛绍瑭有理想有革命热情有领导才干，大跃进是操之过急了，初衷都是为了革命事业，不过是受到伍挺翔的牵累。但是葛绍瑭托付的事情并不好办，不能无端地撤换现任场长俞正堂，不如改变态度同意他去当财务处长，好腾出场长的位置给胡子青。这样做，既完成葛绍瑭的托付，又符合邓梓华的意愿，对岳父也不显得自己吃里扒外，顺水推舟，三全其美。

仝慎鹏分管组织和人事，处长级的干部任免应该由他和本人谈话。他借口避亲，也真的不好意思去农场面见岳父，就委托分管农场的陈方村去找俞正堂谈话。

陈方村当然同意俞正堂做财务处长，但是他看出来仝慎鹏之所以在财务处长人选上朝三暮四，醉翁之意不在酒，目的就是想给葛绍璠的小伙计腾出位置。陈方村平时很注意拿捏对待仝慎鹏的态度，唯恐流露出对他丝毫的不尊重。从党委的分工上说也不应该由他找俞正堂谈话，可是仝慎鹏的理由不仅合情合理，而且冠冕堂皇，他尽管不情愿，却不得不去。

俞正堂以为陈方村来农场考察那半亩小麦，可是他只字不提小麦，说的却是当财务处长。俞正堂想到那次去夏苑何家，何季平谈起他当副校长的无奈，大笑，说："方村副校长，多谢学校对我的看重。你是知道的，我做点具体的事情还行，我当不了处长。"

陈方村没有立即接话，想着该说些什么才能劝动他，一下子问到俞正堂的身体："老师，你的膝盖现在怎样了？"

俞正堂说："医生说半月板损伤不会复原，但是经过复健锻炼，慢慢适应，疼痛好多了，还是不能走太多的路。"

"农场二百多亩地，你难免要在大田里走来走去，怎么能吃得消？"

"照顾农作物比管人省心，作物生长自有规律，何况还有赵埋方教授指导。真正难管的是农场工人，管得紧了，自己下不去狠手，管得宽了，又怕有人偷懒耍滑。"

其实，俞正堂和工人相处非常融洽，一个锅里吃饭，一起劳动，总是身先士卒。他常替工人着想，安排好他们的生活，逢年过节尽力增加点福利，农忙时节还优先安排工人家属做临时工，让各家增加点收入。工人都尊称他为"俞先生"，从不叫他"场长"。

陈方村反复劝说，俞正堂绝不松口，陈方村无可奈何，不由地叹口气。

俞正堂以为拒当处长使他失望，就说："方村，不是难为你，我真的不能做，我也老了，做不动了。”

陈方村脱口而出：“老师，你还不该退休呀！”话既出口，又觉得太唐突，因为俞正堂自己并未说到退休。

“方村，我们相知多年，我从无虚言。”

陈方村从农场回来，原原本本向仝慎鹏做了汇报。仝慎鹏有了新的主意——财务处是重要岗位，邓梓华提议让俞正堂这样的老朽做处长，说轻一点是糊涂，说重一点就是丧失阶级立场。俞正堂的思想还停留在旧社会，是一个政治糊涂虫，不要说做财务处长，继续当场长都不合适，既然他不愿当财务处长，不如干脆退休，省得他占住岗位妨碍别人提升。

但是在讨论财务处长人选的党委会上，仝慎鹏未直接亮出他的这些想法，只是说：“俞正堂膝盖半月板损伤不是小毛病，不能再让他劳累过度。他的管理思想严重落后，与社会主义劳动观念格格不入，万一在政治上犯了错误，后果不堪设想。方村同志专程去农场征求俞正堂的意见，他不愿做财务处长，还说自己老了。他是我的岳父，我关心他的身体，不如让他退休安享晚年。”

栗明谦马上表态：“我同意，他年纪大，腿脚又不好，该退休了。”

仝慎鹏接着说：“如果是这样，那就让胡子青兼任场长算了，农场不需要设那么多领导岗位。”

仝慎鹏说到让俞正堂退休，陈方村很是内疚，后悔向仝慎鹏汇报时不该说到俞正堂的身体，更不必把俞正堂的原话都汇报给他。他的本意是力劝俞正堂做财务处长的，无意让他退休。

陈方村觉得有必要做出解释，并且说明自己的观点，他说：“大家都知道，俞正堂是中夏大学农场的开拓者，是开荒牛。他不愿意做财务处长，不能成为免去他农场场长的理由。办劳动大学期间我一直在农场，我知道他在工人中的威望很高。他说自己老了是找借口不做财务处长，他本人并没有提出退休，要免他场长职务，我们总得给个理由吧。"

党委会上一阵沉默。邓梓华说："这样吧，财务处长另择人选，农场的领导职务暂不调整。"

75

俞正堂丝毫不为财务处长的事烦恼，却得到意外的坏消息——大女婿季瑞淳的噩耗。

季瑞淳在医学院被划成右派，被加重处罚去了河淀农场劳改再也没有回过家。后来在劳改农场摘掉右派帽子，秉贤劝他回省城，哪怕在街道医院当医生。季瑞淳不愿再见到故旧同事，铁心不再回去。因为他医术高明，农场将他留下做场医，按他被打成右派分子之前的工资标准降三级，每月59元工资。秉贤一两个月带着一双儿女去河淀农场看他，总是劝他还是回省城。

季瑞淳非常感激岳父，闹饥荒那年要不是俞正堂夹带在棉衣里给他送来一袋子红薯干和一包红糖，他可能早就饿死了。季瑞淳出身中医世家又受过现代医学教育，在缺少药品的农场治愈很多病人。有一年农场场长的小儿子得了恶性痢疾，孩子严重脱水已经奄奄一息了，医务所没有特效药，季大夫硬是用最普通的药治好孩子的痢疾，起死回生。季瑞淳成为河淀农场的名人，周边十里八乡都知道有个神医季大夫。季瑞淳觉得作为医生到哪里都是行医问诊，与其回省城被人称作"摘帽右派"，还不如在缺医少药的农场治病救命，反而受到尊重。

可是好景不长，河淀农场的归属有了变动。农场本来是归农垦局和劳改局共管的，最近调整为劳改局直属单位，彻底成了劳改农场。原来属于农垦局的管理人员统统撤走了，全部换成劳改局的人。

新场长贾海香一到任就狠抓阶级斗争，除了劳改局派来的干部和警卫，她把凡是在河淀农场参加劳动的人一律都看成阶级敌人。贾海香是女人，却长了一副男人像。她的身个在女人中不算矮，不大的三角眼，低鼻梁阔鼻翼，上唇的汗毛很密，远看以为她长着胡髭。她有一双男人一样的大脚，手掌也不小，可十根手指却又短又粗。贾海香平素总是披着一件旧军棉大衣，显示她的威风。

贾场长得知医务所的季大夫是摘帽右派，竟然同她拿一样多的工资，气不打一处来，到任第二天就去敲打他。

贾海香把季瑞淳叫到办公室，她坐在椅子上，让季瑞淳在办公桌前站着，直呼其名："季瑞淳，你是摘帽右派？"

"是的，曾被划为右派分子，已经摘帽了，我现在是农场医务室的医生。"

"医生没什么了不起，中国的医生多了去，不要那么高傲。"

"治病救命是医生的职责，没有什么可高傲的，但是也不卑贱。"

"不卑贱？你不要忘了，摘帽右派还是右派，只不过敌我矛盾按人民内部矛盾处理。我们和右派的斗争是阶级斗争，你如果表现不好，还是敌我矛盾。"

"我是医生，知道自己的责任和义务。"

"就你这语气还说不高傲？少说废话，从明天起，每天上午在医务室看病，下午参加劳动！缺勤一次，扣发半个月工资。"

第二天下午，季瑞淳习惯性地去医务室上班，正在为一个病人听诊，贾海香突然来到医务室，喝令季瑞淳立即去劳动。病人吓了一跳，求医生给他看完，贾海香坚决不允，对病人说这个医生有问题，必须劳动改造。季瑞淳无奈只好收起听诊器起身离开医务室，医生的尊严在病人面前荡然无存。

季瑞淳每天下午都要干极其繁重的体力劳动，不是脏活就是累活，晚上还经常加班劳动。贾海香是个歹毒的女人，心狠手辣，就因为季瑞淳第一天没有按照她的命令直接去劳动，居然真地扣发了他半个月工资。突如其来的逆转让季瑞淳猝不及防，厄运像泰山压顶一样令他窒息。季瑞淳本来为留在农场行医得到大家尊重而庆幸，不成想眼下的河淀农场完全远离了文明，现在他每日遭受百般羞辱，悔不当初留下来。季瑞淳没有也不可能与贾海香抗争，但是他骨子里那股孤傲之气让贾海香感到很不舒服，千方百计刁难他折磨他，几乎每个月都找出莫须有的理由扣罚季瑞淳的工资。

有一天上午季瑞淳在医务室值班，暂时没有病人，他拿出妻子秉贤给他带来的《中华医学杂志》，专心致志地看一篇治疗急性肠胃炎的医案。贾海香突然闯进医务室对他喝道："今天猪圈起粪，全场的人都在忙，你在这里好清闲啊！"

季瑞淳说："我上午在值班，下午会参加劳动。"

"值班不是让你闲着没事干，趁现在没人看病，赶紧去猪圈起粪！"贾海香说罢，双手背在军大衣外面走了。

季瑞淳知道，如果他现在不去猪圈，不仅挨批，还要被扣掉半个月的工资，只好脱下白大衣换上胶鞋去猪圈起粪。正在猪圈里掏粪的劳改犯不服气季瑞淳一天只劳动半天，故意难为他，溅得他浑身都是粪水。季瑞淳觉得他们既可恶又可悲，却又无法跟他们理论，只有默默地使劲掏猪粪。

医务室的护士小孙忽然气喘吁吁地跑来，大呼："季大夫，你快来吧，陈寨有个妇女快不行了，躺在医务室等你抢救！"

季瑞淳赶紧从猪粪堆里拔出腿，脱下满是粪水的外衣和胶鞋，在水管下冲洗一下，飞奔去医务室。病人是个中年妇女，已经重度昏迷没有神智，全身抽搐痉挛，嘴里流出涎水和白沫，瞳孔明显缩小，头发散发出浓烈的蒜臭，季瑞淳立即判断是有机磷农药中毒。病人的丈夫叫陈二孩，是农场邻村陈寨的农民，说他老婆把农药1059抹到头发上灭虱，等他发现时人已经倒地昏迷了，裤裆里都是屎尿，没有办法只好用架子车拉到农场请季大夫救命。

季瑞淳不由分说，立即戴上手套拿起剪刀把那妇女的头发全部剪掉，递给陈二孩一副手套让他把他老婆的外衣脱下，连同剪下的头发拿到远处偏僻的地方深埋，还交代他千万不要用手接触他老婆的头发和衣服，最后连手套一起埋掉。季瑞淳还不放心，要一起来的老乡跟着陈二孩看着他掩埋，埋得越深越好。他让护士用稀释的苏打水给那妇女洗头，自己动手给她注射硫酸阿托品。

正在抢救中，贾海香大声嚷嚷着来到医务室："季瑞淳，你怎么又开小差了？"看他正在给病人注射，就说："你打过针就回猪圈掏粪！"

护士小孙说："这个病人农药中毒，重度昏迷，季大夫正在抢救。"

贾海香闻到病人身上散发的臭蒜味，捂着鼻子走了。

小孙与病人接触时间久了，受不住农药气味，只好回去休息。季瑞淳每隔半小时给病人注射一次，一共注射六次，一直抢救到下午，病人脱离危险了。观察到傍晚，季瑞淳看病人的情况已经稳定，开了药，反复交代注意事项，老实巴交的陈二孩这才千恩万谢把老婆放在架子车上拉回家了。

贾海香不允许医生护士戴口罩，说戴口罩"脱离群众"，所以医务室连口罩都没有。季瑞淳在没有任何防护的条件下抢救一天，受到有机磷气味的污染，加上没有吃午饭，一阵阵头晕恶心。季瑞淳正打算回宿舍休息一下吃晚饭，贾海香派人通知他晚上继续起猪粪。

晚饭一点胃口也没有，贾海香又派人来催，季瑞淳只好拖着疲惫的身子去猪圈继续起粪。在猪圈里没干几下，猪粪的腥臊臭味扑鼻，一阵恶心上来，季瑞淳呕吐不止，晕倒在粪水里，一个警卫把他拖到猪圈外。他的脸色苍白，头重脚轻，身上直冒虚汗，只好躺在地上将息，稍微缓解一点，自己爬起来蹒跚回到宿舍。

季瑞淳独自在宿舍里躺了两天，没有人探望他，更没有人照顾，饿极了只有吃妻子留下的饼干。第三天早晨他硬挺着起身，吃了早饭到医务室上班，护士小孙看见他说："季大夫你好了？朱会计问你，那天急救的药钱怎么办？"

农场的朱会计很快赶来，说："季大夫，贾场长说你那天救治的陈寨那个妇女不是农场的人，药费要收钱，一共是是八块六毛二，怎么办？"

季瑞淳知道又是贾海香找茬，就说："去问那妇女要钱啊！"

朱会计说："你用的药，你要负责，不能让我为难。我替你想好了，你拿着这张单子，让贾场长签个字，我就好走账，这事就算完结了。"朱会计说着，把单子往季瑞淳手里塞。

这明显是贾海香设的局，故意让季瑞淳去求她。季瑞淳不吃这一套，对朱会计说："治病救命是医生的职责，中毒的是农场邻村的农民，我怎么去追着人家要钱。这药钱我替他出了，你从我工资里扣吧。"

"季大夫，没办法扣，你因为误工，这个月工资已经被扣完了。"

季瑞淳没有想到贾海香竟如此狠下毒手，就说："那就从下个月的工资里扣。"

"好吧，这是你说的，小孙做证明。"朱会计很不情愿地走了。

几天后，陈二孩又到医务室来了，站在门口犹犹豫豫地探头探脑。护士小孙看见他，说："老乡，你老婆好了吗？"

陈二孩进来嗫嚅道："我这不是没办法嘛，我这不是没办法嘛。"

季瑞淳问陈二孩："怎么了，还需要什么吗？"

陈二孩还是重复那句话："我不是没办法嘛。"

小孙说："怎么了，你倒是说清楚啊！"

陈二孩说："我媳妇说，你们剪了她的头发，扒了她的衣裳，让她没脸见人，她的头发就算剪下来也能卖几个钱，她要你们赔……"

小孙一听就急了："你们算什么人呐，救了你老婆的命，还来倒打一耙！"

陈二孩还是那句话："我不是没办法嘛，她说你们要是不赔，她就来场里闹。"

小孙说："见过不讲理的，没见过你们这么不讲理，你老婆的药钱还是季大夫替你们出的呢，知道吗？"

季瑞淳听明白陈二孩的话了，转过来对他说："老乡，你老婆把农药抹到头发上严重中毒差点要了命，她的头发和衣服都沾上1059剧毒农药了，不赶紧剪掉深埋会造成二次中毒。回家对她好好解释解释，让她在家多休息几天，头发过些天就会长出来，按说那件衣服应该烧掉，绝对不能再穿了。"

陈二孩只是说："我不是没办法嘛……"反复嘟囔着走了。

河淀农场最近新来一大批犯人，农场四周增加了持枪警卫。偏偏这个时候，陈二孩的老婆裹着头巾，哭天抢地闹到农场大门口，口口声声说农场的季大夫剪了她的头发扒了她的衣裳，要季大夫赔她的头发和衣裳。警卫不让她进门，她就在农场门口撒泼打滚，大哭大闹。

贾海香得到报告，让警卫把季瑞淳叫到审讯室，喝问他："你搞的什么鬼？明知道农场加强警戒，你还撺掇泼妇来闹事？"

季瑞淳忍无可忍，回道："场长，你不会也像那个泼妇一样不讲道理吧？"

贾海香一拍桌子，大喝："季瑞淳你个右派分子，你反天了，竟敢说我像泼妇。来人，把这嚣张的右派分子给我铐起来！"

两个警卫马上给季瑞淳上了反铐，季瑞淳不服，大呼："你要干什么？你要动私刑吗？"

贾海香说："你这个反动的右派分子，挑动泼妇大闹劳改农场，故意制造混乱，我让你瞧瞧无产阶级专政的厉害！"

说着，她让人用麻绳把季瑞淳从房梁上吊起来，季瑞淳的脚尖既不悬空也不着地，如被针刺，双臂酸胀难忍，肩膀剧疼，头脑充血。

贾海香又命令警卫将门口的泼妇带进来，对那妇女说："剪你头发的就是这个反革命，你找他说吧。"那妇女见季大夫被绳子吊在房梁上，吓得一溜烟跑走了。

季瑞淳被吊到中午才松绑，贾海香过来说："季瑞淳，今天惩罚你，就是要打掉你嚣张的右派分子气焰，也是为了让那泼妇滚蛋。她是来找你索赔的，我也替你挡回去了。你老老实实蹲禁闭吧！"

季瑞淳被反绑着吊了一个多小时，肩膀几乎脱臼，体力耗尽，被放下来时已经奄奄一息。第二天早晨，警卫发现季瑞淳的尸体僵挺在禁闭室的地上，已经没有生命迹象，混身衣服湿透，大小便失禁，头发竖立，双眼圆睁，面容难看，死前显然经历了无比的痛苦。

季瑞淳死后第二天，河淀农场给俞秉贤发去挂号信。信上写："摘帽右派分子季瑞淳经常违反劳动纪律和农场管理规定，最近擅自给附近村民进行不当医疗造成恶劣影响，危及对数百名劳改犯人的监管。在受到批评训诫后，不承认错误，态度蛮横。经法医鉴定，他于夜晚休息时突发心梗死亡。要求死者家属接到通知后三日内前来收尸，如到期未见来人，将对死者就地埋葬。"

丈夫的死讯好比晴天霹雳，俞秉贤心痛欲裂，六神无主，只好回娘家哭诉。

石蓓芝拉着女儿大哭，俞正堂止不住老泪纵横，秉轩的眼泪也夺眶而出，怡欣与秉贤姑嫂相拥而泣。石蓓芝说："女婿的死肯定有冤情！"

在俞正堂的眼里，季瑞淳这个女婿温文尔雅，出自悬壶济世之家，医德医术双馨。他实在想不通，天下之大为何容不下一个仁心仁术的良医，世间还有公平正义吗，难道人心、人性和人道都成为最反动的坏东西了吗？

俞正堂夜里辗转反侧不能入睡，翻来覆去地揣想季瑞淳遭受的折磨，相信他死得冤屈。但是这冤情又如何去申，往何处去申？

季瑞淳留下一双儿女，儿子季冬颖刚满七岁，妹妹才四岁。俞正堂将愤懑压抑在心中，带着外孙去河淀劳改农场替女儿秉贤收敛女婿季瑞淳的尸首。

俞正堂求告到一个农场的饲养员带路，那人说："季大夫死后三天，贾场长说你们家属没有按时来到，派几个劳改犯把他的尸体给软埋了。季大夫给我看好过病，我才来带路的，别人都不愿意来。"

走了三里多路，来到一个荒凉之处，那是一眼望不到边的连绵沙丘，是大河泛滥后洪水退去在大地上留下的癣疮。沙丘上间或生长着柽柳和野桑，一些残缺倾倒的墓碑和腐朽不整的木牌让人勉强能看出这里是一个乱葬场。一个小小的沙丘微微突起，一根木条上写着"季瑞淳"三个歪歪斜斜的黑字，墨迹已经模糊，这就是年仅三十五岁的医生季瑞淳的葬身之地。

带路人指着另一个沙丘说："这里埋的是一个女大学生，她是被枪毙的，临死还喊口号，就割开了她的喉咙。季大夫认识她，给她看过病，还是季大夫给她坟头插了木条，写上名字的。没想到，后来季大夫就埋在她旁边。唉，他们都是软埋的，季大夫还裹了一领芦席，这个女的直接埋了。"说着，他从沙丘里扒出来一根木条，隐约可见上面写的名字，林韶翎。

俞正堂强忍住眼泪对外孙季冬颖说："快给你父亲跪下吧！"

七岁的季冬颖跟着外祖父一路奔破，对眼前发生的一切似懂非懂，他曾跟妈妈多次来河淀农场看望爸爸，十分珍惜与爸爸欢聚的时光。置身于荒凉的沙丘之中，面对着写着爸爸名字的木条，他难以想象沙丘之下竟然是爸爸的尸骨，不禁大哭。痛彻心脾的哭声回荡在荒凉的沙丘之上，惊起一群栖息在柽柳丛里的乌鸦，好像乱坟上冒出一股青烟。

俞正堂决心将季瑞淳的尸骨起回省城安葬，好让他的儿女能经常就近去他的坟茔上祭奠。俞正堂在当地买了棺材，亲手为女婿装殓。装殓好以后，俞正堂用自己的手帕蒙上女婿的脸，才让季冬颖近前给他的父亲戴上帽子，祖孙一起将棺材盖上。雇了一辆马车将棺材直接运到省城外的市民公墓入土安葬，还在那里定制了一块墓碑。

办完这一切回到家时，祖孙俩都累倒了。俞正堂身心俱疲，卧床三天。三天后他让女儿秉贤回家，叮嘱说："你的儿子冬颖已经为他父亲定制好墓碑，你务必选好日子带着一双儿女去给瑞淳立碑，你嫂子代表我们全家和你们母子一起去。"

第二十六章

76

陈毅的广州讲话在中夏大学广为流传。时值早春二月，有人说这是"二月春风"，一时间"脱帽加冕"成为教授们关注的流行词。

一批资产阶级右派分子的帽子摘掉了，却没有加上"劳动人民知识分子"之冕。邵泉鹊摘了帽子回图书馆了，但是没有再当馆长。中文系的颜伯箴从北大荒回来了，没让他上课，说是先暂时搞研究。赵理方本来就是"戴帽留用，内部掌握"，当初没有宣布戴帽，现在也没有宣布摘帽。摘掉帽子的还有外语系路秋影，校医院徐云伍，附中黄怡欣等人。汪书敏的右倾机会主义分子也撤销了，又当上附中的副校长。她代表附中看望还在病中的黄怡欣，请她身体康复后就回校上课。

这些年，黄怡欣总是梦见自己重回讲台给学生上课，朗读课文，读着读着从梦中醒来，才明白不过是大梦一场。可是黄怡欣知道萧平又回炉当附中的党支部书记，对汪书敏坦承："说句心里话，我热爱附中，一直盼望重上讲台。但附中又是我的伤心之地，我真的不想再回去了。"

汪书敏知道黄怡欣的心思，觉得她不回附中也罢，没有再劝。汪书敏回家对陈方村说："你和邓书记说说，成全黄怡欣吧。干脆给我也换个单位，我也真不想再和萧平共事。"

陈方村对妻子说："心字头上一把刀，你就忍吧。好在你改任副校长了，给刘颖兹校长做助手，不用大小事都问萧平。"

陈方村为了安慰妻子，主动说一起去看望岳父。自从开始反右运动，翁婿几乎没有见过面，现在丁埴摘了右派帽子，被安排到省图书馆任副馆长，理应去看望。

女儿女婿登门，丁埴很高兴，聊着聊着，聊起当前的形势。陈方村说："陈毅副总理的讲话在大学里反响很大，教授们私下都说知识分子的春天到了。"

丁埴哈哈一笑，说："呵呵，春天，暖春过去，就是炎夏。"

陈方村不解其意，说："你的帽子总算摘了，值得庆贺。"

"只是按人民内部矛盾处理罢了，矛盾的根本性质并无改变，帽子还悬在头上。"

岳父的见解让女婿心头一沉，女儿则另有看法，说："给你安排这么一个闲差，欺负老实人。"

丁埴豁达大度地说："千万不要这么想，我本来就是闲差，没发配我去青海或是河淀农场就已经高抬贵手了。"

陈方村无言以对，只好搭讪："去图书馆工作挺好，符合你的兴趣，工作量也合适。"

丁埴说："图书馆太好了，读书方便，求之不得，余生可以多读几本书。"

陈方村说："你的阅历丰富，是党和国家的有功之臣，肯定会发挥更大作用的。"

丁埴笑笑说："说笑了。我和你们不同，你们在地下党都是有明确任务的，又早早进入了解放区。我只是长期潜伏，以待时机，时机不到，毫无作用，像断了线的风筝，不知要飞往何处。我本该是被淘汰之人，已经很知足了，只求不会拖累你们。"

回家路上，陈方村对汪书敏说："你父亲洞察世事，深邃明澈，见解入木三分。任凭风浪起，稳坐钓鱼台，我真佩服。"

邓梓华要亲自见一见黄怡欣，当面谈谈她的工作安排，她的组织关系也该恢复了。代表组织正式谈话，不便去家里，去家里也好像故意做给俞正堂看。

谈话是在邓梓华的办公室。党委书记亲自和一个普通教师谈话已属于破格，何况黄怡欣还是附中的教师。既然在办公室谈，那就不能因为她是俞正堂的儿媳就显得亲近，还得摆起领导的样子。

话题虽然是黄怡欣最关切的，但是邓梓华的姿态与他来家时的表现截然不同。黄怡欣很不受用邓梓华故作姿态，觉得他居高临下，显然是在提醒她是"戴罪之身"。

邓梓华开门见山，说："怡欣同志，你的组织问题本来已经有了头绪，受反右运动的影响中断了，最近组织上会重启这项工作，争取尽早解决问题。"又说："学校原本是要你重返教师岗位的，但是考虑到你的身体状况和你本人的意愿，决定暂时安排你去中文系资料室，过一段时间看你的身体条件和工作需要再做调整。"

当"争取尽早解决"这几个字从邓梓华口中说出时，黄怡欣一点反应都没有，这句话她已经听腻了。她曾经以为共产党组织的大门即将向她打开，没想到一顶沉重的右派帽子又将大门锁住，心中的希望之火熄灭了。她与死神擦肩而过，繁重的体力劳动和严重营养缺乏几乎摧垮她的身体。

邓梓华又讲了讲当前形势，从全国的形势说到中夏大学，最后说："希望你认真学习，努力工作，早日重归组织。"

黄怡欣目光呆滞，心思散乱，似乎在听他讲话，却根本没有听清楚他究竟说些什么，唯一听明白的是，她要去中文系当资料员。等他讲完，黄怡欣按照应尽的礼数，机械地说："谢谢邓书记，我服从安排。"

优秀的中学语文教师黄怡欣成了中文系资料员。在中文系一般人的眼里，就是一个摘帽右派接替了一个自绝于人民的胡风分子兼右派分子的班，连黄怡欣使用的办公桌都是文觉非曾经用过的。资料室在二楼，文觉非的办公桌紧靠着窗户，窗外是一棵有些年代的石榴树的树冠，枝繁叶茂。每年的5月，盈窗都是火红的鲜花，一直盛开到仲秋。也不知当年文觉非坐在这张桌子后边时，有没有心情欣赏这一树美丽的石榴花。

黄怡欣后来才知道，文觉非虽然从胡风反革命集团案解脱出来，却成为"一条死狗"。中文系的反右指标没有完成，栗明谦抓中文系的反右斗争，没两天就把这条谨言慎行的死狗揪出来打成右派，连番恶斗把他送上了不归路。

黄怡欣坐在文觉非原来的位置上，看到窗外鲜红的石榴花，想到的却是他的下场，心中一阵凄楚。她就是沿着文觉非的不归路走下镜明湖的，要不是宣素仪一声呼唤，很可能就走过去了。但是经过这些年的磨难，黄怡欣彻悟了，决不再走那条不归路，她不仅要为亲人活下去，还要活个明白，看个究竟。黄怡欣觉得坐在这个位置上挺好，在这宁静的角落里有相对的自由，还有窗外鲜花点缀，可以放松自己，至少还可以埋头看书，保持沉默，维护自己独立的人格。

这张被遗弃的七斗桌覆盖着厚厚的积尘，桌面油漆斑驳，抽屉里残留着废纸和虫尸虫粪。酷爱整洁的黄怡欣认真做了一番清洁整理，无意在抽屉后边的夹缝里发现一只被挤压变形的大牛皮纸信封，里面是一大摞写得密密麻麻的手稿。因为长时间挤压，手稿的纸张已经扭曲不展。黄怡欣小心翼翼将手稿抽出来，放在桌面上轻轻抚平，发现这一摞手稿分成几册，装订得整整齐齐。最上边一册是她熟悉的中夏大学附中特有的16开学生作文本，封面上写着文潇雨的名字。黄怡欣打开作文本，五十页纸密密麻麻写满了文字，大多是清晰流畅的钢笔行书，也有用编辑符号做出的标记和修改。少数页面比较潦草，像是在仓促之间匆忙挥就，需要仔细辨认。

作文本的首页上写着标题："莎士比亚评传"。开头写道："九十多年前，1864年法国文豪维克多·雨果出版了《莎士比亚评传》，维克多·雨果是欧洲文学史上极具影响力的浪漫主义诗人、小说家和剧作家。雨果在法国浪漫主义文学运动形成的十九世纪二十年代就开始发表文艺理论著作，这些著作成为浪漫主义文学运动重要的理论文献。雨果作为十九世纪法国浪漫主义文学的代表人物，与莎士比亚所代表的文艺复兴时期浪漫主义息息相通，在《莎士比亚评传》中可以看到雨果秉持浪漫主义文学观点对莎士比亚的积极评价。但是雨果的文艺思想也有很多局限，论证有前后矛盾之处，某些论据有失准确。因此，借鉴维克多·雨果的一些观点，另起炉灶评价莎士比亚的创作及其生平经历，一直是我所愿。"

黄怡欣判断这些手稿出于文觉非的手笔。再看最下面那一册，扉页上书："文艺复兴时期欧洲著名文学家评传"，这显然是总题目。黄怡欣稍加整理，发现全部手稿以国别为序，每一位作家各设一章，设有专章的文学大家有：意大利诗人但丁、彼特拉克，文学家薄伽丘，西班牙文学家塞万提斯，法国作家弗朗索瓦·拉伯雷，英国剧作家和诗人莎士比亚等等。还有几页没有装订的稿纸，字迹比较稀疏，在"德国"二字之后画个问号，下面写着"德国在欧洲文艺复兴时期文学代表人物的取舍颇费踌躇，那时德国的政治、经济和社会发展在欧洲比较落后，16世纪德国才爆发宗教改革运动，德国文艺复兴极盛时期的代表是绘画、版画而不是文学，在文学上对欧洲文艺复兴的响应滞后。歌德和席勒虽然是德意志启蒙文学的代表人物，但是他们成就于十八世纪，活到十九世纪，离欧洲文艺复兴肇始已经几个世纪了……"

黄怡欣奇怪手稿为什么藏在这个隐秘的地方？究竟是文觉非有

意所为，还是无心之失。但是她很快被手稿的内容吸引，手稿真是难能可贵，却不知该如何处置？

在西北联大中文系读书时，黄怡欣就对文艺复兴时期的欧洲文学和文学家产生强烈的兴趣。她觉得中国的研究者一说起欧洲文艺复兴，就是达·芬奇、拉斐尔或米开朗琪罗，对于文艺复兴时期的文学家关注不够，更缺少系统的评介。她要从中国文化的视角去评介欧洲文艺复兴时期的文学代表人物，并分析这些代表人物的作品对五四运动以来中国新文学的影响，以此作为自己攻读的方向。

西北联大毕业前，黄怡欣曾在书店买到一本上海商务印书馆出版的《地狱》，是《神曲》的第一部。译者王维克是一位数学和物理教师，他凭着对但丁和《神曲》的崇敬和热爱，用了十年时间从法文转译成中文。黄怡欣不懂意大利文也不懂法文，但是知道《神曲》原著是诗歌，可王维克的译本却是散文体，显得美中不足。黄怡欣当时和俞秉轩正在热恋之中，秉轩是学英文的，自己是学中文的，她曾经梦想有朝一日革命成功，社会安定，她和秉轩合作写一部《但丁评传》，写出对但丁，对《神曲》以及对欧洲文艺复兴时期文学的研究心得。

黄怡欣认为，文艺复兴的核心思想是人文主义，文艺复兴运动冲破中世纪神学和王权主义的桎梏，代表了新兴资产阶级的主张。从人类思想解放进程来看，欧洲文艺复兴运动为后来的法国启蒙运动奠定了基础，法国启蒙运动促进了法国大革命的爆发，而法国大革命的思想孕育了马克思主义。

当年黄怡欣想到这一层时，思想深处遇到极大的困惑。按照这样的逻辑，马克思主义与文艺复兴似乎是一脉相通的，可是她又觉得马克思主义里面似乎缺失人文主义，她不能准确地论证人文主义和人性论的关系，但是明白无产阶级革命斗争学说与人性论是绝对不相容的。那么，文艺复兴所唤醒的人文主义与马克思主义相互矛盾吗？革命不是为了人民得到彻底解放吗，难道与人文主义对立？

黄怡欣陷入迷茫，但是很快面临毕业，她要服从组织的派遣，随时做好奔赴延安或是潜入白区的准备，迎接她的是血与火的考验。在你死我活的阶级斗争中，必须抛弃人情和人性，没有温良恭俭让。在革命斗争中，每时每刻都可能流血牺牲，什么《神曲》，什么但丁莎士比亚，哪能顾及到他们！

黄怡欣如今成了被革命摈弃在大门之外的游子，甚至连游子也不是，而是革命的对象，争强好胜之心几乎泯灭。可是遗留在抽屉夹缝里的这一摞手稿，又唤起她对文艺复兴的兴趣，她要整理手稿，从中探求一直未曾找到的答案。

黄怡欣明白，一旦有人知道这部手稿的存在，并且是出自文觉非之手，必然会被罗织严重的罪名。手稿肯定保不住，保存手稿的人必将受牵连被追查。但是她决心保藏这份手稿，认真阅读和整理，尽自己的能力完成文觉非未竟的著作。

77

黄怡欣到中文系资料室以后，连续编了几期《文学研究动态》，从《文学评论》《文艺报》和一些大学学报上蒐集最新发表的文学研究和评论文章，摘其主要观点或内容，加上各地学术会议动态，简明扼要汇集成简报，及时发给教师和高年级学生。他们可在简报信息指引下直接查找原文或出处，免得每个人都各自翻阅报刊，大海捞针。《文学研究动态》甚得老师们的欢迎，高年级学生写毕业论文找参考资料极为便利。

很快有人向校党委举报，反映《文学研究动态》的取向有问题。按照校领导的分工，意识形态也是由仝慎鹏分管的，举报到了他的手里。因为牵涉到妻嫂，他把报告转给书记邓梓华。仝慎鹏是按照工作程序郑重其事转过来的，邓梓华不能不管不问。邓梓华看了报告，又把黄怡欣编的资料要过来看，感觉黄怡欣不过是为中文系资料室做了一个资料索引，又不对外发行，倒不觉得问题有多么严重。可是这样的事竟然也有人告状，引起邓梓华深思。

"二月讲话"发表以后，确实有些知识分子弹冠相庆，以为从此和风细雨，波澜不惊。邓梓华心里却不踏实，总感觉一种倾向里暗含着另一种倾向。"脱帽礼"是不是太过夸张？上面真的是调门一致吗？会不会是两股劲呢？

他想到黄怡欣，她一心只想着恢复组织关系，埋头工作却不容易看清大势，千万不要刚从沟里爬出来又掉到河里去。她自己掉到河里不打紧，只怕激起更大的波澜。

邓梓华决定再跟黄怡欣谈一谈，提点提点她，当然也要缓和一下上次谈话可能给她带去的情绪。上次在办公室约谈黄怡欣，语气有些生硬，可能引起她的误解。可是邓梓华以党委书记的身份不便再次直接约谈她，去俞止堂家见她更不合时宜，也不好直接去中文系见她。邓梓华颇费一番心思，想到一个万全之策。

这天，邓梓华和秘书小丁约好上午9点半去中文系党总支，他却像一个普通的读者早早来到中文系资料室。刚上班不久，资料室里人不多，都在埋头阅读或书写，非常安静，没有人注意到他的到来。他轻轻走到黄怡欣的办公桌前，黄怡欣始料不及党委书记大驾光临，赶忙站起来。邓梓华径直朝她办公桌后面的套间走去，示意她跟过来。套间是珍本书库，放置的都是善本孤本宝贵书籍资料，平时只向教师开放。

邓梓华和黄怡欣在长长的阅览桌边两边面对面地坐下，邓正对着门口，黄背着门。邓梓华说："我们在里面谈话，不会影响大家在外边阅览。"

邓梓华早已不同当年了，他现在是一校之首，一言九鼎，尽管他一副平易近人的样子，黄怡欣还是觉得他矫揉造作，拒人千里。她把邓梓华的突访与文觉非的手稿联系起来，不免有些紧张。

邓梓华面对黄怡欣，突然改变了既定的谈话策略。照顾她的情绪是次要的，提点她是为她好，不想让她再出纰漏，还是要把话说得明确一点。于是，邓梓华把原来想好的一些话留在肚子里，也不称呼她，直截了当地说："你来资料室工作一段时间了，理应过来看看，可事务繁杂实际上很难下到系里。偶尔到系里来一次来都弄得很正式，很隆重，显得格外生分。我这一次来中文系党总支谈工作，顺便先来资料室看看你，毕竟我们是老熟人。"

黄怡欣听得出邓梓华说话拿捏的分寸，以前他来家都是称呼"怡欣同志"的，开口闭口"自家人"，第一次听到他说"老熟人"。

邓梓华继续说："你到资料室不久就进入角色，说明你的素养和功底非同一般，很好，很好。当年我是跟着俞先生学农学的，中文我是外行，不敢妄议，有些想法，想提点个人建议供你参考。"

黄怡欣料想他要提手稿的事，小心翼翼地等着靴子落地："你是领导，请指示。"

"不要那么客气，我们毕竟是老熟人嘛，我就有话直说了。"邓梓华有意减缓语速，又想通过语气来强调他说话的重要性："看了你编的《文学研究动态》，编得很及时，触角很灵敏，信息收集得也很广泛。但是，我感觉最近整个文艺界的方向有问题。在文学研究这个领域，研究外国特别是研究欧美多了点，研究中国少了点，研究古代文学多了点，研究现代文学少了点，研究资产阶级文学多了点，研究无产阶级文学少了点。所以，你在编写文学研究动态时，要尽量匡正这种偏向，多收集研究无产阶级现代文学的信息，特别是我们本国的。"

黄怡欣听邓梓华一通高论，莫名其妙地说出"三多三少"，无法回应也不想回应，但是邓梓华明显等待她回答。黄怡欣默然一阵，只好说："邓书记看得深远，我只想到把有关的信息蒐集齐全，为大家提供方便，没想到要从中取舍。以后注意吧。"

"按理，你也算是老同志了，要学会透过现象看本质。我们毕竟是老熟人嘛，所以出言无忌，可能说了外行话，仅供你参考吧。"

邓梓华从不扯闲篇，说完起身去三楼党总支办公室。秘书小丁大概直接去总支办公室了，他独自一人上楼，走道上有人与他擦肩而过，没有人认出他是堂堂校党委书记。

黄怡欣庆幸邓梓华没有说到手稿，显然他不知道，但是仔细品味他的话，似乎意味深长。心头猛然间升起一股凉意。"本质"是什么？莫非一场新的政治运动又要开始了？大饥荒刚刚过去，才消停几天啊……

黄怡欣为方便老师们查找信息资料，主动编了这个《文学研究动态》，没有任何其他的目的和动机。邓梓华一番宏论透出的那股冷气，给黄怡欣敲了警钟，决定找个借口不再编了，何必多事自找麻烦。

黄怡欣得到手稿以后一直拿不定主意，手稿毕竟是文觉非所写，究竟要不要告诉文觉非的太太宣素仪，或者把手稿交还给她？邓梓华的造访带来一股冷气，黄怡欣当机立断，就在当天将手稿交给宣素仪。宣素仪看到厚厚一摞稿纸上那熟悉的笔迹，热泪禁不住夺眶而出。她把手稿贴到自己的胸前，又用手轻轻地摩挲那摞厚厚的稿纸，彷佛触摸到丈夫常年笔耕的双手，感觉到亲人的气息。

黄怡欣说："宣大姐，一定要把文先生的手稿保存下来，如果你同意，我想把原稿整理完善，我相信文先生这部著作一定会流传于世。"

宣素仪第一次听到黄怡欣称她"宣大姐"，眼睛里充盈着泪水，她信任黄怡欣，郑重委托她整理完成这部手稿，并且说如有需要，她可以帮助黄怡欣翻译英文和法文文献。

邓梓华自从文觉非投湖自尽，极少来过中文系。他说的那一番话并非完全针对黄怡欣，而是他最近观测形势的感悟，借题发挥用来提点黄怡欣，不知道黄怡欣能不能理解？

邓梓华与葛绍瑭来自不同的根据地，邓是策动黄敬齐等教授进入解放区时才认识葛绍瑭的。邓在城市工作部当副部长，葛是部长，是邓的领导。进省城以后，葛绍瑭去了省委文教部，而邓梓华则接管中夏大学，是实际负责人，但是校长由伍挺翔兼任。后来葛绍瑭做了中夏大学党委书记兼校长，一开始就与邓梓华若即若离，邓梓华也慢慢感觉出两人的思想方法和处事有很大的不同。邓梓华认为对知识分子还是团结利用为主，不必处处以他们为敌。他不愿意唱高调，反右不力，栽了大跟头，谁知道风云变幻，葛绍瑭也栽了。没想到老首长段益玠来到本省，一来就启用他，真是翻来覆去。"二月讲话"之后不久就重提阶级斗争，非同小可，"脱帽礼"也许是缓兵之计，也许是不同的主张，看来继续革命才是主调。本以为革命早已成功，国家该认真搞建设了，大学该好好培养学生，认真搞研究了。但是现在看来，运动未有穷期。

葛绍瑭离开中夏大学后一直很郁闷，仝慎鹏时常去看望他，听听他发牢骚。葛绍瑭关心时局，消息也比较多。最近聊天，葛绍瑭对仝慎鹏说："陈老总广州讲话的背景是七千人大会，七千人大会的主要精神是纠偏。广州讲话的精神下边都知道了，可是七千人大会的精神却没有向下边传达，这是为什么？有人说县级干部已经参会了，没必要再传达，我看其中大有文章。辩证唯物主义是我们共产党人的法宝，特别是辩证法。慎鹏啊，一定要学会辩证地看问题，要学会在一种倾向中看到另一种倾向。"

葛绍瑭拿出一张报纸递给仝慎鹏，这是一份过期的《光明日报》，说："七千人大会上，主席让印发几首诗给与会各同志看。主席是诗人哪，他为什么在这次会议上推荐这几首诗？意味深长。这些诗就刊登在这份《光明日报》上，你拿去好好看看。其中钱昌照的两首，要仔细品味。"

仝慎鹏回去看报，上有钱昌照的《七绝二首》。其中一首 《芦台农场》，诗曰："麦苗肥壮谷登场，谁信当年一片荒？排灌齐全轮作好，芦台今日是粮仓。"另一首《藁城农村》："薯曝墙头菜挂檐，棉田片片麦无边。农村活跃歌声里，绿女红男夕照前。"

仝慎鹏读来读去读不出所以然，一时也琢磨不透葛绍瑭的话，只是感觉政治风云诡异，要想进步必须认准方向有所适从，究竟哪个领导代表正确方向呢？

78

黄怡欣第一次去印刷厂送中文系的付印资料，她不熟悉业务流程也不认识印刷厂的人。印刷厂不大，车间一角有一个断开的隔间，门口挂着"业务室"的牌子。黄怡欣敲门不见回应，推门进去却见里面坐着一个中年男人，明知有人进来头也不抬。

黄怡欣客气地问："请问是厂长吗？我是中文系来送资料清样的，已经校对过，可以改正印刷了。"

那人乜斜她一眼，慢条斯理地说："你们中文系这点小事还要两个人做，取清样的是个男的，送清样的又换成个女人，还拖了这么长时间。"

黄怡欣说："真抱歉，我刚接手，那我把校对好的清样交给你吧。"

那人死盯着黄怡欣，阴沉沉地说："听说中文系资料室来个摘帽右派，不是你吧？"

一股热血直冲黄怡欣的脑门，没想到来印刷厂送个清样还会遭人奚落，她想对眼前这个人发作。转念一想，他说得对呀，自己不就是个摘帽右派吗？她强压住心中怒火，问："清样交给你吗，要不要登记？"

那人下巴往前边一翘："放下吧，不用啰嗦。"

黄怡欣只好将清样放在桌面上，转身出门，又觉得不妥，这个人阴阳怪气，不登记也不问印多少份，把清样弄丢了怎么办？她环顾四周想找人问个究竟，却见容嫂的女儿容香兰在车间角落里呆坐着。

黄怡欣过去，说："香兰，你在这里上班？"

容香兰全家人都在俞家住过，黄怡欣待她很好。容香兰没想到黄怡欣会来印刷厂，低着头，悄声说："你不知道？还是俞爷爷找了陈校长，我才当上印刷厂的临时工，刚上班一个星期。"

黄怡欣看出容香兰有点不对劲，问："你怎么了，不舒服吗？"一边仔细看她的脸。她刚刚哭过的样子，满脸泪痕。又问她："你是病了，还是受欺负了？"

容香兰抹了一把眼泪，连声说："没事，没事"，扭过脸去。

轰鸣的印刷机停了下来，一份文件印完了。宣素仪从印刷机后边朝黄怡欣走过来，边走边把工作帽去掉，露出一头秀发。

黄怡欣想起宣素仪也是在印刷厂上班的，忙说："宣大姐，我来送清样，不知要办什么手续？"她用手指指业务室，"厂长说放在桌子上就行了，也不登记，也不问印多少……"

宣素仪打断她："当然需要登记，你要填张表，写上你们要求的份数和时间。"

黄怡欣恍然大悟："是啊，这些都是必要的手续，怎么能随便放呢？"

宣素仪示意黄怡欣离业务室远一点，轻声说："他不是厂长，随便放在那里会误事的。"

正说着，厂长回来了，宣素仪忙说："厂长，中文系黄老师来送校对好的清样，她还没有登记。"

黄怡欣跟着厂长又进了业务室。里面那人站起来说："厂长，那我忙去了。"他出门时故意蹭黄怡欣一下，径自走了。黄怡欣捡起掉落在地上的清样交给厂长，厂长拿出登记簿，表格上的内容有好多项，还要经手人签名。黄怡欣觉得刚才那人也太儿戏了，就问："厂长，刚才那位是？"

"老谢，谢自力。刚才我有事出去，他帮我守着业务室。"

一个坐在厂长椅子上临时守摊的人，也会说出"摘帽右派"那样难听的话，深深刺痛了黄怡欣。可是，又能怎样和他计较呢？

黄怡欣再次从业务室里出来，看见宣素仪和容香兰坐在角落里窃窃私语，宣素仪的手搭在容香兰的肩头，容香兰还在默默地垂泪。

黄怡欣问宣素仪："宣大姐，香兰怎么了？"

宣素仪低声说："谢自力就是个禽兽。香兰刚上班一个星期，他就对香兰动手动脚，打歪主意，还威胁说，要是不听话就开了她的临时工。"

黄怡欣说："果然不是好人。"

宣素仪说："他在印刷厂对女工都欺负遍了，仗着会维修机器，到处说他是工人阶级，自称技师，横行霸道。"

黄怡欣最痛恨仗势欺人的人，说："他能代表工人阶级吗，工人阶级还欺负弱者？香兰是苦命的孩子，请宣大姐多关照。"又说："香兰，别害怕，坏人不会得到好报。"

黄怡欣和宣素仪都不知道，那个谢自力和容锡田之间是有过节的。容锡田的儿子容楼成与谢自力的小舅子都曾报名应聘中夏大学电工，大学里的工人数电工吃香，招聘的门槛也高。容楼成被俞正堂安排进农场管理机井兼学电工，出师刚好碰上校本部招聘，通过操作考试顺理成章地成为中夏大学的正式电工。谢自力的小舅子没有正经学过电工，操作考试不过关，只好去一家街道工厂。谢自力恨得牙痒，散布说："不知道容锡田老婆跟谁睡了，后门走得这么顺。"

话传到容锡田耳朵里，把容锡田的肺都气炸了。他又觉得反正谢自力没有说在当面，犯不着与这人一般见识。可是容楼成一听就火了，要去揍谢自力，被容锡田劝住。

星期天，容嫂修伞回来路过俞家，黄怡欣刚好有一把雨伞断了根伞骨请她修理。容嫂修好伞，黄怡欣硬塞给她两块钱，说："容嫂，那天我去印刷厂办事，才知道香兰在印刷厂上班。她受人欺负了，我看见她偷偷抹眼泪。你一定要给香兰撑腰，让她说出来，不能忍气吞声。"

容嫂回家好言问女儿，香兰就说谢自力不规矩，欺负她，还威胁她不许对别人说。容嫂见不得女儿受人欺负，她要容锡田给女儿出气。容锡田说又没有拿住谢自力什么凭据，只能息事宁人。容嫂咽不下这口气，生气地说："不是你的亲闺女你不心疼！"

容楼成知道了。他觉得当电工是自己考上的，谢自力不仅小瞧自己，还污蔑他走后门。虽然他在家里也经常欺负这个毫无血缘的妹妹，但是他怕谢自力使坏让妹妹丢了临时工，自己就得往家多交生活费。容楼成咽不下这口气，对着家人狠狠地说："谢自力个王八蛋，他等着瞧吧！"

接连下了几天大雨，趁雨势小了，黄怡欣去印刷厂取印好的资料。进门看见宣素仪和容香兰正在开机印刷，机器轰鸣。黄怡欣指指业务室，只见两人朝她摇头摆手。

黄怡欣走近问她们："又是那个人在业务室？"

宣素仪说："那人暂时不能来了，他的腿摔断了。"

那天晚上下大雨，谢自力下班后照例先去姘头家，在那里吃了晚饭再回自己家。谢自力喝得醉醺醺的，雨大路滑，趔趔趄趄走不快，怕淋雨又紧赶着回家。他家住在中夏大学小东门外的民宅里，去到那里必经一座石桥。谢自力晕晕乎乎冒着雨走上石桥时，看见护栏上坐着一个披蓑衣的人。他酒喝多了，对坐在桥头上的人并不在意。

谢自力刚走上石桥，穿蓑衣的人突然站起来，手里抄着一根四方四棱的椅子腿，朝他右小腿迎面骨上猛抢一记，他"哎呀"一声扑倒地上。那人顺势又将椅子腿朝他左脚上猛砸，然后朝他身后方向飞奔而去，不见踪影。

谢自力明白自己遭了暗算，不知是姘头的老公还是哪个仇家？他痛得死去活来，天黑雨大，路上没有行人，呼喊也无济于事，只好连滚带爬回到家中。谢自力平素横行惯了，没脸说挨了别人揍，对家里人只说自己滑倒了。他伤得不轻，右腿胫骨断了，左脚跟骨粉碎性骨折，根本走不成路了。

第二十七章

79

萧平之所以回炉去当附中的党支部书记，事出有因。

反右运动开始，葛绍瑭把萧平调去做党委办公室主任，安排刘士俊顶替萧平原先的位置。当上中夏大学附中党支部书记的刘士俊，在葛绍瑭离开中夏大学后出了大事。

本是省委文教部收发员的刘士俊一直独身，到附中上任不久就看上了本校校工老常的女儿。常姑娘心灵手巧，绘画剪纸刺绣都非常出色，作品经常参加各种展览和比赛，多次获奖。常姑娘长得耐看，上下身的比例挺好，看似身材不错。可是她得过小儿麻痹，两条腿不对称，走路时显得有点跛。因为这一点缺陷，年近三十还待字闺中。常姑娘沉浸于美工，自得其乐，并不急于婚嫁。刘士俊到附中不久就看上常姑娘，很快就向老常提婚。刘书记说他虽曾离过婚，但是没有孩子，甘做普通校工的女婿。老常哪有不同意之理，常姑娘经不住父母反复劝说，推脱一番，也就同意了。她毕竟有残缺，能当上书记夫人，在附中大院里不丢人。刘士俊从收发员当上中夏大学附中书记，又娶了一个有才艺长得蛮漂亮的黄花大闺女，春风得意。

大饥荒这年暑假，学校按省里统一要求放长假三个月。刘士俊说他多年没有回过老家，趁放长假回家看看。不成想他这一去，整个暑假都呆在老家，直到开学前老师们都陆续返校才回来。他回来的第二天，一位农村妇女手牵个小男孩找到附中。正在附中大门口值班的老常去问究竟，那妇女开口指名就骂："我找陈世美，就是刘士俊个王八蛋！"

　　刘士俊其实是有妇之夫，他嫌弃老婆却一直没有办妥离婚手续，打算趁放长假回去办。回到家一看，父母都饿得浑身浮肿，躺在床上少气无力，老婆的脸也浮肿变形更加难看，七八岁大的儿子饿得鼓个大肚皮，肋巴骨能一根根数清楚。两个老人把刘士俊带回来的馒头一把抓到手里，一边哭一边大嚼，孩子狼吞虎咽，老婆也大口往嘴里塞。刘士俊心中凄凉，只好先不提离婚的事，揣着钱到县城千方百计为家人找吃的。一个月过去，眼看父母能起床活动，黄皮刮瘦的孩子脸上逐渐露出血色，老婆浮肿变形的脸庞也恢复成本来的大扁平脸，刘士俊觉得该提离婚了。以前一说离婚，他老婆就大吵大闹，寻死觅活。后来这女人看公公婆婆都向着她，不同意刘士俊跟她离婚，她不吵也不闹了，只说两个字："不离"。刘士俊无奈，眼不见为净，长期不回老家。现在常姑娘已经和他结婚而且怀孕，不离就是重婚，这回非离不可。

　　刘士俊对老婆说："按照婚姻法，长期分居只要一方坚决要求离婚，法院就能判离婚。"

　　老婆说："你别哄我，我早打听清楚了，政府得先来调解，不调解不能离。"

　　刘士俊说："你当我在省里是白吃饭的，我和县长是一样大的官，我马上就让政府过来调解。"

　　刘士俊的父亲说："谁敢来调解，进门我就打断他的腿，我和你娘再死给你看。"

　　刘士俊只得对老婆说好话："你离婚不离家，我月月寄钱回来，照样养活你和儿子，不让你们受饥受穷。"

　　老婆说："我知道你想当陈世美，只要你敢当陈世美，那我就是秦香莲！"

刘士俊在家住了将近三个月，对老婆百般劝说，这个女人还是一句话："除非我死了，就是不离。"气得刘士俊连杀人的心都有了，眼看快开学，只好返校。

刘士俊虽然对家人隐瞒着他在城里结婚的事，但是他老婆心中起疑，看出他分明是要停妻再娶。刘士俊前脚刚离家，她后脚就跟到省城探究竟。没想到，她一到附中大门口就碰上了刘士俊新拜的老丈人。等老常弄清楚这女人的身份和来历，这位平素温和谦恭老实巴交的校工立时怒火万丈，感觉受到了莫大的欺骗和侮辱，堂堂的书记简直是骗子加流氓。他直接向大学党委告发刘士俊骗婚重婚，还要告上法庭。常姑娘美梦破灭，受不起这样的打击，小产了，差点丧命。

刘士俊重婚的丑闻轰动了中夏大学全校，省城文教界尽人皆知，还传出圈外，坏了附中的名声。可惜当时的法律对重婚罪还没有明确的刑责，刘士俊只是受到开除党籍的处分，被发配回老家，在县政府做回收发员老本行。刘士俊害校工老常不浅，毁了常姑娘一生，却成全了他那个坚决不离婚的糟糠之妻。

刘士俊被发配回原籍后，邓梓华以加强附中领导为由，打算提拔汪书敏递补空下来的支部书记的位置。他私下先征求陈方村的意见，陈方村坚决反对，说："绝对不行，她能力不够，在副校长位置上能做好就不错了。"

邓梓华看陈方村的态度是认真的，不再坚持，就把葛绍瑭提拔的党办主任萧平调回附中续任支部书记。

伍挺翔倒台，不少人等着看仝慎鹏的下场，没想到他丝毫没有受到影响，继续坐在副书记兼副校长的位置上，仍然是中夏大学的二号人物。

当年仝慎鹏在人民大学进修时，听过段益玠一场报告，他当场的提问引起段益玢的兴趣，后来专门约他深谈，还留他在家里吃饭，以后不断与他谈论哲学，时有见面。段益玢在改组中夏大学领导班子之前，专门给邓梓华打过招呼，说仝慎鹏此人可用。仝慎鹏自己都没想到竟然如此幸运，因为提了一个问题而拜到真神，现在真神降临身边，自己没有像葛绍瑭一样受伍挺翔的牵累。

刘士俊重婚事发，给仝慎鹏敲响了警钟。仝慎鹏是个聪明人，告诫自己一定要格外谨慎，万万不可得意忘形，一步走错就可能掉进万丈深渊。要想稳坐钓鱼台，必须及时排除险情。

仝慎鹏首先想到葛绍瑭打招呼说胡子青要当农场场长的事，心里埋怨葛绍瑭手下怎么都是些素质低下的人。胡子青的事不能再管了，这个人根本就是图谋私利的小人。难为的是葛绍瑭很关心他的这位前司机，几次变相催问，又不能完全不管不顾，否则会得罪葛绍瑭。但是无论如何也不能因小失大，急于求成，害了岳父不说，当胡子青刘士俊这些烂人的袒护者，搞不好成为别人手中的把柄。

仝慎鹏对母亲说了刘士俊被发配回原籍的事，对她晓以利害，请她务必说服前妻赶紧回老家。老太太顾及儿子的前程，儿媳秉淑又贤惠孝顺，对前房的女儿视如己出，让老太太特别放心。仝慎鹏托人找来过去曾在大户人家做过老妈子的虞嫂当住家保姆，她既能伺候老人，又会照料婴儿，还烧得一手好菜。老太太去了后顾之忧，很快将前儿媳劝走。那女人走后，秉淑心中舒展多了。

秉淑的身子越来越重，仝慎鹏给校医院打好招呼，让她在家里待产。秉淑决心做一个善良的后妈，耐心教那女孩宝珠补习功课，好让她能跟上学校的学习进度。宝珠开始虽然跟这个后妈生分，但她是个聪明的女孩儿，在秉淑面前十分乖巧。她知道奶奶护着她，却不依仗奶奶的袒护在秉淑面前怄气撒娇，她的亲娘已经不在身边，今后要依靠的是这个和善的后妈。

仝慎鹏常常对妻子进行阶级教育，秉淑在身为领导干部的丈夫教育下，阶级觉悟大大提高。她和仝慎鹏不是一般的爱情婚姻关系，他们是一对革命夫妻，她与仝家人的关系也不是一般的亲情而是阶级感情。而自己娘家的那些人，父亲是思想停留在旧社会的老顽固，兄长虽然入党了也不过是革命的同路人，嫂子现在成了阶级异己分子，姐夫死有余辜更不用说了，必须和他们划清界限。

就在俞秉淑阶级觉悟日益提高的时候，一个严峻的考验突然降临在她面前。

这天仝慎鹏面色凝重地回到家，一声不吭坐下来吃饭。今晚虞嫂做的是仝慎鹏平素最爱吃的蒜香鱼片，也是虞嫂最拿手的看家菜。可是仝慎鹏心事重重，看着盘中的佳肴却下不去筷子。等秉淑在餐桌边坐下来，仝慎鹏终于忍不住，严肃地问她："你有一个小叔？"

秉淑吃了一惊，心中慌乱，忙说："是呀，有个小叔叫俞正岫，我父亲的同父异母弟弟，我小的时候他就离家投军抗日了，早就没有下落。"

"他抗日还是我抗日！他投的什么军？他投的是国民党军，他是反动军官！"

秉淑脸色变得煞白，下意识地捂着肚子，结结巴巴地说："我，我，我和他划清界限！"

老太太发话了："什么事那么当紧，你看把秉淑吓成那样，不要动了胎气。"

仝慎鹏一听动胎气，马上放缓态度，细说原委。

学校收发室收到一封地址不详的来信，信封上写着"中夏大学询转俞正堂先生收"，寄信地址写的是"黑龙江齐齐哈尔56号信箱12分箱"，引起收发员的警觉。收发员是刚刚转业的解放军排长，革命警惕性很高，他不知道俞正堂是谁，更不知道"齐齐哈尔56号信箱12分箱"是什么意思，觉得像是外国特务的联络暗号，就把这封信上交给保卫处了。保卫处处长一看，这不过是一封普通的往来通信，寄信人不知道收信人俞正堂的确切地址，在信封上写了 "询转"二字"，那是再正常不过的事，不值得大惊小怪去盘查。但是这封信既然是收发员有怀疑正式上交的，就不能随便送到俞正堂本人手里。于是，保卫处把这封信上报党委。党委办公室的人一看是俞正堂的信，就说"让仝校长带给他老丈人吧！"

仝慎鹏问清楚这封信的来路，做出一副公事公办的样子，坚持要人事处查清楚寄信人。人事处不敢怠慢，只好把信拆开看，仍不得头绪，就翻查俞正堂的档案。不仅查了俞正堂的档案，连他儿子俞秉轩的档案一起查。查来查去查到俞正堂有一个同父异母弟弟，这封信是他这个弟弟从黑龙江齐齐哈尔代号为56号信箱的某兵工厂寄出来的，还查清楚了俞正岫的身份。

仝慎鹏恼火俞秉淑在与他交往时没有提起过这位小叔，责怪妻子对他隐瞒了一个当过国民党军官的社会关系。俞秉淑深深自责，虽然不是有意隐瞒，客观上对自己爱人还不够坦诚，等于对党不忠实，自愧没有经受住组织对自己的考验。

80

俞正岫最后一封家书，是他随孙立人将军的新一师从云南到广州受降，从广州发出的，此后再无音信。多年来，俞正堂魂牵梦萦思念小弟，可是当继母问起正岫的消息，他只能撒谎敷衍。自知小弟凶多吉少，却时时盼望天外飞鸿带来小弟的信息。

俞正堂失散多年的小弟的来信莫名其妙地被无端扣押两个月后，终于送达俞正堂。他将这封期盼已久的信攥在手心里，喜极而泣，过了好一阵，才哆哆嗦嗦拆开信封。他熟悉弟弟的笔迹，一眼看出这封信并非弟弟俞正岫亲笔所写，而且内容极为简单——

"正堂大哥：失散多年，想必一切安好。近日思念大哥之情日益迫切，冒昧投书中夏大学，但愿大哥能够收到。我已有家室，四个孩子，爱人名叫金玟岚。来信请寄：黑龙江省齐齐哈尔市56号信箱12分箱金玟岚收。小弟正岫顿首。"

俞正堂猜想这封信必定是名叫金玟岚的弟媳代笔所写，弟弟或许是出了什么问题，要不就是患了大病。他立即复信，不久就有回信来。第一封信果然是弟媳金玟岚托俞正岫的口气所写，这第二封信才是金玟岚直接写给俞正堂的。来信详说俞正岫的经历：抗战胜利后，俞正岫所在部队从云南经广东转赴东北，1948年在长春起义后编入中国人民解放军，他因为起义有功被任命为一所保密工厂的副厂长。最近俞正岫的精神出了毛病，有时抑郁，有时狂暴，还有自杀倾向，犯病后不认家人，只是不断呼喊"大哥"。

信中说："我们的单位和工作属于保密性质，所以一直没有与大哥书信来往，请求大哥谅解。正岫说过大哥任教于中夏大学，虽然不知近况如何，还是贸然以正岫名义给大哥写了信。我知道正岫与大哥兄弟情深，现在只求大哥能与正岫见上一面，或许他可以从精神崩溃中恢复。我们已有四个孩子，最小的儿子尚在襁褓之中，救正岫一命也是挽救我们这个家庭，挽救可怜的孩子。"

得到金玟岚的信，俞正堂不再犹豫，决意远赴齐齐哈尔寻弟。俞正堂以腿疾严重为由打了请假报告，表明要去外地求医。石蓓芝给俞正堂赶缝棉裤，秉轩给父亲买了一支手杖，报告一批下来，俞正堂立即独自一人踏上八千里行程。俞正堂不知弟弟吉凶如何，没有如实告诉继母，怕女婿仝慎鹏知道，瞒着女儿秉淑，只说是外出求医。

在漫长的旅途中，俞正堂回顾从蓝浒镇复校这些年的经历，翻来覆去地搞运动，对知识分子完全不信任，折腾来折腾去没有看到中夏大学的成长壮大。他想不明白这到底是为什么，怕知识分子造反吗？秀才造反三年不成，有什么可怕的。

火车经过辽阔的中原大地和华北平原，出山海关，从辽河平原再到松嫩平原。俞正堂一路饱览大好河山，胸怀顿觉宽阔。他看到一望无际连绵的玉米正在收割，想到赵理方和他培育的玉米良种已经在东北推广，不知眼前这大片的玉米用的是不是他们培育的种子？但是他一想起自以为精神家园的中夏大学，又不禁怅然若失。

俞正堂在北京和沈阳转了两次车，坐了三天三夜卧铺车到了哈尔滨，谁知从哈尔滨到齐齐哈尔还有三百多公里，又走了一天一夜。半夜到达齐齐哈尔，在事先约定好的旅店住下来已是筋疲力尽，幸亏穿了棉大衣和棉裤，否则真耐不住这严寒的天气。

第二天一早金玟岚怀抱孩子来了，她叫了一声"大哥"，顿时泪流满面。这个旅馆只有四人间，同室三个陌生的旅客还在睡觉，只好和弟媳到旁边一家小饭馆借着吃饭坐下说话。

金玟岚中等偏高身材，面目清秀却满脸愁容。她告诉俞正堂，他们的工厂在碾子山，离齐齐哈尔还有一百多公里，她也是昨晚才到。她住在单位的招待所，那里的条件比这个旅馆好一些，但是不能接待厂外的客人。金玟岚的老姓是爱新觉罗，远祖是康熙皇帝的幼子，她的曾祖与溥仪的曾祖道光皇帝是五服同宗兄弟，都是康熙皇帝的后裔。但是他们家这一支，在雍正年间因获罪被充军流徙到边远荒芜之地，早已败落。金玟岚是独女，初中毕业时父母双亡，靠勤工俭学读完师范，因为是本地人，在工厂子弟学校教书，1950年与俞正岫结婚。俞正岫策动一个整团起义立下功劳，属于有重大立功表现的起义人员，因为有枪械技术被委任为兵工厂的技术副厂长。他虽然谨言慎行，但是起义人员越来越不吃香，在历次政治运动中都经受审查，是厂里的头号"老运动员"，却从未查出什么问题。俞正岫多次表示自己不适宜做副厂长，要求下到车间当个普通技术员或者技工，上级不允许。他既得不到信任，技术上又离不开他，运动来了还得挨整。大跃进时说了"枪械制造不能只求速度，更不能大跃进，枪械质量出了问题会伤及自己帮助敌人"，就说他的立场反动，反对大跃进，定为右倾机会主义分子，停了副厂长职务。连续一个月的日夜批斗使俞正岫精神彻底崩溃，几度想寻死却又舍不得抛下妻子儿女，无奈装疯卖傻。没想到时间一长，伪装的精神错乱成了真正的精神病，思维彻底混乱，不能自拔。

俞正岫现住在齐齐哈尔精神病院。碾子山离齐齐哈尔路途很远，再加上孩子拖累，金玟岚很难经常去精神病院探望。俞正岫虽然失去记忆，连身边的亲人都不认得了，却忘不掉他的大哥。近来俞正岫已不能与人正常交谈，但是经常呼唤"大哥"，还叫出大哥的名字。金玟岚万般无奈，虽然没有确切地址，还是抱着侥幸之心把信寄往中夏大学，信寄出去却如石沉大海。金玟岚本已失望，两个多月后居然得到大哥的回音，真是兄弟情深，苍天有眼，兴许俞正岫还有希望。

当天去精神病院，俞正堂一眼认出失散多年的弟弟，不觉一阵心痛。只见他目光呆痴，动作迟缓，正值中年却颓废得像个老人。金玟岚连声叫他，他无动于衷，让他看孩子，他连头也不抬。金玟岚不禁伤心得抽泣起来，强忍住眼泪对他说："正岫，大哥万里迢迢来看你了！"

俞正堂上前拉着弟弟的手说："正岫，我是大哥俞正堂。"

不知是大哥的相貌还是声音，唤起了俞正岫久远的记忆，他的思维突然有了逻辑，弥散呆滞的目光一丝丝聚焦，低垂的头渐渐抬起，一滴眼泪从眼角滚落出来，热泪随后喷涌而出。俞正岫好像从虚无缥缈的远方回到现实中来，他最先认出的是与他失散多年的同父异母的兄长，随后才认出自己的结发之妻和襁褓之中的幼儿。

精神病状极为严重的俞正岫，因一场意想不到的兄弟相会奇迹般地复苏，令医生护士大为惊叹。金玟岚欲上前与丈夫拉手相拥，医生劝阻说病人现在的情绪并不稳定，不能过于激动，不如先让他们兄弟二人叙谈，但不要说太伤感或是太惊喜的话，以利病人的情绪和心理逐渐平复。

俞正岫紧紧抓住大哥的手，脸上渐渐泛出一丝红润，嘴唇抖动，嗫嚅一阵，终于说出："大哥，你怎么来了？"

金玟岚听俞正岫说出正常的话，喜极而泣。俞正岫说完这句话，再也不开口了，只是盯着大哥左看右看。

10月天气，这里已经大雪封山。正岫将一件皮大衣给大哥披上，拉着大哥朝门外走。医生与护士交换一下眼色，说："让他们兄弟慢慢聊吧。"

金玟岚见皮大衣披在大哥身上，就给正岫穿上一件棉大衣。兄弟二人相扶着出门，雪地里只有他们兄弟二人。俞正堂有膝伤，又不习惯踏雪而行，走路有点吃力。正岫开口说："大哥，你的腿有伤？你是不是挨整受苦了？"

正岫这一问，俞正堂又惊又喜，感觉到他能正常思维了，也听出他对"挨整"的敏感和恐惧。正堂告诉弟弟："没有挨整，是不小心跌伤了半月板，好多了。"

弟弟点点头，又说："大哥，我母亲……"

正堂说："她老人家跟我们在一起，身体很好。"

正岫用力握大哥的手，垂头自责："感谢大哥照应她老人家，我是不孝之子。只是，只是母亲健在的事，先不给玟岚说吧。"

正堂会意，他不会让小弟为难，只盼他早日痊愈。

弟弟细说自己的遭遇，俞正堂劝他不要顾虑太多，为了孩子也要活下去，为了生存只有适应环境："少说话，不要发表什么意见，靠技术吃饭，老老实实做个顺民吧。"

金玟岚不放心，抱着孩子站在门外向他们张望。兄弟二人说了一阵话，俞正堂看到弟媳一直站在门口，就拉着正岫往回走。正岫不动身，迟疑一阵问大哥："有书敏的消息吗？"

二十年了，俞正岫在精神崩溃之后还念念不忘自己的初恋情人，大哥俞正堂感慨万千。自从断了俞正岫的音信，王书敏依然坚信他早晚会与大哥联系，就把写给正岫的信都寄给大哥，托请一旦正岫有了消息就转寄给他。这些信，最早的写于二十年前，最迟一封也写有十多年了，一共十封。俞正堂怀揣十封信，奔波八千里，现在终于可以把信交到弟弟手里了。

眼看就要完成王书敏的托付，俞正堂却临时改变主意，绝口不提这些信，只是缓缓地告诉弟弟："你从军离家后，书敏去重庆投考中央大学，抗战胜利后她曾经从南京回家探亲，之后再也没有见过她。书敏的父亲王晋清随中夏大学南迁再没有回来，听说去了那边。"

俞正岫站在雪地里怔怔地看着大哥，俞正堂拉着弟弟的手望着一直站在病房门口的金玟岚，说："你看，弟媳在等你回去。"使劲拉着他，艰难地踏雪回医院。俞正岫长叹一声，跟随大哥回到病房。

俞正堂看到弟弟从精神崩溃的泥沼中走出来，看到为人和善怀抱婴儿的弟媳，看到他们的全家福照片，决心保全这六口之家。与弟弟万里相隔，毕竟还有今日的相见，王书敏却不知天涯何处？俞正堂违心地扣下揣在怀里的十封信，不让弟弟为这尘封的书信再度留下永远都无法修复的伤痕。

俞正岫的精神有所恢复，厂领导和工友来看望他了，希望他早日康复回去工作。俞正堂放心了，他不适应东北寒冷的天气，膝盖又痛起来，准备返家。

临行，正岫要把皮大衣送给大哥。皮大衣原是金玟岚祖父传下来的一件皮袍，吊的是祖上从俄罗斯买下的北极熊皮，非常珍贵。金玟岚从娘家继承下来唯一值钱的物件，就是这件彰显祖上荣耀的北极熊皮袍子，她经历过无数困苦都不肯将它卖掉。和俞正岫结婚成家后，金玟岚将皮袍给丈夫改为皮大衣，现在正岫要送给大哥，金玟岚有一万个舍不得。可是大哥不辞八千里路辛苦劳顿前来寻弟，挽救了丈夫，挽救了全家，这如大山一般深重的恩情理应回报。

俞正堂终于与失去音信多年的小弟相会，并把他从无底的精神深渊中拉出来，又亲见弟媳金玟岚对正岫真心实意，将小弟托付给她足可放心。

分别之时，俞正堂将皮大衣交还金玟岚，郑重其事地说："弟妹，谢谢你为正岫做的这件皮大衣，我这几天多亏穿它御寒，但是关内穿不得如此保暖的毛皮。你对正岫照顾得这么好，把孩子们养育得这么好，我都放心了。你有旺夫相，你和正岫一定会越过越好。"

81

听说俞正堂去外地看病回来了，农场工人刘奎跑二十多里路来家看望他。刘奎手巾里兜着六个鸡蛋，对石蓓芝说："俞太太，没啥好拿，我就买了几个鸡蛋。"

俞正堂高兴地拉着刘奎坐下，俞太太给他沏一碗糖水打了两个荷包蛋，又忙着做饭。

刘奎是个木讷的人，能跟别人闲谈的话题不多。他爱看戏，但是舍不得掏钱买票，眼看又该过年了，就说起往年看戏的事。说每年放年假前工人们都能连看两场戏，今年俞先生不在农场，"没戏啦！"

农场工人的文化不高，爱看熟悉的戏，《穆桂英挂帅》《十二寡妇征西》《铡美案》《对花枪》《三上轿》《花木兰从军》等等，百看不厌。有一年看的是《唐知县审诰命》和《抬花轿》，看得大家乐呵呵的，看完戏回来都一路笑个不停。他们不知道，看戏买票从来都是俞正堂花自己的钱。

刘奎大老远来看望俞正堂，带来工友们对他的情义，令他非常感动。他拿出十块钱交给刘奎，说："今年我请大家看戏，你回去买票吧。

刘奎连忙推让，说："哎呀，俞先生，那不行，我可不是来找你要钱看戏的。再说，也用不了这么多钱。"

"过年前看戏是农场的老规矩。我这次外出看病，腿没有看好，反倒累着了，得休息几天，年前是不回农场了。你来得正好，你替我去买戏票。钱要是剩下，你就买斤点心给你爹娘带回家过年。"

俞太太把家里现有的鸡蛋加上刘奎带来的，一共十二个，煮熟用刘奎的手巾包上，要他带走。

刘奎推让一番，其实高兴得很。他是个戏迷，知道今年是《海瑞罢官》和《打严嵩》连演，很卖座的，他回去赶紧买下15张连场戏票，农场职工人人有份。刘奎分票的时候对大家说这是俞场长请客，有人听了在意，有人只顾要票不在意他说些啥，自当是农场一贯的福利。

工人胡贵林不想看戏，拿着分得的两张戏票找刘奎退钱。刘奎说："贵林，两张票才五毛钱，不差那点钱吧。"

胡贵林说："我不能跟人家比，我穷，宁愿要钱不想看戏。"

胡贵林是胡子青的远房侄子，在工人中是有名的刺儿头。刘奎说："这是俞先生自己掏钱买的票，你好意思找他退钱？"

胡贵林自己在戏院门口把票卖了，他卖出四张票，包括胡子青那一份，得了一块钱。胡贵林退票的事败了大家的兴，看完戏，大家都憋着气闷声不吭。

有个工人对看戏毫无兴趣，说："我看，往后别看戏了，干脆把看戏的钱分给大家，想看戏的拿这个钱自己去买票。"

刘奎骂道："呸！扯什么淡。你们以为这是农场的福利呀，这是俞先生自己掏钱请我们看戏！"刘奎觉得这人和胡贵林一个毬样，为了几毛钱，辜负俞先生一片好意。

年节放假回家前一天，刘奎放到床铺底下的手巾包不见了，里边是他积攒下带回家过年的钱。刘奎怀疑是同宿舍的胡贵林偷的，可是没拿到证据，只好骂骂咧咧，指桑骂槐。偏巧这天早起胡贵林出门解手错穿了刘奎的新鞋，留下一双破旧的鞋。胡贵林刚回到宿舍，刘奎兜头一记重拳打到胡贵林脸上，打得他鼻子流血。胡贵林的脚上明明穿着刘奎的新鞋，有口难辨。刘奎又说胡贵林是个惯偷，不光偷鞋还偷了他的钱。胡贵林死活不承认，两个人你一句我一句，吵着吵着就在宿舍里扭打起来。

胡子青赶去处理，进门见他们两个人扭缠在一起，衣服都扯破了，上去抱住刘奎的后腰，胡贵林趁机朝刘奎脸上狠抓一把，刘奎一脸血印。胡子青厉声喝止他们："你们谁敢再动手？谁再动手，就把他送到派出所！"

胡子青当天就把胡贵林打发回家了。刘奎丢了回家过年的钱，脸又被抓破，委屈无处诉，说胡子青拉偏架，发狠说要打死胡贵林。

农场从未发生过工人打架斗殴的事，派出所的人来过问了，很快反映给校领导。这事在中夏大学的工人中传得快，容锡田也听说了，还把打架的事说给俞正堂。

胡子青每逢春节都给老领导葛绍瑭拜年，照例送去一公一母两只鸡和一篮子鸡蛋。葛绍瑭问他当上场长没有？胡子青说："仝慎鹏没有把你的话当回事，他向着他的老丈人。"

葛绍瑭说："现在形势很复杂，大学有多少事要他管，你这点事算什么？仝慎鹏不会不办，他总得遇到机会找个理由吧。不急，回头我再问问他。"

胡子青气哼哼地说："哪有那么难，场长去外地看腿，好多天不来上班，位子早就空了，就是不让我当。"

胡子青絮絮叨叨给葛绍瑭诉说农场最近发生的事，说到俞正堂以请工人看戏为名挑动工人打架斗殴。

葛绍瑭听到这里，打住他，说："很好，你的机会来了。你要尽快向上反映，要引起学校领导层对农场问题的重视，领导层一重视，仝慎鹏就能把你的事办成了。"

胡子青向校党委反映了俞正堂四个问题：一是假借在半亩小片荒地上种小麦之名，行攻击大跃进和反对总路线之实；二是诱导工人看没有教育意义的坏戏，散布帝王将相封建意识，抵制阶级斗争教育；三是大搞福利主义，收买人心；四是笼络亲信，重用坏人，挑动工人打架斗殴。胡子青的报告还附有两份材料，一份是俞正堂写的报告，说通过试种半亩小麦，证明小麦亩产几千斤绝对不可能，不应该浮夸——白纸黑字，说明俞正堂反对大跃进。另一份是外调材料，刘奎回乡探亲时，因为不满四清工作队怀疑他当生产队会计的父亲投机倒把，找工作队说理，推了人家一把，把人推倒了。当地派出所以寻衅滋事为由，拘留他15天。刘奎是俞正堂的亲信，证明他重用坏人。

胡子青把报告递上去，到了分管农场的副校长陈方村手里。陈方村明白这是胡子青对俞正堂的污蔑，却想不到他上纲上线居然罗列得如此周全，一时没有想好处置的办法，将这份报告暂时扣压下来。

仝慎鹏早有了消息，知道胡子青的报告在陈方村那里，他要求陈方村按程序办，将报告上报邓梓华。

邓梓华把陈方村找去商量，说："俞先生年纪大了，思想可能跟不上形势，但这报告会不会有言过其实的成分？"

陈方村说："明显的夸大其词，俞先生凡事较真，但是绝对不会挑事。"

邓梓华叹口气说："他毕竟是我们的老师，有恩于我们，对革命事业和中夏大学确实做出过贡献，我看还是慎重处理吧。"

又说："老全肯定知道这件事，他什么意见？"

陈方村脱口说："他只说按程序处理，老全也太滑头了吧！"

邓说："方村，不要这样说他。你把报告转给我，你是分管领导，我找你商量，都属于按程序。我看这样吧，俞先生的膝盖一直不好，让他退休吧，不管报告里说什么，就算了。只是农场要尽快补上场长，要加强管理。"

俞正堂退休，全慎鹏马上提议胡子青兼任农场场长，胡子青很快正式上任。胡子青告俞正堂的事以俞正堂退休为结局，陈方村心里很不是滋味，趁星期日去看望老师。

石蓓芝见到陈方村格外高兴，连说："方村，你怎么来了，稀客，稀客呀。"

陈方村说："师母，你这是批评我啊，我这个常来讨吃的熟客已经变成稀客了，惭愧，惭愧！"又说："师母，我这稀客今天是拿着烧鸡来换你做的鸡蛋面吃呢。"

石蓓芝说："你说这么生分的话，不是稀客还是什么。你来家吃我做的面什么时候拿烧鸡换过？"说笑间她早把茶沏好斟上，进厨房擀面。

陈方村不好意思开口就说退休的事，只是说："现在开始抓阶级斗争教育了，我们现在每天都在学习八届十中全会精神，我看伟大领袖党中央在会上重提阶级斗争，含义深刻呀。"

俞正堂说："又要搞运动？"

"说不准，我都看不透这形势。学生给你说心里话，有时候我真想提前退休，采菊东篱下，悠然见南山，像陶渊明一样，那日子过得多省心呀。"

陈方村拿出一对碧玉健身球，说是汪书敏父亲丁埴送给他的。陈方村要转送给俞正堂。他说："老师，你闲暇时玩玩健身球，延年益寿啊。"

俞正堂说："你岳父给你的东西，你怎么能随便转送别人？"婉言谢绝了。

工人打架的事发生不久，陈方村就登门来家，俞正堂猜透他的来意，坦率地说："方村，我早年加入中夏大学，服务了几十年，自知能力有限，但是毫无保留。农场打架的事我听说了，我虽不在场，但概因我平时管理不周，我实在不称职，不如退休。"

"老师，不要多想，你有功于中夏大学，有恩于我们这些学生晚辈，学生只想老师过得无忧无虑。"

"方村，谢谢你，你的用心我领会到了。"

陈方村一向敬佩俞正堂的操守，深知他自奉严格，为中夏大学殚精竭虑，全情投入，无论在什么岗位都毫不懈怠。这些年俞正堂逐渐被边缘化，就让他安度晚年吧，免得在任上受煎熬。他不再多说，更不提工人打架的事，拉拉家常就告辞了。

在俞正堂的眼里，陈方村是个坦诚的人，说话本来直白，自从当了副校长，说话再不直来直去。陈方村说到阶级斗争，可能就是指工人打架的事。俞正堂实在不懂，难道工人打架算是阶级斗争吗？自己真的是越来越跟不上形势了。

第二十八章

82

段益玠在来学校宣布新的领导班子的大会上留下一句话，说是要在中夏大学遴选一位副省长。邓梓华不知道段书记意属何人，反正省里说了算，选谁是谁。

焉朋之倒是很在意段在会上说过的话，中夏大学出过副省长黄敬齐，当然应该再由中夏大学出一个人替补。当然，黄敬齐那所谓副省长也不过是个虚衔，入不了共产党实权派的围。圈外的人当副省长不要想着揽权，只看那名分，副省长位高名厚，实惠总是有的。这些年他看透了，当权者忽上忽下，谁上谁下，当与不当，都大有来头。焉朋之权衡来权衡去，觉得自己递补副省长的可能性非常之大，但是可能性不等于必然性，天上不会掉下馅饼，要想当，还需寻些门道。焉朋之被此念头困扰，终日心烦意乱。

葛绍瑭在任时，焉朋之常与他攀谈北大清华的往事。说早年在北京，北大清华一个城里一个城外，抗战在昆明，几乎合为一体，没想到解放后又成为比邻。谈来谈去谈出了不少共同感兴趣的话题，与葛绍瑭的关系凑近很多。葛绍瑭说他先考上的是清华，为了方便在北京城里开展地下工作，才又投考北大的。葛绍瑭在清华的时间短暂，根本不认识焉朋之，但是他为了显示自己既考取过清华又考上北大的这段经历，不仅承认还常对别人提起他和焉朋之有这段在清华的师生之谊。

焉朋之也和现任书记兼校长邓梓华拉扯。邓梓华离校多年之后，焉朋之才从清华来中夏大学任教，但是他毕竟是中夏大学的先生，而邓曾是中夏大学的学生，于是硬凑上师生关系。近来焉朋之时常借口校务，隔三岔五去见邓梓华，心里想的是那副省长位置。

焉朋之在《哲学研究》最新一期发表了题为《马克思主义唯物史观与儒家思想批判》的文章，对唯心主义的儒家思想进行入木三分的深刻批判，陈述了作者由唯心主义儒学脱胎换骨接受马克思唯物主义的认识过程，文章得到新任省委书记段益玠的赏识。段益玠号称党内理论家，对哲学和史学研究很有兴趣。他看到焉朋之在《哲学研究》上的文章后，立刻打电话给仝慎鹏，要他陪焉朋之一起过来聊聊。

段益玠召见，令仝慎鹏诚惶诚恐。他并不惶恐见段书记，惶恐的是与焉朋之一起去见书记。焉朋之毕竟是哲学巨擘，和他一起谈论哲学，水平立见高下，说不定在段书记面前露怯，真不知如何是好。其实，段益玠要见的是焉朋之，仝慎鹏不过带路而已。仝慎鹏倒是想到这一层了，决定多听少说，能不开口就不开口。

段书记和他们聊了整整一个下午，还留他们在省委小灶吃了晚饭。段益玠虽然是封疆大吏，但有雅兴与学者探讨一些理论问题。当年他到人民大学做报告，就是觉得仝慎鹏的提问很有启发性，于是邀他深谈，从此与仝慎鹏相识。

焉朋之格外兴奋，感觉省委书记召见是至高殊荣，估计与省委正在物色党外人士做副省长有关。他心如鹿撞，决定游说校领导，一定要被推荐上去，上下呼应才稳妥。如何确保被推荐呢？焉朋之做了一番分析。

陈方村不过是分管行政事务的副校长，没有决定权。何季平是党外人士，根本说不上话，他自己反而可能有觊觎之心。钱其庠是书呆子，他这副校长位置还真的是个摆设，然而他的研究得到上面的重视，他会不会是黑马也未可知。关键是邓梓华，虽然与邓梓华的师生关系是硬凑的，但是邓梓华对他相当尊重，总以老师相称。还有副书记兼副校长仝慎鹏，前不久与他同进省委大院，显然是段益玠有意安排，其用意究竟何在呢？

焉朋之一时拿不准，是先到何季平与钱其庠那里观望动静呢，还是直接找邓梓华以探虚实。转念一想，不如先找仝慎鹏。

焉朋之对邓梓华和仝慎鹏的称谓是很有讲究的，何时称书记，何时称校长，都费过一番心思，当然，只要不是当着邓梓华的面，一定要称仝慎鹏"书记"或"校长"，绝不说出那个"副"字。他将一本《哲学研究》送给仝慎鹏，说："仝校长，我在拙作那页面上专为你题签，请指正。"

仝慎鹏连说："不敢当，不敢当。"

焉朋之说："上次我们和段书记倾谈，真是受教。段书记的高论使我深受启发，一些疑惑茅塞顿开。与你们红色理论家们相比，我真的自愧不如，我打算将那次谈话的心得再写一篇文章。"

"期待，期待。我一定认真拜读。"

"仝校长，那次段书记和我们谈话，他没有说到从中夏大学增补副省长的事，我原以为他会问及。"

仝慎鹏与段益玠的关系非与伍挺翔可比。段益玠为了显示五湖四海的气度，不嫌弃仝慎鹏是伍挺翔的人，又念与他有谈论之交，照样提拔重用他，仝慎鹏当然感恩戴德。但是仝慎鹏毕竟不了解段益玠的脾性，摸不透他的意思，加倍小心，凡事不敢妄言。

仝慎鹏听出焉朋之的意思，敷衍地说："是啊，段书记没有说。"

焉朋之有些尴尬，讪讪地说："那是，那是。"就告退了。

碰了一鼻子灰，焉朋之怀疑自己没有被推荐。

当晚，焉朋之造访何季平家。何季平马上迎到客厅："焉校长，稀客，稀客。"

焉朋之说："季平兄，你就别那么客气了，我们几乎天天见面，怎么就成稀客了？"

"你很少光临寒舍，当然是稀客。请坐，请坐。"何季平一边让坐，一边招呼夫人刘颖兹沏茶，说："我这里还有点虎跑龙井，不过是陈茶，请你尝尝。"

何季平将蓝花白瓷茶杯客客气气放在焉朋之面前，沏好的龙井茶汤色碧透，清香暗溢。他做了一个请饮茶的手势，拿起一把小巧玲珑的紫砂壶自饮。

焉朋之端起茶杯却无心品茶，说："自从你做了副校长，我确实第一次到府上请教，失敬，失敬。"何季平说："开什么玩笑，你是老领导了，我不过是凑数，还请你多多指教。"

焉朋之觉得不必再兜圈子，遂问道："你有黄敬齐的消息吗？"

黄敬齐虽然是过眼烟云，但是世事难料，陈毅广州讲话以后他会不会再翻腾出来也未可知，不可大意。所以，焉朋之以黄敬齐做话题的引子，既打探黄敬齐的近况，又观察何季平的反应。

何季平不假思索，立即回答："没有。"

其实，俞正堂前些天去探望过黄敬齐，劝他振作起来，养好身体。顺便告诉他自己已经退休，以后会常来看他。俞正堂去探望之前，给何季平打了招呼，何季平托俞正堂带给黄敬齐一罐正宗的当年狮峰龙井。俞正堂回来捎话给何季平，黄说："一切都想明白了，只顾身体健康，无欲无求，连茶都少喝。"——何季平自然不会给焉朋之说这些。

焉朋之说："黄敬齐这个人哪，我们是一起奔赴解放区的，谁知他是假革命。共产党那么信任他，官至副省长，他还反党反社会主义，他罪有应得不说，还辜负了党对我们党外人士的信任，让我们受连累。"

何季平听得莫名其妙，不言语。

焉朋之话锋一转："听说你被推荐副省长了，恭喜啊！"

何季平十分警觉，正色道："朋之兄，绝无此事，这个玩笑开不得！"

焉朋之继续追问："总不会是空穴来风吧？"

何季平说："我既无此德能，更无非分之想，焉校长再不要妄说此话。"

焉朋之感觉何季平的反应和表情都是真实的，说的也是真话，就不再说下去，只是品茶，聊聊何季平家乡湖州吴兴的物产。何季平却说家乡的事情早都忘记了。

焉朋之走后，何季平对刘颖兹说："这个焉朋之，不知葫芦里卖的什么药。私事与他无话可谈，公事不必来家里絮叨。以后他再来，一律挡驾，直接对他说我不在家。"

焉朋之又觉得副省长人选很可能就是与何季平一起升任副校长的钱其库。焉朋之与钱其库虽然曾经同在过清华，但是两人的学问和身份完全不同，没有任何交往。钱其库是叶企孙的得意门生，是前几午获诺贝尔物理学奖的两位年轻科学家的学长，中夏大学原子物理学科在他带领下一直居全国同类专业领先地位。钱其库属于国宝级专家，凭他的知名度，省里很可能让他做个挂名的副省长，看来自己是没有希望了。不过钱其库似乎并没有得到邓梓华的赏识，焉朋之长期任校学术委员会主任，换届时有人提议让新科副校长物理学家钱其库当主任，邓梓华明确表态不同意，还是让他焉朋之继续当。

这天是例行的校务会议，不见钱其库到会，焉朋之猜想他会不会已经到省里去了。会议进行中，钱其库匆匆赶到，坐下来捧着茶杯猛喝。会间休息时，别人都起来如厕或者到外边活动活动，唯有钱其庠独坐原处，继续埋头喝茶，若有所思。

焉朋之凑到钱其庠身边："老钱，你那么忙，另有高就了？"

钱其庠的思绪被这没头没脑的话打断，说："什么高就？你不也在这里开会？"

焉朋之见他答非所问，又说："你是不是另有重任了？"

钱其庠说："我正在做实验，连喝水的空都没有，好不容易安排好助手，立即抽身来开会。"

校务会议继续进行，焉朋之却心猿意马。钱其庠是故弄玄虚，王顾左右而言他？还是完全沉溺于他的物理实验？焉朋之可以猜透何季平的心思，却摸不清楚钱其庠的底细。如果过不了推荐这一关等于失去一切机会，不能再犹豫，还是直接去找邓梓华，干脆向他挑明。

焉朋之拿着在文章页眉上题签"敬请邓书记指正"的《哲学研究》，走进邓梓华办公室。邓梓华接过杂志，说："大作已拜读过了，杂志我收下，还要认真学习。"

"邓书记，我来给你汇报汇报思想。我这篇文章其实是我的学习心得，反映自反右运动以来我的世界观的深刻转变。黄敬齐成为反党反社会主义的右派分子，给我敲响了警钟。一些知识分子的资产阶级世界观根深蒂固，没有得到根本改造，一有风吹草动就原形毕露。黄敬齐就是这号人，我一直引以为鉴。不能以为与国民党反动派决裂，毅然奔赴解放区，就是当然的革命派了。我是研究儒学出身，思想改造不敢有丝毫懈怠，特别警惕自己思想深处的唯心主义余毒，认真学习辩证唯物主义，批判腐朽的唯心主义儒家思想，争取真正脱胎换骨。"

邓梓华说："焉校长，你的认识很深刻，你是我们的良师益友。"

焉朋之叹口气："邓书记，可是有人却说我死抱着唯心主义儒学不放，还拿我比冯友兰。"

"倒是没有听说。"

焉朋之其实是想借题发挥："我觉得冯友兰的所谓新儒学简直是臭狗屎一堆，在清华时我就和他打擂台。他冯友兰喝的是洋墨水，他的新儒学根本就是伪儒学，我从来都是受中华文化熏陶。他和胡适都是杜威的忠实门徒，信奉反动的实用主义哲学。我很早就开始学习辩证唯物主义，主动师从马恩列斯毛，抛弃杜威那一套了。我揭穿国民党反动派'抢救学人计划'的阴谋，向往革命，奔赴解放区，那时刻他冯友兰却游走于南京苏州一代，彷徨观望，一心投机。"

邓梓华看焉朋之越说越激动，就说："焉校长，不要理会这些背后议论，无稽之谈。"

焉朋之及时转换话题："邓书记，我早就有入党的愿望，我想正式提出入党申请。"

邓梓华并不感到突然："你要求进步是好事呀。你的愿望葛绍瑭书记有交代，我们都乐见你提高政治觉悟，不断进步。"

焉朋之虽然第一次对邓梓华说起要求入党，但是他曾向不同的领导多次口头提出过。他自定的底线是：如果没有得到口头上的应允，先不写入党申请书，否则正式写了申请却未被批准，那就太丢面子了。而他这一次对邓梓华说入党，意在投石问路。

"我自知离共产党员的标准还有很大差距，但我入党的愿望矢志不移！"

"焉校长精神可嘉，你是与党长期合作肝胆相照命运与共的好朋友。你现在留在党外工作，也是党和人民事业的需要，希望你发挥更大的作用。"

焉朋之一再回味邓梓华的话，顿觉心明眼亮。找其他人全都是白忙活，这一石投下去，把路问明白了——如果邓梓华透漏出考虑他的入党请求，那就说明不可能被推荐，因为上面需要的是党外人士。

而邓梓华说"你现在留在党外工作"、"发挥更大作用"，分明暗示自己被推荐了！

段益玠出任省委书记以来，深知这几年的饥荒使本省元气大伤，稳定全省粮食生产，使人民基本得以温饱是他上任省委书记的头等大事。适逢要填补党外人士副省长的空缺，段益玠要选一位有真才实学的农学专家，可为全省农业生产提供既具有科学性又切实可行的建议。段益玠通过组织部门了解并且亲自查阅档案资料，意属中夏大学教授赵理方。

赵理方在抗战极端困难条件下就开始培植玉米良种，坚持不懈。最近几年，他除了培育出多个遗传性状稳定的玉米良种，又培育了小麦良种，已在华北东北推广，亩产量都有显著提高，赵理方作为育种专家已经名扬全国。段益玠对赵理方这样的农学家十分重视，还动用自己的人脉关系帮助他在海南建立起育种基地，利用海南独特的自然条件进行杂交玉米育种，大大缩短育种周期，培育的玉米新品种不断更新换代，遗传性状逐代稳定。

赵理方是一位实干家，他将遗传理论运用于育种实践，和俞正堂一起不避酷暑严冬辛苦管理试验田。当初院系调整时，赵理方本该随农学院从中夏大学分家，他之所以不愿意去农学院，一是留恋他在中夏大学建立起来的遗传育种实验室和试验田，二是不愿意放弃与俞正堂的长期合作，中夏大学当然也舍不得这位名牌教授。

最近校园里盛传赵理方可能被推荐为副省长候选人，令焉朋之大吃一惊。赵理方不过培育了杂交玉米，并非革命知识分子的典型代表，还听说他在反右中问题不小，怎么可能选他做副省长呢？焉朋之将信将疑。

不久，赵理方正式调出中夏大学，就任已经独立出去的农学院院长。赵理方当副省长的传言随之在中夏大学平息，焉朋之这才松了一口气。

这天，焉朋之接到校党委统战部转来的书面通知，要他参加民盟省委换届选举。自反右以来，民盟的头头大多成为右派分子，民盟处于停顿状态。焉朋之本来是民盟省委的副主委，为了与右派分子划清界限，早已断绝与民盟的联系。现在民盟省委突然要换届改选，焉朋之全然不知内情，他强烈意识到这是重大疏忽！党外副省长推荐人选理应从民主党派或无党派人士中产生，怎么就忘记民主党派这条路径呢？他立刻去找统战部长栗明谦。

栗明谦长期担任民盟省委秘书长，他在反右运动中系统揭发黄敬齐的反动言论，证实黄敬齐是一个彻头彻尾的极右分子。反右以后，民主党派名存实亡，葛绍瑭把他调来做中夏大学党委统战部部长。栗明谦自知在大学的资历浅，行事低调，暗中加力，表面上待人接物比较客气随和，对待焉朋之何季平这样位居副校长的教授更是毕恭毕敬。

焉朋之从栗明谦那里得知，民盟民建民革九三致公等等民主党派都要恢复正常活动。栗明谦说："焉校长，既然给你送来换届通知，说明你肯定要参加换届的。如果省里再有进一步的文件或通知下来，我第一时间马上给您送去。"

果然，栗明谦第二天就亲自送来民盟的文件，文件封套上印着"机密"二字，火漆封印原封未动。焉朋之心里明白，别看栗明谦见人总是笑容可掬，在反右时对黄敬齐可是下过狠手的，不能不防。民盟还有什么保密文件？不知这封密件葫芦里卖的什么药，不如当着栗明谦的面拆开看，免得有什么勾当牵连到自己，就说："你请坐吧，我们一起打开看看。"

不料栗明谦说："学校统战部也收到了同样的文件，是征求民盟省委换届意见的。"

焉朋之松口气，赶忙拆开细看。这次民盟换届与以前有很大不同，反右前，中夏大学除了主委黄敬齐，焉朋之是副主委，还有邵泉鹃和严范学几位常委。这次一个单位只限一个常委人选，焉朋之是中夏大学唯一的候选人。焉朋之一眼看到名单中有赵理方，当然他代表的是农学院。赵理方虽然早年入盟，却很少参加民盟活动，他调到农学院当院长后随即当上农学院民盟的头头。反正他已经不是中夏大学的人了，以中夏大学的地位和民盟过去的传统，省主委非中夏大学的人莫属，以民盟省委主委的身份出任党外人士副省长，岂不顺理成章！

焉朋之心中有数了，刻意亲切地问："明谦同志，你是统战部长，你应该知道的，段益玠书记让中夏大学推荐副省长，我们推荐了谁呀？"

党委会几次讨论，不好确定人选。省委的意思当然是赵理方，可是焉朋之多次表明问鼎之意，如果不推荐他，担心他闹情绪。闹情绪当然不对，不怕他闹，但一旦闹起来如何将消极影响减至最低，需要研究出万全之策。党委正议而不决之时，赵理方调到农学院当院长了，无须再由中夏大学来推荐他。难题迎刃而解，党委委员们都心知肚明，现在无论推荐谁都不过是凑个数而已，马上确定推荐焉朋之。

所以，栗明谦爽快地说："焉校长，据我所知，推荐人选非你莫属。"

黄敬齐自毁前途，却给他焉朋之留出一个副省长的空位来。中夏大学推荐，再加即将当上省民盟主委，等于有了双保险，焉朋之心里踏实了。

不久，民盟省委换届，选票上主委候选人只有一位——赵理方，焉朋之是副主委候选人。焉朋之懵了，心中大不快，反正是无记名投票，他在赵理方名字后面勾选"不赞成"。可惜的是，赵理方还是以绝对多数票当选了主委，焉朋之是副主委。

新一届省政府名单很快出炉，副省长中的唯一党外人士是赵理方。焉朋之自以为得计，四处打探消息，结果全部是误判，竹篮打水一场空。

焉朋之很想找邓梓华发发牢骚，转念一想，人家确实推荐了，发牢骚于事无补，反而说明自己利益熏心，不如装作若无其事，显出一派雍容大度来。

83

生物系有一位研究鱼类遗传育种的马蔚江教授，一九五〇年代初从麻省理工来到中夏大学。他通过转移动物细胞核把两种不能杂交的同类动物各自的优良性状集于一体，并使之遗传，从而开辟新的动物育种路径，培育更多的动物良种。文献显示细胞核移植已经在两栖动物上实现，国外已有移植非洲爪蟾上皮细胞核培育出新种蟾蜍的报告，马蔚江决定用鲫鱼做实验，因为鱼类细胞核移植比两栖动物更进一步，而且鱼类养殖关乎民生，更具实用价值。如果成功，下一个目标就是哺乳动物。

马蔚江的研究计划在学术圈里引起关注和议论。臧雨田在生物系对谁都不服气，对马教授一向不满，私底下散布："马蔚江想为自己搏取名利，我看他的实验违背客观规律，死路一条。"

在学术委员会的课题论证会上，臧雨田全面质疑，反对立项。他显然是做了充分准备，发言非常系统：

"从遗传的角度说，动物杂交根本不符合自然界的客观规律，虽然马和驴，狮和虎可以交配，但是马和驴杂交生出的骡，只有役使价值却不能繁殖。狮和虎在人工诱导下杂交生出的狮虎兽或虎狮兽极为罕见，更不具繁殖能力。不具繁殖力就不能说是培育出了新的物种，既然做不到培育新物种，这个研究还有什么意义？马蔚江这个实验不过就是动物无性繁殖，消极后果不敢设想，等于打开潘多拉魔盒，挑战的不仅是传统道德，我们倡导的共产主义道德也会遭受腐蚀和污染。"

臧雨田最后总结道："马教授声称要在遗传研究上另辟蹊径，实际上却是跟在资产阶级学者屁股后面亦步亦趋。资产阶级学者研究癞蛤蟆，我们的马教授就研究鲫鱼。如果是从兴趣出发还算他幼稚，但从他一贯的表现来看，他并不幼稚，是资产阶级世界观使他在唯心主义道路上越走越远。"

仝慎鹏和焉朋之两位副校长都出席论证会，焉朋之是学术委员会主任，主持会议，仝慎鹏是学术委员会第一副主任，因为他身为党委副书记兼副校长，实际上是在场的最高领导。

臧雨田讲到阶级立场和思想路线，仝慎鹏很欣慰，说明反右运动以后教授们的政治觉悟明显提高了。不过臧雨田把调门定得有点高，不能把学术委员会开成批判会或是斗争会。仝慎鹏要亮出领导手腕以显示卓越的领导能力，既不允许政治上出问题，也要开得像个学术委员会。

仝慎鹏不便表态说臧雨田的发言都正确，又不想给他泼冷水，就打个圆场："臧教授讲出了道理，我们是科学论证嘛，大家各抒己见，以理服人。"

平素寡言少语的化学系杨德荫教授发言："我同意立项。动物育种与农作物育种有很大的不同，农作物育种有两个基本要求，一是高产，二是抗病虫害。动物育种的要求更多更高，对于家畜家禽家鱼的良种培育来说，还要考虑肉质的提高、防病防疫能力的增强，以及稀有动物保护等等，都需要从育种方法上突破和创新。两栖动物的实验已经有人做成功了，马教授是用鱼做实验，如果成功又是一项突破。"

杨德荫显然是想以理服人："科学研究不能急功近利，马蔚江教授的研究表面看是育种方法或实验方法的改进，但是在生物遗传领域影响之深远不可估量。"他继续沉稳地说道："据我所知，马教授是一位脚踏实地的学者，他一直在默默地精心制作微型吸管，这种吸管制作的难度很大，成品率很低，而用量却很大。他的显微镜是用他留学时省吃俭用留下的全部积蓄从海外买回来的，尽管这台显微镜已经跟不上他这个研究的要求了，但是他还是尽力继续依靠这台显微镜取得进展。他的这种精神，令我感动，更令我敬佩。如果给他立项，就有可能添置一台高倍精密显微镜，他的研究更将如虎添翼。"

眼看争执不下，仝慎鹏悄悄对焉朋之说："我看这样办吧，这个研究要求的经费较多，学术委员会同意上报国家科委，也算是学术委员会通过了，立项不立项由上边决定去。"

焉朋之连连点头，遂宣布："动物遗传育种研究属于重大项目，需要较大数额的研究经费。我说个意见，请大家表决——学术委员会同意向国家科学技术委员会推荐。"

学术委员会多数委员同意，通过了。

杨德荫在学术委员会上发言说"不能急功近利"，这话传到化学系总支书记万霄腾的耳朵里，惹得他大光其火："杨德荫这个老奸巨猾的家伙不敢在化学系放屁，在学术委员会上放冷箭。"

美国康奈尔大学文森特·迪维尼奥教授因为第一个在体外合成由8个氨基酸组成的多肽催产素，因此获得1955年诺贝尔化学奖。此后，人工合成多肽一直向前进展，合成的肽链越来越长。杨德荫教授一直在做人工合成多肽，他的目标是在实验室里合成由21个氨基酸残基组成的牛胰岛素A链，最终合成具有生命活性的结晶牛胰岛素。实验目标一旦达成，中国有望成为第一个有能力全合成蛋白质的国家。但是实验非常艰难，关键是必需的氨基酸试剂需要进口，因为缺少试剂，他的实验几度停顿。

大炼钢铁放过"卫星"的万霄腾，想利用杨德荫的实验再放一颗具有震撼性的"科学卫星"，他可以举全系之力大兵团作战，攻克试剂难关，制备出必需的氨基酸。于是化学系人人参战，连缺少基本知识未经任何实验训练的职工都参与试剂制备，大批学生成为科研主力。

杨德荫害怕被扣上思想保守的帽子，不敢反对用群众运动的方法制备氨基酸，任由总支书记万霄腾掌握制备实验的进度和节奏，杨德荫成为配角。

经费用完了，时间浪费了，精力耗尽了，最终结果可想而知。必需的氨基酸试剂大多未能制备出来，勉强制备出来的，不是纯度不够就是性能极不稳定，根本不能用来合成多肽。

杨德荫一路顺从万霄腾的指挥，虽有不满却尽力隐忍。只是在失败以后，说了一句"看来科学实验不能急功近利，不能违背科学规律。"万霄腾大怒，呵斥道："究竟是错在群众路线上，还是错在你设计的实验路线上？究竟是群众运动错了，还是你的思想错了？我倒是怀疑，你这个多肽合成实验究竟有没有意义！"

后来，杨德荫借助亲戚朋友故旧各种关系，终于备齐了所需的各种试剂，最终合成了包含21个氨基酸残基的多肽，就是牛胰岛素A链。杨德荫的研究受到科学界高度重视，杨德荫焚膏继晷执笔写出研究报告，和助手们仔细审阅论文清样并认真做了校改。《中国科学》杂志决定发表论文，将这一领先世界的研究成果公布于世。

万霄腾质疑文章的署名，他认为：在论文只署上杨德荫及个别人的名字不符合实际情况，完全不合理。化学系举全系之力为制备氨基酸艰苦奋战了两个多月，所有参与制备的人员没有功劳也有苦劳，那些查阅资料翻译文献的人员，那些辛苦的实验员，那些为实验提供政治思想保障和后勤保障的人员，包括打扫卫生给实验室消毒的清洁工，他们都付出了劳动。牛胰岛素A链的成功是集体智慧和集体劳动的成果，不能仅仅归于极少数人的名下。研究是在中夏大学的实验室里进行的，一切实验设备都是国家财产，从事研究是大学教师和科研人员的本职工作和责任，这项成果的性质属于职务成果。文章虽由个人执笔，但是成果不能归于个人，论文作者应署"课题组"，不能出现个人的名字。

杨德荫认为，科学探索的道路上你追我赶，署名事小，早日公布中国在蛋白质人工合成上的领先成就为大，就署"课题组"吧。一位主要参与者说："按照国际惯例，没有作者署名，研究成果不会得到承认。"

杨德荫叹口气："我何尝不知这个惯例，但是及时发表总比耽搁强。"

万霄腾的目的达到了，但是听到杨德荫在学术委员会上又说"不能急功近利"，认为杨德荫心怀不满，影射他发动群众制备氨基酸。万霄腾气急败坏找仝慎鹏告状，说杨德荫个人主义极端膨胀，大翘资产阶级知识分子的尾巴，在群众中散布对党组织的不满，牛胰岛素那篇文章坚决不能出现他个人的名字。

仝慎鹏也反感知识分子翘尾巴，他压住万霄腾的火气，说："已经以学校的名义给杂志社打了招呼，这是集体成果，署名课题组。"

万霄腾了解到，虽然署名课题组，但是注释里仍显示杨德荫是组长。万霄滕非常不满，认为这样处理是和稀泥。他身为系党总支书记，是发动全系支持课题组的领头人，做出贡献是应该的，坚决不留名，但是杨德荫的名字也不能在任何地方出现。

万霄滕气呼呼地找邓梓华告状，邓梓华深沉地说："对知识分子宽容一些，这是中央的精神，有人翘尾巴，也要敲一敲。知识分子最缺少集体主义精神，不要突出个人，要强调集体贡献，杨德荫是组长人人皆知没有异议嘛，名字就不要在注释里出现了。"

马蔚江的课题上报以后迟迟没有下文，买显微镜需要外汇，估计批不下来。他的实验无法在那台陈旧的显微镜下继续做下去，只好把旧显微镜收好放进实验室的仪器柜里。

人工合成牛胰岛素A链的论文终于发表，署名"课题组"，国外同行无法追溯作者既往的研究成果，也无法联系作者讨论重复实验，在国际学术界几乎没有引起反应。杨德荫叹口气，将刊登论文的那本《中国科学》杂志塞到书架上。

第二十九章

84

石蓓芝的娘家外甥女石慧敏传来好消息，她的女儿和儿子同时考取中夏大学。

姐姐石幼琳上的是外语系阿拉伯语专业，外甥女婿赵承泽很不赞成女儿学阿拉伯语，担心毕业以后没有用武之地。幼琳说："我就是要学阿拉伯语，这是中夏大学今年新增的小语种，热门得很。阿拉伯语专业也要学英语，还可以选修法语，我可以学习三种语言。"

石幼琳从小就有主意，赵承泽拗不过女儿，无话可说。

弟弟大伟有点遗憾。他本来是冲着中夏大学钱其庠教授学核物理的，理想是毕业后从事核能研究。今年高考，大伟的数学和化学题目做得非常顺利，可是物理有一道理想气体状态方程的题目没有完全答对，可能是这个原因才没有被物理系录取，考上了化学系。不过大伟也很喜欢化学，他知道中夏大学化学系有很多有学问的名教授，而且他所学的是放射化学也是热门专业，与核物理专业一样，毕业后很可能在尖端科技部门从事研究。

幼琳和大伟不在同一个系，不能再像中学时那样形影不离，但是姐弟两人尽可能相约一起到图书馆学习，一起去饭堂吃饭，不是姐姐找弟弟，就是弟弟等姐姐。同学们看到他俩亲密，都以为是一对大胆的早恋情人。

姐姐笑着对同班同学说："你们想到哪去了，他是我的弟弟，我们从小读同一个年级。"

大伟的同学因为他们两人不同姓，也以为幼琳是他的女友。大伟解释说：“这是我们家族传下的规矩，男孩子随父姓，女孩子随母姓。”

大伟高高的个子，五官端正，鼻梁挺直，睫毛比普通男生长，眼露聪慧之气，举止稳重。他的入学成绩优异，能写会画，又是共青团员，读高中时当了两年校学生会主席。辅导员郑乔玉特别器重赵大伟这个铁路工人子弟，看中他在中学有出色表现，一入学就把他定为重点培养对象，点名要他做大一年级的团支部书记。大伟不辜负辅导员对他的希望，入学教育认真学习文件，讨论积极发言，公益劳动抢干累活脏活，热心为集体服务，而且全班第一个交了入党申请书。

新生入学教育安排两周时间，听报告和分组讨论，读《红旗》杂志和《人民日报》社论或者评论员文章。班上学习文件多是由赵大伟读，他能把那些绕舌的句子读得很顺溜，偶尔换个同学读报，总是磕磕巴巴，大家就起哄“让赵大伟读，听赵大伟读！”闹得大伟都不好意思了，其实那些文章里的长句子生硬刻板，大伟觉得并不好读。

有一次听仝慎鹏副校长做人生观报告，他教导同学们要“兴无灭资”，说他自己是“赤条条来去无牵挂”。大伟听了纳闷，不是说“胸怀祖国，放眼世界”和“解放全人类”嘛，怎么能像鲁智深一样“赤条条来去无牵挂”呢？大伟知道仝副校长是亲戚，打算找机会当面请教。

入学教育也有别开生面的内容，那就是参观实验室和教授见面会。

实验室既壮观又神秘，大伟被各种设备所吸引，恨不得马上进入状态，跟着教授做研究项目的实验。

教授见面会更令人激动，化学系的教授们在大教室前排就座，系总支书记万霄腾在讲坛上主持，他说到哪位教授的名字，哪位教授就走上讲坛给大家讲几句话，也有教授不说什么，只是向大家问个好。当万书记说到杨德荫教授时，大伟睁大眼睛，屏住呼吸，他知道杨教授在人工合成蛋白质方面有了不起的学术成就。杨教授不胖不瘦，彬彬有礼，只见他缓缓起立，并未走上讲坛，只是在座位前原地转身朝同学们鞠了一躬，一言未发就坐下了。万书记最后点名的是严范学教授，严教授站起来向大家挥挥手，只说"同学们好"。赵大伟也知道这位严教授的大名，他是系主任，可为什么万书记不介绍他是系主任呢？

与各位教授见面之后，万书记才说："下面请严范学系主任给你们做专业介绍。"他说完就和教授们一起退场了，只留下系主任一个人给新生讲话。

严范学戴着金丝近视眼镜，身穿一套灰色派力司中山装，头发梳理得纹丝不乱，一派学者风度。严教授出身世家，他的祖父曾任清末学部侍郎，清末民初时期舍尽家财兴办新学。严教授家学渊源，是哈佛大学化学博士，他专注于同位素化学研究，成就卓著。赵大伟知道今后的专业学习将要师从严教授，格外注意听他讲话。

严教授走上讲坛，先转身对大家欠身致礼，然后走到讲坛后面，朗声说道："刚才我已经向大家问过好了，不再重复。"严教授的幽默使同学们紧绷的情绪立刻放松。他说："我听到中夏大学学生们私底下有个说法，学数学的看不起学物理的，学物理的看不起学化学的，学化学的看不起学生物的，学生物的看不起学地质地理的。希望你们不要持这样的观点，既不要妄自菲薄，也不要夜郎自大。既然入了化学系，就要热爱化学，把化学学好，成为优秀的专门人才。"

听到严教授这番话，新生们全都会心地笑了。严教授的讲话内容翔实，语言幽默，引人入胜，所讲都是新生入校最需要知道的基本知识和学习方法，受益匪浅。赵大伟在入学教育中听过很多报告和讲话，大都是生硬说教，全副校长似乎现身说法，却生拼硬凑，不像严教授讲得这么实在，还挺幽默，入耳入心。

正式上课一个星期后，辅导员郑乔玉召集几个新生积极分子座谈，让大家谈谈开课以来的感受。大学和中学毕竟不同，大家有新鲜感，但一时还不大适应。也有人抱怨讲课的老师不像中学老师那样循循善诱，只顾自己讲课，与学生较少互动，有点不习惯。赵大伟夸奖教普通化学的梁峻瑛老师，一位三十多岁的女讲师，大伟说："梁老师很有学者风度，知识渊博，讲课内容丰富，逻辑缜密，由浅入深，对学生的疑问循循善诱，我觉得她的课讲得很好。"

郑乔玉说："梁老师是化学系的白专典型，你们可以向她学习知识，但是要少跟她接触，更不能学她的思想，你们要走又红又专的道路。"

郑老师的话像是敲响了警钟，赵大伟不由得深思。

<h2 style="text-align:center">85</h2>

幼琳和大伟姐弟俩从小学就养成每天晨练和晨读的习惯。起床后，幼琳和弟弟在明德大礼堂前会齐一同跑步，之后幼琳赶去参加外语系的会话晨课，弟弟去小树林读英语。

当年给中夏大学划地界时，原打算以惠水河为校园的东界，当时的校长坚持将惠水河划归在校园范围之内，于是校园的边界从惠水河东岸向东延展了三百多米。惠水河从小树林穿过，岸柳成行，绿树成荫，是师生们散步和聚会的好去处。说是小树林，其实是沿河两岸五六百米宽，大约一公里长的林带。起初有人建议将这片树林取名"东林"，遭到多数人的讥笑。邵泉鹃教授在为"夏苑"取名时，一并将树林命名为"夏林"，不知什么原因，"夏苑"的名字传开了，"夏林"却没有叫响。尽管树木早已长得高大，大家约定俗成还是叫它"小树林"。赵大伟每天晨起跑步之后，就在小树林里惠水河畔大声朗读英语。

不知何时，大伟发现有一位女生总是比他更早来到小树林，她不读书，只是在小树林中徘徊，或者在树下透过浓密的枝叶呆呆地仰望天空，几乎天天如此。

一天早晨，大伟读英语读到一个句子："Thinking is mainly performed with words"，th的发音是他的弱项，姐姐总是纠正他，为了练习这个发音还教他说含有th发音的英语绕口令，"I thought a thought but the thought I thought I thought was not the thought I thought. If the thought I thought had been the thought I thought I thought，I would not have thought so much."可是每逢遇到句中的th，他总感觉舌头倒不过来。

"你不要咬舌头，舌尖只能和上门牙的边缘轻轻接触，关键是舌尖不能透出牙齿。"一个女生在旁边纠正他。

大伟来不及搭话，赶紧按照女生的提示发音，竟然成功了！转头看，就是那个总是透过树枝仰望天空的女生，她说："Thinking is mainly performed with words 后面如果再加上 and other symbols，可以多练一次th，意思也完整。"她说完就走开了。

其实姐姐多次矫正他的发音口型，他明知道应该怎么做，总是改不过来，没想到经这女生一提示，发音口型一下子就正确了。大伟希望能够再见到她，虚心向她学习。

第二天早晨，大伟有意在小树林里转来转去，又看到那个女生了。大伟礼貌地过去问好："同学，你好，谢谢你的指导。我学会那个发音了，你可以听听吗？"

女生想走开的样子，又迟疑没走。大伟把昨天那句话完整地说了一遍。女生听了，露出一丝笑容，点头表示正确。得到女生认可，大伟很开心，就问她："请问，你不是新生吧？哪个系的？"

女生摇摇头，扭身走开了。大伟自责地想，是不是太唐突，把人家吓跑了。

　　多数大学生星期天早晨都是睡懒觉，幼琳和大伟周末无论回不回家，总是按时起床，照常跑步。如果留在学校，早饭后姐弟俩就去小北门外的镜明湖边散步，边走边英语会话，然后去逛逛书店，回宿舍洗洗衣服，下午再一起去图书馆。姐姐偶尔会教弟弟说几句阿拉伯语，弟弟觉得很难学，说："姐姐，你饶了我吧，我比不上你的语言天赋，等我的英语过关了再学不迟。"

　　这个星期天姐弟俩没有回家，相约去北郊游玩。路过镜明湖时，大伟远远的看见教他发音的那个女生就坐在惠水河入口大石旁边，正朝着湖心凝望。大伟对姐姐说："纠正我发音的就是她。"

　　幼琳从远处看那女生，说："没见过，肯定不是我们外语系的。走，我们和她聊聊。"

　　"你好，同学。谢谢你教我弟弟发音，他终于纠正过来了。请问你是哪个系的，可以认识一下吗？"

　　姐弟俩突然出现在身边，令女生张皇失措，她赶紧站起来，嗫嚅道："我不是大学生，我是附中的，啊，不，我不是学生，我跟你们不一样，我是社会青年。"说完，抽身就要离开。

　　幼琳凑近她说："哇，那你就更厉害了，你的英语是自学的吗？我们可以交流一下学英语的体会吧。我和弟弟都是一年级的新生，我是外语系的，叫石幼琳，他是化学系的，叫赵大伟。你现在有空吗，要不跟我们一起出城玩，也就是到郊外走走。"

　　女生有点迟疑，喃喃地说："那，那……"

　　幼琳以为女生又是疑惑姐弟不同姓，说："我们是亲姐弟，我随妈妈的姓，他随爸爸。"

　　女生说："不是这个意思。你们是大学生，我只是个社会青年。"

　　幼琳友善地说："那有什么？你的英语比大学生学得还好。我们应该是同龄人吧，肯定有共同语言。"

女生稍微放松，说："我妈妈在大学印刷厂上班。"

大伟说话了："你也是工人子弟，那我们有更多共同点了，我们的爸爸妈妈都是铁路工人。"

女生又紧张了："谢谢你们，你们姐弟真好。不打扰你们了。"

幼琳是个爽快人，上去拉着女生的手："走吧，别那么生分，咱们练习说英语吧，三个人会话效果更好。"

女生说要马上回家，幼琳问她："你经常来中夏大学，应该就住在附近吧？"

女生说："我家就在西校门外不远。"

幼琳说："是吗，我姨姥姥就住在西校门外，平安巷。"

女生脸色都变了："再见，我回家了。"说完扭身跑了。

姐弟俩好生奇怪，看着她远去。

这个女生是文潇雨，她和幼琳姐弟同一届，也参加了高考。文潇雨的成绩优异，凭高考分数绝对可以考取北京大学，但是政审不合格。高考前，宣素仪就听说还要政审，预感不妙，替女儿捏一把汗。她怕影响女儿考前的情绪，装出若无其事的样子，不断地鼓励她。文潇雨从来都是品学兼优的好学生，她相信自己会考出高分，只要成绩优秀，上大学的心愿一定能够实现。文潇雨的信心满满，宣素仪却担心女儿万一不能上大学，难以承受这泰山压顶一般的压力。

文潇雨果然没有接到任何学校的录取通知，班主任同情文潇雨，暗示她政审不合格，希望她不要自暴自弃。家庭的变故让文潇雨早熟，她天赋聪颖却不脆弱，虽然只是一个中学生，却已知道世间炎凉。但是事到临头，内心再强大，也难免在痛苦与失望中挣扎。她小小年纪还参不透这复杂的社会，她认定自己遭遇不公，可是公平为什么远离自己？

文潇雨收到落榜通知的那天，独自跑到中夏大学校园里四处徘徊。她是在校园里长大的，对这里的一草一木都非常熟悉，更不要说夏苑22号，还有她在22号院子里亲手种下的两棵海棠。他们家从夏苑迁到马府胡同时，潇雨暗自下决心：等考上北大，毕业后一定要回中夏大学，登上父亲曾经站过的讲坛。现在连上大学的机会都没有，可能此生注定与大学无缘，回中夏大学教书的愿望不可能实现了。

她在校园里四处游走，沿惠水河绕着夏苑转了又转，最后走出小北门到镜明湖边，走到他父亲文觉非投湖之处，在岸边的大石旁驻足，久久地凝望湖心。

妈妈像发疯一样到处找她，在镜明湖边找见她时，一把攥住女儿的手，声音嘶哑："小雨，妈妈对不住你，你是好学生，你是受了大人的连累。"母女二人抱头痛哭，只有母亲才能真正体会到女儿痛彻心脾的失望。宣素仪把女儿揽在怀里，反复说："小雨，你千万不能，我对你爸爸承许过，一定要把你们姐弟抚养成人。你不能走这条路。"

潇雨强忍住泪水："妈妈你放心，我只是难过，想爸爸，我现在不会随他去的，我不服输。"

大伟在小树林晨读时再也没有见到那个女生，不免惆怅。大伟只知道她是学校子弟，家住西校门外，其他一无所知，但是越不见她越想知道她的来历。

这天傍晚，大伟独自在镜明湖畔散步，边走边默读英文。还是在惠水河口，大伟看见那女生了，赶紧迎上去，生怕她马上走开。

"你好，多日不见了，你不再去小树林了吗？"

女生摇摇头。

"你还记得吗？我叫赵大伟，我们可以认识一下吧。"

"我叫文潇雨，出生在秋天的雨夜里，潇潇夜雨，大家都叫我小雨，小雨滴。"

"哇，你的名字很好，富有诗意。希望你不要介意我是大学生，你的英语比我强多了，我们应该互相学习。"

"你姐姐不是外语系的吗，她可以教你。"

"哎，那个th，她纠正我不知多少次了，你一教，我才学会。"

"我英语不过是中学水平，现在是社会青年，怎比你们大学生。"潇雨虽然这么说，但是放松很多。

"为什么不去小树林了？"

"我要上早班，我在蔬菜店卖菜。"

"卖菜很辛苦吧？"

"辛苦不怕，就是单调乏味，可是我不能呆在家里吃闲饭，弟弟还要上学，妈妈工资很低，我要挣钱补贴家用。"

大伟试探说："你的成绩一定很好，这次高考是偶尔失手，不要灰心，明年再来。"

潇雨说："我也是这么对弟弟说的，我怕影响到弟弟，鼓励他好好学下去。"

大伟说："你首先应该鼓励自己。"

潇雨叹口气："我们是两类人，你不懂。"说完又匆匆离开了。

从此，大伟每天吃过晚饭去图书馆之前，总是出小北门在镜明湖边走一走，希望再遇上文潇雨，好鼓励她明年再考，希望她重树信心。

这天，大伟又在镜明湖边见到文潇雨，终于有机会认真鼓励她明年再考大学。她却淡然一笑说："你不懂，我和你不一样，我不是没有考好，是我家庭出身不好，政审不合格，我是被打入另册的人。"

大伟很吃惊。他自进入赵家就过上衣食无忧的日子，儿时的记忆已经淡忘，作为铁路工人的子弟先入少先队，后入共青团，不是当大队长就是当学生会主席，进了大学又做团支书，一路顺风从未感觉到什么压力。他一时很难理解"政审"的意义，不知道还有什么"另册"，更难体会文潇雨心头承载的压力。

文潇雨的手指向镜明湖："我的父亲原是中文系教授，他就是从这里投湖的，但是他的尸体又顺着惠水河回到中夏大学，就停在小北门里的水闸前。学校通知我们来认领的时候，说他是自绝于人民。"文潇雨抹掉眼眶里的泪水，对大伟说："好吧，你知道我的情况了，请你从此和我划清界限。你是大学生，我是卖菜的，不要再找我说什么，我们本来就不认识。谢谢你们姐弟对我的关心，再见！"

大伟一时不知说什么好，等缓过神，文潇雨已经从视野中消失。

<h2 style="text-align:center">86</h2>

上课没几周，学校开展阶级斗争教育。赵大伟再无暇顾及文潇雨，他是团支部书记，好几次被辅导员从实验室叫去开会，甚至不能及时完成实验报告和作业。

政治辅导员郑乔玉为化学系一年级组织了一堂阶级斗争教育课，请来老工人忆苦思甜。团支书赵大伟主持，辅导员郑乔玉首先讲话，阐明忆苦思甜的重大意义，振臂高呼"千万不要忘记阶级斗争"的口号。团支部宣传委员带领大家唱起忆苦思甜歌《不忘阶级苦》：

> 天上布满星
> 月儿亮晶晶
> 生产队里开大会
> 诉苦把冤伸……

唱完歌，大教室里的气氛变得凝重，赵大伟宣布："有请我校印刷厂工人谢自力师傅，谢师傅解放前在资本家的印刷厂里受尽剥削和压迫，欢迎他为我们做忆苦思甜报告。"

谢自力在郑乔玉搀扶下跛着腿走上讲坛，他一上台，就指着自己的腿说："大家都看见我的腿了吧，这就是万恶的资本家给我留下的伤。我十四岁的时候在资本家的工厂里做童工，资本家和工头唯恐工人干活慢，动手就打，抬脚就踢。有一次我趁下班的时候偷偷给地下党印了革命传单，有一张传单夹在机器缝里被工头发现了，他叫来资本家厂主。资本家说我给他惹了麻烦，用脚上的大皮靴踢断我的腿，踩断我的脚骨，让我落下残疾。"说着不禁哽咽，掉下眼泪。

赵大伟被感动了，带头喊道："不忘阶级苦，牢记血泪仇！"

在他的带领下，全场的口号声此起彼伏。

郑乔玉喊："工人阶级万岁！向工人阶级致敬！"

赵大伟接着喊："向工人阶级学习！向谢师傅学习！"

全场响应，齐呼口号。

谢自力又说："新中国我们工人阶级做了主人，资本家被打倒了，再也不能欺负我们了。我感谢伟大领袖，感谢共产党，感谢社会主义！"

他本来是坐着讲，说到激动处猛然站起来，腿一歪几乎跌倒，赵大伟赶紧上去搀扶。同学们将谢师傅的腿伤与资本家的残酷暴行联系在一起，人人义愤填膺，又掀起一阵呼喊口号的高潮。

曹骏同学突然奔到台上，掀起右边的裤腿，指着膝盖上隐约可见的疤痕悲愤地说："我要控诉，控诉万恶的旧社会，控诉万恶的地主。"他流着眼泪说："我家是佃农，我四岁的时候就被迫给地主家放牛，地主少爷远远地用弹弓逗牛玩耍，牛惊了把我的腿踢伤。大家看看，这就是当年留下的伤痕。"

同学都站起来伸着脖子看他膝盖上的伤疤，距离太远，看不清楚。赵大伟带领大家喊："打倒地主剥削阶级！牢记阶级苦，不忘血泪仇！"大家才回到座位跟着喊口号。

女生邹存先走上讲坛："我也要控诉。我刚生下来，地主说我们家欠了他的租，把我父亲抓进地牢，母亲抱着刚刚出生的我去寻找父亲，我生下来就没有奶吃，可怜的母亲知道养不活我，只好把亲生女儿丢弃在路边。哭声唤来我的奶奶，奶奶把我从草丛中捡回来，对我母亲说，先把这可怜的孩子存起来吧，再穷再饿也要活下去。奶奶给我取名存先，我的性命就是这样侥幸留下的。今天我能成为新中国的大学生是托了伟大领袖共产党的福，在这个庄严的忆苦思甜大会上，我要说的是，我无比痛恨万恶的旧社会，无比热爱幸福的新中国。千言万语汇成一句话，伟大领袖万岁！共产党万岁！"

这一次不等赵大伟领呼，同学们都随着邹存先振臂高呼："伟大领袖万岁！共产党万岁！"

平时少言寡语的姜庆厚同学在口号声中走上讲坛，他声音低缓，沉痛地说："我的父亲也是因为欠了地主的黑心地租，狗腿子用麻绳把父亲捆起来吊打，还把他关进私设的水牢，不给他吃喝。就在父亲被抓走的这天晚上，狼心狗肺的地主闯进我们家，把孤身一人的母亲强，强奸了……"姜庆厚说到这里已经泣不成声。

他的控诉震撼全场，大教室顿时一片寂静，继而传出啜泣声。女生罗超兰突然从座位上站起跑到讲坛上，拉着姜庆厚的手哽咽着说："地主真是狗豺狼，姜庆厚，你太苦了……"她说不下去，失声大哭起来，邻座的女生只好上去将她扶回座位，抚着她的肩膀安慰。

赵大伟被姜庆厚母亲的悲惨遭遇震惊，愣住了。一个坐在角落里的男生喊："打倒地主黄世仁！"郑乔玉赶紧示意赵大伟，他醒过神接连高呼："打倒地主资本家！砸烂万恶的旧社会！坚决走社会主义道路！"

会场刚刚静下来，一个女生要求发言。赵大伟认得她叫侯静静，是化学系一年级新生中唯一家庭成分是资本家的学生。资本家的女儿要求发言，主持会议的赵大伟一时没了主意。

郑乔玉附在赵大伟耳朵上说："让她说，她要敢放毒，我们就把她作为反面教材，当活靶子批判。"

侯静静上来说："同学们，我出身于万恶的资产阶级家庭，是没有资格在忆苦思甜会上发言的。我是上来揭露资本家父母的罪恶，向大家赎罪的。我的父亲开了一间账册纸品厂，雇佣八名工人，他榨取工人的血汗，靠剥削积累了2100元资产，因此被划为资本家……"

2100元是个天文数字，在场的同学一阵骚动，马上有人喊："剥削有罪，劳动光荣！"

侯静静说："我听了谢师傅的报告受到深刻的教育，我亲眼见过我的资本家父亲打工人。有一次，父亲埋怨一个工人耽误了向客户交货的时间，工人正要解释，他上去打了工人一个耳光，打得他满嘴流血。还有一次，一个小徒工不小心把机油洒在装订好的账簿上，父亲不让他吃饭，饿得这个孩子直哭。我的母亲是个狠心的资本家婆，没有一点良心，还在一边说风凉话，要这孩子长记性。我能体会到谢师傅受到的剥削和疾苦，我出身于这样的罪恶家庭，如果不彻底改造就没脸活下去，更不配做大学生。"侯静静说到这里，突然扑向坐在前排的谢自力，在他面前跪下了。

本来长得白皙的侯静静因为深深内疚面色更加苍白，她的泪水已将长睫毛浸湿，呼吸急促，胸部起伏。坐在后排的同学都站起来看侯静静下跪，会场一时骚动起来，赵大伟及时领呼口号。谢自力一直盯着侯静静的脸，很想扶住她的双肩或者拉着她的手安慰安慰她，又觉得不妥。他正在犹豫，郑乔玉一把将跪在地上的侯静静拉起来。

会后，郑乔玉带着班干部向总支书记万霄腾汇报了忆苦思甜的情况，万书记高兴得很，对郑乔玉备加表扬，决定组成一个忆苦思甜演讲队，给全系作报告，争取讲到全校。万霄腾特别指出，像姜庆厚这样苦大仇深的学生，应该作为培养对象，尽快吸收到学生积极分子队伍中。

忆苦思甜使侯静静受到刺激，她像祥林嫂一样反复对别人说："我父亲雇了八个工人，有2100元资本，是万恶的资本家。如果他少雇一个工人，资本不到2000元，那就是小业主……"后来发展到半夜醒来还是念叨这句话，精神出现异常，只好把她送进北郊的安康医院。

忆苦思甜使赵大伟受到震撼，那些忆苦的同学都说到幼儿甚至出生时的遭遇，可是自己幼年的记忆却一片空白。他非常苦恼，苦苦地追寻自己幼小时的经历，觉得自己的身世可能很复杂。人的记忆三岁就开始了，他必须弄清楚从三岁到六岁的经历，不能让这一段人生记忆成为空白。他现在正在要求入党，是重点培养对象，他要对党忠诚。

赵大伟突然烦闷起来，进入大学校门以来他一直生龙活虎，现在有点萎靡不振。从小到大，大伟有什么心事都会跟姐姐说，周末回家的路上，大伟把自己心中的苦闷向姐姐倾诉。

石幼琳也是在高中加入共青团的，弟弟是校学生会主席，她本来要当副主席的，中学校长说学生会主席副主席是姐弟俩不合适，就让她在校团委当了学习部部长。一进大学，外语系的辅导员把石幼琳列为积极分子培养对象，还指名让她做团支书。石幼琳自有主张，她想先当一个自由自在的大学生，好好体验大学的生活，把功课学好，把阿拉伯语和英语的底子打好，还要学法语，然后再图发展。辅导员很失望，以为石幼琳可能在早恋，陷入了情网，就警告她："石幼琳，大学期间是不能谈恋爱的，你不能分心啊。我可是见过这样的女生，只顾偷偷谈恋爱，耽误了自己的进步。"

石幼琳回答："老师你想到哪儿去了，我才不谈恋爱呢。我只是觉得还不具备当团支书的条件，但是我会努力创造条件的，等条件成熟了，我自然会争取。"其实石幼琳早就心有所属，已经默默地把爱情之路铺好，她无须为此烦恼和分心。

石幼琳觉得弟弟的烦恼是多余的，对他说："生活是复杂的，社会也是复杂的，每个人的经历不一样，你小时候也受过很多苦。爸爸妈妈和姐姐爱你，就是要你从那些痛苦的记忆中走出来，抹去你心头的伤痕。回忆过去是为了向前看，你现在有一个幸福的家，有姐姐时刻和你在一起，你不用像别的同学那样去刻意回忆，你应该勇往直前。"

姐姐的话驱散了压在大伟心上的阴云，每个人有每个人的经历，他不该为过去而烦恼。自从和姐姐谈话以后，格外感觉爸爸妈妈姐姐和他组成的这个四口之家是多么温馨，进了家门就像漂泊的小船驶进宁静的港湾。

辅导员郑乔玉找赵大伟谈话，告诉他一年级新生首批发展党员的工作已经启动，对他和姜庆厚的外调已经完成了。她说姜庆厚的入党申请书写得很好，阶级觉悟高，阶级立场鲜明，值得每一个要求入党的同学学习。党支部最近就要开会讨论他和姜庆厚的入党申请，如果他有新的认识可以再写一份思想汇报。

赵大伟自从递交入党申请，在每一次思想教育活动或者上党课之后都会将自己的心得体会写成思想汇报交给辅导员。姜庆厚在忆苦思甜之后被吸收进积极分子队伍，对赵大伟是个挑战，郑乔玉启发他应该把政治觉悟再提高一步。

赵大伟知道自己已经被确定为化学系的首批党员发展对象，那就不能半途而废打退堂鼓，只能跟上辅导员的节奏。既然要求入党，就要向党交心，应该实事求是地把自己被铁路工人赵承泽石慧敏夫妇收养的事实向党报告。

第三十章

87

　　中夏大学各系陆续发展了一年级新党员，唯有化学系迟迟不见动静。赵大伟担心自己的身世影响入党，就写了一份向党交心的材料，交给郑乔玉。赵大伟说自己是从小被赵家收养的，原来姓杜，姓杜的父亲好像是卖毛笔的，别人叫母亲杜太太，从来也不知道她的姓。他已经没有杜家父亲的印象，母亲和他分手时已经病得连路都走不成了。他完整的记忆是，从小就和赵家父母姐姐生活在一起。

　　郑乔玉通过外语系向石幼琳调查，直截了当地询问赵大伟是不是赵家收养的？石幼琳承认弟弟是收养的孤儿，他的父亲不在了，生母病死了，只知道大伟原来姓杜，其他的情况一概不知。

　　郑乔玉认为他们姐弟之间互相串通，石幼琳所说不足为信。

　　郑乔玉对赵大伟的态度变了，在她急迫追问之下，大伟每天都在痛苦地回忆，如同在泥沼里挣扎，泥沼已经扼住了他的咽喉。无尽的回忆令他魂不守舍，不能专心听课做实验，一些早已消失的记忆碎片隐约地在脑海里浮现。他想起和妈妈生离死别时她说过她不是亲妈，如果她真的不是亲妈妈，那生身母亲究竟是谁呢？难道他赵大伟既不姓赵，也不姓杜，究竟姓什么？他对自己的身世也产生了怀疑。是不是身边所有的人都与他无亲无故，他不过是一个既无亲爹又无亲娘无根无脉的弃儿。

　　大伟百思不得头绪，决定从此关闭回忆的闸门——他原姓杜，父母双亡被赵家收养，其他一概不知，随郑乔玉怎样吧！

郑乔玉平时总是深入宿舍与学生们接触，除了开会很少在办公室里见学生，但是今天特意在办公室召见赵大伟。办公室气氛非常严肃，在场的还有系党总支的干事。郑乔玉不再像往常那样亲切，也不让他坐下，冷冷地说："赵大伟，经过组织上的认真调查，你父亲姓杜，母亲姓李，你父亲因现行反革命罪被人民政府镇压，你属于'杀关管'子女，不符合大学录取的政审条件，放射化学属于保密专业，你更不符合录取要求。考虑到你当时年纪尚小，不追究你隐瞒不报的个人责任，免予处分，取消你的入学资格，即日办理离校手续。我们已经通知你原来户口所在地派出所，你需要去派出所做社会青年登记。"

赵大伟如遭晴天霹雳，茫然不知所措。只见郑乔玉递给他一纸处理通知书，就不再理会他。自从见到郑乔玉的第一天起，她都是以"大伟"亲切相称，笑容以待，如今判若两人。大伟明白了，他的命运突然逆转，已经打开的大学之门又对他关闭了，原因就是文潇雨说的"政审"。

赵大伟趁同学们上课都不在宿舍，很快收拾好行李，从平时少有人进出的小北门离开中夏大学。走出小北门，大伟的脚步立刻变得沉重，头脑麻木，眼前一片迷茫。

他绕着镜明湖漫无目的地走着，走到惠水河口不由地停下脚步，想起文潇雨。现在他和文潇雨都是一样的社会青年了，都被政审打入了另册，只不过一个根本没有迈进大学的门槛，另一个刚刚进去又被推出去了。他莫名其妙地希望在这里再见到文潇雨，现在他们成了同类，应该有许多共同语言。

赵大伟离校前不想见到姐姐石幼琳。这个没有血缘的姐姐就是他的亲姐姐，她早晚会知道这个坏消息的，何必当面告诉她。他不愿意亲眼看到姐姐难过的样子，更不愿意让姐姐在同学们面前难堪。

赵大伟也不想回家告诉父母。这个家是他的家也不是他的家，他本来就是个无家可归的人。他不知道该如何面对两位慈爱的长者，他没有做错什么，却有沉重的负疚感，觉得辜负了赵家爸爸妈妈的希望，愧对他们的养育之恩。既然自己是个来历不明的弃儿，一个不配上大学的"杀关管"子女，那就不要再进这个原本就不属于他的家，不要连累恩重如山的爸爸妈妈和姐姐。

赵大伟沿着镜明湖徘徊，决定远离这个家，远离中夏大学，远离这座城市，远走高飞，去一个没有人认识他的地方。

太阳已经西沉，落日的余晖染红了西天的云彩，火烧云灿烂的霞光映在镜明湖面上，呈现出赵大伟从未在这里见过的美景。他稍稍有些遗憾，此番景致不知何日能够再见？

突然，赵大伟看见文潇雨了！她就在惠水河口那个老地方，被朦胧的霞光笼罩着。

"你好，文潇雨！"

文潇雨的目光正聚焦于浮光跃金的湖面，她对赵大伟的出现首先是惊喜，继而却惊异。她几次见到的赵大伟总是生气勃勃，可这一次他面色憔悴，神情萎靡，还落拓地背着一卷行李。

赵大伟把突然降临的命运转折说给文潇雨，最后说："我在湖边呆了一天，真的很想见到你。你是女生，尚且能够承受命运的打击，你是我的榜样。我是男生，不应该在命运面前低头。我只是想对你说一下，我打算去一个没有人认识我的地方闯荡，重新开始我的人生。我打算去新疆，我有一个初中的同班好友，他纺织工业学校毕业后响应号召改行去了克拉玛依石油地质队，那里很需要能看懂外文资料的人，条件虽然艰苦，但是不讲阶级成分，工资还高。要不，就去云南边境的农垦橡胶园，国家号召知识青年支援边疆呢。我只告诉你一个人，请你保密！"

文潇雨受到强烈震撼，赵大伟的信任又使她感到温馨。

赵大伟想与文潇雨握手道别，怕唐突，有些犹豫。文潇雨却爽快地握住他的手。赵大伟很感动，就把另一只手也握上来，说道："文潇雨，再见了！"说完，双手松开，转身大步走了。

突然，文潇雨叫住他："赵大伟，你能等我一晚吗，明天早上，还在这里，我会有一个决定告诉你。"

当晚，文潇雨把赵大伟的遭遇详细告诉妈妈，对她说："妈妈，我永远不会放弃学习，但是从赵大伟身上我看透了，我这辈子再努力也推不开大学那扇门，也许弟弟还有希望。"文潇雨说这话时的那份沉静，让宣素仪心里"咯噔"一下，捏了一把汗。只听她说下去："我真不想再去卖菜，每天遭人家的白眼。如果就这样了此一生，不如到外面闯荡一番，哪怕碰得头破血流，也算睁开眼睛看看世界。"

宣素仪大惊："小雨，你怎么这样想？"

小雨说："妈妈，你不必为我担心，其实我一直都是这样想的。"

妈妈说："小雨，无论如何我们都要顽强地活下去，我要看着你们长大成人。"

小雨说："妈妈，我爱你，我爱弟弟，我们都要顽强地活下去。"

她知道妈妈的心情，怕妈妈担心，平添妈妈的烦恼和悲伤，不再往下说。她装作睡觉的样子，闭着眼眼睛一直在想。

第二天天不亮，文潇雨像往常一样早早去蔬菜店上班。傍晚宣素仪和潇天回到家，却不见潇雨。蔬菜店下班一向较早，她回家总是先把晚饭做好，如果去镜明湖散步，总会事先告诉妈妈。宣素仪回家不见女儿，感觉不对头，正要对儿子说出门去找姐姐，弟弟潇天喊道："妈妈，你快来看！"

潇雨整洁的小床上被子不见了，床头放有一张字条，上面写着：

"亲爱的妈妈和弟弟，我要去看看外面的世界。请妈妈放心，我会顽强地生活下去，只是不愿意屈辱地苟活。请弟弟不要学我，与妈妈相依为命。我之所以出去，也是想为改变弟弟的命运而努力。我知道出走会让妈妈担心，所以我会更加珍重和保护自已。"

宣素仪紧紧抱着儿子，肝肠寸断，泪如泉涌。宣素仪知道女儿知书达理，是个坚强的孩子，她的出走绝非一时冲动，已经无可挽回。她只能祈祷丈夫文党非的在天之灵护佑女儿平安，但愿她不再过屈辱的生活，闯荡出一条生路。

早晨大伟没来操场跑步，石幼琳到男生宿舍找他，不见踪影。她不免焦急起来，忙问大伟的同班同学。同学说："你不知道吗？他退学了，昨天就走了。"

石幼琳大惊失色，忙去化学系问究竟。系办公室的人说赵大伟因为政审查出问题被取消学藉了，石幼琳要和他们理论，办公室的人说去问辅导员郑乔玉好了。

郑乔玉说："经过内查外调证实赵大伟属于'杀关管'子弟，不符合录取条件，所以被取消学籍。"还说："赵大伟的事与你无关，你和赵大伟没有任何血缘关系，你要和他划清界限。你是产业工人家庭出身，根红苗正，不要辜负党和国家对你的培养和教育，也不要耽误你自己的进步。阶级斗争这根弦不能放松，千万不要忘记阶级斗争啊！"

郑乔玉像读发言稿一样，石幼琳听不下去，强忍住眼泪默默地离开了。如此冷血的人，还有什么必要理会她？

第二天幼琳收到大伟的信："姐姐：你收到这封信时，我已经离开此地远行。我的情况想你已经知悉，尽管我没做错什么，还是万分自责，我辜负了爸爸妈妈还有姐姐对我的养育和希望。你们对我的恩情重如泰山，永世难忘，今生一定会报答。我的前路在何方尚未确定，请照顾好爸爸妈妈，不要为我担心。弟弟大伟”

赵承泽和石慧敏夫妇如遭晴天霹雳，石慧敏痛不欲生，反复念叨："大伟你傻呀，你不说谁知道你不是我的亲生呀，你怎么随便对人家交心呢！他们不让你上大学你也不能把我们都撇下吧……"

赵承泽一直默默地垂泪，十多年结下的父子深情怎能一朝割舍？

石幼琳一回到家就在床上裹着被子蒙头大哭。她凌晨做了一个梦，梦见大伟蓬头垢面在大街上游走，幼琳正要上前拉住他，突然一阵妖风将大伟吹得不见踪影，幼琳大呼："大伟，大伟！"万分焦急之时，忽见大伟西装革履出现在眼前。

幼琳问："大伟，你这是在哪里呀？"

大伟笑吟吟地说："我在地中海海边。"说罢转身而去，背影逐渐消失。

幼琳追着喊："大伟，大伟，你等等！"她从梦中惊醒，出了一身冷汗，百般回忆那梦中的情景，绞尽脑汁思索未来，直到天色大亮，再也没有入睡。

第二天上午幼琳迟迟起床，梳洗过后就坐那里发呆，不哭，不叹，也不吃饭，不再说大伟出走的事，连赵承泽两口都奇怪女儿的神情。

幼琳不仅对弟弟有着浓浓的亲情，随着年龄的增长，她早已对大伟萌生了爱情。上大学后，当别人误将他们当成情侣的时候，她嘴上虽然辩解，心里总感到无比的甜美。姐弟同读一间大学，爱情的萌动越来越强烈，幼琳决心与大伟相依为命，她要把这心底的秘密及早向大伟吐露，让爱情之花在姐弟两人的共同滋润之下修成正果。

万万没有想到，大伟向党交心，导致的后果惊破了幼琳埋藏在心底的爱情美梦，这个思想早熟的女子冷峻地看透了现实。与大伟十多年朝夕相处，彼此从生活习惯到思想意识都有极其深刻的影响。石幼琳相信赵大伟是一个聪明的人，不会傻傻地轻生。让他去闯荡世界吧，这不正是他们姐弟从小的共同梦想吗，厄运和逆境会让他变得更坚定更顽强。

石幼琳从此再不提起大伟，暗自做好另外的打算。父母只当是女儿不愿惹他们伤心而有意回避说大伟，只好强忍悲痛。

俞正堂夫妇刚刚听说邻居宣素仪的女儿文潇雨不愿在蔬菜店卖菜，独自去了新疆建设兵团，外甥女石慧敏就哭着来说："姨父，大伟离家出走了。请您求求中夏大学领导，能不能恢复大伟的学籍，随便换个什么专业都行。表弟秉轩是系主任，表妹夫仝慎鹏又是大学副书记兼副校长，请他们出面说说情吧！"

俞正堂原以为文潇雨是因为考场失误赌气出走，现在和大伟的遭遇联系在一起，才知道是政审这道生死牌断送了两个孩子的前途。他想不明白，难道现在还兴连坐吗？为什么孩子受教育的机会也被剥夺？

俞正堂替大伟想，如果他不是觉得无以面对养父养母，是不会走这一步的。血气方刚的年轻人总是毅然决然付诸行动，当年小弟正岫奔赴云南投军也是不辞而别……

俞正堂心有愧疚，觉得辜负了李仲麟的托付，没有照顾好他的孤血。他不明白阶级斗争究竟要做什么？战争不是早就结束，天下太平了吗？为什么还要腥风血雨？

石慧敏分明是想挽回大伟的学籍，可是俞正堂一筹莫展。他是不会找女婿仝慎鹏的，他为了划清界限很可能就是始作俑者。要不去找找何季平，告诉他大伟是李仲麟的儿子，抗战复员那年要不是李仲麟出面，中夏大学的校产都可能不保，何季平是见证者。可是现在谁还会认这些陈年旧账，再说何季平是出了名的胆小怕事，跟他提李仲麟只能坏事。

俞正堂心里翻腾了一夜，决定直接去找邓梓华。可是没成想，不等俞正堂去找邓梓华，邓梓华让仝慎鹏找到家来了。仝慎鹏对俞正堂说："赵大伟被取消学籍是学校党委开会决定的，是按国家政策办事，这是阶级斗争的需要，是不能改变的。赵大伟不过是秉淑她表姐家收养的孤儿，和我们家没有任何关系。千万不要找人说情，不仅无济于事，反而会给大家惹来大麻烦。"仝慎鹏的口气很硬，最后说："这是邓书记的意思，专门要我转达。"

俞正堂说大伟已经离家出走不知去向，仝慎鹏只是愣了一下，一声不吭走了。俞正堂看出来，取消赵大伟学籍的事一定是仝慎鹏的主张，他因为心虚才拿着邓梓华的话过来封口。邓梓华当然不可能知道大伟是他原来同窗好友李仲麟的儿子，就算他知道，又能如何呢？

88

赵大伟出走，石幼琳完全变了，像换了一个人。

石幼琳在本系女生中交了一位朋友，她们是在会话晨课上认识的，两人很快成为闺蜜。闺蜜叫周毓龄，英语专业的，高石幼琳一个年级，出身于革命干部家庭，据说是高干。她的哥哥周毓彤外语系俄语专业毕业，分配到外交部做译员。系主任俞秉轩说周毓彤的俄语确实学得好，他是中夏大学外语系第一个分配到外交部的毕业生，曾轰动整个外语系，在校生都羡慕不已。

周毓龄和石幼琳在会话晨课上都是用英语交流，周毓龄对石幼琳学阿拉伯语很不理解。石幼琳轻描淡写地说，就因为懂阿拉伯语的人很少，感到新鲜才学的。周毓龄告诉石幼琳，会阿拉伯语的人才虽然稀缺，但是未来的就业门路也很窄，只学好阿拉伯语是不行的，一定还要学好英语。

石幼琳很赞同，说："那当然，我们第二外语就是英语，我在高中学了三年，基础还行，我还选修了法语呢。"

周毓龄则说："我们英语专业第二外语是俄语，现在苏联都修正主义了，学俄语还有什么用？我哥本来学的是俄语，在外交部一边工作一边还学英语呢。"

两位好朋友都想当外交官，像周毓龄哥哥一样有机会和外国人打交道，出国看世界。周毓龄说："要想进入外交部门必须是党员。我哥原来不想入党，我爸爸的一个老战友对我哥说，你外语学得再好不是党员也别想进外交部，他才乖乖听话要求入党了。"

石幼琳问："你也是党员吗？"

"快了，下一批就有我吧。"周毓龄说："幼琳，你家庭出身好，入党并不难，多写几次入党申请书，态度积极点就行了。成为党员，外语又棒，不愁进不了外事部门，出国机会大把！"

石幼琳原来并不把入党当回事，整天乐呵呵地过着"真正的大学生生活"。但是，大伟的出走使她的想法陡然发生改变。

石幼琳很快就交上一份入党申请书，同时说明他们家收养赵大伟只因为他是个孤儿，对赵大伟的身世并不知情。赵大伟被取消学藉，才知道他属于"杀关管"子弟，而自己是工人阶级子弟，一定坚定不移地站稳无产阶级立场。赵大伟到了成人年龄，已经离开他们家，今后不再是家庭成员，断绝一切来往。石幼琳还表示一定要继承和发扬铁路工人的革命传统，严格要求自己，接受党的考验。

石幼琳家里有一张几年前的《铁路工人报》，上边刊登一篇纪念京汉铁路工人二七大罢工座谈会的报道，报道中提到石幼琳的父亲赵承泽。赵承泽在座谈会上深切回忆当年他的父亲革命烈士赵长瑞参加二七大罢工的斗争经历。报道还附有座谈会的照片，赵承泽在这张照片中的位置正好居中。石幼琳写好入党申请书，连同这份报纸一起交给党组织。

党组织经过外调确认石幼琳的祖父赵长瑞是二七大罢工的重要参与者，这是难得的革命传统教育素材。党组织要她配合阶级斗争教育作一场报告，讲讲二七大罢工的革命传统，还指派专人帮助石幼琳准备讲稿。石幼琳的报告得到外语系同学们的高度赞扬，她又到文科各系讲，物理系、化学系、生物系等理科系也争相请她。石幼琳的口才好，讲得生动，反响非常热烈，听众无不受到教育和鼓舞。后来校团委安排石幼琳在明德大礼堂面向全校作报告，立刻在全校产生轰动效应，外校的邀请也纷至沓来。

石幼琳名扬全校，很快就被吸收入党了。

党员预备期刚满，石幼琳一转正就当上学生党支部书记。她的政治条件好，门门功课都是优秀，阿拉伯语听说读写都属一流，英语也不在话下，还兼通法语，是又红又专的典型。她高挑的身材，白净细嫩的皮肤，长长的睫毛，明目皓齿，还有一头被大家称为"金发"的栗色秀发，是外语系无可争议的"系花"。她讲起阶级斗争灭资兴无一点也不含糊，反修防修学习认真，领会透彻，每次发言都突出不同的重点，言之有物，击中要害，把苏修赫鲁晓夫批得体无完肤。她不矜持不高傲，尊敬老师，善待同学，乐于助人，总之是人美心善品学兼优再加上政治觉悟高。人人都觉得石幼琳亲切和善容易接近，却没有人敢对她随意开玩笑。

石幼琳虽然与所有的老师同学都亲善，真正的闺蜜只有周毓龄。周毓龄悄悄告诉石幼琳一个消息，她哥哥周毓彤说，国家领导人计划访问非洲，外交部需要增加大批外语人才，她今年毕业进外交部已经笃定。她哥还说，外交部正四处搜罗懂阿拉伯语的人，很可能向中夏大学外语系要人，这是进入外交部工作的绝好机会。石幼琳心中暗喜，但是不露声色，只是说："学校能批准我提前毕业就好了。"

　　石幼琳从来不对人提起系主任俞秉轩是她的表舅，也从没有在校内找过他，但是这一次非找他不可了。石幼琳聪明，她去表舅家里，先把事情的来由给姨姥姥石蓓芝细说一番。姨姥姥当即表态："去西屋把你表舅叫来，咱们当面给他说。"

　　石幼琳是母亲娘家人，秉轩不能不管不问，他对母亲说："你放心吧，我跟幼琳商量办法。"

　　秉轩对幼琳说："这件事要办成不难。第一，外交部必须主动向学校要人，不用点名，点名反而麻烦。第二，一旦外交部的指标下来，那就是推荐的问题了。你是系里公认品学兼优的学生，人才不可多得。但是，不能由我直接推荐你。"

　　"表舅，你原来不肯帮我呀！"

　　"怎么能不帮呢。你不知道学校的体制，在系里，系主任只管教学和系务，不管人事和学生，这是书记们的事，副书记是专门管学生的。如果我出面推荐你，就会显得我的手伸得太长，管过界了。一旦别人知道我们的亲戚关系，那些想坏事的人就会找到借口，不但于事无补，反而适得其反帮倒忙，顺理成章的事情也办不成了。外交部要人的事我也听说了，如果真的急着要学阿拉伯语的人才，只能从你们首届学生中选拔，提前毕业。其实小语种人才储备上面都很清楚，只要外交部要人的指标下到中夏大学就好办。你可以从周毓彤那里了解情况，我也可以想办法打听上面要人的消息。"

　　"表舅，那太好了！"

　　"表面上我虽然不便主动，但是推荐毕业生需要了解学生的学业，一定会征求我的意见，我会当仁不让。你那么出色，我有充足的理由推荐你。我们的亲戚关系不要主动对外人讲，有人知道了也不用刻意隐瞒，只说来往不多就行了。"他又叹口气说："关键是在这个节骨眼上，外语系同时换了正副书记，都是关键人物，你得跟他们好好打交道。外交部的指标一到，只要他们那里不卡壳，这件事准成。"

新上任的外语系总支书记管胜利刚刚从部队转业，他在解放战争中负伤失去右臂，是抗美援朝中有名的独臂英雄连长，最近从团长任上转业。管胜利文化程度不高，没有和知识分子打过交道，听说要安排他转业到中夏大学，不想去。

正在他为转业去向发愁时，碰巧遇上陈方村。两个人在陈方村进入解放区时相识，管胜利一直是陈方村心目中的战斗英雄和学习榜样。老战友重逢格外亲热，陈方村极力劝说他服从分配，说："现在大学特别需要你这样的革命军人充实干部队伍，你为革命留下伤残，大学的工作不需要繁重的体力正好适合你，再说我们老战友能在一起工作多么难得啊！"

管胜利被陈方村说动，转业当了中夏大学外语系总支书记。陈方村不好意思告诉他，这是自己曾经的岗位，反正以后他总会知道的。

石幼琳与原来的总支副书记关系很好，是她发展幼琳入党的，但是这位副书记为了夫妻团聚，调到沿海一所大学了。人家夫妻分居多年好不容易才办成调动，不可能专门为幼琳的事耽搁下来。

在攸关石幼琳前途的关键时刻，新任副书记居然是化学系原来的辅导员郑乔玉。石幼琳万万没有想到，这个害了她弟弟赵大伟一生的人又来主宰她的命运。真是冤家路窄啊！她做好各种打算，准备一搏。

管胜利上任后接连找人谈话了解情况，跟石幼琳谈话才明白，学生党支部书记原来是由学生党员担任的，并非专职党员干部。他和石幼琳还没有谈上几句就神情大悦，觉得这个女生比他的副手郑乔玉强多了。虽然都是谈工作，谈学生的思想教育，跟石幼琳交谈的感觉是团结、紧张、严肃、活泼，跟郑乔玉交谈的感觉是呆板、紧张、严肃、乏味，当老师的还不如学生，更不要说郑乔玉那黑瘦矮矬的形象了。管胜利想好了，石幼琳这样的学生骨干一定要作为后备干部好好培养，毕业后留在身边工作。

郑乔玉为赵大伟的事找过石幼琳，过去管过弟弟现在又来管姐姐，看来他们姐弟都在郑乔玉的手心里。可是郑乔玉没想到石幼琳的进步如此之快，更没有想到管书记对她如此器重，甚至偏爱，心中不免嫉妒。而石幼琳却刻意放下心结，将对郑乔玉的戒备深藏心底，好像什么事情都没有发生过，尊重她，靠近她，有事没事就向她请示汇报。郑乔玉挑不出石幼琳的毛病，但是对她并不放心，她要考验石幼琳究竟能不能站稳无产阶级立场，是讲阶级感情还是死抱着他们家收养赵大伟的情分。

89

省计划委员会转来外交部的指标，向中夏大学要一名英语专业应届毕业生和两名阿拉伯语专业提前毕业生。这是总支书记管胜利上任后遇到第一项工作，他认为向上面输送人才是大事，系总支书记要亲自过问。再说上面有人打招呼，要求推荐英语专业应届毕业生周毓龄，他一口应承下来了。郑乔玉以前在化学系虽然不是副书记，但是在书记万霄腾支持之下独揽毕业生分配，副书记都插不上手，书记更少具体过问。郑乔玉如今当上外语系的副书记，毕业生分配理应是她份内之事，总支书记却要插手。她心里不情愿嘴上不敢说，又怕管书记不熟悉大学的事务，有什么闪失自己还得承担责任，十分为难。

管胜利向系主任俞秉轩了解周毓龄的学习成绩，俞说："周毓龄成绩大概排名四、五吧。"

管问："阿拉伯语专业成绩名列前茅的都是谁呀？"

俞说："排名第一的是石幼琳，第三名起跟前两名的成绩差了一大截。我让教学秘书把学生成绩单送给你看。"

管胜利看了英语专业毕业班的成绩单，周毓龄排名第五。他拿定了主意，与郑乔玉讨论。

管胜利说："小郑，我们先定下原则，从学习成绩排名前的毕业生当中选拔。你有意见吗？"管胜利比郑乔玉年纪大，称她"小郑"，既亲切，又显出谁是领导。

"我同意。"

"那好。英语专业前五名里只有周毓龄是党员，我看就是她了。"

"我同意。"

"那好。阿拉伯语专业前五名里要确定两个。石幼琳是党员，成绩又排名第一。另一个培养对象的条件已经成熟，可以马上履行入党程序，只是成绩排名第五。如果只论成绩取前两名的话，第二名既不是党员也不是团员，怎么定呢？"

"管书记，我看前两名都不合适，不如从后面三个人里面选拔。"

"那我们想到一起了。说说理由。"

郑乔玉很高兴和书记想到一起，忙说："第二名走白专道路，不行。第一名石幼琳有些问题，她的弟弟是'杀关管'子弟，他们姐弟一起考上我们学校，弟弟录取到保密的放射化学专业，入学后被清退了。"

管胜利听得一头雾水，问："什么？石幼琳的弟弟是'杀关管'子弟，石幼琳就不是吗，她还能入党？莫非她弟弟是她妈改嫁带过来的？"

"那倒不是，是他们家收养的孤儿。这个孤儿的父亲因现行反革命罪被镇压了。"

"现在这个孤儿呢？"

"被学校清退后就离家出走不知去向了。"

"石幼琳有什么问题？"

"毕竟有牵连吧，这样的人到外交部门合适吗？"

"小郑啊小郑，看来我们并没想到一起。我不想推荐石幼琳，是因为我看这个学生德才兼备，有培养前途，我想把她留下做后备干部。你是认为石幼琳家收养的孤儿有问题，就不信任她。我问你，那个孤儿是几岁被收养的？"

"大概是六岁吧。"

管胜利一拍桌子，说："郑乔玉同志，老子是八岁被收养的孤儿。1937年，我在流浪要饭的路上被八路军收留，从小在部队里长大。你要问我参加八路军以前的事，老子一件也记不得，你要问我的亲爹亲娘是什么人，问我到底是哪一年出生的，老子一概不知。我之所以姓管，就是因为收留我的指导员说八路军管我一辈子。要是经我手办石幼琳弟弟的事，我就不同意清退这个孤儿。退就退了吧，反正这孩子都出走了。石幼琳铁路工人家庭出身，二七烈士之后，共产党员，又红又专，她有什么问题？"

"书记，您别着急。我没说石幼琳有什么问题，只是向你汇报有这件事。"

"好了，小郑。我原来想把石幼琳留下来日后重用，你这么一说，我看还是让人家到更高层次上发展吧。马上发展阿拉伯语专业那个第五名入党，就这么定了！"

中夏大学正式推荐周毓龄和阿拉伯语专业的石幼琳等二人，三个都是党员。但是外交部拒了那个临毕业才发展入党的，只接受了周毓龄和石幼琳。经过三个月的培训，两人都被分派到中国阿拉伯联合共和国友好协会工作。

周毓龄无心在友协工作，友协主要是在国内接待对方来访的民间人士，她想进外交部，出国机会多。周毓龄父母都是高干，哥哥周毓彤在外交部苏东司，一家人都为她周旋。果然，周毓龄在友协没呆够两个月就调到西亚非洲司了，虽然差强人意没有进欧洲司，毕竟进到外交部了。

石幼琳深知，这次提前毕业进入外事部门，全凭机遇和自己的实力，要想更上一层楼还需要人脉。周毓龄出身贵胄，人脉全靠父母所赐，自己出身于普通人家哪有什么人脉关系？但是人脉也可以在人际交往中开拓和积累，日久天长深耕细作，也能织起自己的关系网。

石幼琳所在的中国阿拉伯联合共和国友协，会长由一位全国政协副主席挂名，副会长苏兆光是协会真正管事的，他也是一位高干子弟。苏兆光在国际关系学院学的是俄语，常用的却是英语，上面允许对外友协接待外宾直接用外语交谈，可是苏兆光只能用英语寒暄几句，说到正题就不行了。石幼琳赶上的第一次外事活动，是陪同苏兆光会见阿拉伯联合共和国商会会长。这时的阿拉伯联合共和国实际上只剩下埃及，会长是埃及人说的是阿拉伯语，苏兆光带上石幼琳当翻译。商会会长说着说着，突然问苏兆光可不可以说英语？苏会长看了石幼琳一眼，石幼琳点点头。商会会长大喜，改用英语侃侃而谈。客人里另一位重要人物讲的是法语，苏兆光这次没带法语翻译，一时为难。石幼琳对客人说："请你说法语吧，我可以翻译。"

欢迎宴会上，阿拉伯联合共和国商会会长在苏兆光面前大赞石幼琳，一再特意给石幼琳碰杯，希望苏兆光回访时一定要带上石幼琳。苏兆光没想到石幼琳居然通晓三国语言，真是白捡了一块宝，从此凡有外事活动都带上她。

石幼琳知道，从省城走到京城凭的是自己的能力，到了京城仅凭能力再往上移动就难了。论家世、人脉和后台，无法与那些高干子女相比，但是她不会靠攀附权贵往上爬，她要等待时机凭自己的能力达到目的。

　　这时，诡谲的中东局势又发生变化，西德与以色列建交导致阿拉伯国家采取统一行动与西德断交，其中不少阿拉伯国家转而与东德建交。为了研判这一变化的深远影响，石幼琳奉命业余学习希伯来语。

　　学习希伯来语本是石幼琳的初衷，当初之所以选择学阿拉伯语，是因为没有学习希伯来语的机会，只好学与希伯来语相近的阿拉伯语。现在奉命学习希伯来语，真是天赐良机。

第三十一章

90

北京大学有人写了反对校党委的大字报，却得到了上面的支持，搞得全国的大学都晕头转向不知所以。紧接着北京的红卫兵运动骤然传到中夏大学，大学生们很快拉起造反组织，校园失去了往日的平静。街道上也一派纷乱，大街小巷都有红卫兵喊口号、贴标语、抄家，整个社会骚动不安。

容锡田说现在外面太乱，不让容嫂再出去修伞了。其实容嫂的修伞生意早就难做了，但她还是隔些天借口出街修伞，直奔花井街见樱井信子，回家就说今天有生意挣到钱了。

樱井信子最近卧床不起，她的亲生女儿隔三岔五才来探望一下，前院张家的人对她也是顾上顾不上的。樱井信子天天盼望容嫂来看她，实际上在等死。这天，老太婆终于等来容嫂，她挣扎起身，两眼放出光芒，从枕头底下摸索出一封信，双手贴在额头上，然后交给容嫂，说："俊二终于来信了，是日本战争遗孤救援会从香港转来的，俊二现在是日通埠头海运株式会社的营业部长。多年来他一直请遗孤救援会帮助寻找香子的下落，信上有他的地址，東京都千代田区外神田三丁目12番9号，你一定要记住。我已经没有力气给他写信了，这封信交给你，我就可以瞑目了，但愿香子能回到她父亲的身边。"

容嫂对老人家千恩万谢，把信收好，照例给她擦洗身子，梳头，换衣服，用费尽周折买来的紫菜和大米给她做寿司吃。老太太提出要见香子，容嫂服侍她睡下后，说："姑妈，我回去把俊二的消息告诉香子，隔两天我带她来看您，您多保重。"

老人满意地点点头，合上眼睛，很快睡着了

容嫂当年在逃难路上遇上容锡田，只说是丈夫死了，只字未提自己原来嫁的是日本人，香兰至今也不知道自己的生父是谁。容嫂意外找到樱井信子后才复燃起让女儿与生父团聚的希望，得到樱井俊二给他姑姑的信，她替女儿高兴。虽然眼下无法与俊二通信，毕竟知道他还在世，而且有确切地址。容嫂一路飞奔回家，趁家中无人把信缝到棉裤腰里藏好。她现在还不能告诉女儿实情，但是可以让她先见见老太太。

隔天，容嫂带上女儿去花井街，只说去看看一个好心的老太婆。

容嫂走到张家大门，见门前聚集了很多戴红袖箍的学生，大门上歪歪斜斜贴着大标语："大破四旧，大立四新"，"打倒反动官僚"，"打倒日本特务"……院子里到处散落着衣服书籍破瓷片碎玻璃，还有一堆烧过东西的残灰。张步云的中国遗孀头戴着纸糊的高帽子，被两个戴着红袖箍的男孩子架成"喷气式"，一个女孩子叉着腰要她交出反动官僚的委任状和私藏的金银财宝。

容嫂忙问看热闹的街坊："后院那个老太太呢？"

一个街坊悄悄地说："日本老太婆前天夜里死了，昨天火化了，要是活到今天，非遭大罪不可。"

容嫂手心里出汗，紧紧攥着女儿的手，从人堆里挤进后院。后院也都是戴红袖箍的红卫兵和看热闹的，老太太的破旧衣物都扔到院子里，几件被泼上墨汁的和服挂在最显眼的地方。红卫兵正在屋子里掘地三尺，嚷嚷着要挖出日本特务的电台、密码和掠夺中国人民的金银财宝。

容嫂不敢多问，混在人群里装作看热闹。她想看看这些来抄家的人会从老太太屋子里挖出来什么，又怕自己家里出乱子丢了那封信，慌忙打发女儿回家。说："香兰，你先回家。关好门，别让闲人进来。我等等就回去，这老太太还欠着我工钱呢。"。

容香兰回到家里，见容楼成正从外边往屋子里搬东西。屋子里到处都是箱子书籍字画照片瓷器和古董，还有西装旗袍。

容香兰问："咋回事，你抢人家的东西啦？"

容楼成说："你知道个屁！这是破四旧抄家的战果，暂时放到家里，谁都不许动。"

容香兰已是二十多岁的大闺女，和母亲一起睡在用纸箱板间隔出来的小间，勉强放下一张床。现在连这张床上都摆满了抄家来的东西，没有她的容身之处了。

容楼成说："你干脆跟我一起住到红造总总部算了，那里地方大，又没有人敢惹你。"

容香兰说："滚一边去！"

容楼成说："你胆子不小哇，我现在是造反派的领导，你还敢跟我顶嘴？你早晚得跟我过！当初我爹收留你们娘俩，为的就是等你长大跟我成亲！"

"你放屁！"

这句话惹得容楼成性起，上去搂住容香兰往她脸上凑，还想把她按倒，说："你不愿意？还敢骂我？我现在就干你！"

容楼成抱住容香兰，容香兰挣扎着大声叫骂。忽听有人喊："头儿，又来战果了，往哪放？"容楼成这才放手。

容香兰哭着往外跑，迎面碰着容嫂进家，喊一声："容楼成不是东西！"一下子就不见影了。

容香兰万分委屈，在印刷厂受谢自力欺负，家里有容楼成这匹豺狼，她无处可去，只好去找平素呵护照顾她的宣素仪。

　　宣素仪家也被抄得一片狼藉，她戴着头巾低头收拾满屋子凌乱的衣物家什，看见容香兰进来，毫无顾忌地把头巾摘下来，露出被胡乱剪过的头发，对容香兰说："你怎么来了？看看，这是你那个哥哥领着红卫兵给我剪的阴阳头。"

　　容香兰说："他不是我哥，他不是东西。"

　　宣素仪说："什么人都敢来欺负我们，这天底下还有道理可讲吗？他们想把我折腾死，我宁愿活受罪也要活下去，我非要看看这个社会，看看这个国家，究竟何去何从？"

　　容香兰听不懂这些，只管诉说自己的委屈。宣素仪说："你哥哥真是丧心病狂了，对一家人也敢这样。"

　　"我从来不认他是哥，反正这个家我是不回去了。"

　　宣素仪知道容香兰与容楼成没有血缘，却不知容楼成对他这个不亲的妹妹还有歪心。宣素仪的儿子大了，房间又窄小，实在不好让她住下，无奈带她去俞正堂家。

　　上午"头儿"带一帮人来抄了俞正堂家，俞家凌乱不堪。抄家的前脚刚走，石蓓芝娘家外甥女石慧敏气急败坏地来家了。她进门一头扎到姨妈怀里嚎啕大哭，说外交部的电话打到铁路局，向赵承泽询问石幼琳的下落，说她失踪了。石慧敏撕心裂肺地哭着说："姨父姨妈啊，我的儿子丢了，亲闺女也丢了，这是什么孽啊……"

　　刚把石慧敏打发走，宣素仪又把容香兰带进家。石蓓芝还在床上躺着，以为容香兰是过来替他哥哥道歉的，没想到她是来避难的，说："白眼狼上午抄了我的家，打得我顺嘴流血，下午他妹妹跑到我家来躲他。文太太，你说这是什么事理，怎么乱成这样啊？"

　　俞正堂说："别说那么多了，就让香兰住下吧。"

　　宣素仪解开头巾给他们看头发："俞先生俞太太我也不怕丑了，这就是今天容楼成那帮抄家的人给我剪的。"

石蓓芝一直在发愣，都不知道宣素仪什么时候离开的。她怔怔地对俞正堂说："祸不单行，这天恐怕是要塌了。"

俞正堂也在苦想，他实在不明白国家究竟出了什么事，共产党的铁打江山有人敢撼动吗，只怕是出了内乱？百姓是要遭殃了。

容嫂从花井街张家老宅人群中挤出来，悲戚之余略感心安，幸亏老太太早一天过世，免遭多少罪，总算从容地走了。她回到家门口刚好碰上女儿含着眼泪往外跑，进门看见满屋子乱七八糟的物什，容楼成胳膊上也戴着红袖箍，立刻明白是怎么回事，劈头盖脸说他："你欺负妹妹，还把人家的东西拿到自己家来，这不是明抢吗？你是犯罪作孽啊！要天打雷劈的呀！"

"现在是'无产阶级文化大革命'，是破四旧，好得很，只有反动派才认为糟得很。"

"你又不是学生，冒充红卫兵？"

"我是工人阶级，我是红卫兵的领导！谁像你一样，就知道修伞，像要饭叫花子走街串巷。"

容嫂见隔间里她的床上摆满了乱七八的东西，怕"头儿"进来乱翻找见那封信，不由分说把那些胡乱堆到床上的东西往外面挪。正挪着，几个戴红袖箍的大学生又搬东西进来，一个说："头儿，这一批是平安巷的。"

容嫂听说是平安巷的，忙问容楼成："你不会去抄俞爷爷的家吧？"

容嫂还不知道，容楼成已经带着红卫兵摘了平安巷的街牌，把平安巷的街名改成向阳巷，把各家的门牌统统砸烂了，因为"平安"就是修正主义。红卫兵挨家挨户问成分，只要不是贫下中农、工人和城市贫民一律抄家。容楼成带着一帮人闯进俞正堂家，进门不由分说翻箱倒柜乱抓乱拿。石蓓芝看清楚带头的是容楼成，就说他"白眼狼"。

他一巴掌将石蓓芝打倒在地，打得她嘴角流血。俞正堂扶起石蓓芝，一言不发冷眼望着容楼成，容楼成自知打的是恩人，难免心虚，提前溜回家。

容楼成嘴硬：“什么俞爷爷，他家里藏着很多反动照片，上面都写着民国多少年。现在是社会主义新中国，他还保留着国民党的照片，他不是国民党特务就是想变天。”

容嫂急了，大声吵他：“不是人家收留我们，我们一家早饿死了。你忘了你头上的秃疮是谁给你治好的？你电工是怎么当上的？”

“你就知道这些小恩小惠，幸福不忘伟大领袖，翻身不忘共产党！”

容楼成从来不听这个继母的话，容嫂只好关上隔间的门，说：“你这个忘恩负义的东西，你就惹祸吧。不许把东西放进我屋里，我找你爹说去。”

“找他说有啥用，破四旧就是要把反动的垃圾清理掉，把暗藏的阶级敌人揪出来消灭掉。你知道吗，新中国成立快二十年了，小日本早就被打跑了，省城里还藏着日本鬼子特务！”

容嫂不觉心惊肉跳，不跟容楼成理论，跑到小北门找丈夫容锡田。没想到容锡田也带上红袖箍了，红袖箍上印的是“红色保卫队”五个字。红卫兵造反派接管了门卫，为防阶级敌人捣乱破坏或者逃窜，严加控制人员从各个校门出入。小北门因为离牛鬼蛇神集聚的夏苑近，格外加强防范。

容嫂把容锡田拉到一边小声告容楼成的状，容锡田说：“红卫兵小将的革命行为，咱们不懂，也管不了。现在头儿是红造总的领导，我可说不得他。”容锡田并不明白现在的形势，只觉得原本并不受待见的儿子现在变得有出息了，有那么多人都敬着他。

眼前的一切全都乱套了，丈夫也说不清楚。容嫂只怕自己要紧的东西被容楼成发现，赶紧回家藏严实。

容楼成造反以后，拉起中夏大学工人阶级造反队，自任造反队头头。工人造反队加入中夏大学红卫兵造反总部。红造总的工人不多，容楼成很快进入上层核心，成为大头头之一。

红造总有两个总头头，一个是哲学系二年级学生韩大彬，一个是化学系四年级学生覃富晶，他们两个是中夏大学最早写大字报造反的。容楼成因为是电工，成为红造总的工人阶级代表。总头头开始称总司令，后来红造总规定不能像走资派一样称呼官衔，改叫总勤务员副总勤务员。这称呼很拗口，于是就直呼其名，叫韩大彬"大彬"，叫覃富晶"老覃"。容楼成也是勤务员，属于领导层，大家直呼其名叫他"头儿"。"头儿"本是容楼成的小名，以前凡是有人叫他的小名"头儿"他都跟人急，现在听到人家叫他"头儿"特别受用。

韩大彬和覃富晶看这个电工既无文化又无心计还听指挥，一哄就上，很是重用他，给他不少露脸的机会。容楼成仗着自己是工人阶级，到处威风凛凛，回家看啥都不顺眼，就从家里搬出来，住到红造总的总部，就是韩大彬所住的男生宿舍31号楼。

儿子被红卫兵抓走，俞家全家不安，俞正堂夫妇一夜无眠。突然听到敲门声，以为有人夜来抄家，俞正堂披衣出去开门，原来是容嫂来找女儿。她拉着香兰的手就哭，还要跪下给俞人太赔罪。

石蓓芝听见敲门声心惊肉跳，以为来抓俞正堂，见是容嫂，就说："头儿的良心给狗吃了。容嫂，你是你，他是他，不用你替他赔罪。"

容嫂哭着说："俞太太，要不是为了香兰，我就不该走这一步跟容锡田。他这个儿子忘恩负义，根本就没有良心，现在当了造反派以为就是天王老子了，连他爹都怕他。你说这世道怎么又乱起来了？"

俞正堂说："天不早了，容嫂回去吧。只要造反派不来找，香兰在我们家你尽管放心。"

容锡田回家看见满屋子都是抄家来的东西，也觉得不妙。容嫂给他说容楼成欺负女儿的事："你儿子前脚去抄俞先生家，还打了俞太太，女儿后脚又去俞先生家躲避自己哥哥，这算是怎么回事？天下哪有俞先生这样的菩萨心肠，人家怎么看我们？"

容锡田有点急了，担心儿子恣意妄为惹事，说："不行，我得去找他。要他赶紧把这些东西都拿走，不能隔夜，千万不能惹祸到家里。"

31号男生宿舍楼门口有红卫兵把守，进进出出的男女都有，就是不让容锡田进去。说是勤务员们正在开会，闲杂人员不得入内。容锡田只好在楼门口等着。

一会儿容楼成领着几个人出来了，容锡田迎上去小声跟他说话。容楼成大大咧咧地当着众人对他父亲说："你多管闲事，我们现在就去家里搬东西，你跟车一起走吧。"

路上果然停着一辆卡车，副驾驶位置上已有人坐，容楼成拉着容锡田上了后边车箱。等卡车轰隆隆开起来，容楼成才神秘地对容锡田说："坐在副驾驶位置上的就是韩大彬，现在去拉咱家里那些破四旧战果，后半夜我们还有重大造反行动。"

"啥行动？"

"继续抓黑帮分子、当权派，还有反动学术权威。"

"不抓俞正堂吧？"容锡田怕他找到容香兰。

容楼成说："抓他干啥，他又不是当权派。"

到家门口，容锡田才看清韩大彬，瘦高个子，戴着眼镜，文质彬彬的样子。他并不理会容锡田，指挥着搬东西。搬差不多了，韩大彬严肃地对容楼成说："头儿，破四旧的战果不能再往家里搬，免得阶级敌人造谣污蔑造反派！后半夜的行动你要负责，一定要稳准狠！"说完，他又坐进驾驶室，拉着一卡车"四旧"呼啸而去。

91

韩大彬率众去容楼成家收拢破四旧战果之时，以印刷厂谢自力为头头的中夏大学铁榔头战斗队正在夏苑抄家。

红卫兵造反抄家高潮那几天，谢自力沾了不少光。他听说有人后半夜去镜明湖淘宝，摸黑去看，果然有人下水沿着湖边摸索。他也下水去摸，居然摸上来一只金手镯。原来有人怕抄家抄出财物惹祸，半夜里把些金银财宝往镜明湖里丢。前半夜有人去镜明湖弃财消灾，后半夜就有人来镜明湖淘宝发财。谢自力看出门道，一连两夜下到冰凉的湖水里淘宝，摸出手镯、项链、金锁、银锁，居然还有一对银烛台。接着又连着淘了两夜，冻得腿疼，再也没有淘出东西来，这才死了心。与其偷偷摸摸拣便宜不如当造反派直接去抄家，谢自力找上几个哥儿们，拉起队伍成立了铁榔头战斗队。先在印刷厂造了厂长的反，给他戴上高帽子，还让反革命家属宣素仪陪斗，然后加入红造总。

谢自力的铁榔头战斗队不是红造总的嫡系，自由行动多，热衷于打着红造总的旗号到处抄家，但总是赶不上趟。等谢自力带着铁榔头战斗队去夏苑抄家时，夏苑各家各户都已经被抄过好几次了。谢自力心有不甘，烂船还有三千钉，不信这些牛鬼蛇神家里再无四旧。

谢自力听说考古专家邵泉鹘家里有古董，就先去抄他家。邵泉鹘家稍微像样的东西早就被抄走了，所有的瓷器甚至连日常用的杯盘碗盏都被抄光。邵泉鹘家里备有一顶纸糊的高帽子，他自己写上"打倒资产阶级反动学术权威邵泉鹘"，还在姓名上打了红×。邵泉鹘一看抄家的又来了，马上将那高帽子戴在自己头上，垂手弯腰在门口站好。谢自力带人在邵泉鹃家里折腾一番，实在没有东西可抄了，气得用毛刷蘸上酱油在他家棉被和床单上写了"打倒反动学术权威"几个大字，对他教训一番，悻悻地去了下家。

下一家是焉朋之。谢自力知道他是副校长，进焉家门开始还有点怯怯。

焉朋之迎上去说："欢迎革命小将来我家闹革命。"

谢自力愣了一下，厉声说："焉朋之，你不要跟我套近乎，你是走资本主义道路当权派反动学术权威双料货，只许老老实实，不许乱说乱动。赶快把你藏下的四旧交出来，不交出来就让你尝尝我们铁榔头的厉害！"

焉朋之说："红卫兵小将已经来过多次，我看四旧是没有了。不过你们既然来了就再查查，只要发现四旧只管破。"

谢自力眼睛四处看，他家连喝水杯都换成粗磁碗，却见他手边有一把折扇，喝道："你手里的扇子不是四旧是什么？"

焉朋之忙把折扇打开，扇面上写着：读伟大领袖的书，听伟大领袖的话，照伟大领袖的指示办事。

谢自力犹豫不决，如果不要这把折扇，等于白来一趟，但是估计这把折扇也不值什么钱，焉朋之又在上边写了字。想了想，决定不要。呵斥道："焉朋之，不要耍滑头，你不放老实有你苦头吃。"

谢自力领着大家喊了几句"打倒"的口号，气哼哼地走了。他很后悔造反晚了几天，错过了抄家高潮，以后凡事一定要抢先一步，敢打敢拼。

焉朋之早已经家徒四壁，字画被抄尚不足惜，他惦记的是那些多年积累的珍贵藏书。他以为造反派不会再来了，殊不知半夜里红卫兵把他抓走了。

造反派通知家属送被褥，黄怡欣才知道俞秉轩和那些被抓的人都关在"牛棚"里，因为关进去的都是牛鬼蛇神，故曰："牛棚"。

牛棚设在图书馆顶楼，里面关的是校系两级当权派，几十号人坐在各自的地铺上看毛著或写交代材料，地上铺着各家送来的被褥，不到休息时间不许躺下来。开始让家属送饭，每逢饭时，家属们或老或幼或男或女，都提着饭盒在牛棚门口接受检查。一开始有家属送来的饭食中有肉，被守门的红卫兵当场倒掉，从此家属们只敢送粗茶淡饭。没几天，看守的红卫兵不耐烦顿顿检查，说这些当权派养尊处优惯了，应该尝尝苦头，改成个人缴伙食费吃大锅饭。早饭是一个玉米面窝头一碗玉米糊一块腌菜，中午晚上都是两个窝头一份熬白菜或是炖萝卜。

地铺有分区，校长书记部长处长靠墙，系书记系主任靠窗。焉朋之的地铺挨着邓梓华，凸显他也是批斗的重点对象。万霄腾和化学系主任严范学挨着，严范学连党员都不是，万霄滕感到十分委屈，悄声对看押的红卫兵说："为什么让我和反动学术权威睡在一起？"

红卫兵喝道："万霄腾你老实点，你以为你是谁呀，你们是一丘之貉。"

覃富晶毕业想进化学研究所，可是总支书记万霄腾偏偏要把他分配到一家生产高锰酸钾的小化工厂，覃富晶特别忌恨他。运动起来，毕业分配停了，毕业班的学生都留在学校闹革命，覃富晶率先造了万霄腾的反。覃富晶特别交代要对万霄腾严加看管，准备狠狠批斗他。

牛鬼蛇神都关在牛棚里，时间不好打发，白天坐在地铺上读语录，读着读着难免打瞌睡，看押的红卫兵见谁打瞌睡就用棍子敲打。起初，没有打瞌睡的人看见打瞌睡的人挨打就笑。后来打瞌睡的人越来越多，才渐渐彼此结成同盟。看押者一过来，互相提醒打掩护，大家都少些皮肉之苦。

牛鬼蛇神们开始很害怕"放牛"——每个人脖子挂上写着姓名的大牌子被拉出去展示批斗，看押的红卫兵向观众逐一介绍牛鬼蛇神的臭名。围观者指指点点，有的高喊打倒口号，有的拳打脚踢，还朝他们身上吐口水。这些高居大学庙堂之上的校长系主任教授，只能像古罗马奴隶市场上被拍卖的奴隶一样忍气吞声。牛鬼蛇神也有女的，其中一位被称作"洋牛"的最吸引观众，她是反动学术权威物理系主任禹堃的英国老婆张爱中。每次"放牛"，她的脖子总是挂着写有"英国特务"的牌子，站在前排。张爱中被折磨得形销骨立，围观者还说"英国女人怎么长得这么难看？"

牛鬼蛇神慢慢地习以为常，不在乎天天被展示了。"放牛"渐渐失去吸引力，围观的人越来越少。于是"放牛"的内容改为劳动改造，专门让牛鬼蛇神起粪坑，清厕所，扫马路，所有的劳役中最轻省的是拔草。

今天监督牛鬼蛇神拔草的是化学系学生姜庆厚，他三门功课不及格，说是受到迫害，对修正主义教育路线和资产阶级反动学术权威怀有刻骨仇恨。焉朋之是副校长，姜庆厚看他特别不顺眼，在众人面前喝问他："你是走资本主义道路当权派还是反动学术权威？"

焉朋之没料到姜庆厚如此无礼，就说："我既不走资本主义道路也不当权，有人说我是权威，但我不反动。"

姜庆厚说："你胆子不小啊，尾巴还翘得那么高，看来不让你尝点苦头还打不掉你的嚣张气焰呢。你向革命群众老实交代，你是不是不齿于人类的狗屎堆？"

焉朋之不再吭声。姜庆厚并不罢休，他要焉朋之去清理木槿花丛里的垃圾，焉朋之的肚腩肥，腰弯不下去，无奈只好坐在地上伸手去掏垃圾。不料一群马蜂飞出来，瞬间在焉朋之额头蛰了一个疱，痛得他直呼救命。幸而在他旁边拔草的陈方村顺手脱下上衣，一边扑打一边拉起他躲闪，才逃过蜂群的攻击。姜庆厚明知道木槿花丛里有马蜂窝，故意恶作剧折磨焉朋之。

额头红肿面目变形的焉朋之回到牛棚，痛得在地铺上翻来覆去。邓梓华将一把蒲公英递给焉朋之，说："那个学生故意折腾你，这是我顺手拔的蒲公英，你揉烂后涂上，会消肿的。"

焉朋之接过蒲公英，放在枕边，躺在地铺上对邓梓华拱拱手，说："斯文扫地不如无，把我蛰死算了。"说罢摊开双手，唉声叹气。焉朋之似乎被这马蜂蛰明白了，一个强烈诋毁知识并且蔑视知识分子的时代来临，斯文一钱不值了。

邓梓华默默捡起蒲公英揉成叶泥，仔细涂到焉朋之额头的红疱上。焉朋之勉强睁开眼，又给邓梓华打个拱，连说："谢谢书记。"

半夜，焉朋之睡不着，见身边的邓梓华睁着眼睛望天花板，就侧身和邓梓华攀谈。

"邓书记，我想起当年陈方村动员我去解放区。那天就是天亮前这个时辰，携家带口，六辆马车星夜赶路。说实在话，一路上我真是忐忑不安，不知前路是危途还是坦途。直到黄敬齐远远地看见你，他对我说：朋之兄你就放心吧，那边的长官是我们中夏大学的学生，他就在前边迎接我们呢，我心里的石头才算落地。"焉朋之叹了一声："眼看二十年了。当年的进步教授、革命知识分子代表邵泉鹃，因为批判胡适栽了跟头，又成右派，黄敬齐是极右派，如今轮到我。今天故意让马蜂蛰我的那个学生说我是不齿于人类的狗屎堆，唉，我的路走错了吗？"

焉朋之是有感而发，他的疑问也是由衷之言。但是邓梓华没有任何反应，更不回答他的提问，一动不动把眼睛闭上了。邓梓华并不责怪焉朋之故意提问，他确实无言以对。

自从进入牛棚就很少开口的邓梓华不动声色，心中却翻江倒海。起初他以为这是为了反修防修而发动的又一场广泛的群众运动，因为是从文化领域开始，所以叫作"文化大革命"。没过几天，所谓的革命行动不仅越来越远离文化，根本就是反文化。对所有过激行为的纵容，早已变成毫不掩饰的鼓动与怂恿。

他虽然经历过无数大风大浪，却无法解释眼前的乱象。清华的学生把王光美拉到台上批斗的消息传来，邓梓华一下子明白了：这又是一场党内斗争！整垮一个人还不容易吗，哪怕他位高权重。庐山会议不是一下子就把彭德怀搞掉了吗？不信任焉朋之这样的知识分子，就把他们统统打成右派罚他们劳改去，嫌我校长做得不好，就撤我的职嘛。何苦搞这么大的阵仗，牵动那么多人，好端端的大学办不成，整个社会都陷入混乱呢？

邓梓华经历过延安整风，曾被整得九死一生。他意识到这一场运动不同于过去，人人自危，前景不堪设想，乱局必定一发不可收拾，普通百姓也别指望过安稳日子。

92

红造总要在明德广场召开大会，命令牛鬼蛇神在礼堂前搭台。陈方村拉车运木料，焉朋之在旁边推车，他边推边想：看来要开大型批斗会，让登台挨斗的人自己给自己搭台，这算是作茧自缚呢，还是请君入瓮？

管胜利心中很不服气，一边干活一边对俞秉轩说："你是系主任，整天说英文，当然走的都是资本主义道路。老子的工作是党务和思想政治，我算哪门子走资派？让老子蹲牛棚劳改，真他妈的乱弹琴。"

俞秉轩认真地说："那你应该找他们说理去。"

忽然一辆吉普车开进广场，从上面下来几个年轻人，下车指指划划。管胜利发现为首的就是造反派头头韩大彬和覃富晶，看来他们是在策划明天的大会。

管胜利走到他们面前，左手行个军礼，说："报告总勤务员，我是外语系总支书记管胜利。我是八路军收养的孤儿，我自己不知道自己的姓氏生日。八路军说管我一辈子让我姓管，我为革命事业献出了一条胳膊，我英文除了ABC，别的一个字不识，怎么会走资本主义道路？把我也当成牛鬼蛇神关进牛棚会不会是误会？应该把我解放出来，让我来管理这些牛鬼蛇神。"

韩大彬把管胜利打量一番："别说，你这个修正主义的总支书记还有股子造反精神呢。"

造反的学生整天对昔日的大人物发号施令，像对待奴隶一样任意驱使他们，感到淋漓痛快甚至亢奋，争先恐后地报名来牛棚值班。过不多久，奴隶主一般的快感逐渐消失，每日里只能面对这些低头顺服的牛鬼蛇神，开始心生厌倦，一心追求更新鲜更热血更激动人心的革命行动，想去全国各地煽风点火串联造反。于是，红卫兵门纷纷找借口不来牛棚看押牛鬼蛇神了。

有北京来的高人指点覃富晶，"文化大革命"的首要目的是打倒死不悔改的走资派，从走资派手中夺权，破四旧什么的主要是为了煽风点火发动群众。覃富晶对高人指点心领神会，把注意力转去夺省委的权。韩大彬则热衷于破四旧，批斗牛鬼蛇神的场面越热火越好。

覃富晶认为管胜利的建议有道理，对韩大彬说："大彬，我们要明确重点打击对象，集中力量打击位高权重的实权派和那些问题突出的首恶分子。让少数较早觉悟者解脱出来，分化瓦解黑帮。"

两人一致同意解放管胜利。

韩大彬说："万霄腾对造反派的态度转变了，表示要跟着我们造修正主义路线的反，是不是把他也解放了？"

覃富晶坚决不同意，说："这个万霄腾是货真价实的修正主义分子，顽固不化的走资派，解放谁都不能解放他。"

于是管胜利成为牛棚总管，有人明里暗里称他"棚长"。他嫌牛棚关押的人太多，让一部分人回原单位接受批判，留下的人比原来少了，也好有针对性地管了。

管胜利不想对付知识分子，只想管那些当官的，尤其是官大的，就把焉朋之和何季平放了。焉朋之临出牛棚对邓梓华说："老邓啊，我这一走，不知是福是祸？躲过初一，躲不过十五，我看谁都逃不过这一劫。"

何季平听了，轻轻哀叹一声，默默离开牛棚。

管胜利在外语系与俞秉轩拍档三年，觉得俞秉轩为人谦和，不仅没有瞧不起他，还处处照顾他的威信。再说如果俞秉轩有什么路线错误的话，他也难免有连带责任，就把俞秉轩严范学几个系主任也放了。

"棚长"管胜利精神焕发，浑身有使不完的劲。他把当兵时管理俘房的那一套搬来，把留下的人一律称为黑帮分子，要求他们将地铺拉开距离，间隔两米，彼此不能交头接耳，如有彼此交谈当订立攻守同盟论处。每天早晨六点起床，晚上九点熄灯，早请示，晚汇报。凡有违规者，关小号禁闭一天，严重违规者禁闭三天。小号一日只供一餐，不退伙食费。

万霄腾偏不买他的账，说："老管，放下你的鞭子吧，不要忘了自己是谁。"

管胜利一下子就恼怒了，喝道："难怪革命小将说你是顽固不化的走资派，我现在就关你禁闭。"他让看守将万霄腾反绑，押进隔壁小房间。对大家说："还有谁不服？不服就跟万霄腾一起蹲禁闭，先停餐两顿！"

管胜利接管牛棚以后，留下来的人厄运才真正开始。每晚九点熄灯后都有提审，每一次都是通宵达旦。

邓梓华的主要罪行是推行修正主义教育路线，他开始不承认，却禁不住拳脚相逼。反正修正主义教育路线来自上面，自己不过"推行"而已，只好认了。没成想刚认下这一条，又说他是反党反社会主义反毛泽东思想的三反分子，要他交代反对总路线大跃进人民公社的纲领和罪行。邓梓华死不承认，老管让革命小将把他往死里打，每次提审过后，他都是被人架回来。

有一天来了两个外调的，找邓梓华调查省委书记段益玠的叛变问题。邓梓华昨晚刚刚被提审挨打，躺在地铺上没有说话的气力。那外调的人对管胜利说："邓梓华是段益玠叛徒集团案的关键证人，你们要保护他，以防有人杀人灭口。你们要是保护不了，干脆交给我们。"

管胜利不敢怠慢，赶紧向头头报告。落实段益玠的叛变问题是夺取省委领导权的关键，覃富晶决定先下手为强，赶紧将邓梓华转移至秘密地点，采取有效措施保住活口，更不能让别人将他抢走。

转走邓梓华，仝慎鹏成为管胜利手里头号黑帮分子。仝慎鹏除了推行修正主义路线这些罪行之外，他在淮海战役中负伤离队，居然到敌占区治伤，有临阵脱逃和投敌叛变的重大嫌疑。仝慎鹏当然不承认，被折磨好几个晚上，接连挨了几顿毒打。仝慎鹏实在承受不了，对管胜利说："管书记，我有革命伤残军人证，我是二等乙级伤残，不能这样毒打我。我知道你是一级伤残，你在抗日战争中失去右臂，我是在淮海战役中断了左腿，后来接上的，我们都是为革命事业负伤，我们是革命战友，你要保护革命战友。"

管胜利说："他娘的，老子都搞不清楚现在到底是怎么回事，谁是我们的敌人？谁是我们的朋友？老子要听谁的？"又说："看在你跟我一样也为革命负过伤的份上，我让他们不打你，反正你暂时还不是重点。"

仝慎鹏琢磨究竟谁是重点——邓梓华不见踪影了，陈方村凭着与管胜利的交情受到关照，重点究竟是谁呢？

第三十二章

93

在中夏大学反修广场上，举行的是一场声援莫斯科红场反修勇士的群众大会。这所谓反修广场就是明德广场，去年造反伊始，韩大彬率领造反派砸烂明德广场、明德大礼堂和明德大道所有的铭牌，煞有介事地宣布废除封资修的"明德"，更名为"反修"。中夏大学之所以举行这场群众大会，因为莫斯科红场反修勇士名单中，有中夏大学派去苏联从事研究的朱襄征。他的英勇事迹使中夏大学群情振奋，引以为傲。

一批在欧洲学习的中国留学生回国参加"文化大革命"路经莫斯科，要拜谒列宁陵墓，朱襄征的一位朋友也在其中。朱襄征专程从杜布纳赶到莫斯科与他相会，一起去红场。留学生们在列宁陵墓前集体呼喊反修口号，遭到骑警驱赶和殴打，一些留学生受伤，伤员被收容到中国大使馆。大使馆向苏联当局提出严重抗议，并公布了留学生受伤的情况和伤员名单。

在杜布纳研究所工作的革命烈士子弟朱襄征，在红场这一场严峻的反修斗争中身负重伤。他后颅挫伤，严重脑震荡，鼻子骨折，左眼肿胀，眼底出血等等。大使馆告诉朱襄征："你的伤势我们已经对新闻媒体发布了，如果有人问到你，你的回答要和大使馆发布的消息口径一致。"

朱襄征一直在大使馆休养，再也没有回杜布纳。他想去莫斯科大学看望未婚妻，使馆领导说"绝对不允许"。朱襄征的名字出现在报端，而且多日未归杜布纳。研究所以违反纪律为由，终止了朱襄征的工作，并勒令其离开苏联，朱襄征只好和这批留学生一起乘坐中方的列车回北京。反修勇士们在列车上继续学习讨论，一起唱歌说笑，餐车一路提供在莫斯科吃不到的美味中餐。列车到达北京站之前，先在南口车站停了一下，上来一些护士，给受过伤的人重新做了包扎。朱襄征的左眼已经消肿，护士还是用绷带把他的左眼包上，只露出一只右眼，还往他脸上扑了白粉。

他们像凯旋的英雄一样在北京站受到热烈的欢迎，有国家领导人亲自出席隆重的欢迎仪式。朱襄征和其他受伤的留学生是躺在担架上被身穿白衣的护士抬下车厢的，他的脸色苍白，躺在担架上少气无力地和领导人握手，举手握拳用微弱嘶哑的声音喊："祖国万岁！中国共产党万岁！伟大领袖万岁！无产阶级文化大革命万岁！打到苏联修正主义！打倒新沙皇！"

没受伤的留学生住在西郊友谊宾馆，集体会见新华社人民日报解放军报和中央人民广播电台的记者，控诉苏修军警阻挠留学生瞻仰列宁遗容，殴打留学生的暴行，伸张革命正义。受伤的学生都被送进101医院，他们的伤势严重只能躺在病床上接受记者拍照，无力回答记者的提问。

两个星期后，伤员们的伤势才有所好转，都回到友谊宾馆，继续集体学习，听报告讲纪律，不再和新闻媒体见面，等待分配。

朱襄征被分配到中科院近代物理研究所，他很满意。近代物理所就在北京，实验设备一流，在这里很容易继续他的研究。

朱襄征正准备去近代物理所报到，突然接到通知改派他去教育部报到。英雄朱襄征开始遇到麻烦，教育部将朱襄征分回中夏大学。他要求留在北京工作，他的未婚妻是苏联人，如果他留在北京，未婚妻可能随他来中国，如果分到外地，他们的婚姻就可能告吹。

朱襄征的要求没有得到回应，他只好到处去找父母的老战友，他们都是一起出生入死的革命同志，常年照顾他。但是这些叔叔阿姨有的失踪，有的被隔离，有的自杀了。好容易找见几位也都靠边站了，不是说"等等再说吧"，就是说"实在有心无力"。朱襄征回国后一直享受的英雄待遇突然间全部消失了，好像从来就没有人把他当成英雄。昨天对他还是满腔热情的接待者，今天就变得冷若冰霜。朱襄征向教育部申诉，他在杜布纳的项目已经取得了很大的进展，他留在近代物理所可以将研究项目深入做下去。他有苏联未婚妻是向组织打过报告的，组织上并没有反对他的异国之恋。

教育部早已乱了套，无人理会他。过了许多天，一个教育部造反派头头约他谈话，告诉他，留学生回来是参加"文化大革命"的，研究项目的事以后再说，苏联未婚妻是他个人的事情由他自己处理。他的组织关系、人事关系、工资关系、户口和粮食关系都已经转去中夏大学了，他必须去中夏大学报到。

朱襄征无奈回到中夏大学，他被分配和另外一个人同住在各色人等杂居的筒子楼底层的一个阴暗潮湿的房间。那位室友每日早出晚归，对他不理不睬。中夏大学尽人皆知朱襄征是红场反修斗士，可是谁也没想到，凯旋的反修英雄居然悄无声息地回到中夏大学了。朱襄征不过是校园里的一个陌生人，别人见到他视若无睹。他无颜主动去见导师钱其庠，更何况根本打听不到钱教授的消息。

朱襄征万般失落地在乱哄哄的校园里逛来逛去，中夏大学早已失去了当年的氛围，嘈杂混乱与街市无异。朱襄征走进小树林，如今树木一片片枯萎，形成零散的光秃秃的空地。一天到晚都有人在树林中聚集，争吵、辩论、批斗、宣传演讲，震耳欲聋的锣鼓一阵接一阵，喧嚣的喊声一浪高过一浪，还夹杂着失控的扩音喇叭的啸叫声。重游旧地，触景生情，他脑海里回荡起《莫斯科郊外的晚上》的旋律，浮现出小树林当年静谧温馨的景象和许云鹤美丽的身影。

朱襄征在校内的小卖部偶然遇上崔文兴，崔文兴大吃一惊，有点尴尬，说："你什么时候回来的？我回去告诉云鹤，你有空来我们家坐坐吧。"急匆匆走了。

朱襄征愣怔了好久，对崔文兴的话将信将疑。"我们家"？难道他已经和许云鹤结婚成家了！

朱襄征百无聊赖，第二天厚着脸皮找到崔文兴家。

崔文兴住的也是筒子楼，但是这栋楼比较新，楼里住的都是教师，房间稍大。崔文兴用布帘将他的房间隔成里外间，外间放一张书桌一把椅子，还有一张矮矮的小餐桌，三只小板凳。小餐桌靠墙的一面堆放着油盐酱醋杯盘碗盏，各家各户都把自家的炉灶安置在公共楼道里，铁锅挂在楼道墙上，洗洗涮涮在公共水房。

崔文兴刚吃过早饭，没想到昨天刚见朱襄征，他今天一大早就找上门来。他让朱襄征进屋，说："你先坐着，我去水房把垃圾扔掉。"

崔文兴很快转回来，关上房门，拉开布帘露出里间，一个小女孩坐在床上看连环画书。他说："这是我们的女儿，今年五岁了。"又对女儿说："晴晴，叫叔叔。"

小女孩向客人笑笑，继续埋头看书。崔文兴说："晴晴腼腆，见生人不爱讲话，不像她妈妈。"

朱襄征没想到他们的女儿都五岁了。又听崔文兴说："云鹤不在家。"

朱襄征看着墙上许云鹤的照片，想说"你女儿长得真像她妈妈"，可是没有说出口。崔文兴显然没有聊天的意思，朱襄征尴尬地呆坐一阵，站起来告辞走了。他经过昏暗的楼道时，看见许云鹤低头在公共水房里洗碗，他想看清楚许云鹤的脸，但是她显然是有意躲避。时过境迁，朱襄征自觉无趣，从此再也不来找崔文兴。

朱襄征回到中夏大学后立即给苏联未婚妻阿捷琳娜去信告诉自己的近况，详细介绍了中夏大学在中国的地位、影响和历史沿革，还描绘了美丽的校园和优越的环境，希望她来中夏大学工作。阿捷琳娜是莫斯科大学物理学副博士，在中夏大学一定可以充分显露才能，两个人在同一所大学工作可以形影不离，不必像在苏联时奔波于杜布纳和莫斯科之间。

两个月后，朱襄征才收到阿捷琳娜的回信，但这封信仅仅是影印件，原信由安全部门保管。信的内容是——

Шура，Я увидел твое имя в газете, и мне стало стыдно и тошно. Что ты предал СССР, равносильно предательству меня，наша любовь ушла в прошлое.Я больше не хочу тебя видеть. Пожалуйста, больше не пиши. Аделина Павлова.（舒拉，我在报纸上看到了你的名字，我感到羞耻和恶心。你背叛苏联就等于背叛我，我们的爱情已经成为过去。我不想再见到你，请不要再来信。阿捷琳娜·巴甫洛娃。）

舒拉即朱襄征，这是阿捷琳娜对他的爱称。他看了来信，只觉得五雷轰顶，万念俱灰，他不仅失去祖国的信任和组织的信任，爱人也把他抛弃了。

参与红场事件的中国留学生回国后，苏联当局说有中国学生透露挨打受伤是伪装的。中国安全部门仔细排查留学生当中的内奸，发现朱襄征行为异常，他并非留学生却参与红场事件，加上他还有苏联未婚妻，怀疑他是克格勃的卧底。但是安全部门没有证据，一时无法下手，就故意让他回到中夏大学，任由造反派使用各种手段审问他。一旦成功破获苏修间谍，那就是为反修做出重大贡献，万一搞错就推给造反派群众，也不用负责。

红造总非常重视这个案子，韩大彬主动接手。如果在中夏大学揪出一个现行的苏修特务，那他韩大彬将立下奇功，成为全省有名的造反闯将，必定会在全国造反派中显威扬名。但是韩大彬知道朱襄征从小就被送到苏联，是被保护的烈士遗孤，其父母来头不小。就多个心眼，小心为上，不要搞错惹麻烦。暂时放朱襄征一马，让他先当了一阵子无人管无人问的逍遥派。同时派专案组长姜庆厚去北京了解朱襄征父母的背景，搞清楚这对烈士夫妇究竟是哪条线上的人物。

姜庆厚因为在大学一年级就早早被发展入党，文革刚开始被戴上"修正主义苗子"的帽子遭到批判。后来他反戈一击加入红造总，无情揭发万霄腾在化学系执行修正主义路线，得到化学系学长、总勤务员覃厚晶的赏识。因为二人的名字都有一个"厚"字，彼此还称兄道弟。但是，姜庆厚的观点倾向于韩大彬，得到他的重用，而与覃厚晶渐行渐远。姜庆厚成为专案组组长，负责审查一些重大的疑案。

经过姜庆厚在北京一番调查，了解到朱襄征父母生前的直接领导不是叛徒就是特务，如今都被打倒了。这个所谓的烈士子弟不仅是机会主义分子叛徒特务的余孽，更是苏修特务。

韩大彬指示姜庆厚放手审问朱襄征，不问出结果决不收手。

一天半夜里，熟睡中的朱襄征被几个戴着红袖箍的人带走——他被群众专政了。他的案情重大，被单独关押在中夏大学一个极为秘密的地下室里。朱襄征连声大喊大叫："为什么抓我？为什么抓我？"看押他的人毫不理睬，他一直喊到声嘶力竭才渐渐安静下来。

三天三夜过后，有两个人过来审问朱襄征。两个人中，一个对另一个毕恭毕敬。朱襄征以为那人一定是个大人物，近前才看清，两个都是个年轻人。朱襄征自己还不知道，因为他涉及大案要案，造反派一号头头韩大彬亲自出马，和专案组组长姜庆厚同时审问他。

韩大彬故意装出老成持重的腔调，说："晾你三天三夜，还有脾气吗？火气不消的话，还可以再晾你几天。”

"为什么抓我？"

"不要装糊涂，态度放老实，否则对你没好处。"

"你们要干什么？"

"老实回答，你为什么大老远从杜布纳去莫斯科？"

"会见朋友，他在法国留学，经苏联回国，我们是世交，难得在莫斯科碰面。"

"为什么他去红场，你也跟着去红场？"

"为了和他多说说话。一起拜谒列宁墓有什么不对吗？"

"你为什么向苏修当局透露说中国留学生负伤都是假的？"

"我没有。我受伤之后根本就没有接触过任何苏联人。"

"你在现场对伪装成记者的克格勃打了手势，用暗语传送情报。"

"胡说，纯粹胡说八道。我是红场上的反修英雄，中央领导都接见了我们。"

"你是混进来的内奸、苏修特务。不承认是吧？那你就尝尝群众专政的铁拳吧！"

韩大彬的话音未落，姜庆厚一阵拳头砸到朱襄征的头上身上，打得他鼻青眼肿，只有叫疼的份。

姜庆厚自从当上专案组长，很是下功夫研究了刑讯逼供的手段，对朱襄征夹手指，吊绳子，还把他的上下身紧紧绑在长凳上往他脚底下垫砖头……凡是在电影里见过的都用了。朱襄征金枝玉叶养尊处优惯了，哪能受得住这般酷刑，每次动刑他都哭爹喊娘，鬼哭狼嚎："我是革命烈士子弟，你们为什么迫害我？"

朱襄征只会喊冤，并不知道究竟要他招供什么。其实，朱襄征今天的遭遇是他自己不经意惹下的祸端。

《九评》发表之后，中苏两党关系恶化升级，并在一般民众当中发酵，影响到朱襄征和未婚妻阿捷琳娜的感情。朱襄征深爱阿捷琳娜，为了支持阿捷琳娜读完副博士，他们的爱情长跑已经坚持了多年。朱襄征唯恐他们的感情受中苏争执的影响，频频从杜布纳去莫斯科，到列宁山上的莫斯科大学与阿捷琳娜相会。有一次他们一起去莫斯科大学图书馆翻看画报，偶遇一位长者。朱襄征看那长者像中国人，仪态大方，一派学者风度，感到格外亲切。他上前用中文与长者攀谈，长者听懂中文，却以流利的俄语回答，两人遂用俄语交流。长者已在苏联生活多年，常来莫斯科大学图书馆看中文报刊。朱襄征很想对这位长者有更多了解，长者却有意回避不愿多谈。因为阿捷琳娜急着要走，朱襄征与那位长者只是寒暄几句就离开了。谁知当事人无心，旁观者有意，朱襄征与长者的偶遇，事后被人检举到中国驻苏联大使馆。

这位神秘人物是马马维奇。马马维奇并不认识朱襄征，更不知道朱襄征的父亲是朱毅蒙。朱毅蒙生前是这位马马维奇的手下，朱襄征的母亲与马马维奇的夫人还曾经在上海共产党地下机关共事多年。朱襄征根本想不到，就是这一次邂逅断送了他的前程。

韩大彬再次亲自提审朱襄征，单刀直入："你跟马马维奇什么关系？"

朱襄征茫然答道："谁是马马维奇？我不认识，不知道他是什么人。"

韩大彬一声冷笑，拿出几张照片给他看。一张是马马维奇早期的照片，一张是马马维奇与他父亲朱毅蒙的合影，朱襄征只认得父亲，认不出另一位是何人。另一张照片显示朱襄征父亲的墓碑被砸烂，上面覆盖着"打倒叛徒朱毅蒙"的标语。还有一张是朱毅蒙的尸骨被抛在地上，打开的棺材上贴着 "盖棺不能定论，叛徒终于现形"的标语。原来北京的大学生中有好几支揪叛徒战斗队，专门查阅旧档案旧报纸旧杂志，从中寻找叛徒变节分子的蛛丝马迹。他们在《申报》副刊中发现一篇题为《示儿》的杂文，署名 "朱砂"，经过内查外调终于发现这是朱毅蒙给他儿子朱襄征写下的遗嘱。当年生还的难友出狱后苦于找不到烈士遗孤，只好以"朱砂"之名将这篇遗嘱在报上发表，多年后才辗转交到朱襄征手中。烈士写遗嘱时，难料儿子能否收到，更担心当局一旦查获会顺藤摸瓜斩草除根，所以遣词造句比较隐晦。《示儿》的最后一句是："人生苦短，悔无当初。自求保重，且行且珍惜。"造反派认为这是作者在临死之前发出的忏悔，说明朱毅蒙生前不仅是执行机会主义路线的骨干分子，还晚节不保，应予褫夺革命烈士的称号，遗体从八宝山革命烈士墓地移除。

朱襄征看到照片，发出一声惨叫，双目紧闭几乎晕厥，一阵沉默之后他突然声嘶力竭地狂喊，又是俄语又是中文："我是苏修特务，я КГБ（我是克格勃），я был послан Брежневым，（我是勃列日涅夫派来的），我和蒋介石单线联系，我要给老蒋发密电……"

94

精神崩溃的朱襄征无人照顾，崔文兴虽有恻隐之心却无力相助，只好费尽周折找到钱其庠，请他想想办法。钱其庠说："朱襄征政治上过硬得很，在杜布纳学习多年，掌握苏联最新理论和先进技术，应该是国家的栋梁之材。可是他昨天还是反修英雄，今天就成了苏修特务。烈士遗孤的命运尚且如此，我已无暇自顾，哪有能力去帮助他？"

钱其庠虽然是研究核物理的学者，但是并非一介迂阔的书呆子。他表面木讷，似乎对形势变化反应迟钝，却看透红尘，又不让人觉察到他能够参破玄机。

文革前两年，钱其庠到北京参加了一场科学讨论会。开会那些天，他认真读简报，天天看报纸听广播，唯恐漏掉什么重要消息。毛泽东接见了参加北京科学讨论会的各国代表团团长，对日本物理学家坂田昌一评价很高。后来毛泽东又召见周培源和于光远，对坂田昌一的《基本粒子的新概念》发了一通评论。毛泽东说：世界是无限的。世界在时间上、空间上都是无穷无尽的。宇宙从大的方面看来是无限的，宇宙从小的方面看来也是无限的。不但原子可分，原子核也可分，电子也可分，而且可以无限分下去。

坂田昌一是日本京都帝国大学的物理学教授，年轻时就提出介子假说，认为基本粒子也是可分的，其预言都为其后的实验所证实。坂田昌一同时又是一位哲学家，他善用哲学思考科学问题，才引起毛泽东的关注。

钱其庠不是哲学家，但是他不仅具有哲学头脑，而且关注哲学动态。当时哲学界正在围绕"一分为二"和"合二而一"问题展开激烈论战，《红旗》杂志说，这是两种世界观，即无产阶级世界观同资产阶级世界观的斗争，是当前国际国内尖锐复杂的阶级斗争在意识形态上的反应。"合二而一"就是有意识地适应现代修正主义的需要，帮助现代修正主义者宣传阶级和平和阶级合作，宣传阶级矛盾调和论。同时，也是有意识地适应国内资产阶级和封建残余势力的需要，给他们提供理论武器。

钱其庠听出毛泽东对坂田昌一赞赏的弦外之音。基本粒子可以一分为二，并且可以无限再分，对于物理学家来说这是一种科学假设，对于哲学家来说这是一种思想方法，对于政治家来说那就是一种谋略了。

明朝的方以智就有"合二而一"之说，正因为事物的本质是合二而一的，所以可以一分为二。"一分为二"也好，"合二而一"也罢，钱其庠认为其实二本于一，两者并没有本质的不同，说"合二而一"本意不过是解释"一分为二"。但是，"一分为二"是圣言，你偏要反着说，不等于反其道而行之吗？虽然反着说"合二而一"的人也是一方大员，但是此公究竟是哪条线上的人呐？

这只是钱其庠内心所想，决不会向任何人透露。他在校长办公会上听到仝慎鹏总是喋喋不休地讲"要注意一种倾向掩盖另一种倾向"，听了几次听出了他的言下之意——当前的知识分子政策太右了，应该向左调整。他隐约判断出，主张"一分为二"以至无穷，等于革命不断，斗争不停，一场更大的风暴必将来临。

钱其庠主持过的项目当中确有属于高度机密的，他因保密而神秘，因神秘而让大家感觉此人深不可测。钱其庠却有自知之明，自己无非在基础理论研究上有些建树，在同行之中有点名气。但是他的研究始终是在外围，从未直接参与过核试验，并非有人所说是什么"国宝"。即便是"国宝"又如何？杨德荫合成的牛胰岛素，在当时绝对是世界最先进的水平，如果及时在国际刊物上发表，大有可能获得诺贝尔奖。可惜没有署发明者的名字，得不到国际科学界的认可，现在已经过时，曾经划时代的成果白白地被埋没掉。多年来国内信息闭塞，研究经费又捉襟见肘，他的实验几乎停顿，在学术上只能闭门造车。核物理专业领域前有来者后有追兵，像弟子朱襄征已在杜布纳深造多年，掌握的知识与信息恐怕早已后浪超过前浪。

钱其庠自奉"被动积极"的处事之道，从不主动说出自己的想法，不提任何要求，一旦有任务明确落在自己身上，自当积极努力为之。钱其庠看到每次运动都有人被严厉惩罚，流放劳改者有之，家破人亡者有之，苟活者也毫无尊严。他逐渐明白，政治运动就是要知识分子服帖，即使泯灭科学家的创造性也在所不惜，基础科学更被视为无用的玄学，有用的无非是军工技术。所以，在这个环境里要想生存下去，不能没有本事，但不能太冒尖，更不能自以为奇货可居，使性子翘尾巴。随心所欲是万万不行的，要听话，学会当顺民。

子曰："不得中行而与之，必也狂狷乎？狂者进取，狷者有所不为也。"钱其庠早就想明白了，要想生存下去，狂者固不可取，与其勉为其难走中行之道，不如干脆做个有所不为的狷者。学问必须进取，业务力求拔尖，在政治上不要有什么见解，听话就是，夹起尾巴当好顺民。生活上但求温饱，儿孙得到正常教育，全家平安，别无所求，趁着自己还有几分价值，宁静淡泊过日子。

他向往隐士般的生活，爱听古典音乐，最爱圣·桑、德彪西和拉威尔。他少饮茶，每天至少一杯拿铁。

破四旧的风潮来袭，他赶紧把家里所有的唱片仔细包好深埋在院子的花丛下，把留声机砸碎分散丢进大街上好几个垃圾箱，把家里的人文类藏书一把火烧光，只留下物理学一类的专业书和毛选。他强制自己断了咖啡瘾，还把咖啡壶洗涮干净收起来，以免屋里留下咖啡的气味。钱其庠宽脑门，发际线较高，他以前曾留长发而且散乱，怕人家说他的发型像爱因斯坦，改成短发，还梳理得整整齐齐。才几个月，本来灰白的头发全白了。

因为他住在校外，中夏大学的造反派并没有来抄家，倒是有一拨中学的红卫兵来破四旧。他们先找街道居委会了解情况，居委会的"红袖箍"大妈说这家主人可能是造原子弹的保密专家。红卫兵没有贸然冲进去，只是在他家门口探头探脑，见这家人异乎寻常的安详，好像稳坐钓鱼台。敢打敢冲的红卫兵好像司马懿中了空城计，迟疑一阵，头头一挥手，小将们一窝蜂转向别家去了。这户人家里有原子弹专家的消息不胫而走，自此再也没有谁来抄家破四旧。

但是，该来的还是来了。

中夏大学红造总确实把家住校外的钱其庠给遗漏了。校级人物悉数进牛棚后，焉朋之抱怨说："同是没有实权的挂名副校长，为什么钱其庠可以不进牛棚？"这才提醒造反派去捉这条漏网的大鱼。

凌晨两点，钱其庠正在家里熟睡，突然几个人破门而入，把他从被窝里拉起来，塞住他的嘴巴，将他带到一个陌生的地方受审。

钱其庠内心处变不惊，外表仍做惊恐状。他面对刺目的强光，看不清坐在暗处的审讯者。

"钱其庠，你倒是逍遥啊，老实交代你躲在家搞了什么阴谋？"

"听中央人民广播电台的广播，读两报一刊社论，有时也思考一下科研项目如何进展，实验如何改进。"

"什么实验？"

"核物理实验，属于一个国家项目。"他说的这个实验项目确实存在，'文革'前进展不大，'文革'后干脆停顿了。

"你是项目主持人吗？"

"算是吧，挂名而已。"

韩大彬和覃富晶都在强光灯的后面，钱其庠举重若轻的话却引起覃富晶的注意，他附在韩大彬耳朵上，劝他慎重对待钱其庠。

韩大彬低声说："他是从法国回来的，有外国背景，肯定有特嫌！他想拉大旗作虎皮，不管他那么多，要他老实交代。"

韩大彬把桌子一怕，喝道："钱其庠，你个钱白毛，无产阶级文化大革命是不是让你感到穷途末路，把头发都愁白了？"

钱其庠不知道审讯者的来路，无言以对。

"老实交代你和美国中央情报局的联系！"

"我和美国中央情报局没有联系。"

"你不老实！知道坦白从宽，抗拒从严吗？"

"我不抗拒。抗美援朝我才听说有个美国中央情报局，我是1946年年底从法国回来的，那时美国还没有中央情报局。"

韩大彬楞了一下，又问："你怎么那么清楚，美国的特务机关找过你？"

"不可能，我在巴黎大学留学，从未去过美国。"

"你交代所有的海外关系！"

"我在法国读书，有老师和几位同学在法国，但是与他们早无联系。我家三代独子单传，我没有兄弟姊妹，亲戚不多，都在国内。"

"你接触过哪些国家机密？"

"你为什么问这些？我要保守机密！"

"放屁！你保什么密，老实交代你是怎么向美帝泄密的？"

钱其庠听得出审讯者的无知，完全是在讹诈，缄默不语。

暗处的覃富晶坐不住了，觉得韩大彬问得也太幼稚了，他突然对钱其庠这个人发生兴趣。覃富晶把刺目的灯光关闭，从暗处亮相，直接问他："你那个项目涉及放射化学吗？"

覃富晶不了解钱其庠，钱其庠却认出中夏大学这位风云人物，知道他是放射化学专业的学生。钱其庠一边揣摩覃富晶的意思一边故意说："这是国家机密，打死我也不能说。"

覃富晶吃不准钱其庠是否故弄玄虚，韩大彬则认为钱其庠态度顽固，说："老覃，没必要对他那么客气，这些帝国主义训练出来的臭知识分子，不尝点苦头死不悔改。"

韩大彬主张动粗，覃富晶说先不要急着下手。

几天后正好南方大学来人外调，找钱其庠了解南大物理系教授钱士章，钱其庠与他是巴黎大学的同学。南大方面怀疑钱士章是法国DGSE第七处的派遣特务，并且提醒中夏大学，钱其庠可能存在同样的嫌疑。

韩大彬如获至宝，破例与南大的外调人员一起审问钱其庠。钱其庠暗自好笑，他和钱士章是同门师兄，不能说不了解，但若像钱士章这样的人都是特务的话，所有留学生真的都难脱特务之嫌了。

韩大彬威严端坐在审问桌后，南大来外调的人发问："你和钱士章是同学，你们不是一家人也是姓钱的同宗，说说他的情况。"

钱其庠说："我是江苏宜兴人，他是浙江长兴人，虽然同姓但完全不属同一脉。我和他虽然都是弗雷德里克·约里奥的同门弟子，可他跟我不一样。我留学读书靠公费和勤工俭学，他的父亲有钱有势，他除了享有公费之外，家里还不断给他寄钱。他花钱出手阔绰，生活奢靡，有空还去社交娱乐场所，红磨坊什么的。我整天泡在实验室图书馆，与他交往不多。他是特务吗？倒是看不出来。"

南大的人听得入迷，说："是这样吗，他现在可是又小气又寒酸。"

韩大彬说："你怎么知道他不是特务？你们是一丘之貉，你为了自保，故意包庇他。"

"我为什么包庇他！钱士章这个人虽有几分聪明，却从小娇生惯养，大手大脚不拘小节，缺乏条理，他经常丢三落四，记性很差，连实验数据都会搞混记错。DGSE会找这样的人当特工吗？"

韩大彬喝问："你的意思是，你才是DGSE要找的人。"

南大的人说："你敢在材料上写钱士章不是特务吗？"

钱其庠意识到自己话多了，赶紧说："我不知道钱士章是不是特务，反正我不是。"

韩大彬想要动刑，南大来的人估计问不出什么有价值的东西，并不想看着他屈打成招，就说："让他写材料吧，你们盖好章明天我们来取。"抽身离开了。

覃富晶主张放人，韩大彬不同意，他认为钱其庠虽然暂时定不成特务，但也脱不掉特嫌，不能放虎归山，要对他实行群众专政，去他家搜查证据。

钱其庠料定造反派早晚会抄家，早就想好了对策，说："我家里的资料请你们妥善封存保管，绝对不能丢失或外泄，保管者一定要签字盖章明确责任。"

覃富晶听到这话更加主张放钱其庠，韩大彬坚决不同意，说："我们绝对不能被这只老狐狸迷惑。"

近来覃富晶和韩大彬大小事都说不到一块，两人的分歧越来越明显。

韩大彬认为朱襄征装疯，钱其庠卖傻，两代臭老九是一样的德行，不让他们的皮肉吃点苦头就触及不到他们的灵魂。韩大彬热衷揪斗牛鬼蛇神，中夏大学池浅王八多，一定要抓几个有分量的大臭鱼出来，有利于稳固他在中夏大学造反派一把手的地位。他对来自北京上海等地的外调者很有兴趣，有机会就亲自接见，顾不上接见也要过问一下。

覃富晶起初也以为朱襄征是一条大鱼，钱其庠可能是漏网之鱼。后来他很快看出朱襄征不过是个倒霉蛋，早就对他失去兴趣。而钱其庠尽管老奸巨猾，身上并无油水可轧，倒是将来说不定会派上用场，何必置他于死地？覃富晶经由高人指点后，渐渐悟出"文化大革命"的目的其实是夺权。中央在夺权，北京在夺权，各地都在夺权。他留下一帮亲信牢牢占据中夏大学的地盘，自带一些有思想深度的精英哥儿们专注彻底打倒段益玠，夺省委的权。

对钱其庠四处外调没有得到任何结果，从他家里也没发现蛛丝马迹，他满口牙齿没有一颗假牙，X光照遍全身也未发现他体内有任何金属，不可能暗藏发报机。韩大彬要把钱其庠扭送专政机关，但是"公检法"的造反派手里已经有很多特嫌分子了，知道钱其庠是涉及国家机密的专家，中夏大学造反派又没有提供任何真凭实据，纯粹是往他们这里甩包袱推责任。回复说，"目前证据不足，同意实行群众专政"。

钱其庠死不承认是特务，但是没有任何人能作证说他不是特务，特嫌始终无法排除，一直被关在禁闭室里，完全与世隔绝。他无书可读，无事可做，写不完的交代材料和外调材料。钱其庠非常崇拜玻尔兹曼这位伟大的物理学家，他是分子运动论的创立者又是原子物理学的先驱，同时又是一位哲学家，可惜玻尔兹曼晚年患上严重的抑郁症，最终自缢身亡。钱其庠不想因长期的囚禁而自闭，然后抑郁或者精神分裂，他坚持在斗室里健身，还经常低声吟诵古诗词，默唱圣·桑、德彪西和拉威尔的旋律。他时时刻刻告诫自己：身心一定要健康，苟活着，且行且看。

经过几番拷打折磨，钱其庠并没屈打成招。时间长了，看守们的注意力转移了，渐渐对他疏于监管。原子物理学家钱其庠懂得在缺医无药的条件下自我疗伤，皮肉伤日久愈合，他成为深陷群众专政囹圄里的隐士。

第三十三章

95

红造总两位总勤务员越来越貌合神离。覃富晶手里攥着邓梓华，连韩大彬都不知道邓被关在哪里。覃富晶要从邓梓华身上打开缺口，直捣段益玠叛徒集团，夺取省委大权。这是覃富晶的战略，韩大彬并不知情。韩大彬以为覃富晶之所以扣住邓梓华是为了和自己争功，所以他一心想揪出个更大号的叛徒特务，惊爆全省全国，却苦于无门。自从南方大学来人外调钱其庠，引起韩大彬的特别关注，指望从外来的调查中发现重大线索。

中夏大学来了两个来自中宣部、自称"被解放的阎王殿小鬼"声言来查叛徒。两个"小鬼"派头不小，接待人员不敢怠慢，赶紧向总勤务员韩大彬报告。韩大彬对抓叛徒兴趣正浓，一听说来人是北京"阎王殿"的造反派，马上亲自接待。

韩大彬来到接待室，两个"小鬼"正对红造总编印的一份《造反快报》大发议论。其中一个戴眼镜的"小鬼"见红造总的头头来了，手里抖动着《造反快报》朝韩大彬劈头盖脸地说："毛主席说池深王八多，这份快报却说你们中夏大学池浅王八多。我们认为你们这里池很深，王八多得很哪！"

"庙小神灵大，池浅王八多"是韩大彬最著名的造反言论。他把这两句写成对联在校园里到处张贴，并引以自豪，牛棚里一众牛鬼蛇神都是因他这副对联被揪出来的。阎王殿"小鬼"评头论足，他心里不服，但是搞不清楚对方的来头，隐忍没有发作。

　　"小鬼"此来找的人是黄怡欣，要通过她调查中宣部一个名叫鲁思齐的假党员问题。

　　韩大彬不知道黄怡欣是何许人，问中文系的人，才知她是一个摘帽右派，还是走资派仝慎鹏的妻嫂。中宣部居然来人指名找黄怡欣外调，看来她不是一个普通的资料员。池深也好，池浅也罢，兴许这个女人就是沉在中夏大学池底的一条大鱼。修正主义教育黑线盘根错节，黑线人物总是勾连皮扯。这一次借着阎王殿　"小鬼"的手，抓住一条大鱼，再拔起萝卜带出泥，说不定能让那些深藏不露的叛徒内奸特务一个个现出原形。还有，要稳住北京来的人，不能让他们再去找到覃富晶那边。

　　为了搞清楚黄怡欣的底细，韩大彬和两个"小鬼"先提审萧平。萧平被关押多日无人问津，今天突然被提审，感觉机会到了。萧平添油加醋地说黄怡欣是叛党分子，长篇大论揭发她反党反社会主义的言行，可韩大彬总是不停地追问"还有什么？还有什么？"

　　萧平一直在观察韩大彬的眼色，显然他对黄怡欣的反党言论不感兴趣，却猜不透韩大彬究竟想要什么？萧平眨眨眼，只说一句"黄怡欣身后有一条黑线"，就把话打住不再往下说了

　　韩大彬和"小鬼"几乎同时发问："什么黑线？"

　　戴眼镜的"小鬼"急着问："她认识中宣部什么人吗？"韩大彬却问："她的黑后台是谁？"

　　萧平并不急于回答，仔细琢磨他们各自的问话。萧平并不知道黄怡欣认识什么人，但她入党那么早，上边有个把熟人不足为奇。可是萧平即便知道也不会往这上面提，那样等于替黄怡欣摆老资格。萧平认为一直包庇黄怡欣的是邓梓华和陈方村，反而不是与她有亲戚关系的仝慎鹏，如今邓梓华受到覃富晶的保护，韩大彬是不是想从黄怡欣这里开刀，好把邓梓华揪到他自己手里？

萧平不看两个"小鬼"，只对着韩大彬说："邓梓华和陈方村是黄怡欣的保护伞，给黄怡欣摘右派帽子，安排她去中文系资料室都是他们一手操纵的。"

韩大彬故意绷着脸说："萧平，你回去写个详细的揭发材料，这是你立功的机会。"

两个"小鬼"还要问下去，韩大彬说："黄怡欣的情况就是这样了，直接提审她本人吧。"韩大彬突然蔑视起这两个来外调的人，不知道他们是中宣部阎王殿里哪路的"小鬼"，打着中央文革的旗号，拉大旗作虎皮，鲁思齐不就是中宣部一个小小处长吗，中央文革还在乎这样的小毛虫？韩大彬不再奉陪这两位"小鬼"了，他从萧平那里得到启发，有了新的主意。

韩大彬认为黄怡欣本身无足轻重，但是以她为突破口可以扯出中夏大学的一条黑线，证明邓梓华就是中夏大学地富反坏右走资派的总后台。而邓梓华一直受到覃富晶的保护，保护邓梓华就是保护坏人。韩大彬和覃富晶的矛盾对立已经公开化了，覃富晶打出中夏大学红旗造反团的旗号另立山头。韩大彬马上策动红造总展开舆论攻势——红旗团是保护大叛徒邓梓华的保皇派，覃富晶是邓梓华黑线上的忠实喽啰。

红造总和红旗团两派的舆论战逐日升级，韩大彬已经顾不得外调的事，任由"阎王殿"的人查问黄怡欣。

专案组组长姜庆长把黄怡欣带进审讯室，留下来监场。"阎王殿"来的两个"小鬼"威严地在审讯台另一边坐着，完全是对待犯人的架势。

中年"小鬼"先开口："我们要了解鲁思齐的情况，你要如实回答我们提出的问题。"

中宣部果然来人，黄怡欣早有预料。她冷静地说："你们是什么单位的？为什么找我？"戴眼镜的年轻"小鬼"一拍桌子，喝道："我们什么单位不需要给你说，我们已经跟你们单位革命派负责人沟通过了。你是什么人我们也知道，你就老实回答问题吧！"姜庆长帮腔说："他们北京来的，你就老实回答问题吧！"

两个"北京来的"盛气凌人。中年的说："鲁思齐是阶级异己分子，她是假党员，经过我们内查外调，无人证明她入过党。你和鲁思齐是女师的同学，你能证明她是共产党员吗？"

"鲁思齐是谁？我不认识。"

"你不认识？她说你是她的入党介绍人，根本没有这回事吧？"

"我担任过女师地下党支部书记，没有介绍过叫鲁思齐的人入党……"

黄怡欣话未说完就被年轻"小鬼"打断："那好，你很配合，就按你所说，写个书面材料吧。"说完，对那个戴眼镜的会心一笑。

黄怡欣不接他的话，继续说下去："我有一位女师同学名叫朱诗琪，诗琪和思齐读音相近，会不会是同一个人？"

"鲁思齐原名朱诗琪。"

"那就对了。我和朱诗琪女师毕业后，一同考上西北联大，在西行求学路上，经过我的动员引导，她和我一起弃学加入中国共产党在安吴堡开办的青训班。经过三个多月培训，朱诗琪被吸收入党，成为共产党员……"

年轻"小鬼"脸色变了，大喝："你胡说！"

"你怎么知道我胡说?! 我是朱诗琪的入党介绍人。"

"你和鲁思齐有联系吗？"

"自从离开青训班再无任何联系，更不知道她改了名字。"

"我们调查过青训班的负责人，他根本不记得鲁思齐入党这回事。"

"青训班先后办了十多期，有一万多学员，当时发展党员是不公开的。我在青训班只介绍过朱诗琪一人入党，我们又是女师同学，在青训班朝夕相处，所以我记得很清楚。"

那个中年的说："据我们了解，你不是共产党员！"

"我是 1938 年入党的共产党员。离开安吴堡青训班以后，我西北联大毕业被组织派往中夏大学。由于我隶属的地下党组织遭破坏，与组织失去联系。我在青训班时是在组织的，所以有资格介绍朱诗琪入党。"

在一旁的姜庆长只知道黄怡欣是个摘帽右派，没想到她是三八年的地下党，还参加过青训班，插嘴问道："青训班毕业后是不是都去延安？"

戴眼镜的不高兴了，对姜庆长说："你怎么乱打岔？"又对黄怡欣喝道："坦白从宽，抗拒从严，你必须老实交代！"

黄怡欣忍不住了："什么意思，你是调查还是审问？"

姜庆长被"小鬼"抢白，自觉尴尬，转脸对黄怡欣恶狠狠地说："黄怡欣，你要如实回答，我们正在查你脱党的问题，你如果不说实话对你自己没好处。"

黄怡欣说："我没有脱党，我是和组织失去联系，我的问题早就查清楚了。1939 年 11 月，朱诗琪在青训班结业前入党，我是她的入党介绍人，我马上写证明材料。"

中年"小鬼"吼道："黄怡欣，你要对你说的话负责，编造假话罪加一等！"

"我说出的话，我当然负责。"

"啪！"年轻"小鬼"突然从桌子那边走过来一巴掌打到黄怡欣脸上，她嘴角立刻流出一股鲜血。这"小鬼"喝道："黄怡欣，你的证言是假的，我怀疑你和她属于同一个特务组织。"

黄怡欣抹去嘴角的血迹，冷眼看那几个审问的人。她早就看透了——什么"无产阶级文化大革命"？什么阶级斗争？什么伟大的战略部署？不过是一场灭绝人性的野蛮厮杀。

96

就在大前天，黄怡欣与朱诗琪见过一面。

黄怡欣和家人正在院子里吃晚饭，忽然一个陌生女人悄然走进来，低声细气地说找"怡欣"。只见她面容憔悴神色仓皇，黄怡欣不免警觉，站起来，说："我就是黄怡欣，找我什么事，我不认识你呀？"

那女人激动地拉黄怡欣的手："怡欣，可找到你了！"说着突然在她面前跪下："怡新，我是诗琪，朱诗琪，请你救我一命！"

黄怡欣大惊，如果不是这个女人自报家门，无论如何也认不出她是朱诗琪。为了恢复组织关系，黄怡欣苦苦寻觅朱诗琪的踪迹，她竟然鬼使神差般找上门来，狼狈不堪地出现在眼前。

"你是朱诗琪？这么多年我们都不通音信，你何出此言哪？"

跪在地上的朱诗琪眼睛却往饭桌上看，她是饿极了。黄怡欣扶她坐下给她盛饭吃，她饥不择食，吃了一碗面条又吃一个馒头。吃饱了，缓过劲，她才有了说话的气力。

朱诗琪说，她现在的名字叫鲁思齐。

黄怡欣离开安吴堡的第二年，青训班结束，朱诗琪与鲁济川一起撤回延安，她先是在泽东青年学校当教员，后入抗大学习，并与担任抗大理论教员的鲁济川结婚。朱诗琪为了表明与剥削阶级家庭彻底决裂，从夫姓改名鲁思齐。结婚第二年，鲁济川在整风运动中因为特嫌挨整，自杀身亡，鲁思齐不堪打击而流产。

鲁思齐后来改嫁一位八路军吴团长，吴团长屡立战功，很快升为副旅长。他身材高大，可惜有点跛。在百团大战的一次伏击战中，吴团长率团在山上隐蔽。日本鬼子怕中埋伏，用迫击炮盲目四射，试探敌情。吴团长身边的文书小夏临阵怯战，害怕被炮弹击中，沉不住气突然从掩体里跑出来。小夏的动作很危险，丢了他自己的性命且不说，暴露埋伏全团将损失惨重。吴团长扑上去顺手拉住他，救了小夏的命，自己却被炸伤右腿，落下残疾。好在吴团长没有伤筋动骨，如果不走动，那点残疾看不出来，而且他身高马大，看起来还有几分威风。起初鲁思齐不大情愿嫁给他，后来组织上出面做工作才成全了这段姻缘。婚后有一次两口子吵架，老吴发火说："要不是老子的腿有点瘸，我非找个黄花大闺女不可。"

老吴进京后当上水利部副部长，夫人鲁思齐享尽待遇和荣耀。百团大战之后，那个文书小夏离开吴团长到《晋绥日报》当战地记者，后来进了中宣部，一路高升当上副局长。为报吴部长的救命之恩，夏副局长安排鲁思齐在他分管的部门当处长。没料到吴副部长在"文化大革命"爆发之前，一次酒后突发急性胰腺炎去世，鲁思齐从此失去依仗。老吴死后夏副局长非常关心鲁思齐，常来家里嘘寒问暖。岂料这个夏副局长是个色鬼，他是有妇之夫却想揩寡妇鲁思齐的油。鲁思齐万般恼怒，将姓夏的赶出家门，从此闹翻，视如仇人。

"文化大革命"起来，部长们都被残酷批斗，坐飞机挂牌子戴高帽子游街。鲁思齐起初还庆幸老吴死得早，免得遭罪。谁知道失去靠山的鲁思齐很快就被牵扯到中宣部"阎王殿"黑线上，挨批挨斗受尽侮辱。鲁思齐后来看到上级、同级、下级都成了黑线人物，阎王殿里都是鬼，慢慢地就不以为意，觉得天塌下来大家一起扛着。

夏副局长因为在《晋绥日报》的一段经历，巴结上曾当过《晋绥日报》副总编辑的张春桥，成为中宣部造反派一个头目。他为了造反立功，揭发鲁思齐是假党员，是用美人计打进革命队伍的特务分子。一顶假党员特务分子的帽子，让阎王殿里的普通小鬼鲁思齐立即成为"敌我矛盾"，无产阶级专政的铁拳无情地砸到她的身上。鲁思齐和老吴有一儿一女却先天不足，她要不是为了一双儿女早就寻死了。鲁思齐大呼冤枉，重申自己是在青训班入党的，她提出一份名单，信誓旦旦地说这些人都可以证明她的清白，她绝对是正式履行了入党手续的真党员。

专案组对名单上的人逐个调查，首先找到青训班当时的负责人。负责人说只知道鲁济川是国民党特务，在延安整风运动中畏罪自杀了，不知道他老婆朱诗琪入党的事。青训班没有公开发展党员，当时的同学都说不知道朱诗琪是党员，所有外调回来的证词都无法确认鲁思齐曾经入党。有一份证明材料上写着："在青训班里，朱诗琪穿着最洋气，一副资产阶级臭小姐作派，很像特务。"还有的人写道："在青训班学习只有短短三个多月，几十年过去，不记得有这个人。"

经过内查外调，专案组无法排除鲁思齐即朱诗琪是假党员和特嫌，既然有重量级人物揭发她，那就作为铁案认定。鲁思齐知道，前夫鲁济川在延安整风时就是因为特嫌，有口难辨才投井自尽的。如果自己又被认定是假党员和特务，那就是灭顶之灾。

黄怡欣是朱诗琪的入党介绍人，也是唯一尚未找到的证明人。黄怡欣的证明最有说服力，如能得到她的证明，朱诗琪就可能得到解脱，这是她唯一的希望。在这生死关头，朱诗琪强烈要求专案组一定要找到黄怡欣。

朱诗琪完全不知道黄怡欣目前的处境，只祈望黄怡欣能看当年闺蜜的情分，不说假话。她决定孤注一掷，抢在外调人员找到黄怡欣之前，亲自见一见她，恳求她提供真实的证言，给她留一线生机。于是借口给孩子看病，冒着风险，历尽辛苦，赶在外调人员之前，从北京找到黄怡欣的家门。

黄怡欣与朱诗琪相隔二十八年不曾见面，她不敢轻信，故意说："你想和我订立攻守同盟，让我包庇你，你不怕我检举？"

"怡欣，我那些出生入死的战友，相处多年的同事，还有对我知根知底的上级，他们都不敢说实话，推脱得一干二净，昧良心说不认识我，不知道我入党的事。或许他们也在受难，我理解他们是为求自保，但是不能昧良心递刀给想要我命的人。怡欣，是你把我引上革命道路的，我不是求你说谎，只是请你看在我们从求学时代就相遇相知的份上，实话实说。"

"你这样和我私自串联，不怕罪加一等？"

"你是我的入党介绍人，只求你如实作证。"

"你知道吗？我早已失掉了组织关系，到现在也没有给我恢复，我只是一个普通的资料员，人微言轻。"

朱诗琪愣住了，真不敢相信她的引路人的命运竟也如此多舛。朱诗琪抽泣起来，说："怡欣，我的丈夫虽然是副部级，但他已经去世，给我留下两个孩子，儿子有小儿麻痹后遗症，走路一瘸一拐，女儿先天失聪是个哑巴，我如果被斗死，两个可怜的孩子也活不成了。现在人人自危，大家不得不尽量撇清干系，我也不能怨恨他们。我现在已经没有什么远大的理想了，只求能养活孩子。请你看在我们曾经是闺蜜的份上，对外调人员以实相告，那我和孩子可能还有条活路。"

朱诗琪说："怡欣，几十年不见，我还是相信你。当年延安整风，我在威逼之下不敢说实话，与前夫鲁济川划清界限，结果害死了他。现在诬陷我是假党员的人，是我的顶头上司，我第二任丈夫对他有救命之恩。丈夫死后，这个人对我图谋不轨，我拒绝他，他就一直给我穿小鞋。他才是中宣部阎王殿黑帮线上的人，为求自保邀功，欺我孤儿寡母，恩将仇报往死里陷害我。"说完呜咽起来。

她的情绪稍稍平复，又接着说："怡欣，我看现在的局面是乾坤混沌，人妖不分，当年我们鄙视的人如今却成了红人。现在我只求你证明我确实入了党，往后还在不在组织都无所谓。活到现在我才活明白，人生唯有家庭和亲情最宝贵，我好羡慕你，你有好丈夫好家庭。如果有你作证，我可能还有一线生机，我一生一世都感激你！"

黄怡欣与朱诗琪分别几十年已经互不了解，但是朱诗琪曾经入党是千真万确的，无论她顺风顺水还是遭遇逆境，即便朱诗琪不来嘱托，无论谁来外调，黄怡欣都会实事求是地说明真实情况。朱诗琪不到万般无奈的地步是不敢冒险找上门来的，这个秘密要永远替她保守。

黄怡欣说："你放心。你是我介绍入党的，我当然如实证明。只是，你没来找过我。"朱诗琪心领神会，千恩万谢，匆匆离去。

黄怡欣想不到朱诗琪竟然也是如此坎坷的遭遇，她的不速来访还意外带来鲁济川的死讯。多年来黄怡欣一直指望鲁济川和朱诗琪能为自己的组织关系作证，难怪找不到他们，原来一个在延安整风时自杀了，一个早就改名换姓，反倒是昨天的朱诗琪今天的鲁思齐为了她自己的组织关系，冒着风险来求作证。这世道竟如此混乱，如此滑稽。

朱诗琪所期盼的仅仅是证明她不是假党员，她说往后在不在组织已经无所谓了。黄怡欣曾经迫切希望恢复组织关系，为之魂牵梦萦，苦苦追寻，几乎付出生命的代价。朱诗琪的出现让黄怡欣看透了，那原本视若生命的组织关系，简直就是小鬼手中的催命符，在这乱世之下，不要也罢。

97

朱诗琪和"小鬼"都走了，黄怡欣因为这次外调成为红造总炮打红旗团的一发炮弹。萧平被解放了，他为了戴罪立功，四处张贴揭发黄怡欣的大字报，矛头直指邓梓华。红造总一派的广播站整天广播邓梓华是中夏大学地富反坏右黑帮分子的总后台，红旗团是地富反坏右黑帮分子的大本营，右派分子兼脱党分子黄怡欣就是邓梓华卵翼之下的一个坏典型。

韩大彬并不知情，覃富晶手里攥着邓梓华并非想保护他。覃富晶不像韩大彬眼睛只盯着中夏大学，他要从邓梓华身上撬开段益玠叛徒集团的缺口，然后从他手中夺得省委的大权。

红造总大造舆论步步紧逼，覃富晶不想被动应战。他认为时机已到，主动把邓梓华的叛徒嘴脸公布于众。

1936年，中夏大学学生邓梓华的地下共产党员身份暴露，在老师俞正堂的掩护和帮助之下悄然离校，躲过了国民党当局的抓捕。邓梓华离校后经怀庆府北上延安，在那里买了山药、牛膝、地黄、菊花四大怀药，乔装怀药商人。他经过晋城，在临汾停留几天，准备西渡黄河进入陕西，不料在客店里遇上晋陕绥宁四省边区剿匪总指挥部属下的巡查队前来盘查。负责盘查的队长是个粗通中医药的"半先儿"，对邓梓华的怀药刨根问底问出破绽，把他抓起来了。

红军渡河东征，阎锡山开始防共，在红军返师陕北以后，对阎锡山当局威胁最大却是中央军。山西当局对"剿总"巡查队在这里随便抓人非常反感，因为这样破坏了阎锡山的权威。经过阎锡山与中央军方面的交涉，被"剿总"抓捕的一批疑犯统统被引渡给山西当局，很快都被转解到太原。在太原监狱里，邓梓华与狱中的共产党地下组织取得联系，认识了狱中地下党负责人之一段益玠。段益玠认为当局并无邓梓华是共产党的铁证，要求他咬定怀药商身份绝不改口。

阎锡山知道共产党擅长组织群众，他为了扩大影响，借助共产党员的能力建立了一个群众性的抗战团体抗敌救国同盟会，自任会长。共产党内有人建议利用这一机会，以加入抗盟会为名，营救被关押在太原的共产党员出狱，扩大抗日统一战线。这个建议得到中央批准，指令很快传达到狱中，要求狱中的共产党员无论身分是否暴露，按当局要求履行一定手续尽快合法出狱。

狱中地下党起初以为这是阎锡山当局的阴谋，拒不执行。后来同一指令又从不同渠道下来，并且强调必须执行。狱中地下党这才按照上级指示，身份暴露的在报纸上声明悔过，身份没有暴露的具结保证，于是一批被捕共产党员通过合法程序被释放。段益玠和邓梓华不是山西省籍，出狱后没有留在抗盟会，一起到了延安。

这批出狱的人后来都在整风学习中受到严格审查，被派往兰州天水一带负责共产党地下组织的段益玠也被召回延安。在"抢救运动"中，那一批履行手续出狱的人统统被认定变节。段益玠虽被严刑拷打，但是坚持说履行正常手续出狱是执行上级指示，并且明确提出了人证。可惜的是，发出指示的当事人不敢担当，没有站出来作证。眼看就要定案，赶上纠正扩大化。当事人这时才出来说，这是为了保存革命力量采用的权宜之计，这批人确实是按上级指示行事，个人不必承担责任。

邓梓华在临汾被捕时身份并未暴露，即使不走履行手续出狱这一步，也会因为证据不足被释放。从临汾到太原，在阎锡山的监狱里他没有吃过任何苦头，却在"抢救运动"中受尽折磨，夹手指、上老虎凳、灌辣椒水，所有的酷刑都领受一遍，痛不欲生。虽然事后"一风吹"得到解脱，但是这一段经历已是不可治愈的创伤。

邓梓华长时间被覃富晶关押，时常夜里失眠。这一晚，延安整风那段不堪回首的往事浮现于脑海，又是夜不能寐。半夜突然被叫起，这一次覃富晶亲自提审逼供，挑明要他写揭发段益玠叛徒集团的材料，戴罪立功。

时隔二十多年，赶上"文化大革命"，位居顶层的领导都成了叛徒内奸工贼，段益玠当然难脱叛徒的罪名。邓梓华早已被划到段益玠的线上，这一劫无论如何是躲不掉的。

面对凶神恶煞的造反派学生，邓梓华只有挨打的份儿，每一记打击和折磨都让他联想起延安整风所受的皮肉之苦。他素来的沉稳、意志和智慧统统被撕心裂肺的疼痛淹没了，他的思维退回到最原始的低层次。他无奈地想：当年在太原，要不是在狱中遇上段益玠，宁可把牢底坐穿也不会按照他转来的指示履行手续出狱。

邓梓华一遍又一遍写交代材料，一次又一次地重复当时太原监狱的实际情况。每一次遣词造句有些变化，前后次序略有调整，但是基本的事实不变。段益玠和他那一批人就是按照指示履行手续出狱的，随你们怎么定性，怎么翻腾吧。

第三十四章

98

　　红造总集中火力炮打邓梓华，造反派两派之争遮掩了黄怡欣这颗小小炮弹的效应，可是被"解放"出来的萧平不放过黄怡欣。他把在牛棚里受折磨积攒下来的千仇万恨都算到黄怡欣的账上，紧咬住她不放，大字报一张接着一张。黄怡欣做好了最坏的打算，说不定哪一天就被群众专政了。乱世之下，人不过是一粒尘沙，连蝼蚁都不如，岂能安好生存？

　　有一件事她放心不下。这些年，黄怡欣坚持不懈整理文觉非的遗稿，不断地补充、修订和考证。黄怡欣为文觉非的治学精神感动，手稿的很多观点引起她的共鸣。整理书稿让她的思绪在文艺复兴的境界中回旋，那是实实在在的精神生活和寄托。她每整理出一章，宣素仪再誊清一份，黄怡欣保存原稿，宣素仪保存誊清稿，唯恐遗失。

　　书稿已经整理完毕，如何将这费心费力整理出米的书稿完璧保存？当下这世道，出版是绝对无望的，但是手稿绝不能湮灭。黑暗的中世纪历经近千年，终有文艺复兴，她要将文觉非的手稿一代代传下去，相信总会有问世的那一天。黄怡欣曾打算将文觉非的手稿存放在资料室锁闭的善本库里，考虑再三还是觉得不妥。她用地下党暗藏文件的方法，把手稿仔细密封，然后放进自家厨房面缸最底下，上面是全家的口粮。黄怡欣得到婆婆石蓓芝的支持，为了以防万一，她要宣素仪用同样的方法保存誊清稿。

　　宣素仪非常感激黄怡欣为文觉非的手稿付出心血，更敬佩她敢于承担风险。她们志同道合，友谊日增，彼此信任无话不谈。

一天，黄怡欣对宣素仪说："宣大姐，学校铺天盖地都是我的大字报，说不定哪天就不能回家了。我心里难受，放不下三个孩子，想着想着想到你家出走的小雨，勾起另一件事。我有一个可怜的表姐，她收养的儿子也离家出走了，后来亲生女儿又失踪了。我同情表姐的失子之痛，现在也许又轮到我，说不定要和孩子生离死别。我表姐收养的儿子是个孤儿，他考进中夏大学，入学后被查出来他原来的父亲是被镇压的，取消了他的入学资格了，孩子受到打击才离家出走。我不知道他认不认识小雨，但是两个孩子离家出走的时间差不多……"

宣素仪万分吃惊，急问："他叫什么名字？"

"赵大伟。"

宣素仪知道黄怡欣亲戚家儿子出走的事，却没问过那孩子的名字，一听他叫作大伟，不禁脱口"哎呀"一声。

半个月前，有人来敲宣素仪家的门。门外站个陌生的孩子，样子像是中学生，连声说找"宣老师"。她让儿子文啸天站在身后壮胆，小心把门打开，呼啦啦一下闯进来三个男孩子，年纪看上去一般大，个头都不算高，个个疲惫不堪，衣冠不整。

喊"宣老师"的那个孩子比另外两个稍微胖一点点，两个精瘦的孩子说："死肥仔，先搞滴水饮啦，口渴到死！"

黑而不算最瘦的"肥仔"操着不伦不类的普通话："你是宣老师吗？我系界嚟带说话嘅，可唔可以先界我哋饮滴水？"（我是来传话的，可不可以先给我们喝点水？）

宣素仪示意儿子倒水给他们喝，三个孩子一饮而尽，"肥仔"说："宣老师，请你告诉我你的名字怎么写，写对了我有重要嘅话界你听。"（写对了我有重要的话讲给你听）

宣素仪的大嫂是广东人，她能听懂大嫂说话，听出这三个孩子的广东口音，心里砰砰直跳，但还是将自己的名字写在纸上给他看。"肥仔"说："名字冇错！我哋是从广州来的，来这里革命大串联，我哋食唔惯馒头，想食饭，你可唔可以俾我哋煮饭食咩？我哋唔白食，畀你国票。"（名字没错！我们是从广州来的，来这里进行革命大串联。我们吃不惯馒头，想吃米饭，你可以让我们自己煮饭吃吗？我们不会白吃，会给你们粮票。）

虽然上面早就说要停止大串联了，但是学生们乐此不疲。那些胆大的带着胆小的照样游走天下，哪里有风吹草动就赶过去凑凑热闹，闹腾一阵就拍屁股走人，或者四处闲逛"饱览祖国大好河山"。各地都有这样的"串联"者。

宣素仪知道"肥仔"说"想食饭"其实是想吃大米饭，看来这三个不速之客不像是来吃白食的，真的因为没有米饭吃饿急了。宣素仪对"肥仔"说："好的，我煮饭给你们吃，你有什么话快告诉我吧。"

"那你听好，一共两句话——雨伟二人已经移民，消息可靠不用多问。"

"好，好，我不多问，第二句呢？"

"我话了。"（我讲了）

"你说第二句吧，我不多问。"

"第二句我讲咗（第二句我讲了），消息可靠不用多问。"

宣素仪听明白了，口信其实只有一句"雨伟二人已经移民"。宣素仪强压抑着内心的激动，顾不得去想消息的来源，只是琢磨这句话的意思。"雨"当然就是女儿潇雨，她还活在世上！她是从哪里出去的？移民到了哪里？

宣素仪又问："雨伟，伟是哪个字？怎么写？"

"唔知。"（不知道）

宣素仪知道从"肥仔"口中再也问不出什么了，可她还是想知道更多的细节。

"肥仔"被问急了，回了一句广东话："阿姨，你问再多都有用，畀我讲嘅都畀你讲咗。"（你再问多少都没用，我该说的都已经告诉你了。）宣素仪万分感激来送口信的"肥仔"，"肥仔"绝不会为了骗吃一顿米饭千里迢迢传递谎言，

一定是哥哥费尽周折从香港传过来的可靠消息。小雨平安在世她就知足了。

她家里幸亏还有几斤大米，又用全月的肉票买了猪肉，让三个广州来的中学生大吃一顿。三个孩子把一锅白米饭一大碗红烧肉一扫而光。吴潇天一口也没有吃，弟弟像姐姐一样从小懂事，他悄悄对妈妈说："得到姐姐的消息，比吃什么都香！"

口信确实是宣素仪哥哥宣祖德托朋友从香港带去广州的，宣祖德的朋友在广州又托人趁人家孩子北上串联将口信带到北方。宣祖德非常了解内地的紧张局面，早已断了与妹妹的书信往来。这一次托请朋友代传口信，字斟句酌极为简单明了，尽量不留任何首尾，避免给帮忙的人带来麻烦。

女儿离家后都经历了什么？那个"伟"究竟是谁？宣素仪无从知道。但是，女儿活着，活得好好的，她心里踏实了，她要更坚定地活下去，看着儿子长大成人，活到与女儿再见的一天。

那简短的口信强调"二人"，显然是哥哥精心遣词造句。如果"伟"是一个毫不相干之人，估计女儿也不会让舅舅传递他的消息。说明小雨与"伟"关系非同一般，并且有意要把"伟"的消息再传给他的家人。幸而黄怡欣说出赵大伟的名字，她感觉"肥仔"口信里的那个"伟"，应该就是黄怡欣的亲戚大伟。两人的遭遇相似，出走的时间相同，名字不至于是偶然的巧合吧。但愿是赵大伟，极大的可能就是赵大伟！

想到女儿这几年很可能一直有"伟"相伴，而不是孤立无援地在艰难困苦中挣扎，宣素仪感到欣慰。宣素仪把"肥仔"传来的口信原原本本告诉黄怡欣，感激地拉着她的手，说："怡欣，谢谢你，我相信两个孩子是在一起的，大伟就是你送到小雨身边的保护神。天无绝人之路，他们一定绝处逢生。"

宣素仪无法知道女儿离家后的曲折经历。当年潇雨和大伟结伴出走，从西北到西南，最后流落到云南边境，以知识青年的身份在景洪农垦橡胶园磨难多年。他们赶上"文革"的大混乱，随着"支援世界革命"的盲流进入缅甸，又历经难以想象的苦难周折，辗转到香港投奔舅舅。

黄怡欣得知大伟的下落，暗自替表姐石慧敏高兴。但是这件事无法求证，还不敢对表姐实言相告。

<h1 style="text-align:center">99</h1>

中夏大学造反派彻底分裂，两派互斗升级。韩大彬为了显示自己最造反最革命，千方百计抓叛徒特务。邓梓华不在韩大彬这一派手里，他们就拿陈方村狠狠开刀。

韩大彬手下有一支抓叛徒突击队，叫作"征腐恶"战斗队。这支突击队抓叛徒稳、准、狠，按照韩大彬的指示，组成专门对付陈方村的专案组。

尽人皆知管胜利和陈方村的关系密切，专案组先找管胜利问话。

"老管，人人都知道你和大叛徒陈方村关系好，但是我们认为你还是属于革命干部。你要站在红造总革命造反派一边，和陈方村划清界线啊。"

管胜利的回答非常爽利，他说："我早就和他划清界线了。在解放区医院里，我第一次见到他，一眼就看穿他是国民党特务。为这事我还挨了批评，受到冤枉。解放区医院的黄院长后来当了602医院的院长，他可以作证明。"

"很好，那你写个揭发材料。"

管胜利用左手甩一甩右臂的空袖管，说："我在抗美援朝战斗中被美国鬼子打断了右臂，我的左手只能签名，不能写字。你们写好我看看，签个名吧。"

栗明谦是陈方村发展加入地下党的，姜庆厚打算从他下手搞陈方村。他要管胜利和他一起提审栗明谦，管胜利不干，说："栗明谦一直被我看管，我已经审过他很多回了，他写了很多交代材料，可是从来没有说过陈方村有问题。要我和你们一起审他，当着我的面他肯定不轻易改口，我还是不参加吧。"

"那好。栗明谦现在不是关押在你手里吗？你通知他，专案组要他写揭发陈方村叛徒内奸的材料，这是他戴罪立功的机会。"

当年栗明谦跟着陈方村进入解放区。在解放区认识了葛绍瑭，一直是葛的部下。进入省城，栗明谦先是随葛绍瑭在省委文教部，又被派去当省民盟的秘书长，后来葛绍瑭让他到中夏大学当统战部长。陈方村虽是栗明谦的入党介绍人，可是栗明谦跟葛绍瑭的时间长，自认是葛绍瑭这条线上的人，不过他还是把陈方村当老领导看。再后来葛绍瑭被邓梓华代替，陈方村做了校领导。尽管统战部不归陈方村管，但是陈方村毕竟是他的上级，栗明谦虽然不和他亲近，对他还是毕恭毕敬。

栗明谦知道红造总要整陈方村了，陈方村已经成为造反派的重点批斗对象，划清界线表明态度的机会到了。必须彻底揭发陈方村，否则不仅划不清界限，恐怕还会牵连到自己。他擅长写揭发材料，奋笔疾书，连夜写出系统揭发陈方村反对总路线，反对大跃进，反对人民公社的三反言行，揭发他向资产阶级右派投降，与邓梓华一起互相勾结，包庇大右派黄敬齐等一大批坏人。栗明谦揭发陈方村和汪书敏于1948年被当局抓捕后很快就变节被释放，他还有一个背景极其复杂，身份十分可疑的岳父丁埴。

"征腐恶"战斗队根据栗明谦的揭发，揪出暗藏在省图书馆，曾任地方党史研究室副主任的叛徒内奸特务丁埴。丁埴身上最大的疑点是他的妻子朱至枫去了台湾，他却化名留在大陆，而且一直鳏居没有再娶。据查，朱至枫作为国民党西南军政公署参谋长的私人秘书去了台湾，而丁埴很可能是留下来潜伏在大陆的特务。

"征腐恶"战斗队把丁埴抓到中夏大学，姜庆厚连番突击审问，要他招供潜伏下来的具体任务，交代他所知道的共产党叛徒。

"丁埴，坦白从宽，抗拒从严，老实回答审问！你为什么不跟你老婆一起去台湾？"

"这是组织决定。"

"什么组织决定，是特务组织的决定吧。"

"不许你们玷污共产党。"

"你是什么时候打入我地下党的？"

"我是受地下党的委派打入敌人内部的。"

"你是什么时候叛变的？"

"我从未叛变。"

"胡说，你被捕后就叛党了，你是变节分子！"

"我从未被捕过。"

"哈哈，你等于承认了，因为你就是国民党的奸细，他们当然不抓你了。"

"因为党组织部署周密，我隐蔽得好，所以没有暴露。"

"你狡辩。你老婆朱至枫是国民党西南行署参谋长焦嵩文的秘书，她去台湾，你潜伏下来，你的任务是什么？"姜庆厚故作深沉地问道。

"她不是秘书，她是焦嵩文女儿的家庭教师。焦嵩文只有一个女儿，从小患有歇斯底里症，焦嵩文在卧虎山工作团当团长时请我妻子当他女儿的家庭教师，从此她女儿只听我妻子的话。后来焦嵩文做了国民党西南军政公署参谋长，但他女儿旧病复发，焦嵩文还是要朱至枫以家庭教师身份去照顾他女儿。"

"你那么死心塌地为他服务，老婆都不要了？"

"本来说好我们一起去西南公署的。"

"那为什么你没有去？为什么潜伏下来。"

"上级命令我执行另一项策反任务，耽误了预定的会合时间。她先走了，从此我们夫妻分离。"

"你们会合的目的是什么？"

"一起去台湾。"

"去台湾打算干什么？"

"上级安排有重要任务，至今没有解密。"

"你本名汪圭垚，为什么改名字，不是为了潜伏是为什么？"

"这是上级决定的，原因不能告诉你。"

"你是死顽固！"

"我坚守党的秘密！"

"如果是共产党的秘密为什么不能说？现在是共产党的天下。"

"因为你不是真正的共产党。"

"你是什么共产党，你是叛徒内奸狗特务。伟大领袖教导我们：敌人不投降，就叫他灭亡。让你尝尝革命造反派的铁拳！"话音未落，带有铜扣的皮带重重抽到丁垯的背上，他被打趴在地，两个红卫兵又把他拉起来。

姜庆厚继续审问："你说你是地下党，谁能证明？"

"我的上级，冉宝骅。"

"哈哈，冉宝骅，他是大叛徒，北京的红卫兵已经把他揪出来了！我们就是从他那里查到你这个小喽啰的，你们就是一伙的叛徒特务，你还保密？"

冉宝骅是丁埴的革命引路人和上级，当年丁埴随时可以得到冉宝骅的指示，但是从来不知他的踪迹，好像他就在身边，又好像远在天外。当焦嵩文女儿旧病复发，拍急电要朱至枫去重庆时，冉宝骅指示他们夫妇利用这个机会打入西南军政公署。偏偏在这时丁埴突然又接到新的指令，要他潜入淮海战役前线策应黄维属下110师起义，朱至枫只好先行一步去重庆。渡江战役后，内战形势剧变，西南军政公署要退守西昌，高官家眷必须先行从重庆去台湾，焦嵩文太太要求朱至枫随女儿一起去台湾。丁埴得知消息后立即请示，冉宝骅要求他们夫妇利用这个机会进入台湾执行特殊使命。当丁埴正准备赶赴重庆与妻子会合时，突然又接到冉宝骅的指令，要他先去成都策应国民党八十八军军长范海廷起义。那边朱至枫随焦嵩文的女儿准备出逃台湾，这边丁埴紧急去成都执行重要任务。等丁埴完成任务从成都赶到重庆时，朱至枫却早一天往台湾走了，丁埴从此与妻子分隔在海峡两岸。

丁埴夫妇去台湾的任务属于高度机密，早已设计好各自单独执行任务的预案。但是由于台湾地下党负责人叛变，朱至枫到台湾后身份暴露被捕，她在严刑拷打下也没有泄露自己的秘密使命，很快被枪毙。这时丁埴正准备经香港赴台湾，上级突然告诉丁埴情势有变，他不去台湾了。丁埴至今也不知道妻子早已牺牲，原计划去台湾执行的任务仍需绝对保密。改名换姓，严守秘密都是上级的要求，面对造反派拷打折磨，他依然守口如瓶。

丁埴浑身疼痛，心力交瘁，但是他绝对不相信在北京身居高位的冉宝骅也是叛徒，更不相信这位老上级会陷害自己。冉宝骅肯定也遭了难，全国都乱了套，没有人能躲过这场劫难。

审问在继续："你为什么用美人计腐蚀共产党？"

"胡说八道！"

"你女儿为什么要和陈方村结婚，不是用美人计拉拢他吗？说！"

又一阵皮带抽打到丁埴身上，和这些造反派无理可讲。丁埴在敌营十五年，历经无数风险，从未经受过严刑拷打，如今却遭受非人的折磨和侮辱。都说新旧社会两重天，可为什么新社会没有一天消停过？他又想到远在孤岛的妻子，她还在执行那项绝密的任务吗？也许遭遇变故，或者早已不在人世……

丁埴不再说话，姜庆厚像发疯一样继续抽打他，吼叫："你为什么不回答？！"

丁埴疼痛难忍，还是咬牙不做声。眼下他唯一能做到的，就是以沉默应对暴力。

100

丁埴被扣上国民党潜伏特务的大帽子，陈方村顿时成为韩大彬与覃富晶对垒的重型炮弹。揪出丁埴以后，韩大彬将"征腐恶"战斗队更名为"追穷寇"，要遍查陈方村所有的连带关系。

陈方村万万没想到，1948年那次奇怪的被捕与释放，过了二十年成为无法自辩的冤案。究竟是谁主使纠缠这件事，莫非是栗明谦？陈方村把栗明谦引上革命道路，彼此是生死与共的战友。当年他和汪书敏是当着栗明谦的面被警察带走的，他最清楚这件事的前因后果，不至于落井下石背后捅刀吧？陈方村不愿意这样去想栗明谦，但是他控制不住自己，思绪总是在栗明谦身上打转。

陈方村已经记不清楚被批斗了多少次，一场批斗会下来浑身的衣服里外湿透，有时都分不清是汗湿还是尿湿，往往是上一次拷打留下的创伤还未愈合，再一次拷打又添新伤。开始被批斗时他还流露出委屈与不满，渐渐地对在批斗会上受辱已经习惯了，只想着如何不招致看押者突然施暴，如何尽可能保存自己的体力。

他和汪书敏被造反派分开拘禁后再也没有见过面，想到书敏一定也遭到刑讯逼供，两个未成年的孩子谁来照管？陈方村内心的痛苦不可名状，想不明白这天降之祸究竟何来。

"红海洋"是中夏大学附中最大的造反派组织，归属"红造总"旗下。"红海洋"的矛头本来是指向书记萧平的，萧平揭发副校长汪书敏是"美人蛇"，激发了革命小将们的极大兴趣。"红海洋"为了配合"红造总"揪斗叛徒陈方村，把斗争的矛头转向汪书敏。

附中"红海洋"组织了一场大规模的批斗会，批斗对象不仅有汪书敏，还有她的狗丈夫和狗父亲，一窝叛徒内奸特务。这场批斗会不仅邀集省城各中学观点相近的造反派参加，还特意对外开放。凡是自报家庭出身非地富反坏右者皆可参加，可谓声势浩大。

附中大操场检阅台上站着一众头戴高帽胸前挂牌的批斗对象，牌子上的名字都打上红叉，汪书敏站在正当中。她胸前的牌子上除了写着"死不改悔的走资派大叛徒"还多了一个"美女蛇"，一条用粗铁丝做骨架的"毒蛇"盘旋在她的身上，蛇头正好在她的胸前，露出一把尖刀做成的毒舌和木工大锯齿做成的毒牙，每当她被迫成"喷气式"弯腰低头时，蛇头就翘起来直戳她的鼻子。

"美女蛇"的罪名吸引了大批围观者，大家涌向台前，争相看这个色诱腐蚀地下党的"美女蛇"。围观者愤怒地高喊"打倒"，有人窜到台子上朝这条"美女蛇"身上踹两脚，往她脸上吐唾沫。两个戴红袖箍的女生尽力抬高汪书敏的双臂，再用力压低她的头，一次接一次让她坐"喷气式"，好让她胸前尖刀制成的毒舌结结实实地戳住她的鼻子，鼻血滴落到她的衣襟上，脚下一片血迹。

批斗者大声喝问汪书敏："你是不是国民党特务美女蛇？"然后一阵拳脚落在她身上。在全场一片"打倒"声中，主持人大声宣布："把被美女蛇腐蚀的大叛徒大内奸死不改悔的走资派三反分子陈方村拉上来！"

陈方村的出现将批斗会推向新的高潮。美女蛇居然真的把地下党腐蚀了，这个凶狠歹毒的美女蛇，这个轻易拜倒在美女蛇石榴裙下的软骨头，这现实版的谍战剧，这活生生的阶级斗争，搅得群情激愤。中学生们的阶级仇恨爆发了，全场个个挥动手中的小红书，一遍接一遍连续不停地高呼口号，狂喊"打倒阶级敌人！"

口号声中，两个凶狠的小将把陈方村的双臂反举着，摁住他的头，"喷气式"地押着他小跑上台。陈方村的视线尽管很低，他还是一眼看到两年不曾见面的妻子，没想到竟是在批斗台上重逢。

陈方村在劈头盖脸的乱拳和无处可防的推搡踢打之下被押到前台的凳子上，脖子上挂着用单斗课桌桌面做成的沉重木牌。他在凳子上佝偻着身子，勉强睁开被打肿的眼睛，看看身边的妻子。

汪书敏鼻子在淌血，脸上身上都是血迹。陈方村眼看着妻子受到惨无人道的折磨，他的心也在滴血。他在想，如果汪书敏当年不来潭渊关附中读书，不与自己结合，无论她嫁给什么人，哪怕嫁个目不识丁的农民也不会遭此厄运。陈方村忍受着人世间最大的痛苦与折磨，眼看着自己的亲人遭受侮辱与欺凌却无力挺身解救，只能万般愧疚，无限自责。他尽力睁开红肿的眼睛，现在唯一能传递给妻子的只有目光，眼前的情景再惨不忍睹也不能把眼睛闭上。

汪书敏多日未见陈方村，日思夜想，魂牵梦萦，却想不到与爱人同台挨斗。她虽然被强迫低头弯腰，却还是看到自己的爱人，看到他被打肿的眼睛和被摧残的身体，她恨不能扑过去轻抚他浑身的伤痕。在汪书敏的心中，陈方村永远是睿智的青年才俊，充满朝气的领路人，可以托付一生的知心爱人。她相信他们夫妇是被小人所害，默默地祈望他一定要坚持下去，真相大白的那一天终会到来。

陈方村被押上台的高潮刚过，主持人又高声宣布："老子反动女混蛋，美女蛇汪书敏的黑老子也被无产阶级革命造反派揪出来了！把美人计的策划者历史反革命份子丁埴押上来！"在震耳欲聋的连天口号声中，两个高大壮实的红卫兵扭着丁埴的胳膊，像推车一样把弯腰低头的丁埴推到台上。这两个红卫兵是高三应届毕业生，原来都是附中篮球队的主力，高考取消，升学无望，他们成了专门让牛鬼蛇神坐"喷气式"的高手。

汪书敏没有想到父亲会出现，她强扭身看父亲，只见他褴褛的衣服上渗透着血迹，全白的头发像一丛乱草，憔悴的脸上满是杂乱的胡茬。丁埴被推到台前，和陈方村一左一右站在汪书敏的旁边，他站定后倔强地试图抬头挺胸，两边的大个儿红卫兵用力把他按下去。他再度抬头挺胸，但是他被强扭到后背的双臂被两边的大个子猛力举高，同时抓住他的头发使劲后拉，好让在场的人都看到他那张变形的脸。那一刻，汪书敏和陈方村听到了丁埴撕心裂肺的惨叫。

汪书敏腿一软，昏倒了。这时，三个头戴黄色旧军帽，身穿黄色旧军装的红卫兵雄赳赳地跑到台上，军帽下露出的"小刷子"发辫可以看出她们都是女生，其中两个硬把汪书敏从地上拉起来，稍一松手汪书敏又瘫倒在地上。另一个"小刷子"抢过主持人的麦克风，大喊："叛徒装死狗，革命小将决不答应！宜将剩勇追穷寇，不可沽名学霸王。不获全胜，决不收兵！"台下的人跟着狂喊。

台下一个尖锐的声音喊："把美女蛇打翻在地再踏上一只脚！"只见对着麦克风呼喊的那个"小刷子"突然转身走过去，往瘫在地上的汪书敏身上狠狠踏了一脚，汪书敏脖子一歪，嘴角涌出一股鲜血，不再动弹。

陈方村眼看汪书敏被打死了，挣扎着喊了一声："你们法西斯……"话音未落，一个刚刚从下边跑到台上的红卫兵，一脚踹开陈方村脚下的凳子，陈方村突然失重，从台上脑袋着地栽到台下，血洒一片，身体抽搐几下，断了气。

丁埴眼看着女儿女婿惨死在面前，口吐鲜血昏倒了……

陈方村夫妇被隔离圈禁多日，丁埴后来也被抓，陈方村的一儿一女成为无家可归的流浪儿。俞正堂得知孩子无人照顾，就把这两个蓬头垢面衣冠不整的孩子收留在家。学校早已不上课了，街道上整日乱哄哄，俞正堂让这两兄妹和自家的孙儿孙女一起悄悄地在家里学习。家里平添两张嘴，增加了日常花销，但是俞正堂宁愿自家人过紧日子，也不能眼看着陈方村的孩子无家可归到处流浪。

陈方村和汪书敏是分别被关押的，不许家属见面，孩子见不到自己的爸爸妈妈。他们眼中的父母都是精明强干的学校领导干部，外祖父是老革命。现在却受尽白眼和欺负，幼小的心灵被摧残，兄妹俩日夜想念父母，特别是妹妹，夜里常常哭醒。

这天，两个孩子听说附中要开妈妈的批斗会，想趁机看看妈妈。俞正堂坚决不答应，他怕孩子们看到母亲在台上挨斗，一旦情绪失控哭出声来，只能让他们的父母更加难过和担心。

两个孩子没有听俞爷爷的话，偷偷去附中，混到人群里远远地等着看妈妈。两兄妹在一片狂喊声中看到妈妈和爸爸还有外公先后被押着登场，眼看着他们在大庭广众之下挨打受折磨。所谓的批斗竟是如此惨无人道，妹妹终于无法承受，失声大哭。哥哥想起俞爷爷的话，赶紧拉着妹妹离开现场回俞爷爷家。

俞正堂听说两个孩子去看批斗会，不顾一切出门去找。女孩受到惊吓昏阙在半路上，男孩嚎啕大哭不知所措，正赶上前来寻找他们的俞爷爷。俞正堂抱起女孩，牵着男孩的手回家。黄怡欣也神色凄惶地赶到了，她怕孩子听见，悄声对俞正堂说："书敏和方村刚刚被斗死了，开会的人一哄而散，尸体还在地上躺着无人过问。"

俞正堂一惊，顾不得难过，果断地说："怡欣，你和汪书敏多年相处，你要去为她收尸。"

说话间，秉轩也赶来了。俞正堂对儿子说："秉轩，刻不容缓，你们一定要为方村夫妇收尸！"

俞秉轩夫妇都知道父亲的为人，当即就去附中。

俞正堂叫住他们，说："我抱妹妹回家，你们带上哥哥一起去。"

黄怡欣听说要带孩子，说："我们去吧，免得孩子过于悲痛，在心里留下阴影。"

俞正堂说："方村的儿子已到了懂事的年纪，事已至此，该留下阴影就得留下阴影。他的父母是怎么死的，必须刻骨铭心。"

101

当年北门警署事件发生后，尽管陈方村一再说明事情的全过程，栗明谦却始终没有消除对他的怀疑。汪书敏之所以迟迟才入党，就是因为栗明谦对她在这次事件中的表现提出质疑。而陈方村出于对栗明谦的信任，从来没想到是栗明谦阻碍汪书敏入党，只以为汪书敏是受到她父母身份的牵扯。陈方村临死也不知道，把他们一家三口同时拉到台上批斗，起因是栗明谦的揭发。

陈方村毕竟是栗明谦的上级和战友，陈方村夫妇在批斗会上被当场斗死，让禁锢在牛棚的栗明谦处于惶恐不安之中，他的良心一时受到撞击。栗明谦责问自己，陈方村夫妇的死是否与他的揭发有关？然而这良心的撞击只是短暂的轻微的一瞬间，栗明谦的心境很快平复。因为他听说陈方村夫妇不是被斗死的，而是在批斗现场一片混乱中意外死亡，于是自我释怀。

释怀后的栗明谦非常后悔自己片刻的良心触动，痛恨自己思想深处的资产阶级人性论。人性论像隐藏的妖孽时而冒出来作祟，迷惑自己的视线，动摇自己的阶级立场。他要坚决清除人性的心魔，不能讲一丝一毫情分，时时刻刻不能忘记阶级斗争。

自从重提阶级斗争，栗明谦就从一种倾向中看到了另一种倾向。某些人被三年自然灾害吓破了胆，因为饿死了几个人就丢掉革命理想，在右倾机会主义的路上越走越远。很多人对重提阶级斗争缺乏足够的认识，或者麻木不仁，或者阳奉阴违。在中夏大学这样的上层建筑舞台上，投降主义路线已经到了忍无可忍的地步。栗明谦相信中央必将发动一场触及灵魂的深刻运动，他希望运动早日到来，拨乱反正，调整革命的航向。

让栗明谦始料不及的是，这场运动如疾风暴雨一样突然席卷而来。他完全没有想到在党内竟然有一个资产阶级司令部，还有盘根错节的走资派体系。更没有想到运动一来党组织全部瘫痪，各级干部全被打倒。像他这样坚决抵制右倾机会主义的最忠诚的革命者也成了横扫的对象，被莫名其妙地打倒，还受到体罚，真是万分委屈。

大小运动有几十次了，这一场"文化大革命"与以前所有的运动都不一样。站队成为对每一个人的考验，站队站错了一切皆错。栗明谦苦恼至极，身为大学的政工干部，整天教训那些资产阶级知识分子"何去何从"，面对这一场惊涛骇浪，才明白如何站队其实知易行难！

葛绍瑭是栗明谦进入解放区以后才遇上的领导，进城后又跟着他进了省委文教部。栗明谦在解放区时间不长，但是与葛绍瑭朝夕相处，习惯于他的领导方式。邓梓华虽然是中夏大学地下党的上级领导，但是栗明谦的直接领导是陈方村，与邓梓华没有直接接触，进城之前到城工部工作才结识他。栗明谦感觉葛与邓两位领导的风格有很大不同，内心向往的是葛绍瑭。葛绍瑭虽然曾是北大的学生却丝毫没有书生意气，跟那些从山沟里打游击出来的老干部相差无几，而邓梓华身上总有一些书卷气息，看似比较稳重，实则过于右倾，不像葛绍瑭始终保持革命的进取精神。邓梓华在当权以后虽然没有排斥紧跟葛绍瑭的栗明谦，但是也没有重用他，反而提拔陈方村做了副校长。栗明谦尽管悻悻然，却无话可讲，他本来就没有陈方村资格老。栗明谦倒是很佩服仝慎鹏，仝慎鹏和葛绍瑭都是伍挺翔线上的人，仝慎鹏跟伍挺翔的关系比葛绍瑭更近。可是伍挺翔倒台让葛绍瑭受到牵连，仝慎鹏不仅安然无恙，又跟段益玠扯上关系。邓梓华也不敢惹他，让他稳坐中夏大学的第二把交椅。

栗明谦深知，现在讲路线斗争，人人都要站队。运动一开始段益玠就被中央文革点名打倒了，邓梓华随之失势。当年伍挺翔很受上面的赏识，他之所以倒台不过当了保车的弃卒，顶多算是一只大个儿的替罪羊，其实上面也是挥泪斩马谡。葛绍瑭只是跟着伍挺翔倒霉，思想没有什么本质上的错误。现在中夏大学两派都重点打击邓梓华，矛头直指段益玠，而中央文革到现在还没有点伍挺翔的名，他会不会东山再起？葛绍瑭会不会卷土重来？反正不能再站到邓梓华一边，要与他彻底决裂。

韩大彬认为栗明谦揭发陈方村有功，本打算解放他，不料陈方村夫妇被斗死了，马上解放栗明谦显得有点过分。偏偏覃富晶的红旗团大张旗鼓地宣传栗明谦的历史也有疑点，栗明谦之所以揭发陈方村只不过是为了撇清自己，他的问题很快就会暴露，不要以为死无对证。

栗明谦一直关在牛棚里，终日沉溺于辩证地分析形势，浑然不知形势已大变。被贬谪到外地任闲职的伍挺翔最近也被中央文革点了名，造反派把他从外地揪回本省，彻底清算他大搞浮夸风，饿死几十万农民的罪行。各大中学校的造反派争先恐后轮流批斗伍挺翔，他留下的班底悉数被揪斗。葛绍瑭作为伍挺翔在文教领域的代理人，成为全省批斗的焦点人物，而仝慎鹏则是伍挺翔葛绍瑭留在中夏大学的代理人。

覃富晶的红旗团猛批红造总，紧锣密鼓地宣传韩大彬包庇黑线人物仝慎鹏和栗明谦。韩大彬不甘示弱，为了充分显示红造总敢于革命造反，对仝慎鹏的批斗顿时升级。

第三十五章

102

陈方村夫妇之死让焉朋之心有余悸，不是因为他与陈方村有什么牵连，而是担心眼下造反派内讧，彼此打红了眼，乱招怪招迭出，说不定哪一天矛头就对上他。或者自己撞到枪口上，一不当心就丢了老命。每当他以手抚额沉思的时候，总能触摸到一块硬结。那是在牛棚圈禁劳改时，马蜂蛰过留下的，是百般受辱的印痕。焉朋之在造反派散发的油印小报上看到，一位昔日位高权重的大人物被逼无奈跳楼摔断腿，腿断了还得坐在箩筐里被人抬上批斗台。

焉朋之深知自己并不是黄敬齐那一类狂士。知识分子轻如鸿毛，鸿毛只能附着在皮上，皮之不存毛将焉附，可眼下皮在哪里呢？陈方村夫妇惨死在批斗现场，自己的性命不知掌握在谁的手里，死于何处？

当年的焉朋之可不是现在这个样子，他有胆与廖宗甫分庭抗礼。廖宗甫说不随学校南迁者停发工资，别人都下江南，他焉朋之就敢不领国民党的饷，带着全家去解放区。现在造反派把家里所有值钱的东西统统抄走，还把没抄走的书籍连同冬衣都给贴上封条封禁起来，他敢揭开封条取出来吗？造反派说停发工资就停发工资，按家庭人口每人只给12块钱生活费，还说他不劳而获，他敢不要这12块生活费吗？不要怎么过活呢？当年中夏大学听说他要离开西南联大，马上礼聘他过来做文学院院长，如今他敢辞职吗？万一给扣上个什么帽子，到哪里讨饭吃啊！

自从知识分子成为改造对象，一场接一场运动，改造来改造去，到头来还是不折不扣的改造对象。尊严对于知识分子来说比生命还重要，而接连不断的运动就是要毁掉知识分子的独立人格，还谈何尊严！

焉朋之其实很佩服俞正堂。俞正堂年轻时和黄敬齐一起投考冯玉祥治下的县长，说明他也曾有过雄心壮志。俞正堂与伍挺翔可以拉扯上很多关系，可是他对伍挺翔主动送来的乌纱帽看都不看一眼。

焉朋之有幸成为段益玠的座上客。段和他煮茶论哲学，以至于使他有了取代黄敬齐当副省长的非分之想。段益玠葛绍瑭邓梓华都对他貌似尊重，实际没有一丝一毫的信任，如今他们自己都泥菩萨过江了。

焉朋之毕竟是一位深谙儒学的哲学家，对中庸之道自有精辟的理解。坚信中庸之道是天道，矫枉过正，说明"正"还是存在的，世道总有归"正"的一天。至于何时才能回复到"正"，则难以预知，永无宁日也不无可能。如今连谢自力这种无赖都能在大学里横行，不知闹腾到何时方休？焉朋之不知何去何从，只求苟且活下去，兴许可以活到社会归正的那一天，好看看各色人等的最后结局。

焉朋之心里乱得很，各种思绪相互矛盾。他不死心，还是想找到当权者，表白自己愿意跟从。可眼下谁是真正的当权者呢？"文化大革命"初起的时候，焉朋之曾庆幸自己没有回到京城，早早离开了清华，否则运动起来难免最先遭殃。但是从来不卖后悔药的焉朋之开始后悔了，如果还在清华，天子脚下，凭自己在学界的声望，稍微走动走动说不定就会遇上个一言九鼎的大人物，一句话就能得到保护。来到这天高皇帝远的地方，完全不在上层的视野。现在连省里都通不到了，谈何通天？何况省一级的大员都倒台了，向谁表白去？邓梓华早被扫进垃圾堆，平素接触比较多的仝慎鹏处境还不如自己。想到这里，焉朋之觉得自己毕竟是书生，根本看不透这场运动到底是怎么回事？当权者号召造反旷古未见，当然不是号召造他当权者自己的反，而是造对手的反。

焉朋之不想混水摸鱼，只怕被混水呛死。他想不明白，眼下还要不要攀附？往哪里攀附呢？焉朋之对那些造反的学生深恶痛绝，不肯向他们俯就，何况现在造反派又分裂成对立两派，成王败寇难以论定。

焉朋之想到这里，好像到了英雄末路，一股悲凉之气直沁心脾。

焉朋之的住宅夏苑1号突然搬进来三家人，安排他们住进来的理由是废除资产阶级法权残余，割掉资产阶级知识分子的尾巴。三家之中两家都是年轻教师夫妇各有一个孩子，第三家是谢自力和他新找的媳妇。

夏苑的住宅都是两层小楼，唯有夏苑1号是一个松竹掩映的平房院，正房是北房三大间，东西厢房各两间与正房相连。院子中间是一个天井，天井里种有灌木花草，还有一个藤萝架。天井南边的南房，与北房相称，但是分隔为五间。西头两间是南厢房，南厢的隔壁是一大间厨房，门廊挨着厨房占一间，门廊东隔壁是公用卫生间。

焉朋之夫妇原来住在三间北房，东间是卧室带卫生间，西间是焉朋之的书房，中间是客厅。焉朋之有二男二女四个孩子，两个女儿分住东西厢房，两个儿子合住在南厢房。新搬进来的两位青年教师分住进东西厢房，谢自力占了南厢，焉朋之的两个女儿只得和母亲住北房东间卧室。焉朋之夫人刚刚把父子三人的衣服放进西间书房，来封禁的人不由分说贴上封条，任何人都不得进入书房，里面的书籍器物连同衣服一律不许动。两个儿子和焉朋之挤住在客厅。南房的厕所被谢自力霸占，父子三人如厕还得进入母女的卧房里。

两对夫妇都是哲学系的青年教师，以前对焉朋之毕恭毕敬，"文革"一开始马上变脸。自从搬进夏苑1号，同在一个屋檐之下，终日抬头不见低头见，年轻夫妇慢慢私下还是称他"焉校长"或是"焉教授"，称焉朋之夫人"师母"。谢自力跟原先的老婆离婚了，娶了一个比他小十几岁的媳妇，是文革前留校的女团干，说是老姑娘，其实还不到30岁。这俩口住进夏苑1号的重要任务就是监管焉朋之，两口子带着高度警惕性监视他们全家人的一举一动。谢自力以前来抄过焉朋之的家，现在居然住进了他的平房小院，感慨头上顶个工人阶级帽子，比这些臭知识分子不知强到哪里去了。但是他并不满足，盼着有一天将焉朋之一家扫地出门，整座房子都归他。

厨房面积并不小，但是四家人共用就显得非常局促。有孩子的两家都嫌厨房太挤，拆掉天井里的藤萝架，各自搭起灶火，厨房实际上由焉朋之与谢自力两家共用。谢自力就住在厨房隔壁，自己没有添置任何厨具，她的年轻媳妇进厨房拿起焉家的厨具食材调料随便用。

冬天将临，焉朋之父子三人的寒衣都无法取出来。焉朋之问谢自力，能否在他的监督之下打开书房取几件棉衣？眼见焉朋之穿着单薄的衣服在寒风中瑟瑟发抖，谢自力双臂交叉抱在胸前，眼睛也斜着，说："焉朋之，你别问我，封条不是我贴的，这事不归我管。"

焉朋之忍气吞声，轻轻说："哪里，只是有劳你反映一下。"

谢自力翻着白眼："我住的是公家的房子。你又不是房东，我不欠你的，你凭啥指使我！"

焉朋之讨了没趣，唾沫只能往肚子里咽，天冷难耐，只好披着棉被御寒。寒冬腊月，批斗会照开。焉朋之虽无寒衣，但是挨斗是不能缺席的，马夫人只好将一床深色被面的棉被改成棉袍给他穿。焉朋之穿着被面改制的棉袍出现在批斗会上，让所有的人笑场，还说他故意制造气氛，破坏严肃的阶级斗争。

厄运当头，老妻抱病在床，又与儿女同处一室，心有不甘，却无可奈何，无处发作，只有暗自悲伤。他不想在妻儿面前过分颓唐，让全家人都失去求生的愿望，刻意做出旷达之状。

昨天焉朋之家难得炖一次肉，谢自力的老婆到厨房不客气地掀起锅盖盛一半拿去吃了。焉朋之两个儿子要去跟这女人理论，他好说歹说才劝住儿子，自己却咽不下这口气。困兽犹斗，不能坐以待毙。焉朋之决定，还是去见见红旗团的头头覃富晶，他在省委机关夺权出了名。自己虽然两手空空，可是也有投名状。焉朋之准备将当年与省委书记段益玠谈论哲学的情况说给覃富晶，表面上自我批判，实则揭发段益玠鼓吹"合二而一"，看看能不能为覃富晶在省里夺权助上一臂之力。不打不相识，他不相信年纪轻轻的学生水火不进，刀枪不入。

马夫人知他要外出，在床上急得直呼儿女拦住他，说校园里武斗升级，还是老实呆在家里。焉朋之自有主张，他一定要见见覃富晶。毕竟覃富晶是大四的毕业生，比与他对立的韩大彬多读了几年书，理应知书达理一些，就直奔红旗团总部。

红旗团总部早就戒备森严，那气氛俨然如战斗打响前夕，焉朋之不免心慌。既来之，则安之，还是要试试运气的，就自报家门："我是反动学术权威，原副校长焉朋之，我有重要的情况向你们领导汇报。"站岗的小伙了吃了一惊，原来这个穿着邋里邋遢的老家伙是个人物，不知他来何事，赶紧往里面通报。

焉朋之被拦在外边傻等，不料谢自力也来总部，见了他大喝一声："焉朋之，你不老老实实在家里交代罪行，来这里干什么？你是替谁来打探消息的？"

焉朋之忘了谢自力也是红旗团这一派，没想到会遇上他，顿时后悔多此一举。他回头就走，却被谢自力喝住："焉朋之，老实待着。我要报告上级，审查你来我们总部打什么坏主意！"

说话间，那守门站岗的小伙子回来，见谢自力正对焉朋之说话，就说："谢师傅，你认识他呀。正好刚才老覃指示说，焉朋之有啥话给你说就行了，现在没功夫见他。"又对焉朋之说："喂，你听到了吗？有啥话你就向谢师傅报告！"

谢自力很得意，呵斥焉朋之："快滚回家去，现在没功夫听你胡说八道！"

焉朋之看到红旗团的学生个个手持钢筋长矛，头上戴着柳条帽，来去匆匆，自知来的不是时候。他本想找可以附着的"皮"，结果碰了一鼻子灰不说，反而受到更大侮辱。

中夏大学的红造总和红旗团两派都自称造反派，指责对立一方为保守派。双方从大造舆论互相攻击，到抢占校园地盘，最后以反修（明德）大道为楚河汉界各据一侧，从"文斗"上升为"武斗"。

容楼成一直追随韩大彬，现已成为红造总的武斗骨干先锋。他发明了用自行车内胎做成的强力弹弓，以窗框为弹弓架，弹丸直接用半截砖头，两个人合力拉开强力弹弓，可以击碎对面楼房的窗户。

一个名叫刘建祥的男生，哪一派也不参加，一个人整天关在宿舍里拉小提琴。两派都曾劝他入伙，他笑吟吟地对人家说："悠然居斗室，号称逍遥派。武斗干我事？拉琴自开怀。"

这一天，刘建祥自备的干粮吃完了，他旁若无人地独自经过反修（明德）大道，去看食堂有无开饭。红造总一方怀疑他是红旗团的侦察兵，用强力弹弓击中刘建祥的脑袋，当场毙命。红旗团认为红造总伤了自己这一边的人，怒不可遏，誓言为革命战友报仇，也用强力弹弓反击。双方从此开始冷兵器对攻，各有损伤。

后来才搞清楚死者是个逍遥派，哪一派都不是，死得实在冤枉。红造总为了推卸责任，通过大喇叭播出一篇评论《和平主义者的可悲下场》，红旗团一方的回应是《丢掉幻想，准备战斗》。双方都不同情死者，实际上都说死者该死，不仅互相攻击，还都借此为武斗招兵买马。

原来，就在刘建祥被打死的前几天，美国黑人领袖马丁·路德·金被种族主义者枪杀于田纳西州孟菲斯。报纸和广播电台及时报道了马丁·路德·金之死，但是淡化这位民权领袖对争取黑人平等权利所做出的贡献，更不提他曾获得诺贝尔和平奖，反而说他是和平主义者，主张对反动派不抵抗，结果反被种族主义枪杀。

红造总评论说："中夏大学两派之争是路线斗争，矛盾不可调和。中夏大学每一个有觉悟的人，都应该旗帜鲜明地站在红造总革命造反派一边。刘建祥之死和鼓吹和平主义的马丁·路德·金之死都不是偶然的，中夏大学校园里容不得逍遥派！"

红旗团评论说："在两派之争的大是大非面前，必须做出正确的抉择。丢掉幻想，准备战斗。你不斗，残酷的斗争照样降临到你的头上。迷惑于和平主义，只能落得马丁·路德·金一样的可悲下场。"

103

死人事件为两派武斗火上浇油，武斗逐日升级。

红造总撬开学校武装部的仓库，把全部二十多枝步枪攫为己有。谢自力不知通过什么门道，也弄来十多枝步枪，为覃富晶的红旗团立下大功。冷兵器作战已经不解恨，一旦双方搞到子弹，武斗即将由冷兵器搏杀升格为真枪实弹的热战。中夏大学陷于严重的混乱与恐怖之中，人心惶惶，民不聊生。

半夜里，焉朋之睡不着觉。前半夜是两家年轻夫妇的孩子哭闹，后半夜有人在院子里走来走去不消停，一直折腾到天快亮。

焉朋之两个儿子也被半夜里外边的行动搅扰得睡不成觉，透过门缝往院子里看，看见谢自力正往南厢房里搬很沉重的物件。儿子们奇怪他为什么非要在后半夜搬东西，显然有不可告人的秘密。南厢房本来是两个儿子的房间，谢自力一则为了省钱，二则以为南厢房已成为他的家，焉家的人不敢进去，所以没有换门锁。焉朋之两个儿子觉得谢自力鬼鬼祟祟，又恨他老婆吃了他家炖的肉。第二天上午趁谢自力两口都不在家，悄悄用留下的钥匙开了南厢房的门进去看。不看则已，一看大吃一惊，床底下几件脏衣服盖着两箱步枪子弹！

焉家人都惊骇不已，两派真的要真枪实弹武斗了，这可是要命的事。焉朋之深知一旦开枪，死伤的多是无辜者，毁坏的是学校，受连累的是自己和家人。他虽然手无缚鸡之力，也不能眼睁睁地看着中夏大学毁于武斗。他要想办法把消息透出去，让外面知道中夏大学两派武斗要升级，要开火了。就算有人放任学生造反，毁掉中夏大学在所不惜，但是民间一旦动用枪支弹药，这个反就造得没有边界了，上面无论如何也不至于容忍持枪造反吧？

焉朋之苦苦想了一夜，始终想不出办法。他恨谢自力这个流氓无赖，鸠占鹊巢不说，还把祸害引进自家院子里。他不想牵涉进去，保住自家人的性命最重要。枪子儿就在自家院子里，如何是好？

那两箱子弹像是放在自己家里的定时炸弹，搅得焉朋之心神不宁，忍不住走出夏苑去观望校园里的动静。

焉朋之刚刚过了惠水桥，碰巧遇上容锡田。原来，容楼成知道武斗很快就会升级，打电话让在小北门值班的容锡田赶紧回家。容锡田听儿子的话，放下电话往家走，刚好碰上焉朋之从夏苑出来。焉朋之毕竟是副校长名教授，既然碰面了，老校工容锡就给他点点头算是打招呼。

容锡田主动打招呼，焉朋之受宠若惊。焉朋之认识容锡田，他是守大门的，他的儿子是电工，来家修过电灯。他突然想起容锡田的儿子还是红造总的一个头目，是覃富晶的对立面，与谢自力势不两立。焉朋之灵机一动，走到容锡田跟前。

容锡田不过是下意识地打个招呼，并不想和他攀谈，冷冷地说："你要干什么？"

焉朋之不以为意，觍着脸趋近容锡田，附在他的耳上低声说："容师傅，我有重要情况向你报告。"遂把谢自力半夜往屋里搬子弹的事情告诉他，又说："我认为红造总才是真正的革命造反派，所以冒险出来举报，正巧遇见你。容师傅，你一定要把消息传到外边去，无论如何不能在校园里开枪打死人。"

容锡田大吃一惊，顺口说了一句"你没有看错吧"，大步流星往家走了。

容锡田似乎没有反应，焉朋之呆呆地站了片刻，返身过惠水桥回家。中夏大学校园里会不会响起枪声，只有天晓得了。

焉朋之的消息非同小可，容锡田回家赶紧告诉儿子。红造总和红旗团两派各自都在找子弹，唯恐对方先有子弹占上风，正千方百计打探对方的消息。容楼成万万没有想到，他父亲居然轻易得到重大的情报。

韩大彬从容楼成那里得到消息，一面让红造总加强战备，一面同时向派出所和省市公安报案。两派之间的诬告司空见惯，处于军管的公安系统并未给予重视。

一天凌晨，一声清脆的枪响惊醒了中夏大学校园所有的人。枪弹已经流入学生手中，真枪实弹的武斗拉开序幕了。

眼看造反派越来越不听话，更失去利用价值，中夏大学局面完全失控，运动已经进入野蛮境界，再不管不行了，一道新的指示下来，工人阶级登上上层建筑，中夏大学要进驻工人阶级宣传队。谁知道从纺织机械厂派出的工宣队刚进校门，就有一位工人中了流弹，子弹穿胸而过，幸无生命危险。工宣队再不敢贸然深入校区，上面也怕工人有复仇情绪，使局面更加恶化，马上撤了这支工宣队。现在除了实行军管，别的办法再不能奏效。可是"无产阶级文化大革命"搞到以军管收场岂不贻笑天下？于是，一支由军人和工人共同组成的"宣传队"浩浩荡荡开进了中夏大学。

新的工宣队来自早先被军队接管的新民印刷厂。一声令下，一些家庭出身好的工人，加上刚进厂的转业兵，穿上新发的工作服，跟着军宣队一起进了中夏大学。

军人全部来自一支内卫部队，带队的是该部队副政委杨耀兴，实际管事的是政工处长薛敬群。

大首长在军宣队进入中夏大学之前，亲自向杨耀兴布置任务："制止武斗，稳住局面，纠正派性，促进团结。协助工人阶级占领上层建筑，夺回大学的领导权。"

大首长交代要重用薛敬群，杨耀兴惟命是从。薛敬群曾是大首长的机要秘书，甚得大首长信任。出发前，大首长又单独召见薛敬群，对他面授机宜。

大首长像拿刀剁肉一样，将手掌往空中一劈，说："哪一派都不要，只要革命派。"

大首长说："原来那些掌权的干部搞修正主义，不能用了。留个把学术权威当反面教员。"

大首长又说："大学还要不要办？总之不能再留在城里闹腾了。"说着像赶苍蝇一样，把手一挥。

大首长最后说："阶级斗争，一抓就灵。好了，我送你上马，就看你的下马威了。"

大首长日理万机，不能与薛敬群长谈，讲话言简意赅，意味深长。薛敬群若不是有几年跟随大首长的经历，很难理解他那高深莫测的讲话，现在薛敬群对大首长的每一句话，甚至每一个动作或语气都能透彻领会。

出发之前，杨耀兴问薛敬群打算怎样开局？薛敬群胸有成竹地说："狠抓阶级斗争，一进校首先清理阶级队伍！"

杨耀兴对首长指示的理解是依仗军威，收拾残局。他原来的打算是稳字当头，先控制住局面，薛敬群却要先搞清理阶级队伍。清理阶级队伍当然更有震慑力，能把大学那帮人震住，局面自然稳住，不无道理。清理阶级队伍很有可能是大首长直接给薛敬群的锦囊妙计，也或许是薛敬群的主意得到了首肯。那就按他说的，让他往前冲吧。

军宣队工宣队进校先接收两派各自分据的地盘，夺了造反派头头们的权，拆除了武斗工事，接着追查对工人阶级开枪的首恶分子。查来查去，把盗窃枪支弹药给造反派，挑动武斗的现行反革命分子谢自力抓走了。公安押着谢自力，现场查勘他私藏的子弹的地方。现场就是夏苑1号南厢房，杀人的子弹就藏在焉朋之儿子原来的住房里。

<h2 style="text-align:center">104</h2>

所有在校外的大学生被召回学校复课闹革命，师生不分派别都回到各自所在的系。被造反派关押的走资派反动学术权威地富反坏右黑五类都被释放了，各回原单位。大学的局面似乎要回归正常，住在夏苑里的教授们也敢跨出惠水桥，在校园里走一走了。

一直被群众专政的仝慎鹏也被放出来了，回到蜗居在一间平房的家。他并没有因回到家与亲人团聚而欢欣，终日闷在家里，无所事事，无人问津。直到有一天，管胜利通知他去汇报思想，给他说起军宣队的来历，仝慎鹏大惊。他万万没有想到，军宣队第一号人物居然是曾经有过交往的杨耀兴！

仝慎鹏在鄂豫皖根据地时，奉伍挺翔之命接待过杨耀兴。杨耀兴当时从八路军总部来鄂豫皖根据地秘密执行一项重大的锄奸任务，伍挺翔指定仝慎鹏与杨耀兴配合，并负责保卫他的安全。执行锄奸任务期间，仝慎鹏听从杨耀兴的调遣，为他服务周到，彼此相处十分融洽。

锄奸任务顺利完成后，杨耀兴托付仝慎鹏一件事。杨耀兴的家乡就在鄂豫皖根据地边界，国共双方的队伍时常在不同的时段在此地出没。杨耀兴家有父母，虽然近在咫尺，他却因重任在身不能回家。杨耀兴在离开鄂豫皖根据地之前将一根金条交给仝慎鹏，郑重其事地说："慎鹏同志，这是我平时积攒下的一根金条，若有机会，请你转交给我父亲。我知道根据地的形势复杂，这件事可办可不办，千万不要勉为其难。如果不便转交，你就留着自己用。这是私事，不必对别人说。"

仝慎鹏爽快答道："请首长放心，我一定完成任务，绝对保密。"

杨耀兴进入鄂豫皖吃住全由仝慎鹏负责，他自己并不用花一分钱，一根金条不是小数，说不定这钱是锄奸任务的经费。仝慎鹏也就是这么一想，并没有追究这金条的来历，信守承诺费尽周折把金条交到杨耀兴父亲手里。此后与杨耀兴再无见面机会，他父亲是否对他儿子确认收到，仝慎鹏不得而知。反正不负受人之托，问心无愧。日久天长，仝慎鹏渐渐将此事淡忘。

杨耀兴从父亲那里得知仝慎鹏将金条送到后，从心里夸赞他的为人。虽然两人再无见面，杨耀兴却永远记住这件事。他因那一趟鄂豫皖锄奸之行立下大功，从此更加受到重用。又因锄奸之功转入内卫部队，并且不断提拔升官，当上内卫部队的领导。

世事难料，时隔二十多年，杨耀兴又在仝慎鹏眼前出现了。现在彼此身份悬殊，杨耀兴居高临下，这对仝慎鹏来说，不知是吉还是凶。如果杨耀兴多疑，那只能自认倒霉，说不定性命难保；如果杨耀兴还知感恩，或许能帮助他从苦海中解脱。结果如何？只能听天由命。

杨耀兴完全没有想到，二十多年后，在阶级斗争极其严峻的"文化大革命"中与仝慎鹏再次交集。几年残酷激烈的"文化大革命"运动下来，人的性情已经大变，连亲人也互相揭发，反目成仇。不知仝慎鹏这些年的长进如何，现在他虎落平阳，犯不着为他伤脑筋。如何处置他，且行且看。

杨耀兴另有更大的烦恼，烦恼在于薛敬群。薛敬群是他一手提拔上来的，此人机灵有眼色，能说会道，大首长需要一个机要秘书，杨耀兴就把他推荐上去。薛敬群当了机要秘书，甚得大首长的喜爱，时不时找他说说话，经常直接给他交代任务。薛敬群因为工作需要，渐渐与大家疏远，日久也显出几分高傲。薛敬群从大首长那里得到的指示，从不向杨耀兴泄露一丝一毫。不过他对杨耀兴这个顶头上级还是毕恭毕敬，也不忘提拔推荐的旧恩。不过来到中夏大学以后，薛敬群手持尚方宝剑，渐渐成为主角，杨耀兴反倒变成了隐身人。杨耀兴难免嫉妒和猜忌，但是只能隐忍不发。

中夏大学的局面刚刚稳定，还没有消停几天，清理阶级队伍运动开始了。

军宣队在反修（明德）大礼堂召开动员大会。薛敬群声色俱厉发表讲话，要革命群众绷紧阶级斗争这根弦，在宣传队领导下清理阶级队伍，揭发暗藏的阶级敌人。他向暗藏的阶级敌人喊话，要他们"竹筒倒豆子"。"竹筒倒豆子"的意思是彻底坦白交代，是薛敬群自己原创的话，可是他对杨耀兴说："这是首长的原话，很准确，很有震慑力。"

这一次清理阶级队伍不打击一大片，只针对一小撮。抓出来的一小撮也不再实行群众专政，而是在大会上突然把阶级敌人揪出来，

直接由公安逮捕，当场带走，其震撼威慑之强烈不可言喻。第一批清
理两个阶级敌人。一个是外语系的日语副教授陈明迪，他是来自日本
的归国华侨，平时深居简出，孤身一人无儿无女。中夏大学很多人只
知道他编了好几本日语教科书，却很少见到这个人，原来他是隐藏很
深的日本特务。另一个就是谢自力，他原本已经被抓走，斗争大会之
前特意把他放回来，在会上当众将他五花大绑，再抓一回。

第三十六章

105

仝慎鹏认为杨耀兴的出现可谓天赐良机，要抓住机会，争取翻身，当务之急要引起杨耀兴的关注。

仝慎鹏向杨耀兴递出投名状，提交一份揭发材料，揭发副校长何季平是暗藏的国民党中统特务，他与CC头子陈果夫既是同乡又是同学。何季平年轻时就被网罗到国民党中央俱乐部，是CC骨干分子。何季平在学术上一无成就，却依仗他另一位同乡国民党高官朱家骅，在旧社会一直吃得开，年纪轻轻就当上中夏大学教务长。解放前夕，他表面和稀泥，暗中服从朱家骅的指令，追随反动校长廖宗甫，具体指挥中夏大学南逃。在修正主义路线的包庇之下，何季平实际长期把持中夏大学。

杨耀兴知道仝慎鹏是故意出风头，意在引起对他的注意。如果他只是为了摇尾乞怜，分寸拿捏好的话，可以给他一块骨头。如果他像一条疯狗乱咬，必将及早下手除之。杨耀兴老谋深算，自己不出面接触仝慎鹏，放手薛敬群去处置。

薛敬群看了仝慎鹏的揭发材料，大喜过望。原来中夏大学果然还藏有大鱼，充分说明将清理阶级队伍作为军宣队进驻后的开局第一仗，是极为正确的战略决策。薛敬群连夜查看何季平的档案，果然发现其中多处漏洞。当即派人找何季平谈话，要他"竹筒倒豆子"。

刘颖兹自从附中那一场疯狂的批斗会后一直惊魂不定。她回到家就蜷缩在沙发里发呆，有时候一天也不吃不喝不睡，整天反复念叨这些话：

"陈方村和汪书敏都被斗死了，就在我眼前，在我旁边……"

"那些动手的女孩子，平素都很温顺……"

"他们哪来的仇恨，怎么下得去手啊？……"

"打死一个，摔死一个，眼看着两条命没有了……"

"一个中学校长，一个大学校长呢……"

"汪书敏从上高中起就跟着我，我是看着她成长的，又看着她在我眼前惨死……"

"他们的孩子还小呢，突然间就成孤儿了……"

刘颖兹知道俞正堂收留了汪书敏的两个孩子，她很想过去看看，送些钱过去。但是她除了不得不奉命参加批斗会，平时不敢一个人出门。

何季平体谅到妻子的惊恐，脑子里也总是想象那恐怖的一幕，他说："孩子的事不在乎这一时，眼下有俞正堂照顾他们，你还是呆在家里。"。

"季平，军宣队来了，学校不武斗了。可是运动不停，还是抓阶级斗争，接下来会不会轮到我们？"刘颖兹下意识地依偎着何季平，他们老夫老妻了，多年都没有如此亲近。

"怎么会呢？大风大浪我们都闯过了。不会的，再说这辈子我们也没有得罪过谁呀。"

何季平是中夏大学元老之一，他做了三十年教务长，直到位居副校长。他一直负责教学管理，维护整个学校教学的正常运转，勤勉敬业，通达干练。他们夫唱妇随，相敬如宾，因为无儿无女，没有家庭负担，所以经常周济别人。他们夫妇人望高，人缘好，是中夏大学有名的模范夫妻。当然背后也有人说他的坏话，说他唯唯诺诺，八面玲珑，貌似忠厚，内藏奸诈。何季平听到总是一笑置之，从不在意，更不追究。

"文革"来了，何季平当然被打倒，整天交代如何执行修正主义教育路线，写了无数遍检查交代。他给自己扣上一大堆帽子，就是不承认"仇视工农子弟"。他从来秉持有教无类的理念，不仅不看学生的出身门第，反而格外器重那些出身贫苦家庭而努力上进的学生。

军宣队戚参谋找他一番谈话，何季平感觉大事不妙。

何季平和陈氏兄弟确实同乡，与陈立夫小学中学同校不同级，彼此只能算作校友，从未有过来往。至于朱家骅，何季平只是从公开的履历中知道他是吴兴人，根本不认识他，后台之说纯属无稽之谈。何季平不会承认无中生有的事，宁可被屈打，绝不会违心地胡招乱供。但是，一种无名的恐惧感突然袭来，他再也不能当着妻子的面故作平静。

何季平被约谈之后，带着一脸颓唐的神色回到家，把军宣队让他"竹筒倒豆子"的话说给妻子。一直余悸未消的刘颖兹更加紧张，反复问："他们也会往死里整我们吗？"

何季平夫妇在中夏大学几十年，为人处世谨小慎微，从来都是谦谦君子，宁可忍让也不得罪人。夫人刘颖兹是中夏大学附中的创始人，更以忠厚长者形象示人。何季平年轻时从不关心政治，缺少革命热情，不理解社会革命，对党派社团全都不感兴趣，根本不会加入什么中统、CC。但是何季平心里并不非常踏实，却故作镇静地对妻子说："不怕，没有就是没有，即便有人硬给我扣上中统特务的帽子，也终有冤情大白的一天。"

何季平这些年也很苦闷，本指望经过思想改造提高认识，脱胎换骨，轻装前进，没想到越改造思想越落后，眼看着原来的同事一个个成了罪人。所幸一场大饥荒后稍微有些缓和，不料肚子还未填饱，更激烈的运动又把学校搞了个底朝天，连党委书记邓梓华都成了阶级敌人。何季平百思不得其解，整天喊着誓把无产阶级文化大革命进行到底，前路茫茫，何时到底？还会发生什么？

忽一日，戚参谋突然闯进只剩一间居室的何季平家。他装模做样地坐下，跷起二郎腿，故意摸索着好像要抽烟。何季平从不抽烟，家中曾经备有待客的香烟，常因存放时间太久而发霉。有一次客人抽了发霉的香烟大咳不止，让何季平十分尴尬，从此不再备烟。

戚参谋看何季平并无敬烟的意思，只好从衣袋里掏出烟自己点上。

何季平家里倒是常备上品好茶，连忙给戚参谋沏上。茶杯摆在他面前，他看都不看。

戚参谋吸着烟打官腔："何季平，最近交代得怎样啊？"

何季平说："是这样。我一直在尽量回忆，不断补充材料，争取把自己的历史交代清楚。"

"我们发现有一段经历你在刻意回避呀！"

何季平微微吃惊，静听下文。戚参谋故意不停地摇晃着二郎腿，吞云吐雾，引而不发。

沉默一阵，戚参谋突然问："何季平，你去过日本？"

何季平稍稍发慌，随即回答："短暂去过，不过是旅游观光，印象不深，容我好好想想。"

"你是九一八事变之前往返日本的，为什么选择这个时机？你老实交代吧！"戚参谋说完站起来，把烟头丢到地上，甩手走了。

军宣队经过一个多月密集外调，发现何季平夫妇于1931年7、8月间在日本呆了两个月左右，在"九一八"事变之前回国。何季平在他所有的履历表和自传中均无交代这一段经历，这是重大的漏洞。他为什么刻意隐瞒曾经去过日本，又为什么选择在"九一八"事变之前回国？这背后有什么不可告人的秘密？与日本军国主义发动侵华战争的阴谋是否关联？何季平会不会是到日本接受间谍机关培训，然后在"九一八"事变之前派遣回国？

　　专案组仔细对比何季平在不同时期填写的各种自传和履历表，发现只有一份在1953年写的自传中提到他从英国留学回国后曾在沪江大学任教，证明人是荣家厚。因为沪江大学已经不复存在，何季平在沪江大学的时间也很短暂，他后来填写自传或履历均未再提及。如果CC问题尚无确证，而他刻意隐瞒这一段履历，就是大大的疑点了。

　　专案组穷追不舍，派人找遍上海，再由上海找到苏州，终于在苏吴大学找到了那个叫作荣家厚的人。荣家厚早就改名为荣国兴，一直在苏吴大学做图书馆馆员。他是个每逢运动就挨整的"老运动员"，"文革"一开始就被隔离审查，受尽折磨。荣家厚为求自保，大肆揭发别人，为造反派提供线索。他揭发的线索越多，找他外调的人越多，自以为自己的利用价值越大，至少可以保住性命。实际上他揭发别人，等于把疑点都加到自己身上，无法自圆其说，把自己拖进黄河里，洗也洗不清。

　　外调人员问起何季平，荣国兴不假思索立即说他知道这个人，说何季平在沪江大学的时间虽然不长，但是出尽风头，不仅因为在杂志上发表小说受到追捧，还与学生当中一位富家小姐结婚，一起去日本。何季平夫妇是1931年9月进入中夏大学的，军宣队认定他在"九一八"事变之前往返日本，是去日本接受特务训练。

106

　　何季平虽然从英国学成归来，初到沪江大学并不适应这里的洋泾浜文化氛围。中文系本来要他开讲西洋文学，他开的课却是"明清文学"，学生们兴趣不大，选课的人寥寥无几，破坏了他教书的热情。年轻气盛的何季平精力充沛，教书只是敷衍上课，时间都用来给报纸杂志投稿，散文杂文小说白话诗不拘一格。他的文章偶尔见报，但不断变换笔名，无人知道哪些文章出自他的手笔，也未引起读者注意。终于有一天，他以"向生"为笔名的短篇小说在《新月》杂志上发表。小说题目是《投江》，写一个落魄知识青年庄梦郊，初入社会四处碰壁走投无路，心灰意冷，打算投黄浦江轻生。庄梦郊正要从岸上跳下去，见旁边伫立着一位姑娘。姑娘神情恍惚似乎也要投江，庄梦郊油然而生恻隐之心，对她好言相劝。姑娘名叫英紫，她也为生活所迫打算投江自尽。两个痛不欲生的沦落人，在交谈之中彼此唤起对人生的留恋。梦郊和英紫由互相同情到相恋相爱，终成眷属。夫妻虽然经济上勉强度日，但是生活甜蜜，外人都说他们不仅恩爱而且长得相像，真是神仙眷侣。相处日久，逐渐了解彼此的身世，不料将各自的亲朋好友串联起来，最后竟然发现他们是从生下来就失散的龙凤双胞胎，而英紫这时已经怀孕在身。晴天霹雳眼看要拆散这对冤孽情侣，但是他们彼此恩爱绝不分离。在风雨交加之中，双双回到黄浦江边初会之地，相拥投江，消失在滔滔浊流之中。

小说曲折的情节令彷徨苦闷的知识青年感动，该期杂志一再重印。小说作者"向生"受到追捧，大批读者向杂志社打听作者的真实身份，女性读者更希望"向生"是男性。

沪江大学文学系即将毕业的女生刘季康从心底仰慕小说作者，她觉得只有充满爱心的人才能写出这样的作品。刘季康穷追不舍一定要找到作者，如果他是长者就拜他为师，如果是女青年就与她做可以倾诉衷肠的朋友，如果是男青年就向他吐露爱慕之意。但是刘季康就是打听不出作者究竟是谁，因为"向生"只和《新月》杂志书信联系，连编辑都不知道他的真实身份。

一个午后，刘季康趁书店人少去买书。她正在翻看图书，进来一个人直奔柜台。那人要买刊登《投江》的那一期《新月》，偏偏这一期《新月》即将售罄。店员将最后两本收起，准备留下卖给自己的朋友。想买杂志的人说他就是本期小说《投江》的作者，因为杂志社的赠刊迟迟未收到，恳求店员无论如何卖给他一本，哪怕收到赠刊后再多送一本给书店。这店员被小说《投江》吸引，对作者极为崇拜，没想到"向生"出现在面前，异常激动。但又怕这人只是为了买到杂志而冒名作者，将信将疑。"向生"只好说他是沪江大学文学系的教师姓何，确实是小说《投江》的作者。店员看他说话真诚不像假冒，就卖给他一本，并请"向生"为剩下的那本《新月》签名。店员洋洋得意，恭恭敬敬将他送出书店。

刘季康从店员口中得知那人就是她踏破铁鞋无觅处的"向生"，紧追过去。本以为"向生"远在天边，其实近在眼前，原来他就是同学们都不看好的年轻教师何季平。

刘季康与何季平一路攀谈，回到学校立即拿出她珍藏的那一期《新月》请何季平签名。因为小说大受追捧，沪江大学的人后来都知道何季平就是"向生"了，却没有人知道最先发现"向生"的是刘季康。

这奇妙的一见，何季平与刘季康彼此钟情。他们发现各人名字中都有一个"季"字，刘季康籍贯虽然是江苏扬州，但是她和何季平都出生在浙江吴兴。两个人都十分惊奇，真是天公作美，机缘巧合。

何季平出身于书香门第，祖上是翰林，父亲中举，何季平的母亲季家是吴兴殷实的盐商。季家到了何季平外祖父这一代开始家道中落，外祖父膝下只有一个女儿即何季平的母亲。何季平两岁时，他的外祖父瞒着他的外祖母包养外室，期盼为季家生个儿子。外室怀孕后，外祖父得意忘形，以致走漏消息，外祖母大闹不休，声言生下孩子无论是男是女坚决拒之门外，搅得全家不宁。外祖父无奈，心灰意冷，索性将自己日益衰落的生意作为陪嫁，将怀有身孕的外室，以养女的名义，许配给自家盐号里扬州藉的年轻伙计刘春阳，并且对他挑明养女已经怀孕。刘春阳白白捡到到一份蛮不错的产业和长得如花似玉的老婆，虽然她已有孕在身，也强似回扬州乡下老家娶一个黄脸婆。

刘春阳娶妻刚半年，女儿出生，他对外人只说老婆早产。这女儿生来就是个美人坏子，乖巧伶俐，十分可爱，乳名取作英儿。自从英儿出生，刘春阳从主家接过来的生意开始兴旺起来。他觉得这母女旺夫旺家，所以对妻子相敬如宾，将女儿视如己出，像掌上明珠一样怜惜呵护。刘春阳的生意从湖州做到嘉定，越做越大，成了大老板。他原打算回老家扬州发展，后来干脆把生意做到上海，在英租界置下洋房定居。英儿母亲看刘老板真心诚意待她们母女，又为他生下一子，相夫教子，精心操持家务。刘老板夫妻和谐，深知能有今日全拜季家所赐，始终不忘旧恩。

英儿到了上学年龄，需要正式取名。英儿的母亲很想在女儿名字中加上一个季字，暗示女儿的血脉，并含感念旧恩之意，但是实在难以对丈夫启口。不料，刘春阳给女儿取的大名竟然是"季康"。刘家祖上从不重男轻女，无论男女一律大排行。刘春阳也有意在刘氏宗族里显示英儿血统正宗，就按照同宗同辈大排行给女儿取名。英儿在刘家同辈的大排行第四，又是康字辈，名字叫作刘季康。刘春阳善解人意地对妻子说："英儿的名字带上季字，有根有据，还暗含我们不忘季家老主人的旧恩。"英儿母亲大恸，更加感激丈夫，越发对他忠心耿耿。

何季平与刘季康你侬我侬，感情迅速升温到谈婚论嫁。刘季康即将毕业，两人商定禀告双方家长后成婚。

何季平外祖父没有子嗣，强势的外祖母又不许外祖父纳妾，独女出嫁时，亲家双方商定，女儿嫁过去若生下男孩，名字中应有季字，以表明这孩子身上有何家和季家两姓的血脉。何季平的祖父毕竟是读过《天演论》的人，虽然不同意无子便是无后的观点，但是很体谅季家无子的心情，在给孙子命名这件事上豁达大度，为他取名何季平。

何季平父母的思想更加开通，不反对儿子自由恋爱，但是也希望未来的亲家门当户对。他们对儿子有言在先，要求他如果有了心仪之人，一定要知根知底，并且如实向家长禀报。何季平觉得自己的爱人出身富家，沪江大学毕业，花容月貌，温良贤淑，而且两人一见钟情倾心相爱，应是俗话说的"天设一对，地造一双"，父母哪有不同意的道理？

何季平回到家先介绍刘小姐的人品学识，再说他们相识的过程，父母听得面露喜色。不料何季平说到刘季康的家世，父亲脸色陡然大变，母亲几乎昏厥。何季平莫名其妙，只听他父亲正色厉声说："刘小姐千好万好，这门亲事绝对不可，你马上断了此念！"

刘季康回家禀报后，刘家父母的反应比何家父母的反应更为激烈，刘季康的母亲如遭五雷轰顶，以致发出撕心裂肺的哀嚎："老天，我怎么遭到这样的报应！"

等大家情绪稍稍平复，刘老板对刘季康说："英儿，我和你母亲早就约定，永远不让你知晓你的真实血缘，你从出生一刻就是我的亲女儿，永远都是我的亲女儿。但是天意难违，老天非要我们告诉你不可。你并不是我的亲骨肉，你与何季平年龄虽然般配，但是你与他的母亲是同父异母的姊妹，你其实就是何季平的小姨。"

刘季康遭到难以承受的打击，一直处于恍惚状态。她从出生就尽享父爱，从来没有怀疑过父女之间的血缘关系，突然"乱伦"像泰山压顶一样让她艰难喘息。何季平母亲的年龄分明是长辈，实际上却是长姊，自己深爱的情侣竟然是外甥！受过现代高等教育的她万万没有想到，两个人名字当中同一个"季"字，不是姻缘而是血缘，这是何等残酷的现实！

刘春阳为了安抚爱女的情绪，送给她一个红木匣子，里边装满了首饰珠宝，这是早就为她备下的妆奁。刘春阳对女儿说："英儿，你才貌出众，我们家薄有财力，不愁没有乘龙快婿，你一定会再遇到如意郎君的。"

真诚的父爱让她既感动又羞愧，但是与何季平的爱情难以割舍。何季平与刘季康分手时相约，他回家禀报父母后即回上海向刘家正式求婚。眼看约定的时间到了，刘季康终日坐卧不安。她痴心地想，如果何家知道这层血缘关系，何季平可能就不会如约来见她了，如果还依约相见，那就说明何家根本不知道这血缘的秘密。假如何季平真不知情，只要他同意此生不要孩子，她宁可断绝与家庭的关系也要与何季平共度此生。刘季康已经绝望，她只期盼着何季平即便知道彼此的血缘关系，与她绝交，也会如约再见最后一面，将这一场悲剧做个交代。

就在两人约定会面的前一天，有媒人登门季家，原来是杭州有名的荣氏丝绸庄的长公子荣家厚向刘家小姐求亲。荣家厚其实是刘季康沪江大学的同班同学，一直死乞白赖地追求刘季康。在刘季康眼里，荣家厚不过是个酒囊饭袋，典型的纨绔子弟，根本看不上他。没想到正在自己心痛欲裂的时刻，这个无聊的荣家厚竟来了这么一出。

刘季康的父亲刘春阳原以为这是一个难得的机会，但是女儿根本不予考虑。刘春阳非常开通，尊重女儿的意见。他婉言拒绝提亲者，说："小女与荣公子都是主张自由恋爱的大学毕业生，又是同学，我们家长尊重女儿自己的意愿，无须媒妁之言。多谢美意，请回吧。"

荣家厚没有吃到天鹅肉，对何季平怀恨在心，却也无可奈何。

何季平与刘季康如约见面，彼此不提血缘之事，都以为对方并不知情，倒是刘季康将荣家厚提亲当作笑话告诉何季平。何季平从未留意过这个学生，一点印象都没有，但是荣家厚的名字却深深地刻印在他的记忆之中。

绵绵情话倾诉不完，终究还要面对现实，刘季康含泪说："季平，我的父母对你非常满意，但是我有一事必须如实相告。"

何季平心里不免忐忑，他把季康紧紧地揽在怀中，轻吻她的额头说："季康，说给我听吧，我们有爱就什么也不怕！"

"父母告诉我，我先天患有遗传疾病，这病会传给胎儿，因此一生都不能生育。季平，我实在不能割舍我们的爱情，可你是何家的独子，若不能为你生儿育女，对你对你们何家都太不公平。我们分手吧……"她在何季平的怀中边哭边说："季平，你是最好的人，你有才华有能力，只要你心里有对我的爱，我此生足矣。我早就想好了，我不能给你留下任何负累。你那篇小说《投江》已够我一生受用，把我留在你的心里吧，你一定会有远大前程……"

何季平流下热泪，把刘季康抱得更紧。他心里明白，这一定是季康的父母为了让女儿不背负乱伦的恶名，才编织出这天衣无缝的理由，由衷感激和体谅他们的一片苦心。季康的真情实意更令他深深感动，他要尽一切努力维护好这纯真的爱情，一生都不对季康说破这一层血缘关系，不让他们的爱情显露任何瑕疵。他说："季康，你是我的挚爱，此生我宁可不要孩子也不和你分离。我做绝育手术，不让你的身体受到损害，更不给后世留下冤孽。"

刘季康原本早已想好，一旦与何季平分手，就像小说中的英紫一样投江。何季平义无反顾的决定，断了刘季康轻生之念，避免了一场撕心裂肺的生离死别，一对爱人相约恩爱终身。

那个时代，能做外科手术的大多是教会医院，而教会医院绝对禁忌绝育手术。他们决定东渡日本，在那里先做绝育手术，再度蜜月，好在刘季康父亲给她的妆奁可资日本之行及手术的费用。于是二人各自瞒着家长到了日本，何季平在顺天堂医院做了绝育手术，和刘季康在东京举行了婚礼。新婚夫妇从东京到关西几个城市游历，最后到横滨港，等待回国的班船。

107

在日本游历期间，何季平刘季康不说中文，尽量远离中国人，食宿出行只用英文与人沟通。他们忘记一切烦恼，沉浸于二人世界，尽享欢乐。他们在横滨港偶遇一位即将越洋乘船回美国的长者，这位美国人用中文问他们是不是中国人。何季平夫妇一路上从不与生人交谈，见这位先生彬彬有礼，而且即将登船赴美国，就和长者谈起来。长者是哈佛大学教授，曾在中国多所大学讲学，他刚刚结束在日本的学术访问即将返回美国。长者了解他们的学历后，说："中国的国立中夏大学委托我从美国延揽人才，该校正在用人之际，秋季学期即将开始，你们有这么好的资历，何不去中夏大学任教？"

何季平对中夏大学早有耳闻，留英归来时也曾考虑过，知道这所大学已经创建八年，决定去这所远离江南的国立大学求职任教，热心长者遂给他们写了推荐信。

何季平夫妇从日本分别给自己的家长写信，只说是东渡日本留学深造，也为治疗心理创伤，近期不会回国。实际上他们从横滨乘船到塘沽登岸，转乘火车去了中夏大学。刘季康不想让父母知道自己的行踪，更不想他们知道与何季平结婚，决定改名。《投江》这篇小说成就了她与何季平的姻缘，她想用小说的女主英紫作名。何季平很感动，但又觉直接叫"英紫"不妥，提议改成"颖兹"，既谐音又显得成熟，刘季康欣然接受。从此何季平刘颖兹这对恩爱夫妻以老成持重示人，与人和平相处，认真做事，在中夏大学有口皆碑。

何季平夫妇对任何人都讳言日本这段经历，连何季平曾在沪江大学任教这段经历也绝少提及。这一段短暂的经历决定了他们的一生，也在他们夫妇各自内心留下难言之隐。

专案组紧紧咬住何季平夫妇曾经去过日本的这段经历不放，认定他们在日本两个月是去接受特务训练。

何季平实在讨厌专案组纠缠去日本这件事，将他们的日本之行与特务受训硬扯到一起，真是荒诞至极。军宣队却感到何季平闪烁其词，避重就轻。

专案组顽固地认为，何季平夫妇日本特务一案绝对是实锤，否则他们往返日本的时间不会与"九一八"如此巧合。受薛敬群指派负责此案的戚参谋咬牙切齿地对何季平说："你的交代漏洞百出，老子就不信这个邪。我不问出个水落石出，誓不罢休！你敢负隅顽抗，不竹筒倒豆子，看老子怎么整死你！"

何季平夫妇被隔离在家中卧室，行动失去自由。戚参谋每天上下午两场逼供，有一天甚至夜晚突袭，已经连续三天了。

他们夫妇身心疲惫，夜不成寐，又害怕隔墙有耳也不敢互相交谈。到了第四天半夜，估计门外的看守也睡了，何季平突然从床上坐起来。刘颖兹一直醒着，也连忙起身。何季平把妻子揽在自己的臂弯里，在她耳边轻轻说道："季康，我们在一起已经过了三十多年，我这一生能遇到你，我们结为夫妻，是我的幸运，我很幸福。我们没有做错过什么，也没有得罪过什么人，但有一件事我隐瞒你一辈子，辜负你对我的信任。我们的爱情是纯真无瑕的，但我们之间有血缘，按世俗来说这是乱伦……"

刘颖兹急忙用手掩住何季平的口，强忍住悲泣："季平，不要说下去！当年父母已经告诉我了，我是知道的，我早就知道的。但是我不能割舍我们的爱，我的选择就是，要么在一起，要么我去死……"

何季平说："季康，好季康，我明白，我明白，我早就明白，我们都不想说破，都不想让我们的爱情有瑕疵，到现在我还是这么想的。我们在中夏大学兢兢业业几十年，从不得罪人，甚至逆来顺受，到头来还是被批斗被侮辱，看不到一丝希望，现在又用日本特务这一盆无稽之谈的脏水硬往我们身上泼。军宣队的专案组这样穷追下去，如果追出血缘的是非，我们无法自辩，正当乱世一定会遭到变本加厉的羞辱，毁了我们一世清名。庄子说，生又何欢，死又何哀。我不想再苟且了，与其活受罪，不如干干净净地提前结束人生——但是，我怎么能把你丢下！"

刘颖兹依偎在何季平肩膀上，温存地说："季平，此生有你，我很知足。我们一起过了三十多年，再没有什么可留恋的了。我看到陈方村和汪书敏的惨状，与其被折磨死，不如我们一起走吧。"

何季平从贴胸的衣袋里中掏出早已写好的遗书："八一三事变，何季平的父母死于日寇对杭嘉湖的狂轰滥炸。太平洋战争爆发，上海英租界沦陷，日本宪兵罗织贩卖私盐的罪名将刘颖兹的父母和弟弟困在家中，一家三口活活饿死。抗战八年，我们与中夏大学不离不弃。我们与日本侵略者有不共戴天的血海深仇，不能拿日本特务这莫须有的罪名侮辱我们。"

刘颖兹平静地在何季平签名的后面，加上自己的名字。

刘颖兹从容地从箱子里取出最好的衣服穿上，对着镜子梳理整容。又给何季平穿上毛料中山装，把他的头发梳拢得一丝不乱。他们各自穿好鞋袜，互相照顾对方服下过量的安眠药，双双躺在床上，盖了一床全新的棉被，把遗书在被面上放好。何季平的左手与刘颖兹右手十指相扣，右手握着他喜爱的小巧玲珑的紫砂壶，然后两人头靠在一起，安详地闭上了眼睛。

第三十七章

108

中午时分，俞正堂听到何季平夫妇的噩耗，他当即赶去夏苑。他不怕受连累，执意为世上没有亲人的何季平刘颖兹夫妇收尸。

何家的小楼早就塞进去三户人家，何季平夫妇只剩下一间卧室。俞正堂走到何家小楼时，正有人搬箱子家什进去。原来，戚参谋一早又去何家逼迫何季平交代问题，发现他们夫妇已经双双自尽，当即就把尸首送去火化了。

住进何季平家的这几户人家中，有一位是认识俞正堂的。他说："今天上午尸首刚从卧室抬出去，这一家马上就搬进来，本来我还指望占那间大卧室呢。"

俞正堂长叹一声，心如刀绞，只好绕着何家的小楼转了三圈，以此寄托对老友的哀思。他的双腿像灌进了铅，勉强迈步走出夏苑。在惠水桥上，他最后一次往何家小楼方向回望，决心再不进入夏苑这伤心之地。

当天夜里，中夏大学出了一件怪事。天黑以后，从校外进来一对老年夫妇，他们在小树林北端的嵩山石前焚香摆供，嚎啕大哭，长跪不起。校卫队扣押了这两个老人，送交军宣队处理。

军宣队刚刚接到俞正堂要为何季平收尸的举报，晚上又有外来的人进入校园哭丧。这显然不是巧合，而是有人公开为自绝于人民的历史反革命分子招魂扬幡，公然向军宣队示威！

薛敬群勃然大怒，拍桌子要军宣队彻查，连夜审问摆供烧香的两个老人。

两个老人被人从嵩山石前拉走，越发痛哭不止。他们一直哽咽，再加上极重的口音，完全听不清楚他们说什么。

戚参谋把军宣队一个排长小赵叫来，让他审问。小赵是广东客家人，他本人的口音也很重。

小赵反复追问老人："你们给谁烧香磕头？为什么这个时候来烧香？为什么跪在大石头那里？"

老人知道问者不善，反反复复只说是来祭奠恩人。

小赵听不明白，对戚参谋说："他们说的可能是闽南话，我也听不懂。

戚参谋是河北乐亭人，问小赵："什么是闽南话，是哪个地方的话？"

"闽南就是福建南部，泉州方言和台湾方言都是闽南话。"

听说是台湾方言，戚参谋高度警觉，马上说："这还了得！他们会不会是台湾派遣来的特务啊！"

薛敬群将信将疑，但是他宁信其有，不信其无。俞正堂大白天明目张胆要为何季平收尸，当夜就有人在校园里烧香策应，这里面肯定大有猫腻！他立即调阅俞正堂的档案，要一查到底。

不查则已，一查就发现了重大问题：一是俞正堂曾做过伪县长，二是他有一个下落不明的弟弟。此人是参加国民党军的，很可能是去了台湾。

薛敬群把俞正堂的档案翻来覆去看了多遍，有人告诉他，资产阶级反动教育路线的忠实执行者仝慎鹏是他的女婿。多条线索说明，俞正堂这个人太复杂，身上的疑点太多了，估计是阶级敌人。

薛敬群亲自找仝慎鹏谈话。

"仝慎鹏，我们看你是参加过新四军的老干部，是想挽救你的，所以才让你竹筒倒豆子。可是……"薛敬群故意停顿一下，观察仝慎鹏脸色变化，然后声色俱厉地说下去："可你辜负了军宣队对你的希望，你的老丈人俞正堂曾经做过伪县长，他还有一个弟弟参加国民党军队。你只揭发何季平是历史反革命，对你老丈人这个真正的反动分子却手下留情！"

仝慎鹏早就盼望军宣队主动找他，并没有被薛敬群的气势镇住，故作谦卑地说："首长，俞正堂虽然是我的岳父，但是我向来是和他划清界限的。我从来不和老婆家的人来往，这在中夏大学尽人皆知。我之所以没有揭发俞正堂，确实有顾虑，因为我看过他的档案，这些事情他都交代了。如果我再揭发，害怕军宣队说我投机取巧，态度不老实。现在，我认识到这个想法是错误的，我一定深刻反省，彻底揭发他，坚决划清界限。"

仝慎鹏说完，把头低下做自省状。

薛敬群看出仝慎鹏耍滑头，更加严厉地说："俞正堂不仅有历史问题，还有现行问题。他要为死有余辜的何季平收尸，还撺掇校外人员进入校园公然烧香祭拜。校外人员很可能是台湾的派遣特务，已被我们扣押。"

仝慎鹏大吃一惊，忙说："首长，我按照军宣队要求，整天在家里写交代材料，斗私批修，大门不出，二门不迈。这些情况我确实不知道哇！"

"好了！党的政策你不会不明白。如果你不肯竹筒倒豆子，后果自负吧！"

薛敬群一拍桌子，手一挥，让他走人。

仝慎鹏做出痛心疾首的样子说："首长，我想起来了，我把豆子全部倒出来。前几年，他瞒着全家人，借口到外地治疗膝盖，偷偷跑到东北去见他的弟弟俞正岫。俞正岫表面是国民党起义军官，实际上很可能是混入我保密国防工厂的暗藏特务。"

薛敬群兴奋地把仝慎鹏的揭发材料送到杨耀兴手里。杨耀兴嘴上表扬薛敬群，心里却像是吃了一只苍蝇——仝慎鹏果然是一条疯狗，连他的岳父都乱咬，幸亏没对他动恻隐之心，绝对不能让这样的人呆在身边。杨耀兴不动声色地对薛敬群说："仝慎鹏这个人是资产阶级反动路线上的骨干分子，后台十分复杂。等他把竹筒里的豆子都倒出来，让他到农村劳动改造吧。"

杨耀兴是薛敬群的顶头上司，第一次引用"竹筒倒豆子"这句话，等于对他的部署与能力予以肯定，令他十分受用。

被扣押的两个老人是辜青岩的义仆老庄夫妇。当年辜青岩去世，老庄夫妇的本意是要将辜青岩的灵柩带回泉州老家。但是辜青岩留下遗诗，表达出不愿意随校南迁，不愿意离开他亲手设计的明德大礼堂。俞正堂劝说老庄，时局动荡，长途携带灵柩返乡并不可取。俞正堂按照辜青岩的遗愿，将他安葬于明德大礼堂附近的桑梓林大嵩山石下。老庄夫妇只好拜托俞正堂一定要为主人立碑，但是正赶上中夏大学匆匆南迁，立碑的事情被耽搁。老庄夫妇因为战事阻隔，也没有回泉州老家，发誓等完成立碑之事再回乡，一直留在省城。此后世事纷杂，立碑的事延宕下来。老庄为了生活，凭着一手厨艺学会做北方菜式，当了又一楼的掌勺大师傅，老伴做帮厨。他们二十年来一直想着要为辜青岩立碑，谁知一个运动接一个运动，没有消停的时候，立碑的事总是拖延。老庄虽然心有不甘，却有心无力，权当嵩山石是辜先生的墓碑。老庄夫妇每逢清明和辜青岩的忌日都去大嵩山石默默祭拜，但是不敢烧香。他们深知俞正堂的为人，也曾想请他帮助了却为辜先生立碑的心愿，可是体谅他自有难处，再没有为此事找过他。"文革"起来以后，又一楼专为工农兵服务，只做普通饭菜，生意惨淡，难以经营下去。他们年事已高，只好告老返乡。老庄夫妇为主人立碑的心愿始终未了，愧对辜家老主人，临行前来到中夏大学，在桑梓林嵩山石前烧香祭奠。嵩山石上本来刻有辜青岩手书"桑梓"二字，"破四旧"把石刻的"桑梓"二字铲平了，用红漆涂上"反修"两个大字。眼见嵩山石上涂抹着犯忌讳的红字，老人却无可奈何。悲悼与愧疚交加，他们只有伏跪在大石前，嚎啕大哭。

负责看押老庄夫妇的是容楼成。容楼成虽然也是个造反派头头，但是他及时上报谢自力私藏子弹，揭发造反派策动武斗的种种恶行，为制止流血武斗立下一功。中夏大学很快要成立革命委员会，需要拉进来几个工人装点门面。薛敬群很重视容楼成，在大会小会上以他为例说明工人阶级觉悟高，意在考虑让他进入大学革委会。容楼成熟悉校园情况，军宣队安排他由电工转为保卫处的干部，着意培养他。

当年，容锡田曾遵照俞正堂的调遣，和几位留守的校工帮助入殓下葬辜青岩。那时容楼成年纪还小，跟着父亲也在下葬的现场，他还学着老庄夫妇跪在地上给辜青岩的灵柩磕头。时过境迁，长大成人的容楼成早已忘记此事，眼下老庄夫妇在嵩山石前烧香跪拜的情景，又唤起了他的记忆。

戚参谋交代说："容师傅，这两个老家伙讲的是台湾方言，很可能是台湾国民党的派遣特务。一定要严加看押，防止他们逃脱，绝对不能出意外。"

容楼成想起当年下葬的事，认出这两个老人是辜家的老厨子。容楼成好纳闷，戚参谋说他们是台湾派遣特务，国民党竟然派出年纪这么大的老特务？他一时没有主意，不知该不该说认识他们，回家问父亲容锡田。容锡田毕竟老于世故，对儿子说："几十年不见，咱们也不知道他是不是去了台湾又被派回来，千万不能说认识他，弄得没有杀猪反惹一身骚。你要是想再立新功，可以向军宣队报告说，这个人交代嵩山石下埋有死人。反正这事是真的，也不是编瞎话。"

容楼成得到父亲的点拨，脑筋开了窍。他求功心切，马上向戚参谋汇报。可是容楼成并不完全按照容锡田的指点，不说嵩山石下埋有人，只说这两个老人交代，他们要从嵩山石下挖东西。

戚参谋决定押着老庄夫妇当场挖掘，看看国民党特务究竟在大石头下面藏了什么？

当面掘坟曝尸，老庄夫妇悲痛欲绝。他们本想来这里与辜青岩诀别，焚香跪拜以弥补对老主人的愧疚。不成想却祸害了主人，还有何面目返乡！嚎啕大哭的老庄突然纵身而起，一头撞死在嵩山石上。他老伴随即扑向嵩山石，虽被容楼成拉住，也当场昏死过去。

109

薛敬群十分懊恼，并不是因为校园里接连死人，而是为他谋划的清理阶级队伍运动一直找不到有分量的清理对象。不过薛敬群很快找到一份揭发材料，有了追查俞正堂的新线索。材料是"文革"初起之时，生物系教授臧雨田上交给造反派的，揭发俞正堂是旧中夏大学反动校长廖宗甫安插留在大陆的特务分子。俞正堂公开反对大跃进的阴谋败露以后，得到邓梓华的包庇，让他提前退休避过风头。俞正堂曾借口去外地治疗腿疾，伺机潜入东北碾子山国防工厂刺探情报，在邓梓华的庇护下没有受到任何追究。

臧雨田的揭发与仝慎鹏的揭发正相吻合。

"文革"刚一开始，吃够了反右苦头的知识分子以为又是一场"阳谋"，不敢造次，更不敢写领导的大字报。之后造反之势愈演愈烈，上边更是发出"造反有理"的号召。造反派胆子越来越大，有冤的伸冤，有仇的报仇。你贴我一张大字报，我贴你一张大字报，检举揭发更是层出不穷，大字报满天飞。臧雨田一直觉得党委书记邓梓华不看重他，也想凑热闹写一张批判邓梓华的大字报，却无从下手。

臧雨田有一位远亲，是俞正岫爱人金玟岚在碾子山国防工厂子弟学校的同事，听说了俞正堂不远数千里来探望异母兄弟的这段佳话。亲戚因为臧雨田与俞正堂是同事，就以敬佩赞扬的语气将这段佳话写信告诉臧雨田。臧雨田一向不服气别人，不以为然。

臧雨田想起这件事，转念从俞正堂下手。当年大跃进，臧雨田曾在报纸上发表文章，说小麦和水稻亩产量万斤完全合乎科学原理。俞正堂却自种半亩地小麦，验证亩产量根本不可能有那么高。臧雨田认为这是俞正堂故意打他的脸，一直耿耿于怀。趁现在大家都在乱写大字报造反，打算就俞正堂去东北碾子山这件事写一张大字报，一石三鸟，既解了俞正堂打脸之恨，又揭发邓梓华和俞正堂女婿仝慎鹏互相勾结庇护坏人。

可是，臧雨田明知这是污蔑，怕写成大字报会遭到公开反驳，反而引火烧身。于是改主意写成一份揭发材料，悄悄递给造反派。臧雨田在这份材料中无端捏造俞正堂假借去外地治疗腿疾，潜往东北保密工厂刺探军情，有特务嫌疑。材料交上去之后，造反派开始顾不上看，等后来有人看了，只觉得荒唐可笑。如果去一趟东北就是刺探军情，那去北京的莫非都是窃取中央机密，去暗杀中央首长？这材料被丢到一边无人置理。

当过红造总专案组组长的姜庆厚，在军宣队进校后上交一批材料。薛敬群对此非常重视，让专人一件件过筛，从中发现了臧雨田当年写的那一份。薛敬群如获至宝，立即派人前往碾子山外调。

半个多月后外调的人终于回来，证实俞正堂与其弟俞正岫见面的地方在齐齐哈尔市，距碾子山兵工厂二百多里。兵工厂方面明确表态说，该厂自建厂以来从未发生过特务进入或任何泄密事件。俞正岫是该厂技术副厂长，属于国民党军队起义人员，因为是走资本主义道路当权派被批斗。他精神病复发，在深山老林中走失两天后，尸体残骸被当地猎人发现，查明死因是被黑熊咬死。

薛敬群很失望，狠狠批评外调人员在外待的时间太久，而调查的结果毫无价值。外调人员说那里交通闭塞，几乎与世隔绝，人家一听是来调查特务刺探他们工厂情报的，非常恼火，几乎拒绝接待。

薛敬群不甘心就此罢手，决心从臧雨田身上打开缺口。

薛敬群在全校大会上除了表扬容楼成，又大力表扬臧雨田，说他在清理阶级队伍运动中爱憎分明，立场坚定，为知识分子树立了榜样。

"文革"风起云涌，臧雨田以为真要造官僚主义的反了，很是激动了一阵子，跃跃欲试。谁知这场运动一连折腾了几年，眼看着几乎所有的知识分子先后都挨了整，很多人被整得死去活来，自己也吃了不少苦头。他很快就明白过来了，所谓的"文化大革命"，是革文化的命，对付的还是知识分子。本来指望军宣队把真枪实弹搞武斗的学生轰出去，从此能过上消停日子，可军宣队一来就清理阶级队伍，还是革知识分子的命。

臧雨田早把那个揭发材料忘到脑后，无端受到军宣队表扬，坐卧不安，不知道究竟是福还是祸。他知道自己大跃进发表文章助长吹牛，在学术委员会上发言昧了良心，在同行面前露了大怯，在同事中毁了自己的人设。这一次再不能假装积极，言多有失，千万不要被别人抓住什么把柄。

戚参谋要求臧雨田再接再厉立新功。臧雨田琢磨不出军宣队的用意，不知如何是好？

薛敬群一直不见臧雨田的动静，着急了，亲自出马找他谈话，挑明用意："臧雨田同志，我们知道你在历次运动中表现积极，准备树立你为斗私批修的模范典型。我们想请你在全校大会上做个报告，现身说法，接下来还可以到全省各大学去讲。"又说："我们发现一份你写的揭发历史反革命分子俞正堂的材料，为彻底清理阶级队伍提供了很有价值的线索。材料还比较空洞，希望你把你所知道的都写出来，写得更加详细具体。"

臧雨田心头一惊，想了好一阵才想起薛敬群说的是哪一份材料。他要仔细琢磨军宣队的意图，不能轻易表态。就说："薛同志，那是几年前写的，印象都不深了，我认真回忆一下。"

薛敬群说："不要有什么思想顾虑，你要坚定地站在革命群众一边，军宣队给你撑腰。"

臧雨田后悔当年一时冲动，纯粹是捕风捉影，凭空臆造。军宣队要把俞正堂定成历史反革命，如何把他的历史写得"更加详细具体"？当时群起造反，彼此互相攻击扣帽子，他不过是想趁着混战，恶心一下俞正堂。眼下薛敬群来真格的，明明是要借助自己的手，把俞正堂当劈柴塞进火炉里，烧旺清理阶级队伍的火。

臧雨田扪心自问，究竟与俞正堂有何血海深仇，何必落井下石陷害他？自己本是局外之人，何必瞎掺和搅混水呢？再说俞正堂这个人死较真，当年他种麦子并不是冲谁而来，只不过自己觉得被他打脸，其实纯属多心。如果因此就血口喷人陷害俞正堂这老实人，岂不太昧良心？俞正堂若有三长两短，万一他儿子俞秉轩知道父亲被谁陷害，还有他女婿全慎鹏打断骨头连着筋，他们将来岂能放过自己？

臧雨田更知道军宣队的厉害，如果抗命不写"详细具体"材料，说不定连累自己，丢掉身家性命也难说。可是昧良心去当个典型，登台做报告，顶多到处露露脸，有谁会心悦诚服呢？台上风光，背后被千夫所指，这样做太不值得。

臧雨田看得明白，却没有胆量跟军宣队抗命，终于想出一条妙计。他做事向来都留一手，所有交出去的材料都留有底稿，怕日后遗忘，更怕被篡改。他对照当年的底稿，字斟句酌写出了一份更"详细"的揭发材料，字数多了不少，而实质内容与原来的一模一样，只是将原稿中"听说""据说"这样的字样，统统改为"猜想""推断"，免得刨根问底，难以自圆其说，大不了承认自己缺少根据，纯属推测。

薛敬群看了臧雨田新写的材料，大失所望，深感知识分子太奸猾。臧雨田这个人完全没有利用价值了，早晚得找个缘由狠狠整他。

臧雨田把材料交上去，就直奔俞正堂家。他在俞正堂面前哭出声来："正堂兄，我做了一件对不起你的事，特来负荆请罪！"

俞正堂听他自说如何被迫写了揭发材料，哈哈大笑："多谢雨田教授以诚相见。我去齐齐哈尔一事属实，为的是探望失散多年的小弟。你胆子小，蹚水过河都害怕。抗战避难时外面刮大风，你都以为日本飞机来轰炸。你是被逼无奈，可以理解。写就写了，不必介意。"

相比俞正堂的心胸，臧雨田觉得自己猥琐。但在强权高压之下，夹在权势和良心之间，也只能如此。

110

容楼成看出来军宣队要清理俞正堂，认准这是表现自己的大好机会。

他想起父亲曾经说过一件事：抗战逃难路上，容锡田曾给金城银行襄理顾省三当脚夫，亲眼见顾省三把一只沉甸甸的箱子交给俞正堂。顾省三不仅给俞正堂箱子，还倒贴钱给他，同时也给容锡田五块钱。正因为有这五块钱，后来才救了"头儿"的小命。

容楼成越想越感觉这件事蹊跷得很，不合情理。守财奴顾省三为什么这么大方？他之所以给父亲钱，显然是为了封口。他给俞正堂的箱子里会不会是一部电台，给他的钱会不会是特务活动经费？——说不定这就是重大线索。报告军宣队，又能立下一个大功劳！

戚参谋正苦于无从下手，有了容楼成提供的线索，顿觉柳暗花明。薛敬群听了汇报，指示他尽全力穷追深挖，一定要找到顾省三的下落。容楼成自告奋勇，说："军代表，顾省三剥削过我父亲，我们全家对他有阶级深仇。哪怕他藏得再严实，我们一定能够把他挖出来！"

戚参谋很高兴，说："小容师傅，希望你再立新功！"

容楼成受宠若惊，拉上容锡田找遍全城，终于在郊区银行找到顾省三。顾省三早就沦为人民银行看门的传达，是银行系统的"老运动员"。"文革"一开始就挨斗，现在被关在银行大楼的地下室里，大病缠身，几乎不能自理。

容楼成父子亮出军宣队开的证明，要见顾省三本人。银行的人说："他关在地下室，走不动了。你们下去直接问他吧。"

阴暗潮湿的地下室弥漫着又臭又臊的气味，只见顾省三独自躺在一张床板上。他长发纠结，蓬头垢面，衣不蔽体，苍老衰弱。

容锡田近前问他："顾省三，你还认得我吗？"

顾省三一脸茫然，没有反应。

容楼成大声喝问道："顾省三，你和俞正堂到底是什么关系？你交给他的箱子里装的是什么？"

顾省三仍然目光呆滞，毫无反应。

容楼成急了，抓住他猛耸："你少来这一套，不要装傻！"

银行的人说："你再摇晃他几下，他就该咽气了，他有一段时间不会说话了。"

容楼成父子俩只好捂着鼻子离开地下室，查遍顾省三历年写的所有交代材料，也不见他说到箱子的事。容楼成只好向戚参谋报告说："好不容易找到顾省三，但是他快咽气了，说不成话了。"又说："我去俞正堂家，屋里屋外掘地三尺，一定能把那箱子挖出来。"

戚参谋抢白他一句："俞正堂老奸巨猾，还会等着你去他家里取罪证，肯定早就转移了！"

就在军宣队无可奈何之时，安全部门截获了从香港转寄给俞正堂父子的美国来信，意外得到俞正堂里通外国的证据。

早年被驱逐出境的英国教授 Robert Watson 即王勃，接连从香港往中夏大学发出两封信，都是转发来自美国的信件。一封是寄给俞正堂的，另一封写给俞秉轩。因为王勃留有案底，引起安全部门的警觉，两封信都被查扣。

王勃为什么偏偏在这个时候来信呢？

基辛格秘密访问北京后，发表公告披露了尼克松将要访华的消息。身为《TIME》周刊专栏作家的赵海昇的政治嗅觉灵敏，他不确定基辛格访问中国会得到什么成果，但是他看准美国人想要打开铁幕。埃德加·斯诺入了瑞士籍，早就不是美国记者了，而他赵海昇才是资深的美国记者，而且身为哥伦比亚大学东亚研究所教授。如果抢在尼克松访华之前去大陆探探路子，回到美国，或是再去台湾，岂不身价百倍？越早去大陆，机会越多，价值越大，还可以借此回老家看看，探访亲朋好友，慰藉他们夫妇多年的思乡之情。赵海昇觉得自己有足够的资源充当开路先锋的角色，立即与中国大陆方面联系，表示希望参访大陆，将中国的新面貌介绍给美国人民和全世界。

赵海昇的夫人王书敏是哥伦比亚大学东亚图书馆的研究员。二十多年前，Jayden Armstrong（安思庄）回到美国后成为《TIME》周刊的专栏作家，他曾经追求过王书敏。王书敏从台北的忠烈祠得知俞正岫在长春战死，思念死去的恋人，不肯嫁人。尽管 Armstrong 求婚不成，他还是兑现诺言，帮助王书敏到哥伦比亚大学东亚研究所深造。王书敏获得博士学位后，在哥伦比亚大学东亚图书馆任职，认识了与 Armstrong 同为《TIME》专栏作家的赵海昇，交往中得知赵是俞秉轩的同学和挚友。王书敏坦率地告诉赵海昇，俞秉轩的小叔俞正岫是她的初恋，俞正岫虽然已经不在人世，却是她心中永远的爱人。赵海昇非常理解王书敏的感情，一再说要帮助她找到俞正岫的安息之地。赵海昇当年作为中央社记者，因为在重庆谈判中发表多篇采访国共双方高层的报道而名噪一时。他后来成为美联社常驻日本记者，以东方思维观察日本战后复苏，在美联社的同类报道中独树一帜，在美国新闻界里也赢得声望，受到美国政商界的关注。

赵海昇和王书敏各自与俞家一连串的交集，成为两人的姻缘。王书敏父亲王晋清患上阿尔茨海默症以后，赵海昇不遗余力将她的父母从台北接来纽约，表示自己父母已经不在人世，要对他们至尊至孝，养老送终。王书敏为赵海昇的真诚所感动，二人终成伉俪。

赵海昇为迎接王书敏父母移居美国，专程去了一趟台湾。他凭借在中央社的经历和在美国新闻界的名声，居然约见到蒋经国。赵海昇在《TIME》专栏里连续发表几篇专访报道，蒋经国看了十分满意，通过中央社专门邀请他再度访问台湾。赵海昇夫妇在台湾很是风光了一回，工书敏父母也跟着荣耀。

当年国共重庆谈判时，赵海昇不仅多次采访周恩来，还单独采访过邓颖超。赵海昇在中央日报和解放日报上发表的专稿，给周恩来夫妇留下深刻的印象。重庆谈判过后，周恩来邀请重庆各大媒体记者茶叙致谢，特意让赵海昇在主桌就坐，当面夸他年轻有为。所以，赵海昇回国访问的请求马上得到反馈，新华社出面邀请他以《TIME》特派记者的名义来大陆参访。很快就有人在纽约与他接洽安排行程，问他到大陆后想到哪里去？想采访哪些人？想探望谁？

赵海昇当然想会见大人物，毕竟他是采访过周恩来和蒋经国的，若要求太低反被忽视。他又很知趣，不敢提过分的要求。他想来想去，提出希望见邓颖超。当年在重庆，一连三篇采访邓颖超的报道令新闻界对他刮目相看，想必邓颖超对他还有印象。说是想见邓颖超，对方也会明白他更想见的是周恩来。就算见不到周恩来，见了邓颖超就等于见了周恩来。至于其他的人，也不知现在谁还在台上，只要是负责中美关系和两岸关系的有关人士就行，安排见谁就见谁，见的人越多越好。

夫人王书敏要随行，她想见俞正堂。抗战逃难途中，书敏的父亲被日军抓走做挑夫，书敏的母亲带着一家老小吃住都在俞家，得到俞正堂夫妇无微不至的关心和照顾，她与俞正岫彼此也产生情愫。王书敏想趁回中国的机会请俞正堂帮她找到正岫的葬身之处，以寄托多年的思念，也借此机会感谢俞正堂在抗战时对他们一家的救助之恩。赵海昇当然也想访问中夏大学，他曾受聘做附中的教师，更希望与阔别二十多年的好友俞秉轩相会。

新华社发出邀请后，赵海昇夫妇立即着手准备。王书敏做的第一件事就是设法和俞正堂取得联系。中美之间并未通邮，他们夫妇对中国的真实现状完全不了解，所幸哥伦比亚大学一位英国籍同事认识香港大学教授 Robert Watson，就委托 Watson 从香港给俞正堂转寄一封信。信寄出去后一直没有回音，赵海昇猜想俞正堂可能在"文化大革命"中遭遇了什么变故，生死难料。但是王书敏还不死心，又给俞秉轩写了一封信，仍然请 Watson 转寄。

两封信都到了军宣队手里。据分析，这两封信充分暴露出原国民党军官俞正岫，躲在香港的老牌英国特务王勃，还有在美国研究东亚问题的神秘人物王书敏，以及俞正堂父子，这些人相互关联，他们联在一起的纽带只能是美蒋特务组织。

薛敬群的盘算是：一旦揪出俞正堂这个隐藏已久的老牌特务历

史反革命，还有他的儿子俞秉轩，稳稳坐实邓梓华执行反动路线，包庇坏人等等罪行，再加上投机钻营混入革命队伍的仝慎鹏，这就是中夏大学清理阶级队伍的标志性胜利，自己的忠心和能力必然得到首长的赏识，政治前途无可限量。

在薛敬群直接领导下，组成了俞正堂父子专案组。专案组认为，根据上次专门去东北外调的情况来看，俞正堂并不知道俞正岫的死讯，而王书敏在信里提到"想知道俞正岫葬身何处"，很可能是用暗语传达俞正岫的死讯，让俞正堂直接与王勃联系。看来这个叫作王书敏的神秘人物，或许就是这个特务组织的总指挥。

专案组反复审问俞正堂知道不知道俞正岫已死，是怎么知道的？俞正堂只觉得自己的心在滴血，难道连弟弟的死讯也不应该知道吗？金玫岚担心兄长无法承受丧弟之痛，一直瞒着俞正岫的死讯。直到军宣队派去外调的人找她问话，她知道瞒不住了，才将俞正岫的死讯写信告诉俞正堂。俞正堂悲恸不已，他放心不下正岫留下的三个可怜的孩子，执意再去探望。可是眼下到处一片混乱，一家人都劝他不能冒险远行。俞正堂只好强忍悲痛，给金玫岚寄去六百元聊表心意。

纠缠过俞正岫的死讯，专案组又问王书敏是什么人。俞正堂以为他们问的是已经去世的汪书敏，感叹连死人都不放过，问来问去才知道问的是失去联系二十多年的王书敏。这一问，又勾起俞正堂的心事，假如有朝一日见到王书敏，该如何向她交代正岫的下场？

专案组的人以为俞正堂的思路已经被他搅乱了，突然发问："王勃为什么给你写信？"

俞正堂莫名其妙，好一阵才明白他问的是 Robert Watson。俞正堂说与王勃没有任何往来，从来没有收到过他的来信。

专案组的人都觉得俞正堂确实不容易对付，不过这只是一次火力侦察，先摸一下俞正堂的虚实，待审问俞秉轩之后，再深入分析敌情。

审问俞秉轩，他一脸懵懂，一问三不知。专案组一无所得，毫无进展，却又截获了王勃转来的第三封信。

新华社确定了赵海昇夫妇的访问日程，包括到中夏大学参访和会见老朋友。王书敏由此确定俞正堂父子都健在，于是又写了第三封信，说她近期将回中国大陆探望俞正堂，希望知道俞正岫安息之处，此行她一定要去祭拜。

这封最新来信完全推翻了专案组的分析判断，薛敬群的部署被彻底搅乱了。

第三十八章

111

尼克松要来中国，安全保卫任务吃重，杨耀兴奉调回部队。他在内卫部队做惯了，讨厌与大学里的知识分子周旋，何况这里还有一个碍眼的仝慎鹏。天赐良机让他回部队，省得在知识分子成堆的地方深一脚浅一脚地乱闯，闯出什么祸来自己还不知道。

大首长将中夏大学交由薛敬群全权负责，杨耀兴临走前只向薛交代一件事："首长有指示，学校原来的领导班子都在黑线上，包括那个投机分子仝慎鹏，这些人统统不可用。敬群哪，我看首长对你非常器重，前途无量，大有可为。现在你独当一面了，好好干吧！"

一番话说得薛敬群热血沸腾，不是感动而是激动。他一直对上司杨耀兴恭敬不如从命，现在终于盼到自己说了算，可以大显身手干一番了。

眼下薛敬群要处理的第一件事，就是承接上面下来的外事任务——美国华裔教授赵海昇夫妇访问中夏大学。

上面很重视赵海昇回国参访，新华社做了周详的安排。赵海昇夫妇下榻北京饭店，新华社牟处长负责接待，告诉赵海昇第二天有领导接见，请夫人陪同。赵海昇以为是新华社社长要见，却见来接他们的红旗牌轿车车身加长，非同一般。上车后被告知要进中南海，进了中南海方知要去的地方是西花厅。赵海昇是何等精明的人物，又见多识广，立刻意识到出面接见的是何方神圣。他强忍得意之感，仅仅流露出一丝惊喜的表情，也不对夫人王书敏说透。

进了西花厅，社长早在会客厅迎接，陪同来的牟处长规避在偏远的角落。从屏风后走出来的是邓颖超，赵海昇稍稍有点失望，但马上显出欣喜的表情，轻轻握住邓颖超伸过来的手。邓颖超让座，彷佛是老友相见，还特意给王书敏打招呼。邓颖超主动说起当年重庆采访的事，赵海昇耐心聆听，连连点头。等邓颖超讲完，他才激动地表示诚挚的感谢，说他如何怀念祖国大陆，如何难忘当年重庆的采访，还说："我离开大陆后还要去台湾见蒋经国，我要向他介绍祖国大陆的巨大变化，为祖国统一竭尽绵薄之力。"

赵海昇显然是自抬身价，邓颖超不加评论，只是赞扬他热爱祖国，希望他以后多回来看看，四处走走。赵海昇虽然没有受到什么具体的委托，但是他备感荣耀，当然，也不必故意炫耀，自吹自擂。赵海昇相信邓颖超接见他的消息自会传播，他在接下来的各项活动中有了充足的底气。

按照新华社的安排，赵海昇夫妇到各地参访，返回北京之前的最后一站是访问中夏大学，这是太太王书敏最关心的行程。

薛敬群接到任务很是激动了一下。他缺乏外事方面的经验，外事无小事，一不当心捅破天，后果不堪设想，如果圆满完成这项外事任务，说明自己具有处理外事的能力，无疑给自己加分。但是他要仔细分析这是哪条线上下来的任务，因应不同的对策。

日程安排下来以后，薛敬群极为震惊，外宾名单中竟然有王书敏！她接连给俞正堂父子发出三封信，正是专案组的怀疑对象。这个人不怕自投罗网，居然大摇大摆回来探访，上边还接见，岂不荒唐！薛敬群拿不定主意，要么是戚参谋求功心切，办案太儿戏，误导了他；要么是王书敏这个人深藏不露，而安全部门已经盯上她，只不过是放长线钓大鱼。薛敬群知道新华社是掌握在无产阶级司令部手里的，必须承接这项外事任务，只好把审查俞正堂父子的事暂时放下。

　　军宣队的态度突然转变，俞正堂大惑不解。直到薛敬群派人找俞正堂父子谈话，才知道王书敏从美国回来了。王书敏嫁给赵海昇，夫妇俩要见父子俩。

　　军宣队向他们父子宣布三条纪律五项注意。三条纪律是：不许抹黑党和政府，不许污蔑"无产阶级文化大革命"，不许泄露国家机密。五项注意是：注意说话分寸，不要被利用；注意态度自然，不卑不亢；注意内外有别，掌握好亲疏远近；注意拒绝恶意话题，不能随声附和；注意警惕对方设置圈套，小心上当。

　　回到家里，秉轩对父亲说："干脆再多说三项就好了，正好凑成三大纪律八项注意——这哪像要我们会朋友，完全是防特务。"

　　俞正堂叹口气，说："书敏他们能回来一趟不容易，总不能埋怨她要见我们吧。看这如临大敌的阵势，见面的时候我们还是多听少说，只要不给他们夫妇带来麻烦就好。"

　　赵海昇平生第一次进入中夏大学校园，王书敏故地重游，他们夫妇受到中夏大学的正式接待。薛敬群以接待外宾的标准程式做了周密安排，先是派人陪同他们在校园里参观了一圈，然后则以学校首长身份接见，寒暄一番，说一些不着四六的官话。接着开座谈会，参会人员事先集中开过预备会，宣讲三大纪律五项注意，特别强调这对来访的外宾夫妇背景复杂，要大家写好发言稿，谨慎发言。俞正堂父子没有参加预备会，却在座谈会上出现，令所有参会人员感到诧异。

　　王书敏进入座谈会场第一眼就看到远远坐在末席的俞正堂，朝他直奔过去，却被赵海昇拉住。王书敏只好先坐下来佯装听各位讲话，眼睛往俞正堂父子这边看。俞正堂态度自然大方，既不回避王书敏的目光，也不特意与她交流眼色。俞秉轩远远看到赵海昇风华依旧，可他似乎专心听薛敬群滔滔不绝地讲话，顾不上和俞秉轩示意。

　　座谈会结束，与会者退席，薛敬群要宴请赵海昇夫妇，俞正堂父子显然不在应邀之列。王书敏越洋过海就是要见俞家父子，却眼看他们就要离开，再也不顾这里的清规戒律，直截了当地说："薛先生，我此行是专门探望俞正堂先生一家的，我要登门拜谢他们当年的救助之恩。请赵先生代表我参加宴会，我要和俞正堂先生一起回家。"

王书敏既不看赵海昇的反应，也不等薛敬群答复，大声招呼："请俞正堂先生留步！"

赵海昇表面不动声色，其实对薛敬群生硬的官式接待和说的那一套官话早已厌烦，暗自为书敏叫好——不来这一手，说不定没有与俞秉轩见面叙谈的机会了。

赵海昇夫妇与俞正堂一家人的会面本来就在行程安排之内，但是薛敬群发现，赵海昇在北京见邓颖超的消息仅仅在人民日报上登了两行字，不值得过于重视，况且王书敏的身份不明。于是，薛敬群擅自作主，取消赵海昇王书敏与俞正堂父子的会面。

一路陪同赵海昇夫妇的牟处长告诉薛敬群："赵海昇的日程都是我们社长精心安排，邓大姐亲自过目认可的。赵先生从中夏大学回北京后可能还要见大领导，不如还是按既定的安排，让他们单独见面吧。"

薛敬群不依，说："俞正堂父子有特嫌问题，正在审查，让他们私下与外国人会见不合适。"

牟处长不高兴了，说："他们见面是上面批准的，见面以后我就陪他们回北京，我们走了以后你该怎么查就怎么查。至于赵海昇回到北京会说些什么，那我就管不了了。"

王书敏婉拒赴宴，坚持去俞正堂家，薛敬群十分难堪，他一直怀疑这一对美籍华人夫妇的来历。但是牟处长显然不赞成取消他们见面，而且明显推卸责任。薛敬群转念一想，处理外事还是谨慎一些好。目前俞正堂父子身上也难榨出什么东西来，如果他们真的搞什么勾当，等于自我暴露。

112

赵海昇和王书敏总算来到俞正堂家，分别二十多年的恩人、同学和好友终于相会。

军宣队要专门派人穿便装去俞家陪同接待，负责外宾的安全。一路陪同赵海昇的牟处长不高兴了，说："赵海昇的身份是时代周刊特派记者，你们这样搞等于为他提供负面宣传的证据。我负不起这个责任，只能向上级请示汇报。"

薛敬群担心若是在接待上出了纰漏，显得自己外事外行，惹上面怪罪，那就划不来了，不再坚持。

俞家只有一对椅子，平时放在堂屋方桌的两边，方桌和一对椅子都是当年李仲麟送来的旧家具。还有四条不配套的凳子，是后来陆续凑合买来的。俞家事先将桌椅凳子都放置好，像摆好阵势一样，专等客人到来。

客人到了，俞正堂请赵海昇夫妇在椅子上入座。赵海昇反客为主，上来把两把椅子四条凳子围成半圆，将俞正堂和石蓓芝让到中间两把椅子上。他在俞正堂右手边坐下，又让俞秉轩坐在自己右手边，王书敏坐在石蓓芝身边，黄怡欣挨着王书敏。

赵海昇本想让大家围坐，烘托相见欢的氛围，可俞家人个个拘谨。一时间气氛凝重，不像故人久别重逢。

王书敏在座谈会上亲眼看到军代表对俞正堂父子冷若冰霜的样子，已经感觉到他们目前的处境不妙。她本来早就打好了腹稿，急切要说寻访俞正岫葬身处，张口之前却踌躇不决。她担心若问起正岫的事，除了让大哥伤心，会不会给他添麻烦呢？一时乱了头绪，不知如何启齿。

黄怡欣得知赵海昇从美国回来，还要来家，很是激动了一阵子。她要把闷在心里二十多年的疑问当面向赵海昇问问清楚——那封被他耽误的邮政通知到底是怎么回事？还是俞秉轩豁达，说："算了，邮政通知是被他耽误了，塞翁失马，焉知非福。几十年过去了，不必再去纠结这件事。"

怡欣冷静下来，细想自己的遭遇，往事如烟，早已时过境迁。如今已把什么都悟透了，内心如若菩提树。罢了，当年老友难得相见，再问何益？

还是赵海昇打破了沉默："俞老伯，秉轩兄，来到中夏大学的场面我是预料到的。不过邓颖超已经见过我们，下面总算给面子。我来家拜访是书敏正式提出，上面同意的。军代表要派人陪同我们一起来家，新华社牟处长说，上面有话，属于私人相会，外人就不必跟来了。所以，俞老伯不必有顾虑。我和秉轩当年是无话不谈的朋友，分别二十多年，今天能见到你们，不容易啊！"然后，长叹一声。

赵海昇一声叹息，勾起石蓓芝郁结在心中的无限心酸，泪水不由得夺眶而出，她又怕自己失态，忙掏出手绢低头拭泪。

石蓓芝的眼泪又引出王书敏的眼泪。她面对正岫的亲人们，本想痛陈藏在心底几十年的心事，可是眼见俞正堂一家的处境却有口难言。难过，无奈，委屈，愧疚，失望……复杂的情感交织在一起，都化成她无声的眼泪了。

赵海昇早把那封被他耽误的邮政通知忘记了，他根本不知道怡欣曾是地下共产党的事。赵海昇此刻只顾体恤妻子的心情，她此行专为寻找俞正岫的遗踪。赵海昇看太太迟迟没有开口，就替她发话："早年我们就得知正岫先生1948年10月在长春战事中仙逝，每年10月我们都会烧香祭奠，这次回来就是希望能找到他的葬身之处……"

气氛顿时变得凝重，王书敏再也忍不住自己的情感，抽泣起来。

赵海昇说出的话，令俞家全家人意外，大家的眼光都转向俞正堂，看他如何作答。俞正堂一直在思忖如何跟王书敏说起正岫的死，如果把真相说出来，难以想象对她的打击有多大。现在明白了，他们以为正岫战死在长春，何不将错就错，顺势掩盖他的死因，免得书敏更加痛苦。

俞正堂说话了："提起来令人伤心，我曾经专程去东北找寻正岫的踪迹，可惜都未能找到，辜负了书敏对我的希望，也辜负了书敏对正岫的一片心意。好在你们年年悼念他，感谢有你们安慰他的亡灵，小弟总算有魂归之处。"俞正堂说完，站起来朝赵海昇夫妇深深鞠躬，一家人也都致谢。

俞正堂去齐齐哈尔与正岫见面，为了顾全弟弟的家庭，没有将书敏的信转交给他，辜负了书敏的嘱托。不过，既然他们以为正岫早已不在人世，那十封信还是不提也罢。

抗战胜利后，正岫从缅甸经广州移师东北后，从长春往家寄了最后一封家书，从此就断了音信。正岫写这封家书之前曾给王书敏写信，信发出之后即战事剧变，他担心书敏收不到，就在这家书里附上一封给书敏的信。当时的情势已经无法将此信转寄给书敏了，俞正堂就一直保存着从未打开。本以为这封信永远无法传递，现在终于可以亲手交给她。

王书敏热泪盈眶，双手颤抖，郑重地接过俞正堂珍藏了二十多年的信。她当年确实不曾收到正岫从长春发出的信，这是亲爱的正岫留给她的遗言！她当着丈夫的面亲吻信封，又紧紧地贴在胸前。她用心用意仔细开启信封，一遍又一遍看信，肩头抽动，泪如泉涌，激动不已。

良久，王书敏恢复平静，抬起头说："谢谢俞老伯俞伯母，谢谢各位。看了正岫二十多年前写给我的信，就等于我们见面了。我了却心愿，相信他在天堂安好。"

俞正堂示意怡欣叙叙家常，好转移书敏的情绪。怡欣说起日常起居，问他们在美国西餐可吃得惯。书敏说："其实美国各地都有中餐馆，日常在家里多是做中餐。"

俞正堂说："你们从海外回来，本该隆重宴请，但是现在像样的馆子都改成工农兵食堂，做的是大锅饭，去不得了，只好请你们在家里吃顿便饭。"

石蓓芝说："我记得抗战逃难路上，书敏喜欢吃我擀的面条。今天特意再给书敏做一碗鸡蛋面，不成敬意。"

赵海昇说："伯母，我们求之不得，我和书敏都想吃这一口。不瞒你们说，当年我和书敏谈恋爱，说起我们都吃过伯母做的鸡蛋面，才越谈越亲近呢。"

王书敏说："我母亲经常说起，抗战逃难时我们一家人常吃伯母做的鸡蛋面，她说多次偷师都学不到家。"

石蓓芝从书敏的父母说到自己娘家，刚说"娘家姐姐的外孙"，却被俞正堂打断。书敏却一再追问，石蓓芝只好说："我姐姐的外孙刚进大学却离家出走杳无音信，外孙女在外交部工作也莫名其妙失踪了。"

王书敏不由想起俞伯母是有犹太血统的，顺口说："我曾在报纸上看到一则新闻，有一个华裔女子在 Shavei Israel 组织的帮助下，从瑞典来到耶路撒冷，进入The Jeanie Schottenstein Center for Advanced Torah Study for Women 学习犹太教。这个女子持有她外祖母的出生证，上边有拉比的希伯来文签名。Shavei Israel 组织帮助她，在以色列找到了这位拉比在世的孙女，确认了拉比的笔迹。将外祖母出生证上显示的血型与她做了比对，参考她提供的多张家庭合影，确认了她的血统。现在这个女子已经皈依犹太教，成为极少的华裔以色列人。"

石蓓芝听了心里怦怦直跳，她觉得这个女子像是幼琳，问书敏："这女子叫什么名字？"

"记者没有透露她的姓名，只说是 S 小姐。"

俞正堂拉住石蓓芝的衣襟，示意她不要再问下去。俞秉轩理解母亲的心情，也明白父亲的意思。黄怡欣一直隐约觉得幼琳可能出国了，盼望通过王书敏打听到她的下落，也给找到大伟和潇雨增加一份希望。她说："书敏，我母亲石家的老姓是 Sheba，要是你们能和这位 S 小姐取得联系就好了，也许能打听到外甥女石幼琳的下落。"

赵海昇记下姓名，说："我们一定尽力而为。"

大家都说起话了，俞秉轩也不再沉默，问："海昇，当年你考上官费留学都没有去美国，后来怎么还是去了？"

赵海昇说："一念之差，纯粹一念之差呀！当年中央社把我从上海派到台北，我一看那里乱糟糟的样子灰心至极，心想国民党真是到了穷途末路，我不能跟着倒霉。我不想呆在台湾这弹丸之地，一心想回到上海。管它变天不变天，如果走投无路了，我就来中夏大学投奔你，大不了回乡下教书，混日子求平安，了此一生。我已经乘船到了香港，去上海的船票不容易买到，只好滞留在香港等船票。在尖沙咀码头偶然遇见在台北有一面之识的美联社驻日本的摄影记者 Eugene Williams，他来东南亚报导战后日本平民返国的情况，劝我跟他去日本，写日本战后复苏的报道。他说日本记者要么抱着军国主义死不转弯，要么卑躬屈节一点主见也没有，英文又很蹩脚。美联社很需要像我这样具有东方思维，又通英文的人。我就这样鬼使神差跟他去了东京，又从东京到纽约，从此改变了我的命运。总之是一念之差，在美国一待就是二十多年。"

俞秉轩感叹道："你走投无路才打算去教书，我只能教一辈子书。你一念之差去了美国，回来成为邓颖超的座上客。你是佼佼者，我与你是天壤之别呀。"

赵海昇说："秉轩，此言差矣。这些天，我去了不少地方，见了很多故交，略知大家的遭遇。家家都有一本难念的经，你们所经过的惊涛骇浪我根本经受不起。秉轩，老伯和你跟跟跄跄走到今天，实在不容易。你们平安保全自己和一大家人，把孩子们养大，三世同堂，多难得啊！你们家是真了不起，真的伟大。"

113

军宣队稳稳控制了中夏大学的局面，邓梓华进了望城监狱，仝慎鹏被下放到西部山区，清理阶级队伍运动告一段落。工宣队回新民印刷厂抓革命促生产，军宣队大部分归营，只留下一些骨干，继续在大学斗批改。

斗也斗了，批也批了，怎么改呢？首先是成立中夏大学革命委员会，党委书记兼校革委会主任当然是薛敬群。一位副主任是军宣队的二号人物，负责阶级斗争。留下工宣队队长没有回工厂，代表工人阶级占领上层建筑，也做革委会副主任，负责行政后勤。当过系总支书记的管胜利成为负责教学的副主任，负责复课闹革命。

革委会成员中需要一个学生代表，军宣队考虑选化学系学生姜庆厚。姜庆厚曾当过红造总的专案组组长，虽然曾是造反派，但是他掌握的情况较多，有利用价值。

在武斗中被强力弹弓打死的"逍遥派"学生刘建祥，是姜庆厚女朋友罗超兰的远房表兄，他们彼此经常往来，姜庆厚很是吃醋。姜庆厚在忆苦思甜会上讲家史，感动了罗超兰，从此开始仰慕他。姜庆厚一年级就早早入党，罗超兰对他由仰慕到爱慕，发展成恋爱关系。

刘建祥枉死，姜庆厚暗自庆幸，罗超兰却吓破了胆，闹着要姜庆厚陪她回江西老家，还说这是对姜庆厚是否真正爱她的考验。姜庆厚虽然受到韩大彬的重用，一直在红造总这一派当专案组长。可是刘建祥的死，也使姜庆厚感觉武斗的前途不妙，甚至性命难保，趁着送罗超兰回江西正好抽身。于是，他急流勇退，带着女友离开学校回老家了。

一直等到军宣队进校，姜庆厚才和女友罗超兰双双返校。返校后立刻反戈一击，揭发韩大彬许多不为人知的严重罪行，薛敬群曾多次亲自找他了解情况。姜庆厚向军宣队上交了保管完好的专案材料，博得军宣队的重视，还让他参加军宣队专案组的一些工作。鉴于姜庆厚的积极表现，他作为学生代表，象征性地进入校革委会。

麻烦的是，还要选一位知识分子当副主任装点门面。既然是装点门面，就得选一个像样的，选谁呢？

薛敬群将中夏大学具有代表性的教授们的档案都摆在他的办公桌上，像玩扑克牌一样翻来翻去。他从档案堆里抽出一份，看看，又丢回到桌面上。过一会，把刚刚丢出去的档案拿出来再看一遍，又丢出去。翻来覆去看了一整天，最后只留下两份档案。一份是原副校长焉朋之的，另一份是原物理系主任禹堑的。

现在薛敬群在中夏大学独当一面。他认为自己的智慧和谋略绝对超过杨耀兴，治大学如管连队，长袖善舞，驾轻就熟。焉朋之和禹堑这两个人究竟选哪一个？他一定要想出高招来决定取舍。

谢自力给抓走了，他老婆与他离婚马上又改嫁，南厢房已经没人住了。焉朋之正打算探问两个儿子能否住回南厢房，军宣队来人把焉朋之书房的封条给揭掉了，说是解禁。过几天，把造反派抄走的书籍也给送回来了，还说正在追查抄走的那些字画的下落。又过几天，两家青年教师也搬走了，实际上把整个院子都退还给焉朋之了。

焉朋之摸不透这其中的变故。阶级斗争的弦并没有任何放松的迹象，除了抓走的，剩下的走资派反动权威黑五类虽然不再天天挨斗，皮肉受苦，还是整天斗私批修写交代，日子照样不好过。

一日，薛敬群突然登门。焉朋之不知吉凶，以为与发现子弹的事有关，慌忙起身时将茶杯都碰翻了。薛敬群个头不高，满面红光，口才绝佳，口若悬河，可以舌战群儒。他居高临下面对焉朋之，于矜持之中故意做出客气的姿态，一边落座一边说："久闻焉教授大名，特来请教。"

焉朋之不知来者葫芦里卖的是什么药，胡乱应付说："请军代表批评、批判，我一定认真检讨交代。"

"焉教授，你误会了，我真是来请教的。我看了你以前发表的文章，观点基本正确，我们希望你继续深入批判儒家思想。"

焉朋之不知道薛敬群指的是哪篇文章，以为他故意说反话，不免心惊肉跳，嗫嚅着说："请军代表明示。"

薛敬群慢条斯理地说："你也算是大儒一个，唯心主义孔孟之道在你的思想里是根深蒂固的。我看过你以前发表的《马克思主义唯物史观与儒家思想批判》，正因为你深知孔孟之道的实质，所以你用马克思主义唯物史观来批判儒家思想就能击中要害，批到点子上。我们之所以赞赏你这篇文章，关键在此。"

焉朋之那篇文章并非是洗心革面的表白，不过是应付思想改造，违心写下的思想汇报，起初也不是为了发表。当时写好送给仝慎鹏看，他说写得不错，就推荐给《哲学研究》编辑部主任，编辑部主任原是仝慎鹏在人民大学学习时的老师。文章在《哲学研究》上刊登后，得到段益玠的赞赏，但有不少人在私底下贬斥这篇文章是"欺人之谈"、"昧心之作"。

焉朋之听薛敬群说出的话不像虚妄之言，更不像故意设下陷阱。他知道像薛敬群这样的军队干部，不会留意看他那篇发表在学术刊物上的文章。估计很可能是某位大人物像当年段益玠一样，也发现这篇文章有利用价值。

果然，薛敬群说道："中国历史就是一部儒法斗争史，儒法斗争延续至今。现在还有很大的儒，当代大儒要把儒家抬出来搞复辟。无产阶级司令部正在部署一场声势浩大的评法批儒运动，我们要拿起笔做刀枪，批倒批臭儒家思想和当代大儒。我们中夏大学紧跟形势，要成立评法批儒写作组，邀请你参加。"

焉朋之惊喜交加。惊奇的是，中国历史何以成为"儒法斗争史"，如此惊人之说恐怕不是薛敬群这样的团级干部所能杜撰的，却不知出自何方神圣之口？欣喜的是，他焉朋之的学识与才能依然得到赏识。于是，焉朋之在薛敬群面前站立起来，恭恭敬敬地说："谢谢薛同志对我的信任，我一定尽我所能，虚心学习，认真改造，努力提高思想政治水平。"

薛敬群也不说让他坐下，也不抬头看他，只顾继续说："写作组由军宣队和校党委直接领导，对外名为齐学东，成员包括工农兵和革命知识分子，靠的是集体智慧。请你来做顾问，与其他几位顾问一起出出主意，提供素材，核对资料，审阅初稿。工作开展起来以后，看情况再调整分工。"

焉朋之以为薛敬群还要长谈，不能一直站着好像催人家快走。正要坐下，薛敬群却站起来了，说："就这样吧，先给你打个招呼，你进入齐学东写作组后我们会经常见面的。对了，你的藏书都发还了吗？以后写作组少不了来你这里查资料。"

薛敬群走后，焉朋之深思良久。他不由得想起当年反胡适，《史学研究》上批判邵泉鹃的文章署名"范伟信"，只觉得"齐学东"这名堂寓意非同小可。这一次真的是要他入伙吗？何去何从由不得自己，面对良心、良知、节操与生死，无法做多项选择。选项是唯一的，那就是生死，那就是活着。苦海有边，眼前是岸吗？

第三十九章

114

军宣队进校之前，大首长有指示，"留个把学术权威当反面教员"。薛敬群几天来一直在琢磨上意，启用哪个教授当校革委会的花瓶更合适呢？

焉朋之这个唯心主义大儒虽有积极表现，但是难说他的思想是否彻底改造？他曾在邓梓华班底当副校长，重新启用这个老面孔，会不会影响到校革委会的革命性和先进性呢？

没过几天，薛敬群再次主动登门会见焉朋之，先是嘘寒问暖，接着表扬："焉教授，首长知道你参加齐学东当顾问，很高兴你的进步。指示我们，凡是关于唯心主义的东西，都要好好向你学习。"又说："最近要召开全校的斗私批修学习经验交流会，我想请你在会上作典型发言。讲得好，还可以在更大范围和更重要的场合去讲，讲稿也可以作为专著发表。现在正在筹备成立中夏大学革命委员会，我们正在物色领导班子人选。你这次的典型发言很重要啊。"

薛敬群来访之时，焉朋之正在家里生闷气。昨天"齐学东"写作组里一位年轻气盛的"笔杆子"过来请教，求证"诸葛一生唯谨慎，吕端大事不糊涂"出自李贽哪一首诗。焉朋之正在校勘这位"笔杆子"引经据典、却张冠李戴错误百出的大批判稿，随即答道："普遍的说法是李贽的自题联，出处尚不可考。"

焉朋之头也不抬，随口就答，"笔杆子"觉得他态度傲慢，没有认真回答，就说："喔，总之是李贽这位反儒斗士写的。"

焉朋之抬起头，认真地对"笔杆子"说："自明清以来，对李贽这个人的评价一直有争论，很难简单地判定他尊儒反儒。"

"笔杆子"不以为然，伸着脖子想辩论，却说："算了，你是反面教员，你说的仅供参考，犯不着跟你辩驳。"

"笔杆子"话既出口，马上意识到失言，扭头赶紧离开焉朋之。

"笔杆子"无心说出实话，焉朋之顿觉心寒。他从来没有看上这位春风得意的"笔杆子"，只觉他不学无术，外强中干，只是不说破而已。但是他并不忌恨这位"笔杆子"，话虽从他的嘴里吐出，反面教员的帽子绝非是他随便扣的。

军宣队进校，焉朋之的境遇很快得到改善，被抄去的书籍财物发还了，被扣发的工资原数补回，成为一笔可观的积蓄。夏苑1号又恢复成焉家的独门小院，随后又被请进"齐学东"。他不免沾沾自喜，甚至有些飘飘然。

在"齐学东"里呆了一段时间，发现大家对他虽然恭敬，却敬而远之，私下里如何议论虽不得而知，但是从大家对他做作的表情上，看出他们的真实态度。"笔杆子"这无心之矢，恰似一支冷箭，射中了他的神经束。焉朋之不由得想起前几年蹲牛棚，造反的学生使坏，让马蜂在他额头上蜇出一个肿包，疼痛难忍，夜不成寐。马蜂蜇过的疼，不过是皮肉之痛，终会消散。虽然也曾有红卫兵贬损他是"不齿于人类的狗屎堆"，现在想来，不过是无知愚氓的鹦鹉学舌。反观现在，说他"反面教员"的人都是所谓百里挑一根红苗正的"笔杆子"，脱口而出的话，透着他们骨子里对他的极度轻蔑。

焉朋之的头脑有些清醒了。

当年投奔解放区，接着辅新命，也确实得到回报，荣誉地位皆有收获。可是"革命知识分子代表"这顶桂冠在头上戴了没几天，还得继续改造思想，批判唯心史观。批来批去，没完没了，唯心主义还没有挖干净，又冒出个修正主义，始终摆脱不掉改造对象这沉重的枷锁。最后干脆斯文扫地，甚至落到家徒四壁，生计几乎无着的地步。进了"齐学东"，原以为可以转运，谁知还是暗中遭人唾弃的"反面教员"。可悲的是，自己荣辱皆惊，还时不时做起黄粱美梦。

焉朋之前思后想，又是夜不成寐。今天实在不想去"齐学东"的办公室画卯，偏偏有人来家通知他，薛敬群邀他傍晚一同泛舟镜明湖。

镜明湖离夏苑咫尺之遥，"文革"前湖中的游船和划艇供人游乐，早已停止出租，现在只对内不对外。焉朋之怕晕船，从来没想过在湖中泛舟。焉朋之不知道薛敬群哪里来的雅兴，只好违心从命与他一起登船。他们登上镜明湖最大一艘带有船舱的游船，薛敬群率先登船，焉朋之小心翼翼地跟在后面。

刚一登船，船体晃动，焉朋之顿觉四体无依，重心不稳。夕照映射到湖面上，只见波光摇曳，不禁晕眩上头，直想呕吐。焉朋之被旁边的戚参谋扶住，勉强在船舱坐下来。他自觉难受，薛敬群却稳坐在船舱里笑他："看来焉教授没有经过大风大浪的磨炼啊。"

船开动了。湖面平静，船行也平稳些，不像刚登船时令人晕眩。焉朋之的感觉虽然稍微好一点，依然头晕，心悸。薛敬群吸着香烟，很享受湖中景色，似乎触景生情，一直望着湖面高谈阔论，时而哈哈大笑。焉朋之勉为其难地坐在船上，被晕动症折磨，完全听不进他在说些什么。

游船一掉头，焉朋之又一阵晕眩上来，"哇"的一声吐到船舱里。他的长须早在红卫兵造反的时候就被强制剪掉，以后不敢再蓄须。可是他生就的络腮胡子，总是胡子拉碴。焉朋之这一吐，胡茬也沾上秽物，真是狼狈不堪。薛敬群十分扫兴，叫赶紧靠岸。到了码头，他独自下船，登岸而去。

薛敬群当然不会平白无故地请焉朋之乘船游湖，还是为了劝他登台斗私批修发言。焉朋之无心去琢磨薛敬群的用意，晕晕乎乎，只顾难受，艰辛回到家。他越想越觉得难堪，他从不喜欢读鲁迅，却想起鲁迅那首《自嘲》诗。鲁迅自嘲"破帽遮颜过闹市，漏船载酒泛中流"，他焉朋之这一回是"颜面丢尽强陪席，晕船吐秽湖中流"。幸亏没有过闹市，否则这狼狈相一定被千夫耻笑

当年黄敬齐戴上右派帽子去农场监督劳动，临行时曾对焉朋之说："我把一位朋友的赠言转赠给你。他说，我们这些人，终其一生，大多所行，不过苟且二字。所谓风光，不过苟且有术。行路坎坷，不过苟且无门。"

焉朋之当时只以为黄敬齐落魄了，才说出如此颓唐的话。如今细思，真是醍醐灌顶。自己虽是贯通中西的哲学家，可一辈子也没有解透这变化的世道。有人抬举就飘飘然，受到批判就深刻检讨，轮回反复何时休？皮总是不断更换，自己永远是附不上皮的毛。虽然无休止地与时俯仰，终究还是个反面教员。与其唾面自干，不如用冷水洗头以保持清醒。

他再也不会受诱惑了，无论如何也不会吃薛敬群手里那根胡萝卜。薛敬群手里当然还有大棒，大棒又能如何？黄敬齐早就成为荒冢野狗，仝慎鹏流放，邓梓华判刑，连段益玠都下了大狱，曾几何时自己被作践到颜面全无，再有什么更可怕的呢？但是他焉朋之绝不走何季平的路，自己和老伴已经快到风烛残年，孩子也都长大成人，如果天不假年，那就一切随风而逝吧。

第二天他不再去"齐学东"上班，让女儿给薛敬群送去一纸请假信，上写——

"尊敬的薛军代表：朋之老矣，近日血压升高，心力衰竭。起坐皆难，食而无欲，难以登台发言。特此请假，敬请体恤允准。"

薛敬群看过，冷冷地对焉朋之女儿说："他自便吧。"

等她出门，薛敬群拿起焉朋之的请假信使劲往桌子上一拍，骂了一句："顽固腐朽，不识抬举！"

薛敬群将副主任人选转向禹堃。

禹堃虽然是留洋回来的，但是一贯积极，政治立场站得对，也站得稳。这一次清理阶级队伍，他旗帜鲜明地主动靠近军宣队，并且积极反映学校情况。他是半导体专家，有一定的成就和名望，在修正主义路线之下没有得到邓梓华特别重用。选他做革委会副主任等于提拔，他应该知恩感恩，老实听话。不过，禹堃最大问题是他有一个英国老婆。他老婆虽然入了中国籍，毕竟还是英国人，复杂的海外关系一时也难以搞清楚。什么事情只要涉及海外关系就变得很棘手，还要慎重考虑，严格审查。

薛敬群找禹堃谈话，给他下了一个钓饵，明确告诉他："禹教授，我们正在考虑吸收你加入校革委会，做校革委会副主任。但是你的爱人虽然加入了中国籍，毕竟还是英国人。对她的情况难以了解清楚，所以迟迟不能确定。"

禹堃回到家只对妻子说军宣队找他谈话，要他做学校的副主任，没有往下细说。张爱中当着孩子的面抱着丈夫亲吻，兴奋地说："亲爱的堃，我知道你是最棒的，你早就应该当副校长了，呵，当副主任！"多年来，她从不在孩子面前称丈夫"亲爱的"，更无任何亲密举动，今天她是由衷的高兴！

禹堃却丝毫显不出高兴的样子，几天来都是忧心忡忡，愁眉不展，时不时还轻轻地唉声叹气。

张爱中不理解丈夫的心情，她宽慰说："亲爱的，没有你做不到的，我相信当副主任不比研究硅晶更难。你就按照他们要求的去做就好了，何况他们也不会让你去管最重要的事务，你可以有更好的条件继续研究单晶硅。"

禹堃叹口气说："其实我并不想做这个副主任，而且最后也不一定真的让我做。"

"既然和你谈了，肯定就是要你做的，我的判断不会错。"

禹堃不再说下去，依然闷闷不乐。

沉闷的日子过了好几天，禹堃突然用英语对妻子说："Alice, I have thought it over. I can't accept their prerequisite. I decided not to be the deputy director（我想好了，我不能接受他们提出的条件，我决定不做这个副主任）."

禹堃回国以后就不再和Alice讲英语，不仅他们夫妇不讲英语，跟孩子也从不讲英语。他突然说英语，令 Alice 大吃一惊，忙问："Why? What prerequisites？"Alice 先是用英语追问，马上改说中文："什么条件？很苛刻吗？"

禹堃却继续说英语："Darling, this matter has passed. So let's not talk about it（亲爱的，这件事情已经过去了，不再说了）."

"不，亲爱的，你一定要告诉我。"张爱中用中文说。

禹堃低下头，不再说话，只是压抑地叹气。

Alice 看出丈夫内心的焦虑和苦楚，她是明白人，对自己的英国血统历来敏感。她不再说中文，改说英语："Darling, I understand. They don't recognize me as Chinese citizen, don't trust me, and bring you trouble.（我明白了。他们不承认我是中国人，不信任我，让你受连累）"

禹堃苦涩地摇摇头，还是默不做声。

Alice 的眼泪奔涌而出，她竭力压抑住无限委屈，不让自己失声痛哭。自从她义无反顾地跟随丈夫来到中国，就忘记自己是英国人，全心全意做中国人的中国媳妇。衣食住行全部按照中国的习惯，待人接物完全遵循中国社会主义的要求。她积极参加政治学习，认真改造思想，大炼钢铁不辞辛苦，下乡劳动不怕脏和累。她还断绝与英国的一切联系，不和自己的孩子说英语。两个孩子明明遗传了妈妈的金发碧眼，却从不承认自己是混血儿，而且完全不懂英语。"文革"造反派把 Alice 当异类，说她是帝国主义分子，禹堃要她忍，她都忍了。只要是禹堃提出的要求，她一律遵从，只要能看到禹堃在大学受到尊敬和重视，所有的一切都可以忍受。当了快二十年中国人，想不到自己的英国血统还是影响到禹堃的前途。

Alice 迷茫了，不知道该如何对待。她来到孩子身边，把儿子和女儿揽在怀里，亲吻他们的额头，心酸的眼泪流到孩子的面颊上。孩子们一脸茫然，不知道家里发生了什么事。

禹堃一早睁开眼睛，倏然起身，因为 Alice 站立在床头等他睡醒。Alice坐过来，抚摸着禹堃的手，望着他的眼睛，缓慢而清晰地说："亲爱的，我们离婚吧。但是，我们的心永远不能分开。我不离开中国，你在哪里，我就跟到哪里。"

禹堃的眼泪瞬间流出来，急着起床，开口要说"不"。

Alice用温软的手堵住他的嘴，冷静地说："你什么都不要说了。我去住集体宿舍，用中国俗话说—— 扫地出门。孩子归你，我会照顾他们。以后你见到我，千万不要说英语。

115

宣传队进校以后办了两个多月"反派性"学习班，然后复课闹革命不到一个月，大学生全部下到西部山区"学农"。"学农"三个月后回到学校，在校大学生几乎被全部打发离校了。少数去了三线工厂和矿山，多数下到部队农场或是下农村插队。韩大彬去宁夏一个偏僻的银矿下井，覃富晶到巢湖边上一个部队农场下田。

离校前，学生们要求发毕业证。军宣队宣讲说："毕业证是修正主义教育路线的证明，属于资产阶级法权残余。人事档案记载有学历，比那一纸毕业证更能说明问题。"

谁都不知道自己的档案袋里都装些什么，档案自有看不见的渠道跟着每一个人，如影随形。

在校大学生离开学校了，说是要招收工农兵学员，却迟迟不见新生进校。负责复课闹革命的校革委会副主任管胜利无事可做，终日闲极无聊。

禹堃与英国老婆办了离婚手续，正式当上中夏大学革命委员会副主任，却没有具体分工。禹堃早做好了有其名无其实的准备，甘当陪衬。

管胜利却耐不住性子了。禹堃虽然尚未明确分工，可他毕竟是个教授，显然是来负责教学业务的，大老粗怎么和人家留洋的教授扛膀子呀？管胜利越想越憋气，实在忍不住，直接找到薛敬群："薛政委，工农兵学员啥时候进校啊？这复课的事干脆让禹教授管吧，人家是内行！"

管胜利称他"政委"，薛敬群听起来顺耳，又觉得好笑，他内心所期冀的何止政委？薛敬群理解管胜利的心情，说："老管，什么外行内行，党历来主张外行领导内行，我们才是占领无产阶级教育阵地的内行。你当了那么多年的系总支书记，难道就管不好复课闹革命？你是经过考验的老同志，要有自信啊。"

老管说："政委，我不怕忙，就怕闲得慌。你给我压担子，给我具体任务嘛！"

薛敬群说："好啊，任务来了，难度还不小。根据中央的战略部署，大学不能继续办在城市里。北京十几所大学开始迁离，全国各地都向北京学，中夏大学也要整体搬迁出省城。现在就派你和禹堃去新的办学地点考察，我们要在那里建起新中夏大学。"

新的办学点在河泛区一座废弃的农场，那里现有的房子不多而且残旧。薛敬群带上管胜利和禹堃两位副主任，亲自去到河泛区实地勘察。薛敬群一下车就说："这个地方多好啊！"他大发议论："同志们，我们不能再走修正主义办学的老路，我们要学大庆人的创业精神，从干打垒起步，用我们自己的双手，建设一个崭新的社会主义新型大学。"

管胜利把衣袖往上一捋："薛政委，你这一说，我的思想彻底解放了！这几天我一直发愁那么多图书仪器怎么办？现在我明白了，要那些破玩意儿干什么？我们要用双手，在这张白纸上画出来最新最美的图画！"

禹堃已经把这里的方位看明白了，这座废弃的农场地处洪水泛滥后遗留的荒漠，河淀劳改农场就在这一带。当年冒尖的学生右派分子林韶翎就是被发配到河淀农场劳改的，后来又被判了死刑，临刑前还大呼口号，只好割断她的气管。据说她的尸首就埋在附近，也不知哪座荒冢埋的是她。专门关押高级别犯人的望城监狱也在附近，邓梓华就关在那里，据说还关着省委书记段益玠。把大学迁到荒漠里实在过于荒诞，在这个荒无人烟之地办学，真的是见鬼了。但是上有指示，大学要么解散，要么迁离城市，这是大势所趋，岂能螳臂当车？什么半导体实验，根本不要去想。可是，两个孩子可以不懂英文，中文还是要念吧，孩子们来了，到哪里去读书呢？其实读书也无用，就让他们老老实实当一辈子农民吧。Alice一定会跟过来的，她义无反顾地来到中国，结局就是离婚，就是来到这穷乡僻野生活吗？

管胜利见他一路无话，就说"禹教授，你不要发愁，薛政委有的是门路，已经从财政部门要来建设经费，新的中夏大学很快就会在我们手里建成。"

禹堃连说："哪里，哪里，我不愁，不愁，只是有点晕车。"

薛敬群问禹堃的意见，禹堃怕薛敬群看出他有心事，连忙表态："我完全同意。这是好地方，我们一定能够在这里建起一所新型的社会主义大学。"

"那我们就定下来了。回去马上召开动员大会。"薛敬群一脸严肃地说："我们的动员是战前动员，不是说服动员。大学从城市里迁出去，这是无产阶级司令部的战略决策，理解要执行，不理解也要执行，在执行中加深理解。这是政治态度问题，是阶级立场问题，是要不要继续革命的问题。这里的条件艰苦是一时的，我们边建校边斗批改，很快就招收工农兵学员进校。"又说："禹堃同志，过几天要召开全校动员大会。我在会上作动员报告以后，还需要你在会上表态发言，代表全校革命知识分子服从命令听指挥，表明响应号召迁校的决心。"

校园里已经到处传播，说迁校去河泛区是禹堃出的馊主意，是他选定的地方。还有人说他假离婚，就是为了让他的英国老婆躲避随迁。禹堃深知迁校不得人心，他何尝情愿在动员大会上发言表态？但是，迁校是最高指示，表态发言是薛敬群的决定，他只能从命。

迁校通知已经发下来了：全体教职员工三天后出发，各家各户的房舍要腾空，但是只能带走衣被和随身行李，不能带家具。住在校内的家属全部随行，不能随行的家属要在校外自行安置；炊具要带上，伙食暂时自行解决。

禹堃发言以后，各单位代表纷纷登台表态，个个慷慨激昂地表示坚决响应号召，回到家却人人发愁。中夏大学各家各户都忙着处理家具，收拾行李。虽然无人敢说，可是无人不想——这哪里是迁校，这是逃难，比逃难还惨。

俞秉轩正忙着往行李箱里多塞几本英文书，外语系来人通知，系里还要再开动员会。俞秉轩早就靠边站了，现任外语系总支书记兼系革委会主任是郑乔玉。可是每次系里开全体会议，郑乔玉要求俞秉轩必须参加，而且非等他到场才开始。

俞秉轩在会议室后排坐下，郑乔玉宣布开会。她是哑嗓子，讲话又拼命大声，给人声嘶力竭之感。她在会上向来都是鹦鹉学舌，把领导讲过的话重复一遍。每逢她讲话，大家总是似听非听，心不在焉。可是这次她一开口，当场炸锅，她说："根据'无产阶级文化大革命'的需要，外语课不开了，外语系不再招生，但是暂不解散。我们外语系全力以赴投入建设新校区的战斗，誓当建校先锋！"

原来，一个农村公社中学的女生无心学习英语，在考卷上写了几句顺口溜："我是中国的人，何必学外国的文，不会 ABC，照样当好革命接班人"。女生受到老师批评，回家又因为偷偷拿家里的钱为自己买衣服挨了家长的骂，一气之下投河自尽。这事情反映到上边，被认为是修正主义教育路线复辟害死了她。全国掀起一场批判修正主义教育路线回潮的运动，连带反对学外语。薛敬群马上决定中夏大学以后不再开设外语课，外语系停止招生，全力投入新校区建设。

全系一片哗然，个个垂头丧气，俞秉轩比所有的人都更加灰心。中夏大学英文系因为学苏联改了俄语，再因为反对苏修改回英语，为了解放全人类又增加多语种。这下可好，什么外语都不要了。

俞秉轩想不明白，他郁闷地把箱子里的英文书全部捡出来，却看到箱子里多了一副搬运工人常用的垫肩。这垫肩是怡欣刚买的，看来她已经知道外语系到河泛区的任务就是建校劳动。以后就带着这副垫肩挑泥扛砖，出大力流大汗吧。

<h1 style="text-align:center">116</h1>

　　几十辆汽车把中夏大学的教职员工都送走了，校园一改多年的喧嚣，陷于一片沉寂。

　　俞正堂属于退休人员又住在校外，没有随迁。他不在意自己留下来是福是祸，忧心的是中夏大学将何去何从。

　　在中夏大学这几十年里，抗战避难，内战漂泊，两度迁徙他都经历了。中夏大学两次劫难虽然受损惨重，但是精英尚存，校舍依然矗立，每次复校还都恢复了元气。人才是大学的灵魂，此后经过二十多年反复折腾，已是精英折损，星流云散，这几年更是彻底革了文化的命，断了大学的魂。这一次运动折腾多年还不消停，又无端地把学校迁往河泛区那荒漠之地。校园是中夏大学的根，舍弃校园等于背离桑梓，中夏大学第三迁之后，恐怕再难恢复元气了。

　　这几年，校园里高音喇叭整天都在响，歌颂，欢呼，宣誓，批判，斗争，打倒……震耳欲聋的广播声传到平安巷，俞正堂每天听高音喇叭吼叫已经习以为常了，现在突然间静默，耳根虽然清净了，却异常落寞。

　　校园腾空以后，俞正堂每天一大早就从家走到西校门。从西校门起步，沿着校园围墙外的小径从西向东走到南校门。南校门是中夏大学的正门，门额上题写"国立中夏大学"的石匾在破四旧时被砸烂了，换上一款木牌子，上面只有"中夏大学"四个字，也不知是哪里凑来的草体。门楼的重檐套兽和浮雕被砸得残缺不全，巍峨的校门失去了庄重感。

　　俞正堂进入南校门，沿着明德大道一直向北，两旁是对称的八座教学楼，拱卫着明德大礼堂。大礼堂这座中西合璧的宫殿式建筑，就是中夏大学的象征和标志。历次颠沛流离，心中念念的中夏大学，都具象化为这座宏伟的建筑。他站在明德广场上仰望大礼堂，在冥冥之中祈求明德大礼堂永久屹立，千年不倒。

俞正堂经过明德大礼堂的西侧走出小北门，一路走到镜明湖边，久久地伫立在岸边呆望湖面。遇到晴天，看东边的朝霞投射到水面上，泛起粼粼波光。他在湖边缓步而行，每一次都好像初次见到如此美景。有时他会绕到镜明湖的另一侧，从对岸遥望高耸在夏苑里的宝塔，那是中夏大学的地标。他会在湖边的惠水河入水口处发呆，湖水本应从这里注入惠水河，再流进中夏大学校园。曾几何时，已不见湖水往小河里流动。

然后，他离开镜明湖，转身再从小北门进来，沿惠水河往校园里面走。经过惠水桥时，隔着惠水河观望夏苑。他虽然没有在夏苑住过，却熟悉夏苑里的一砖一瓦。当年经李仲麟斡旋，从庞瘸子手中收回校园时，他曾一栋栋认真查验过夏苑里所有的房舍。自从何季平夫妇双双自尽，他再也不进夏苑。

俞正堂一定要去小树林，他对那里的一草一木都有感情。他从明德大礼堂的东侧进入小树林，经过桑梓园时，总是在巨大的嵩山石前静默一阵。辜青岩教授已被焚尸扬灰，建筑物上设计者的名牌早被砸烂，现在已经找不到有关辜青岩的任何吉光片羽，唯有他亲手设计的明德大礼堂永远是俞正堂心中的巍巍丰碑。每到此处俞正堂总有一种负疚感，这难言的愧疚可能此生也难弥补。

沿着惠水河再往南走，他每次都会在林子里盘桓一阵。小树林本是校园里最好的景致，大炼钢铁时缺乏焦炭，就地伐木烧炭代替，小树林几乎被摧毁。还是俞正堂在农场培育了上千棵树苗补种，小树林才渐渐恢复元气。可惜"文化大革命"这些年缺乏维护，树木成片枯死。穿行于树林中的小河也失去了往日的气象，不少岸柳倾倒了，有的已经枯死。原来错落有致的石砌河岸在校内武斗时被拆毁，不少岸石被搬走修筑工事，河岸整段整段地坍塌凹陷。河上原有的两座石板小桥，不知何时被改成简陋的木板桥，木板已经腐朽，变成了危桥。

沿河走出小树林就是小东门了。俞正堂在小东门外石桥上停下脚步，他扶着桥边的石栏，凝望桥下的河水。几十年过去了，他对学校的每一座建筑，每一条道路，每一处景致都如数家珍，但是很少一直沿着惠水河的流向走完全程。惠水河水从镜明湖流进中夏大学，又从校园里流出来，这是中夏大学生命力的象征。可是眼下惠水河已成为一条臭水沟，沟里的水污秽不堪，水面上漂浮着垃圾浊物，水是停滞的，根本听不到小河流淌的声响。

俞正堂从石桥起步，沿着围墙外的小径再经南校门往西校门走，每经过一次南校门都有一种满足感。西校门是他经常出入的校门，每一次出西校门回家，他都要回望一番。他没有留守任务，中夏大学早就不需要他了。可是，中夏大学是俞正堂的精神家园，守望校园是他唯一的精神寄托。

这天早晨，俞正堂照例按时起床，他想叫上老伴儿一起到校园里走走。但是街道上已经通知两个孙子去山区农村插队，石蓓芝还要为他们赶制冬衣，收拾行装。

俞正堂踽踽独行，今天他径直去南校门。不料南校门外放上了拦路的木马，还有军人把守。军人显然是哨兵，拦住他不让进门。门口正中竖着一块牌子，上面赫然写着"军事重地，禁止入内"。俞正堂大吃一惊，昨天还好好的，中夏大学一夜之间怎么就成了军事禁区？

俞正堂在门口愣住神，哨兵走过来朝他喊道："喂！不要在这里停留！"

"为什么？"

哨兵指着牌子说："你认字吗？这是军事禁区。"

"我是中夏大学的，大学怎么就成禁区了？"

"你要是中夏大学的，就去西门问，我没必要给你解释。"哨兵说着，招手又叫来另一个哨兵，两个哨兵威风凛凛地并排站在木马后边严阵以待。

原来中夏大学校舍整体移交军队某部，属于保密兵种。部队昨天夜里进驻，雷厉风行，天亮之前就设置好了封闭隔离带。中夏大学只剩下在西校门附近少数几栋建筑，与部队完全隔绝。

俞正堂不得进入南校门，马上沿着围墙返回西校门想问究竟。到了西校门，只见容锡田半卧在一张躺椅上，左手拿一把小茶壶，时不时往嘴里送茶水，右手攥着健身球把玩。现在中夏大学只剩下西校门里一小片地方，容锡田家占了陈方村原来的房子，离西校门近，负责看守。

容锡田远远地看见俞正堂朝他走来，犹豫了一下，赶紧闭上眼睛在躺椅上装睡。

俞正堂走近容锡田，看到他躺在何季平家的湘妃竹躺椅上，捏在手里的那把小茶壶正是何季平平素喜爱的紫砂一粒珠。他手里的那对碧玉健身球，是汪书敏的父亲送给陈方村的。

容锡田明明在把玩健身球，一下子就睡着了？俞正堂不由得想起中夏大学南迁，他带着容锡田守护校园的往事，顿时心烦意乱。既然容锡田闭目装睡，俞正堂也不想再问他什么。校园已成禁地，看来是不能进去了。

俞正堂恍恍惚惚折回身从西校门朝着平安巷走，打算回家。正好一辆卡车开过来往西门里猛然一拐，开车的是负责留守的保卫处副处长容楼成，他现在是中夏大学留守处主任。学校迁走了，校园驻扎了军队，他无事可干，学开汽车。

卡车猛然拐进来，俞正堂猝不及防，一个趔趄歪倒在车轮之下。

中夏大学西门口顿时血流满地……